《诗探索》创刊40周年纪念丛书
《诗探索》编辑委员会　主编

《诗探索》之路

吴思敬　主编

学苑出版社

图书在版编目（CIP）数据

《诗探索》之路 / 吴思敬主编 . —北京：学苑出版社，2020.11

（《诗探索》创刊40周年纪念丛书）

ISBN 978-7-5077-6062-0

Ⅰ. ①诗… Ⅱ. ①吴… Ⅲ. ①诗歌研究—中国—当代 Ⅳ. ① I207.22

中国版本图书馆CIP数据核字（2020）第220355号

本书为
首都师范大学内涵发展经费资助成果
教育部人文社会科学重点研究基地首都师范大学中国诗歌研究中心成果

责任编辑：	李　耕　徐志琴
出版发行：	学苑出版社
社　　址：	北京市丰台区南方庄2号院1号楼
邮政编码：	100079
网　　址：	www.book001.com
电子信箱：	xueyuanpress@163.com
联系电话：	010-67601101（营销部）、010-67603091（总编室）
印　刷　厂：	北京建宏印刷有限公司
开本尺寸：	710mm×1000mm　　1/16
印　　张：	29.75
字　　数：	450千字
版　　次：	2020年11月第1版
印　　次：	2020年11月第1次印刷
定　　价：	148.00元

总序

我们见证一个时代
——《诗探索》40 年（1980—2020）

谢 冕

昨日已经过去

我们经历了一个漫长的黑夜。月亮是惨白的，星星是灰暗的，无边的暗黑，空漠，萧索，荒芜。就此刻谈论的诗而言，也深陷于这种无边的暗黑之中。这岂止是通常说的"单调"或者"划一"所能概括！那是一个没有文学、没有艺术，当然也没有诗歌的时代。一个漫长得看不到希望的岁月，一批又一批的诗人被迫走上了流放和监禁的囚徒之旅。烹鹤毁琴，绝圣弃典，诗歌也被迫流亡或者禁毁。愚蠢、无知、野蛮代替了高雅和智慧！

黑夜无边，春天遥远，那年有一个极冷的冬天。诗人穆旦长期受摧残的身子，感到了这个冬天的艰难："我爱在淡淡的太阳短命的日子，临窗把喜爱的工作静静做完；才到下午四点，便又冷又昏黄，我将用一杯酒灌溉我的心田。多么快，人生已到严酷的冬天。"[1]这个在民族生死存亡时刻走出西南联大校园，投身于滇缅战场的诗人，曾以青春的声音向我们宣告"因为一个民族已经起来"[2]的歌者，此刻，他感到了彻骨的寒意。

---

[1] 穆旦:《冬》。此诗作于 1976 年 12 月，同时写作的还有《停电之后》。同年 10 月，是"四人帮"覆灭的日子，可惜诗人没能享受胜利的欢欣。

[2] 穆旦:《赞美》。"在耻辱里生活的人民，佝偻的人民，我要以带血的手和你们——拥抱。因为一个民族已经起来。"此诗作于 1941 年 12 月。

也是这一年，还有一位诗人，他幸运地迎接了团泊洼的凝寒的秋日阳光，但不幸的是，他终于因胜利到来的狂喜而葬身燃烧的火海。他用死亡迎接了他所祈望的秋天，而把一切的新生与希望留给我们。他是来自延安的郭小川。"他以优美的诗歌颂赞过他曾经为之奋斗的新生的社会，后来他又被痛苦地推入深渊。直至那个难忘的秋天的胜利带来了狂喜，他又在那场狂喜到来的时候消失在狂喜的烈焰之中。"[1]

很多人没有回来，他们消失在受难的路上。更多被流放的、蒙难的幸存者，由于金秋十月的召唤，正踏上归来的路途。而一批因失去昨日而热望今天的新诗人，已经迫不及待地喊出了他们反抗的和怀疑的声音："如果海洋注定要决堤，让所有的苦水注入我心中；如果陆地注定要上升，就让人类重新选择生存的峰顶。"他们宣告："新的转机和闪闪的星斗，正在缀满没有遮拦的天空。那是五千年的象形文字，那是未来人类凝视的眼睛。"[2]

这些崭新的意象所传达的声音给我们以力量和信心。四点零八分的北京，那场悲哀的、撕心裂肺的离别场面已是过去。中国以坚决的行动结束了一个长达十年的黑暗岁月。正是当年写出那首被迫剥夺了学校和家庭的离别画面的诗人，如今，他正以激情的声音昭告我们："相信未来。"[3]

站立在今天

以上是我们对中国诗歌曾经的漫长的噩梦所做的简略的叙述：我们曾有并结束了一个长长的肃杀的昨天，我们如今拥有一个崭新的今天。历史曾是如此地沉重，我们同样怀有"时不我待"的紧迫感。此刻我们正面对一个挽救诗歌沦亡的残酷事实——我们需要接续被粗暴隔断的中国诗歌传统；我们要以坚韧的精神维护并坚守诗歌的圣洁与尊严；面对今天的世界，我们要清除加于诗

---

[1] 谢冕：《郭小川的意义》。此文为青海人民出版社2020年版《郭小川诗歌精选》代序。
[2] 北岛：《回答》。
[3] 食指：《相信未来》。

歌的侮辱与伤害，并改写中国诗歌与世隔绝的封闭与孤立处境；我们要在开放的窗口与世界对话，并且坚定地支持和开展诗歌在新时代的新的探索。

以上，就是当日我们的境遇。它使我们拥有了沉重的使命意识和自觉精神。一个荒唐的年代：一片喊"杀"和"打倒"声中，博大精深的华夏文明和中国文化传统，文学、艺术以及诗歌，在那些人眼中都成了"封、资、修"，都成了"黑线"。拨乱反正，驱邪扶真，我们要在一片废墟上恢复并建立对诗歌的信心。这就是在1980年那个早春时节充盈我们内心的吁求。我们把昨天留在身后，我们站立在今天。我们不仅要告别昨天的乱局，我们还要认定属于开放年代的新的目标。

当年的我们，面对的是受到摧残的诗歌废墟，需要重新确立对诗歌的信心和理想。当年的我们，只能在记忆中想象遥远的唐代的明月，也只能在内心深处怀想和致敬那些现代的和以往的历代诗人，为他们的辛劳创造，也为他们的辉煌的存在与黯然的陨落。我们渴望以行动来表达我们的念想与敬意。

1980年春天，正是民间的三月三、壮族一年一度盛大的诗歌节举办之际。赶着民间节庆的气氛，一个空前的诗歌理论会议在广西南宁召开。会议之所以召开，是由于出现了《今天》杂志，以及出现了以这个刊物为基点的一批新诗创作。这些创作带来了普遍的陌生感和新的启迪，也随之带来了完全不同的价值观和巨大的诗学分歧。当然，从根本上看，它们带来的是中国诗歌的新气象和新生机。这些现象引起诗歌理论界和其他学界的注意。这样，由几所大学和相关研究所、学会共同筹划的全国当代诗歌讨论会就在广西南宁隆重召开。

会议的参加者基本上是来自民间的诗歌研究者、理论批评工作者和大学教师。像这样一个专门讨论诗歌理论批评的大型会议，在中国诗歌史上可能是第一次。我之所以在这里郑重提及南宁会议，是因为它与随后诞生的专门研究诗歌理论批评的刊物《诗探索》有着密切的甚至是直接的关联。或者可以说，南宁会议是催生《诗探索》的前奏，甚至可以说，它是诞生这个刊物的最初的灵感。

沐浴着新时代阳光

　　南宁会议的议题基本上围绕着对当日出现的"朦胧诗"的评价而展开。两种完全不同的观点进行了尖锐的交锋。这些交锋唤起了人们对诗歌理论研究与建设的警觉与关注。与会者的诸多发言涉及中国的诗歌传统、诗与时代和政治、诗的时代归属与审美本质、诗歌艺术的借鉴与创新等问题。争论涉及的深度和广度均为历年所未见。数日会议之后，诗评家们带着对即将到来的诗歌高潮的预期，兴奋地走向了三月三广西民间歌会，走向了更为广阔的诗歌现场。

　　从南宁一路行走到桂林，看的是新时代早春蓬勃的生机与活力，谈的是对于复兴与重建中国诗歌的愿望与念想。记得那时我们看望中途因病住院的公刘，带去大家对他的关怀与祝福，更带去众人的会间余兴——由丁力、晓雪、沙鸥等"集体创作"嵌名诗：

桂林无晓雪，阳朔有沙鸥。
蓝天藏雁翼，病榻念公刘。
久闻山水秀，谢冕驾轻舟，
北方冰已化，春满漓江头。

　　虽是游戏笔墨，但也显现当日活跃轻松的友好气氛。我的日记记载，1980年4月25日，当日前往181医院看望公刘的有闻山、刘登翰、孙绍振、张炯、洪子诚、鲁原等。当然更有高洪波，他一直在医院陪护公刘。日记称："公刘较前大有起色，他有点兴奋，对我们说，我充满了信心。他希望会议的文集有照片作插图，并且决心健康恢复后的第一件工作，是把会上发言整理出来，加入文集。"

　　带着对未来的期望和祝愿，我们一行登上了北上返京的列车。我的日记继续记载当日的"余绪"。其间触及我们对未来刊物（《诗探索》）的最初想法：1980年4月26日："车上，研究了《诗歌界》（暂定名），或叫《诗歌研究》的编委人选。高洪波参加了议论。"作为当事者，我返京后的第一件事是着手写作《在新的崛起面前》。这是会上黎丁先生为《光明日报》的约稿。[1]与此同时，就是在北大邀集同人紧张地为即将诞生的《诗探索》做准备。

永远的坚守和探求

《诗探索》创刊于1980年。记得它的创刊号是在这一年的年末，当时我们放下手中所有的工作，全力以赴，要赶着在1980年末之前宣告《诗探索》创刊。因为1980年是一个特殊的年份、一个值得永远记住的年份，在我们的意念中，不管时间多么紧促，不管从组织到筹备、设计、组稿、出版，再到发行，其间有多大的困难，我们认定，这个刊物只能，而且必须在非凡而伟大的1980年创刊。《诗探索》注定只能是1980之子！

1980年，中国诗歌伴随着一阵惊雷，开始了一个新的诞生。这是一个告别过去、迎接未来的新的诗歌时代。"假、大、空"的覆灭，朦胧诗的崛起，幸存者的归来，特殊的遭遇，特殊的经历，为此，我们要留下前行的足迹：向着世界开放的新的艺术手段与方法，中国诗歌的继往开来的伟大复兴，诗歌面临着新的前所未有的挑战。新的主题、新的艺术方式与新的表现手段，这一切，亟须诗歌理论的支持、总结和阐释。这一切，概括起来也就是当年《诗探索》发刊词的一句话：我们需要探索！那是一个反思的年代，那也是一个创新和探索的年代。我们的方针十分明确：站立在时代的潮头，排除一切的阻挠与偏见，即使是一种巨大的压力乃至一时的孤立无援，我们没有退路，唯有韧性地坚持，以坚定的意志、无畏的探索，热烈地支持中国诗歌的新的崛起。

《诗探索》始终没有办公室，开始借用北大中文系的一间会议室"办公"。编稿、看稿、讨论，都在这个房间。约好时间，朋友们从北京的各个角落赶到北大，骑自行车，坐公交，风雨无阻。办完公，没有饭局，各自散去。因为"定居"在北大，倒也沾了些这所学校的"仙气"——不知不觉间，学术独立、

---

[1] 1980年4月28日日记："作《在新的崛起面前》，近三千字。下午，寄《光明日报》。"

思想自由、兼容并包，倒也成了刊物的"精气神儿"。

前面谈到南宁诗会的召开与参会者的民间性质，这种民间性一直延伸并贯穿于《诗探索》的办刊以及它所展开的活动中。为什么是民间？因为它是由几个民间学术团体和单位主持的，主编和编委无须上方指派；所有的编者都是"志愿者"，从主编到编辑，没有任何报酬，有时甚至还要"自掏腰包"予以补贴；刊物没有固定经费，所有的费用都要"自筹"；更为特殊的是，这样一个纯学术刊物，长达40年的办刊历史，居然没有申请到刊号。

《诗探索》的编者无时无刻不在"求人"，由于没有刊号，只能用书号出版，求出版社少收点儿出版补贴，一家出版社接着一家出版社，"求"一次，办几期或十几期，再"求"，再换一家出版社。岁月过得"有点惨"，却也是"人不堪其忧，回也不改其乐"！我作为创刊主编，看到大家为刊物奔波辛苦，有时不免心疼，想，我们已尽力了，我们当然想坚持，要是客观情势不允许，我也可以学徐志摩前辈那样昭告天下：《诗探索》放假！但是这刊物却真是"命硬"，几次都是遇到"贵人"搭救，然后"绝处逢生""柳暗花明"！《诗探索》创造了一个奇迹，不拿公家一分钱，不要一个编制，不要刊号，也没有一间办公室，居然坚持到今天，足足40年。

而我，已经打好"腹稿"的，而且随时准备发表的《诗探索放假》的文章，却是始终派不上用场！《诗探索》坚持"在岗"，坚持站在诗学探索的前沿，为中国现代诗歌的繁荣发展自觉地守望和探求！时间过得真快，不觉40年匆匆过去。早先创刊的"元老"们约定，只要健康和精力许可，依然坚持他们的"义务劳动"，做《诗探索》忠实的永远的"志愿者"。

我们见证一个时代

亲爱的《诗探索》同人是我们同甘苦、共患难的朋友。我们有幸共同走过，有幸一起聚过、奋斗过，我们快乐过也痛苦过。我们有幸共同见证了诗歌复兴的新时代，我们共同见证了一个伟大的繁荣的时代。

请允许我在这文章的最后表达我对朋友的"不忘",我的敬意和感谢。

深情缅怀——我们的好友,为《诗探索》的出版、编辑作出过贡献的钟文、刘士杰。

深情感谢——在不同时期为《诗探索》的出版作出过贡献,让《诗探索》转危为安的"贵人":张炯、洪子诚、白烨、张仃、石虎、于炼、郭栋、臧博平、张洪波、刘鸿、潘洗尘、庞俭克、赵敏俐、徐伟、苏历铭、邹进。

深情感谢——《诗探索》的编辑队伍:杨匡汉、吴思敬、林莽、王光明、刘福春、陈旭光、张桃洲、王士强、徐丽松、陈亮、谈雅丽。

深情感谢——《诗探索》的出版单位:四川人民出版社、中国社会科学出版社、首都师范大学出版社、天津社会科学院出版社、时代文艺出版社、九州出版社、漓江出版社、作家出版社。

2020 年 7 月 1 日于北京大学

目录

001　　序　言 / 吴思敬

编委的声音

002　　《诗探索》诞生的回忆 / 张　炯
006　　回忆《诗探索》创刊 / 晓　雪
010　　我是怎样成为《诗探索》创刊编委的 / 孙绍振
030　　为梦想和激情的时代作证
　　　　——纪念《诗探索》创刊30周年 / 谢　冕
032　　《诗探索》草创期的流光疏影 / 杨匡汉
040　　又向长亭寻断魂
　　　　——《诗探索》草创琐忆 / 杨匡汉
050　　我与1980年代的《诗探索》：责编手记 / 吴思敬
070　　在筹备《诗探索》复刊的日子里 / 吴思敬
078　　相遇并非偶然，自当倾心相予
　　　　——我与《诗探索》 / 林　莽
093　　《诗探索》琐忆 / 刘福春
107　　忆往昔，《诗探索》温情岁月稠 / 陈旭光
112　　中国诗坛的守望者
　　　　——《诗探索》主编谢冕、杨匡汉、吴思敬访谈录
　　　　/ 陶　林　谢　冕　杨匡汉　吴思敬

我与《诗探索》

- 116 一段温馨的记忆和一点小小的感慨
  ——为《诗探索》40年庆生 / 刘登翰
- 120 一群"大孩子"办的文学评论杂志
  ——贺《诗探索》创刊40周年 / 古远清
- 128 我和《诗探索》的结缘与我的诗学探索 / 苗雨时
- 132 《诗探索》，我的诗学"母校" / 陈仲义
- 136 情怀、立场与历史位格
  ——感念《诗探索》创刊40年 / 沈　奇
- 146 我与《诗探索》的学术情缘 / 王泽龙
- 150 相伴到老：我与《诗探索》 / 邱景华
- 172 我与《诗探索》 / 西　渡
- 177 《诗探索》与我 / 陈　卫
- 184 我的早晨，我的大学
  ——《诗探索》八记 / 胡　亮
- 193 我与《诗探索》 / 王　永
- 200 面向新诗的分歧路口
  ——为《诗探索》创刊40周年作 / 陈太胜

《诗探索》研究

- 208 梦境探索者 / 杨柏青
- 210 《诗探索》：寂寞中的坚执 / 程光炜
- 213 纯正的、科学的、敬业的
  ——评复刊后的《诗探索》 / 沈　奇
- 220 关于《诗探索》
  ——《当代先锋诗歌研究》节选 / 姜玉琴

269　谢冕与《诗探索》
　　　——兼论《诗探索》的学术品格　/　蔡丹阳
277　《诗探索》与中国新诗理论的品格　/　张大为
285　论《诗探索》对中国当代诗歌批评秩序的建构　/　罗小凤
299　坚持学术立场，探索现代诗学
　　　——纪念《诗探索》创刊40周年　/　吕周聚
314　作为新诗理论史形象的诗探索　/　卢　桢
325　《诗探索》与"新时期"以来的诗歌研究　/　冯　雷
333　充满活力的探索
　　　——1980、1994、1999年《诗探索》剪影　/　李文钢
351　《诗探索》与"朦胧诗"叙事　/　霍俊明
379　元问题探究与现代诗学的深化
　　　——重审《诗探索》有关"字思维与中国现代诗学"的讨论　/　张德明
390　诗探索与彭燕郊
　　　——基于40年历程的考察　/　易　彬
406　坚守的寂寞与荣光
　　　——阅读《诗探索》"新诗著作述评"栏目随想　/　罗振亚
411　一个栏目、一群诗人与一个时代
　　　——《诗探索》"中生代诗人研究"栏目探析　/　刘　波　周昕旸
422　一位温柔又不断反抗的诗人
　　　——《诗探索》与张枣形象　/　刘婷越　荣光启
434　远方的风：《诗探索》"外国诗论译丛"述评　/　郑政恒
446　坚持民间立场　恪守诗歌精神
　　　——《诗探索》创刊30周年座谈会纪要　/　王夫刚整理

453　后　记　/　吴思敬

序 言

吴思敬

到 2020 年 12 月,《诗探索》就诞生 40 年了。

40 年来,《诗探索》的创办者及后继者怀揣一个梦想,筚路蓝缕,顶风冒雨,走过了一条坎坷而又光辉的路。

《诗探索》创刊于 1980 年,中间停刊 8 年,1994 年复刊。在创刊和复刊的时候,包括《诗刊》《星星诗刊》《诗神》《诗潮》《绿风》等诗歌刊物,包括《人民日报》《光明日报》《工人日报》《北京日报》《文艺报》《文学报》《文汇读书周报》等报纸纷纷发表了消息,有的还刊登了《诗探索》举办学术活动的报道、《诗探索》内容简介、《欢迎订阅〈诗探索〉》等。媒体对《诗探索》的关注与宣传,迅速扩大了《诗探索》的影响,许多人,包括国外的一些学者,都知道了有这样一家诗歌理论刊物。

1995 年后,研究《诗探索》的文章开始出现。最早是 1995 年 6 月 24 日《人民日报》上发表的"本报记者"杨柏青的文章《梦境探索者》。同年,程光炜的《〈诗探索〉:寂寞中的坚执》、沈奇的《纯正的、科学的、敬业的——评复刊后的〈诗探索〉》先后在《山花》《诗潮》上发表,这是从学术上阐释《诗探索》创刊意义和《诗探索》办刊特色的最初的两篇论文。《中华工商时报》则发表了陶林与《诗探索》主编谢冕、杨匡汉、吴思敬的访谈录:《中国诗坛的守望者》,让三位主编公开亮相,阐明《诗探索》的办刊宗旨与学术立场。

为纪念《诗探索》创刊 30 周年,《诗探索》举办了座谈会,著名诗人、学者牛汉、邵燕祥、张炯、孙玉石、叶廷芳等出席。《诗探索·理论卷》2011 年第 2 辑发表了《坚持民间立场　恪守诗歌精神——〈诗探索〉创刊 30 周年座谈会纪要》,传达了牛汉、邵燕祥等对《诗探索》的评价与期望,同时还发表了谢冕的《为梦想和激情的时代作证》、杨匡汉的《〈诗探索〉草创期的流光疏影》,以及刘福春撰写的《〈诗探索〉纪事》,还原了《诗探索》创刊的现场,为后来的《诗探索》研究提供了丰富的原始资料。

2013年7月姜玉琴的专著《当代先锋诗歌研究》由复旦大学出版社出版,此书设专章研究《诗探索》。作者在该书"引言"中说:"本书的一个特殊之处是把《诗探索》杂志引入到了当代先锋诗歌的框架中来。创刊于1980年的《诗探索》与'朦胧诗'以及其后的诗歌一路走来,当代先锋诗歌中所发生的一切美学嬗变和纷争,都能在这本杂志中找到相对应的反应。从某种程度上可以说,《诗探索》见证、参与了并推动了当代先锋诗歌的发展,甚至可以说它本身就是中国当代先锋诗歌运动的构成部分。"此书的第五章题为《关于〈诗探索〉》,分三节,4万余字。这也是到2013年为止,对《诗探索》所进行的最系统,分量也是最重的研究,其研究成果为许多学者所引用。

2017年,首都师范大学的硕士研究生林琳在其导师张桃洲教授的指导下,完成了《〈诗探索〉与中国当代诗潮》,这是以《诗探索》为研究对象的首部研究生学术论文。作者认为,孕育并诞生于新诗发生变革浪潮中的《诗探索》,不仅是中国新诗发展史上第一本纯诗歌理论刊物,还响应着当代新诗发展的脉动。从某种意义上来说,《诗探索》不仅是当代新诗发展的"见证者",更是积极参与其中的"当事人"。林琳的论文写出后,又经过补充、加工,最近以20万字的篇幅定稿,全面展现了《诗探索》创刊、复刊及其发展过程,准确地把握了《诗探索》的办刊定位与取向,并对刊物的运行方式、栏目构成、组织诗歌活动等进行了全面的探讨,写法上采用了史述和评析相结合的行文方式,多有创新,可谓是到当下为止《诗探索》研究的积大成之作。

为迎接《诗探索》诞生40周年,2019年12月28日,《诗探索》召开编委会,决定于2020年11月在香山饭店举办"《诗探索》创刊40周年纪念暨新时期中国诗歌理论学术研讨会",同时筹备出版《〈诗探索〉创刊40周年纪念丛书》。这套丛书中有一种《〈诗探索〉之路》,编委会决定由我来负责。消息传出后,得到《诗探索》的历届编委、编辑,《诗探索》的作者、读者,以及诗歌界的朋友的热烈响应，纷纷来稿，半年内达到近40篇，把《诗探索》的研究推向了一个新的阶段。

《〈诗探索〉之路》主要收集了诗人、学者们为纪念《诗探索》创刊40周年所写的回忆文章及学术论文；同时为了保持历史的延续性，除林琳的《〈诗探索〉与中国当代诗潮》和刘福春撰写的《〈诗探索〉纪事》，作为"《诗探索》创刊40周年纪念丛书"单独出版外，还收集了从《诗探索》创刊以来研究《诗探索》的其他成果，编成了《〈诗探索〉之路》这部文集。为便于读者和研究者阅读，我们把这些文章分为三辑：

一、"编委的声音"，收集《诗探索》创刊编委及历届编委回忆《诗探索》的文章。

二、"我与《诗探索》"，收集《诗探索》的作者、读者回忆《诗探索》的文章。

三、"《诗探索》研究"，收集诗人、学者关于《诗探索》的学术论文。

凡是已经发表的文章，收入本集时，均注明出处。其他文章，均为本书首发。

《〈诗探索〉之路》真实地记录了《诗探索》诞生以来40年的风风雨雨，40年的坎坷行程，40年的拼搏奋斗，就让它作为这段路程的一个剪影，留给我们的时代，留给我们的后人吧。

2020年8月20日

编委的声音

《诗探索》诞生的回忆

张 炯

2020年是我国诗歌理论刊物《诗探索》诞生40周年，回忆它的诞生和走过的艰难历程，不禁感慨系之！那还是改革开放、思想解放的初期，1980年4月，中国当代文学研究会同广西壮族自治区文联和北京大学中文系等联合在南宁召开全国当代诗歌研讨会，有全国诗人和专家一百多人参加。会议的主题是讨论当代诗歌的现状与展望。会上，诗人雁翼和《星星》诗刊的主编白航从成都带来一组拟发表在该刊头版的顾城的诗，把清样散发给会议的参加者征求意见，遂引起大家的热烈争论。代表性的意见有三种，著名诗人公刘是顾城父亲顾工的老战友，他认识顾城，说顾城从小就有奇怪的意象，如见到嘉陵江，顾城就产生这条江有如一条"尸布"的想象。公刘认为，像顾城这代年轻人，有自己独特的生活经历和感受，他的诗歌有许多让读者感到艰涩、难懂，应不奇怪，这样的诗虽然不是读者都喜欢，但也代表一种风格。《诗刊》编辑部主任、诗人丁力和辽宁省文化局局长、诗人方冰则认为，这种古怪的诗，绝不宜提倡，否则会带坏诗坛的风气。而学者谢冕和孙绍振持另一种意见，谢冕主张对新的诗歌出现，不要马上否定，应该取宽容的态度，看看再说。孙绍振认为李商隐、李贺的诗也很难懂，但很多人喜欢。自古"诗无达诂"，你今天读不懂，可能明天会读懂，你这辈子都不懂，可能你儿子、孙子会读懂。我那时因担任中国当代文学研究会的常务副会长，参与主持会议，领导小组责成我做总结发言。我不好支持哪一种意见，在总结发言中笼统地赞扬会议具有"百家争鸣"的精神。会后将会议的论文汇成一本书《新诗的现状与展望》，由广西人民出版社出版，把我的发言《有益的探讨，丰硕的收获》作为这本书的序言。当时，参加会议的《光明日报》的老编辑黎丁认为关于顾城诗歌的讨论很有意义。他便约请谢冕和丁力、方冰各写一篇文章，在该报1980年5月7日以整版篇幅发表。谢冕的文章题目是《在新的崛起面前》。这就是后来被称为关于"朦胧诗"讨论的所谓"三个崛起"的"第一个崛起"。

会后，与会者应邀到都安县参加当地民族的对歌大会，公刘在对歌时突然中风，大家把他护送到桂林住医院治疗。大概由于这场讨论具有理论的意义，在南宁时便有人提出办一份诗歌理论刊物的动议。大家在桂林七星岩参观时，我与雁翼、晓雪、白航、阿红、易征、宋垒、谢冕、丁力、杨匡汉等走在一起，众人七嘴八舌都赞成办个诗歌理论刊物的想法，并建议由中国当代文学研究会来主办。我回到北京后，便向会长冯牧同志做了汇报，他也赞同这个意见。关于中国当代文学研究会的工作，他曾指示要多发挥中年同志的作用。按照这个精神，我建议应成立个编委会，并由研究会常务理事谢冕来当主编，由丁力、杨匡汉来当副主编。谢和杨是长期从事诗歌理论和评论工作的学者，杨也是研究会的常务理事并兼副秘书长，丁力是年长的诗人和老编辑工作者，这样一个班子体现老中青结合。他们的观点虽有差异，相信能够合作得好。冯牧表示同意。我又征求研究会顾问荒煤和副会长朱寨的意见，他们也表赞成。这样，就协商个首届编委会成员的名单。当时，中国当代文学研究会刚成立几个月，既没有办公地点，也没有经费，我只好到设在崇文门东大街的社会科学院招待所借了间简陋的地下室来召开首次编委会。朱寨和我主持这次会议，参加这次会议的编委有谢冕、丁力、杨匡汉、雁翼、白航、晓雪、沙鸥、袁可嘉、唐祈、闻山、宋垒、尹一之等十多人，编委公刘、易征、孙绍振因在外地，未能参加。当时大家围着一张长条桌坐着，我代表研究会宣布了编委会名单和正副主编人选，鼓掌通过后，便讨论刊物的宗旨和办刊方针，《诗探索》的刊名也在这次会上定下来。我已记不清这个刊名最先是谁提出来的，但大家都觉得挺好。关于刊物的出版问题，根据当时中国当代文学研究会创办《中国当代文学研究丛刊》和《作品与争鸣》月刊的经验，都是找出版社支持经费来出版。

如前者通过白烨联系中国社会科学出版社，后者通过杨志杰、丁振海联系天津百花文艺出版社。雁翼说，巴金老人的侄子李致在四川人民出版社当社长，可以找他帮忙，在四川出版。

所以，会后我和谢冕便专程去成都拜访李致同志，跟他沟通了《诗探索》办刊的缘由和设想，他很痛快地答应由四川人民出版社作为季刊，先"以书代刊"出版。接着又确定邀请那时在成都大学任教的钟文同志来当跟出版社联系的责任编辑，负责每期付印前的清样对红。我们回京后，又邀请中国社科院文学所当代文学研究室的楼肇明、刘士杰、雷业洪和时在该室进修的王光明同志参加《诗探索》的编辑工作。他们也都欣然同意了。文学所的年轻同志林岗、蔡田明、刘福春、李兆忠等也热心帮助做些事。于是便开始创刊号的组稿、集稿和编辑工作。谢冕负责起草的《诗探索》创刊辞《我们需要探索》，送冯牧同志阅后，以编辑部名义发表。

就这样，《诗探索》在改革开放、思想解放的大潮中，经过大家的共同努力和热情支持，便正式诞生了。刊物很快就"朦胧诗"展开讨论，发表了不同观点的意见，还对诗坛新作开展评论。诗坛泰斗艾青、臧克家和许多诗人、学者都为刊物撰稿。所以，《诗探索》创刊后，很快便获得诗歌界重视，并产生了国内外的影响。

但是，《诗探索》坚持下来，走过的道路却相当坎坷和艰难。刊物在四川人民出版社出版了5期后就难以为继。由于国家出版社改为企业的新制，必须营利，当时研究会的月刊《作品与争鸣》因发表争鸣文章，又登载相关作品，比较受读者欢迎，印行6万份，出版社不仅不赔钱，还能盈利，继续出版就没有问题。而《中国当代文学研究丛刊》和《诗探索》因是学术刊物，印数有限，出版社难以再赔钱，于是只好被迫先后停刊。而《诗探索》副主编丁力得了肺癌，住进医院治疗。我和谢冕、杨匡汉一道到通州的肺专科医院去看望他，那时他情绪还比较乐观，我们在医院的花坛边还欢谈了个把小时，他仍然十分关心《诗探索》的命运。可是他尽管与病魔作顽强的搏斗，终于不治！这自然对《诗探索》是个打击。《诗探索》的同人深为失去一位热情、忠厚的兄长和朋友而悲痛！后来复刊还为纪念他，开辟了怀念丁力的专栏，并发表胡海珠同志纪念他的文章《丁力——一位具有金子般心灵的诗人》。由于工作需要，1984年《诗探索》又邀请首都师范大学的吴思敬老师为责任编辑。1993年他获得学校领导的支持，成立了该校新诗研究室，争取到经费，可以支持刊物启动。于是《诗探索》便由中国当代文学研究会、北京大学诗歌研究中心和首都师范大学新诗研究室合办，得以复刊。经白烨同志沟通，改由中国社会科学出版社出版。可是，出了几期又出现新的危机。国家新闻出版总署有了新规定，取消"以书代刊"的办法。吴思敬同志找我。我只好硬着头皮去找新闻出版总署那时的署长于友先同志，向他陈述《诗探索》长期"以书代刊"实在也是无奈，因为申请不到刊号。恳求总署考虑到这是全世界仅有的诗歌理论刊物，给予例外。于署长听后，觉得有道理，立即找来图书司和期刊司的负责同志一起协商，最后总算答应给予特批例外。这样，《诗探索》才算又得以继续出版。

40年，在历史长河中不过是一瞬，但在一代人生中却是悠长的岁月。我虽然忝为《诗探索》的首届编委，实际上没有参加具体的编辑工作，只是从旁做点辅助性的事情。倒是《中国当代文学研究丛刊》和《作品与争鸣》月刊，我还参与过编辑。冯牧同志去世后，朱寨同志接任中国当代文学研究会会长，刘锡诚同志继我担任副会长兼秘书长，我后来虽也当过会长，因忙于别的工作，对《诗探索》就更少过问了，实在感到愧疚！如今，《诗探索》的首届编委中，公刘、雁翼、白航、闻山、易征等以及长期参加编辑的刘士杰等同志都已先后离世，不能不令人怅然！但十分庆幸在谢冕、杨匡汉、吴思敬和林莽等同志领导下，《诗探索》能够坚持到迎来40周年，实在非常不易！我十分敬重和感谢曾经满怀热情和无私奉献精神为《诗探索》的出版和坚持做出不同程度贡献的朋友们！也为《诗探索》后继有人，一批年轻的同志站上了新的编委和编辑的岗位而感到欣慰！我衷心祝愿《诗探索》走向壮年，郁郁葱葱，永葆青春，在新的时代中为我国诗歌理论的发展和促进诗歌的繁荣做出更大的努力和贡献！

2020年1月17日于苏州吴园

作者单位：中国社会科学院文学研究所

回忆《诗探索》创刊

晓 雪

回忆《诗探索》创刊，我首先想起 1980 年 4 月 8—22 日，在广西桂林举办的全国诗歌讨论会。

这次由中国当代文学研究会和广西壮族自治区文联共同主办的全国诗歌讨论会，是继 1979 年 1 月中国作协《诗刊》在北京召开的全国诗歌创作座谈会后，我国诗歌界又一次很重要的盛会。有来自全国 20 多个省、市、自治区的数十位诗人和诗评家出席。未能到会的中国作协副主席、著名的文艺评论家冯牧、陈荒煤对如何开好这次会议发表了明确的指导性意见，艾青、臧克家、贺敬之也通过书信、电报对会议表示了热情洋溢的祝贺。与会的同志们，则无不为得以参加这次盛会、能见到这么多诗歌界的老相识和新朋友而感到欢欣鼓舞。不论是久别重逢或初次见面，人们都格外激动。除东道主的负责人外，方冰、公木、沙鸥、雁翼、公刘和我参加了会议的领导小组，轮流主持讨论会。4 月 8 日下午的开幕式上，广西文联负责人秦似同志致开幕词后，就是谢冕、沙鸥发言。后来几天陆续做大会发言的有闻山、易征、杨匡满、刘益善、晏明、孙绍振、丁力、公刘、张炯、杨匡汉、包玉堂等等诗人和诗评家。我在 4 月 11 日下午的大会上作了《歌唱时代，反映生活，大胆创造》的发言。

从开幕到闭幕，这次讨论会前后进行了 15 天，除开会研讨外，还组织参观游览了南宁、桂林的许多风景名胜、大专院校，到都安瑶族自治县和罗城仫佬族自治县去采风，参加了"文革"中被取消、1980 年刚刚恢复的都安县都阳公社棉山大队农历三月初三的"万人歌圩"活动,并先后在南宁、桂林与广西文艺界、诗歌界和爱好诗歌的大学师生们座谈交流。我和青年诗人曲有源应邀到南宁师范学院给爱好诗歌的同学们讲课,我结合自己学习写诗的体会用一个小时讲了 16 个字:树立信心,刻苦学习,独立思考,不断攀登。谢冕和闻山给桂林市文艺界 100 多人做了专题报告。

几天的学术研讨,大家围绕新诗 60 年的成就、经验和问题、诗人的职责和诗与时代的关系、新时期诗歌的发展态势和朦胧诗的崛起等问题展开了热烈的讨论。不论是先写好了发言稿或即席发言的,都各抒己见,畅所欲言,有的看法比较一致,有的观点不同甚至对立,引起了激烈的争论。但都各有见地,相互尊重,会上的热烈争论并不影响会后的促膝谈心。讨论会很好地贯彻了"百花齐放、百家争鸣"的方针,开得生动活泼而又严肃认真,尽管对朦胧诗的看法有分歧,但对"五四"以来 60 年新诗的主要成就和基本经验、对新时期新诗的可喜发展,大家的认识是一致的。4 月 22 日下午,全国诗歌讨论会在桂林宣布圆满结束,讨论会的发言由张炯、谢冕、杨匡汉、鲁原负责编成论文集。

在讨论会期间,不少诗人和诗评家都曾谈到,迫切需要创办一个研究和评论诗歌的刊物。创作和评论是繁荣诗歌事业的两个轮子,我们有《诗刊》《星星》等诗歌刊物,《人民文学》和全国各省市自治区的文学刊物都发表一定数量的诗歌,但诗歌评论和诗美学研究的文章却极少有发表的阵地。张炯、谢冕、杨匡汉等同志是首先想到这一点的,并考虑就由中国当代文学研究会来主办,刊物取名为《诗探索》。我很赞成这个刊名,它包含了"路漫漫其修远兮,吾将上下而求索"的意思,包含了我们的诗歌创作、诗歌评论、诗美学的研究,我们的整个诗歌事业都必须坚持不断探索、不断开拓、不断出新、不断创造,才能不断前进,才能不断发展和繁荣。

全国诗歌讨论会结束后不久,张炯、谢冕、杨匡汉等同志积极筹备,多方组稿,终于在半年之后,在 1980 年的最后一个季度,推出了全国第一个诗歌理论刊物《诗探索》创刊号。刊物由中国当代文学研究会主办,谢冕任主编,丁力、杨匡汉任副主编。其他编委(按姓氏笔画排列)还有公木、公刘、尹一之、易征、孙绍振、宋垒、闻山、张炯、唐祈、袁可嘉、晓雪、雁翼。编委会包括了不同诗歌流派、不同诗歌观点的几代诗人和诗评家,是一个有代表性的团结合作、共同为繁荣发展我国各民族的社会主义诗歌而"不断探索"的编委班子。作为编委之一,我给创刊号的稿子是一篇散文:《彩云下的友谊》,写的就是全国诗歌讨论会期间的一个"小插曲":4月14日,我在南宁收到正在云南采风、组稿的《诗刊》副主编、诗人邵燕祥的一封信,他在边疆的公路上,看到"一朵蘸满了阳光的云",想起公刘当年写云南的名篇《西盟的早晨》:"我推开窗子,/一朵云飞进来,/带着谷底特有的寒气,/带着难以捉摸的旭日的光彩……",于是就写了首诗《云南云——致公刘》。他把诗抄在信上,要我转给公刘。诗中写道,当年"共和国和共和国的战士/年正青春……"但"后来/在共和国的大地上,/什么样的脚/曾践踏一代青春;/而青春一步一步行进,/不管多么艰辛。/青春是不会消逝的,/它到处留下脚印。/一切美好的东西都不会消逝——/就像你/云南的云/也将在蔚蓝的天空中永存"。公刘看后非常高兴,把燕祥手写的原稿拿去保存起来。会上许多诗人和诗评家都传看了燕祥的信和诗,大家都为诗人之间这种真挚的友谊所感动。

1981年底,张炯同志出题约我写了《中国新诗的繁荣与精神文明的建设》,刊于1982年第2期《诗探索》。邵燕祥18000多字的长文《人间要好诗》也在同一期发表。后来,《中国新诗的繁荣和精神文明的建设》一文,作为"专论",收入文化艺术出版社、中国文艺年鉴社编的1983年版《中国文艺年鉴》(总第三卷)。

《诗探索》创刊40周年了。包括《艾青的诗论》(《诗探索》总第23辑,1996年)、《诗美断想》(《诗探索》2003年第3—4辑)、《百年新诗再出发》(《诗探索·理论卷》2019年第1辑)在内,我在《诗探索》发表的文章屈指可数,但我始终是《诗探索》的忠实读者。40年来,《诗探索》坚持为人民服务、为社会主义服务的方向和"百花齐放、百家争鸣"的方针,乘着改革开放的东风,解放思想,实事求是,回顾总结"五四"以来我国新诗发展的主要成就和经验教训,及时评介和跟踪研究不断涌现的诗歌新人新作,深入探讨诗歌界大家普遍关心的各种问题,有针对地发表了许多有创见、有深度的文章,为活跃诗歌批评，促进诗歌创作，建设诗歌美学和培养诗歌研究的新生力量，推动我国各民族社会主义诗歌事业的发展繁荣做出了重要贡献。希望《诗探索》编辑部以创刊40周年为新的起点，继续发扬"不断探索、不断奋进"的精神，总结经验，开拓创新，越办越好，为新时代创造新的辉煌。

2020年6月26日于昆明

作者单位：云南省作家协会

我是怎样成为《诗探索》创刊编委的

孙绍振

我在改革开放之前是写诗的,1950年代我信奉苏联诗人马雅可夫斯基的诗歌是"炸弹和旗帜",所写大部分是政治抒情诗,基本是政策图解,现在看来是要脸红的,要忏悔的。但是正是因为这样,我被认为是"诗人"。至于口号诗人怎样变成理论刊物《诗探索》最初的编委,参与早期工作,说来就话长了。

一

1978年10月左右,中国作家协会组织了大庆和鞍山之旅,一方面是宣示,在"文革"期间停止了十年的中国作家协会恢复运作,同时也是旨在实践所谓"创作要上去,作家要下去"的准则。我和刘登翰很荣幸地参加了。当时团长是艾芜,副团长是刚刚发表了轰动一时的《哥德巴赫猜想》的徐迟。作家比较多,诗人并不占多数,艾青和公刘都参加了,但是,都是"摘帽右派"。我从《解放军进行曲》的词作者公木口中得知,周扬已经说了,艾青右派问题可能重新考虑,而其他的人物,如丁玲,则是真反党。当时正是真理标准大辩论的前夕,每到之处,沸沸扬扬。吉林省委宣传部长宋振庭在和我们谈话时,甚至这样说:"有些人怕得要命。我对他们说:你怕什么?怕他咬了你××!"这句话,我终生难忘。几年后,我还把这句写在给朋友的信中。弄得那个朋友的老婆说,孙绍振这个人神经不正常。

那是一个历史的大变动的时期，山雨欲来，春江水暖，一些青年根本不管右派不右派，总是簇拥着艾青和公刘。而艾青在会上，也不时发出一些出格之言，如宣称自己是一面鼓，有一根针就要"呸"的一声出气，等等。

这个访问团的消息，是新华社发的通稿，影响很大，一些诗人没有赶上，后来，就另外组织了一次海南之旅。诗人启动了，理论家也就顺理成章地要有所表现，于是张炯、谢冕他们，当时可能已经组织了中国当代文学研究会，就策划了南宁的第一届诗歌理论讨论会。老同学在"文革"期间很少见面，就借此机会聚会一番，我就是怀着这样的心情去了。

二

1980年4月，全国当代诗歌讨论会在广西南宁、桂林召开。这标志着关于"朦胧诗"的争论进入了第二阶段：从不登大雅之堂的油印刊物走向了全国性的学术殿堂。从叽叽喳喳的议论变成了严肃的论战，不过这还是口头的，还不能算是最正式的。

这时顾城的几首诗已经在刚刚复刊的《星星》诗刊3月号上出现，引起了与会者极其强烈的震动。一方面，顾城那些富有一定社会意义的诗歌，如：《一代人》（"黑夜给了我黑色的眼睛，我却用它寻找光明"）得到了赞赏。但是他的不包含直接的社会意义的作品，例如《弧线》，就遭到了不少人的声讨、质疑：这样"古怪"的东西，也能算是诗吗？闻山先生甚至在大会发言中，说顾城的一些诗是"堕落"。对这些诗最初的命名，并不是"朦胧诗"，而是"古怪诗"：它似乎古怪地刁难读者，下决心让人看不懂。（后来还传来舒婷对于看不懂的批评断然拒绝：你看不懂，你的儿子会看懂。）争论自然而然地爆发了。一派主张对于"古怪诗"这样脱离群众，脱离时代的堕落的倾向要加以"引导"，而另一派以谢冕和我为代表，则为"古怪诗"辩护。当年还是中年讲师的谢冕提醒大家：每当一种新的创造产生，我们总是匆匆忙忙去引导，"采取行动"的结果，不但不是推动诗歌艺术的发展，而是设置了障碍。那天是大会最后一天了，吃饭的时候，张炯对我说：孙绍振你放一炮吧。我当时对理论并不太在意,就说,把我安排在下午最后一个,讲得好,给大家留下美好的印象,讲得不好,大家忘记了,也无所谓。

没有想到,下午我坦率而尖锐的演说,把争论推向了高潮,我的话以锋芒毕露为特色。我说,引导派本身在逻辑上存在着悖论:既然你们宣布看不懂,你们又有什么本钱去引导呢?难道不懂就是引导的本钱吗?如果没有什么本钱,又要引导人家,难道凭你干饭比人家吃得多吗?难道看不懂是你们的光荣吗?我的讲话把会场分裂了。一方面,引起与会青年的热烈鼓掌,另一方面,引起对方的愤怒。有些人就说,这不行,这家伙骂我们是吃干饭的。大会发言不能就这么结束,不能让他这便宜就溜了。于是第二天的大会发言更热闹,语言上比较意气用事,但还算比较友好,纯粹是艺术理念之争。当然,争论比较肤浅,基本上集中在我那些比较放肆的语言上。我提出的原则性观念却没有得到充分展开,例如,我说,延安文艺座谈会讲话以后,虽然民歌体取得了巨大成就,如出现了《王贵与李香香》,但是,诗人都去写民歌体,代工农兵立言,却没有多大成就。田间放弃了鼓点式的节奏去写准五言体的《赶车传》,改过来,改过去,直到1958年还在改,越改越厚,越改越离谱,其结果是,把艺术的车子赶到沟里,艺术上"全军覆没"。不管这个"全军覆没"引起会场上多么强烈的震惊,我继续说,艾青也去写比较整齐的接近五言的诗歌,歌颂什么劳动模范吴满有,结果这家伙国民党一来,就投降,弄得艾青浪费才华。艾青放弃了他的"散文美",艺术上,从此一蹶不振。以后的新诗,常常有茅盾所说的"格格不能畅吐"的倾向。何其芳拥护民歌,但是,自己不写,再也写不出稍稍赶上《夜歌与白天的歌》的水平。李季以民歌起家,但是中华人民共和国成立以后,就承认,新的生活,民歌形式不够用,改写半自由的四行体。我的这个意思写在我为参加这个会议而写的《新诗的民族传统和外来影响问题》中。

当时广西师大有位徐敏岐先生,显然注意到我的发言的分量,在会上说,孙绍振的意见,很偏颇,但是,要反对他需要花一番功夫。消息传到北京,震惊了诗坛泰斗,臧克家觉得我是"大放厥词",写信给谢冕,说你是党培养的青年评论家呀,你要和孙绍振"划清界限"呀。理所当然地遭到谢冕拒绝。后来我到谢冕家去，他的孩子见到我，就偷偷问，这就是那个"大放厥词"的叔叔吗？

到了大会最后一天，广西诗人黄勇刹（歌剧《刘三姐》的执笔者）发言，他很气愤，又很幽默。他说，这些古怪诗理论家使我想起了1960年，饭吃不饱，肚子饿。忽然报纸上来了一条消息，说是，只要把树叶泡在水里，过几天，就可以产生一种小球藻，营养比猪肉还强。我相信了，可是肚子不相信，还是饿得要命。现在，在我们诗歌界，出现了一种"小球藻理论家"。骗人的，不要上当。

大家都笑起来。我也给他鼓掌了。

反对派以老实巴交的丁力为代表，不无忧虑地提出：危机不在于古怪诗，而在于为古怪诗张目的"古怪诗论"。虽然双方语言已经相当地情绪化了，但是，气氛还是比较友好的。当时还有一个人，看出争论的深度，那是后来当了云南省委宣传部部长的诗人晓雪，他对谢冕说，老孙的言外之意是，虽然不能否定《讲话》，但是，为了《王贵与李香香》，付出的代价是太大了。我听到了以后，觉得不愧是第一个写出研究艾青著作的才子。在这个阶段我不知道任何政治压力。但是，后来听说，在会上发言的曲有源，回去后被弄得很惨，甚至捉将官里去。但是，我已经不记得他当时在会上说了些什么。他没有遭到在报刊上批判。

当时是1980年4月，《光明日报》的一位资深编辑章先生，以他敏锐的眼力看出了这场论争的重要性。他约请了谢冕和我为《光明日报》撰文。当时，谢冕已经是全国著名的诗论家，而我还没有写过什么评论文章，名不见经传，他约我写文章，不仅是因为瞧得起我的发言，而且还因为我当时为了参加会议，带去了一篇论文《新诗的民族传统和外来影响问题》。他说，这个人发言虽然偏颇，但是论文还有东西。谢冕很快就写出了《在新的崛起面前》。我写的文章是《诗与小我》。两篇文章，都没有特别引起注意。虽然这标志着：关于"朦胧诗"的论争进入了第三阶段，从口头移到了全国性的报刊和出版物上，从片断的感觉印象上升为系统的理论。"朦胧诗"也顺理成章地以其艺术风貌开始了征服出版物的历程。不久，《诗刊》上出现了章明先生的《令人气闷的朦胧》，举的例子是"连秋天的鸽哨都是成熟了"，鸽哨怎么能成熟呢？这种朦胧令人气闷。于是，"朦胧"这个比较通俗的说法（虽然它很不科学，内涵很不清晰）就代替了"崛起"，而在谈及朦胧诗的理论的时候，由于它并不朦胧，仍然以"崛起"名之。"崛起"也并非完全是谢冕的发明，前不久，在报刊上有一篇表彰李四光的报告文学叫作《亚洲大陆的新崛起》。

　　谢冕以他的文采和情采让地质学的"崛起"变成了文学史思想解放的历史关键词。

　　由于南宁会议的影响，又加上《令人气闷的朦胧》，《诗刊》就决定展开讨论。最初他们请蔡其矫代表朦胧诗人作辩护，文章写成了，但《诗刊》不满意。

三

　　当时我正在前门一家旅馆里，编辑第一期的《诗探索》。这个刊物是南宁会议的产物，会后由张炯、谢冕、雁翼、杨匡汉和我等作为编委。张炯请我到北京编辑第一期刊物。不知怎么搞的，前后居然拖拖拉拉弄了一个月。当时，让我住在崇文门的一家旅馆里。《诗刊》有人看了我为南宁会议写的论文，又听说了我的发言，还听说我就在北京，近在崇文门旅馆，就请我去写。其实我当时的主要精力还是在诗歌创作上，从大庆归来，我还在1979年第1期《诗刊》上发表了悼念周总理的短诗《花圈的颂歌》和270行的对话体长诗《觉醒的一代》。

　　就是因为南宁会议，也因为当了《诗探索》的编委，我被拉进了诗歌理论界，改变了后来的学术命运。

　　《诗刊》给我看了蔡其矫的手写稿，完全是诗人的感想，我就不假思索，给他们写了《给艺术的探索者以更自由的空气》。

　　不久，《诗刊》开始登载朦胧诗，到了1980年8月，还邀请17位官方可以接受的年轻诗人（除了北岛、芒克、食指等等）去参加"青春诗会"。不久以后，《诗刊》又在北京郊区定福庄煤炭干部管理学院召开了"全国诗歌理论座谈会"。我就莫名其妙地被当作理论方面的人物被邀请了。

这是一次真正的理论的而不是感觉印象的交锋。双方摆开了阵势,旗鼓相当。据《诗刊》一位编辑说,支持者以谢冕、孙绍振、吴思敬等等为代表,反对的以×××、××、××为代表。据同一位诗刊的编辑的粗略统计,支持和反对的是14对14,但是谢冕、孙绍振、吴思敬,还有钟文,由于是大学教师,学术资源比较丰富,尤其是吴思敬,言必有据,说着说着就掏出一张卡片。当时在《花城》工作的诗歌评论家易征还找了一个反对派中有分量的人士,对他说,要和崛起派辩论,光懂得古典诗话,是不够的。会上部分言论的综述以《一次冷静而热烈的交锋》为题发表在第1980年第12期的《诗刊》上。在那里,记录了我一段很直率的言论:我们的新诗史上,有为革命奉献了生命的诗人,如殷夫、陈辉,然而他们对新诗的艺术并没有什么贡献,而那些不革命的,对革命保持距离的,如徐志摩、闻一多,还有不革命时期的何其芳,还有参加了革命组织,而不革命的戴望舒,却对新诗的艺术发展做出了不可磨灭贡献,这说明什么问题呢?

这种议论在当时把诗歌当成"炸弹和旗帜",当作时代精神的号角的主流理论来说,是惊世骇俗的。

争论的焦点之一:诗人的自我和人民大众之间究竟是个什么关系。反对一方提出的自我必须是人民大众的大我,而不是小资产阶级的小我。一个理论家沿用苏联诗人马雅可夫斯基"大写的我"说法提出:诗中的个人的"小我"是手段,而代表人民的我是"大我",才是目的。

我有一次长篇发言,整整一个上午,包场。我说,大我是普遍性,小我是特殊性,而根据列宁的《谈谈辩证法问题》,特殊性大于普遍性,普遍性只是特殊性的一部分。而且马雅可夫斯基的大我,大写的我,从《圣经》中来,大写的"他"是上帝,大写的我,隐含着把自我当成上帝。后来,我在《道德忏悔和历史反思》中,回忆这次发言中最尖锐的部分,从个人迷信、造神运动的异化理论来阐释自我如何被消灭的:

> 费尔巴哈说,神是人的异化。把人的光辉品性,人的丰功伟绩,异化为神

的创造。因为你跪下来,他才显得高大。我们的社会理想蓝图,同时也是人格理想蓝图,那就是领袖在《为人民服务》中所说的,"毫不利己,专门利人"。但是,这是与人性矛盾的。因而,费尔巴哈的说法似乎需要补充:在一切造神过程中,同时也在造鬼。除了一神以外,一切都是魔鬼。鬼和神相对立,但是,有一点是相通的,那就是鬼也是人的异化。不过神作为人的救星,是人已经实现的丰功伟绩的异化,而鬼则为人尚在追求的精神和物质愿望的异化。实际上是人的原罪,人的鬼化。不过,它的实现,不是以宗教裁判所的火刑,而是以中国式所谓群众政治运动。列宁说,革命是群众的节日,而政治运动是群众的狂欢。"打倒一小撮,解放一大片",总是先把一小撮鬼化,驱使一大片对之痛加围剿,以没有头脑的"驯服工具"为先进,以不讲逻辑为光荣,以无知愚昧为智慧,以人道为耻,作粗暴的竞赛。理性则被"踩上一只脚,让他永世不得翻身。"在神圣的名义下,对鬼就不能讲什么仁义道德,领袖说得很清楚,不要什么"宋襄公蠢猪式的仁义道德"。连温情也是资产阶级的,不道德就此成为最高的道德,反艺术成为艺术的准则。周扬和丁玲恩恩怨怨,双方说起来莫不头头是道,然而,换一个地位,也不会有什么两样。"一大片"获得解放思想精神升华,享受相对于鬼的优越,却是失去了"一小撮"(鬼)曾经拥有的灵魂自由领域。思想升华到禁绝一切生命体验的高度,就不能向往提高物质待遇,因为你已经批判过修正主义的"物质刺激"了,你不能追求知识,因为你已经批判过走资派的"智育第一"了。搞臭了一小撮的个人主义之后,实际上是搞臭了自己。你的精神富有得只剩下"狠斗私字一闪念"的神圣了。这就是中国的知识分子的窘境,我把它叫作自我取缔加精神摧残的救赎感。外国人这么对待我们是不行的,但是,自己人,为了中国的光辉前程,忍受精神苦难和物质贫困的奴性变成了斗志昂扬,意气风发,怀疑变成恶,挑战变成罪,以忍受之苦为乐,可又不是苦行僧。中国没有严格意义上的宗教,可能这就是宗教。群众运动不是一次性的,此一轮一大片中的人,又成了下一轮的一小撮的鬼,一番又一番的轮回,造成人人可能变鬼的恐怖的恶性循环:批判胡风的成了右派,批判右派的成了右倾机会主义分子,批判右倾机会主义的,又成了党内走资派,批判走资派的,又上了"贼船",批判上了贼船,给人戴高帽的,结果被戴高帽,以凌辱他人为乐的,又被他人以同样甚至加码的程度凌辱。神的祭坛上,神的权威越来越高,而把鬼送上祭坛,人的灵魂的领域日益丧失,等到横扫一切牛鬼蛇神之时,神的权威达到"顶峰","最高、最高、最高",人的全部良知、智力则被全盘取缔,变成等待成鬼的躯壳。全中国只剩下一个大脑在合法地思考。其他皆为非法。[1]

  这次发言相当震撼,前一天,丁力嗓子都争哑了。听了我的发言,他说,你这样说,我就没有话说了。而对朦胧诗一直持保留意见的诗人丁芒(据说,他三次被开除党籍,三次离婚),听得都哭了。这次会议,还有一点不能忽略,那就是原来是《诗刊》的评论组的活动,这次,来听会的增加了柯岩和邵燕祥等领导。邵燕祥支持我们,但是他似乎不便发言。有人说我说话走火了。可是当时还很年轻的高洪波说,这算什么,中央的理论务虚会上,还有比之更为激烈的。

  后来,《诗刊》资深编辑吴家瑾约我写稿。起初,我并不想写,说我已经写过了。过了两个月,《福建文学》在福州又开了一个诗歌讨论会,这次舒婷也参加了。就在这个会上,《福建文学》的魏世英先生把舒婷、顾城、梁小斌、杨炼、徐敬亚的"诗歌札记",收集了一组,打印成一个小册子,(后来发表在该刊上)。我一看就十分激动,就从会议上偷偷溜回去,写了那篇《新的美学原则在崛起》。最初题目前面还有两个字"欢呼"。但不久便被《诗刊》退了回来。还有一封信,说:你的文章很好,但是提出的问题比较多,建议你分别写成文章发表。这是很有礼貌的退稿语言。可是过了一个月左右吧,《诗刊》让一个年轻的理论编辑给我写信,说是,你的稿其实很重要,我们觉得还是发表比较好。请我把稿子寄回去。此时,我也说不好自己是傻还是聪明,感觉气氛有些不对劲,是不是要批判我啊?我把稿子的主要观点,写在一封信里,寄给谢冕,让他把关,如果有重大问题,就给我来信,没有问题,就算了。过了一些天,谢冕没有来信。我想,他大概是觉得没有问题,就把自己稿子里最直

---

[1] 孙绍振:《道德忏悔和历史反思》,《文艺争鸣》2008年第2期。

率的话都删了,给了《诗刊》。后来,我得知,《诗刊》那个挺有地位的女诗人(柯岩),看了修改的稿子,对张炯说,你们那个孙绍振"缩回去了"。在1986年,鲁迅文学馆筹建的时候,向我征集手稿。有多少他们都要,但,我只给他们那个原稿。这个修改稿和原稿之间有些差距,到了20世纪,吴思敬的一位博士生连敏,还以此为题,把原稿的影印弄来,又走访了许多当事人,写了一篇论文发表在《文学评论》上。

不久以后,刘登翰收到张炯的短信:"孙猴的文章被《诗刊》加了按语。要批判。"这是通风报信的意思。很多人后来对张炯不满,我一直对这位老同学,在人品上,怀着敬意。他虽然已经是官方人士,但是,敢于冒这个风险,难能可贵。我当然有些紧张,就写了信,给《诗刊》,说是,文章要修改,请他们把稿子退回。但是,他们回信说,刊物已经付印,"为避免重大经济损失",就不退回了。这时,我又得到在鞍山文联工作的殷晋培同学的来信,他在北京参加一个理论学习班,得知要批判我,叫我小心。但我已经成了瓮中之鳖。

等到3月号的《诗刊》出来,我才看到在我的文章前面,有一个挺有倾向的按语。程代熙的批判文章,在同一期刊出。名为"讨论",可是被批判的文章还没有发表,批判的文章已经写好了。后来,我知道,他挺得意地说过,是敬之写了条子给他,让他写的。差不多在同时,《人民日报》刊登了程代熙的文章摘要和《诗刊》的按语,《红旗》杂志也有文章,对我进行批判。看到《人民日报》发表批判文章的当天,我走在去课堂的路上,心里忐忑不安。从1950年代过来的人都知道,《人民日报》发表批判文章对一个人意味着什么。我不知道怎么去面对学生。但没想到,一走进教室,学生们竟全体起立,为我鼓掌,令我有热泪盈眶的感觉。接着,出乎意料的是,不断收到读者支持的来信,当时还很年轻的吴思敬说,他气呼呼地跑到《诗刊》去抗议。谢冕从《诗刊》上看到我的文章说:他们受不了,光是那第一段,他们就受不了。我的第一段是这样的:

在历次思想解放运动和艺术革新潮流中,首先遭到挑战的总是权威和传统的神圣性,受到冲击的还有群众的习惯的信念。当前在新诗乃至文艺领域中的革新潮流，也不例外。权威和传统曾经是我们思想和艺术成就的丰碑，但是它的不可侵犯性却成了思想解放和艺术革新的障碍。它是过去历史条件造成的，当这些条件为新条件代替的时候，它的保守性狭隘性就显示出来了，没有对权威的传统挑战甚至亵渎的勇气，思想解放就是一句奢侈性的空话。在艺术革新潮流开始的时候，传统、群众和革新者往往有一个互相摩擦、甚至互相折磨的阶段。

当时，主流的话语是，传统是革命的、群众是英雄的，领袖说过，"群众是真正的英雄，而我们往往是幼稚可笑的"。而我却说，传统是狭隘的保守的，不但不能顶礼膜拜，相反要"挑战甚至亵渎"，那些靠几句语录吃饭的人士，当吃不消，受不了。程代熙硬把我往叔本华身上挂，其实，他不知道，我根本就没有读过叔本华。我当时醉心于西方自然科学史，读了不少"科学学"著作。细心的读者可能发现，在我后来的学术论文中，有明显的科学主义的追求，源头就在这里。在我写作《新的美学原则在崛起》的时候，桌子上就有一本杂志，叫作《潜科学》，是专门发表从草创科学到成熟科学的论文的。就是在自然科学史中，我得知科学观念的突破，从来就不指望老权威在世的时候能够得到承认，只能等到老权威死亡，才可能获得胜利。这就是我的文章中用了"亵渎"这样的字眼的原因。

我这样的痛快淋漓的文风，可能是年轻人特别喜欢的。有一个大学生来信说，我读你的文章，激动得要流泪。读程代熙的文章，却愤怒得要冒出火来。贵州大学学生张嘉彦和工人诗人黄翔，甚至还说，如有不测，可以到他们那里"避难"。最有意思的是，一个北大女同学宣布爱上了我，还寄来了照片。我说，我已经结婚了，有了孩子。可她说，爱不爱是我的权利，接受不接受是你的权利。她从孙玉石那里弄到我和女儿的照片，还认真考虑过到福州来工作。在文艺界上层，当然也引起了反应，听说，陆定一，在我的文章上，批了四个字："不可多得。"当时，我的感觉，这是不可多得的反面教材的缩略语。一向扶持我们的徐迟，他也写过引起侧目的《现代化与现代派》，8月他路过福州，请何为陪同，来到福建师大看我，他对批判之类表示不屑。出乎我们意外的是，在《文汇报》上，出现了艾青批判崛起的文章，主要意思是，崛起理论，表面上是为了青年诗人的崛起，实际上，为了他们自己的崛起。

艾青的恼火，可能和我多少有些关系。贵州大学那时出了一本油印的小本子《崛起的一代》。把一些年长的诗人都骂得很凶。有一篇是《致艾青的公开信》，其中有一句是：艾青你已经老态龙钟了，不要在我们队伍里挤，不然，就把你揪到火葬场去。我当时看了一笑，觉得这是出出气的，就没有说什么。在他们点名骂的那一大批中年以上的诗人中，我比较偏爱李瑛，就去信让张嘉彦把李瑛的名字去掉。后来，骂艾青的那句刻薄的话，就在诗歌界一些人士中间流传开了。艾青的火气，可能就是从这而来。不过，艾青的话，可能并不完全是他自己的。我得知，在批判我的文章发表之时，《诗刊》一个有地位的女士，写信给舒婷，意思也是这样，你的诗是好的，但，这些崛起理论家，名为青年诗人辩护，实际是为了自己崛起。后来，甚至传出这句话是舒婷说的，我绝对不相信。这里，我不得不说，在当时，艾青的思想，有点跟不上。就在我们去大庆鞍山的时候，我们得知，蔡其矫把他在"文革"期间写的那些潜在写作，拿给他看，他说，你这样的东西，只能拿到地下刊物上去发表。他的态度是保守的。至于蔡其矫，在"文革"后期说的："新诗就是给贺敬之、郭小川搞坏的。"（蔡其矫指的是，郭贺二人风行一时的长篇政治抒情诗）他更无法想象了。我最初也不理解。但这句话一直留在我心里，直到读了更多舒婷和北岛的诗，才体悟到，他们的政治抒情诗就是那种概念化的"时代精神的号筒"，而把诗写得那么长，就取消了情感的精致和语言的微妙追求。我在《新的美学原则在崛起》中所说的，他们不屑于作时代精神的号筒，大抵就是发源于此种思考。

至于程代熙的文章发表出来，反应如何，我没有第一手材料。只是我们学校的李联明先生告诉我，在一次文艺理论的学术会议上，他遇到了程代熙。程问起我的情况，李告诉他，孙绍振收到大量读者来信，都是支持的，甚至还有女孩子爱上了。程代熙说，可是我收到的全是骂我的。

过了许多时间，我才从老同学陈丹晨那里知道批判我的来龙去脉。

《诗刊》退稿，是在1980年底，第一次"反自由化"已经决策。有权威人士（陈云）指出，文艺界自由化，《人民日报》上太多消极的东西，报刊要清理。胡耀邦全力减压，说1980年12月以前的，就不要算账了，从1981年开始吧。那时，电影界已经挂上号的是白桦的《苦恋》。《解放军报》等都发了严厉的批判文章。我的《新的美学原则在崛起》，还没有发表。但是，一个领导人物（贺敬之），在中宣部文艺局主持了一个会，把我的文章的打印稿拿出来，表示问题比较大了。青年诗人们已经形成了一种倾向，不能让它形成自觉的理论，因而要展开评论。会议规格很高，都是一方权威报刊或部门的领导，计有：《人民日报》的缪氏（俊杰），《文艺研究》的闻氏（山），《文学评论》的许氏（觉民），《文艺报》的陈氏（丹晨）。陈丹晨说，孙绍振是我的大学同学。贺敬之不解，年龄也不对呀。可能我在南宁的发言，被一些人士漫画化，他把我当成抢话筒的红卫兵。陈丹晨说，自己是调干生，工作过几年，故年龄大一些，而孙是中学生考上来的。参加会议的，还有《诗刊》的负责人邹荻帆。会上的人士都认为我的文章有问题，闻山情绪还十分激烈。但是，都不主张用大批判的办法，故云"讨论"。但是，邹氏表示为难，说，此文已退稿。主持会议的领导，沉吟着说，那还是想法把稿子要回来。

这就是我从来不怪《诗刊》编辑写信给我，把稿子骗回去的原委。

当时，有关人士对讨论可能是有几分真心。不久以后，我接到丁力、宋垒两位朋友的书信，说因为想在中央音乐学院办一个文学方面的专业，到了中央宣传部。那位领导人士问他是不是认识孙绍振。他们说认识。他就让丁、宋二位带口信给我，说，这是讨论。我们党不会像过去那样，扣帽子，打棍子，抓辫子了。此时，由于《人民日报》的按语，福建师大党委七上八下，不知什么路数，通过我的朋友来了解情况。我就把丁力、宋垒的信奉上。党委觉得问题并不如想象的那么严重。后来《红旗》杂志的柯蓝来到福州。在谈话间，问到了我的情况。他说，孙绍振的问题，虽不是政治问题，但是文艺思想中的政治问题。

《诗刊》当时还特地写信说，我可以发表不同意见。《人民日报》理论组的马畏安来了信，说，你可以发表不同意见。我对他们提出，要平等。程代熙一万字，我也一万字，并且不得在我的文章上再加按语。我在北京的支持者要看清样。《诗刊》一个有一点资格的编辑（不是朱先树）回答说我"未能免俗"，这句话，使我觉得，这位编辑是真正的丈二金刚，我个子太矮，近40年来，至今摸不着头脑。后来马畏安就不理睬我了。据陈丹晨告说，他们对我的态度感到"很厌恶"。当然，我对他们的感觉相同，可能程度更甚。

当时老同学江枫，出于义愤，要求为文辩论。后来他的文章，在《诗探索》上发出来了。我印象最深的是，他指出程代熙的硬伤，连艾略特放逐个性的主张都不知道。读到此文的公刘称赞江枫是少有的"古道热肠"。其他省市一些文艺刊物，不少起哄参与了围攻。不过，毕竟和"文革"大批判不同了，不是一味攻讦，有时多少夹着一些温和客气语言。如《雨花》上的文章，其中有一句：孙绍振的文章，也有深思熟虑的东西等，但是，所有这些文字，都不能改变行政权力单方面压制的性质。

按照当局的规定，我们单位应该派一个常委负责同志和我谈话。但是，没有人愿意来。过了很久，来了一个，据说在省委党校教过书的。他似乎在马列文论方面并不内行。连马恩反对"席勒式的单纯的时代精神的号筒"都不甚了了。没有办法，权力与智慧不相称。

按照惯例，《人民日报》都批评了，我们学校应该有人为文批判。由一个书呆子气十足的副校长出面请我校文艺理论权威李联明先生为文。李的回答很精致："宁犯天条，不犯众怒。"

当时周扬作为宣传部的首长，处境不好，路过福州，开了一个处级文艺干部的座谈会。我是一个小小的讲师，本没有资格参与，周扬点名要我去。会上我发言表示，现在就说我有错可能为时过早。程代熙说我受了叔本华（当时名声很差）的影响，这是文不对题。与其说我受了叔本华的影响，不如我是受了周扬的影响。我说，在1958年听周扬在北大做过《建设马克思主义美学》的报告，我的目的就要以我们的美学标准来衡量诗歌。我的这番话，完全是不识时务。后来才知道，这只能给当时备受压抑的周扬帮倒忙。但周扬似乎很有修养，很沉着。一开头就平静地说，我的文章他看了，觉得我"很有诗的禀赋"。不过作为共产党员，他不能不说，我的文章，是列宁说的那种"精致的唯心主义"。会后，周扬和我握手，一个中年干部拍我的肩膀，说："你以后有什么问题,可来找我。"我看看此人,并不认识,就也拍拍他的肩膀,说:"同志,你哪个单位的?"旁边有个干部模样的人,忍着笑说,这是黄敏同志。我不知道黄敏是何许人也。直到回来以后,才知道,是省委常委,宣教口负责人士。

我当时主要的目标,就是强调个人的价值与尊严。我觉得没有个人的价值和尊严,就没有什么人民的伟大。我厌恶以抒人民之情的神圣旗帜,否定自我表现,我早就说过,小我是特殊性,大我,人民之情,是普遍性,普遍性只能是特殊的一个部分。但是,我只能说,二者之间不能有人为的鸿沟,应该统一。实际上,我认为,没有抽象的人民之情,只有具体的个体的人。所谓崭新的美学原则,就是个人的价值和尊严为核心的原则:反对用阶级的时代的人民的这样的抽象的概念,抹杀个人的价值和尊严。这显然是一种启蒙主义的理念,不过我以一种心灵的呐喊的风格表现出来:其理论基础是,从费尔马哈到马克思的"异化"学说,这个学说,当时是王若水先生大力宣扬的。过了两年,周扬则集中到《关于人道主义的反思》中去,提到更高的理论层次。我在《崛起》中是这样说的:

如果说传统的美学原则比较强调社会学与美学的一致,那么革新者比较强调二者的不同。表面上是一种美学原则的分歧,实质上人的价值标准的分歧。在年轻的革新者看来,个人在社会中应该有一种更高的地位,既然是人创造了社会,就不应该以社会的利益否定个人的利益,既然是人创造了社会的精神文明,就不应该把社会的(时代的)精神作为个人的精神的敌对力量,那种人"异化"为自我物质和精神的统治力量的历史应该加以重新审查。在传统的诗歌理论中,"抒人民之情"得到高度的赞扬,而诗人的"自我表现"则被视为离经叛道,革新者要把这二者之间人为的鸿沟填平。即使从社会学的角度来看,社会的价值也不能离开个人的精神的价值,对于许多人的心灵的重要的,对于社会政治就有相当的重要性(举一个极端的例子:宗教),而不能单纯以是否切合一时的政治要求为准。个人与社会的分裂的历史应该结束。所以杨炼说:"我永远不会忘记作为民族的一员而歌唱,但我更首先记住作为一个人而歌唱。我坚信:只有每个人真正获得本来应有的权利,完全的互相结合才会实现。"

我们的民族在十年浩劫中恢复了理性，这种恢复在最初的阶段是自发的，是以个体的人的觉醒为前提的。当个人在社会、国家中地位提高，权利逐步得以恢复，当社会、阶级、时代，逐渐不再成为个人的统治力量的时候，在诗歌中所谓个人的感情、个人的悲欢、个人的心灵世界便自然地提高其存在的价值。社会战胜野蛮，使人性复归，自然会导致艺术中的人性复归，而这种复归是社会文明程度提高的一种标志。在艺术上反映这种进步，自然有其社会价值，不过这种社会价值与传统的社会价值有很大的不同罢了。当舒婷说："人啊，理解我吧。"她的哲学不是斗争的哲学，她的美学境界是追求和谐。她说："我通过我自己深深意识到，今天，人们迫切需要尊重、信任和温暖。我愿意尽可能地用诗来表现我对'人'的一种关切。障碍必须拆除，面具应当解下。我相信：人和人是能够互相理解的，因为通往心灵的道路总可以找到。"从理论的表述来说，这可能是有缺点的，离开了矛盾的同一，任何事物都是不存在的。但在创作实践上，作为对长期阶级斗争扩大化造成的人与人之间关系的恶化的一种反抗，它正是我们时代的一种折光。从美学来说，人的心灵的美并不像传统美学原则所限定的那样只有在斗争中（在风口浪尖）才能表现，谁说斗争能离开统一，矛盾不能达到和谐呢？因为据说有百分之五的阶级敌人，就应该对百分之九十五的人瞪着敌视的目光，怀着戒备的心理，戴着虚虚实实的面具，乃至随时准备着冲入别人的房子去抄家、去戴人家的高帽吗？在舒婷的作品中常有一种孤寂的情绪，就是对人与人之间这种关系的反常畸形的一种厌倦，而追求真正的和谐又往往不能如愿，这时她发出深情的叹息，为什么不可以说是一种典型化的感情？为什么只有在炸弹与旗帜的境界中呐喊才是美的呢？不敢打破传统艺术的局限性，艺术解放就不可能实现。一种新的美学境界的发现，没有这种发现，总是像小农经济进行简单再生产那样用传统的艺术手段创作，我们的艺术就只能是永远不断地作钟摆式单调的重复。梁小斌说："'愤怒出诗人'成为被歪曲的时髦，于是有很多战士的形象出现。一首诗如果是显得沉郁一些，就斥为不健康。愤怒感情的滥用，使诗无法跟人民亲近起来。"他又说："意义重大不是由所谓重大政治事件来表现的。一块蓝手绢，从晒台上落下来，同样也是意义重大的，给普通的玻璃器皿以绚烂的光彩。从内心平静的波浪中，觅求层次复杂的蔚蓝色精神世界。"这些话说得也许免不了偏颇，多少有些轻视战士和愤怒的形象在某种条件下不可替代的作用，但是他们的勇气是可惊叹的。他们一方面看到传统的美学境界的一些缺陷；一方面在寻找新的美学天地。在这个新的天地里衡量重大意义的标准就是在社会中提高了社会地位的人心灵是否觉醒，精神生活是否丰富。与艺术传统发生矛盾，实际上就是与艺术的习惯发生矛盾。在生活中，要提高人的地位，自然也有习惯的阻力，但是艺术的习惯势力比之生活中的习惯势力要顽强得多。

从这里，可以看出，我的当时的思想可以归结为启蒙主义个体价值论。这是从我切身的经历中概括出来的。我们的主流理论中的人民有两个特殊的内涵，第一是与敌人相对立的，第二，是和个体相对立的。人民因与敌人对立而日益崇高起来，但同时，人民越是崇高，作为人民的个体却越是卑微。当人民被提高到极点的时候，个体就被压到了敌人的边缘。

在这样的历史背景下，我形成了人的个体价值与集体价值不可分割的理论。当然和北岛的思想背景大不相同。当时的问题，不是什么大词和小词，高调和低调。在那种语境下，我根本就来不及想到什么美学，只是想出一口鸟气，发泄一下，人生能有几回呐喊的机遇来表现反叛激情啊。那时我还在思想的青春期，文章也充满凌厉之气，横冲直撞，旁若无人。说到北岛的反思，当年，我的文章中就有回答，不能排斥愤怒的价值，不过是针对梁小斌的："多少有些轻视战士和愤怒的形象在某种条件下不可替代的作用，但是他们的勇气是可惊叹的。"

在我评舒婷的第一篇文章中是把舒婷的《这也是一切》和北岛的《回答》拿来对比的。[我评论舒婷的文章，载《福建文艺》1981年第4期，同年10月，《新华月报》(《新华文摘》的前身)转载]

北岛不满当时的自己，是情志方面的强烈性，我不满意北岛的是，对生活的虚无，当然这也可能是他的愤激。

1981年，对我的批判，高潮大约持续了半年。一年之后，大约是1982年，事态比较平缓下去。我的文章又开始可以发表了。那时我有点悲观，就开始写小说，在《福建文艺》上发表了《暮雨中的自行车》，没有想到居然在省优秀文学作品初评过程中得了奖，还是一等奖。然而，有人表示异议。又加上一个福建籍的北京归来的评论家郑伯农，在一篇文章中，说我的小说写了"人格分裂"。最后评委会决定，让我拿另外一篇来换掉这一篇。但，这是我第一篇小说。得奖的事，就这样黄了。写小说的兴致，就这样被扼杀了。

但是，小日子又开始红火了一年多。

可是好景不长，1983年的上半年，气氛又紧张起来。徐敬亚把他的《崛起的诗群》拿到大连的一个文艺刊物《海燕》上发表了。其观点和我与谢冕显然是一脉相承，在某些语言上，还更加直率。这个刊物影响不大，他又把它弄到甘肃省的《当代文艺思潮》上发表。示威的性质是明显的。最为关键的是，周扬发表了那篇著名的《关于人道主义的反思》，文艺界风风雨雨地传闻，"清除精神污染"的运动即将展开。不久柯岩在重庆开了一个诗歌讨论会。她在会上讲了话，又提起那个要把艾青揪到火葬场的著名话语，形势显得严峻。说是讨论会，但是，只宣读了郑伯农的一篇文章。把"三个崛起"绑在一起批判。据云，会议的氛围很是严峻，用山雨欲来风满楼来形容已经不够了。因为不仅仅是风来了，而且是雷声都响了，来自天庭，是心照不宣的。周良沛还发表了《致徐敬亚的公开信》暗示不称同志的时刻就要到来。后来郑伯农的文章在《光明日报》发表出来，我看到，我的那篇文章被当成"三个崛起"中"反毛泽东文艺思想的纲领"。此时有关人士早已忘记了当年通过丁力、宋垒打招呼，不会扣帽子、打棍子、抓辫子的承诺了。

周围的压力更加严酷起来。徐敬亚被强迫检讨，还登在《人民日报》上，弄得在吉林待不下去，跑到深圳却长期不能落户口。北大校刊上，也对谢冕施加压力。×××闻风而动，把谢冕和他的通信，向上报告。口不言人过的谢冕，静悄悄地从书屋墙壁上，把曾经引以为荣的×××的条幅取了下来。这事，多年以后，我向他提起，他含蓄地一笑。本省漳州的中学教师在抚顺的《故事报》发表了一篇文章，由于抚顺《故事报》被批判，这位教师就被隔离审查了。这时对我的压力变得大了起来，学校为了保护我，建议采用周扬模式，发表一个答记者问，并不要求检讨，而是谈谈自己新的体会，发在《福建日报》上。后来却不了了之。直至 2010 年,我从当时的教委主任郭荣辉先生那里得知,汇报到省委书记项南同志那里,项南表示不同意。说,清除精神污染是我们党内的事,孙绍振并不是党员,再说,他也不能和周扬相比。不久,姚雪垠在政协常委会上,对"崛起"派发表专题讲话,加以声讨。讲话稿至少发到我们学校,也就是相当于厅级的单位。

我的处境变得微妙起来。省委宣传部一位副部长,是我的朋友,他托一个朋友带话给我:孙绍振不要让我踩地雷。福建省文联,作家协会开会,通知我,我不去,我知道他们要批判我。后来省文联一位姓杨的女领导从东北回来,说福建省不能按兵不动,坚持要批判我。我不是省文联的人,不去,本来她是无可奈何的,可是,她派两个作家协会的领导在我家坐等。我回家吃饭,就被他们挟持去开会。一场早已准备好了的批判会,拉开了架势。应该承认,当时我比较悲观,而且,也不坚强。我不是英雄,我在给吴思敬的信中说,一要生存,二要发展,先生存,委屈一下自己,留得青山在。所以,在会议开头之时,我表示愿意与中央保持一致。一些人,就把早已准备好的稿子拿出来念。我硬着头皮听。会议似乎开得很热烈,当中还休息了一下,继续开会的时候,有些人的稿子还没有来得及拿出来,省委宣传部来了一位副部长,抢先讲话,说:孙绍振已经跟中央保持一致了。不但是那些发言的,就是我,都大吃一惊。我还没有检讨嘛,就一致了?会议就这么草草结束。一个朋友告诉我:警报解除。我不知是真是假。就在那个会结束的时候,那个叫我不要给他地雷踩的省委宣传部副部长,约我写一篇自我认识的稿子。我虽然不够英雄,毕竟也是老运动员了,却不想留下白纸黑字的检讨,就拒绝了。这个副部长,其实是个书生,他本以为是帮我过关,听我的话时一脸茫然。

过了好些年,我才知道,省委书记项南听说在开批判我的会,感到很难过,说:"我还没有调走呢,你们就开会批判孙绍振啦。"于是宣传部赶紧收兵。因为他们知道,项南在一些会议上,不止一次地表现出对贺敬之的不敬。有一次,他在一个青年作者的会议上,有一句话是这样的:老实说,青年人也不怕那些张牙舞爪。多少年后,有一位在省委宣传部工作过的人士告诉我,当时中宣部,三天两头都有电话来要省委表态,但在项南的坚持下,就是不理。

正是因为这样,我在"三个崛起"挨整的过程中,是最为轻松的。

尽管有项南像硕大无朋的榕树庇护着我,仍然有些人士不甘心。大约是1983年底,教育部来了一个女士,《高教战线》的编辑,说是在我们学校驻了一个礼拜了。想让我写一篇再认识,条件很宽松,可以不提"崛起",就是讲讲新的认识就行。出于多次运动的经验,对于在报刊上发表检讨文字极其警惕,但又不能硬顶。就用搪塞的办法糊弄她。我答应写文章。她说,应该在1月5日交稿。因为10日要发稿。我说,可以。我想等她回到北京,她就没有办法逼迫我了。1月5日她的信来了,催稿。我狡猾地编造谎言:不能把稿子给你,原因是《文艺报》也向我约稿,他们的条件是什么时候都可以,并没有限定时间。她马上回信,请示了领导,我们也和《文艺报》一样,不限定时间。但是,最好不要拖过一年。我就没有再回信。让她去望穿秋水吧。

过了一年,福建省文联的一些人士可能觉得在"三个崛起"中,太便宜我了,又派了一个人来,此人是我福建师大的同事,特地问我,对于批评有什么新的想法,我一听,就知道又来让我做检讨了。虽然我知道,这位同事,不过是奉命行事,但是,我觉得没有必要跟他讲客气话。我说:我的文章,是在北京发表的,如果我要消除流毒,也不会在福建。福建省文联的领导何必这么多操心呢?此人一看苗头不对,满脸赔笑,走了。

几件后事:

1985年,作家协会四次代表大会,文联第五次代表大会,召开前夕,作协和文联的工作报告,都已经起草好了。两个报告中,都有批判"三个崛起"的内容。但得知胡耀邦主持中央的祝词中提出"创作自由"。有关方面连夜加以修改,文联报告把批判"三个崛起"的文字全部删节了,作协也做了删节,可是只留下对我的《新的美学原则在崛起》的批判,可能是觉得,"反毛泽东文艺思想的纲领"不能轻易放过吧。结果在会议上,遭到反对,我听说,吴祖光说,为什么只提对孙绍振的批判?这不是欺侮人吗?他还直接批评诗人朱子奇,主持过批判工作,到了会上,却潇洒得很像没事人一样。

那以后,我在一个会上,遇到邹荻帆,他马上向我道歉,说,那个按语,是他在医院加上去的。我因为知道内情，决策的并不是他，故说，我对你没有多大意见，只是对柯岩同志在重庆那种制造政治上紧张空气的作风有很大的意见。

非常遗憾的是，项南在福建的时候，我并不知道，他是如此坚决地庇护了我。直到他去世前夕，我到北京参加过几次作家代表大会，也不知道项南家住何方，没有想起去拜访。后来，听去拜访他的朋友张维说，他还记得我。从张维那里知道项南庇护我的全部情况时，已经是他过世以后了。今天想起来，当年未去项南家拜访的遗憾永远也不能弥补了。

作者单位：福建师范大学

为梦想和激情的时代作证

——纪念《诗探索》创刊30周年

谢　冕

1980年4月在南宁会议上发生了关于新诗潮的第一次激烈论争。那次交锋成了创办《诗探索》的最初动因。在会议结束返京的列车上，我们酝酿了这个刊物的诞生。1980年底，《诗探索》创刊号正式出版。《诗探索》之所以急匆匆地要赶在1980年代的第一年问世，是要为那个梦想和激情的年代作证，为中国文学艺术的拨乱反正作证，为中国新诗的再生和崛起作证。《诗探索》和"朦胧诗"理所当然地成为中国新的文艺复兴时代的报春燕。

新诗发生变革的事实和那个充满探索精神的年代，鼓舞我们创办这个旨在为新诗的革故鼎新而提供理论支持的、可能是中国诗歌史上首创的、当时也是唯一的一本纯理论的刊物。刊名"诗探索"，意在鼓励和促进当年受到政治动乱严重损害的诗歌的复兴，意在彻底摈弃和摆脱那个黑暗年代加诸诗歌的所有思想艺术的枷锁，从而探索出一条通往开放、自由、多元的诗歌新时代。

《诗探索》已经坚持了30年（其间有过短时的中断）。而且，作为一本学术性的、严肃的刊物，它始终没有申请到国家给予的刊号。没有固定的出版资金，没有自己的办公场所，甚至也没有正式的编辑，从主编到编辑都是不领报酬，也没有任何福利的义工。这局面一直延续到今天，到眼下，而且看来还要延续下去！

《诗探索》履行创刊时的郑重承诺，坚持它对诗歌事业的敬畏和忠诚，始终站在为维护和光大中国诗歌的伟大传统、为了诗歌的发展进步而锐意探索和革新的前沿。《诗探索》不支持单一的和单向的艺术格局，它深知，艺术世界从来都是复杂的、多向的，甚至是混杂的，只有后者，才是常态，反之，则是异态。以多元求共存，以竞争求发展。《诗探索》的立场是坚定的，它选择了前进和自由，《诗探索》不想充当某一诗歌流派的代言人，也不谋求成为某一种风格的鼓吹者。它矢志不渝地为诗歌思想艺术的前进和变革而贡献热情和智慧，它始终不渝地与探索者站在一起。

  《诗探索》的基本成员来自高校和研究机构的学者、专家和诗歌界的理论工作者。30年来，它以非凡的坚定和毅力，始终坚持学术的、公益的、非营利的、同时也是非官方而不含贬义的"知识分子"的和"民间"的立场。

2010年12月31日至2011年1月1日于厦门—上杭旅次

作者单位：北京大学中文系

《诗探索》草创期的流光疏影

杨匡汉

一

动笔写这篇追忆性文字的时候,读到诗人食指《一身正气,傲立文坛》一文(载《北京青年报》2010年12月11日)。文中写道:

近年来,因富裕起来的群众需要,作协和地方政府不时组织举办诗人去各地采风和名目繁多的"诗歌节"。诗人们乘飞机,住酒店,有鱼有肉有酒,像过节一样。可大家见面都谈了些什么有价值的话题?做了些什么有意义的事情?会后有哪些收获,之后又写了些什么?千万不能让国家人民花钱只营造个交际场合。应珍惜每一次相聚,把它当作交流心得,纯净心灵,探索诗歌发展道路的机会。

食指所说的是"近年来",我要说的是"想当年"——改革开放之初的年代。在中国诗歌界,确实有过一次"有价值的话题""有意义的事情""有收获"的诗歌盛会,那就是1980年4月在广西(南宁——桂林)举办的"当代诗歌讨论会",史称"80年南宁诗会"。这次值得珍惜的相聚,收获了诗歌思想的交流与交锋,收获了开放年代第一本诗歌论文集《新诗的现状与展望》(广西人民出版社),也收获了《诗探索》此一首家全国性诗歌理论刊物的创意与命名。可以说,《诗探索》是"南宁诗会"的副产品和"可持续发展"的学术平台。

二

作为《诗探索》创刊的背景的"南宁诗会",谢冕的《学术述录》、孙绍振的《我与"朦胧诗"论争》两文中已有简略涉及。这次诗会是需要完整的长文去追叙的。这里,我做一些补充。

(一)"南宁诗会"的召开,是在1979年8月于长春正式成立的国家一级学术社团——中国当代文学研究会以后确定的。经会长冯牧、顾问陈荒煤、副会长朱寨、副会长兼秘书长张炯商议,并与广西方面协调,决定由中国社科院文学研究所、中国当代文学研究会、北京大学中文系、中国作家协会广西分会、广西大学中文系和广西民族学院中文联合主办,名为"全国当代诗歌讨论会",于1980年4月7—22日在广西举行。因邀请代表超过百人,故报中国社科院和文化部批准备案。时间长达半月,包括了去都安县参加壮族传统的"三月三"歌墟活动及游览漓江,即如今所说的"文化考察"。但当时不是纯粹的游山玩水,因为加入了诗人赋诗、与群众对歌、沿途小型沙龙、编辑论文集等会议内容。

(二)"南宁诗会"的议题是:总结当代诗歌的历史经验与教训;探讨诗人的职责和新诗的生命力;研究新形势下诗歌的内容与形式;寻求当代诗歌发展的道路。如此大型的,由诗人、评论家、报刊编辑、教学研究人员集结起来的,以理论问题为中心的学术性会议,在新中国成立以来当属首次。文艺界高层对它的关注与期待也在情理之中。张炯联系贺敬之,得到了指示与贺信;我与冯牧通了20多分钟的电话,做了记录传达,他要求我们坚持大方向的原则下"鼓励争鸣,多听听下面同志的声音";艾青、臧克家都支持会议,臧老(其时75岁)还亲笔写了贺信,提出了会议应有"诗与生活""民族形式""诗的表现力""继承五四传统""理论研究"等五个讨论要点,很具体。邵燕祥因赴滇西而未能赴会,他写了一首《云南云——寄公刘》寄到南宁,转给参加"南宁诗会"的公刘。此诗在会上传开:"不管多么艰辛/青春是不会消逝的/

它到处留下脚印／白云无恙青春无恙……"不啻是一篇来自远方、为大家鼓劲的诗体发言。会议事先收到了30多篇论文，公刘、方冰、谢冕、沙鸥、刘登翰、洪子诚、晓雪、易征、闻山、鲁原、孙绍振、唐祈、秦似、李元洛、雁翼、宋垒、丁力、孙光萱等等，都以自己的思考有备而来。

（三）"南宁诗会"组成了会议领导小组。成员（依姓氏笔画）为：公木、公刘、方冰、包玉堂、冯中一、沙鸥、张炯、杨匡汉、晓雪、秦似、梁其彦、雁翼、谢冕。讨论分四个组，召集人分别为晓雪、丁力（一组），雁翼、宋垒（二组），沙鸥、晏明（三组），方冰、闻山（四组）。广西民院的胡树琨、广西大学的鲁原等人承担了繁重的会务工作。讨论会由张炯全盘统筹，并随时将会议进程向时任文学研究所常务副所长、研究会顾问陈荒煤同志通报。

（四）会议代表在诗歌界拨乱反正、解放思想、坚持社会主义诗歌道路等普遍性问题上看法一致。但涉及艺术问题，涉及当时年轻人的创作，尤其是孙绍振在会上放了一炮后，争议就大了起来。谢冕在大会发言中呼吁："年长的同志们，前辈的诗人、编辑和批评家们，关心我们的晚辈吧！给他们以发表有异于众、初看不免有些古怪的作品的权利吧！看不惯的东西，不一定就是坏东西。"丁力坐不住了，称谢冕是在鼓吹"古怪诗"。闻山也火了："诗的领域的下一步，是不是要跳摇摆舞，用硬壳虫乐队伴奏？"孙绍振丢开讲稿所做的长篇发言，核心是谈新诗的艺术经验和艺术理念，但口无遮拦，称"代工农兵立言"的民歌体，越走越滑坡，如田间那个《赶车传》，最后不是赶到"天堂"，而是"赶到地狱里去了！"这席话激怒了广西民歌手黄勇刹。他是边唱山歌边上台发言的，说是像孙绍振这样的"古怪诗理论家"，让他想起了饥饿年代的"小球藻"，是骗人的，不要上当。众人大笑，孙绍振也为黄勇刹鼓了掌。争归争，吵归吵，但气氛还是相当热烈友善的。

（五）"南宁诗会"的南宁阶段在4月10日结束，头天晚上，张炯和我同处一屋，细聊会议总结的内容，议了提纲，长谈至深夜一点半。聊的过程中产生了办一个诗歌理论刊物的想法。次日，张炯为诗会做了全面、周详的总结。下午自由活动，张炯、谢冕、雁翼、白航和我一起同游南宁公园，在椰子树下的林荫路上散步，留下一张并排潇洒前行的合影（存有老照片）。不过，最难忘的是漫步时议论创办诗歌理论刊物及其命名问题。"诗歌理论研究"?"新诗美学"?"中国诗学"? 等等,均不理想。还是诗人雁翼灵感飞动:"《诗探索》如何?"众口一致称好,就这么在南宁公园定了下来。雁翼答应回四川想办法找出版社。后来,张炯又通过陈荒煤的牵线,和谢冕一起亲赴成都,与时任四川人民出版社社长的李致取得联络,对方痛快地答应了。在成都大学任教的钟文,也主动表示乐意承担刊物在四川的编辑联络与校勘工作。这样,《诗探索》的出版链得以连接起来。

三

1980 年 7 月,在崇文门社科宾馆的一间地下室,张炯召集了《诗探索》筹备会。朱寨参与指导。会议决定组成《诗探索》编委会:丁力、公木、公刘、尹一之、易征、孙绍振、宋垒、沙鸥、杨匡汉、闻山、张炯、唐祈、袁可嘉、晓雪、雁翼、谢冕。这个班子,是学术观点的兼容,老中青的搭配,北京与外省的协调,成员均为乐意推进当代诗歌建设的热心者。谢冕被推举为主编,丁力和我为副。常务工作的担子落到我头上,因为由中国当代文学研究会主办,编辑部设在北京日坛路 6 号文学研究所,我又在当代文学研究室负责诗歌研究。

根据编委会上大家提出的各种建议,我进行了综合,并和谢冕、丁力分别做了沟通,设计了创刊号的要目和专栏,着手组稿与编辑工作。最初协助我工作的责任编辑有雷业洪、楼肇明、刘士杰、王光明等人(后来又有北京师院即现首都师大的诗歌研究专家吴思敬加盟编辑组稿工作)。文学所林岗、刘福春、李兆忠等几位年轻人也热心跑前跑后。创刊号太重要了。由谢冕执笔以"本刊编辑部"的名义写了《我们需要探索》作为发刊词,申明《诗探索》的主张是:自由争论,多样化,独创性,推动新诗创造性地为人民服务,为社会主义服务。我还去拜访了艾青,通报了创办《诗探索》的设想,请他谈谈对刊物的希望。艾青的意见是:"让大家吵。没有吵就发展不了诗歌。希望在刊物上大家都来探索,你探索你的,我探索我的。百家争鸣在一个'争'字。要发展论争。"我把艾青的谈话作了归纳整理,形成《答〈诗探索〉编者问》一文,交给他过目审阅，同意在创刊号上发表。

落实了发刊词，落实了艾青的文章，可以说撑起了半期江山。接下来的是如何体现刊物保持一种不同意见自由论争的格局。我问谢冕："如果有人向你开火，又是说理的，你敢不敢、同意不同意发表？"谢冕回话："好啊，欢迎！"这样，就在创刊号上重新发表谢冕《在新的崛起面前》（原载《光明日报》1980 年 5 月 7 日）一文的同时，选了丁慨然（丁力长子）的《"新的崛起"及其他》、单占生的《新诗的道路越走越窄吗？》两篇来稿，都是"与谢冕同志商榷"的，也讲出些道理。此一举措，表明即使是主编或编委的文章，都只是代表个人在发言，刊物允许并欢迎讨论与批评。这样安排，是希望在《诗探索》上多增加一些学术自由、艺术民主的气氛。此时，筹办《诗探索》出版的信息不胫而走，尤为年轻的新诗人所关注。有一事可记：借《诗刊》8 月份办首届"青春诗会"之风，我们把张学梦、高伐林、徐敬亚、顾城、王小妮、梁小斌、舒婷、江河等八位青年诗人请到文学所来，在二楼会议室开了个小型座谈会。发言争先恐后，会后留下各自简短的笔谈，由编辑部合成《请听听我们的声音》一文。事后有人告诉我：《诗刊》内部有人说，好不容易把他们引导过来了，《诗探索》又把他们引导回去了。"我笑曰："但愿这是流言。大路朝天，各走半边。难道连青年人的声音也不能听吗？"

为了在创刊号上体现多样性，刊物设计了"新诗发展问题探讨""新探索""新诗品""学诗札记""名诗欣赏""诗通讯"等栏目。"名诗欣赏"一栏，请袁行霈写了《春江花月夜》赏析，请荒芜写了《惠特曼研究散记》。此外，"南宁诗会"上获得"古怪诗理论家"雅号的孙绍振，寄来一篇《我国古典诗歌节奏的历史发展及其他》的长文，我骑单车专程去和平里送丁力处审阅，他一看是讲古典的，很高兴地签了"可以，同意发表"的意见。我和他进而在"探索"上交流看法，在求"新"不弃"典"的问题上达成共识。

冯牧、荒煤、张炯对《诗探索》比较放手。这更要求自己慎之又慎。同张炯商议后，大致确定了这样的原则：每期开好编前会；每期目录送张炯、谢冕、丁力过目；每期头条，送正、副主编审阅；若有可能引起争议或敏感提法的文章，由张炯阅定。谢冕、丁力在学术观点上"存异"，有时为了一、两篇准备发表的文章，我只好"两头跑"，以沟通"求同"。为了刊物的生存与发展，这些都是应该做的事情。

四

《诗探索》创刊号于 1980 年 12 月出版。名分为"季刊"。头 5 期由四川人民出版社承印，第 6 期起，经时任社科院党组书记的梅益同志特批，交中国社会科学出版社出版，印数逾两万册。著名"九叶"诗人、装帧大家曹辛之精心为刊物做了封面设计。社科出版社接连出了 7 期后，至 1985 年秋，因当代文学研究会无力提供 3000 元的经费支持而暂停，用谢冕的话说："《诗探索》放假。"

从"南宁诗会"到《诗探索》草创期的编务工作，深感离不开上级领导、前辈和广大诗人、诗评家的关心与支持。"众人拾柴火焰高"，没有"众人拾柴"，《诗探索》不可能在诗歌界、理论界产生相当大的影响。

可以举一些例子说明。

例一："南宁诗会"搞了一个《全国当代诗歌讨论会纪要》（洪子诚等人起草）送陈荒煤批阅。他看得很细，最后在"纪要"右上角批了"已阅，稍有字句修改"的字样。如其中原文有"极少数作品出现了比较晦涩、情调不够健康的倾向"的表述，荒煤将"倾向"改为"现象"，更见得体；原文中"一篇作品的社会效果的好坏，应该通过时间的考验"，荒煤在"时间"前面添上"一定时间"；"纪要"结尾处，又加上了"文艺战线必须坚决贯彻第四次文代会的精神，坚持社会主义方向，坚决贯彻双百方针"一段话，可见他是把诗歌问题放到文艺大环境中去考虑的。《诗探索》创办以后，也每期送贺敬之同志，他专门约见过张炯（仲呈祥作陪并记录），对刊物提出了与时代同步、与人民同心的要求。张炯随后执笔写了《加强诗歌内容的时代性》的专论，以"本刊评论员"名义于总第 8 期上发表。

例二：特别感念的是卞之琳对刊物的支持。他访美时写有一篇题为《今日新诗面临的艺术问题》的英文讲稿，后来据此又用中文在香港大学讲了一次。

我得悉后马上同他联络，希望能赐予《诗探索》刊登，卞老慨然应允，遂将此文发表在第4期的头条。1982年的总第9期上，我们同时发表了他的《读胡乔木〈诗六首〉随想》和胡乔木写的《〈随想〉读后》两文，这是卞老主动为刊物撰写和提供的。卞老事先将文稿清样寄给胡乔木，乔木于4月19日写了《〈随想〉读后》，谦称自己是"业余作者"，"不想在这一点上占《诗探索》的宝贵篇幅。"27日又有改动，乔木写道："请告《诗探索》，在讲到'之'字可以属下的例句中，在'关关雎鸠／在河／之洲'句下，请加'帝高阳／之苗裔／兮—／朕皇考／曰伯庸'，'悟已往／之不谏／知来者／之可追'两句。"卞老在"星五早"即给我写来一短信："胡乔木同志已将校样寄回，并特为写《读后》一文，希望能在《诗探索》同时发表。这篇文章非常重要，不长，约千余字，如能及时发表，对新诗界和《诗探索》声誉与前途都有重大意义。我今日上午有事，不能来你处面谈，请派同志带我的那一份校样，前来一商为感。"老诗人和政治家如此关心《诗探索》，又如此字斟句酌的严谨学风，令我们感动。

例三：《诗探索》确实体现了"大家都来探索"的编辑理念。在这里，头12期上先后发表文章的作者，可以列出长长一串名单：艾青、谢冕、刘湛秋、王光明、匡满、刘登翰、郭小川（遗作）、雁翼、闻山、孟伟哉、杨牧、高行健、凡尼、孙绍振、黄勇利、袁行霈、荒芜、晓雪、力扬（遗作）、刘再复、楼肇明、田奇、敏歧、徐岱、何火任、沙鸥、饶阶巴桑、唐湜、严辰、周良沛、杨炼、宋垒、钟文、秦似、刘征、张英伦、袁可嘉、圣野、陈仲义、张炯、田间、陈敬容、苗得雨、刘岚山、陈良运、任愫、孙克恒、高洪波、尹一之、丁芒、吴思敬、安旗、李元洛、高伐林、卞之琳、江枫、鹿国治、孙玉石、陈辽、叶橹、骆寒超、周涛、吕进、郑敏、公木、俞兆平、鲁原、废名（遗作）、韩作荣、阿红、古远清、赵毅衡、辛笛、陈子展、罗沙、吴欢章、萧三、林希、石天河、刘烜、陈光孚、邵燕祥、徐敬亚、黄子平、晏明、雷业洪、钱光培、朱先树、耿占春、汪景寿、罗洛、高平、苗雨时、杨光治、胡乔木、季红真、何锐、丁国成、刘湛秋、何西来、莫文征、金波、顾工、何新、张志忠、沈泽宜、吴开晋、唐晓渡、韩燕如、何东平、流沙河、丁力、刘士杰、南帆、彭燕郊、孙歌、木斧、樊发稼、程麻、盛子潮、刘小枫、公刘、白航、瞿琮、等等。这一可观的队列,汇集了 1980 年代前期活跃于诗歌理论批评前沿的专门家,他们的理论贡献,他们的学术性与知识性并重的真诚探索,不该被诗歌界所忘却。

五

参与《诗探索》的草创,对自己是一次难得的锻炼与学习机会。30 年前,作为后生的我,是读着许多前辈诗人、批评家的作品成长的,一旦接手负责刊物编务,我深知要从敬畏出发,从谦卑做起。办这样的刊物,个人最重要的感受是:在学术面前,权威、作者和读者都是平等的;在真理面前,任何人都不可能占有空间的全部而只能占据空间的一角;在作者面前,编者可以不同意对方的观点,但必须以学术良知与雅量,保障他们发表说理的意见的权利;在发展中的诗歌面前,一时不可能有什么绝对性的结论,大家都在路上,结论只能是探索、再探索。"探索"也是不断反思、上下求索、获取新知的庄严的时代命题。

1994 年,经中国当代文学研究会、北京大学中国新诗研究所和首都师范大学共同商定,《诗探索》结束"放假"而以辑刊形式作为书籍出版,并在经济大潮冲击下克服重重困难,一直把这个较高学术品位的诗歌理论刊物坚持至今。尽管谢冕和我挂了主编头衔,但主要编务、大量实际工作,是由另一位主编吴思敬教授及其团队承担的,他的勤勉,他的全身心付出的敬业精神,已令誉于诗界。这里还得记上一笔:在《诗探索》"放假"期间,艾青在逝世前病重的日子里,还与臧克家、李瑛、牛汉、张志民、林庚、金克木、杜运燮、屠岸等人,联名呼吁恢复《诗探索》的正常出版。我们怎能不铭记前辈那颗滚烫的诗心?

2011 年 1 月 25 日于北京潘家园(修订)

作者单位:中国社会科学院文学研究所

又向长亭寻断魂
——《诗探索》草创琐忆

杨匡汉

【前记】十年前写过一篇题为《〈诗探索〉草创期的流光疏影》(以下简称《疏影》)的小文,纪念创刊30周年。今岁刊物又届不惑。谢冕、吴思敬二位命我续作回忆。谢老师甚至给我起了《琐忆》的标题,且列出"一、二、三";吴思敬老师让我在"旧文扩充版"或"往事新写"之间自由选择。现作如下遵命文字,以谢错爱。记忆的差错与遗漏定然不免,还望同道郢政。

一、长春前奏

在中国现代出版史上,诗歌理论类的专业刊物,并且迄今为止维持了整整40年的,恐怕非《诗探索》莫属了。

它得以在1980年代第一年问世,绝非偶然。是巨大的"解冻"的文化氛围,是无可阻挡的探索、开拓的时代气息,推动着诗歌这颗文学的明珠抹去翳障,闪射出应有的诗意之光——从创作到理论都是如此。

创办一份以理论批评、诗学建设为主旨的刊物,是在1979年8月的中国当代文学研究会第一届年会期间开始酝酿的。

这届年会于当年8月10—21日在长春举行。出席会议的共有112家单位的180多位代表,提交的书面论文65篇共计100多万字。会议推举了研究会的领导机构组成人员，茅盾任名誉会长，周扬、荒煤、林默涵、贺敬之、丁玲、艾青、沙汀、胡苏等任顾问，冯牧任会长，公木、朱寨、秦牧、张炯、韦君宜、胡采、郑煌为副会长。张炯兼秘书长。我则进了秘书处。

首届年会，在团结、紧张、严肃、活泼的气氛中进行。会议最后的"纪要"中指出："总的趋势是'解放'，戴帽子、打棍子的时代一去不复返了。我们不仅从'四人帮'的束缚下解放出来，也要从十七年的某些条条框框里解放出来。要用实践是检验真理的唯一标准这把尺子，检查自己与文艺界的过去和现在，冲破思想上僵化半僵化状态。恐惧出于无知，无私才能无畏。我们要努力学习，勇于探索，追求真理，有所作为。"

在当时，我自己也朦朦胧胧地感到，于诗歌界，一股潮水已慢慢涌到了海边：变"假、大、空"为独标真悰，易标语口号为灵魂在场，从激情的客体叙事到只有一两句的抒情短章，从意识流和怪异手法吸取知性……诗是真、美和自由的象征，而我们用指令式写作自己束缚自己，实在是很久很久了。

1979年11月20日，我搭乘的列车于次日傍晚抵达北京站。从车站到文学研究所所在地日坛路6号很近。张炯把我安顿好之后，交代我的事情有三项：负责当代文学研究室诗歌组的工作；参与《中国大百科全书·中国文学卷》当代文学部分的编撰；考虑筹办一份诗歌理论刊物的问题，以中国当代文学研究会的名义。他还特别关照办刊物的事不要急于张扬，先去和北京大学的谢冕商量。

第三天上午，我和谢冕会晤于北大蔚秀园他的陋室。"客厅"不过五六平方米，在饭桌上一起商议了召开一次全国性诗歌学术讨论会的粗略方案和拟邀请的名单。初步建议选定"美丽的南方"。

二、南宁诗会

得益于文化传统的"忧患意识"，得益于"噩梦醒来是早晨"的清新空气，也得益于古今通变、中外共享的"涕泪飘零"，在中国新诗重新起步的1980年代春天，"全国当代诗歌讨论会"于4月在广西南宁开幕。《诗探索》是"南宁诗会"的副产品。正是这次大型诗会，为刊物打造了"可持续发展"的诗学平台。

"南宁诗会"的预案是中国当代文学研究会在1979年"长春年会"期间确定的。"北京"和"地方"的积极性很高，也引起文化界上层的注目。如贺敬之1980年1月17日致我的信中言及："来信提到的当代诗歌座谈会问题，我很赞成，但恐怕届时抽不出时间参加，只好会后学习你们的讨论成果了。"

关于这次诗会，我在2010年12月写的《疏影》那篇文章中已做了概括性叙述，此处就不再重复。这里，我再补充一些相关的信息。

（一）南宁诗会的正式代表共100人，领导小组13人，会务组10人。会议收到论文30余篇，主要有：艾青《新诗应该受到检验》，臧克家《给当代诗歌讨论会的信》，公刘《从"诗歌危机"谈起》，谢冕《新诗的进步》，方冰《新诗应该健康地发展》，沙鸥《当前新诗的几个问题》，刘登翰《新诗的繁荣和危机》，孙克恒《新诗现状管见》，杨匡汉、杨匡满《试论诗坛新秀》，洪子诚《论田间的艺术探索》，晓雪《歌唱时代，反映生活，大胆创造》，易征《诗的生命》，任愫《诗人的职责》，晏明《关于诗歌创作的二三问题》，闻山《诗·时代·人民》，鲁原《诗的生命力》，凡尼《政治唯一，还是内容与形式的统一？》，孙绍振《新诗的民族传统和外国影响问题》，唐祈《四十年代诗歌纵谈》，秦似《发扬中国诗歌的传统》，冶芳《新诗是"欧化的一统天下"吗？》，钱光培《对新诗形式问题的一些看法》，李元洛《诗歌呵，和散文划清界限吧》，彭放《大跃进民歌与新诗道路》，雁翼《诗就是诗》，宋垒《以"神"写"形"》，敏歧《燧石与火花》，金钦俊《抒情诗的形象与思维方式》，丁力《长和短》，高洪波《诗的真实小议》，丁国成《诗与标点》，胡树琨《新诗管见》，孙光萱《不要怕在诗中写"我"》，等等。这些论文，主要是从总结历史经验入手，考察新诗的内容与形式，以及新诗发展的道路问题。艾青、臧克家因事或因病未能赴会，但都交来文章，为会议贡献了宝贵意见。

（二）若是说到"曝光""亮点"，那么，南宁诗会名声大振的，一是丁力公开批评谢冕鼓吹"古怪诗"（"朦胧诗"的前期称谓）；一是黄勇刹（广西民歌手）当众嘲笑孙绍振为"小球藻理论家"。在大会发言时，谢冕把春天的鲜花送给了舒婷、北岛、江河、顾城等当时诗坛来不及认识，又遭到非议的年轻人："热情地扶植他们、指导他们吧，给他们以发表有异于众的、初看不免有些古怪的作品的权利吧！看不惯的东西，不一定就是坏东西，在艺术上，即便是坏东西，靠压服和排挤是不能解决问题的，要竞争！对于旧体诗，胡适是怪东西；对于胡适，郭沫若是怪东西；对于郭沫若，难道徐志摩和戴望舒不是怪东西吗？甚至对于传统的新诗，李季和阮章竟也是怪东西。对待青年人，要严格，不要歧视。但目前更需要的是宽容和慈爱。"谢冕的发言引起了《光明日报》与会代表章正续的注意，会后即向谢冕约稿。谢冕事后很快写就了《在新的崛起面前》，并在5月7日《光明日报》文艺版头条发表了。邵燕祥笑称此乃谢冕的"五七指示"。

丁力咬住谢冕的排比句"古怪"不放，认定是反传统，数典忘祖。其实，在古典诗论中，"怪"呀"异"呀一类的修辞并非鲜见，且多为褒义；苏州光福邓尉山麓还有"清、奇、古、怪"四棵耀眼的古树呢。丁力主要是对有些年轻人的难懂的诗不满意，这里有代沟问题，也有审美标准的反差问题。不过，丁力还是非常可爱的花甲长者。有一次餐后拉住与会的宋垒、阿红，加上我，围坐在一张小方桌做"丁氏游戏"：发给我们每人十几张小纸片，上面写有"晨风""昏鸦""夕照""微光"等等一类的词语。游戏开始，每个人"洗牌"，打乱重组，拼贴起来都变成一句句诗。丁力很得意这个"发明"："你们看，古怪诗就是把生涩的、难懂的词语拼凑起来，让你云山雾罩，莫名其妙。"丁力1942年开始发表作品，1950年代毕业于中央文学研究所第一期研究班，曾任《诗刊》编辑部主任，古典功底好，为人正派厚道。后来不幸得了肺癌，我和张炯、谢冕特地赶到通县的肺结核研究所去看望他。他最后住进城里一家医院，病危前，我又和谢冕、吴思敬一起去慰问他。他留给我们的遗言只有一句："把《诗探索》办好，办下去。"这是后话。

南宁诗会的另一位"明星"是孙绍振。机敏的辩才孙绍振，自称他的强项是"吹牛"和"放炮"。这次南宁诗会安排他大会发言，竟滔滔不绝地从新诗发展史讲起，一一评说众多诗人的成败得失和不同主张的各自局限，呼吁："新诗期待着'良种'！能集新诗全部艺术财富于一身，也就是能够把外国浪漫主义诗歌、现代派诗歌和中国古典诗歌、民歌的艺术传统，通过内心的洪炉熔炼在新的形象中，真正地开一代诗风。"他对盲目崇拜民歌似乎特别反感，以田间为例，"在走向成熟时，改变了自己曾经迷恋过的形式，放弃了鼓点式的节奏，越改越糟糕的'改嫁'，使田间付出惨痛的代价，三部曲的《赶车传》，赶着赶着，最后不是把艺术的车子赶到天堂，而是赶到地狱里去了！"语音刚落，黄勇刹坐不住了，边唱山歌边走向讲台，打断孙绍振乱放炮，说"你一派胡言，使我想起了饥饿年代骗人的小球藻。你完全是小球藻理论家！"接着，以民歌的优势和孙绍振理论了一番。争鸣的气氛热烈起来，孙也绅士地给黄鼓了掌。

（三）南宁诗会对诗歌的评论和理论工作提出了积极的要求。洪子诚执笔起草的《讨论会纪要》中有一段叙述："三年来评论工作落后于文学创作，诗歌评论尤为明显。诗评文章不仅数量少、不及时，而且许多文章比较一般化，对当前创作中的新情况新问题研究得不够，许多同志呼吁，评论工作者应多关注新人的成长，不应该只着眼于已成名的老诗人。评论作品应该不分新老；说好说坏，应从作品实际出发，人人平等，不应严此宽彼。理论工作者应与诗人建立更多的联系，对诗歌的特性和规律作更深入的探索，把诗歌的研究和评论建立在真正严谨的科学基础上……为了促进诗歌评论和理论工作的开展，讨论会建议创办全国性的诗歌评论刊物，在条件成熟时建立诗歌研究的团体和机构。"

这也表明，创办一份全国性的诗歌评论和理论刊物已势在必行。是时候了。

三、命名问题

标题是一篇文章的眼睛。

名称是一份刊物的旗帜。

"南宁诗会"的"华山论剑"阶段于4月10日上午结束。下午自由活动。

几个人相约去逛逛春色葱茏的南宁公园——张炯、谢冕、雁翼、白航和我，难得在一起散步谈心。长长的林中路留下了我们的欢声笑语，也留下了难忘的《诗探索》的命名。

鉴于为创办一份全国性的诗歌理论刊物需要一个响亮、贴切的名称，自然也成了我们几个人的重点议题。"新诗评论"？"诗歌理论与批评"？"中国诗学"？"新诗美学"？"诗建设"？等等，但几乎是说出一个被否定一个。还是诗人雁翼灵感飞动："叫《诗探索》如何？"一下子拨亮了大家的心智，齐声称好。可不是吗？新诗一直在路上，需要不断的探索，从已知向未知开辟前行的道路；需要不断的追寻，发现多种的可能性和其间的规律；需要不断地拓展，在更广阔的空间闪耀理论的光芒。

《诗探索》的命名，就在这次公园游玩中初步定下了意向。如今，雁翼虽已远行彩云上面，但他的热情与笑声，依然常留在《诗探索》的字里行间。我们永远感念他。

命题问题有了眉目，我们在都安文化考察以及七星岩的游览期间，继续为《诗探索》如何办好征求各种建议，收益良多。返回北京后还有不少复杂的事要办。张炯负责刊物"出生证"的报批，又和谢冕同去成都联系出版。我在笔记本上也记下几条：请中国当代文学研究会领导确定编委会组成；创刊号的内容设计；"探索"是大家的事，尤其要听听年轻人新鲜的声音；和外国文学研究所的专家联系、请教；刊物要体现兼容并包，茶叶和咖啡如何并存，旧学与新知如何共商；等等。这些问题，后来都一一落实了下来。

《诗探索》终于在 1980 年 12 月登场。《疏影》一文已有具体交代，此处不另多添笔墨了。

四、乔木诗评

在 1983 年 10 月起草的关于《诗探索》刊物检查的报告中，有这样的记载："自 1980 年冬创刊以来，发行数由初版一万份增至目前的二万五千份……刊物本着'双百'方针，鼓励不同学派的自由讨论，学术上尽量注意尊重不同意见，提倡批评与反批评（如创刊号上就发表了两篇直接批评主编的学术观点的争鸣文章）。刊物还注意考察新诗运动中的新情况与新问题，更新知识结构，努力使刊物保持朝气。刊物得到了有关领导和许多诗人的关心与支持。萧三、胡乔木、艾青、卞之琳、田间、严辰等人热情地为刊物先后撰稿。刊物也因此受到了国内外读者的关注。"

　　这不是自炫自得。冯至当时为能从刊物上看到不同的诗学见解而感到兴奋；北京人民艺术剧院的一位剧作家兼诗人，一口气买了20册《诗探索》；老诗人郑敏一次性买了10本赠送友人；一些边远地区的读者甚至不远千里来京城购买刊物；美国的华裔诗论家也认为刊物兼有开放和严肃的学术特色。

　　在长长的一串作者名单中，"胡乔木"和"卞之琳"的名字颇为醒目。《疏影》一文对此已有披露。现任主编吴思敬教授嫌我"笔墨过于简略"，叫我再作一些具体的细节方面的充实。现增补如下：

　　1982年2月15日，《人民日报》第七版发表了胡乔木的《诗六首》。胡乔木不仅对古典诗、词、曲和外国诗多有识见，而且对白话新体诗也有自己的艺术实践。《诗六首》包括了《凤凰》《车队》《秋叶》《金子》《莺萝》《给歌者》六首并不炫奇立异却又推陈出新的短章，受到众口交誉。胡乔木时任中央书记处书记，是社科院首任院长。那时，外国文学研究所的名家卞之琳先生和他交谊甚笃。我就动了约卞先生对《诗六首》写个诗评的念头。卞先生没有立即答应，他踌躇再三，还是在7月6日给我回了一封信——

匡汉同志：

　　来信收到，谢谢。乔木同志《诗六首》发表后，"外界反映极佳"，理所当然。我孤陋寡闻，在个别老朋间也听到称赏，只是我还没有读到评论文章。大家下笔困难，大概原因在于作者是领导同志，怕有别具用心的"捧场"嫌疑。我也有此俗虑。但我当应命试试看，就诗风、诗艺写一两千字，能否写出，还没有把握。更没有把握在7月15前交稿。我明日即照院部安排去大连休养一个月，当把"诗六首"带去再反复阅读，如终能及写出短评，当邮寄给你。

　　祝好。

卞之琳　7月6日

卞先生在大连棒槌岛边避暑边读书写作。令我和《诗探索》同人高兴的是，半个月后我收到了又一封来信——

匡汉同志：

乔木同志《诗六首》我带来大连重读，接着朱寨同志为你带来口信催我写稿，我起了草稿，再搁几天，现在终于清理出来，大约六千字，题名《读胡乔木〈诗六首〉随想》，不谈《诗六首》多么好，只谈诗思、诗艺上好在哪里，给我们的启发在哪里，不知道合用不合用。我原想烦你们设法请乔木同志自己先看一看，后来一想，乔木同志谦虚，那就一定不让发表了，虽然我在文中也不是一味吹捧。稿就只此一份，草稿太乱，清理出来就只能扔弃了，请注意保存。这里邮寄挂号信件不便，恰好刘世德同志在这里参加《红楼梦》讨论会，23日直接回北京，我当托他带给你。如果你们急于要见稿子，就麻烦你一下，等他一到后就上他家去取吧。你们如觉得可用，有什么意见，还可以寄航空信告诉我，因为我要8月5日才离开这里。付排后我还想自己看一看长条清样，以便可以再修改。你夏天不出外吗？

祝好。

卞之琳　7月21日

我接到文稿后第一时间复函卞先生，表示了深衷的谢忱。

自然也要感谢胡乔木。卞先生把文稿清样亲自寄给了乔木。乔木在百忙中写了《〈随想〉读后》一文，作为对卞文的回应。

这篇千字短文和卞先生的长文同期发表于《诗探索》1982年第4期，读者有兴趣可重新翻阅参观。我手头恰好有乔木"读后"的复印件，这里取第一段说明其来历：

谢谢之琳同志把《读胡乔木〈诗六首〉随想》的清样寄给我看，征求我的意见。我当然感谢之琳同志对于一个业余作者的揄扬，不过我不想在这一点上占《诗探索》的宝贵篇幅。之琳同志的文章主要谈两点，谈的思想内容问题和艺术形式问题。关于第一点，我同意他的看法，没有什么可说。关于第二点，我也大体同意他的看法，但还有一些小的不同意见。现在简略地写在这里，请之琳同志和其他作者、读者指正。

这篇"读后"是1983年4月19日晚写成的。有乔木致卞之琳先生的函件为证：

之琳同志：

4月13日晚信并《随想》清样都收到了。我读后写了一段话，想在《诗探索》一起发表，不知能办到否？《随想》一文仍有一些误植处，读时改正了，还有一两处涉及我的形容词改动了一下，请酌。谢谢你的好意。

胡乔木　4月19日晚

从上引材料不难看出，两位前辈不愧以"文人相重"为我们做出了表率。谦逊、细致、认真、严谨的学风令人起敬，胡乔木的短文手稿，修改不下20处，连标点符号都不放过。这为我们留下了诗人和政治家之间学术互动的珍贵记录，对不论见解相同与否的新诗学界，无疑是一大鼓舞。

五、"放假"断章

1983年秋，《诗探索》的编辑和出版面临不愿意看到的变故。8月15日，当时承担刊物出版的中国社会科学出版社，在"书刊检查"期内，致函社科院领导，诉说"不拟继续出版"的理由，主要是：一、"出版社承接此类丛刊太多（已有30多种），超过了社里编辑和出版的能力。"二、《诗探索》在北京市申报期刊未获批准，实际上一直按丛刊办理，周期约一年，而编者按期刊（按：一年四期的季刊）来要求我们，给本来就勉为其难的编辑加工和印刷工作带来许多困难，影响了我们的信誉。"三、"在尚未找到别的出版单位的情况下，据我们目前的实际能力，只能当书安排、当书印刷，只能做到一年出一至两本。"社科院领导没有批复，而是把函件转给了"文学所张炯同志"。

看来，出版社在打退堂鼓了。我们的应付对策是能出一本就出一本。拖到1985年秋，因没有资金支持，再有什么办法呢？谢冕出招："那就宣布《诗探索》放假！"

"放假"意味着我们需要休整和深思一段时间，也意味着必须等待时机。但愿天无绝人之路。

在"放假"这段日子里，我在想，堂堂一个诗国，容不下一个严肃的、多少还有精神性追求的诗歌理论刊物，这与之太不相称了吧。我又想，全国那么多高校导师指导的研究生，有的对于出过期数不多的现代文学刊物，也可以作为论文的研究对象且膨胀为专著；而《诗探索》出了那么多期，连病重期间的艾青，还和臧克家、李瑛、牛汉、张志民、林庚、金克木、杜运燮、屠岸等人，联名呼吁刊物应当正常出版，难道不值得予以研判、予以扶植吗？

所幸，随着北京大学中国新诗研究所和首都师范大学诗歌研究中心在1990年代的先后成立，中国当代文学研究会和它们强强联手再出发，《诗探索》遂于1994年结束"放假"而以辑刊形式继续出版，并一直坚持至今。尤其是另一位埋头实干的主编吴思敬教授及其工作团队（包括林莽、刘福春、刘士杰、陈旭光、王光明、张桃洲等同好）建树甚多，功不唐捐。他们躬行日月，一事不妄为，一介不妄取，所作所为也就有了鳌里夺尊的把握。

我依然认为，《诗探索》还在路上。一如李白词云："何处是归程？长亭更短亭！"现如今，又向长亭寻断魂，愿我们务去空话和陈言，继续发力前行吧。

2020 年 2 月 16 日于北京潘家园

作者单位：中国社会科学院文学研究所

我与1980年代的《诗探索》：责编手记

吴思敬

我与1980年代《诗探索》的关系，可以分为两个阶段。一是作为《诗探索》的读者与作者的阶段；二是作为《诗探索》的责任编辑的阶段。

1980年5月7日《光明日报》发表了谢冕的《在新的崛起面前》。稍后我发表了《要允许"不好懂"的诗存在》(《北京日报》1980年8月3日)、《"朦胧"之美》(《厦门日报》1980年12月16日)等文章，表明了支持青年诗人探索的立场。1980年9月20—27日，我参加了诗刊社在定福庄召开的"全国诗歌理论座谈会"，在会上结识了谢冕、孙绍振、钟文等朋友。这样，尽管我没有参加1980年4月在南宁举行的"全国当代诗歌讨论会"，也没有作为《诗探索》的创刊编委参加《诗探索》的筹备和早期的编辑工作，我却成了《诗探索》忠实的读者与坚定的支持者。

我最早研究的朦胧诗人是顾城和江河。对顾城的研究与《诗探索》无关，对江河的研究很大程度上则是由《诗探索》推动和促成的。大约《诗探索》的朋友知道江河与我联系密切，当《诗探索》要在"新探索"的栏目中介绍江河的时候，便想到了我，约我为江河发表在《上海文学》1981年第3期上的《让我们一起奔腾吧——献给变革者的歌》写一篇点评。这首诗是江河最早的油印诗集《从这里开始》中的最后一首，原题为《让我们一块儿走吧——给Y》。大概是为了给朦胧诗增加些亮度吧，《上海文学》编辑部把诗题改成了现在的名字。江河对这一改动很不满意，但也没有办法。我也就给这首增加了亮度的朦胧诗写了点评。不过在 1986 年由花城出版社出版的江河诗集《从这里开始》中，此诗又恢复了原来的题目。

《诗探索》创刊初期，在社科院文学所进修的王光明老师参加了编辑工作。1982 年 8 月 10 日，江河来我家，说王光明请我为江河写一篇评论文章，《诗探索》第 4 期要用。此后我开始写作的准备，主要是看江河那本油印的诗集《从这里开始》，另外也看了他零散发表的一些作品。在此基础上，还在我家与他做了四五个小时的对话，为此特地在百货大楼买了两盘空白磁带录了音。8 月底我写出评江河的文章，题为《男子汉的诗》。此稿后来由《诗探索》编辑部把题目改为《追求诗的力度——江河和他的诗》，于 1984 年 7 月在《诗探索》总第 10 辑刊出，此时距约稿时间已差不多过去两年了。后来，香港诗人古剑知道了，希望把此文在香港发一下。1984 年 11 月 8 日，我把评江河一文重抄了一遍，题目恢复为《男子汉的诗》，寄往香港。几天后，11 月 13 日，收到北京海关邮办处来信，说评江河一稿，还要求单位出具证明，否则寄不出去。我只好请我所在单位北京师范学院分院中文系党总支书记开了证明，最后此文以《男子汉的诗——青年诗人江河作品诗析》为题在香港《中报月刊》1985 年 1 月号刊出。

再有一事也与当时的《诗探索》有关。1981 年 12 月 21—28 日，诗刊社邀请刘斌、苗雨时、陈良运和我办了一期读诗班，主要任务是读 1981 年全国发表的新诗。读诗班结束的时候，我们写了一篇《四人谈：读 1981 年新诗》，发表在 1982 年第 3 期《诗刊》上。由于我们四个人全是搞理论的，意犹未尽，还想对当年的诗歌评论发表一下意见，便一鼓作气完成了一篇《近年来诗歌评论四人谈》，由我最后整理定稿，交给《诗探索》，很快在 1982 年第 3 期上刊出。

上面谈的是在《诗探索》创刊初期，我作为读者与作者的一些情况。

下面谈谈我是怎样做《诗探索》责任编辑的。为了真实地还原当年的历史面貌，我接受刘福春先生的建议，把我那阶段日记中与《诗探索》相关的内容摘录出来，是为责编手记。所持的原则是：一是忠实于历史事实，只摘录与《诗探索》相关的内容，对日记不做任何修改、增添。二是必要时用按语的形式对日记所写内容做简要的说明，并用不同的字体做标志。对有些不宜公开的人物名字则用×××代替。

1983年5月21日

下午到文学所去看匡汉，他正在编《诗探索》1983年第1期的稿子，我评江河那篇，基本未改动，只是标题变为《追求诗的力度》。……匡汉并提到让我协助编《诗探索》的事。我答应了。

1983年6月15日

谢冕上星期六给我来信，谈及二事：一、张炯托他转告我：文研所当代室已同意调我，让我做学校方面的工作。二、《诗探索》编辑部重新调整，聘请四个人担任编辑，有洪子诚（北大中文系）、陶文鹏（文学所）、赵毅衡（外文所）和我。用谢冕的话说，这是一个"超级"编辑部。谢冕在信的最后说："诗歌的未来靠我们奋斗，我期望你能欣然同意。"我昨天已复信谢冕，表示同意。（按：关于我调文研所的事，起因是1982年12月11日我去劲松看刘再复，再复对我说，王士菁要调到鲁迅博物馆任馆长，鲁迅研究室研究人员的名额便空缺了一个，他问我愿不愿意去，我当然愿意去。1983年1月31日再复到王府井菜厂胡同我家，未遇，留条说鲁研室主任林非想见见我，约我2月1日星期二上午到文研所去见面。2月1日，我在鲁迅研究编辑部见到林非，谈得较融洽，他同意将我报上去，待批准后，我那边再活动。1983年5月19日，我去再复家，再复说鲁研室这边调我已无问题。我说我是搞诗歌的，如能去当代室更好些，请再复跟张炯说说。谢冕信中所说，就是张炯的答复了。既然当代室同意调我，我就向我所在的北京师范学院分院领导打了两次正式的请调报告，多次找了系主任、院长、书记、主管副院长谈调动的事，均遭拒绝，说中文系两年来已放张同吾去了中国作协，放任洪渊去了北师大，不能再放人了。尤其是主管副院长于泽禾先生，他是我的恩师张寿康先生新中国成立前北京师范大学的老同学，是他费了很大劲把我的人事关系从朝阳区的中学调入师院分院的，当我到他家去磨他时，他坐在我身旁，轻轻地拍着我的手臂说："留下吧，留下吧！"眼中流露出温和的甚至是乞求的眼光，我真的感动了，心软了，面对这样一位于我有恩的人，我从此不再提调动的事。）

1983 年 6 月 16 日

我给谢冕的信，估计他还未收到，昨天就收到一个信封内邮来的光明和匡汉的信，让我今天上午到文研所，搞一次集体"办公"。这就是硬逼着我上任了。尽管我时间很紧，还是去了半天，与王光明、刘士杰一起处理一批积稿。

1983 年 6 月 26 日

上午到东总布胡同尹一之（按：尹一之先生时在中国艺术研究院工作，是《诗探索》创刊编委）家，他前天给我来信，让我到他家商量一下《诗探索》与别人合办诗歌创作讲习班的事。我们做了初步的研究，决定先由我拟一个提纲，然后再分别约讲课人。

1983 年 9 月 9 日

下午匡汉与韩少华来访，我去北京图书馆了。他们分别留条。晚上我到匡汉处，主要落实编 1983 年第 2 期《诗探索》的问题，总字数 16 万。我先把整个稿子处理一下，这就是个大工程。（按：《诗探索》1982 年出版 4 期，1983 年没有出版。从 1980 年创刊，到 1982 年，共出版 9 期。匡汉所说的这期稿子，应当是总第 10 辑，正式出版已是 1984 年 7 月了。）

1983 年 9 月 13 日

晚上刚安排儿子睡下，匡汉来了，带来谢冕转给我的几篇稿子。他提到胡乔木最近召见王若望，把王批了一下，说他"思想上没入党"。

1983 年 9 月 23 日

这两天正在看《诗探索》的稿子，十几万字，量比较大，到今天为止，已编出十余篇，七八万字。这件事，从时间上看，固然是个负担，但从事这一工作，也有所得，那就是能比较认真地接触一些诗歌理论文章，可以随时吸收新鲜见解，并提高自己的理论素养。

1983 年 9 月 24 日

上午 10 点左右，匡汉来了。谈及前天晚上，张炯和他一起去见冯牧，汇报了《诗探索》的情况，冯牧认为《诗探索》有特色，鼓励办好。

我和匡汉一起凑了凑稿子，初步定 10 月底搞出来，这样我就可以暂时轻快一些，不至于那么紧张了。中午留匡汉吃饭。下午聊到三点半乃去。

1983年10月20日

中午收到刘士杰转来的公刘的稿子，下午到校后又收到李黎寄来的稿子。加上前几天肇明转来的、匡汉让樊发稼转来的。《诗探索》的稿子又猛增不少。"十一"前，我和匡汉还担心稿子不够，现在看来没什么问题了。下礼拜要抽时间编一下了。

1983年10月22日

晚上去访朱先树。……先树介绍了前不久召开的重庆诗会的情况。这个会是由作协安排的，作协负责人朱子奇亲自参加，并且致贺词。诗刊方面柯岩、邵燕祥、杨金亭去了。会议中心议题是批评"三个崛起"。文联研究部的郑伯农在会上有长篇书面发言。《诗刊》第12期将做报道。

1983年11月23日

晚上去访张炯，把《诗探索》总第11期编目给他看了，有关具体问题还要等匡汉回来再商量。

1983年11月26日

下午去北大蔚秀园看谢冕。早就想来看看他，因太远而舍不得时间，下不了决心。但自从11期《诗刊》邹荻帆文章点了谢冕的《在新的崛起面前》，前几天《光明日报》又发了郑伯农的批"三个崛起"，直接点谢冕名的文章之后，我感到极有必要去看看他，给他以安慰和鼓励。去时有两个北大分校的女学生来看他，后来又有一名谢冕的研究生和一位想报考谢冕研究生的青年来，过了一会儿又一个厦门大学来北大进修的青年教师来。看来谢冕越挨批客人越多。谢冕的气色和情绪看来很好，但也明显地可以感到内心毕竟是不十分平静的。那几位客人走后，他留我吃晚饭，饭前饭后又单独谈了会儿。他说，上午北大党委书记来同他谈话，传达了胡乔木的话："请转告谢冕，不要紧张，他的文章我大多读过。受朱自清新文学大系序言的影响。……"北大拟安排校刊记者访谢冕，让谢冕表个态。明天星期日就来访，后天就要在校刊上发表。估计北大宣传部会把情况报上去。我嘱他表态要有个分寸。他完全同意此点。临别时谢冕把他的《共和国的星光》送我一本，签名留念。

1983 年 12 月 6 日

前一段甚嚣尘上的反精神污染，最近又有降温之势。邓力群宣布政策界限，明确提出财贸、工交、农业基本不提反精神污染。文章虽然还有一些，但势头要弱得多了。估计公开的提在理论界、文艺界反精神污染，还要持续一段时间，一些批判的稿子还要再发一些，但不一定有前些天那样的势头了。

1983 年 12 月 10 日

前两天湛秋（按：即刘湛秋，时任《诗刊》副主编）来信，让我去他家玩，并一起吃晚饭，然后再去再复那里。我也想看看再复，这样一举两得。下午五点到他家，他也刚下班不久。聊的全是围绕诗坛的情况。据他讲，这次批判"三个崛起"，起了最大作用的是柯岩，荻帆不过全听她的。柯岩后边自然是×××了。目前评论部分柯岩已把过来，吴家瑾反而靠边了。湛秋由于他的观点，柯岩对他亦有些侧目而视，不过未公开化而已。

在湛秋处吃饭后，又去看再复，正巧他也在。再复已得到消息，梅益（按：时为中国社会科学院党组第一书记）过几天要找他谈话，他怕是让他写批判文章。他说："现在难受的不是被批判，而是硬要去批判别人。"他已决心不管上边的压力，不去掺入这些批判的活动。再复不愧是有骨气的文人。

1983 年 12 月 16 日

刘士杰前几天写信，约我去劲松他的住处，有关于《诗探索》的事面谈。……我前天给他去信，通知今晚去。赶到劲松，他正在家等候。过了一会儿，匡汉也来了。匡汉上午刚从呼和浩特回来，士杰告诉他我们俩今晚碰头，他赶来的。匡汉此次回内蒙古，很狼狈，内蒙古方面停发了他的工资，让文研所方面解决，看来他还得办交涉。今晚我们又把有些稿件问题商量了一下。

1984 年 1 月 4 日

下午我请谢冕夫妇、张炯、杨匡汉来我家聚会，利用我新买的火锅，吃涮羊肉。谢冕看来情绪还好，似乎不知忧郁。不过言谈话语中还是很愤懑的。对于四川的竹亦青、××，他尤感失望，至于尹在勤，他是早就料到了的。匡汉总是郁郁寡欢的样子，似乎主要是为了调动工作的阻隔。张炯总是一副半官方人士的架势。临别前，他请谢冕看一下《诗探索》的刊物检查，谢冕坚决不看，他说："我连批判我的文章都不看！"到晚9点多，我送他们走。

1984年1月11日

下午4点，匡汉、刘士杰来家里取稿，把我已编定的《诗探索》第11期稿子带走，由士杰交给文学所一位年轻的同志划版，争取春节前把稿子交给出版社。

1984年1月22日

今天在文研所二楼会议室，召开《诗探索》编委扩大会，参加者除在京编委外，还有编辑部工作人员。计有张炯、丁力、谢冕、洪子诚、袁可嘉、尹一之、雁翼、宋垒、杨匡汉、刘士杰、楼肇明、樊发稼。议题主要为：一、张炯传达最近中央书记处关于1984年工作的精神，以及社会科学院关于清查所属刊物的指示。二、由杨匡汉做刊物检查报告。三、讨论检查报告，着重谈改进措施。四、由我汇报刊物编辑情况。五、由刘士杰汇报财务情况。

今天会上气氛还好，没有什么太大的争论。不过丁力还是以教训的姿态，数落了谢冕一番："叫你回到革命现实主义的道路上来，你不回，以至有今天！"不过他也表示：由于身体等原因，不想再参战了，而且感到现在有的批判文章太过火，这些人早都干什么去了？

1984年1月27日

晚上去文研所找匡汉，正巧他一两天内要回内蒙古，今天他同我商量了下一期刊物的问题。初步定了一下，评哪些诗人、几个重点题目，以及约哪些人写；准备再和肇明、谢冕碰一下。22日匡汉宣读的《诗探索》刊物检查，已经打印出来，做了些修改，点名的几篇文章作者题目不提了，也不谈"精神污染"了。

1984年2月27日

今天收到谢冕信，开头称："一个混浊的潮流涌来，不少的泡沫和草屑浮在上面旋转。可惜的是，那潮流很快便过去了。那种不怕潮流行动如燕祥者，值得我们深深记在心中"。此外是关于《诗探索》组稿计划的一些具体意见。

1984年2月29日

罗沙，从1980年开完定福庄诗会之后，一直没有见过他。不想今天下午突然来访。他此次是来北京组稿的，另外也摸一下自批"精神污染"以来的北京诗坛状况。他找到了张炯，张炯让他来找我。我只是一般地和他聊了一下，因为毕竟不很熟，这几年又基本无联系。大约谈了一个钟头，我送到他103路车站，他要赴一个约会。

1984年3月4日

下午到北大蔚秀园去看谢冕。由家里动身，由于穿着呢大衣，骑得不很快，用去75分钟。谢冕正在，而且家中无其他客人（只来了一个他的研究生，坐的时间不长），因此得以充分和他就当前诗坛问题交换意见。他讲：赖林嵩（按：北大中文系校友，时任北京日报文艺部负责人）前两天来找他，想让他为北京日报写篇文章表个态，谢冕谢绝了。我也劝他不是被逼得万不得已，不要写什么检查之类。

谢冕一切约稿冻结，近来稿费收入大减。他亦没写什么东西，倒是把圆明园跑得熟熟的了，而且做了些考据。他建议春暖花开后，叫上匡汉、肇明、再复等人到他家一聚，然后由他导游圆明园。这倒是个不错的主意。晚上谢冕夫妇硬留吃饭，陈素琰特意买了鸡和虾，略饮了些白酒。到家已是晚10点半。

1984年3月7日

下午为《诗探索》发了二十几封组稿信和稿件处理信。均是一些事务性工作，相当耗费时间。

1984年3月10日

张炯来访，告之社科出版社对上期发的稿件有些意见，我准备星期一上午去社科出版社一趟。

1984年3月13日

今天收到雁翼从成都寄来的信，表示评他的文章想请钟文来写，当然我没有意见，准备给钟文复一信，把此事落实下来。

1984年3月14日

下午为《诗探索》总第11期稿子，又跑了一趟社科出版社。见到总编室的任冰洋，其中关于体例不一致的问题，还要拿回再改。

1984年3月15日

晚上匡汉来访。他是星期日由内蒙古回来的。今晚来我这里的路上，在北京站口，还让警察罚了一元钱。我们一起研讨了《诗探索》的有关编务。

1984年3月20日

下午和晚上，赶紧把《诗探索》总第11期按照社科出版社的要求把稿子重新过了一遍。社科总编室任冰洋提的意见，大约有20%是对的，在稿子中确实发现了一些明显的笔误、错字，是当初没有看出来的。有50%是两可的，即可改可不改的。还有30%是他给改错了的。这部分就不改，并申明理由。光对照意见表改错还好，讨厌的是把脚注挪成尾注，虽然不过四五篇，但因注多，也确实费了大事。

1984年3月21日

上午到鼓楼西大街（果子市）社科出版社给任冰洋送稿子。

1984年3月24日

下午先到人民文学出版社找孟伟哉，向他约写一篇文章。他又送我近期《新港》一本，上面有他的一个中篇《鸡冠花紫红紫红》，他希望我看后写篇小文"吹嘘"一下。从孟伟哉那里出来，又去找匡汉，谈了谈《诗探索》的稿件等有关问题，并拿了些信封、信纸，处理稿件用。

1984年3月29日

接四川《星星》主编白航信，内称："《诗探索》诸公好吗？经此一次风吹，当更健康了吧！《星星》掉了几根头发，但会更完美地长出来。至于我个人呢，皱纹又深入了一寸，思想也深沉了一分。见到谢冕同志，请代为问好。世界总是白天过了是夜晚，夜晚过了又白天，如此而已，岂有他哉。……"白航的信，虽语焉不详，但完全可以看出他对前一段反精神污染的态度。据骆耕野前次来讲，在"重庆诗会"召开期间，白航和流沙河是够狼狈的，他们晚到一天，去后，都没人敢理，白航给吓得够呛。直到柯岩在发言中对《星星》表了态，与会人才敢与他们打招呼。不过看样子，"重庆诗会"并未给他什么教育，他还是他。信中的几句话虽短小，却含有作家对当前形势的深深感触。

1984 年 4 月 11 日

下午蒋力来访,送来一篇他写的评绿原的稿子。他谈到×××最近有一批示,对批"精神污染"问题给自己找了个下台阶,大约到此就要结束了。谢天谢地,幸亏这次开倒车刹车比较快,否则中国的现代化发展又要推迟不少年。

1984 年 4 月 16 日

接钟文信,称他正写《诗歌美学》。信中说:"那些贫乏的,希望跟着当权派屁股后面讨一碗残羹的理论虫们实在拿不出新东西来。他们命定的是过眼烟云,谢冕一定在这次磨难中真正地'崛起',新文学史由此要记他一笔。这样的结局是有些人所始料未及的,但实在也是民心之所向。"

1984 年 5 月 8 日

下午楼肇明来访,送来杨牧、周涛等人的稿子。

1984 年 5 月 22 日

上午八点刚过不久,我才起床,被子尚未叠起,谢冕就来了。他昨天才接到我的信,今天便同陈素琰一起进城了。陈素琰去全素斋排队,谢冕便先来我家。我们先聊了会儿,接着又一起去全素斋接替陈素琰排队,让她去文研所上班。谢冕特意告诉我这样一个情况:大约一个多月前中宣部召开的一个文艺座谈会上,丁力鼓动宋垒、闻山继续发难,说《诗探索》发了些不好的文章,至今不做像样的自我批评。冯牧就眯着眼听着,听到这里,便说:"像这样的刊物就该停!"而同是这个冯牧也曾说过:《诗探索》这个刊物有特色,新鲜活泼!"据谢冕说,宋垒、闻山的话是冲着他去的。谢冕说:"匡汉最近在上海,父亲病危,回来后,他的境况也十分困难,他自己就够呛了,《诗探索》的事主要靠你了,要把它安安稳稳地挺过这一关,生存下去。只是不要发恶毒嘲骂革新派的东西就行了。如果见到丁力,就说谢冕自从提出辞呈后,对《诗探索》的事根本不管了。"谢冕把他评刘祖慈的稿子给我留下了。还说目前有些刊物开始约他的稿子了,最近又开始"忙"了。在全素斋的窗口前,他说,批判精神污染以来,有三件事他最为恼火:一件事是×××把谢冕给他的私人信件抛出去了,谢冕已有几条渠道证实了这一点,这位"风派诗人"的人品竟至如此恶劣。二件是绿原在《诗刊》发的文章实在太恶毒,连武汉的曾卓等人都极不满意。三件是×××在《文艺情况》上整的材料,说谢冕还在坚持他的观点,把谢冕根本不是谈"诺日朗"的文章拉来,作为杨金亭、祁望批"诺日朗"文章的对立面。

1984年6月3日

收到白航来信,内云:"《诗探索》能坚持办下去,是诗坛一幸。扼杀百花齐放的手,随时都伸着。我们相信三中全会以来的党中央是英明的。人民也不允许那些手乱打乱砸了。"他信的最后还另加一句"千万不要做风派理论家"。这是对我的嘱咐和希望了。白航我只在北纬饭店见过一面,而且当时是在楼道里站着说的。但无论是当时谈话,还是后来的几封信,他都给我留下了很好的印象。这个人是正直的知识分子,头脑清楚,而且待人诚恳。就拿信上这句"千万不要做风派理论家",就不是现今文坛上的某些人所能说出来的。因为有人就是有意、无意地在当"风派理论家""风派文人"。本人不敢以"理论家"自居,但作为一个理论工作者,我是愿意以白航赠的这句话为座右铭的。

1984年6月9日

公木寄来他的《新诗发展道路》一稿,长达28000字,并附来一封信,谈写作的经过与设想。下午我就看他的稿子,感到局部材料不无可取之处,比如蔡其矫、沙鸥50年代学习古典诗歌的试验,听来就很新鲜。但从整体看,公木此文新鲜东西不多;相比之下,我晚上看的另一篇稿子,人大研究生李黎的《意象的基本美学特征》,虽也有不甚严密之处,但却给人以一种新鲜之感。

1984年6月11日

中午接到白航来信,寄来评李钢的稿子。晚上我阅完,并做些处理。白航的文字老练,评起诗来有自己见解。不过他把李钢的风格概括为"浪漫"二字,似乎欠准。李钢的诗,一部分是比较典型的现实主义,另一部分则有一定的"现代风"。这种现代气息当然不同于西方现代派,甚至也不同于顾城、北岛的"朦胧诗",但是也颇不同于直抒胸臆的浪漫派。说白一点,李钢的诗是洋嗓子唱民歌,它的内在气质是现实主义的,但表现方式用了些"洋腔"。李钢正是在这种尝试中形成了自己的风格,所谓的"李钢味"(白航语)。

《诗探索》第12辑稿子基本已齐。明后天集中突击一下,把它们编出。

1984年6月12日

今天从早到晚,集中编了一天关于《诗探索》的稿子,大约处理了五六万字,加上以前陆续编出的,第12辑的稿子已基本编齐,只差一篇钟文谈诗歌语言的未弄。今天编的几篇,高洪波的《擂鼓的诗人》……好处是就张志民创作的几个阶段,概括比较准确,分析也比较清楚。谢冕评刘祖慈的《早秋的年轮》,是去年应诗刊之约写的,后因批"精神污染",由获帆决定给退回,我提出可在《诗探索》上发表,匡汉、张炯亦同意。这才让谢冕给《诗探索》的。不过这回谢冕又重写了一遍,大大地扩充、润饰了一番。看来谢冕写此文是卖了力气的,无论是整体结构,还是遣词用句,都见出功力。(按:2012年6月我写《中国当代诗坛:谢冕的意义》一文时,提及谢冕对新诗评论语体建设的贡献时说:"出于对诗歌评论语体的深刻理解,谢冕的文章在诗歌评论界独树一帜。他以诗人的激情书写诗歌评论,笔锋常带感情,他的评论是诗化的评论,不仅以强大的逻辑力量说服读者,更以富有诗意的语言感染读者。"我举的例子就是我编《诗探索》总第12辑时所发谢冕的《早秋的年轮——论刘祖慈的诗》中开头的这段话:"那时候,月亮落下去了,东边露出了曦微[1]曙明。尽管层云依然深深地镇住天穹,但周遭的一切毕竟在光明即将降临的拂晓时分呈现了勃发的生气。这是黑夜与黎明际会的庄严时刻。这方生未死的特殊历史,造就了一批敏感于生活的诗人,他们把握了这特有的时代氛围。他们使自己的最初一批诗篇,成为富有现实感的早春意识的传送者。")

1984年6月15日

下午编完钟文的《诗歌美学语言》,至此,《诗探索》第12辑已全部编完。我整理出一个目录,晚上带着全部稿子去日坛路6号找匡汉,未遇。文研所已搬新大楼,只剩下几个年轻人在拆车棚、装汽车。前边国际信托公司大厦已达20余层,文研所这个小楼肯定不保了,匡汉的住处还是个大问题。

1984年6月17日

下午,花城出版社林贤治与十月出版社骆一禾来访。林贤治与杨光治极不

---

[1]原文如此。——编注

对付，杨光治在京期间称林贤治是"土现代派"。但我今天初步印象，林贤治似乎还朴质，但艺术观相当解放。晚上匡汉来访。他简要谈了谈他回家处理父亲丧事的情况，疲惫不堪。另外又商量了下期《诗探索》组稿有关事宜。

1984 年 6 月 18 日

晚上携 12 辑《诗探索》全部稿子去丁力处。他表示留下来看几天，定好本星期六晚上去取。丁力给了我一本他的诗论集《诗歌创作与欣赏》。

1984 年 6 月 23 日

晚饭后去定阜街 10 号丁力家取《诗探索》总第 12 期的稿子。他说他没全看，只看了头条公木的文章和李黎的文章。公木稿子中有一句话："'五四'新诗歌乃是批判继承民族传统，亦即在古典诗歌和民歌的基础上"发展起来的，我把"亦即在古典诗歌和民歌的基础上"一句删去了，丁力认为不应删，应予恢复。这当然是我们两个人艺术观不同的反映。李黎的《意象的基本美学特征》，丁力意思是不发，他认为"意象"谈得太多了，"把意象强调得过分，就是宣传意象主义"，"举的例子，除古诗外，大都是今天派、现代派的诗作。"意象本是个心理学名词，研究意象，怎么就是宣传"意象主义"呢？他还大骂匡汉发在《文艺研究》上的评李瑛的文章，什么"感情投影系统，谁能给我解释清楚，杨匡汉这篇文章太招骂了，我翻了《文学词典》和《古汉语字典》，根本就没有这些名词"。他也不懂李黎文章中所说的"第一信号系统""第二信号系统"，说这也是从西方搬来的玩意儿。他根本不知道这是巴甫洛夫的伟大贡献。

1984 年 6 月 24 日

下午去访张炯，给他留下了李黎的稿子，让他和匡汉决定最后是否用。

1984 年 6 月 26 日

下午到日坛路 6 号去找匡汉。文研所绝大部分已搬到新大楼去了，这里只剩下司机、几部车。匡汉所在的当代室的小屋也只剩下他的一张床和一个公文柜、一张书桌了。我去时，他的内蒙古大学的一位同事也在。我们主要谈了《诗探索》的编务和下期组稿问题。回来以后，我发出五封约稿函，准备明天再发出几封。

1984 年 7 月 11 日

中午接到匡汉一信，内称："我大概相当一段时间内不可能照顾刊物的工作了。原因是上星期五半夜特感不适，心搏异常，呕吐不止，好不容易熬到早晨，结果进医院检查，心电图的情况很不好，确诊为冠心病，房颤，医生强令我休息。这样，我成了随时携带硝酸甘油的人了。这种局面并非意外。多年来吃的是草，受的是挤，卖的是血之所致。我等病稳定一下即易地休养。这两天干躺着，特别寂寞。请你把这一情况函告谢、丁二人。我和楼楼（按：即楼肇明）建议你出任编辑部主任，全盘抓起来（大事请示一下张炯即可）。这就要谢冕多操一些心了，再不能大而化之了。希望来这里一次（先用电话594942约一下），有些事要交代一下。匡汉 10/7"

接到匡汉这封信，我心情很沉重。匡汉突患冠心病，这消息突然也不突然。诚如他信中所说："吃的是草，受的是挤，卖的是血"。他一直在拼，人的精力、体力毕竟有限，弦断就非偶然了。……春天来北京参加《诗刊》社活动的竹亦青，我也曾在张自忠路招待所见过的，也在回四川不足两个月就死了。可叹的是两周前我发出的一批约稿信，就有一封给竹亦青的，没接到回信，也就可以想见了。最近有材料说：中年知识分子负担重，死亡率远高于全国平均水平，此种情况难道还不应引起重视，并采取具体措施吗？

1984 年 7 月 23 日

下午5点，丁力来访。我们交谈了一下《诗探索》的组稿情况。丁力还谈了他患肺癌前的情况：有些咳嗽，不很重，没有吐血，有时觉胸闷，照透视看不出问题，直到照片子后才发现肺下部的圆形阴影。当即决定开刀。开刀的结果证实是癌。动完手术后，到现在自我感觉良好。周扬是1966年得肺癌，发现时病灶很小，先动了手术，紧接着"文化大革命"，中间还被关进监狱，但他的病没有复发，现在十几年过去了，身体还很好。这说明癌不是不可征服的。

丁力也要去兰州，他准备坐飞机去。（按：丁力要去兰州参加中国当代文学研究会年会，这个会我也会去。）我建议到兰州后，《诗探索》有关编委可开一个会，研究一下《诗探索》下阶段办刊方向问题。

1984年8月8日

快11点了，……把《诗探索》第12辑划版工作做完。下午去社科出版社送稿。总编室的人上半天班，把稿子留在那儿了。有事让他们8月25日以后找我联系。

1984年9月28日

晚上去访张炯。他谈到已同谢冕、匡汉商议，要我出任《诗探索》编辑部主任，我意不要什么名义，还是叫责任编辑为好。他还大致同我谈了八月下旬中宣部召集50人的文艺工作座谈会的情况。

1984年11月27日

想把《诗探索》总第13期编出来，今天全天看《诗探索》稿，直到深夜。

1984年11月28日

《诗探索》要办好，有两个问题亟待解决：一个是出版周期太长，现在平均发稿后一年到一年半后才能见书。这样长的出版周期，使这样一个文学评论刊物完全失去了时间性，只能走纯学术的道路，这样就不易在青年人中扎根，也不易打开销路。出版周期长是外在因素，我们无能为力；另一个就是内因了。《诗探索》编委内云集了诗坛两派的代表人物，互相掣肘，堡垒里的战斗十分激烈，内部争论动不动就"通天"。这一问题不解决，刊物绝谈办出特色。

1984年11月30日

今天已把总第13期《诗探索》稿子全部编完。晚上带到丁力处，让他过了一下目。这次他提出于冰的《论抒情诗的外延形象与宽形象》，题目新鲜，要看一下。另外对林贤治的稿子也不大放心。总之，还是他的老观点，老态度，对带有新意的东西有一种本能的抵制。

1984年12月1日

晚上先去张炯处，让他通览总第13期目录，并就丁慨然等的稿子处理问题交换了一下意见。丁慨然稿谢冕意不发，但此稿的后台，明显的是丁力，主要考虑与丁力的关系，匡汉给丁慨然写了一封信，让他做了些修改，最后还是发了，张炯也同意这样办。从张炯处出来，又去给士杰送稿子，士杰不在，我只好留在他邻居处。正留着条，他又回来了，我们又一起聊了会儿，始归。

1984 年 12 月 16 日

昨天就开始下雪，持续一夜，今晨雪霁，一片银装素裹，但道路却不好走了。正好今天下午要去师院招待所开当代文学研究会所属两个编辑部的会。我就兢业业，骑车而行，用一个半小时到达师院招待所，居然没摔跟头，甚幸！下午的会集中讨论当代文学研究会所属两个刊物的前途问题。社科出版社周期太慢，而且要钱也很多，沈阳新成立了一个中国新闻出版社分社，有意接过《诗探索》，尚待研究并落实。会后，就在师院的食堂用餐。

1985 年 1 月 1 日

下午到谢冕家聚会。今天他邀了雁翼、晓雪、张长、张炯、匡汉、我和钟文。边吃边谈，中心议题是《诗探索》，但是也谈了不少奇闻轶事。特别是这次作家大会期间，北京市的代表团如何搞了一个"小政变"，以及周××人品如何次之类。

1985 年 1 月 2 日

白天到首都图书馆看了会儿书。下午 5 点，钟文来找我，我们一起去张炯家，另外还有谢冕、匡汉、木斧，是个小型聚会。主要议题是和木斧一起商议，能否由四川出版社继续出版《诗探索》的问题。据木斧谈，他没有问题，只担心现任省委宣传部副部长的李致从中作梗。木斧是个戏迷，张炯的彩电中播了一段京戏，他就忘乎所以边看边唱了起来。

1985 年 1 月 6 日

下午李建华、张建中来访，询问关于《诗探索》的事。他们很热心，问《诗探索》有什么需要帮忙的，他们愿出力。

1985 年 3 月 20 日

晚上于冰（按：辽宁师范大学教师，北京大学访问学者）来访，主要同我谈了寒假中同大连方面协商出版《诗探索》的情况，看来有些门路，能否落实，尚是未卜之数。

1985 年 3 月 25 日

下午谢冕来访。除去谈《诗探索》有关情况外，还说了北大几位教授的治学及为人。他说，林庚责任心很强，最近严家炎当系主任后，每周组织一次讲座，排了林庚一次，他连续找了有关人员碰头，安排提纲，有所修改又去找。林庚是研究古典诗歌的，但自己写诗，决不写旧体，而是写新诗，他的九言、十一言。他还多次讲过："我们身上要有些布衣气。"

1985 年 5 月 25 日

下午三点至张炯家，与匡汉、谢冕碰头，商议《诗探索》的下阶段出路问题。目前有几个方案：1. 由社科出版社出版，每一期出版资助 750 元，自己找印刷厂，自己发行。2. 否则就向群众出版社出版，方法同上。3. 与大连的辽宁师大合办，由该校投资。准备依次序进行。另，准备以《诗探索》名义，出《现代诗论丛书》，目前处于准备阶段。晚上，就在张炯处吃饭。

1985 年 5 月 28 日

下午匡汉来访。他谈及诗刊最近要召开诗歌刊物负责人会议，他想让我去。但时间对我不合适。6 月 9—14 日，正是我给《工人日报》赶稿子（按：即我的《诗歌基本原理》的连载稿，每月要完成 3 万字）最紧张的时候，只能作罢。匡汉说他从春节后这三个月什么也没写。

1985 年 6 月 8 日

中午收到刘士杰来信，让我去他处取《诗探索》总第 10、11 期。这两期刊物压了几个月才算取回。我晚上去的，与匡汉、士杰聊到晚 10 点。

1985 年 6 月 18 日

下午和晚上忙于为《诗探索》总第 11 期开稿费，填汇款单。这件事，看来不算什么，干起来很费时间，大约用了六个小时。

1985 年 7 月 11 日

下午 4 点，《诗探索》在劲松 901 楼 108 房间开会。我由于参加整党学习，加之学完后又开总支委员会，赶到那里都快七点了，正赶上吃饭。今天参加者有丁力、谢冕、张炯、肇明、士杰、匡汉、林岗、樊发稼和我。议论的问题有编辑部成员构成、改组编委会及寻找出版社等问题。

1985 年 7 月 22 日

上午到京安印刷厂处理《诗探索》总第 12 期校样中的一些问题。

1985 年 8 月 8 日

上午到莲花池东路京安印刷厂去看点校。7 月 22 日，我临去大同前核实的校样已改完，但仍有五六个错字。改完后签字，付印。

1985 年 8 月 22 日

下午五点谢冕来访，他带来了元月 3 日在京西宾馆四次作家大会期间的合影。……谢冕谈到此次他在杭州期间，曾考虑与杭州方面合办《诗探索》的问题。此事还有待于进一步商量。若要办，骆寒超需出面，他因 1983 年被派入驻《江南》的清污领导小组副组长，目前处境不太妙，有些压力。我感到这也是个办法。但能否成功尚在未卜之中。

1985 年 10 月 1 日

匡汉来告我谢冕要到他那儿去，让我也去。……到劲松匡汉处已快五点了。谢冕和他夫人陈素琰均在。谢冕答应给三联书店一本书，题目为《诗人的创造》，广告全发了，至今却未交稿，而且他现在又没时间，想以旧稿充数，又怕跟不上时代，甚为苦恼。晚上在匡汉处吃饭，饭后又同匡汉、士杰聊到 11 点方归。

1985 年 10 月 26 日

下午到文研所会议室去开会，是由文研所当代室、北大中文系当代室和《诗探索》联合召开的。到会者有谢冕、杨匡汉、孙绍振、吴家瑾、刘湛秋、唐晓渡、樊发稼、楼肇明、刘士杰、苗雨时、李黎、洪子诚、梁小斌、杨炼、张建中、顾城、谢烨，以及谢冕的研究生及闻讯赶来的《诗选刊》及外单位的一些同志。会上刘湛秋开的头炮，我第二个发言，对刘湛秋呼吁反映时代的作品，对刘湛秋对诗坛的盲目乐观表示了不同意见。我集中讲了两点：一，对当前诗歌创作的估计和展望；二，提出诗歌理论的五个方面的任务。

1985 年 11 月 19 日

中午收到于冰信，言《诗探索》在大连出刊难于成功。下午复于冰信。

1985 年 12 月 1 日

接骆耕野信，内称成都新成立一个青年书屋，拟代售一些《诗探索》，每期二、三百本。不过由于《诗探索》当前出版无着落，此计划只好泡汤。

1986 年 9 月 30 日

下午匡汉和刘福春来访。《诗探索》匡汉同内蒙古方面商量已有初步眉目，只等期刊号了。关于编委及编辑部组成，拟实行双主编、双副主编，由谢冕、匡汉任主编，我和洪子诚任副主编。《诗探索》原编委会中凡60岁以上的人全部退下去当顾问，并吸收几名新的编委，有李元洛、钟文、金丝燕、楼肇明等。

1986 年 11 月 4 日

晚上去劲松九区刘士杰和杨匡汉处。匡汉同我谈了漓江出"诗学文库"的联系及安排情况，拟由谢冕、匡汉、洪子诚、刘福春、我，以及漓江出版社两名负责人士组成编委会。带回《诗探索》总第12期样书10册。（按：《诗探索》总第12辑版权页印1985年7月第1版，实际上一年多以后才拿到样书。）

1986 年 11 月 12 日

下午三点去文研所当代室开诗探索编辑部会，到会有谢冕、匡汉、张炯、肇明、士杰、刘福春、林岗和我。会后吃工作快餐，牛肉盒饭。

1987 年 8 月 19 日

收到谢冕来信，提及温州有人来信，想救活《诗探索》。

1987 年 9 月 5 日

晚上到匡汉、士杰处，谈及《诗探索》命运等问题。《诗探索》文研所想保下来。目前麻烦的是登记号。另外，人民文学出版社已同意出"当代文学研究丛刊"，明年出4本，第一本出"诗歌理论专号"，拟由我来编。

1987 年 9 月 11 日

上午去匡汉处，同漓江出版社的小聂见面，并就出"诗学文库"问题进行了交换意见。

1988 年 2 月 8 日

上午匡汉处，今天是"诗学文库"的几位编委碰头，有匡汉、谢冕、洪子诚、唐晓渡和我，商量了下面两辑的汇稿计划。中午在匡汉处吃饭。

……

（按：以上的"责编手记"，摘录了我从1983年到1988年担任《诗探索》

责任编辑期间所做的一些工作，以及与《诗探索》及其编委会和编辑部相关人员的一些事情，尽管所见所闻、所思所感局限于自身，所发议论的偏激之处难免，但也似可从某一角度折射出思想界与诗歌界的知识分子在大变革时代的心态。）

2020 年 8 月 15 日

作者单位：首都师范大学中国诗歌研究中心

在筹备《诗探索》复刊的日子里

吴思敬

自从中国社会科学出版社1985年出版了《诗探索》总第12期以后,《诗探索》即无声无息地停刊了。尽管这中间,中国当代文学研究会的负责人及编辑部的同人曾多方面奔走,先后与辽宁师范大学出版社、四川人民出版社、内蒙古人民出版社等联系,但均未能成功。

进入1990年代,邓小平发表南方谈话以后,改革开放继续往前推进,这个时候,思想文化战线出现了松动,诗歌又开始有了新的起色。1992年8月,我给《北京晚报》就写过一篇《京华诗坛的几片新绿》,背景就是到了1992年以后,诗歌又开始活跃,富有创新性、探索性的诗歌再度出现。在这期间,北京大学成立了一个中国新诗研究中心,开了几个会,关于先锋诗歌的研讨等等,产生了一定的影响。这个时候我们就想怎么能够把《诗探索》再办起来。

这其中有一个契机。1992年7月14日,北京诗人王军钢携其朋友张开山来访。王军钢笔名横舟,与我交往多年,我曾为他的诗集《横舟诗选》写过一篇评论《野渡无人舟自横——〈横舟诗选〉印象》。张开山则是初交,他是一位书商,在北京开书店,他当时靠印制、发行挂历,获利颇丰,已有相当的资本积累。张开山与顾城有交往,顾城的第一本诗集,即与舒婷合著的《舒婷、顾城抒情诗选》,是由他资助出版的。顾城没有工作,当顾城应邀给诗歌爱好者做讲座的时候,他就带去一些顾城诗集,让顾城签名售书,收入归顾城。《横舟诗选》也是他资助出版的。当我们谈到《诗探索》出版遇到困难的时候,张开山自告奋勇，说他可以资助。有了张开山的许诺，我感到很兴奋。我把张开山的情况向张炯、谢冕、杨匡汉做了汇报，他们也很高兴，希望抓住这个机会把《诗探索》恢复起来。紧接着我这几天的日记写道：

1992 年 7 月 22 日

上午与匡汉、刘福春同乘文研所的车去北大，与谢冕共议新诗理论与批评研讨会的事及《诗探索》复刊事，谢冕的博士生孟繁华也在场。

上午在谢冕处，即给张开山打一电话，约他下午到我家面谈。下午三点，他和王军钢来了。我们做了进一步的磋商。

1992 年 7 月 26 日

上午起草了一份"关于《诗探索》复刊的请示报告"，一式二份，一份给中国当代文学研究会，一份给北大中国语言文学研究所。

1992 年 8 月 17 日

晚 5 点，匡汉来访。谈及张炯已原则上同意《诗探索》复刊。

1993 年 2 月 10 日

中午张开山携一小助手来访，他是我从 BP 机呼来的。主要同他谈了资助《诗探索》的问题，开山满口答应，热情很足。

1993 年 2 月 14 日

中午 1 点半，文研所的车来到门口，车内已有匡汉、刘福春，接上我，又去社科院研究生院接张炯，然后到北大畅春园谢冕家。主要议题是研究《诗探索》复刊问题，做出了若干原则决定。

1993 年 2 月 15 日

上午张炯来电话，告之他同大众文艺出版社联系的情况。该出版社不想卖书号，而想采用让编辑部包销 5000 册的形式出《诗探索》。我又在电话中同张开山联系，然后再把情况告诉张炯。

1993 年 2 月 22 日

上午张炯打电话，告我已与大众出版社陈玉刚约好，让我明天上午到南长街 81 号警卫局礼堂去见他，并同他磋商《诗探索》的出版问题。

1993 年 2 月 23 日

上午应约去南长街 81 号大众文艺出版社。原以为该社全在警卫局临街的房子里，谁知陈玉刚的办公室在中南海里。在门口通报后，里边派出一辆汽车才把我接进去。陈玉刚办公室在一座二层小楼上，坐落在中南海东岸，离西华门不远。透过办公室的窗口，正是辽阔的海面，对岸似乎就是怀仁堂了。陈玉刚说，现在李鹏、江泽民都住在海里，偶尔能看到他们在里面散步。同陈玉刚谈得还较融洽，他提出了一个方案，印 3000 册《诗探索》，交 1.2 万元，由这边去销售。我出来时是沿东岸，步行出来的。

1993 年 2 月 24 日

下午打电话约来张开山，同他谈大众文艺出版社的条件。他说大众文艺社开的条件太高，他们要 1.2 万元是赚得狠了些，这出版资助起码相当于 6 千元了。决定再联系其他出版社。

1993 年 2 月 28 日

昨接张炯电话，我告他与大众文艺出版社合作难成之事。他又介绍了中国社科出版社总编辑郑文林，我拟下周去谈一下。

1993 年 3 月 5 日

上午给社科出版社社长郑文林打电话，约定下星期一下午三点，到该社谈出版《诗探索》的问题。后来我又同张炯打电话，约他一起同郑文林谈。

1993 年 3 月 8 日

下午 2 点 15 我到社科院，先给张炯打了个电话，15 分钟后，他乘着文研究所的车出来了，到门口接上我，然后一齐到中国社科出版社。三点钟，约定和社长、总编郑文林谈《诗探索》及文研所编书问题。郑文林正等着我们，而且他把文艺编辑室的白烨也找来了。大家一起谈，还比较顺利。约定，先和社科院科研处及国家出版局就用书号形式出"辑刊"打个招呼，待上边默认后，与出版社签订个协议，就可以办刊了。出版社每本书收出版资助 2500 元。

同中国社会科学出版社谈到这个程度，应当说是可以接受了。可是当我想把这个条件告诉张开山的时候，无论是打他的电话，还是呼他的 BP 机，都没有任何反应，总之是联系不上了。我告诉王军钢，说是找不到张开山了。王军钢说，估计是他做生意资金链出现断裂，可能躲账去了。张开山是个体书商，他答应资助《诗探索》是好心，但现在办不到了，我们也不好再说什么。然而《诗探索》复刊工作已经进行到这种程度，让它半途而废，我们实在是心有不甘。我想，依靠个体书商长期资助一家刊物，恐怕是很难办到的。我把眼光投向了我的工作单位首都师范大学。首都师范大学是1992年9月15日在原北京师范学院、北京师范学院分院、北京外国语师范学院三校合并的基础上成立的。我是原北京师范学院分院的，该院办有一家有刊号、公开发行的《说写月刊》，面向中小学，每期发行几十万份，经济效益不错。《说写月刊》的负责人是分院中文系毕业的孙秉伟老师。我先找到孙秉伟了解《说写月刊》的经营情况，以及资助《诗探索》的可能性。得到了孙秉伟肯定性的答复。我便去找原北京师范学院分院院长、现为首都师范大学副校长的李世新，他分工负责校办产业，《说写月刊》正是由他来管。我向他汇报了《诗探索》的情况，他表示完全支持，并建议我去找首都师范大学主管教学科研的副校长杨学礼。1993年6月4日下午，我到首都师范大学主楼杨校长的办公室，做了详细汇报。杨校长说，他已与李世新副校长做了沟通，完全支持由首都师范大学《说写月刊》杂志社资助《诗探索》，提供初期启动资金4万，但以后就要靠你们自己努力去创收、去拉赞助了。杨校长还提出了几点具体意见：1.能否就由首都师范大学出版社出，而不再用中国社科出版社的书号，这样学校资助也好说一些。2.杨校长希望在首都师范大学设立一个子机构，一个研究诗歌的学术组织，有这样一个机构，办刊物，搞活动，也就名正言顺了。3.《诗探索》编辑工作实行三审制，责任编辑一审，主编二审，出版社终审，切实保障《诗探索》的刊物导向及学术质量。4.《诗探索》的财务工作由《说写月刊》杂志社代管，《诗探索》编辑部不设会计，没有账号，《诗探索》的创收、拉来的赞助，一律转交《说写月刊》财会室，《诗探索》的支出，如给出版社的出版资助、给印刷厂的印刷费等均由《说写月刊》开转账支票。我则代表《诗探索》编委会及编辑部提出，《诗探索》编辑部不设专职人员，主编、编辑一律兼职，体现奉献精神，不拿工资，没有编辑费。

与杨校长谈话后，我的心里有了底，便为筹办《诗探索》起草了两份材料，一份是《关于协作出版〈诗探索〉的报告》，一份是《〈诗探索〉筹备工作实施细则》。文件一式两份，一份呈送首都师范大学领导征求意见，另一份寄给杨匡汉，请他看后转张炯和谢冕征求意见。

此外，为了杨校长所说的在首都师范大学之下建立子机构一事，我起草了一份《关于成立新诗研究室的报告》，后经首都师范大学中文系批准，正式成立了新诗研究室，这样首都师范大学便有了诗歌研究的专门机构。

不久，首都师范大学校领导把我写的《关于协作出版〈诗探索〉的报告》及《〈诗探索〉筹备工作实施细则》两个材料批下来了。后一件还转给说写月刊社帮助具体实施。

为落实校领导由首都师范大学出版社出版《诗探索》的意见，我和孙秉伟一起到首都师范大学出版社，同社长兼总编母庚才谈《诗探索》出版问题。母庚才原则同意以首都师范大学出版社名义，以辑刊形式出版，每期出版资助2000元，我们又再砍下500元，这样出版资助为1500元，并签订了一个合同，出版社保留终审权。

到此为止，《诗探索》复刊的条件已完全成熟。1993年7月16日，在白广路18号《说写月刊》会议室召开了《诗探索》复刊后的首次编辑部会议，参加人有张炯、杨匡汉、吴思敬、刘士杰、林莽、刘福春、陈旭光、孙秉伟、陈曦。会议宣告了编辑部的成立，研究了专栏设置、编辑分工、集资与征订等问题，整整开了一天。

1993年9月18日，《诗探索》编辑部与北京大学中国新诗研究中心在文采阁举办"93中国现代诗学讨论会"并宣告《诗探索》复刊。到会者除北大新诗研究中心和《诗探索》编辑部成员外，还有著名诗人兼学者李瑛、邹荻帆、牛汉、郑敏、蔡其矫、杜运燮、刘湛秋、叶维廉、莫文征、唐晓渡、张颐武，[日]秋吉久纪夫、[日]岩佐昌暲等。与会者就中国现代诗学建设的议题交换了意见，我在会上汇报了《诗探索》复刊工作的情况。

紧接着，《诗探索》复刊第一期的编辑工作与集资工作等就紧锣密鼓地全面展开了。

关于集资工作，主要发动《诗探索》编辑部成员和诗歌界的朋友，利用各种渠道宣传《诗探索》，并向企业家和艺术家争取赞助；另外就是以《诗探索》的名义办"诗歌培训班"或"笔会"，由于办这种培训班或笔会，从报名、请讲课老师、组织教学、安排活动，到学员的组织、管理，要花费大量的时间和精力，《诗探索》编辑部无力承担，只能交给专业的培训人员去办，《诗探索》收取一定的管理费（大约每期3千元），统一交到《说写月刊》财会室。

《诗探索》收到的第一笔赞助，来自新加坡诗人槐华。1993年9月26日，槐华先生寄来500美元，并附来信："兹寄上汇票存根（复印件），区区款项，聊表赞助《诗探索》复刊的心意。"槐华先生热爱中国，热心中国与新、马诗歌界的交流，曾来中国参加《诗探索》主办的学术会议，并邀请《诗探索》主编谢冕、杨匡汉、吴思敬赴新加坡、马来西亚参加当地的诗歌活动。

1993年9月22日，我到首都师范大学出版社，从总编室主任胡乃羽老师手里拿到了1994年第1辑（总第13辑）的书号。这等于拿到了通行证，我们的编辑工作更要抓紧了。10月17日，在芳草地西街5号楼我的家中召开《诗探索》编辑部会，到会者谢冕、杨匡汉、刘士杰、刘福春、林莽、陈旭光，连我共七人。由我把自7月16日以来编辑部工作进展情况，做了一个全面通报。然后重点研究了复刊第1辑的稿件。原先还担心稿件不足，谁知一汇总，竟然多出了十几万字，于是又安排哪些先上，哪些缓发。

应当说，《诗探索》复刊第1辑的稿子都是经过较长时间的筹备和编辑的，只有"关于顾城"这个专栏，是作为急就章，临时加进去的。10月12日，我在参加北京作协在卧佛寺举办的"诗歌创作联谊活动"期间，听到了顾城在新西兰自杀的消息。噩耗传来，令人震惊不已。到会的青年诗人文昕，哭成了泪人。此时媒体上、社会上传播着关于顾城杀妻自缢的各种流言。我和同在会场的林莽等商议，觉得《诗探索》有必要发出自己的声音，提供顾城事件的真相，表明我们的看法，供诗歌界与社会各界读者参考。在会场上我们当即约文昕、姜娜写她们所了解的顾城，约唐晓渡写对顾城事件的评论，另外想法收集顾城谢烨在生命最后阶段的文字资料。文昕10月22日写出初稿，为了听取顾城父亲顾工先生的意见，10月23日下午，我与文昕、王恩宇一起去海淀区恩济庄 57 号总后干休所访问顾工。一方面对顾工丧子之痛表示慰问，另一方面同他交换一下对"关于顾城"专栏的意见，文昕的初稿就留在顾工家。后来文昕听取了顾城父母的意见，对文章做了多处修改。姜娜的稿子是我在 10 月 30 日去她工作的灯市口医院取回来的，姜娜写了两篇回忆顾城、谢烨的文章，都不长，我看了，觉得都可用，便请她把这两份稿子合并成一篇文章。另外姜娜又提供了两封谢烨给她的信。唐晓渡也一反他慢功细活的写作方式，于 10 月 18 日赶写出《顾城之死》的初稿，29 日定稿。当时媒体上正热炒顾城事件，有人要出高价买唐晓渡这篇稿子，但晓渡坚守承诺，把稿子给了只能提供低微稿酬的《诗探索》。

1993 年 11 月 3 日上午，《诗探索》总第 13 辑（1994）完全编定，计收 23 篇文章，141200 字。编定了目录，写了审稿单，并把复写的目录给北大陈旭光寄走一份，让他交谢冕过目。当天下午，携全部稿件到首都师范大学出版社，交总编室主任胡乃羽老师，请出版社终审。一周以后，编辑室主任胡乃羽给我来电话，表示稿件终审通过了，嘱咐对顾城那组稿子再把把关。原因是首都师大出版社社长母庚才看了《文艺报》转载的对顾城事件反响的某些意见，提醒别出问题。我在电话中又把组稿情况汇报了一下，表示会认真把关，这组文章照发是没有问题的。

稿子终审通过后，便开始联系印刷厂，市内的大印刷厂报价太贵，我们只能找河北等地的小厂。11 月 28 日下午，我和林莽、刘福春前往河北香河北京空军训练大队印刷厂，联系《诗探索》印刷问题。该厂在香河东门外，是个团级单位的印刷厂，工人多数是家属。厂子的正、副厂长陪我们参观了生产设备及微机室。最后谈妥以每本 1.30 元的价钱，印 5000 本，其中包括 500 本好纸的供海外发行。但该厂管理水平不高，生产能力实在有限，一再脱期。直到两个月后的 3 月 30 日，《诗探索》第 1 辑才印出来。印刷厂送来了 1100 册样书，用大卡车运送，天黑才能进城。先找到福春，又找到我，我跟车到白广路 18 号《说写月刊》社，卸完车，回家时已 9 点半了。接着又赶紧给谢冕、杨匡汉、洪子诚、任洪渊、蓝棣之、张颐武、张同吾、朱先树等打电话，通知在本周六下午在文采阁召开"中国当代诗史写作及《诗探索》新刊座谈会"。

1994年4月2日,"中国当代诗史写作和《诗探索》新刊座谈会"在文采阁召开,到会有《诗探索》编辑部、北大新诗研究中心、首都师大新诗研究室的成员,以及诗人李瑛、张志民、牛汉、郑敏、屠岸、刘湛秋、西川等。望着会议桌上摆着的一摞摞的红色封面的崭新的《诗探索》,看到与会者翻阅《诗探索》时露出的欣慰笑容,我不禁长出了一口气:《诗探索》终于复刊了!

2020年8月31日

　　作者单位:首都师范大学中国诗歌研究中心

相遇并非偶然，自当倾心相予
——我与《诗探索》

林 莽

1970年代末和1980年代最初的那几年，是中国新诗蓬勃发展的激情年代。随着《今天》和《星星画会》的突现，中国现代艺术在停滞了多年之后，开始了新的浪潮涌动。就是那几年，我本已失落的诗歌之心，也跟着动荡起来。我参加了《今天》后期的"今天文学研究会"的一些活动，目睹了《星星画会》轰动全国的街头展览。那是一个真正的春天，我感到了生命的火焰与艺术的光芒。

我记得那些在公园草坪上的讨论会，那些周末的诗歌聚会。那时，北岛、芒克、江河、食指、多多、顾城、杨炼、一平、田晓青……我们还都是30岁上下的青年。记不得是哪一年的初秋了，我们一行十几个人，骑着自行车，从清华园郑敏先生家出来，又赶到畅春园谢冕先生的家里。我们在郑先生和谢先生家无拘无束地畅谈诗歌。那是思想解放的年代，那是激情洋溢的年代，那是属于诗歌的年代。

1980年，《诗刊》首届"青春诗会"后，我见到了新创刊的《诗探索》，它没有官方身份，它是中国新诗的第一本理论研究刊物，它让我们耳目一新。那时，我还不知道它与我今后的关联，我仅是它的一名忠实的读者，而不久的将来，我还将为它付出多年的编辑与运营的辛勤劳作。因为这有幸的相遇，我当倾心相予。

中国的新诗运动，随着政治形态的变化而波动，1980年代中期，因多种原因，《诗探索》不得不自己放假了。而后的1980年代末，中国新诗再次进入了低谷，许多写作者退出了诗坛，同《诗探索》相同，一批诗歌刊物也消失了踪迹。

《诗探索》是一本由几家学术机构联合主办的，没有固定的经费来源，所有费用都需要自筹，从主编到编辑，都是没有任何报酬的诗歌义工。一本令全国诗歌写作者和研究者瞩目的诗歌研究刊物，所有的参与者，出于对诗歌的热爱，出于自愿的奉献，坚守了几十年。我相信，除《诗探索》之外，全国不会再有第二家。

作为诗歌的义工，在《诗探索》的编辑岗位上，我经历了复刊后至今的20多年，在《诗探索》创刊40年之际，的确有许多诗歌往事与历史事件值得我们再次回顾。

诗歌低谷期的复刊工作

1993年夏天，中国的诗歌正处在沉寂的低谷期。出于对中国新诗的热爱与关注，为了促进中国新诗的振兴与发展，谢冕、吴思敬等前辈经过认真的商议与策划，决定复刊《诗探索》。我很荣幸地被邀请加入编辑者的团队。这个团队由谢冕、杨匡汉、吴思敬三位主编各代表一方主办单位，加上社科院文学所的刘士杰、刘福春，北大博士陈旭光和我，七个人组成了复刊的编辑团队。吴老师通过努力筹到了4万元的复刊费，对于一个一年四期的文学期刊，这些费用只是杯水车薪。为了能顺利复刊，大家遵照《诗探索》一贯的方式，一切工作都自己动手，所有活动尽量节约，所有人员都是义工。根据谢冕主编的原则，编辑部再困难也要坚持发稿酬，以示我们对诗歌研究和撰稿者的尊重。

因为没有固定的办公地点，编辑会经常分别在各位主编或编辑家中进行，也经常借用有工作关系的会议室或办公室进行。每次的会议更像是一次朋友间的家庭聚会，那种温情和友谊让人留下了许多美好的回忆。那时，我还在中华文学基金会工作，出于工作的便利，有许多会议和活动，时常在基金会的"文采阁"进行，北京大学和首都师大，也常是我们开编辑部工作会议的地方。

一本刊物，从约稿、编辑、排版、校对、印刷、发行，到通联、发样书、发稿酬等等，有许多琐碎的杂务工作，因为没有专职人员，大家既是编辑，同时也是编务工作者。记得有一期书的印制，为了节省费用，经人介绍认识了一位河北的个体印刷厂老板。工作进行中，此人因财务纠纷被关进了看守所，我们排版的稿件就没了下落。经多方打听，知道他被关在看守所，我和刘福春坐长途汽车到三河探监，才找到了稿件的下落。

那些年，为了节约费用，我在编辑、排版、校对、寄发刊物、跑印厂等等方面，做了许多具体的编务工作。同样是为了节省费用，《诗探索》1995—1999年，五年的封面都是我设计的。后来刊物转到天津社会科学院出版社，才由出版社负责了封面设计工作。

为了给编辑部找一些工作费用，大家都尽了许多的力。那几年，我用业余时间编辑了两套"诗探索丛书"，因为没有经验，也费了许多的周折。我们也曾与他人合作办过"诗歌培训班"、诗歌活动和诗歌朗诵会等等。由于大家的努力，《诗探索》坚守并度过了中国诗歌的低谷期，并为中国新诗的发展做了许多有益的工作。

1990年代两次重要诗歌活动

中国百年的新诗史，20世纪的几十年，一直是个欠账的历史，许多为中国新诗做出过贡献的诗人，都因为社会动荡的原因，没有得到应有的关注和评价。作为中国新诗理论研究刊物，《诗探索》这些年承担了许多追忆历史，填补和偿还历史欠账的工作。我们为1940年代以来的许多重要的诗人，进行了有计划的回顾和研究，召开了许多专项研讨会和诗人个人研讨会，发表了大量的研究论文。同时，我们也关注着当代的一些重要诗人，以及重大的诗歌问题与诗歌发展动态。

《诗探索》在刊物上设立了"诗人研究""结识一位诗人"和"姿态与尺度"等栏目。开展了对民间诗歌群体的寻访和研究,进行了多次针对当下诗歌状态的专题讨论。在1990年代,我参与了两次《诗探索》重要诗歌活动和会议的组织与策划工作。

1. "白洋淀诗歌群落寻访"

自1980年代,有关的研究者开始追寻中国新时期现代诗歌的发展源流,对于"太阳纵队",对于"白洋淀诗群",对于《今天》的文章与书籍,有了一些追溯与探讨,其中一些提法和传说,令这段历史还存在着许多的疑点和不确定性。针对这些问题,《诗探索》编辑部决定进行一次"白洋淀诗人的寻访活动"。

1994年4月,我联系了华北油田《华北石油报》的副社长诗人张洪波,请他帮助完成这次寻访活动。那时,他因一年前在青海骑马摔伤脊柱,手术后刚刚恢复得好了一些。他知道这是一次十分重要的关于廓清诗歌史的寻访活动,马上与文联商议,活动很快就确定了下来。5月6—9日寻访活动如期进行。

来自北京、天津、河北的作家、诗人、诗歌研究者:牛汉、吴思敬、芒克、宋海泉、甘铁生、史保嘉、刘福春、陈超、张洪波等20多人参加了此次寻访活动。寻访者深入到白洋淀的相关村落进行实地考察,并进行了认真的研讨。大家围绕着"白洋淀诗群"的背景、人员、时间以及影响等等问题,进行了追忆和讨论,通过当事人各自的回忆与相互补充,基本上厘清了这段史实。

"白洋淀诗群"不是一个流派,是一些自发的追求现代诗歌写作的青年,没有共同的主张,因为时代使然,有一个大致趋同的追求,他们分散在这片水域,有着偶然的交往,在那个特殊的年代,留下了一批有价值的诗歌作品。因此,诗人牛汉先生力倡"白洋淀诗歌群落"的命名。他说,"白洋淀诗歌群落"这个名称本身就很有诗意。"群落"一词,给人一种苍茫、荒蛮、不屈不挠、顽强生存的感觉。

寻访过后,《诗探索》总第16辑(1994)"当代诗歌群落"栏目,刊出了宋海泉《白洋淀琐忆》、齐简（史保嘉）《到对岸去》、甘铁生《春季白洋淀》、陈默（陈超）《坚冰下的溪流——谈"白洋淀诗群"》等文。我在《主持人的话》中说："这里编发的一组稿件，是由今年 5 月《诗探索》编辑部组织的'白洋淀诗歌群落寻访'活动部分参加者撰写的。他们以切身经历向我们展示了一批有研究价值的原始资料，为我们进一步探讨中国新时期诗歌的发展源头提供了一个思考的基础。"

这次活动收集了十分珍贵的第一手资料和有价值的研究成果，为今后研究这段历史做出了重要贡献。

2."盘峰诗会"

1999 年春天，《诗探索》编辑部召开工作会议。我因编辑沈奇的文章《秋后算账——1998：中国诗坛备忘录》而有许多的感触。会上我提出当前围绕《岁月的遗照》一书关于"知识分子写作"和"民间写作"的争执绝不是一个简单的问题，它关系到近些年来先锋诗人群体中的诗歌美学的分歧，应该引起我们的注意。我建议把两部分人喊到一起，开一次"打架"的会。让诗人们当面摆一摆。

这关系到中国现代诗歌的发展与研究，因此这一提议获得了编辑部的一直赞同，吴思敬先生为会议定名为《世纪之交：中国诗歌创作态势与理论建设研讨会》。因为开会费用问题，我找到北京作协和《北京文学》，他们同意参与并支持了会议的费用。后又找到平谷作家柴福善，他帮助联系了平谷"盘峰宾馆"。

会议于 1999 年 4 月 16—18 日 由《诗探索》编辑部、中国社会科学院文学研究所当代室、北京作家协会、《北京文学》杂志社联合举办。谢冕、吴思敬、李青、章德宁、刘福春、唐晓渡、陈超、陈仲义、张清华、沈奇、西川、王家新、于坚、伊沙、臧棣、西渡、徐江、孙文波、小海、杨克等 40 余人出席了会议。

会议开得紧张而激烈，"民间写作"指责"知识分子写作"是以翻译诗歌为写作资源，脱离中国经验，脱离现实，脱离生活，作品不知所云。反击方说这些指责是有意歪曲，没有谁用"知识分子写作"去压制其他写作，认为"知识分子写作"是当代中国特定语境中的产物，所以提出是因为它的缺席；而现今是否真有纯粹的"民间写作"倒是值得怀疑的。会上大家也对一些诗人的大师情结，为人为文的姿态等等进行了分析与批评。

这次会议因为它激烈的争执和唇枪舌剑的辩论，被与会者称之为"盘峰论剑"。一些不知情者，误以为是一次先锋诗人之间的利益之争。这一诗歌观念之争在会议之后双方在多家报刊发表了近百篇相关论争与访谈文章。"盘峰诗会"无疑成为一次为一个诗歌新时代划线的会。

这次会议后，中国诗坛走出了低谷，一大批面目一新的诗坛新秀涌现了出来。尔后，随着网络诗歌和自媒体的大发展，中国新诗迎来了一个新的春天。

钩沉诗歌史，诗人食指浮出水面

从 1996—1999 年，我用了三年多的时间做了一件钩沉诗歌史的工作。朦胧诗的先驱人物——诗人食指，因为长期患病，住在福利院，几乎被中国诗坛所遗忘。食指的诗歌曾经影响了以北岛为代表的一代诗人的写作，他写于 1960 年代末的一批诗歌，填补了那一时期中国诗歌的空白。我曾在文章中说，朦胧诗的主将们还处在蒙昧时期，食指已经完成了他的一大批重要的作品。他以独特的风格填补了那个特殊时期的空白，以人的自由意志和独立精神再现了诗歌的尊严与光荣。为了恢复历史的本来面目，为了让食指得到本来应属于他的荣耀，我设计了《诗探索金库》丛书，第一本就从食指开始。

收集作品，走访了解作者生平，撰写创作年表，与作者和相关者交流，自己动手设计书的装帧，到《诗探索金库·食指卷》由作家出版社出版，用了大约三年的时间。1998 年 6 月由我和刘福春主编的这本诗集终于面世了（这本书的出版得到了诗人方泉的资助）。而后我们又做了许多书的宣传和推广工作，如：食指回访故乡、诗集出版座谈会、签名售书、诗歌朗诵会等等一系列工作。那年中国诗坛成了食指年，有近百家报刊、电视台报道了这位传奇诗人的往事和那一年出席的多种活动。谢冕老师在《诗探索》当年的工作总结会上说：我们今年最大的成绩就是让食指浮出水面。

那年，我将《诗探索金库·食指卷》没有收录的余稿和书中的部分稿件编辑好，交由人民文学出版社出版了《蓝星诗库》丛书《食指的诗》。完成了我为曾经影响过、启示过我的诗人郭路生（食指）正名的夙愿。

《诗探索金库》丛书，原计划再做芒克卷等诗集，但因资金等问题，没能继续下去，成为至今的一个遗憾。

《诗探索》一些有意味的诗歌活动与聚会

为了扩展《诗探索》的学术范围，加强我们与诗坛的连接，这些年我们举办了许多有特色的诗歌活动。叙述如下的 7 个类型活动，能简约地看到这些年的一些大致的面貌：

1. 1994 年 10 月 29—31 日 由《诗探索》编辑部主办的"中国新诗集版本回顾·首届九十年代新诗集展览"在北京"九月画廊"开幕。期间《诗探索》编辑部还召开了"中国当代诗歌发展研讨会"。

这次展览的动因是我翻阅刘福春的诗歌藏品，许多 19 世纪二三十年代的诗歌版本感动了我，又想到近些年新诗集的出版也有了一定规模，于是就提议做一次诗集版本展。后与诗人马高明联系，决定在"九月画廊"举办。

此次展览共展出自 1920 年第一本诗集《新诗集》问世到 1994 年出版的新诗集，其中还有部分台湾出版的作品。1949 年前为照片，1949 年之后是实物。

这是诗歌低谷期那几年一次难得的诗人们的聚会，展览期间老一辈诗人牛汉、蔡其矫、邹荻帆、张志民、李瑛、屠岸、谢冕、邵燕祥、吴思敬以及在京的中青年诗人约 200 人参观了这次展览。以后在朝阳区文化馆还进行过《诗歌的油印时代》展等活动。

2. 1998 年 6 月 12 日 《诗探索》编辑部与郭沫若故居联合举办的"现代诗歌朗诵会"在北京郭沫若故居举行。这是郭沫若逝世 20 周年和郭沫若故居开放 10 周年之际，一场气氛热烈、别开生面的"现代诗歌朗诵会"，在京城诗歌爱好者中产生了良好反响。300 余位诗人、评论家、表演艺术家和诗歌爱好者坐满了郭沫若故居的庭院和回廊。参加表演的不仅有朱琳等朗诵艺术家,牛汉、杜运燮、李瑛、韩作荣、邹静之、王家新、食指等老一辈诗人和青年诗人也纷纷登台,朗诵了自己的旧作新篇。

这是《诗探索金库·食指卷》出版后的一次聚会,食指当年的一些老朋友和读者也为见一见阔别多年的诗人,赶来参加了朗诵会。我们设立了食指诗集自愿出资购书箱,为了资助诗人食指的生活,许多朋友都以超出定价的捐助方式购买了诗集。

3. 1999年3月28日 《诗探索》编辑部在朝阳区文化馆举办座谈会,祝贺日本学者秋吉久纪夫翻译的《现代中国诗人丛书》10卷出齐。郑敏、牛汉、谢冕、孙玉石、杨匡汉、吴思敬、刘士杰、林莽、刘福春、王家新、韩小蕙及戴望舒、冯至、卞之琳、何其芳子女等20多人参加了座谈会。一位日本学者为中国现当代诗歌多年辛勤工作,留下了一段值得回顾的历史佳话。几位重要的已故诗人子女,出于感谢和敬意出席了这次聚会。

4. 2002年8月4—7日 《诗探索》编辑部主办的"字思维"与中国现代诗学第二次研讨会在北京召开,来自海内外的诗人、评论家、画家、书法家、语言学家等近40人参加了会议。

著名新潮国画家石虎先生出于对诗歌文化的热爱,那些年一直在出资帮助《诗探索》。他在新诗与中国文字的特有意义上,提出了诗歌"字思维"的文化命题。与会者就"字思维"命题的内涵、汉字与母语文化特征、汉语与中国现代诗学、汉语文化的传承等问题进行了探讨。这种文化寻根和现代诗歌的结合,语言学家、画家、书法家、诗评家和诗人的聚会,在中国新诗史上是不多见的。

后来,我们举行的"中国新诗地理讨论会"也是很有创意的学术活动。

5. 2010年5月7—9日 诗探索·天问中国新诗会所主办的"白洋淀之春——新世纪主题诗会"在河北白洋淀举办。会议就"新世纪十年中国新诗的状态"等问题进行了交流,并对当年白洋淀诗群主要活动村落进行了寻访。

这是自1994年"白洋淀诗歌群落寻访"活动以来规模最大的一次聚会,寻访前后还有多次小规模的白洋淀寻访活动,我曾陪同荷兰、德国、澳大利亚、法国、意大利、韩国、日本等国的汉学家，还有国内的一些朋友多次到过白洋淀。

这次是来自全国各地的诗人、诗评家谢冕、吴思敬、刘福春、潘洗尘、苏历铭、莫非、李琦、王夫刚、路也、北野、荣荣、徐俊国、子川、黑枣、潘维、红旗、谢宜兴、谷禾、庞俭克、吴玉垒、徐丽松、林莉、高鹏程、邰筐、哈森、李速、史一帆等40余人参加了活动。诗人们寻访了芒克、多多、根子插队的大淀头村和我插队的北何庄。受到了乡亲们极为热情接待。

2011年6月18日同样规模的"2011年度诗探索·白洋淀主题诗会"在河北白洋淀举办。

更大规模的白洋淀聚会是2017年6月25—26日《诗探索》编辑委员会与北京人天书店集团主办的"2017诗探索·人天华文青年诗人奖"颁奖典礼暨获奖诗人作品研讨会。60多位诗歌专家和诗人出席了活动。诗歌奖颁奖会、以白洋淀诗群和获奖诗人的诗歌为主体的诗歌朗诵会、坐小木船游览白洋淀、水上对歌会、参观考察大淀头村和"白洋淀诗歌群落"展览馆等丰富多彩的文化活动。

6. 2011年1月20日　诗探索编辑委员会主办的"诗探索新春茶话会暨创刊30周年座谈会"在北京云龙金阁休闲会所举行，诗人、诗评家和文化界人士牛汉、张炯、谢冕、邵燕祥、孙玉石、叶廷芳、杨匡汉、吴思敬、樊希安、林莽、刘福春、王光明、张桃洲、苏历铭、姜诗元、蓝野、王夫刚等20多人出席了座谈会。大家就中国第一本诗歌理论研究刊物《诗探索》的创刊、发展以及30年来对中国新诗的贡献进行了广泛的追忆和回顾，对为《诗探索》的创刊和多年来在工作中做出贡献的诗人和评论家给予充分的肯定和真诚的评价，也对30年来《诗探索》的编辑者一直是以"义工"的方式工作表达了充分的敬意，对刊物的未来充满了信心和期待。

7. 2012年12月14—16日　由《诗探索》编辑委员会和北京朝阳区文化馆主办，鲁迅文学院、首都师范大学中国诗歌研究中心、漓江出版社、朝阳区摄影家协会、798玫瑰之名艺术中心、北京9剧场、北京9当代舞团等13个单位联合承办的"打开窗户——新诗探索四十年"系列活动在北京798玫瑰之名艺术中心举办。14日全国与会诗人到会，上午出席"诗探索中国新诗会所"见面座谈会，参观"中国新诗版本收藏馆"。下午诗人们分别出席首都师范大学驻校诗人回访座谈会和鲁迅文学院青年作家研讨班学员的对话会。15—16日的活动共分为18个单元，内容涵盖打开窗户——诗歌文化论坛、谢冕和孙绍振先生的对话、青年评论家和诗歌刊物主编的论坛、新女性读诗会、"理想时代"诗歌朗诵会、华文青年诗人奖十年庆典、新诗探索四十年图片展、新诗手稿展、书法写新诗展、"诗人的春天在中国"诗歌招贴画展等活动。活动与影像表演、时装秀、现代舞、摇滚乐等现代艺术相结合，全程与现场观众不间断进行互动，全面传播新诗经典作品，让"打开窗户"主题活动更加凸显新诗探索的魅力。其中北京9当代舞团2012年新编舞蹈剧场《蛾》是首次展演。在18个单元之间，还穿插了4本新书的签名赠书的新书发布会。在华文青年诗人奖十年庆典上举行了"2012年华文青年诗人奖颁奖仪式"，郭晓琦、丁立、杨方获得此奖。开幕式上，诗人牛汉先生的九十华诞祝寿仪式将活动推向了高潮，90支红蜡烛，少年儿童献花，谢冕先生祝词，全体参会诗人合影，汇聚了对牛汉先生的美好祝福。

为配合"打开窗户——新诗探索四十年"系列活动出版了大型画册《打开窗户——新诗探索四十年》。该书由《诗探索》编辑委员会与北京朝阳区文化馆主编，徐伟监制，林莽、刘福春、樊欣颖策划，夏男设计，边群照片处理，图文并茂地展示了新诗探索40年的历程。

除了以上这些聚会外，一年一度的驻校诗人入校和出站研讨会，与深圳文联举办的两届"诗探索·中国年度诗人"评选活动，还有《诗探索》几个奖项每年的颁奖活动和诗歌研讨会等等，都极大地丰富了《诗探索》的学术活动范畴，加强了我们与诗坛切实的联系。

为扩大《诗探索》的生机提议创办"作品卷"

新世纪最初的几年，中国诗坛虽然显现了一派生机，但纸媒刊物依旧生存困难，理论研究刊物的受众更为堪忧。为了扩展《诗探索》的受众群，扩展研究方向，加强与新诗一线作者的连接，2005年我提议《诗探索》创办"作品卷"。这一提议得到了谢冕老师和编辑部同人的赞同，谢冕老师在《〈诗探索〉改版弁言》中说："《诗探索》作为理论批评的专业刊物，它的对象是诗人及其作品，但它的立足点和最后的指归仍旧是对创作现象的归纳和概括。尽管我们过去曾经通过介绍诗人的工作，或解读作品等方式，力图建立起理论和创作之间的桥梁，但因为毕竟不是直接的作品展示，而使我们往往有力所不能及的遗憾。正是基于这种认识，改版的《诗探索》准备直接介入诗人的创作及其作品的展示，这是一种大胆而充满风险的举措。……《诗探索》是学人编选的出版物，从理论的、学术的、诗歌史的角度审视和进入诗人及其创作，这就使它拥有了一个独特的、宽广的，甚至可能是久远的视野和准绳。这就为我们确立的'与众不同'的方针提供了一种保证。"

那一年我和已在时代文艺出版社工作的诗人张洪波开始策划筹办《诗探索·作品卷》。自此，《诗探索》开始了"理论卷"附加"作品卷"的办刊模式。

"作品卷"有7个大的栏目和二十几个子栏目。重要栏目有：诗坛峰会、探索与发现、展示与选读、汉诗新作、新诗集视点、译作与研究、新诗图文志等，通过展示、细读、作品分析等等方式，体现《诗探索》办刊的学术性和"与众不同"。

退休后，全身心投入《诗探索》的运营工作

2009年底，我从《诗刊》退休了。谢老师和吴老师希望我将在《诗刊》的工作经验和退休后的精力更多地用于《诗探索》的工作上。当时我十分犹豫，一是想终于退休了，有时间做些自己想做的事，整理一下自己多年写作的资料，有时间写写诗，画画画儿，过好退休生活。二是《诗探索》想要有所发展，不但要下功夫办刊，搞活动，必须要有一定数量的经费，这些经费都需自筹，这绝不是一件简单的事。

经过再三考虑，向多位朋友征询意见，也得到了一些朋友的建议和给予帮助的承诺。当然，最终还是出于对《诗探索》这本刊物的热爱，想到30年来谢冕、吴思敬等前辈的坚守和付出，我接受了这个任务。

我综合大家的意见和建议，设想了不同于其他学术刊物办刊的新模式，逐步建立一个立体的、全方位的办刊模式：以《诗探索》为先导，集诗歌特色奖项、诗歌年度选本、诗歌专题论坛、诗歌朗诵与采风活动、专业会员制会所、诗歌专项图书出版、诗歌公众号为一体的，真正融入中国诗坛的，并具有自我造血功能的文化机构。

在诗人潘洗尘出资帮助下，租了办公室，购买了电脑和简单的办公家具，邀请已在《诗刊》退休的徐丽松加入工作，《诗探索》编辑部第一次有了自己的办公地点。

2010年2月6日 "诗探索·天问中国新诗会所"在北京成立。工作主持人：林莽、潘洗尘；组织委员会：林莽、潘洗尘、刘福春、宋琳、苏历铭、树才；顾问：牛汉、郑敏、谢冕、赵敏俐、吴思敬。会所宗旨为：团结为新诗发展而潜心于诗歌研究与写作的诗界朋友，为会员搭建一个与诗坛优秀诗人和理论家密切接触的平台；建立现代方式的信息通道，为所有会员及时了解当前诗界动态和品评会员创作状态服务；组织对中国新诗史的研究，尤其注重新诗史上因多种原因被忽略了的优秀诗人和新时期以来对中国新诗有贡献的诗人的个体研究。以此具体而务实的方式，梳理近年的中国新诗史、引领中国新诗的创作潮流、发现和推出诗歌写作与诗歌理论的新人。

时光一晃十年，细想这十年为此付出了大量的时间与精力，取得了一定成绩。主要做了如下工作：

1.《诗探索》由1999年的一年四辑两本，增加至四辑八本。印刷数量从每年两辑各近千册，逐步上升为每年四辑，每辑3000套（6000册）。

2. "诗探索诗歌会所"订刊会员逐步达到过近千人。为了联络会员，创办了内部交流资料《诗探索诗歌会所会刊》。组织了全国各地的诗歌专题诗会和诗歌论坛，诗会和论坛曾在白洋淀、青岛、查干湖、深圳、上海、昆山、广州等地分别举办。还举办了多次诗歌朗诵活动，其中影响力最大的是2012年12月11日与朝阳区文化馆合办的"打开窗户——新诗探索四十年"系列活动。

3. 出版了与《诗探索》各项工作相关的诗歌图书60余种。

其中漓江和现代出版社的"年度诗歌选"两种、《诗探索》主办的诗歌奖项选本四种，为《诗探索》整体影响力的提升，产生了良好的效果。

《中国新诗百年百首》（三种）、《一首诗的诞生》（三种）及《三十位诗人的十年：华文青年诗人奖和一个时代的抒情》在诗坛都产生了很好的反响。

4. 2014年8月《诗探索》微信公众号推出，内容有"新诗佳作""诗人书画""优秀译诗""经典重读""新诗历史照片""诗歌要闻公告"等。2019年再次改版，调整了许多栏目。这一公众号已做了6年，约600期。关注者有13000人。每期都有上千的阅读量，最高的阅读量为7000多人。此举措为团结诗坛有生力量，宣传《诗探索》的艺术主张，取得了很好的效果。

5. 创办了四种有特色的诗歌奖项。

（1）"华文青年诗人奖"是我在《诗刊》工作时创办的一个面对优秀青年诗人的奖项，他的特色是"一个奖，一个研讨会，一本获奖诗选，一个驻校诗人"，这种多方位的、立体的诗歌奖项是全国独一无二的。我退休后，该奖被停滞，我便将其引入《诗探索》。此奖自2003年到现在已颁发了17届，有51位活跃在当下诗坛的优秀的一线诗人获得了这一荣誉。有16位诗人完成了在首师大诗歌研究中心驻校一年的工作。

（2）创立"红高粱诗歌奖"。2012年与高密市政府合作，创办了提倡诗人书写自己最熟悉地域的现代诗歌组诗奖"红高粱诗歌奖"。要求诗人以切身体会写一座城市、一个乡村、一条街道、一条河流、一座山脉、一片湖泊……的一组现代新诗参赛，以此体现莫言先生所实践的红高粱创作精神。此奖已颁发9届。

（3）2016年《诗探索》与平度市合作设立了"诗探索·中国春泥诗歌奖"。同年9月25日首次颁奖。该奖首次提出了"中国乡村诗歌"的新概念。

近年来，城镇化、打工潮、新媒体的发展和普及，中国农村发生了很大的变化，许多有农村生活与文化经验的乡村青年，他们的文化心态和生活阅历已经远远超出了地域的界限，他们的诗歌写作观念，文化意识，不再是纯乡土的。他们关注世界文化，关注现代生活，他们记忆中的乡村和现实中的故土已不同于以往。他们笔下的诗歌不再是传统的"乡土"，而是现代意识中的乡镇风情。他们有关于乡村的记忆，回顾，乡愁，也有对自然村镇生活的现代命名。这种不再单纯的，多向度的，有关乡村的诗歌，是新的"乡村诗歌"，不再是传统意义上的"乡土诗"。

如同世界发达国家城乡差异的基本消失，旧有的"乡土"概念已经不存在，但有关自然风情和村镇生活的诗歌依旧存在。我们国家近些年乡村的急剧变化也同样改变了人们旧有的生活方式和思维方式，以往的那些狭窄的乡土观念也已悄然改变。因而，我们认为："乡村诗歌"概念的提出具有划时代的诗学价值。

"诗探索·春泥诗歌奖"的设立，旨在提倡"乡村诗歌"的创作，发现和表彰书写现代乡村生活的优秀写作者。此奖已举办了3届，有9位诗人获得了该奖项。

（4）2016年《诗探索》和山东诸城琅琊书院合作设立了"诗探索·中国新诗发现奖"。此奖结合《诗探索》的办刊宗旨，提倡诗歌的创新和理论研究同时并举，一组优秀诗歌和评论该组诗歌的优秀论文同时获奖，每届3组6人获奖。同年11月12日首次在诸城颁奖，该奖已举办了4届，有24位作者获得了此奖项。

这四个各有特色的诗歌奖，每个奖项每届都出版一本获奖诗集，以此见证这些奖项的价值和意义，保存下一个可以查阅和回顾的诗歌读本。

接任《诗探索》的运营工作10年，按照已有的设想逐步推进，付出了大量的精力与时间，通过多种方式筹集工作经费，这十年，整体运营费用大约500万。所有这些都得到了诗歌界朋友和编辑部同人的帮助与支持，得到了谢冕和吴思敬老师的指导和勉励，没有他们也绝不会有今天的这些成效。

《诗探索》创刊40年，有谢冕、杨匡汉、吴思敬等诗歌前辈的多年辛劳和努力，开始就确立了正确的研究方向，树立了良好的刊物形象。作为诗歌晚辈，能同他们一同工作是一种荣幸。在他们一心一意为中国诗歌不计报酬，甘心为诗歌做奉献精神的感召下，我在《诗探索》已经工作了26年。在迎来它创刊40年之际，回想与《诗探索》的相遇，确实是我诗歌生涯的福报，它为我提供一个展示的空间，对于一个热爱诗歌的人，所有的辛劳都是欣慰和幸福的。在这儿，我还想感谢这些年帮助过我，并对《诗探索》做出过贡献的人，他们是：徐伟、潘洗尘、张洪波、方泉、庞俭克、苏历铭、邹进、邵春生、黄浩、刘成爱等朋友们。

2020 年 7 月 30 日

作者单位：《诗探索》编辑部

《诗探索》琐忆

刘福春

一

我是 1980 年 2 月到中国社会科学院文学研究所工作的。因为《诗探索》编辑部就设在北京日坛路 6 号的文学研究所,杨匡汉又是副主编,所以《诗探索》1980 年 12 月创刊我就得到了一册。也可以说,我与《诗探索》的缘分是从创刊就开始了。

我那时的角色按现在的说法是个"粉丝",但也做了一些实际的工作,比如看校样,到出版社送校样、取样书等等。还曾为老诗人送过刊物,我 1981 年 7 月 8 日的日记就记有"下午去臧克家同志家送《诗探索》"。"同志"是那时的标准称呼,特别是我这样从小县城刚刚进到京城者,还不习惯称"先生"。由于我的"热心跑前跑后"(杨匡汉语),1982 年 3 月 27 日中午,《诗探索》编辑部宴请为《诗探索》设计封面的曹辛之先生及夫人赵友兰先生,我有幸也参加了。地点是位于东单的蜀乡餐厅,这不仅是我第一次吃地道的川菜,如此的餐厅也没进去过几次,按我老家的说法这是"下馆子"。更重要的是此次结识了曹辛之先生,后来我成了曹先生家的常客。曹先生去世后也没有断了联系,还与赵友兰先生合编了《曹辛之集》。在整理曹先生留下的封面设计手稿中,我发现了曹先生为《诗探索》设计的另外一种封面,由此可见曹先生当时的设计至少是两种。

1982年11月，《诗探索》1982年第2期出刊，我辑录的《诗人谈诗》作为补白刊出，我的名字首次出现在了《诗探索》上。《诗人谈诗》辑录了郭沫若、钟敬文、任钧谈诗的语录共4条，都是我当时阅读原始期刊之所得。紧接着1982年第3期又刊出了一篇书话式的短文《志摩的诗》，虽然也是补白，但说明我与《诗探索》的关系又近了一步，至少可以算是准作者了。

　　《诗探索》从创刊一直都是由出版社出版，先是四川人民出版社，1982年第1期起改由中国社会科学出版社出版。当时文化部曾给《诗探索》编辑部发函办理期刊登记，但没有去办理。详细的原因我不大清楚。不过事情总是有弊也有利，如果办理了期刊登记，大概《诗探索》就不会办成现在这样一本游走于"官""民"之间的相对独立与自由的学术刊物了。1985年7月《诗探索》总第12辑出刊后由于经费原因停刊，吴思敬已编好的第13辑没能问世。

　　《诗探索》停刊后，编辑部的工作并没有完全停止。1985年10月25日，中国社会科学院文学研究所当代文学研究室、北京大学中文系当代文学教研室、《诗探索》编辑部联合召开议题为"当代诗的现状和预测"的对话会，邀请在京部分诗歌理论工作者和诗人参加。1986年9月10日，《诗刊》《诗探索》联合举办诗歌专题学术研讨会，约请参加中国社会科学院文学研究所主办的"新时期文学十年学术讨论会"的部分学者、评论家，以"诗歌观念的变革和诗的反思"为专题进行了学术讨论。

二

　　1993年，经过吴思敬的努力，《诗探索》迎来了复刊的曙光。7月16日《诗探索》编辑部在首都师范大学开会商谈《诗探索》复刊事，张炯、杨匡汉、吴思敬、林莽、刘士杰、孙秉伟、陈曦等参加，我作为编辑部正式成员参加了会议。会议讨论了栏目、集资、发行等问题。接下来就是组稿、编稿。据我1993年的日记，7月24日"晚去西川家，谈诗探索稿子事"。8月6日"晚去看赵毅衡，谈诗探索稿子"。8月15日"去郑敏家，谈文字问题，谈诗探索稿子"。约来郑敏先生的稿是《我们的新诗遇到了什么问题》，赵毅衡的是《文本离场批评进场——当代诗学的"逆向传达"》，刊于总第 13 辑（1994）。西川的是《诗歌炼金术》，刊于总第 14 辑（1994）"结识一位诗人"栏，同期还约了刘纳的《西川诗存在的意义》和蓝棣之的《西川诗二首评点》。

9 月 18 日，《诗探索》编辑部与北京大学中国新诗研究中心举办 "'93 中国现代诗学研讨会"并宣告《诗探索》的复刊。《诗探索》复刊得到了首都师范大学的支持，吴思敬终于说动了校长，批了启动经费 4 万元。但经费仍然是个大问题，所以编辑部关于复刊的会上，集资是讨论的重点。

说到集资，我想起了一件事。当时有一位诗人说他有办法搞笔会为《诗探索》弄些经费，并拍着胸脯表示保证能来 200 人，于是就组织了"首届诗探索创作研讨会"。结果到研讨会开会，共来了 9 个人。虽然人少，活动还得进行。开幕请了牛汉先生来座谈，吴思敬又来讲课，只能是义务的，连打车费都没有。我和林莽陪吃、陪住共 7 天，组织座谈、组织改稿，还和与会者过了一个中秋节。整个活动下来赔了多少不记得了，能记住的是我与林莽来去都是乘地铁，地铁票是自己买的。

赚钱不容易，省吃俭用就是必需的。为了节省费用，经朋友介绍找了一家河北三河的印刷厂。11 月 28 日我与吴思敬、林莽去三河联系印刷《诗探索》，那时去三河不像现在这样方便，我们是坐长途公交去的。这之后我与林莽至少又去了两次。找这样的印刷厂，费用可能是省了一些，但问题却不少。排出来的校样错误很多，特别是叶维廉那篇《在记忆离散的文化空间里歌唱——论痖弦记忆塑像的艺术》，原稿又是繁体字，校样改得是满篇红。印刷速度也不快，复刊的《诗探索》总第 13 辑（1994），版权页出版时间是 1994 年 1 月，实际上印刷厂送来样书已是 3 月 30 日。我的这一天日记有："下午等印刷厂送《诗探索》来，6 时半后到。"

不管怎么样，《诗探索》总算是又出刊了，更重要的，我成了《诗探索》虽非"专职"，但也是"正式"的编辑。

三

复刊后的《诗探索》除了编刊、出刊,有几次活动值得一记。

1994年5月6—9日,《诗探索》编辑部组织的"白洋淀诗歌群落"寻访活动在白洋淀举行。活动由林莽具体组织,时在任丘任华北石油报社副社长的诗人张洪波承办。我们乘一辆面包车从北京出发,有牛汉、吴思敬、芒克、林莽、宋海泉、甘铁生、史保嘉、仲维光和天津的白青;陈超是从石家庄自己到的任丘。第二天我们乘船去芒克下乡插队的大淀头村,船刚一靠岸就听有人不断地用白洋淀话喊:"猴子回来了!""猴子回来了!"让所有的人都真切地感受到了芒克与大淀头村民不一般的关系。我们在村里待了两个多小时,参观了一些和知青有关的地方。不知芒克从哪弄来一条小船,划着桨载着我和牛汉先生在淀里转了一圈。8日上午是座谈会,大家围绕着"白洋淀诗群"的人员、时间、背景,以及影响等问题进行了讨论,宋海泉、芒克、林莽、甘铁生等这些当事人各自的回忆与相互补充,基本上廓清了这段史实。牛汉先生发言将已有的"白洋淀诗群"正名为"白洋淀诗歌群落",认为"白洋淀诗歌群落"这个名称本身就很有诗意,"群落"一词,给人一种苍茫、荒蛮、不屈不挠、顽强生存的感觉。牛汉先生的命名得到了全体与会者的认同,因此我在《诗探索》总第15辑(1994)刊出的简讯就用了"白洋淀诗歌群落"这一概念。我参加此次活动的身份是组织者,所做的主要是拍摄。我带着照相机为活动留下了很多珍贵的影像,可惜的是影像中缺少的只有我。作为此次活动的重要成果,《诗探索》总第16辑(1994)在"当代诗歌群落"专栏刊出了宋海泉《白洋淀琐忆》、齐简(史保嘉)《到对岸去》、甘铁生《春季白洋淀》、白青《昔日重来》、严力《我也与白洋淀沾点边》、陈超《坚冰下的溪流——谈"白洋淀诗群"》6篇文章,这些文章早已成为了研究"白洋淀诗歌群落"的重要文献。需要说明的,陈超的文章发表时署名为陈默,原因是同一期还发表了他的《王家新诗二首赏析》。

同年10月29日,《诗探索》编辑部主办的"中国新诗集版本回顾·首届九十年代新诗集展览"在北京团结湖公园内的九月画廊开幕。展览举办的起因是林莽看了我收藏的新诗集,选在九月画廊是因为画廊的主人是诗人马高明。展览筹备用了三个多月,主要是林莽和我操持。展品大部分由我提供,也征集了一些新诗集。林莽专门设计一份请柬,我编了一份《展览目录》。记得为赶在开幕前印出《展览目录》,我与林莽去排印公司从下午直干到晚上12点才回家。展览共分八个部分:创造日 1920—1927;展开与收获 1928—1937;在战烟中 1937—1949;歌唱春天 1950—1966;动乱的年代 1966—1976;归来的歌·新诗潮·繁荣的走向 1977—1989;新的起步 1990—1994;在海峡的对岸 1950—1994。1949年前为照片,1949年之后是实物。展名由张志民先生书写,很多老诗人题了词。开幕式有百多人参加,谢冕老师主持,蔡其矫、牛汉、张志民、李瑛、屠岸等先生出席。邹荻帆先生因在外地没有出席开幕式,第二天自己专程看了展览。展览共展出四天,11月15日《人民日报》(海外版)刊发了展览的消息。

  影响最大的是1999年4月16—18日在北京平谷盘峰宾馆召开的"世纪之交:中国诗歌创作态势与理论建设研讨会",研讨会由北京作家协会、中国社会科学院文学研究所当代室、《北京文学》杂志社、《诗探索》编辑部联合举办,近40位诗人、诗歌理论家和批评家参加了会议。会上发生了"知识分子写作"与"民刊写作"的争论,因为会议举办地点是盘峰宾馆也称之为"盘峰论剑"。会后《诗探索》《北京文学》《中国青年报》《北京日报》等等作了报道,十年后《诗探索中国新诗会所会刊》2012年第1期又刊出《盘峰诗会资料汇编》。《盘峰诗会资料汇编》"编者按"讲:"1999年春天,《诗探索》在北大五号院召开编辑部工作会议,讨论到沈奇的文章《秋后算账》是否可用时,林莽提出开一个先锋诗歌内部的不同写作倾向的研讨会,就当前的一些不同观念展开争执,请矛盾焦点上所有的诗人和评论家,大家将意见摆到桌面上来,开一个'打架'的会。""这一提议得到了大家的赞同,都认为这是一个有关诗歌创作不同美学观念的争执,这一问题已经不是今天才产生的,它存在了近十年了,这个会一定会对中国当前的诗歌发展有推动作用。""这一提议也得到三位主编的赞同,谢冕老师提出尽快开,杨匡汉说当代文学研究会可出部分会议经费,吴思敬给会议定名为：'世纪之交：中国诗歌创作态势与建设研讨会'。""因为会议经费问题，林莽找到北京作协李青秘书长和《北京文学》章德宁主编，请她们支持这个会议的召开，她们答应作为主办单位，并负责不足的会议经费。李青和林莽找到北京作协理事、平谷的作家柴福善，请他帮助联系了平谷的盘峰宾馆作为本次会议的会址。""会议于 1999 年 4 月 16—18 日在平谷盘峰宾馆如期举行。会议通知的人员，除诗人韩东未出席外，其他人都出席了会议。他们是：陈超、唐晓渡、王家新、程光炜、西川、于坚、伊沙、徐江、小海、车前子、杨克、孙文波、张清华、臧棣、西渡、沈奇、侯马、陈仲义。会议的主办方和记者等有谢冕、吴思敬、任洪渊、林莽、刘福春、刘士杰、李青、章德宁、兴安、柴福善、张颐雯、彭俐等。"会议开得很热烈，争论也激烈，花絮更不少。

四

《诗探索》复刊以来一直在出刊，但还是比较困难，主要还是经费问题。1994 年复刊由首都师范大学出版社出版，第二年改为中国社会科学出版社，2000 年改为天津社会科学院出版社，2005 年又改成时代文艺出版社出版。1999 年以前《诗探索》每年还能出 4 辑，到了 2000 年，实际上一年只是出 2 辑，成了半年刊。因此每次编辑部会上，经费成了一个绕不开的话题，谢冕老师也准备好了，随时仿照徐志摩写一篇《诗探索放假》。

好在危难之时，总有贵人帮助。《诗探索》复刊以来，伸出援助之手的朋友真是不少。1997 年 10 月 18 日，画家张仃先生向《诗探索》捐款 4 万元人民币，并致信编辑部，全文如下：

《诗探索》编辑部各位同志：

《诗探索》是一个很有品位，很严肃的诗歌理论学术刊物。我经常拜读，很受启发，为你们所做的工作深感敬佩。听说你们经济上遇到一些困难，作为一名艺术劳动者，我将自己的一幅作品拍卖所得肆万元人民币赠送贵刊，杯水车薪，聊表寸心。

像《诗探索》这样刊物，理应更好地生存下去。

我现在委托我的两位青年朋友王鲁湘、李兆忠办理此事。

预祝

《诗探索》办得更有生气！

张仃

1997 年 10 月 18 日

画家张仃先生的信寄托着一位艺术家对《诗探索》的热切关怀和希望，读着总会从心里涌出股股暖意。这关怀让《诗探索》坚持了下来，走到了现在。

五

2010 年在《诗探索》40 年的历史中应该是一个重要的年头，可记的事情很多。编辑《诗探索》大家都是兼职，实际的编辑部也并不存在。2009 年底林莽从诗刊社退休，这对《诗探索》是一个好时机，谢冕老师就让林莽来做"专职"，林莽也乐于从命。

首先是设立一个机构，名字想来想去，最后确定为"会所"。设立会所是用会员制的办法来发行《诗探索》，但不是通过收会费的方式，也从来没有收过会费，而是订了《诗探索》就是会员。这事首先得到了诗人潘洗尘的支持，他名下的天问公司转来了第一笔资金，于是租房、置办桌椅电脑等，2010 年 2 月 6 日"诗探索·天问中国新诗会所"在北京正式成立。

会所成立后举办了多种诗歌活动，光 2010 这一年可记的就有：2 月开始的向在中国诗歌创作与研究中有重要成绩的教授、专家、学者、诗人和大学图书馆及在校博士生、硕士生赠送《诗探索》；3 月 21 日主办"世界诗歌日朗诵会"；5 月 7—9 日主办"白洋淀之春——新世纪主题诗会"；7 月 18 日主办"查干湖之夏诗歌朗诵会"；11 月 19—21 日主办"诗探索昆山诗歌论坛"；12 月 21 日主办"新世纪以来中国诗歌生态恳谈会"等。此外还创办了《诗探索·天问中国新诗会所会刊》，这一年共出版了 4 期。这些活动的举办增加了《诗探索》的订数，也得到了社会和企业的资金支持，更改变了《诗探索》的面貌。记得那一年编辑部开会没有再谈经费问题，而是谢老师要发奖金，林莽一万，我五千。林莽首先拒收，说这都是朋友们的帮助，我当然也不能领取。

说到朋友们的帮助不能不说说诗人苏历铭。我这位吉林大学经济系的校友，始终热心于新诗写作，也许在诗坛的影响和成就要比在经济界大得多。会所成立后他一直积极参与，利用在经济界的影响做了很多的工作。向 100 名在校新诗研究方向的博士生、硕士生赠送《诗探索》是历铭联系的。当时有一家公司赞助了《诗探索》一笔可观的资金，事后大家才知道那是他的工作所得，他让公司给了《诗探索》。

工作的需要，又注册了北京诗探索文化传媒有限公司。法人是林莽，当然用的是他的原名张建中。无论是会所还是公司，还有一位"专职"工作人员就是我夫人徐丽松。徐丽松和林莽同时在诗刊社退休，会所成立也就一起自然地加入。会所与公司真正的成员就是林莽和徐丽松两个人，林莽是负责人，部下只一个。徐丽松负责联系会员、财物管理、刊物发行、稿费发放等日常工作，每天坐班，谢冕老师有时会"封"她为办公室主任。

会所成立后，光顾的朋友还不少。邵燕祥先生与夫人，叶廷芳先生，还有日本、韩国的学者岩佐昌暲和金龙云先生等，都光临过会所，而去过的诗人朋友就更多了。也有去帮忙发行的，像诗人杨方、宋晓杰，还有日本学者岛由子。岛由子每年都要来北京，她称之为"回北京"，每次回北京又必到会所。我当然更是常陪着夫人到会所，随着她在《诗探索》越来越"专职"，我的身份也发生了变化。本来《诗探索》编辑委员会成立后，我已不再做具体编辑工作，因此我就常常开玩笑说，我是《诗探索》家属。

六

林莽在诗刊社退休后将所创办的"华文青年诗人奖"转到了《诗探索》。这个奖是林莽 2003 年在《诗刊》的时候创办的，已经举办过七届，产生了很好的影响。林莽在诗刊社还创办并组织有"春天送你一首诗"大型诗歌活动，影响更大。可不知为什么林莽刚一退休,《诗刊》2010年第2期下半月刊就刊出启示,把"春天送你一首诗"更名为"同一首诗","华文青年诗人奖"当然也就不再办了。"春天送你一首诗"活动只能是诗刊社有力量来办,停办实在是可惜,而更名的"同一首诗"好像办了一两次也就销声匿迹了。《诗探索》可以接办"华文青年诗人奖",于是此奖改由《诗探索》编辑部主办。2010年9月22日,"2010年度诗探索·华文青年诗人奖"颁奖大会在上海松江区举行。青年诗人黑枣、徐俊国、林莉获奖。到今天,"华文青年诗人奖"已经又办了十届,前几天与林莽通电话还说起,再过两年就是"华文青年诗人奖"创办20周年,届时应该好好纪念一下。

"华文青年诗人奖"真的是非常有特色的一个奖项。第一,它有连续性,奖项要想有影响力,必须要有连续性,就是诺贝尔奖如果只办一两次估计也不会有大的影响。第二,有标准,所以"华文青年诗人奖"获奖诗人成活率最高,这是诗歌界公认的。这项诗奖每年评选出三位,百分之九十多都是现在诗坛最有实力、最活跃的诗人。第三,"华文青年诗人奖"与其他奖项完全不同的地方还在于,所有的奖项颁奖之后相关的工作就结束了,但"华文青年诗人奖"在某种意义上来说,颁奖只是刚刚开始。这与林莽最初的"一个奖,一个研讨会,一本书,一个驻校诗人"的设计有关。一个奖不说大家也都明白,一个研讨会是颁奖的同时还要举办一个获奖诗人作品研讨会,一本书是每年由漓江出版社出版《华文青年诗人奖获奖作品》,一个驻校诗人就是从获奖中选出一位诗人到首都师范大学中国诗歌研究中心驻校一年。驻校诗人进校有驻校仪式,出校还有一个研讨会,这需要一年的时间。应该说,在驻校诗人的研讨会开完以后这个奖项的相关工作才告一段落。

除了"华文青年诗人奖",2011年林莽还创办了"红高粱诗歌奖",2016年又创办了"诗探索·中国春泥诗歌奖"和"诗探索·中国新诗发现奖"。这些奖项的设立,推出了一批优秀的诗人和作品,增大了《诗探索》与当下诗坛的联系,在一定程度上使得《诗探索》由平面变得更加立体了。

再回头说说《诗探索·作品卷》的创办。《诗探索》自2005年第1辑起改版为"理论卷"与"作品卷"两卷,创办"作品卷"是林莽的建议,他也一直是该卷的主编。"作品卷"的创办不能简单地看作是《诗探索》增加作品部分，更不是诗坛又多了一份诗刊。"作品卷"与"理论卷"是互动的，而"作品卷"中理论成分也是很重的。这与其他诗刊开设的理论批评专栏又不同，"作品卷"自身也是作品与理论互动的。这是《诗探索》的性质决定的，也和谢冕老师的提倡有关。谢老师一直主张，诗人不能只是写诗，要学会思考。"作品卷"体现了谢老师的主张。不光是"作品卷"，《诗探索》很多的诗歌活动都有这方面的努力，多次组织的论坛活动，都会要求会员带文章参会。评奖也是这样，"华文青年诗人奖"参评不只是提供作品，还要求有一篇带理论性的文章。至于创办的"诗探索·中国新诗发现奖"，更是一组诗与一篇评论双双获奖。

林莽带来的还有与漓江出版社合作出版的《中国年度诗歌》，这本诗年选从 1999 年开始以诗刊社的名义编辑出版，2010 改为《诗探索》编辑委员会选编，林莽主编。不过这一变动与"华文青年诗人奖"的变动不同，因为到 2009 年《中国年度诗歌》出版整十年，出版合同已到期，重签时林莽提出他马上就退休，如果还希望他来编就改为与《诗探索》合作。漓江出版社经过了一番考查，重新与《诗探索》签了合同。如今又一个十年过去，这本有特色、有质量、有影响的年度诗选继续由《诗探索》编辑委员会选编，林莽主编。

七

2011 年 11 月，我去上海参加"华文青年诗人奖"颁奖典礼。有一天，一位朋友开车带我和北京朝阳文化馆馆长徐伟去古籍书店买书。那些年，我们家早已是书满为患，儿子和夫人都因为书受过伤，所以在路上我问徐伟有没有空房间放书。徐伟说正好文化馆附近有一所空置的小学校给了文化馆，可以让我用一大间。我得寸进尺又问能不能多给两间，《诗探索》也搬过去，徐伟一口就答应了。于是回到北京，我就和林莽、徐丽松去看房，最后选了两大两小共四间。两小间办公，一大间我放书，另一大间用于诗歌活动。

当然《诗探索》能搬到这所小学校并不是如上这样简单，是有原因和理由的。朝阳文化馆是全国第一流的文化馆，举办过多种文化活动，其中包括诗歌活动,与我,特别是与林莽有多年的合作。林莽主持的"春天送你一首诗"活动的启动仪式每年都在朝阳文化馆举行,并合办过每月一次的"月末诗歌沙龙"。2008年4月,我的"诗歌的油印时代——刘福春新诗油印本收藏展"也是在文化馆举办。此次《诗探索》搬来就是要合作一些诗歌活动,我与林莽设计了一个比较详细的方案。

首先进行的是"中国新诗版本收藏馆"的设立。我们到香河家具城定制了45个两米多高的书柜摆放在大房间,让我也没想到的是,从我们家地上拉出的书竟然基本把这些书柜装满。搬书前徐伟让文化馆的摄影家边群到我们家拍摄,用相机记录了这些书堆放的原始形态。至于所设计的其他活动,因为环境等原因并没有全部实现,那一大间原打算用于诗歌活动的房间,慢慢变成了保存和发行《诗探索》的场所。

不过有一场诗歌活动可以大书特书,遗憾的是本文篇幅和本人能力的限制只能简述,这就是"打开窗户——新诗探索40周年"系列活动。

2012年10月,徐伟提议举办一场诗歌活动。林莽与我商议后,31日到朝阳区文化馆讨论举办方案,确定了题目。活动由《诗探索》编辑委员会和北京朝阳区文化馆主办,鲁迅文学院、首都师范大学中国诗歌研究中心、漓江出版社、朝阳区摄影家协会、798玫瑰之名艺术中心、北京9剧场、北京9当代舞团等13个单位联合承办。经过一个多月的紧张准备,12月14—16日"打开窗户——新诗探索四十年"大型系列活动在北京798玫瑰之名艺术中心举办。14日全国与会诗人到会,上午出席"诗探索中国新诗会所"见面座谈会,参观"中国新诗版本收藏馆"。下午诗人们分别出席首都师范大学驻校诗人回访座谈会和鲁迅文学院青年作家研讨班学员的对话会。15—16日的活动共分为18个单元,内容涵盖打开窗户——诗歌文化论坛、谢冕和孙绍振先生的对话、青年评论家和诗歌刊物主编的论坛、新女性读诗会、"理想时代"诗歌朗诵会、华文青年诗人奖十年庆典和2012年华文青年诗人奖颁奖仪式、新诗探索四十年图片展、新诗手稿展、书法写新诗展、"诗人的春天在中国"诗歌招贴画展等活动。活动与影像表演、时装秀、现代舞、摇滚乐等现代艺术相结合,全程与现场观众不间断进行互动,在18个单元之间,还穿插了4本新书的签名赠书的新书发布会。

最精彩的是开幕式。徐伟专门从郊区拆迁的民房买来300扇1960年代的窗户挂在现场，开幕式音乐一响，300扇窗户像幕布拉起，一下就震撼了全场。谢冕和孙绍振先生的对话之后，诗人牛汉先生的九十华诞祝寿仪式更将活动推向了高潮。90支红蜡烛，大大的生日蛋糕，少年儿童献花，谢冕老师祝词，紧接着全体参会诗人上台合影，汇聚了对诗人牛汉的美好祝福。

配合此次系列活动还制作的大型画册《打开窗户——新诗探索四十年》。该书由《诗探索》编辑委员会与北京朝阳区文化馆主编，徐伟监制，林莽与我和樊欣颖策划，夏男设计，边群照片处理，图文并茂地展示了新诗探索40年的历程。

如此丰富而独特的活动，参会的诗人反映都很强烈，惊叹从没参加过这样的诗歌活动。诗人骆英说，这不仅是一场活动，而是一个事件。这之后有一位记者问谢冕老师2012年最重要的诗歌活动是什么，谢老师不假思索地回答，当然是"打开窗户"！

八

2015年3月，因为所用的小学校是教育资产，必须还给教育部门，《诗探索》又租了一套民房。《诗探索》搬回了民房，而我搬去的书则无法一同搬去也无法搬回我们家。正好山东大学青岛校区前不久有意聘我过去，所以把书装了200箱运到了青岛，三年后这书又运到了成都。这与《诗探索》关系不大，不多说。

2016年1月，我与林莽去见北京人天书店有限公司董事长邹进，商谈有关《诗探索》的事。邹进和我也是吉林大学的校友，在校期间就写诗，是77级"赤子心"诗社的成员之一。他一直热爱诗，也一直在创作，因此愿意支持《诗探索》。商谈简单又顺利，决定"诗探索·华文青年诗人奖"更名为"诗探索·人天华文青年诗人奖"，由《诗探索》编辑委员会与北京人天书店有限公司主办。2016年3月23日，"2015诗探索·人天华文青年诗人奖"颁奖典礼在重庆举办；9月23日"2016诗探索·人天华文青年诗人奖"颁奖典礼暨座谈会在武汉举行。

到这一年的年底，合作更进了一步，人天公司为《诗探索》编辑部提供了专门办公用房，于是我和林莽去选了一套有三个房间的房子。2017年4月7日，《诗探索》编辑部搬至北京人天书店有限公司，自此，北京人天书店有限公司成为《诗探索》出品人，邹进为社长。自此，《诗探索》编辑部终于有固定场，还聘陈亮为专职工作人员。

成为《诗探索》社长的邹进更是焕发出诗的激情，每日为外孙女写诗一首，一年下来集成《2019写给孩子的小小诗日历》，2018年9月由中国画报出版社出版，2019年10月又出版了第二本《2020写给孩子的小小诗日历》。此外还出版诗集《哀歌与颂》《邹进诗选》等。

九

时间过得真快，到今年12月，《诗探索》创刊整整40年。幸运的是，作为见证者和参与者，我伴着《诗探索》走过了这40年有风有雨也有阳光的全过程。

40年，对于一个没有稳定经费来源的刊物来说，能坚持下来已经是奇迹。可喜的是，《诗探索》非但没有又一次"放假"，反而从一个平面的刊物，变成了一个由多种诗歌研讨、诗歌出版、诗歌奖项和诗歌活动建构的多元、立体的组合。就是刊物本身，也增加了"作品卷"的互动。

40年，《诗探索》参与了新时期以来的诗歌建设，也对百年的新诗进行了发掘和研究。《诗探索》关注当下，也尊重历史。《诗探索》有自己的立场，但又包容。

40年，《诗探索》从没有发过编辑费，但一直有稿费，虽然很低，低得不好意思，就是临近"放假"的边缘也仍是坚持照发。对此我不想使用"奉献"等等这样的大词，这只是谢冕老师坚持的，稿费是对作者的尊重，也是对诗歌研究与创作的尊重。

40年,《诗探索》一直很穷,捉襟见肘,但朋友满天下,遇到困难总会有一双热心的手。作为《诗探索》同人,在此真心地说一句:谢谢,谢谢每一位关心和支持《诗探索》的朋友。

40年,《诗探索》同人跟随着谢冕老师,由于热爱而付出,由于付出而收获。收获了诗意,收获了学术,收获了友情,更收获了快乐。

40年……

40年,想说和应说的太多,也已经说了不少,就此打住。

2020年8月2日

作者单位:四川大学文学与新闻学院

忆往昔，《诗探索》温情岁月稠

陈旭光

在 1991 年考入北京大学中文系读研究生之前，因为我就读的浙江师范大学的蔡根林老师和诗人吴晓老师的缘故，作为一个偏远外省的青年大学生诗歌爱好者，我就与北京的诸多在诗歌界如雷贯耳的老师建立了一些联系。这里面，包括谢冕先生、吴思敬先生、洪子诚先生、楼肇明先生等。蔡根林老师是北大中文系 1956 级的，当时就是北大学生文学刊物《红楼》的积极的作者，1957 年不幸被打成右派，后发配内蒙古，经历坎坷。记得我的第一篇诗歌评论文章《论当前新诗创作中的幽默倾向》就是蔡根林请老同学楼肇明先生（北大图书馆系毕业，时在中国社科院文学所工作）推荐给当时《诗歌报》的主编、著名诗人严阵而发表的。可以想象一个大学三年级学生发表文章处女作时的激动。

回想起来，也许是在跟这些诗歌评论界前辈交往的时候，就奠定了我与《诗探索》的因缘关系。

记得上学后，我一一拜访了这些老师。至今还记得有一次倒了好几趟公共汽车，去非常遥远的北京朝外的芳草地拜访吴思敬先生的情景，还在吴老师家吃晚饭，记得有烤鸡。

在北大，一入学就拜访了谢冕先生与洪子诚先生，而正是因为与谢冕先生早有联系的关系，我幸运地加入到了谢老师主持的著名的"批评家周末"文艺沙龙的活动。我似乎是当时唯一的一个硕士研究生，而且是硕士导师并非谢冕先生的硕士生。在这个几乎每周末都要举办的沙龙中，我得以认识了很多鼎鼎大名的青年批评家,很多师兄弟师姐妹们。

于是,有一天,非常突然,非常喜出望外、受宠若惊,谢冕先生邀请我参与《诗探索》的编辑工作。

于是,从《诗探索》复刊(1994年)开始,我以一个硕士研究生的身份,成了《诗探索》的编辑。

当时的编辑阵容,除了赫赫有名的三大主编谢冕、杨匡汉、吴思敬三位先生外,编辑有林莽、刘士杰、刘福春和我。这个阵容搭档保持了十来年。后来是王光明加入,当然准确地说是王光明从福建师大调到首都师大后的重新归队,因为王光明老师在《诗探索》创刊时正在社科院文学所访学,那时他就参加编辑工作了。再后来还有张桃洲的加入。

从1994年复刊到如今,我与《诗探索》结下不解之缘,也与《诗探索》的编辑老师、同人,结下了非常深厚的友谊。

自加入《诗探索》编辑部以来,每年四次的编辑会成为我的重要生活内容,尤其是在北大读研究生的几年,非常盼望编辑会,不仅可以见到师长朋友,交流请教诗歌问题,又能听到一些诗坛传奇或秘闻,还可以打一次牙祭,还可以领一点打车的交通费。

在北大读研究生的那几年,每到编辑部例会,我总是早早地打上一辆车,到谢老师在畅春园的家门口接上他,到约好的开会地点开会。《诗探索》没有固定的编辑部。一般的投稿,都是汇总到吴思敬老师那里,他会带到会上,分发给大家审读编辑。一般都是到朝阳区这边开会,经常是林莽找的地方,有时是区文化馆,有时是某个诗人企业家朋友的公司会议室,有时就在某个老师家里(如去过刘士杰家里),后来会议地点则主要移到首师大,也是因为《诗探索》后来在吴思敬老师的努力下得到了首师大方面的部分经费支持。

每次的编辑会,大家会带上这段时间组的稿件,交给汇稿的主编吴思敬老师。然后是大家一起讨论,提议,谢老师、杨老师会发表方向性的讲话,确认一些重点专栏,重点文章,重点组稿对象,确定组稿编辑。我们还经常要讨论下一步该如何筹集资金,向哪一位诗人企业家做工作,结合组稿举办个研讨会等问题。

印象比较深的，是确认过对一些老诗人的访谈。这是一种文化抢救工作，也是一种诗歌的口述实录工作。这个工作做得最好的是刘士杰先生。他有很多前辈老诗人朋友，他也比较喜欢做访谈。记得像曾卓、牛汉等老诗人的访谈，都是他做的。

我印象很深的，是受编辑部的委托，采访金克木与季羡林先生。二位先生都住在北京大学镜春园。采访金克木先生很顺利。我与在北大中文系攻读现代汉语的爱人一起去的。金克木先生非常健谈，其知识之丰富，让我们叹为观止。谈诗歌就谈诗歌，一会儿就到了天文地理，听说我爱人学汉语，话题游转向语言学。

季羡林先生也联系上了。到了他在镜春园的家，聊了一阵，但他婉言谢绝了关于诗歌方面的采访，说时过境迁，无法谈诗了。反复恳请未果，颇引以为憾。其实季羡林先生也写过诗，也曾经是诗人。

每次编辑会后的聚餐，是轻松愉快的美好时光，也是做学生的我期待已久的打牙祭的时候。编辑部并不富裕，每次聚餐的点菜者总是谢冕先生，吃得最多的总是川菜，因为谢老师似乎一直认定川菜是最价廉物美而又分量充足的。

有时吃饭，几位师母如谢冕夫人陈素琰老师，还有杨匡汉、吴思敬、刘福春等的夫人，也会加入，偶尔还喝点小酒，酒酣尽兴时，大家会鼓动昆曲业余大师刘士杰来一段昆曲助助兴。这个时候，其乐融融，就像是家人聚餐了。

《诗探索》编辑部的前辈同人，各人有各人的鲜明的性格。

谢冕先生，后来被学生半开玩笑成为"伟大导师"，豪爽，喝酒，吃红烧肉，常年洗冷水澡，身体、心态都特别的好。他常说我作为他的学生是不合格的，不会抽烟、不会喝酒。他的不少学生烟瘾重，他待人宽和，乐呵呵，从不反对。谢冕先生对学生从不耳提面命，总是在一种非常宽和自由的气氛中，微微点拨，却往往让人茅塞顿开，豁然开朗。

杨匡汉先生，是我们中唯一抽烟的。还有后来的王光明，都是嗜烟如命。杨老师总是很深沉，话不多，在烟雾缭绕中思考，一发言则高瞻远瞩，似有千钧之力。

吴思敬先生，儒雅宽厚，温文尔雅，是诗歌界大家公认的宽厚长者，谦谦君子，对后辈如我等，总是关爱有加。这么多年来，吴老师具体操持了编辑部的很多日常杂务，可谓事无巨细，大到筹资运营，小到每次开会时，他都要带上五六包新出的《诗探索》，分发给我们。《诗探索》复刊后一直坚持下来，他功不可没，真是《诗探索》勤勤恳恳的"老黄牛"。

刘士杰先生是上海人，毕业于复旦大学中文系，擅长戏曲文学的研究，也是昆曲专家。白白净净，非常文雅，具书生气。大学一毕业就分配到北京来工作，后来退休了，又回上海，有一次从上海来北京办护照，编辑部同人聚餐欢迎。他说要好好地周游世界。可惜回去后不多久就突然去世了，人世无常，真让人伤感无比。

刘福春是著名的诗歌版本学家，他收集的诗歌资料可谓汗牛充栋。我印象深刻地记住了他说的一句话，"只要跟诗歌有关的东西，我都要"。我当时还有点不以为然。20世纪八九十年代，诗歌太繁荣了，诗歌社团、各种诗歌刊物太多了，怎么收集得过来？我自己的经验，当时在北大读研究生时，每天都会收到大量不知哪里的诗人们寄的诗刊、诗集和诗评文章。但后来他收集整理的都成为诗歌研究的绝版材料。后来他所有诗歌资料运到了四川大学，专门成立了诗歌资料室和研究所，刘福春也离开社科院文学所被聘为四川大学的教授。

林莽是今天派老诗人。与江河、杨炼、芒克、多多等著名朦胧诗诗人都是故交。我们见面如故，他就是一派老大哥的厚道。几乎每次编辑部的聚餐，他都是忙上忙下，张罗饭前饭后，选馆子、结账，都是他。也是因为他的乐善好施，让人信任，诗歌界朋友多，很多《诗探索》引进的资金支持，都有赖他引介沟通。而且以他为主，还扩大了《诗探索》理论版，做出了《诗探索》诗歌作品版。

《诗探索》二十多年的坚持，着实不易！我们的经费经常面临"断炊"，经常开会要探讨下一年是不是要停刊了。甚至有一次谢冕先生已经准备在下一期撰写一篇《休刊宣言》了。但大家开会讨论，又会想出点子，又会找到资助。诗人很多，穷的更不少，但那时候诗人下海的也很多，发达的更不少，很多诗人企业家还记挂着诗歌事业，常常会资助《诗探索》，有时是找到艺术家朋友，一期一期，一年一年，《诗探索》坚持了下来。真是一个奇迹！真是一个"刊坚强"！

1997年我在北京大学中文系博士毕业后，被分到了当时的艺术学系任教，由于专业转化，精力有限，我渐渐淡出了诗歌界，至少，诗歌评论也越来越少写，竟至于基本搁笔。但我们编辑部同人的友谊却并不因为我的工作和职业、专业的变化而有变化，仍然每次开编辑部会议都叫上我，我也很念好这样的团聚，我仍然每次参加编辑部会议、聚餐。

后来有一次我建议在我担任主任的北京大学影视戏剧研究中心的办公室开会。会后我个人请编辑部同人吃了个饭，同人们都夸我"出息"了。呵呵！

《诗探索》这么多年坚持下来，真的是非常不容易。几十本《诗探索》摞在那里，可以说是就是中国新诗理论、创作之历史发展的见证和活化石。

从1994年至今，弹指一挥间，过去快30年了。什么东西都在变。改革开放40年，似乎几个月之间就有点河东河西恍若隔世的感觉了。新冠疫情以来，世界、中国变化太大太多。但我们的友情不变，我本人诗情也不变。君不见，今年疫情期间我被困在德国，搁笔这么多年后，竟然还写了《新冠之歌》《疫期的哈姆莱特》等诗歌，阅读量都超过了130万。我还写了一篇诗评文章《疾驰的号角及镜与灯》。

这些突然涌现的诗情，恐怕都是得益于《诗探索》编辑部多年工作，主编、编辑、前辈诗歌界朋友们的诗情润泽吧。呼朋唤友，指点诗坛，其情浓浓，其乐也融融！

记忆难忘。友谊长存。诗情永远。

2020年8月4日于德国哥廷根大学

作者单位：北京大学艺术学院

中国诗坛的守望者
——《诗探索》主编谢冕、杨匡汉、吴思敬访谈录

○陶　林　△谢　冕　杨匡汉　吴思敬

○：目前我国有十余种以刊登诗歌作品为主的诗刊、诗报，但专门的诗歌理论刊物只有《诗探索》一家。能否谈谈你们办刊的想法？

△：我们办刊最主要的想法已经体现在我们的刊名中那"探索"二字上了。1980年我刊创刊时，曾在发刊词中说过这样一段话："我们需要探索，不仅过去，不仅现在，而且更着眼于将来。我们愿意生活更加美好，我们才需要探索；我们愿意诗更加美好，我们才需要探索。墨守成规永不会有创造。诗人在用诗探索人生和人的心灵。我们，则探索诗，探索诗人从事这一精神生产所达到的和未曾达到的思想与艺术的境界。我们不愿守成不变，我们愿意永远地处在这种不断探索的追求之中。"这正是我刊一以贯之的宗旨。

○：我读了你们几期刊物，感到你们似乎想建立一种"学院派"批评，对吗？

△：说实话，从创刊伊始到现在，我们还没有公开倡导建立"学院派"一类的批评。我们一向认为，道路不会只有一条，条条道路通罗马。我们鼓励多种批评流派的探索与竞争。你和某些读者之所以对我刊产生"学院派"的印象，大约是基于以下几点：一是我刊的主办单位为中国当代文学研究会、北京大学中国新诗研究中心、首都师范大学新诗研究室，属于学会和学院范畴。二是我刊的作者也多数来自学院，除去部分诗人外，主要是高等学校和文学研究机构的教师与研究人员，以及部分博士与硕士研究生。三是我刊一向重视高学

术品位，鼓励作者对我国新诗创作与理论中的问题进行扎实而深入的探讨，在用稿中强调内容的科学性，学风的严肃性，批评的公正性。从我刊已形成的风格看，也许与某些论者所主张的"学院派"批评有若干相似之处。但就我们的编辑方针而言，在保留我刊已有风格的同时，我们也将不带任何成见地为各种批评流派提供讲坛。

〇：我注意到艾青先生在《诗人要自信——对"诗探索"复刊的希望》一文中提出："探索免不了争论，争论就要吵。但不要为吵而吵，更不要不讲道理的吵。"我觉得艾老的话很中肯。你们以为如何？

△：艾老对《诗探索》一向关心与厚爱，我们非常重视他的意见。艾老这里讲的，与他在1980年《诗探索》创刊号上《答"诗探索"编者问》中所说的："让大家吵。没有吵就发展不了诗歌。"是完全一致的。艾老的意见，我们理解有这样两层意思：第一，所谓"吵"就是争论，就是不同观点、不同理论、不同派别的争鸣，这不仅是正常的，而且是诗歌创作繁荣与诗学理论发展的必要条件。第二，这种"吵"应是建设性的，应在学术范围内进行，不应使用尖刻的、嘲讽的、咄咄逼人的话语，不应以打击对方、抬高自己为目的，不能搞大批判。我们在编刊当中，是尽力按艾老的意见去做的。我们发了不少学术观点不同，甚至针锋相对的文章，引起了学术界和读者的重视。不过总体而言，各说各的还比较多，"吵"得还不够经常、不够热烈，以后我们当尽力为高水平的"吵"创造条件。

〇：你们在刊物的话语上有什么追求吗？

△：我们的刊物没有统一的话语。既然是探索，自然允许各唱各的调。不过，就刊物在这方面的追求而言，我们提出"在高语境中运作"作为一种自律。其前提是：少说大话，规避空话，扼制废话。其企盼是：在可以望得见的地平线上，站到诗歌创作与理论的前沿，讲经过认真思考的、尽可能有些真知灼见的、自己的话。我们不敢保证刊物的每一篇文章都能达到这个水准，但力求每一期至少要有几篇高语境的、能给人以启发的力作。

○：面对世纪之交的文化转型，面对新诗诞生以来的近 80 年的历史，贵刊作为一家高水准的诗歌理论刊物，自然会有一种使命感，谈谈你们的想法，好吗？

△：我国新诗从"五四"时代诞生到现在快 80 年了。80 年来，新诗的开创者及其后继者们走过了一条坎坷而又辉煌的路，他们筚路蓝缕，披荆斩棘，以自己的辛勤劳作，为中华民族的诗歌文化写下了崭新的一章。新诗是在西方影响与中国传统文化的冲撞中孕育并成长的，这种冲撞，使我们的新诗从诞生伊始就伴随着无尽无休的责难、争论与困惑，而且这种责难、争论与困惑一直持续到新时期的诗坛。不过，这不是坏事。两种文化的冲撞为新诗发展带来了契机：一方面这种冲撞冲决了诗人固有的审美观念和思维定式，为诗的创造开辟了新的途径；另一方面这种冲撞也带给读者审美习惯的变革，造就了一批批如马克思所说的"懂得艺术和能够欣赏美的大众"。我们没有任何理由对新诗的未来表示悲观。作为我国唯一的一家诗歌理论刊物，《诗探索》将以世纪之交的大文化环境为背景，以切实提升中国的诗学水平为己任，团结诗歌理论队伍，对新诗 80 年的历史经验予以梳理和总结，为新诗的探索者和变革者呐喊助威，当好中国现代诗坛的忠实的守望者。

原载《中华工商时报》1995 年 10 月 17 日

作者单位：

陶林：中国工商时报

谢冕：北京大学中文系

杨匡汉：中国社会科学院文学研究所

吴思敬：首都师范大学文学院

我与《诗探索》

一段温馨的记忆和一点小小的感慨
—— 为《诗探索》40年庆生

刘登翰

《诗探索》创刊迄今40年了!

一个实属"小众"的诗歌理论刊物,能够延续40载岁月,长盛不衰,这在文坛,无论是内地或台湾、香港、澳门,还是异国他邦的文坛,都是不可想象的事,甚至会被视为"奇迹"。为它40周年庆生,当然应该。它的意义,不仅是一个刊物,而在于整个诗坛,在于一代又一代的诗歌创新实践者和诗歌理论探索者。

《诗探索》创办于1980年,那是中国新诗发展的最好岁月。由一股被称为"朦胧诗"的新诗潮,带来对沉闷已久的诗坛的冲击,创新了一个新的诗歌时代。这不仅是一个新的诗歌世代的崛起,更是一个新的艺术观念的革故鼎新。与新一代诗人同时站在潮头的,还有一代诗歌理论批评的探索者。《诗探索》就是在这样的背景下诞生的。这确定了《诗探索》的使命,在为新诗潮鼓与呼的诠释与解读中,建立富于探索性的诗歌批评理论。

40年岁月,风风雨雨。《诗探索》不辱使命,为一代又一代富于创新性格的诗人,为一辈又一辈富于探索精神的诗歌理论批评家,提供了最好的发表平台,推动了40年来新诗虽然不无曲折,但却一浪赶一浪地持续发展!

我与《诗探索》不算有太深的缘分。主要在创办初期,为"朦胧诗"论争写过一点文章,后来我转向台港澳暨海外华文文学研究,也介绍过一点台湾诗坛的情况。不过有一件小事，使我感怀，而一直铭记在心。《诗探索》创刊初期，好像挂在中国当代文学研究会的名下，而中国当代文学研究会的依托单位，是中国社科院文学研究所。最初办刊，都是热心的诗评家业余兼任；要想长期坚持下去，须有专人操持具体编务。谢冕和张炯想到了我——因为大学毕业后，我受家庭"海外关系"影响，被弄到闽西北山区的三明，待了近20年，在基层干过许多与专业无关的杂事——便给我挂电话，问我愿不愿意调来北京参加编辑《诗探索》，关系放在文学所，先一个人来，家属慢慢再设法调动。我知道，这是老同学对我的关心和照顾，希望帮我摆脱困境。不过当时我刚调入福建社科院，总算回归了学术岗位，家庭也稳定了，不想再折腾，便婉言谢绝他们的好意。如今想来，如果当时到了北京，我后半生的学术道路将会是另一个样子。由于有过这一点缘分，我对《诗探索》总怀有一缕温馨的情意。

1980年代中期，我在和洪子诚合作撰写《中国当代新诗史》时，便决定在书稿完成后，把研究方向转向台港澳暨海外华文文学。此后30多年，实际上已经淡出大陆诗坛。去年纪念新诗百年，邀我赴京参加百年新诗纪念大会，我深感意外。准备发言中，我强烈感到，总结中国新诗的百年经验，不能忘却同是中国领土一翼的台港澳诗歌。特别是台湾诗歌，是中国新诗发展史上不可或缺的一环。当1950年代到1970年代，曾经为五四新诗运动多元发展而增添风采的现代主义诗歌，连同它的实践者李金发、戴望舒等一批诗人，都被贴上资产阶级的标签而受到排斥时，现代主义却在中国领土的隔海一域，发展成为一个由诗和美术发端，而广泛波及小说、戏剧、散文等多个领域的现代主义文学运动。在中国大陆诗坛缺席和不受待见的现代主义艺术，却在同是中国领土的对岸，成为诗坛的主流，主导了这一时期台湾诗歌的艺术走向。从中国百年新诗的整体视野看，现代主义在中国新诗的发展上，并未缺席。虽曾一度断流，却像是一道腾跃的清溪，在此方遇到阻遏，便拐个弯，从另一个缝隙中涌冒出来，形成另一道风景，无论在台湾、在香港，依然接续成一股洪流，赋予中国新诗多元化的绚丽风采。

对于中国新诗的研究者，1950年代到1970年代的台湾诗歌，特别值得关注，这是历史形成的中国诗歌在台湾的一个特殊世代。作为大陆来台的第一代诗人，在他们开始爱诗、读诗——甚至还来不及知道诗是什么的年纪，就在一场中国内战的炮火中并非全都自愿地被卷裹到这座回不了家的海岛上。在漫长岁月的两岸对峙和疏隔中，他们或许也受过蛊惑，但终究警醒过来，不愿诗歌也被绑上战车，只能规避"战斗文艺"的时政，走进内心，造就了他们走向艺术的现代倾向。他们揭橥起一面现代主义的大旗、超现实主义的大旗，希望超越这个客观丑陋的世界，却更深入了这个世界的真实。如被称为"超现实主义诗人"的商禽所说，所谓"超现实主义"，就是"超级"现实主义。他们在接受西方现代主义诗潮影响之后，却又醒悟了过度西化的弊端，自觉不自觉地接续起中国的诗歌传统，成为现代主义艺术在中国存在的一种特殊呈现。他们生存在这个特殊年代，以他们对个人命运和时代命运的特殊感受，风格迥异，流派纷呈地构建了一个交织着历史悲剧感、现实荒谬感和个人疏离感的多彩的现代诗坛。他们之中，除了被称为"诗坛三老"的纪弦（路易士）、钟鼎文（番草）和覃子豪，能够在某种程度上和新诗发展有过联系，接续起1930年代初期戴望舒《现代》的那一抹余绪，使台湾的现代主义诗歌运动追寻到它历史的源头。在现实人生的感遇中，短短的二三十年间，涌现了一大批在中国新诗史上将不断被提起的著名诗人，像商禽、洛夫、痖弦、张默、余光中、周梦蝶、郑愁予、罗门、辛郁、管管、杨牧、蓉子、林泠、罗英、朵思、夐虹、席慕蓉等等，不下数十人。这是一个特殊时代的诗歌，是他们共同而又各殊的历史命运撞击出来的诗歌。一个特殊的诗的时代的出现，需要历史的机遇，并非任何时代都可以这样喷发式地涌现出来的。我一直以为，无论从诗的运动、诗的艺术，还是诗人的成就，这都是一个值得仔细观察、解剖的特殊而典型的诗歌发展时期和诗歌时代。过了这个时期，随着他们的逐渐凋落，盛况就很难再现了。

　　新诗是历史的产物，也是伴随着中国现代社会发展成长和成熟起来的。新诗的艺术发展，在某种程度上也夹杂着社会变革对新诗艺术的选择和要求。不同时期，不同地区，都有不同的创造。因此，总结新诗的百年经验，对同是中国领土一翼的台港澳地区，特别是台湾的遗忘和忽略，使我十分感慨。中国的现代主义诗歌，在过度强化诗歌社会功能的革命年代里，从未曾，也不可能成为艺术的主流，甚至时时面临被批判、被驱逐的命运。因此，现代诗的生存，常常是在历史发展的某个间隙短暂地一闪而过。而在台湾的那 30 年，虽然同样面临政治的压抑，却反向地促成了它的成长，使现代主义罕见地成为诗歌的主流。其背后的种种动因，偶然性和必然性，负面力量和正面力量，社会、环境、个人，诸多因素都值得分析。作为一个已在凋落的艺术群体，一个在浪潮涌过之后的诗歌沙滩上，留下这么多异彩纷呈的收获。这份珍贵的历史经验，难道不值得我们重视和总结吗？

《诗探索》走过了 40 年历程，成为中国新诗这一段历史变革的见证；当然它自身也成了这历史的一部分。为《诗探索》庆生，其实也是在为我们的诗歌庆生！

作者单位：福建社会科学院文学研究所

一群"大孩子"办的文学评论杂志
——贺《诗探索》创刊 40 周年

古远清

由中国当代文学研究会和北大、首都师大等机构主办的《诗探索》，是中国文坛上鲜见的老年人办的刊物。从 2019 年第 4 期所刊登的"编委会主任"名单看，最年轻的吴思敬已坐"七"望"八"，谢冕则坐"八"望"九"，而杨匡汉初度八十时就向北京某会议的主席台亮出了拐棍。如果说撰写《我们需要探索》发刊词的谢冕是《诗探索》这座汽车的发动机，那为创刊号设计要目和专栏的匡汉和后来荣任主编的思敬，则分掌方向盘。

这三人堪称是黄金组合，美中不足的是只有诗翁而没有诗媪。不过，这三人的个性倒也十分戏剧化，如谢冕嗜酒，匡汉嗜烟，思敬大概就嗜赌了：那是 2006 年 10 月 15 日，在北京友谊宾馆举办的"新世纪中国新诗学术研讨会"上，有人问"《诗探索》会不会停刊"时，刹那间牌桌变成了赌桌，不再伺候牌局的思敬，没有捶胸顿足而是气定神闲地和大伙打赌说："我敢说，《诗探索》就会一直办下去！"舍我其谁的嘿嘿得意和浑身是劲的魄力，跃然嘴上。

《诗探索》的三位主任平均年龄超过八十岁，说它是耄耋老人办的刊物，不如说是"大孩子"或"大朋友"办的刊物，或者说是年长的青年学者办的刊物。不能以貌取人，这个刊物的主持人年迈但不等于老气横秋，而在气质上倒是充满着青春朝气。以谢冕而论，其"学官"履历也就止于空壳（无经费无实体）的北大新诗研究院院长。正因为无官一身轻，没有沾上官僚习气，故他待人没有城府，天真得如赤子。这位望之俨然、仰之弥高的学者，在桑榆晚年奋笔力书的专著《中国新诗史略》，只见灵气、才气再加上"酒气"而不见书卷气。他热情、奔放，有一颗年轻的心，为人写序是他写作生活的重要一环。他总是不嫌麻烦阅读那些"披头散发"的稿件，由此索序者便多了起来，这时他会像余光中那样抱怨："我从未与人借过钱，怎么一下就冒出这多债务，永远还不清呢？"不过，如果没有人请他写序，他大概就感到自己真的老了。为避免衰老，他下决心"还债"。他为拙著《中国当代文学理论批评史》写的序言，不是应景之作，而是有深情的关怀和期待，也不时闪耀着智慧的光芒，让人触摸到中华文化的血脉和学人的风骨。

自称是"反季节写作"的谢冕，在生命的严冬就这样书写着春意盎然的篇章。孙绍振 80 大寿时，这位醉眼蒙眬的诗翁为同窗写了《在一个美丽的地方开一个美丽的会——黄山奇墅湖祝词》，说绍振的生命"犹如黄山上面的奇松、怪石、云海，非常美丽，不仅是一般的秀美，而且是极美，是奇美。"谢冕的生命同样是一道奇美的风景。在诗歌的探索道路上，他不仅为新潮诗大声表彰，而且利用《诗探索》这个园圃努力栽培。尽管前进的道路上有礁石和深坑，但一旦行过生命的低谷，他便迎来了一片灿若黄金的诗歌时代。典型的是他在《光明日报》为有异于众、初看不免有些古怪的作品叫好，让"守成派"读后愕然失色。这无异于一声狮吼，同时又是一把燎原烈火，和舒婷们的创作燃成一景。这位虎虎生风的启蒙者、改革者、探索者，心态一直像初出茅庐的"青椒"。有这样以童趣与好奇窥探人生种种现象和诗坛百态的"大孩子"，如"精卫之坚韧，刑天之勇猛"捍卫诗的探索性纯洁性的"大朋友"陪伴《诗探索》的作者和读者，怎能不是刊物的幸运呢。

烟不离手的匡汉，其颜值不可能呈红润状。他不似其胞弟匡满以诗闻于世，但他一直"暗恋"着旅美诗人纪弦：吞云吐雾代表了他的灵感，这是追求浪漫的；手杖是他儒雅风度的体现，这是面对现实的。不久前他的粉丝向我感叹：在近年外地召开的世界华文文学研讨会上，怎么看不见逢会必到"监事长"匡汉敦厚的身影？或许他戒烟的同时又"戒会"了？遥想 1980 年代中期，他解除教条的桎梏，提倡更新新诗研究方法，不能老停留在"红杏枝头春意闹"的"闹"字做文章，引发时任《诗探索》资深编委宋垒的不满而大"闹"起来：先是对号入座为文反驳，最后"神秘地"向匡汉掷出一只不怀好意的"铁手套"。《诗探索》内部发生两位名家对峙的"闹春"动态，非常"新闻"。这种毫无诗意可言的不迷人局面，由自称为"中间派"而不承认自己是"守成派"的宋垒退隐江湖（或"生死两茫茫"）而落下帷幕。回首这段文坛往事，不禁令人叹息：宋垒"离开"我们实在是太久了，令我们失望而不能谅解。现在重读宋、杨两人的论争文章，感到当时诗坛实力明显是"宋"消"杨"长。即使这样，宋垒怎能说放手就放手？一个与卞之琳对垒过——卞在1958年第11期《诗刊》发表《分歧在哪里》，宋在1958年第12期《诗刊》发表《分歧在这里》的雄辩评论家，怎么可以不打声招呼就人间蒸发了？让人感到庆幸的是，匡汉这颗星不似宋垒过早陨落，至今依然熠熠生辉，文论诗论仍滔滔滚滚，如2015年广州召开的诗学研讨会上，主事者要他坐着讲，他坚持站着讲。不到20分钟的发言，不敢说是出口成章，但至少不是高头讲章，其中引人深思的内容不少。曾有人批评匡汉的文章有玄学化的倾向，可他于2018年8月在《名作欣赏》上发表的《长亭谢师录》，没有时下学报上出现的某些文章"骨头很少，水分甚多"的弊端，堪称思辨与文采俱佳的学者散文。

我和匡汉均从事华文文学研究，每次由中国世界华文文学学会举办的大型研讨会，会长饶芃子都点名要他做"学术总结"。他没有"把破帽，年年拈出"，每次的"总结"从标题到内容，都有一定的新意。中国文联出版公司资深编审白舒荣戏称他为"杨总结"，简称"杨总"。"杨总"的论著和一般学者不同之处是充满思辨性和语言的生动性。他的书法更是灵动遄飞，其古文功底也厚实。在我迈向古稀之年时，不苟言笑的他收起学问的锋芒，以一支生花妙笔吟出四言诗："山水相缭，古邑地灵；梅溪抱智，至乐远清。珞珈育才，中南勤耕；翰墨遄飞，伴兔起行。泛览书巢，辨伪存真；诵说诸贤，只为当今。小节不拘，大事精明；快嘴快语，人禀七情。嬉笑怒骂，笔随诗心；弯弓射雕，盘马争鸣。四海奔忙，广交友朋；会融新知，惠及学林。辞源抉秘，究索为本；心逢妙理，乐道安贫。仁者七秩，长亭短亭；致吉致祥，春秋扬芬！"这里虽然语多溢美，但我"小节不拘""快嘴快语""嬉笑怒骂""盘马争鸣""广交友朋"等特点，毕竟被其在四言诗的暗房中冲洗了出来，不愧是知音之论。香港的曾敏之写给我的是七律，别出心裁的匡汉却用短句为我庆生。我无法给他发润笔费，不可能像他在《诗探索》签稿费单时双方"银货两讫"，从此相忘于江湖。

我认识思敬，谈不上一些"小朋友"对心仪的学者那样情怯，我们一见面不是"紧握"，夸张一点说是从"吵架"开始。我于1984年开始撰写《中国当代诗论50家》，在我口袋装的"黑名单"里，有思敬在内，可他于1985年元月30日回信说："我的诗论研究还处在学步阶段。"我说不能把朦胧诗看成是新诗的发展方向，他说作为新生事物就应无条件地支持。在1980年秋天召开的"定福庄诗会"（全国诗歌理论座谈会）上，他和绍振、钟文等人一起手执"新诗潮"之刀，以夷变夏，拆解中国诗坛之肌体，连带向暮气沉沉的文坛挑战。近乎迂腐冬烘的我，在他们遭到围攻时没有厕身其中，不似他以诗人的激情和评论家的敏锐，敢于和谢冕一道"同仇敌忾"批评僵化的诗坛，联手在文坛吹起"新诗潮"的法螺。那时我慑于老作家的名流威望，游走在举剑对击的"新潮派"和"守成派"之间，这时克家老第一时间向我进行"诗坛路线斗争"交底，说除有九叶派、艾青派外，还有一种由谢冕、孙玉石、孙绍振、杨匡汉、刘登翰等人组成的与现实主义逆行的"北大派"，应提高识别能力，并批评我不应过分赞扬谢冕的才华。遣词严峻批评谢冕的《诗探索》另一副主编丁力，也做着狂飙与温情的拉扯，强劲地要我向他靠拢，我由此成了两派争夺的对象。

在"非常时期"未能成为"战友"的思敬，"平常时期"毕竟是同行、同道，何况那时他也没有像现在有那么多"铁粉"，故1985年我参加中国作家协会举办的第二届新诗评奖的评审工作时，在满山红叶的秋天，目睹王府井大街满是汽车的黄昏后来跃入满街霓虹灯的晚上八点，到他位于菜厂胡同7号的府上拜访。那时他贷居斗室，从全国各地来的书刊占据了逼仄的空间，书斋成了书灾。他苦中作乐，以诗意地栖居在可以养生怡神、称心惬意的菜厂胡同而沾沾自喜。当时我觉得奇怪，《诗刊》为什么不请颇有名气的思敬参加"读诗班"做评审工作，原来主事者系为了保持立场中立，故那时请的清一色是介于"新潮派"与"守成派"之间的"上园派"诗论家。我在北京上园饭店和号称"西南一霸"的吕进、《诗刊》理论组组长朱先树等一起住过半月之久，可并没有名正言顺地参加"上园派"，却也是这派观点的支持者。思敬并不因为我与他观点相左而疏远我，记得那次两人促膝私语，真正感受到他家作为文化沙龙的愉悦。当他送我出门时，蓦然回首，他已消逝在夜色苍茫中。

我和颇具老辈风范的《诗探索》的主任或主编的友谊，不像"闺蜜"那样腻在一起，更不可能泡在一起。尤其是在"少外出，莫聚会"的疫情期间，我们实行的是无接触社交。即使没有这场天灾，我和思敬大概每年只能见面"打赌"一次。前几年在山东开会时，惊奇地发现这位见证过文坛风云，经历过人生阴晴圆缺的他，走起路来已有点老态龙钟。即使这样，他和谢冕一样也是一位老得漂亮——勤而不老、严而不老、人老心不老的"大孩子"，始终保持着犹如赤子的眼神，纯净而澄明，有一股年轻人的傻劲与冲力。我听过他主持一些重要会议的主题发言，他都不念讲稿，文思泉涌地娓娓道来，记录下来就是一篇好文章。我最佩服的是他寻找新的学术生长点比别人敏锐和迅捷。如他主持的宏大工程《中国诗歌通史·当代卷》竣工后，又主持《20世纪中国新诗理论史》。近年他更奋自淬砺，大幅刷新已有的研究思路，更上层楼申报教育部重大项目《百年新诗学案》，又奏凯歌。他不愧为目光远大的新潮评论家。每次做课题，他都不忘把台港澳新诗写进去，以把中国当代新诗经营成一座大花园，这对把《中国当代新诗史》处理成《中国大陆当代新诗史》或《共和国新诗史》的某些人来说，无疑是一种反拨。而境外新诗部分，他每次都点名要我加盟，我也很乐意和这位年龄比我小、学问比我大的人合作。合作时他不摆"主编"架子，每次均平易近人与大家商讨课题应如何写，论争时做到口舌平等交锋，比思敬年轻的学者也就成了不大不小的朋友。本来，"老板"有自己的想法，但绝不强加于人，尊重别人的选择，更不干预我的写作。在他麾下做课题，我感到自由、宽松，深深体会到他是一位可敬又可亲的"兵团司令"。

诗歌理论刊物如何参与中国当代诗坛的建构，是一个有待深入探讨的课题。曾经叱咤风云、主领20世纪八九十年代诗歌潮流的《诗探索》，如今的镇刊之石，非嗜赌的思敬莫属。他近年精心设计了"诗学研究""中国新诗：新世纪十年回顾和反思""姿态与尺度""诗论家研究""中生代诗人研究""诗人谈诗""新诗文本细读""结识一位诗人""台湾诗歌研究""外国诗论译丛"等众多栏目，还有不少专题，使诗歌评论不再是诗歌创作的附属物，而在诗学研究上显出自己的前瞻性。在思敬"打赌"的那个年代，好似还未流行"人肉搜索"，但在我有限的阅读中，感到《诗刊》和《诗探索》对中国当代诗歌发展，堪称双子星座，功不可没。标榜"探索"的《诗探索》，立足于中国当代诗歌的时空结构，把"探索"作为研究和影响创作的路径。通过多次不同风格诗人的"结识"和探讨，阐发诗歌的探索性、实验性与传统性的交互关系，发掘诗坛最新动态对诗歌研究的价值，尤其是通过台港澳新诗特性的归纳和总结，重绘中国新诗的空间地图。感到荣幸的是，我为《诗探索》提供的《台湾三大诗社互动和冲突的关系》《戴望舒"附逆"辨》等论文，参与了"重绘中国新诗地图"的工作。可见，《诗探索》的胸襟是宽广的，而不是狭隘的；其诗学观念是开放的，而不是保守的。

我这辈子阅读和投稿的文学评论杂志多矣。在市场经济时代，商风似伤风一样流行：有的刊物暗箱操作收取好处费，有的杂志明码实价收取版面费，而锐气十足的《诗探索》，洁身自好从不收好处费和版面费。这是一份品位不低、招牌甚硬、声誉甚隆的杂志。有人开玩笑说它是"中央级"刊物，可它从不居高临下，而放下身段注重诗歌研究空间的转换，经常发现来自各省市的新人，扶助基层作者的成长，为诗歌研究的在地性提供了新的理论路向。这在为武汉诗人田禾所制作的专辑中，谢冕所写的《田禾的村庄》体现得特别明显。谢冕所说的"村庄"，是指具体的地理空间和诗歌场域，它有着自己的自然环境、社会构成和新乡土诗的价值体系，在田禾的写作经验和身份认同中起着重要的作用。其他评论家的文章，同样体现了这一点。

21世纪以来，在中国现当代诗歌领域，立足于中国内地和港澳台地区大一统诗歌史观，和以时间演进为内在逻辑的诗歌史建构方式，发现和推出诗歌写作以及理论研究新人，培养创作和研究兼备的复合型诗歌人才，坚持探索性和前卫性，不断扩展刊物的有效读者群，办好理论研究和创作研究的诗歌研讨会以及有特色的诗歌奖项，所有这些成就了《诗探索》的理论品格。尽管诗歌巨宅，堂奥甚多，无人敢夸海口说只有自己的探索才是正路，但《诗探索》的主编们坚守自己的诗学观念毫不动摇。它躲避宏大历史叙事的牵绊，不断推动中国新诗研究的深耕细作。他们的个人成就尽管大于刊物成就，但这份杂志毕竟像一座波澜不惊的桥梁，始终保持本色，屹立在首善之区。笔者相信这也是众多评论家和读者，对《诗探索》在当代诗坛所起重要作用的评价。

在当代学界，诗学研究之于《诗探索》的主任或主编们，不是产业，而是职业、事业。他们不走视学术为产业的道路，更不把目光牢牢盯在编杂志如何成为C刊的转换中。他们远离亲名校、亲名人的浅碟学风，不过分追求发表文章的"规范化"，无论是序跋还是格言式的诗论，只要有真知灼见，就加以发表。他们是诗潮的弄潮儿，将自己的志趣、才华、生命与诗的探索融为一体；不旁骛自己办的刊物属何等级，更不计较利益得失，只求对诗歌创作有用、有补。不软媚乡愿，不屑逢迎手握刊物等级大权的"学阀"拉关系。他们集稿有方，编刊甚力，又乐此不疲，这是只知道埋头苦干的一群发烧友。

无论是已经退居二线的精英耆宿谢冕、匡汉，以及至今还为当年的"赌誓"拼打在一线的思敬，均是书痴型的评论家和编辑家，是地地道道的本色派学者。2016年11月，我在《当代文坛》发表《"北大新诗学派"的形成和贡献》，提出"北大新诗学派"的概念，把并非北大出身但与谢冕经常同进同出、与"新诗潮"论者联袂合拍的思敬，定位为"北大新诗学派"的掌门人。耿直孤高也是"北大人"的刘登翰，对此提出异议："大作把非北大出身的学者，也放入'北大新诗学派'来讨论，我不知道当事人感觉如何，是否愿意，这好像有点'拉夫'，以壮大声威，给人感觉是将之放于'从属'的地位。与其如此，不如另外命名，例如'诗探索'派或别的什么，给人以更多的平等和尊重。"（见拙编《谢冕评说三十年》，海天出版社2014年，第204页）其实，"北大新诗学派"不是"同乡会"，研究者把某人算成是"北大新诗学派"成员，用不着左顾右盼考虑他人的感受，更不必征求他本人同意，这样才能体现研究者的主体性和独立性，但同是"大朋友"的登翰说是否存在"诗探索派"，这倒是一个很值得研究的话题，希望有人写出专论有以教我。

犹记得《诗探索》于1980年创刊时，我满心期待到了兴奋莫名的地步：

除了可以有真正属于诗评家自己的园地外，还可以与嗜酒的谢冕、嗜烟的匡汉、嗜赌的思敬进行诗学交流。可到了 1985 年秋，《诗探索》"放假"，形成只有招牌而无营业的状态。这次放的是"长假"，它究竟是这群"大孩子"戏弄我们的幽默，还是幕后另有读者所不知道的隐情？这只好等待文学史家去考证了。那时碰巧我在北京出差，在一家小邮局里买到一份上海出版的《社会科学报》，上有匡汉写的《救救〈诗探索〉》的短文，读之不禁失落怅然，忽然想起木心说的"文学在于玩笑""文学在于胡闹""文学在于悲伤"这几句戏言，内心深处竟燃起一股挥之不去的依恋之情。我虽然从未"胡闹"过，在《诗探索》发表的文章不似我最近在《中华读书报》刊登的以"玩笑"为主的《野味北大文坛》，但毕竟是它的支持者尤其是一位长期订阅的读者，我已将自己生命中那么一段宝贵的时光与《诗探索》主编及其刊物精神上紧密相连，阅读此刊已成为我的一种生活习惯。正是在这种心态和情绪中，尤其是在杜鹃花后的端午节，我衷心希望一群"大孩子"所办、走过 40 年历程的《诗探索》，从此不用再打赌，它一定有龟寿鹤龄，而不要降下半旗再度"放假"；衷心期望魅力万千的现役诗评家、退休教授"理论版"的主任们，永葆学术青春，生命不息，探索不止！

2020 年端午节于武昌竹苑

作者单位：中南财经政法大学

我和《诗探索》的结缘与我的诗学探索

苗雨时

1980年代,是一个诗的年代。历史的转折,大地的复苏,时代的晴空充盈着一种葱俊进取的青春气象。在此种拨云见日的精神气候下,一个个诗的新潮,悄然而又急剧地风涛迭起。先是朦胧诗,后有新生代……与此相应,诗歌的理论研究,也在反思、论辩与转型中,予以积极跟进。《诗探索》就是在这种历史文化语境中应运而生的。它在1980年创刊号的《发刊词》中明确地提出创刊宗旨:"自由争论、多样化、独创性"。自1980年至2020年,40年间,《诗探索》秉持此种办刊理念,呼唤八面来风,兼容并包,奋然求索,根植实践,勇于创造,走过了艰卓而又辉煌的历程。如今,回顾那难忘的岁月,不仅令人欣慰,也让人颇多感慨。

我与《诗探索》的情缘,从它一诞生就结下了。我的诗学生涯和它几乎同步开始,40年来,相伴相随,从未中断。此前,上大学期间,我曾学写诗。对于诗,我一直抱着敬畏的态度。因为古今中外那些伟大而纯正的诗篇都是关涉灵魂的。而在泛政治化的年代,诗却很少与灵魂关联。诗是什么?这是一个初学写诗的人不能不思考的问题。应该承认,我也并没有先见之明。当年流行的以政治为核心的诗学观念,也曾左右着我头脑的思维方式,甚至我也主动追随它。曾发表了一些诗作,但大多不成功。然而,历史进入新时期,人的命题重新提出,新诗潮此起彼伏。当我把思维的触角转移到诗歌评论上来的时候,却感到了一种从来未有过的欣喜和兴奋,生命呈现了一种自由创造的状态。这就使我的诗歌论述，一开始就带上了个性的气质和探索的色彩。

我结缘《诗探索》是和与人的联系有关。当年《诗探索》的主编是谢冕，副主编是杨匡汉。谢冕先生面对朦胧诗的出现，写过一篇文章《在新的崛起面前》。他以惊奇而关爱的态度，试图理解这种新的诗歌现象。我与谢冕先生相识，是因为我在廊坊师范学院任教，同事中有他的学生，曾多次请他来校讲学。对他那篇文章我们是赞同和感佩的。在我校又有了和他的直接的交流。从此，我们之间建立起了数十年的联系与往来。杨匡汉先生是我1985—1986年在北京中国社科院文学研究所的高级进修班进修时的导师，课上课下，关怀教诲，他曾指导过我多篇文章的写作。此后我们保持了长久的师生之谊。当时做《诗探索》编辑的吴思敬，我们认识得更早。1982年初，我被借调到《诗刊》编辑部帮忙，同去的就有吴思敬，还有江西的陈良运和陕西的刘斌。我们的任务是阅读1981年的全国诗歌，最终写成了一篇《四人谈：读一九八一年新诗》，发表于《诗刊》1982年第3期。意犹未尽，我们同时写了《近年来诗歌评论四人谈》，便发表在《诗探索》1982年第2期上。我与前辈和同辈的结识与联系，并没有多少投稿方便的功利目的，更多的是学术上的心灵与心灵的相磋相磨、相知相契。

我与《诗探索》的另一个机缘，是廊坊师范学院文学院与首都师范大学中国诗歌研究中心在诗歌研讨活动中的合作。1994年，吴思敬先生作为诗歌研究中心前身的新诗研究室主任，任《诗探索》主编。在他的倡议和运作下，廊坊师范学院和首都师大共同举办了一系列诗歌研讨会。重要的有：2003年"牛汉诗歌创作研讨会"，2007年"邵燕祥诗歌创作研讨会"，2016年"北岛诗歌创作研讨会"，2018年"林莽诗歌创作研讨会"，2019年"寇宗鄂诗歌创作研讨会"等。这些都是在廊坊举办的，我也曾受吴思敬先生的邀请，参加过一些北京的诗歌理论和诗人作品研讨活动。诸如，2001年在香山召开的"中国新诗理论国际研讨会"，2002年在首都师大召开的"李瑛诗歌创作研讨会"，2005年在北京召开的"绿原诗歌创作研讨会"等。每次研讨会都要求提交论文。我的多篇论文，都曾在《诗探索》上发表。如《生命的诗与诗的生命——试论牛汉诗歌创作的现代性》《一个不断寻绎灵魂的诗人旅程——邵燕祥论》《航行在现代诗潮中的"红帆船"——论北岛作为一个纯粹诗人》《中国当代现代主义诗歌是怎样萌芽的点——评〈林莽诗画1969—1975白洋淀时期作品集〉》等。

追溯我的诗学求索，几乎是与《诗探索》一路同行的。我受益于《诗探索》的，既有它所倡导的探索精神对我的激励，又有它为我与同道们对话与交流搭建的平台。1980年4月，我参加了在南宁召开的"全国当代诗歌讨论会"。会上，大家讨论了当时诗歌的形势和走向。虽然众说纷纭，但却给了我极大的震动和启示。从此，开始了我的诗学探索的旅程。其间，难免坎坷和曲折，但有《诗探索》相伴，一路走来，也取得了一定的进步和收获。回想起来，大致有这样几步：先是对新诗潮的关注，既有全国诗歌新变的追踪，又有河北诗歌创新的倡导。我曾写过《当代文学史上的一个奇观——论朦胧诗潮》，也写过《乡土上的一棵草——评刘小放的诗》。前者发表在《河北大学学报》，后者发表在《诗探索》总第12辑（1985）。然后是生命诗学和符号诗学的创构。生命诗学是诗学源初的汲取和承继，符号诗学则是语言学转向之后，借鉴西方符号学原理、结合诗歌实践所做的自己的阐发。《符号诗学二题》发表在《诗探索》1999年第2辑。其构成的三个要点和三个层次是："一首诗是一个整体的象征符号"，"意象是诗歌整体艺术符号的符号"，"语言是意象符号的符号"。接着是致力于诗歌现代性的思考和构建。我认为，所谓现代性，主要是在特定历史语境中个人主体性的确立，以及相应的诗歌话语编程与艺术新变。以此为观照，我写了《陈超的现代诗学体系——评〈打开诗的漂流瓶——现代诗学论集〉》，发表在《诗探索》2005年第1辑（理论卷）。个人主体性，生命本体，语言意识，深谷体验，精神大势，传统与现代，个人历史想象力……构成了陈超现代诗学全面而完整的理论体系。我认同他的观点，在我的评论中有所发挥。我也曾写过《广博而深邃的"诗学工程"——读杨匡汉新著〈诗学心裁〉》，这都是重大的现代诗论的构筑。再就是对新世纪十年诗歌的总结与观察。2010年北京举办了"两岸四地第三届诗学论坛"，我提交了论文《新世纪十年诗歌的总体趋势和反思》，既有肯定，又有忧思。针对日常写作的泛滥，我提出了"一个诗人在一个重要的时代应该创作出重要的作品"的命题。这篇文章发表在《诗探索·理论卷》2010年第3辑。近年来，我又把目光转向生态诗学的关注，写了《生态学视阈下的诗与画——评寇宗鄂》，发表在《诗探索·理论卷》2019年第3辑。当然，我的诗论文章不可能都发表在《诗探索》上，也在其他报刊发表过不少，并且出版过多部专著。但《诗探索》作为全国诗歌理论建设的中心，它与各地的诗论信息是相互交流与呼应的，因而具有百川归海的地位和分量。

谢冕先生曾说："我们有幸站在两个重大时代的交点上。"我的诗学研究正是从这个交点上起步的。那时，我已人近中年。因此，我前行的脚步，步履蹒跚。正如陈超在我1990年出版的《诗的审美》一书的"序言"中所说："他的诗论，一方面对新诗潮夺目的实绩给予了毫不含糊的评析，更重要的一方面，是他不断地粉碎自己那种传统思维中的惰性，那种精神内核中愚顽的、工具式的人格因素。所以，我读这十年来的诗论文章，看到的始终是一个不断给自己的精神进行放血的中国中年知识分子的形象。"的确，我在《诗探索》的为数不少的文章中，既体现了这种蜕变的痛苦，也从磨砺中获得了新生的喜悦。时至今日，虽然我不能说多么新进与先锋，像新锐的青年诗论家那样，但至少也并不滞后于诗歌涌动的历史潮流。尤其是在物化与媚俗的当下，我自信：守护了诗歌的纯正与圣洁！

我和《诗探索》的结缘，获益良多。不仅有主编和编辑的观照与指导，而且有众多专家、学者文章的启迪与开悟，这一切，促使我与《诗探索》一起进行诗学探索。如果说，在爱惠与奉献的互动中，那构建起的中国现代诗歌理论的大厦，也能有我增添的只砖片瓦，那将是我一生的幸事。

感谢《诗探索》，祝愿它在新的时代，有更高的梦想，有更大的建树！

2020年1月

作者单位：廊坊师范学院雨时诗歌工作室

《诗探索》,我的诗学"母校"

陈仲义

记不清是什么原因,投稿抑或转载,我的一首习作《以诗论诗》居然发表在《诗探索》1981年第2期上,它是10多首"论诗"组诗中的一首:

我喜欢诗在朦胧的云影下婆娑起舞,
也喜欢诗在悬崖险壁间攀缘,
我把诗的舌头装在雷霆的嘴里,
也让诗的气管接通大地的肺叶,
我打开每个诗眼愿是窗口,
我开拓每个意境愿是发现。

此诗实在羞于启齿,因为只有6行,不到80个字,怎么好登大雅之堂(全国唯一的诗歌理论刊物)呢?直到接到吴老师的纪念约稿信,才恍然有悟:我的诗学处女作,何妨以此作为起点?那样,比起1982年10月在《花城》发表第一篇论文《新诗潮变革了哪些传统审美因素》,学龄岂不"跳级"一年半啊。

诗界的朋友们常把《青春诗会》比作诗歌的黄埔军校。40年了,我乐意把《诗探索》看成我的诗学母校。那几行不足挂齿的小诗仅仅表明我在那场大潮中的立场、观点而已,《诗探索》就宽宏大量地收留了它。那我,就权当《诗探索》的"预科生"吧。如果注册可以成立,我不是可以偷来一丝窃喜:准

"黄埔二期"啦？！

感谢永远的校长谢冕老师，感谢永远的常务副校长吴思敬老师，感谢永远的教务主任林莽兄……是你们的勇气、毅力、韧劲与耐心，走出了一路的荆棘与光彩。尤其难忘：2013年在北大召开《现代诗：语言张力论》研讨会，谢冕老师发表了热情洋溢的开场白《咬住一点不放松》（一千多字手写稿），褒掖提携之意令人动容；吴思敬老师的现场总结，滴水不漏，像每次邮件总是及时回应，让人有一种"吃小灶"的幸运；2016年专程赶到鼓浪屿的杨匡汉老师，主持《现代诗：接受响应论》改稿会，八小时端坐而面无倦容。师长们的教益与鼎力相助，让一个贫瘠岁月的贫血者，大大充实了营养。甚至从遥远的编辑部，传来徐丽松女士寄发稿酬的好声音，时刻都叫人感到《诗探索》——一个强有力而暖意融融的家。

一如我的母校——厦门职工大学（厦门城院前身之一），恰巧也在40年前，让一个超高龄的青年徒工，步入学人之途，且较顺利经历讲师、副教授、教授的破格"三级跳"。特别是校长黄吟军最早力排众议，不论资历学历，愣把我从街区工人调到教学岗位，创造了一个近乎专业的、安心的科研环境。滴水之恩，当涌泉相报。

40年了，我还一直珍藏着业余大学四年制的成绩册，二十几门课程没有一门捺在80分之下；40年后，我也必须郑重地以分行排列，报告我的诗学足迹——没有一个学术刊物，给我这么多的篇幅与厚爱：

1.《以诗论诗》刊于1981年第1期。

2.《论罗门的诗歌艺术方式》总第18辑（1995）。

3.《抵达本真几近自动的言说——"第三代诗歌"的语感诗学》刊于总第20辑（1995）。

4.《体验的亲历、本真和自明：生命诗学》刊于1998年第1辑。

5.《日常主义诗歌——论90年代先锋诗歌走势》刊于1999年第2辑。

6.《大陆先锋诗歌（1976—2001）四种写作向度》刊于2002年第1—2辑。

7.《撰写新诗史的"多难"问题——兼及撰写中的"个人眼光"》刊于2005年第3辑（理论卷）。

8.《"蛙泳教练在前妻的面前似醉非醉"——臧棣诗歌论》刊于"理论卷"2010 年第 4 辑。

9.《现代诗语对白话诗语的超越——以"太阳"为证》刊于"理论卷"2012 年第 4 辑。

10.《"编外"导师——孙绍振学术品格的一种"描述"》刊于"理论卷"2015 年第 4 辑。

11.《从内容与形式的二元模式中解放出来——新诗形式论美学的"辩护"》刊于"理论卷"2016 年第 1 辑。

12.《生猛民谣，孕育"新诗经"——读古马〈生羊皮之歌〉》刊于"理论卷"2018 年第 4 辑。

40 年，总共发表 12 篇文章，扣除停刊八年，平均每三年一篇，这个成绩单还算差强人意。不能算是优秀的学员，充其量是比较勤勉的学生。有意思的是，自第 2 期"傻冒"后，本该"乘胜追击"，可我却陷入长期沉寂，一直等到 1993 年复刊。奇怪啊，何以自我"雪藏"10 多年，主要原因，恐怕一是深感自己还很生涩、准备不足，二是基于敬重与敬畏而不敢随便造次。不过 40 年来，每一期刊物新到，总是先睹为快。即便停刊期间，仍像在寻找地下党组织那样，翘首以待。一直以来，不知别人怎样评价，也不管约稿或不约稿，每当偷懒、疲倦或敷衍袭来，我总感觉有一个声音在召唤，有一个"幽魂"在游荡——"私塾"意义上的那把戒尺，总是在眼前晃动着，它意味着严苛、负责、敦促，与敲打。

盘点 40 年的诗学足迹，应该说，我是跟随着她成长。更准确地说，她在很大程度与范围内扶持了我。或者斗胆地说，无数摇篮中，我是她其中的一个"襁褓"，且是比较持久与密切的一个；也可以说，在多次"互文"中，我勉强写成她其中的一个小小段落，四五行而已，不怎么出色，但前后在她浸润与影响下，毕竟涉及了诗潮、流向、诗史、诗人、美学、语言、鉴赏细读诸方面，多少有些长进，或也成了她一点小"缩影"？推衍开去，40 年来，她为每个老同行保障了优质的发表平台，又为每位新人提供了强力助跑器，那么加起来呢？40 年的总和——她无愧于百年新诗理论建设的桥头堡。

质检下来，本人比较满意的还是第 4 篇。彼时新诗潮后新诗潮兴起的"语感"，多以零星界定或语焉不详的面目出现，借助这个前卫平台，我则做出比较详细的阐述：肯定语感是第三代诗的突出贡献，但语感远远不止于对语言的感觉。语感是语言与生命同构的自动，亦即抵达本真与生命同构的几近自动的言说。强调语感出自生命，与生命同构的本真状态；强调语感流动的自动或半自动性质。语感大致分两种类型，一种是以声音为主要体现的音流型语感，另一种是以客观语义或超语义为主要体现的语境型语感。文章结尾，还想把语感这一概念上升到语感诗学的高度。（顺便搜索一下中国知网，该文有 341 次的下载率和 26 次引用率，这无疑都是《诗探索》帮助扩散的"余热"。时或在文献注释看到有标明《诗探索》的出处，心里也会掠过一丝微甜的抚慰。）

更需要提到的是，《诗探索》设置两个专栏——"新诗理论著作评介"与"诗论家研究"，对于中国批评理论队伍的建设壮大，功莫大焉。在它上面，施惠于己的文章，就刊发过三次，再次彰显了"母校"对莘莘学子的栽培与呵护。

辜钟：《诗歌大潮的理论涛声——读〈中国朦胧诗人论〉和〈诗的哗变〉》（1997 年第 4 辑，责编刘福春）——牢牢记住作者是湖北省天门高级中学语文老师，尚未谋面，却在《诗探索》的牵引下，为一个学人写下厚重文章；沈奇：《风度、情怀、精神——读陈仲义〈扇形的展开——中国现代诗学谫论〉》（2001 年第 1—2 辑，责编刘福春）——1986 年认识的老友，同样是《诗探索》的亲密同人，总是在诗学最困难的时候提供给我最好的建设性意见；陈卫：《与当代诗歌一起长跑——陈仲义 1980 年代以来诗学著作研究》（《诗探索·理论卷》2011 年第 3 辑）——记得 1991 年在陈良运先生家见到的短发高中生闺女，如今也是《诗探索》活跃而重要的撰稿者了。

40 年，通常是"一个人生"的对折。我无法预测或看到她的后半生，但在我最后的时光，会继续以"孝顺"的心情，认真上缴完不成的作业，因为对于母校，我永远是个小学生。

2020 年 1 月 11 日

作者单位：厦门城市学院

情怀、立场与历史位格

——感念《诗探索》创刊 40 年[1]

沈　奇

一

借由"朦胧诗"等现代主义新诗潮破晓的 1980 年代，以其再也无可"复制"与"粘贴"的孤绝气息、理想气质和人文气格，成为百年中国文化进程与百年中国文化格局中，半部狂飙时代的初稿，一道孤岭横绝的投影，至今遗脉耿耿、遗响苍苍。

正是在那个大时代的清晨，1980 年 10 月，百年新诗第一份诗学理论刊物《诗探索》在北京创刊，至今已走过整整 40 年的历程。"作为一个基本依靠民间力量支持的出版物"[2]，走过的是怎样艰难曲折的"40 年"？！想来凡是一同走过这 40 年的人们，尤其是诗歌界的人们，自会有种种感慨在心头，而最终归总于一个感慨：不易！

犹记 1994 年的新学期伊始，笔者有幸赴北京大学入谢冕师门做访问学者，刚刚熟悉月余，便碰上是年 1 月复刊的《诗探索》编辑部于 10 月 23 日在北大

---

[1]《诗探索》自 2005 年第 2 辑改刊后，分为"理论卷"和"作品卷"编辑出版发行至今，本文构思与行文所由，主要就其改版前后之"理论卷"而言，特此说明。

[2] 谢冕:《〈诗探索〉改版弁言》,《诗探索》2005 年第 2 辑（作品卷）。

中文系开会,谢老师点名要我负责做会议记录,这才幸会各位主编和编辑们。自此结缘,真有点"找到组织了"的感觉。之后回到西安,两地念念,四季耿耿,至今25年。细算起来,若减去其间因经费无着而停刊的8年,我随实际运作的《诗探索》一路走过四分之三的路程。

而这25年间,也正是我这个外省"老书生"半路转业、砥砺前行之际,正是有了《诗探索》的实际扶植与激励和精神依托,才于一个"寂寞的事业"(谢冕语)中安顿下身心,由中年午后而七十黄昏。至此回首感念,想用一句话来总括这25年的"志同道合",便有了这篇感怀文章题目的前两个关键词"情怀"与"立场",进而归结为一个理念:情怀大于立场。

二

"情怀大于立场"。

这一理念之初证,出自我在《诗探索》2001年第1—2辑发表的一篇题为《风度、情怀、精神——读陈仲义〈扇形的展开:中国现代诗学谫论〉》的书评文章,其中特别强调:"真正的诗学,是离生命近、离学术远的一门特殊学科,治这门学问,得讲学养、学理,更要讲情怀、精神。"后来,我在我任职的大学开设的"社会科学论文写作"课中,干脆以"情怀"作为关键词之一,构成社科论文写作七大要素之说,即"学养、学理、学科直觉、问题意识、情怀、立场、文章",并强调在当代文化语境下,无论做学问(社会科学领域)还是从事文学艺术创作,可能情怀比立场更为重要。

如今感怀我与《诗探索》这25年的路程,以及《诗探索》与当代汉语诗歌和汉语诗学这40年的路程,若硬要用一句话总括之,至少就我个人体会而言,还是这一句"情怀大于立场"最要紧。

先拿我自己说来。

当年赴北大访学,是告别十多年无奈的行政工作,以40多岁的年龄终于转为教师后另启行程的。按一般"与时俱进"的"编程",此去经年,得抓紧一切时机,为中年午后的现实"安顿"步步经营才是。且时值时代大转型,有多少"空位"和"新座"虚位以待,稍稍精明之辈,断不会放过大好时机,因理想之情怀而误了功利之立场。——这一点,记得当年进北大后不久,就隐隐觉察到:现实中的"北大"已远非旧念中的"圣地"了,何况其他?!

好在当时纯然一诗人"老书生"劲,对"学界"种种,诸如"学科""学位""职称""师门""科研成果""核心期刊"如此等等全然模糊不清,包括所谓"访学",后来才知道大家多是带着科研项目、待出版书稿、备考博士学位以及寻求工作调动等等来的,而我却毫无具体打算,只是像个"观光客"式地散漫于燕园京都。再者,原本"进京"并非为着"赶考",也没想到做个"访问学者"与将来回本校转行当老师有啥关系,只是乐呵呵于多年"业余"转"正道",作为一个诗人和诗评人,能来北大入谢冕尊师门下面聆指导,还能旁听洪子诚先生的研究生课,得空就近拜访求教于退休居家在清华园的郑敏老师,或穿越半个北京城亲近牛汉老前辈"诗乡党"(牛汉赠书我的一幅字)——如此"风云际会",一时不知东西南北,哪还管未来如何?

正是在这样的心境语境中,一时便得机缘列席《诗探索》编辑部那次题为"当前诗歌:思考与对策"的研讨会及编委会扩大会议,于拜师、访师之后又找到了"组织",继而与吴思敬先生一见如故之下,熟悉为亦师亦友的忘年交,那份安身立命的感念和由此激发的唯《诗探索》为瞻依的情怀,至今耿耿念念。

由此,即或后来回本校正儿八经担当起大学教职,方知晓在《诗探索》发表的论文或文章,与申报科研成果、评职称等等皆无干系后,也从无任何纠结地随时"向组织汇报",并以此为乐、为荣、为精神归所。记得"燕园"结缘后的第二年,便在《诗探索》1995年春季号发表诗论《角色意识与女性诗歌》,算是个人"登堂入室"后的正式"学术礼遇",后来此文被收入由谢冕任总主编、吴思敬任分卷主编的《中国新诗总系·理论卷》(第9卷)。两年后的1997年9月5日,更是一封书信呈请之下,便得以吴思敬和林莽的热忱相助,与电影编剧芦苇兄一起进京,借由《诗探索》编辑部主办、并与吴思敬共同主持在北京文采阁召开"胡宽诗歌作品研讨会",更得牛汉、蔡其矫、谢冕、邵燕祥、洪子诚、杨匡汉、唐晓渡、陈超、程光炜、林莽、崔卫平、刘福春、陈旭光、孙民乐、周雅琴等四十余位在京诗人、学者出席发言,其规格之高、礼遇之隆，且无任何回报，仅一顿简单午餐答谢，让深谙"市场经济"之道的大编剧芦苇感动得不知说什么好，而身为"搭桥人"的我，更是在最后致答谢词时哽咽泪下。会后芦苇私下嘀咕问我何以如此大"面子"，我回答他：既非我面子大也非胡宽或他父亲胡征[1]面子大，是主办研讨会的《诗探索》和到会的诗人与学者有情怀啊！

由此感念至深而情怀更甚下，越发认"组织"为安身立命之"家"了，以至于渐次生出为《诗探索》而写作的"《诗探索》情结"，成为我从事新诗理论与批评以及诗歌创作的主要动力与归宿，其中诸多细节与感怀，我在《摆渡者的侧影：仁者无疆——吴思敬诗学精神散论》[2]一文中多有详述，此处不再重复。如今细算起来，25 五年间，我在《诗探索》发表的有关新诗与当代诗歌理论与批评文章，实在不算少，若按与时俱进的现实立场考虑，将此换作去什么"核心期刊"发表，不知要换取多少"科研奖金"或提前多少时间提升职称，而我从来就没这样"换位思考"过，唯守着这份情结与情怀立命安身，至今锲而不舍。

三

再说我经历与认知中的《诗探索》之"情怀与立场"。

此处将"情怀大于立场"换作"情怀与立场"，一者就细切学理而言，是想补充说明本文行文中所言之"情怀"，是有信仰与理想之共同操守或曰共同"立场"为精神底背的情怀，而非浮泛之类；二者就具体办刊而言，是想强调还是要既讲"情怀"又须讲"立场"，不然刊物何以定位而修远？其实真要较真学理，仅就人文学科来说，出于情怀所择选的立场，才是可守之以恒而持之以久的立场，若仅由一时之立场出发而择选的立场取向，则很可能随"时过境迁"出现新的"立场诱因"而"迁"之，不复一以贯之而修远。

---

[1] 胡征（1917—2007），"七月诗派"代表诗人，英年病逝的西安诗人胡宽系其次子。
[2] 原载《文艺争鸣》2012 年第 5 期。

具体于《诗探索》，仅从我这个外省"老书生"的角度局限来看，实在深感"不易"。

众所周知，办刊要有稳定不断的财力支撑，还要有足够的人力支撑，方可能修远而行。而熟悉《诗探索》者都清楚，这是一份既非同人自筹，又非体制拨款，更无人员编制，且属于那种只有"投入"而毫无"经济效益"之"产出"的"高冷"刊物，何况还没有固定刊号，一直自办发行，诸般花费，各种辛劳，大概也只能是靠"化缘"和"打义工"作支撑的了。适逢市场经济时代，这样的"化缘"和"打义工"之艰难与尴尬，可想而知。更何况，主持《诗探索》的几任主编们和具体从事编辑工作的几届编辑们，都是在当代诗歌界和学术界的领军人物和后起"大咖"，于高位劳作之外，在在分身"义工"，含辛茹苦，清晨黄昏，个个由青丝熬到白发，其间种种，又岂是外人能够想象的？如此断续撑持40年，实在是百年新诗史上一道奇峰峻岭，令人由衷瞻瞻而仰止！

40年不易，其关键之处还在于：既要求生存，还要持尊贵；既要不负情怀，还要恪守立场，实乃不易中之不易。

记得自《诗探索》总第22辑（1996）至1999年第4辑扉页上，印有"画家石虎先生资助"标识，想来是"化缘"所然。却也机缘巧合，恰逢石虎先生在学界提出"字思维"的学术理念，被《诗探索》主编们敏锐发现到："不仅为中国诗学的研究提供了一个新的视角，而且对于思考中国汉语文化的独特性等更为广阔也更为深厚的问题，打开了一个启人心智的思路。"[1] 由此，"诗谊化缘"转化为"学术机缘"，《诗探索》专辟"'字思维'与中国现代诗学"专栏，发表石虎先生的后续文章和相关讨论文章，并以石虎先生提出的"字思维"为话题，先后于1996年11月和2002年8月召开两次高规格学术研讨会，随后又编辑出版了相关文集。仅就前后与会诗人、诗学家和海内外学者身份及其发言、撰文之位格而言，实可谓"风云际会"一时——对此，身处与时俱进、不断"翻篇"及"格式化"的时代，于今可能少有人再耿耿反顾认领，而笔者则坚持认为，《诗探索》这一由机缘巧合转而风云际会的重大诗学举措，是新世

---

[1] 谢冕：《字思维与中国现代诗学·序一》（谢冕、吴思敬主编），天津社会科学出版社2002年版。

纪前后以及百年新诗历程中，由一直偏重于"外生变量"的主导而疏于对"内生变量"的认识与重构的一次罕见的"横生逸出"而越众独傧，其深隐远期的诗学价值和历史意义，有待后续重新认领与估价。

这里不妨转由学理层面多说几句。

上述行文中所言"外生变量"与"内生变量"，是笔者套用当代经济学中，经济计量学建立经济模型时使用的一个重要概念，转借来用于对新诗及新诗诗学发展历程的考量，而别出一层学理认知。具体而言，无论是各种教科书或浮泛层面的理论与批评中，那些所谓有关文学发展之"体制""机制""方针""政策""思潮""运动""社团""流派"等等流通大词、关键词所指所生的"变量"，大体都属于"外生变量"，尽管在过去的百年中，确实是一直起着关键性和主导性作用的变量。但其实大家都明白，真正从本质属性与本体意义上，改变及提升诗与文学发展的"变量"，是有关诗心、诗体、文心、文体及语言意识、艺术直觉、人文修养等方面所指所生的"变量"，即"内生变量"。

由此，若认可且转由这样一个维度或"坐标模型"来重新"打量"百年新诗新文学，或许上文所指认的，新世纪前后以及百年新诗历程中，一直偏重于"外生变量"的主导而疏于对"内生变量"的认识与重构的这一"别见"，大概多少能引发一些新的考量与反思，也便会重新认识到，《诗探索》有关"字思维"与中国现代诗学的那次重大举措，有着怎样越众独傧的价值和意义。——鉴于笔者正另文构架有关新诗发展之"外生变量"与"内生变量"关系问题的反思，此处不再分延展述。

四

以"情怀与立场"之理路，感怀《诗探索》创刊40年，折返笔者个人际遇再言，念念在心的，还有两件小事，值得补赘一述。

记得是2011年3月，在北京参加由北京大学中国新诗研究所（后更名为"北京大学中国诗歌研究院"）主办的十卷本《中国新诗总系》出版研讨会，我于会前提交了题为《梳理、整合与重建——〈中国新诗总系〉初读谫论》的书评式论文。这部为新诗百年安身立命归卷存档的宏编巨制,由谢冕先生任总主编,分卷主编中,有四位都与《诗探索》有关,其中吴思敬是《诗探索》编委会主任(另两位主任为谢冕和杨匡汉,也是《诗探索》最初的创办人和主编),王光明、张桃州、刘福春三位是《诗探索》常任编委,而且,由吴思敬主编的"理论卷"(第9卷)还收入笔者的一篇文章。对此,按时下常理或曰"游戏规则"而言,撰文为评,该尽量言是避非、歌功颂德一番为是,何况书已然出版发行,再有什么合理建议或修补意见也无济于当下。而作为"外省老书生"的笔者,却在文中用了多一半的篇幅,指正全书编选中存在的一些具体失误、学理缺陷及个别硬伤等问题,几处行文文字现在回头看来还不免有些生硬过激之嫌。结果赴京与会发表后果然发现,拙文是与会论文及与会发言中,谈问题说缺点最多的一篇,一时暗自尴尬不安。没想到,研讨会后不久,当年7月出刊的《诗探索·理论卷》第2辑,完整刊出此篇"拙文",让"外省老书生"感慨了好久。

再就是两次"破格"垂顾之"学术礼遇":2013年4月《诗探索·理论卷》第1辑,辟"关于沈奇"栏目,刊发夏可君、段从学、霍俊明、刘波四位青年评论家有关笔者实验系列小诗《天生丽质》诗集的评论文章;2017年6月《诗探索·理论卷》第2辑,辟"沈奇诗歌与诗论研究"专栏,刊发程继龙《当代新诗的一副"古典主义"面孔——沈奇论》、李森《沈奇诗话"无核之云"之诗话》、王士强《找寻"心"之栖所——关于沈奇近年的诗与诗话创作》、王新《诗味还随画韵长——从诗画融通角度论沈奇之诗与诗学》四篇评论文章。与此同时,得益于《诗探索》先后持续之影响与推助,复得以《文艺争鸣》相应的两次"礼遇":2012年11月《文艺争鸣》第11期辟"当代学者话语系列·沈奇"专辑,刊发赵毅衡《看过日落后眼睛何用——读沈奇〈天生丽质〉》、陈思和《字词思维·诗歌实验·文本细读——读〈天生丽质〉的几段札记》、杨匡汉《走向瞬间的澄明——〈天生丽质〉解读》三篇评论,同时刊出自撰长文《我写〈天生丽质〉——兼谈新诗语言问题》;2017年1月《文艺争鸣》第1期又辟"边缘与中心的对话——'沈奇诗与诗学学术研讨会'七人谈"专栏,刊发谢冕、贾平凹、陈思和、杨匡汉、李浩、李震、吴思敬七位发言文稿。

如此种种，或许，对于那些人在中心、身居殿堂、位高誉隆之名家"大咖"来说，只是惯常礼遇，然而对一个非科班出身且半路"转行"入门（初中毕业大学专科二年半学的是经济类专业），熬到中年午后才正式上道的"业余选手"而言，愧受"礼遇"之后的那份感念至深，实在无以言表。如今回想起来，多年"寂寞"边缘与"中心"对话，既非"名家"又无以"回报"，只是"一根筋"地"相信组织"热爱"这个家"，和《诗探索》一起修远而行，少有他顾，却也由此安稳了身心，并得以种种激赏和扶植，成为笔者一路忐忑行程中，最为暖心与鼓舞的精神底背和情怀热源——有此幸遇，复何以求？！

行笔至此，想起几年前，我在一篇随笔文章中，发过这样一段感慨：身处一个"翻天覆地"而不断"新颜"换"旧貌"的"大时代"，能持久地热爱一个人实在不容易；常常不是热爱者变了个人，便是被热爱者变了味，"与时（势）俱进"的潮流和市侩风气之主宰的力量实在太大了。现在看来，拿这样的感慨用来说道当代文学界、诗歌界和学术界之人和事，包括同各类刊物打交道，大概也差不多如此。以此感怀笔者与《诗探索》一路走过的这 25 年，其实最关键的感念就一句话：怎么变，以学术情怀与学术立场为底背的为学人、为学术期刊的原则没有变。——由此"背尘合觉"，"上下求索"，方有上述"故事"及"学理"之说道种种，也才能于《诗探索》40 年的今天，在"不易"之感慨的后面，浏亮起一片不同凡响的回声！

五

最后，回到如何定位《诗探索》"历史位格"的话题，谈谈个人管见。

《诗探索》40 年，对当代新诗诗学的发展到底有多大推动？在百年新诗诗学发展历程中到底占有怎样的分量？恐怕当下还很难全面论定，只能是仁者见仁智者见智。但若换一个评估角度，仅就其办刊理念与办刊风格和由此生成的历史位格而言，或可见得其豁然标出、无出其右者。换言之，40 年的《诗探索》，尽管一路艰难不易，到底还是守住了自己独家传承的"基因编码"之特色，和由此生成的独备一格的形制与风采：按笔者个人视野与学识的局限所认知与表述，可谓既没有拘束高冷为一处经院式的"诗学殿堂"，也没有散漫热闹成一个无主喧哗的"诗学广场"，其基本风格和主体格局，大体可用"博采兼容""多元并举"和"纵横呈现"概言之。

前期《诗探索》和改刊后的《诗探索》"理论卷"，前后设置过十多个栏目，其中常设栏目有"诗坛态势剖析"、"姿态与尺度"、"诗学研究"、"诗人研究"（专论）、"结识一位诗人"、"诗人谈诗"、"新诗文本细读"、"新诗理论著作评介"、"外国诗论译丛"等，另有一些机动设置栏目作适时调剂。这样一种"形制"构成，既保证了重心所在，以求常态之积累，又不失分衍机动，以求先锋之探求；既关注历史纵向"节点"问题研究的呈现，以求诗学之深入，更重在即时横向"热点"问题的探讨跟进，以求诗潮之梳理。如此广开言路、博采众长，40年多元纵横呈现下来，确已蔚为大观，无出其右者。

其实，在这些不免大而化之的泛泛"指认"后面，笔者特别感念《诗探索》的主要一点，是其不拘一格尊老扶新、不拘一格约稿用稿的编辑理念，且认为，正是这一要点所在，保证了《诗探索》在新诗诗学研究及新诗理论与批评领域之文体意义上，"兼容"与"并举"的特别贡献：既有"学院论文"式的高头讲章，又有随笔杂感式的散议散论；既有学界学科专业师生之论之言，又有广大民间诗人学人之言之论。由此，在"学术产业"对理论与批评文体问题屡屡视而不见或存而不论的状况下，别开界面，独领风采，"不但全方位、多层面推进对各种路向、各种样式、各种风格，尤其是创作和研究兼备的'复合型'诗歌批评家的扶植与提升，更全方位、多层面推进对各种路向、各种样式、各种风格的批评文体的扶植与提升，领风气之先而一以贯之，实在功莫大焉！"[1]

诚然，如此"形制"与"风采"，难免也有一些局限，避免不了诸如同期（辑）发稿品质参差不齐，或一期（辑）与另一期（辑）水准落差较大，以及整体学术位格不尽然显明等瑕疵和问题，但持之40年下来，毕竟瑕不掩瑜而玉汝于成，成为当代诗歌理论与批评无可替代的一方重镇，也成为百年新诗诗学

---

[1] 沈奇：《当代新诗批评的有效性与文体自觉》，《文艺争鸣》2017年第11期。

无可替代的一脉历史位格。

或许这里还需要更进一步指出的是：包括新诗研究在内，整个现当代中国文学研究的巨大尴尬在于，背后一直矗立着一个"教父"般的外国文学之巨大背景，而在在难免模仿性创新或创新性模仿的"转基因"局限。加之当代中国由教育产业化所致的学术产业化，越发加重了此一困境所在。唯现代汉语为"编程"且唯"与时俱进"为"标的"的整个当代人文社科领域，在在总体下行，越来越平庸化、同质化、功利化、娱乐化——从虚构的荣誉到诗歌超市，从学术产业到学术转场，身在其中的诗人和学人们，也越来越说得很大而做得很小，望得很远而瞄得很近；以浅近功利，浅薄人格，浅尝而止为是——在如此"转基因"遗传局限和结构性语境拘押之下，真正纯粹的诗人和学人，当下唯一能做的，大概只能是自我心境的适时"清空"，以保留纯粹的思与诗，而"关机重启"，潜行修远。

时代就此又再次"翻篇"——新诗新百年启程，《诗探索》新里程起步。当此关口，笔者最终想说的一句话，正是由此而引发：但愿"关机重启"后的当代汉语诗学及诗歌理论与批评界面上，最醒目的那些个对话框中，《诗探索》依然是令人怦然心动的首选。

2019 年 11 月初稿
2020 年 2 月改定

作者单位：西安财经学院

我与《诗探索》的学术情缘

王泽龙

《诗探索》创刊的历史大致与改革开放的历程同步,她见证并且参与了 40 年中国社会与思想文化变革历程,这 40 年是中国历史上少有的艰难与非凡共享的伟大时代。1980 年代之初,一切都百废待兴,僵化的思想还待破冰解冻,满目疮痍的文坛还在不安躁动,此时此刻,中国当代文学研究会联合新诗学界,于诗坛举旗扬帜,破土开疆,在北京创办了《诗探索》。至此,中国新诗界增添了一个引人关注,助推中国新诗重新起航,继"五四"之后重新探索新诗未来的新平台!《诗探索》创刊与 40 年的成就是百年中国新诗史应该记载的。

《诗探索》创刊的 1980 年,我还是一名在读的大学生,那时朦胧诗潮尚没有形成全国性公开影响,但是,中国的新诗已悄然复兴,那一代大学生对新诗的敏感与热情也是少见的。当年,报纸与期刊上一旦发表了有影响的诗歌,同学中会争相传看传抄,校园诗歌社团异常活跃,创办油印诗刊成为时尚,常常有新诗墙报被同学们围观。那个年代新诗潮与 1980 年代初期思想解放思潮可谓是呼应共振的。

我与诗歌研究的结缘是从 1990 年代之初开始的。1991 年全国上下一遍下海经商热,我业余经商半年无获,只得老老实实回心转意,重渡书海,苦修学问;与不少弃学从商的南下人流背道而驰,北上问道,追随北大孙玉石先生进修新诗研究。那一年与我在北大进修,在北大研究生楼 38 栋比邻而居的是王光明兄,他的进修导师是谢冕先生。光明兄那年带着年方 8 岁的儿子访学，他每当问师访友，我常常就成了他儿子的临时管家。记得和我们同届的博士研究生有吴晓东、王利芬等。谢冕老师的学生每到周末，常常一起闹到畅春园谢冕老师家看录像，据说都是经典爱情片，外国的，他们男女博士研究生一边看片，一边抽烟，喷云吐雾，令我们羡慕不已。一年的访学进修很快就结束了，我回湖北小城荆州，光明兄回原单位福建师范大学，几年后被引进到首都师范大学文学院任教。他到北京后，我来北京开会、出差，差不多都要联系光明兄，他总是到距离学校不远的一家湖北餐馆九头鹰请我吃饭，同时香烟不离手，上嘴唇的胡子依旧茂盛。因为他的原因，首都师范大学诗歌中心举办学术会议，我都能收到邀请，开始成了首都师范大学诗歌中心的朋友。又过了几年后，我带的硕士研究生考上了他的博士研究生。我也曾两次推荐硕士研究生文章给光明兄，他都积极指导、推荐，安排在了诗歌中心编辑的《中国诗歌研究动态》上。一篇是王汉林的《中国现代长篇叙事诗研究的历史和现状（1937—1949）》（发表在第5辑），一篇是尚文祥的《新时期废名诗歌研究述评》（发表在第2辑）。

  因为首都师范大学诗歌研究中心与北京大学诗歌研究中心联合举办的一年一次的新诗论坛，我多次赴会学习，便与吴思敬先生有了较多的联系，他负责的《诗探索》多次发表我与我的研究生文章。记得2013年10月，诗歌中心在香山召开"中国现代诗歌语言与形式"研讨会，我刚刚报到的那一天，突然接到武汉家里打来的电话，玉龙岛小区的家里被盗，会务组知道后及时帮助我买了回程票，我处理完家里事情后，第二天晚上乘火车赶到北京，按时参加了次日上午大会发言，得到了会议组织者的表扬。我提交的会议论文是《现代汉语虚词与现代汉语诗歌研究》，2014年第1辑《诗探索·理论卷》在"会议论文"专栏里发表了这篇文章。后来扩充改写后的文章《现代汉语虚词与中国新诗形式变革》发表在《中国社会科学》2014年第9期上。2015年金秋10月，首都师范大学诗歌研究中心与北大诗歌中心合办会议"纪念新诗诞生百年：新诗形式建设学术研讨会"，会议在古色古香的卧佛寺举行，我提交的论文《人称代词与中国新诗形式变革》，会议之后也被发表在《诗探索·理论卷》2015年第7辑上。诗歌中心的会议给了我命题作文的动力与机遇。

2018年6月，我们华中师范大学诗歌中心与北京大学诗歌研究院在北大朗润园联合举办《朱英诞集》首发式暨出版座谈会，吴思敬老师会议期间向我约稿，要我组织一组关于朱英诞研究的文章，计划安排在《诗探索》开专栏发表。我于2019年3月28日将研究生撰写的3篇习作发给思敬先生，他29日就给了我回信："高足的文章从不同侧面论述了朱英诞诗歌的特色，分析深入，语言表达亦不错，足以见出兄指导的高水平。这三篇《诗探索》均留用。兄的大作何时写好，就可作为打头文章，推出朱英诞研究专栏了。"学生们的文章得到了他的及时肯定与热情鼓励，很快这一组研究朱英诞诗歌的4篇（包括我的一篇）文章，在《诗探索·理论卷》2019年第3辑专栏推出。《诗探索》每一辑，差不多都有学界、诗坛新秀的文章，为培养新诗研究的新生代之贡献，可嘉可赞。

最让我感动的是，今年2月6号，思敬老师一家刚从埃及旅行回京，因新型冠状病毒武汉封城，思敬老师给我邮件，"武汉是疫情最严重的城市，非常担心你和家人是否平安，目前生活状态如何，便中作一回复。念念！"他们一家回到北京后，也在校区家里封闭，他却担忧着我这位后学，我收到思敬老师的问候，真是感动不已。师友们在灾难之际的互相牵挂、问候成了我们共同度过灾难的一份精神力量。

我与《诗探索》的情感，也与我和北京大学中文系新诗研究中心的学缘有关。我1991年、1999年先后两次到北京大学中文系访学进修，导师先后是孙玉石先生、温儒敏先生。首都师范大学诗歌中心的学术活动经常与北京大学诗歌中心合作举行，每次参加诗歌会议，就多了一次向谢冕先生、孙玉石先生与吴思敬先生（还有每次会议上都会见面的孙绍振老师等）这一批老师见面请教、交流感情的机会。记得，谢冕先生主编的《中国新诗总系》出版时，2011年3月在北京郊区的怀柔召开出版座谈会，我在大会上的发言稿《〈中国新诗总系〉的经典意识》后来发表在《文艺争鸣》（2011年第11期）。2015年12月北京大学中文系为孙玉石先生80诞辰举办纪念会，《诗探索·理论卷》2016年第3辑推出的纪念孙玉石先生80诞辰专栏，也刊发了我写的《孙玉石先生对我的学术影响》的纪念文章，后来文章又收集在吴晓东兄主编的孙玉石先生纪念文集中。2018 年 4 月 27 日，武汉的春天，樱花盛开，谢冕先生、洪子诚先生应邀到我们华师演讲，那一次演讲活动，盛况空前，成为桂子山学术交流史上不可多得的风景。由我主编的十卷本《朱英诞集》（长江文艺出版社 2018 年出版），谢冕先生、孙玉石先生、洪子诚先生出任顾问，悉心指导，有力保证了《朱英诞集》的出版质量。

我与首都师范大学诗歌研究中心的结缘，除了老一代、同代人外，还有与 1970 年代出生的学者张桃洲兄的关系。我与桃洲相识很早，他在西南大学（那时的西南师范大学）读硕士研究生时就与我常有联系。他是我原来工作时的荆州师专（现在的长江大学）的学生，他总是以母校老师待我，后来读了南京大学朱寿桐教授的博士，从南京大学来到首都师范大学任教，又因为彼此都从事新诗研究，我们的联系就更多了一些，每次来北京大学或者首都师范大学开会大都能相见，谈工作、谈诗歌，也谈生活。桃洲现在是《首都师范大学学报》主编，也是他们诗歌中心的生力军。去年把他带的博士毕业生张凯成推荐到华师随我做博士后。我们近期正合作国家社科基金重大科研项目"新诗的接受与传播"，他带领他的博士研究生正在开展子课题"新诗理论批评与新诗接受传播"的研究。这也是我们华中师范大学诗歌中心与首都师范大学诗歌研究中心的一次学术合作。北京大学诗歌研究中心的姜涛教授也是我们这个项目的主要合作者与子项目负责人。姜涛、桃洲 1970 年代出生，他们既是学者，也是诗人，这一代人正在把我们 1950 年代出生这一代人与前辈学者的学术友谊发扬光大，将中国新诗研究的传统薪火相传。我们相信，有了年青一代人的接力，中国新诗的未来一定会更加美好！

作者单位：华中师范大学文学院

相伴到老：我与《诗探索》

邱景华

一

1980年，我在福建省宁德师范学校图书馆担任采编。12月，《诗探索》在北京创刊。每期印刷25000册，由全国各地的新华书店发行销售。大约是1981年的某一天，作为文学青年的我，到宁德新华书店购书时，看到橘红色的《诗探索》创刊号，就为图书馆买了几本。以后在购书时，每次看到有新出的《诗探索》，就一期接一期地选中买下。但那时，还不太懂得这个刊物的重要性。现在回想，我与《诗探索》相遇在创刊号，冥冥之中，仿佛是一种天意、一种缘分，一种偶然中的必然。

1980年代，是个文学时代，热爱文学是社会普遍的趋势。当时的宁德师范学校校长是江苏无锡来的南下干部王耀中。他是一个很有修养的知识分子，经常来图书馆看书。有一次他看到新版的《围城》，马上拿在手上翻看，很高兴地告诉我：他在上海光华大学读书时，钱钟书是他的老师。他要我多多购进古今中外的文学名著。有钱钟书的学生当校长，是我们学校的幸运。我愉快地为图书馆购进了很多文学名著，也订了很多文学期刊。

那时，我与闽东诗群的诗友们经常在一起活动，常常谈论蔡其矫的诗歌。我也喜欢蔡其矫的诗歌，比如《船家女儿》《夜泊》《双虹》，特别为他诗中唯美的倾向和欢乐的调子所感动。那时正在学写文学评论。1993年，我试写了一篇《生命的歌者——蔡其矫诗歌的欢乐意识》，很冒昧地寄给蔡老。没想到，蔡老竟然肯定了"欢乐意识"的说法，还很快推荐到香港《华侨日报》文艺副刊发表，并且写信邀请我到他的福州省文联宿舍"座谈"。

1994年8月15日，我到蔡老的福州家中，听他说诗。那天晚上，他兴致很高，对我纵谈新诗的发展，评点各个时期的大诗人，分析新诗史上三个诗歌时代：郭沫若的《女神》，抗战时期的艾青诗作、朦胧诗。蔡老所谈的是他数十年来对新诗史的思考和感悟，蕴含着他漫长的创作经验和深厚的学养。蔡老的真知灼见，在学者们的著作中看不到的。我的心灵被强烈震撼了。

对我如何学写诗歌评论？蔡老还具体指导：不要去学那种空洞、抽象的学院派论文，重点要读《诗探索》。《诗探索》的编辑，都是真正懂诗的行家，上面发表的也多是真正的诗评，你要经常读，认真学习；以后也要争取在《诗探索》上发表文章。

后来我才知道，《诗探索》还在筹备中，蔡老就关注了。1980年8月4日，他就给上海诗人、编辑宫玺写信："北京要出《诗探索》杂志（大32开），谢冕主编，丁力、杨匡汉副主编，编委经作协圈定了，乌合之力，两派对立，福建有个孙绍振，此外有沙鸥、闻山等人。……但该刊原说四川出版（雁翼答应的），后来又说不了。到底那里出，还未最后定局。后台是社科院文研所当代组。"[1]

蔡老对《诗探索》有热切的期待和很深的感情，他后来在给我的信件中，不断提醒我要关注《诗探索》：

1996年1月10日的信中，蔡老鼓励我："把目标放在一本书上，为长远计划，也为当年的困境所必需。你的论文放在《诗探索》最合适。"[2]

1997年6月3日，蔡老来信说："《诗探索》去年或前年第二期，有公木写我的论文《干雷酸雨走飞虹》，你可能的话应该找来看看。"[3]

---

[1]《蔡其矫书信集》，大象出版社2011年版，第18页。
[2]《蔡其矫书信集》，大象出版社2011年版，第56页。
[3]《蔡其矫书信集》，大象出版社2011年版，第57页。

2001年1月15日，蔡老来信告诉我《诗探索》的现状："北京《诗探索》经济非常困难，出版也好像不大正常，发行量也很少。刘福春在社科院文研所当代组上班，和我常联系。主编是吴思敬，是首都师大教授，比较接近现代派。"[1]在蔡老的指导和催促下，我不但为学校图书馆买了《诗探索》，也为自己每期买一本，认真研读。现在回想，蔡老是为当年还在暗中摸索的我，指明了一条坦途。

我喜欢顾城的诗，为他的不幸感到悲伤。印象最深的是1994年1月复刊的《诗探索》，那一期有"关于顾城"的专栏：唐晓渡的《顾城之死》、文昕的《最后的顾城》《顾城谢烨书信选》等。这个专栏，为当时的我了解顾城的死，提供了理性的思考。后来，我研读顾城的诗，又反复读这一期《诗探索》，和吴思敬老师的《〈英儿〉与顾城之死》。数易其稿，写出了对话体诗评《顾城：一个病态的天才诗人》。

2004年10月，在蔡老的福建晋江老家，召开"蔡其矫诗歌研讨会"，名家云集，盛况空前。谢冕、吴思敬、林莽来了，我终于见到心仪已久的《诗探索》老师们。我在研讨会上有个发言，发言后回到座位。吴思敬老师就过来找我约稿，说"你的发言很好，《诗探索》准备刊用，你修改后，寄给我"，并递给我联系用的名片。他那充满鼓励的眼神，亲切的语调，让我感念至今。于是，就有了我在《诗探索》2005年第1辑（理论卷）发表的第一篇诗评：《蔡其矫与朦胧诗》。

从蔡老指导我研读《诗探索》，并鼓励我向《诗探索》投稿；到第一篇拙作发表，整整过了十年。记得当年收到这一期的《诗探索》，我激动得产生幻觉：仿佛有一束奇异的光，照到了长期在暗中摸索的我。

二

我与《诗探索》的关系，并不只是简单的投稿与发表——作者与编辑的

---

[1]《蔡其矫书信集》，大象出版社2011年版，第60页。

关系。

我不仅研读《诗探索》上的佳作,而且研读谢冕、吴思敬、林莽、刘福春老师们的著作。蔡老说他们都是"懂诗的行家",那么他们为什么会懂诗?如何懂诗?我想通过研读他们的著作和作品,找到答案。如果我找到了答案,也就找到了如何"懂诗"的门径。所以,他们的为文和为人,都长久地影响了我。

1994年,蔡老看了我的习作,指点我说:你要向谢冕学习,他的诗评语言很有文采。于是,有一个时期,我反复研读谢冕老师的诗评。后来才慢慢悟到:诗评的文采,并不只是语言问题或是一种文学技巧,而是一种审美修养;评诗的人必须心中先有诗意,笔下才会有文采。有一次,我们陪谢冕老师到宁德南漈风景区游览,同去的几个青年学者还在为一个诗学问题争论。谢冕老师不但没有夸奖他们的勤奋,反而有些生气。对我们说:出来了,不好好欣赏风景,还争论什么诗学?当时我们有些愕然,感到不理解。

后来才慢慢悟到:诗评家首要的不是知识,而是对美的鉴赏力。这种鉴赏力的培养,就是对各种美的兴趣和欣赏。在景区欣赏山水,看似与诗学无关,实际上是培养美的鉴赏力。谢冕老师的指点,就是告诉我们如何懂诗的门径之一。明乎此,就能理解谢冕老师笔下的文采,正是来自他心中对各种美的强烈兴趣和深厚修养。可见,只有勤奋,还远远不够。

现在有所谓的"闽派文论"之说,有人认为,其实只是"闽籍文论"。在我看来,真正能体现"闽派"传承的,是谢冕与他的老师林庚,他们都是福州人。林庚先生是诗人学者型,他是从创作的角度来研究诗歌,如《唐诗综论》和《中国文学史》。谢冕把林庚的诗歌研究特点概括为:"从大的方面讲,他非常重视诗歌艺术风格与时代精神的密切关系。他对一个时代诗歌的总体精神有许多精彩独到的概括和把握。如他用'建安风骨'和'盛唐气象'来概括产生那些诗歌的时代之艺术精神和艺术性格,便是极有个性的和极有创造性的表达和阐释。""林庚先生对古典诗歌的艺术把握,不仅重视精神层面的诗与时代气质的联系,而且也重视诗体在各个不同时代的变迁,并深入到语言结构他节奏感，以及诗的气韵生成等层面。"[1]谢冕师承了林庚先生这种对不同时代整体美学特征的宏观概括，在他的著述中也有精彩的表现。比如，他对1950年代新诗的"颂歌"和"战歌"的概括，产生了广泛的影响。他的《新世纪的太阳》（1993年），是对新诗前30年整体演变轨迹的描述。那种对各个时期美学特点的概括，多么新鲜动人："女神们的创造日""怪影与异国情调（李金发的象征诗）""雨巷的迷途""七月的希望""暗流涌出地表"等。即所谓一经拈出，意境皆出。再如他的《中国新诗史略》章节的小标题有："风从远方来""我爱这土地""为了一个梦想""一个世纪的背影"。新诗中那些著名诗句的意象，经过谢冕的奇思妙想，转化为对新诗史上各个时期美学特征的绝妙概括。他的诗评题目，也是用意象来暗示，给读者留下广阔的联想空间，和无穷的回味。写穆旦，是"一颗星亮在天边"，暗示出他的悲剧命运；用"仙人掌的诗情"，概括公刘诗的风格。这就是谢冕的诗评艺术：保留和点化诗的意象，创造出诗评的整体意境。文采，即来源于此。

谢冕老师的《新世纪的太阳》，对新诗的敏锐感知，不只是对整体的时代美学风格的宏观概括；而且对诗人们的具体诗作，也有敏锐的感悟。比如，对青年郑敏的诗作，研究者们谈得最多的是她把诗与哲理相融合的这一类的诗作；而对郑敏纪念甘地之死的佳作《最后的晚祷》，却忽视了。谢冕老师对这首很少人关注的名篇，有着独到的发现和精彩的分析。我深受启发，后来写《哲人目光和母性慈怀——郑敏20世纪40年代诗歌的独特性》，才特别关注郑敏诗作的独特性和多样性。

1989年，三联书店推出谢冕的《诗人的创造》，属于《今诗话丛书》。小小的开本，只有13万字，分为"感觉篇""意象篇""想象篇""灵感篇""构思篇""变形篇""语言篇""节律篇""欣赏篇""批评篇"，囊括了诗歌创作和批评的方方面面。很少有诗学著作，能写到这样简洁、单纯、新鲜，充满着诗意。所谓"今诗话"，就是对中国古典诗文评传统的再创造，名副其实。有一个时期，我经常把它带在身边，作为学写诗评的范本。

---

[1] 谢冕：《林庚先生的诗歌精神》，《红楼钟声燕园柳》，北京大学出版社2008年版，第151页。

从一开始，蔡其矫老师就反对我"盲目"学习学院派的写法，他说：很多教授有学问，但并不懂诗；而且你也写不过学院派，你要有自己的写法。后来，我才体会到：林庚和谢冕都是名教授，但他们的写法，并不是典型的学院派写法，而是师承中国诗文评的传统，再融入西方的逻辑性。我经过一段时间的实践摸索，找到了自己的定位：向学院派学习，写不同于学院派的诗评。

认识了谢冕老师，有一次在开会中，他看出我的不自信，会后用郑板桥的一句诗鼓励我：

"邻有绝色人夸艳，君有奇才我不贫。"还有一次，在福州开会分别时，他还特地走过来，悄悄对我说了一句话："你行！"让我铭记至今。

作为一个诗界的领军人物，谢老师经历了"文网险恶，阴谋如天"的各种风险，但他都能从容化解。其中一个重要原因，就是"不树敌"，这个人生信条包含着胸襟、气度和大智慧。如果处处都因小事与人结怨、树敌，如何有时间有精力做大事？

郑敏先生曾谈到有一次在香港大学召开的新诗研讨会上，她不同意谢冕所谈战争影响新诗进程的观点，曾与他在会上起争论。会后，谢冕并不介意，后来还写了一篇散文《郁金香的拒绝》，讲述他们的友谊。这篇美文，让我爱不释手。1980年代初，诗评界对朦胧诗因不同看法，曾有三派之说："传统派""崛起派"和"上园派"。作为"崛起派"的代表，谢冕在北京大学主持召开"百年中国新诗国际研讨会"，还专门邀请"上园派"的代表吕进先生和其他不同观点的学者参加。"不树敌"，就是这员"福将"的内在法宝。能达到这种人生大境界的人，是不多的。

《诗探索》创刊号有编辑部的创刊词《我们需要探索》。文中说："《诗探索》的主张，可以简单地概括为三个短语：自由争论、多样化、独创性。自由争论是艺术民主的前提，在学术面前，权威和普通读者是一律平等的。真理总是越辩越明，而且只有用无拘无束的自由争论，才有可能达到多样化并鼓励独创性。"[1]

---

[1] 本刊编辑部：《我们需要探索》，《诗探索》1980年第1期。

创刊号前面转载谢冕著名的《在新的崛起面前》；后面特地安排两篇与谢冕商榷的文章：丁慨然《"新的崛起"及其他——与谢冕同志商榷》（文后注明：作者系北京市青年工人），单占生《新诗的道路越走越窄吗？》。

因为有这样的眼光和胸怀，谢冕作为首任主编，奠定了《诗探索》刊物的基本精神：探索、对话、包容、多元，并一直保持至今。

三

吴思敬是从1983年兼任《诗探索》编辑，具体编辑了总第11和12辑。他当年骑着自行车，冒着风沙，穿过北京城，把编好的稿件，送交主编最后审定。1985年，《诗探索》因经费问题停刊。1993年，吴思敬积极筹备复刊，并从首都师大争取到一笔办刊费。从1994年起，吴思敬担任复刊的《诗探索》主编之一，并具体负责。作为任职时间最长的主编，吴思敬具体落实了《诗探索》的发展方向和基本格局。

吴思敬任主编，给《诗探索》带来新的思路和新的气象。他有三重身份：研究者、编辑家和文学活动的组织者。作为新诗研究者，只要打开他的《中国当代诗人论》，就可以看到他对老中青诗人全方面的研究和评论。但不是"捡到篮子都是菜"，而是有他关注的重点。作为中国当代文学研究会副会长，中国诗歌学会副会长，他组织了对诗歌大家牛汉、郑敏、蔡其矫、邵燕祥、北岛等的研讨会。作为主编，他在《诗探索》以专栏的形式，发表这些研讨会中的优秀论文。此外，吴思敬还花了很多时间和精力，编选了《牛汉诗歌研究论集》《郑敏诗歌研究论集》《看一支芦苇——辛笛诗歌研究文集》《在苦难中打造金蔷薇——邵燕祥诗歌创作论集》，为后来者研究这些诗歌大家，提供了重要的资料。

吴思敬和《诗探索》的这些做法，与当年诗界流行的趋势，有很大的不同。比如，当年诗界流行是进化论线性思维的创新，创新成为青年诗人的专利，老诗人成了落伍的象征。又如，当年有人把穆旦捧为新诗现代主义诗歌的第一人，学界流行"穆旦热"。但《诗探索》并没有追随其后；而是以更开阔的视野和更理性的眼光，提倡对当代新诗第一流诗人群体的研究。这是对新诗进程更周全更成熟的理解和把握，也是一种对流弊的匡正，对诗界和学界产生深远的影响。

我当年正是从吴思敬和《诗探索》这些不同凡响的做法中，感悟到对诗界流行的趋势要保持警惕，不要被裹挟其中，要有自己独立和独特的研究方向。从而让我找到并确立对"老生代"研究的专题（"老生代"专指极少数在晚年创作中攀上新的艺术高峰的老诗人），从蔡其矫开始，到牛汉、郑敏、穆旦、彭燕郊等，选择他们的代表作，进行文本细读，分析他们的新诗艺，提出自己的看法。

作为当代著名的研究新诗学者，吴思敬学术研究的一个重要特点，就是批评与理论并重。1980年代初，他就开始研读现代心理学，并且从这个角度，来研究诗歌创作的动因和过程。长期以来，诗人们创作的内在心理机制，是一个"黑箱"。吴思敬的研究，不断有新的发现，有如一道道的亮光，照进"黑箱"：诗歌创作的内驱力、诗的思维、知觉障碍的巧妙利用、短时存储容量限制与诗的建行……特别是对"诗歌内形式"的诞生和形成，有清晰的描述和揭示。谢冕懂诗，是因为他在写诗评之前，有过早期的诗歌创作经验；吴思敬懂诗，则得益于用现代心理学研究诗歌创作而形成的"诗歌鉴赏心理"和"心理诗学"。

当年研究文艺心理学著称的还有鲁枢元，但鲁枢元主要是理论研究；而吴思敬还把现代心理学作为新的方法，运用到诗歌批评中，并取得硕果。吴思敬懂诗的另一个原因，就是很早就与朦胧诗人顾城、江河、林莽等人交往。那时的交往充满着友情，没有功利，只为诗。青年诗人们把他们刚写完的诗稿，拿给吴思敬看，并一起促膝讨论，充盈着激情和诗意。这种作者、文本、诗评家的完整性对话，使他对诗歌创作的理解更加深入，笔下的诗评才臻于化境。

我最初是在1984年出版的《诗探索》总第10期上，看到吴思敬写的《追求诗的力度——江河和他的诗》。后来又在《诗刊》1987年第3期上，读到他的《超越现实、超越自我——江河创作心理的一个侧面》。那时还很少有人从"创作心理"来分析诗人和作品，角度非常新颖。这一期的《诗刊》我一直保存至今，常拿出来学习，作为用新方法研究新诗的范文。

当年江河组诗《太阳和他的反光》一问世，就赢得一片喝彩。吴思敬与江河虽然是很好的诗友，但他又不拘于私谊——只说好，不说局限。而是站在一个理论高度，作辩证的分析。他从初稿和修改稿的对比中，指出这组诗取材于神话，但又超越神话，其内在的精神是源于现实，但又超越现实；是对民族心理建构原型的探寻并有新的构拟，是对新时期诗歌创作的独特贡献；但这种超越原神话的力度还不够大，与屈原的《离骚》和艾略特的《荒原》相比，还有相当的距离。同时，又对江河满怀期盼，体现了一种真正的友情和关爱。江河后来创作的中断，有各种原因；其中一个重要的内因，就是未能超越自己的局限，也从反面证明吴思敬分析其局限的准确。

从江河《纪念碑》问世开始，批评家们大都津津乐道于江河的"史诗"，而对他诗作的多样性缺少全面而细致的研究。比如，《回旋》这首小诗，最初无人关注，是吴思敬第一次发现了这篇艺术精品。他从潜意识的角度，分析这篇精品的灵感突发和创作过程。此后，《回旋》有了众多知音而成为名篇。只有把《回旋》与《太阳和他的反光》摆在一起，才能展示出江河诗歌艺术风格的丰富和多样。

吴思敬对江河诗歌的研究，三十多年过去了，至今无人超越。

吴思敬诗歌批评的另一个成果，就是对诗群和思潮的研究，比如对"他们"、"非非"和北大"三剑客"的群体研究；对1990年代诗潮的描述和概括，当年曾产生较大的影响。他以理性的眼光，冷静分析得失，这种分析不像常见的诗群和诗潮研究，喜作长篇大论；而是抓住诗群和诗潮最突出的特点，清晰描述出来，令人信服。

吴思敬著述的特点，不喜欢像标准的学院论文那样，作长篇的推论和引证，而是把他长期思考所得出的观点和结论，简明而平实地表述出来。既没有谢冕夺目的文采，也不像孙绍振那样擅作惊人之论，其文风与洪子诚有相近之处，再独到的发现也只是淡淡说来，点到为止，留有余味。这种关键处着墨的"点睛"式的写法，在平实中见敏锐，在简明中含深刻。他的理论概括力和批评穿透力，能给内行的读者留下心灵的震撼力和深远的启示。他的几部重要著作《吴思敬论新诗》《中国当代诗人论》《心理诗学》等，在诗界产生深远的影响。但是，其中的精辟观点和深邃思考，有的我们意识到了，有的似乎还未能觉察。

比如，在很长一段时间内，关于如何衡量和判断是不是"现代格律诗"？新诗理论界众说纷纭，各有各的标准，争论不休，已经成为新诗理论研究的一大难题。

早在1987年，吴思敬就在《诗体略论》中提出诗体的两个特征："公用性"和"稳定性"。"一种诗的体裁只有不仅被开创者自己，而且也被当时和后代的许多诗人所接受和共同使用，才能成为真正意义上的诗体。""诗体的稳定性是与诗体的公用性相伴随而来的。诗体所以能成为公用的，就在于它与具体内容无涉，可以从具体内容中抽象出来，这也恰恰造成了诗体的相对稳定性，因为诗体属于诗歌的形式范畴。"[1]后来，吴思敬就用这个诗体公用性和稳定性的标准，来衡量和判断"现代格律诗"。他指出："至于现代格律诗，是在新诗诞生后出现的，在某种程度上，也是为纠正自由诗过于散漫的偏颇而出现的，因此不像传统的格律诗，经过漫长的酝酿与实践过程，而主要是由一些热心为新诗建立规范的人精心加以设计的。因此现代格律诗的先天性不足，就是公用性与稳定性的缺失。"[2]因为"现代格律诗"，不具备"公用性"和"稳定性"，没有形成新的诗体，称为"现代格律诗"是不能成立的。吴思敬进一步指出："由于自由诗的巨大的包容性，那些缺少公用性和稳定性的个别的现代格律诗的创作，都是可以纳入自由诗的范畴的，因为自由诗可以押韵，也可以不押韵，可以有整齐的建行，也可以有参差的建行，可以有明显的外部节奏，也可以没有明显的外部节奏。"[3]换言之，所谓的"现代格律诗"，其实依然是自由诗的特殊部分，并未脱离自由体而自立门户。

---

[1] 吴思敬：《诗体略论》，《吴思敬论新诗》，中国社会科学出版社2013年版，第70页。

[2] 吴思敬：《新诗：呼唤自由的精神》，《吴思敬论新诗》，中国社会科学出版社2013年版，第11页。

[3] 吴思敬：《新诗：呼唤自由的精神》，《吴思敬论新诗》，中国社会科学出版社2013年版，第12页。

吴思敬用简明而平实的语言，从理论上解决了新诗研究中的一个大难题，这是对新诗理论一个卓越而独特的贡献。但诗界对其重要性的认识和理解，还远远没有到位。

记得第一次读到吴思敬老师这样的"点睛"之论，我以前的模糊认识一下子澄清了。紧接着就是把自己所写的有关"现代格律诗"似是而非的说法，都改成"新诗格律化"。换言之，百年新诗并不曾诞生现代格律诗；一代又一代诗人们对现代格律的探索，只是"新诗格律化"的实践。

在现实生活，吴思敬是诗界和学界公认的一个对人充满爱意的谦谦君子，一个有古风的仁者。但不要以为他是一个和稀泥的"好好先生"，特别是在学术研究中，他是一个旗帜鲜明的研究者，对他所认同的诗歌真理，是一位坚定的捍卫者。

自 1990 年代以来，郑敏的诗作、诗学和文化理论，在诗界和学界产生了很大的影响。郑敏精深的学养在当代是罕见的。《诗探索》对郑敏和牛汉非常推崇，编辑部几次组织与郑敏的访谈、交流和对话，对我有很大的启示。受其影响，除了蔡其矫，郑敏是我用力最多的一位大家。她对西方现代文论和后现代主义精湛的理解和洞察，让我佩服不已。

但吴思敬对郑敏关于新诗没有传统的观点，并不认同。吴思敬虽然不同意郑敏的观点，但他又积极与郑敏展开对话。既不人云亦云，坚持自己的观点；又能与不同意见者，进行深入的讨论。这不仅仅是一种做人的谦虚，而是一种研究者的现代品格。从理论上讲，这是一种"主体间性"，不是对他者的否定，而是两个互为主体之间的积极交流和对话。在当代的新诗研究中，最需要的就是吴思敬这种既坚持自己的观点，又积极主动与不同意见者的"对话"。"主体间性"作为一种学术品格，值得大力提倡。

所以，2004 年 4 月，吴思敬与郑敏关于"新诗传统的对话"，发表后，引起广泛的关注和讨论。这场对话，之所以能产生广泛的影响，就在于对话双方是以一种平等的态度，进行真诚而深入的讨论，展示出来的是一种多维度的思考，并不是简单地下结论。郑敏是从诗学层面，提出更高的要求，认为新诗未形成内在的发展结构，也富有启发。

吴思敬与郑敏的这场对话，还促进我对新诗传统的思考。卞之琳指出：要"认识'五四'以来新诗的传统，包括诗艺发展上的成功和失败。"蔡其矫说："我们这一代人都是在新诗的传统下写东西。"但是，当代诗界对新诗传统一直没有很好的认识和师承。朦胧诗之后，开始形成对西方现代派诗歌单一的借鉴；虽然后来纠偏，强化了对中国古典诗歌传统的学习和继承，也逐渐形成趋势；但最为薄弱的是对新诗小传统的继承。"新诗从我开始"，曾经是一个在青年诗人群体中颇为流行的口号，这是对新诗传统的彻底否定。时至今天，中青年诗人对新诗传统的继承，还未普遍形成。他们对新诗传统感到陌生，因陌生而产生误读，对徐志摩不屑一顾，说"穆旦真的很差"等等。

新诗不仅有传统，更重要的是卞之琳和蔡其矫都认为：新诗的传统，是当代诗歌创作的立足点和出发点。当代新诗的创新，就是建立在新诗传统的基础上，再吸收外国现代诗传统，和中国古典诗歌传统，即对这三个诗歌传统的有选择之后的综合创新。

我觉得，吴思敬与郑敏关于新诗传统的对话，对于我们重新认识和学习新诗小传统，对于匡正当代诗歌的偏颇，具有极其重要的现实意义。

更让我高兴的是，我在研读吴思敬著作和蔡其矫诗歌中，常常会发现两人对某些新诗规律认识的"不谋而合"。比如，蔡其矫不仅认为新诗有传统，而且在漫长的创作实践中不断研究新诗传统，并得出自己的理解，然后不断校正自己的创作方向。又如，我读到吴思敬从诗体的"公用性"和"稳定性"，来分析"现代格律诗"还没有"独立门户"的精彩论述；会联想到蔡其矫晚年在访谈中，几次谈到现代格律诗的产生，现在还不具备条件，因为四声平仄尚未解决。他认为"中国现代格律诗，企图以音节来代替平仄，这是不可能的。"

再如，吴思敬曾记下在一个诗歌研讨会上，一个记者向蔡其矫提出"新诗最宝贵的品质是什么？"蔡其矫脱口而出："自由"；吴思敬在他的宏文《新诗：呼唤自由的精神》中，对新诗的自由精神，有专门而深入的阐述。（王光明把吴思敬的诗学，概括为"自由的诗学"，吴思敬表示认同。）还有吴思敬对"诗歌内形式"的研究，指出外形式是内形式的物化形态，不能脱离内形式而设计外形式，如"新格律诗""九言诗"，鲜有成功；蔡其矫也反对那种不顾诗的题材，用一种形式去套各种生活内容的形式主义，他认为田间的"七六句"、林庚的"九言体"、沙鸥的六行体，都不会成功，他认为应该是一首诗一种形式；两人对新诗形式的研究，其内在精神是相通的。

我深深感到：吴思敬从理论层面、蔡其矫从创作实践，对新诗某些艺术规律"不谋而合"的发现，具有极其重要的价值和意义。这种理论和创作实践的互证，具有很强的说服力。所以，值得我们将两者比较，作为一个新的综合方法，进行更深入研究。

长期以来，吴思敬老师一直鼓励并支持我的名家文本细读，不断在《诗探索》上推出；同时，对我有一个时期，沉迷于新诗文本细读，忽视了理论学习，及时指出并纠正我的偏颇。他的两部在当代诗界影响深远的重要著作《吴思敬论新诗》和《中国当代诗人论》启示我：批评和理论两者不可偏废，必须并重。这样，才有我后来收入文集《新诗从细读开始》的三个层面的细读：文本细读，诗人论和诗论，并以此构成一种对新诗的阐释循环。

我正是在吴思敬老师和《诗探索》的引领下，对新诗的学习和著述摆脱了小打小闹，慢慢走向坦途。

四

著名诗人林莽，当年在中华文学基金会工作，是作为一名"义工"——没有报酬的兼职编辑（其实吴思敬和刘福春都一样），参与1993年《诗探索》复刊的筹备中。

吴思敬回忆："复刊后的《诗探索》虽然得到首都师范大学的一笔启动资金，但后续出版仍然面临着经费短缺等困难。没有钱请人设计封面，林莽就自己设计，他从白洋淀时期保留下来的绘画爱好在这时派上了用场。不能请专人设计版式，也没有专职校对，林莽与我、刘福春一起干，每当一期的校样下来，我们三人聚在我芳草地西街的家里，先调好版式，再分工校对。没有钱在北京的大印刷厂印刷，林莽就跑到河北农村找小印刷厂。把刊物印出来后，还要给作者寄样刊、寄稿费等，这在一般编辑部是属于编务的工作，但《诗探索》没有编务的设置，每个编辑既是编辑，又是编务。为了维持刊物生存，还要不断利用自己的朋友与社会关系拉赞助。在《诗探索》艰难生存的这些年里，锻炼出一支能吃苦、肯奉献的编辑骨干，其中出力最多、贡献最大的当推林莽。"[1] 1993年，那时"下海"经商的热潮正在形成和升温；文人"下海"富起来，也成为时尚；而他们三人却依然在为无利可图的《诗探索》而忙碌。

在《诗探索》当了4年多的兼职编辑，1996年6月，林莽调入诗刊社。由著名诗人担任主编，是《诗刊》的传统。如臧克家、徐迟、李季、严辰、邹狄帆、张志民、邵燕祥等。林莽在《诗刊》8年，虽然只做到编辑部主任。但他作为主编的眼光、水平和能力，却得以表现出来了。2001年，他策划和创办（实际上是主编）以发表青年诗人作品为主的《诗刊·下半月》，"为新世纪涌现的大批诗坛新秀提供了展示的平台。"影响之大，甚至盖过了《诗刊·上半月》。随后，全国几家重要的诗歌刊物，也相继办起了"下半月"刊。

2005年，林莽提议创办《诗探索·作品卷》，并担任主编，至今已15年了。这本创作卷的增设，能把当下诗歌创作的新变和活力，与理论研究的严谨和精深相结合，产生一种理论与创作相互呼应、彼此互补的合力。这种合力，不是一加一等于二，而是一加一大于二。表现之一，就是《诗探索》提出的"培养创作和研究兼备的复合型诗歌人才"的办刊新思路。

新诗史上的大诗人，其实多是这种"复合型诗歌人才"。闻一多有《诗的格律》，艾青有《诗论》，何其芳、林庚、卞之琳、冯至、穆旦、辛笛、郑敏、蔡其矫、彭燕郊、余光中……他们都有自己的理论——从自己创作实践中升华和概括的诗学，是对诗歌艺术规律的独特探求。明乎此，我们就懂得了《诗探索》提出的"培养创作和研究兼备的复合型诗歌人才"的宏大志向和良苦用心的深远意义。

其实，林莽自己就是这种"创作和研究兼备的复合型诗歌人才"。说他是"自觉的诗人艺术家"，就是因为他具备了对新诗艺术本质和规律的思考和研究能力。数十年来，林莽这种研究能力，是与他的创作才华相辅相成的。

---

[1] 吴思敬：《与林莽相知四十年》，《光明日报》2019年1月18日。

"作品卷"延续了《诗刊·下半月》的办刊思路，以发表中青年诗人作品，提高中青年诗人修养为宗旨。当了主编，林莽可以全面落实他的想法。他从自己长期的创作实践中，深深地体会到：一个诗人如果缺少诗学修养，无论天分多高，注定走不远。"作品卷"除了每期推出一批佳作，特别是那些安静写作，在艺术上有成就的诗人外；还以强化和提高青年诗人的理论兴趣和修养，来设置若干栏目。

林莽有一种别人无法替代的能力，就是这种培养和促进青年诗人成熟的思路，并不单单限于"作品卷"，而是一个完整的系列：各种的诗歌奖项和大型活动、驻校诗人制度（与首都师大合作）的设立，为青年诗人出诗集，开研讨会。更重要的是，林莽这些策划活动的背后，始终贯穿着他对新诗艺术本质和规律的独特理解，对新诗进程方向的独特思考。他创办的各种有特色的诗歌奖项，比如，"红高粱诗歌奖"，是"鼓励诗人写作最为熟悉的地域，提倡真切的生命体验诗歌"。再如，"春泥诗歌奖"，他认为中国的"乡土诗歌"写作近些年来随着乡镇化进程而变化为"乡村诗歌"写作，该奖的设立就是提倡"乡村诗歌"的新观念。要言之，林莽希望通过这些具有特定内容的奖项的创立，引导和影响当代诗歌的写作。

当今，诗界各种诗歌奖项和诗歌活动多矣，但许多策划者缺少对当代新诗整体发展方向的思考和宏观把握，所以达不到林莽这样的高水平。实践已经证明，林莽和《诗探索》推出的这一批青年诗人，已经成为当代诗界的重要力量。林莽对新诗多方面的贡献，也得到越来越多人的认同和赞赏。

在我的资料中，还保存着《诗神》（1998 年第 10、11 期）刊发的《郑敏先生访谈录》，那是林莽对郑敏的访谈，其实也是一次深入的对后新诗潮的对话。那年 4 月，中国当代文学研究会、北京作协和《诗探索》编辑部，共同召开"后新诗潮研讨会"。与会者就 1990 年代新诗的状态展开广泛的讨论。郑敏先生在会上提出了许多有见地的看法和问题，引起关注，也触发了林莽的思考，于是有了这次高水平的对话。能与郑敏先生平等对话的研究者和诗人，其实很少。在对话中，可以清楚地看出林莽也和郑敏一样，对"后新诗潮"现状，有着清醒而理性的观察和判断。

作为 50 年的新诗亲历者，林莽从没有停止过对新诗艺术本质和规律以及当代新诗发展现状的独特思考。这种持续不断的独特思考，通过他的创作谈、对话、诗评等，形成一种林莽诗学。林莽懂诗，来源于他的创作实践和诗学。作为一个诗人艺术家，林莽的独特在于他的"大艺术观"：认为文学、绘画和音乐，在艺术本质上是相通的，并且能相互融合。林莽对诗歌的绘画性和音乐性，很早就感知，并且在创作中不断探索。他的现代诗，有鲜明的色彩，清晰的画面感和语言的韵律。从"大艺术观"看诗歌，更能透彻地理解诗歌的艺术本质。

新时期初，诗界流行的是"主义"的政治性写作和"流派"的先锋性写作。1985 年，林莽开始诗歌转型，寻找自我，回到艺术的本位，回到表达人类亘古不变的基本情感和精神世界，并且找到自己表现情感的独特艺术领域：那就是对亲情、乡情和友情的关注和表达。换言之，就是挖掘普遍人日常生活中的"温情"诗意。林莽在诗集《秋菊的灯盏》自序中说："那些辉映我们生命的、或许就是我们身边的那些最平常、最普遍的事物。而当我们忽视了它们，也就远离了人生的幸福。在人生的历程中，我们时时期待着那些最质朴的品格与事物的滋养与照耀。"这是一种诗性智慧的醒悟。温情和智慧相融合——充满人生智慧的温情，是林莽独特的艺术个性和精神风貌。

林莽的"大艺术观"，他对艺术要表达人类情感和精神世界的坚定追求，他提出的"创新不离根本"，他对于诗歌艺术本质和规律的探寻，他的"读写散记"，他写的《李琦论》、为蒙古女诗人《罗·乌力吉特古期特诗选》作的序……都引导我思考诗歌艺术的本质和规律，并把我引向专注于诗歌艺术的审美性。让我感悟到：要用诗歌批评的知识性，去发现诗的审美性，而不能把诗的审美性，转换为知识性，把诗变成文献。

林莽老师对我的影响，还有他的做人。他作为一个充盈着温情的诗人，不仅表现在诗歌里，而且鲜明地体现在人际交往中。

2006 年 11 月，蔡其矫在北京参加文代会时突发重病，林莽得知后曾代表《诗刊》到医院探望。12 月 1 日，林莽又与刘福春一起到蔡其矫家中看望，并分别与蔡其矫合影，这两张照片，是蔡其矫生前最后的留影。蔡老逝世后，林莽有一次到福建晋江开会，曾专程到蔡老故居后山的墓园奠祭，在蔡老的墓碑前献上花篮后，情不能禁，流着泪对蔡老说了很多深情思恋的话，令陪同的晋江诗友们大为感动。

林莽对牛汉先生有很深的感情，2013年9月29日，牛汉先生刚刚仙逝，一接到牛汉儿子的电话，林莽急忙赶到牛汉家中，充满深情地抚摸着牛汉先生还有些体温的脸，让在场的家人动容。还有林莽对晚年住在福利院里的著名诗人食指的关爱和帮助，他为食指所做的事情，得到诗界一致的好评。

林莽不仅对这些诗歌大家充满着敬仰和深情，也特别关注和扶持生存在底层的有才华有潜力的青年诗人，帮助这些清贫的"布衣"，这也是他为当代新诗做的一项重要工作。比如，福建漳州有一位青年诗人黑枣，在角美镇开一家小书店，安安静静地生活和写作，有才华而不张扬，以至当地的很多诗友，还未能认识他诗歌的价值。林莽在自然来稿中发现他的诗才，不断推出他的诗作，并推荐他获得"华文青年诗歌奖"。林莽到厦门参加鼓浪屿诗歌节，还专程从厦门坐车，到偏远的角美镇小书店看望黑枣。

长期以来，林莽老师也一直关心和扶持我的成长，特别能理解我身处基层，从事新诗批评的不易，尽他的能力帮助我。印象最深是一次在福建福鼎市开诗会，会上有一位资深的教授，因为主持人先请一个年青的博导发言，而恼怒发飙。如今，重名不重实已成为社会的风气，开诗会不是按诗歌成就的太小，也是按职务和职称的高低排座位，大家都见怪不怪了。第二天，全体参会人员上太姥山观光。在山上观览奇峰怪石的途中，有一位福鼎的诗友，悄悄告诉我：昨晚他们在林莽老师房间谈天，谈到两个教授争先发言的事，林老师笑着说：邱景华比他们懂诗。那时，我发表的诗评不多，与林老师也没有私交。作为一个著名诗人，可能是喜欢我"向学院派学习，写不同于学院派诗评的路子"。他"背后"的认可，当时对还处在不自信的我，是一个很大的激励。

林莽老师在《诗刊》工作期间，曾主动向我约过写蔡其矫诗歌的细读文章。2005年，他当《诗探索·作品卷》主编时，也发表少量的文本细读，前提是必须对新诗艺术有独到的审美发现。他很支持我的新诗文本细读，推出我对海子《面朝大海、春暖花开》的细读，对我在文中提出的这是一首海子"遗嘱诗"的观点,表示赞同。并告诉我,他们在北京的诗歌圈子,也曾有过相同的说法。后来,又刊发我对穆旦后期代表作《冬》和《秋》的两篇细读,对蔡其矫《小泽征尔指挥》的比较细读等。

我的新诗文本细读,之所以能长期坚持下来,就是得益于林莽老师和吴思敬老师的双重鼓励和支持。

五

在中国社会科学院文学所任职的刘福春老师,较早参加《诗探索》的编辑工作。有他这样的专家做编辑,对来稿的史料查对和把关,就方便多了。

我最初向《诗探索》投稿,联系的编辑也是刘老师。《诗探索》编辑部,与蔡其矫联系最多的也是刘福春。他是蔡老的好友,蔡老到北京探亲,经常和他一起骑自行车出游或办事。但刘福春经常抱怨,蔡老骑车过于勇猛,常闯红灯,害得他多次被交警拦下。蔡老也常向我提到刘福春,说他办事认真,严谨,是著名的新诗版本学家,难得!

1994 年 10 月 29 日,在北京团结湖公园内的九月画廊院落里,举办刘福春的"中国新诗集版本回顾暨首届 90 年代诗集展览"。在京的重量级老诗人,牛汉、蔡其矫、李瑛、屠岸等都出席祝贺。这些重要诗人都明白新诗集版本和史料的重要性,它是研究诗人的基础。如此盛况,应该会让寂寞中的刘福春,感到欣慰。

郑敏的《诗人与死》在《人民文学》(1994 年第 1 期)发表后,曾引起诗界的关注,但要理解这首大诗,并非易事。于是,1995 年 6 月 17 日,《诗探索》组织几位诗人到郑敏家中,一起讨论《诗人与死》。由刘福春主持,林莽、沈奇、臧棣、王家新、林祁等参加。读诗会由徐丽松(刘福春夫人)整理后,发表在《诗探索》总第 23 辑(1996),引起了诗界广泛的兴趣,对这首大诗的理解和传播,起了很大的推动作用。

当年我也是看了《诗探索》上的讨论,受到启发,并引起了很大的兴趣,反复研读这首大诗。十多年后,终于(1996 年),写出《郑敏〈诗人与死〉》细读》，也发表在《诗探索·理论卷》2013年第1辑。韩作荣先生主编的《诗志》，还作了节选转载。

后来，刘福春老师的大作《中国新诗编年史》两册，供在我的案头，经常翻阅。当年我在写《蔡其矫年谱》时，曾从1942年开始，一页一页地翻阅《中国新诗编年史》，仔细寻找书中所记载的有关蔡其矫诗歌发表刊物的史料。一边翻，一边感慨。以一人之力，半生辛勤搜集，为新诗研究了提供极其丰富的史料宝库，功莫大焉。但这样的工作，何其苦也，聪明人、机灵鬼是不屑一顾的。在我的想象中，如此长年在堆积如山充满灰尘的史料中忙活，他也应该是个双眼模糊、干瘦、背有些驼的老学究。

可没想到，第一次见到刘福春老师，竟然是另一样模样。他不仅微胖，而且是一个极其幽默、风趣、快活和干练的人。在开会期间，经常可以听到他的笑话和笑声，有一种学者中少见的亲和力，年轻人也会被他吸引。2018年5月，在廊坊举办的"林莽诗歌创作研讨会"上，当青年诗人邰筐发言，对林莽老师的帮助表示感谢时，刘福春插话："邰（抬）筐，这次你不要抬筐，应该抬米来感谢！"引起全场笑声不断。

刘福春性格与工作的极大反差，让我感到意外，惊讶之余，也略有所悟。我感到刘老师生命力的饱满和强大，没有像其他学者那样被枯燥的史料所压弯，而是以一种快活的心态，把收集新诗史料作为一种兴趣和爱好，从中得到精神的愉悦。可能正是这样，他才能在数十年的辛劳中，取得如此重要的成就。也让我明白：不要皱着眉头、苦着脸做学问。

以一人之力收藏新诗史料之多，在当代中国，刘福春当是第一人。他数十年辛勤收集的几十箱的"宝贝"，狭小的居室根本放不下，只好寄存在别处，并不断搬迁，成为一个大问题。可全国各地的诗人和研究者，还源源不断地把自己的诗集和文集寄给他，很放心把自己的"孩子"，交给他保管。

当代作新诗研究的人，在史料方面多多少少都受惠于他、得益于他。可是，刘福春中青年时期所处的学术环境，却是"以论带史"，重视观点，重视理论，而轻视史料。他那些辛辛苦苦收集起来的、极其重要的新诗史料，却得不到重视，甚至算不上研究成果。如果没有对新诗的热爱，对史料重要性的坚信，他不可能坚持下来，很可能像其他人那样"转轨"了。他的明智、乐观和坚守，终于得到回报。临近退休，他终于等到了"论出史出"的年代，史料越来越受到学界的重视。他的价值，也终于得到世人的珍惜，几所名牌大学争相礼聘，最后被四川大学聘为博士生导师。刘老师最满意的是，川大专门为他开设了"刘福春中国新诗文献馆"，来陈列展示他几十箱极其珍贵的新诗史料。他的宝库，终于重见天日了。

每次研读刘老师精心编辑的《牛汉诗文集》5卷，都对他充满敬意。他在后记中说："为了体现编校者的学术含量，所收入的作品要尽量查到最初发表本，并用题注注明初刊和编入诗文集及改动等情况。"这需要付出多少繁重而细致的劳作，但对研究者来说，却提供了极大的方便。我曾在一次出版社召开的讨论会上，介绍刘老师这种为多数诗作所作的"题注"，曾引起与会者和青年编辑们的惊叹。更难得的是，作为著名的新诗版本学家，刘老师花费了那么多的精力和时间来编校，还不敢称《牛汉全集》。而时下有些编者，根本不作这种对不同版本考证的"题注"，只是把诗人生前出版的诗集，加以汇编，再加上没有收入诗集的一些"集外诗"，却号称"全集"，令人无语。

刘老师为谢冕《中国新诗史略》所提供的新诗史料图片，增色不少，令我急切地期待他与谢冕老师合作的《中国新诗图文史》早日出版。

如今，对"百年新诗"的论述，开始形成热点。但每次我翻阅《中国新诗编年史》，都深深感到，作为研究者的个人，对百年新诗浩如烟海的史料阅读，其实是微乎其微，知道得太少了，焉论"百年新诗"？作为一个全称概念的"百年新诗"，还是少谈为佳。那种企图用简单的概括，来描述百年新诗发展的高论或宏论，其结局都是风吹而逝。百年新诗进程中的复杂性和无数种可能，没有对大部分史料的阅读和梳理，如何发现？

是刘福春老师，让我真正明白了"论从史出"的重要性。读他的著作，常常让我安静下来，冷静下来，并常常联想到北大一位教授的名言："有证据吗？拿证据来！"于是，我在细读中，也加强对史料的搜集，重视对新诗版本的研究。比如，我在写北岛《回答》的版本比较中，因为没有看到《今天》创刊号上刊发的《回答》，总感到不放心。但现在要找到《今天》创刊号，已经很难了。我先问陈仲义老师，可他鼓浪屿的老家在装修，书刊资料都堆在一起，无法查找。最后只好向刘老师"求救"。他在繁忙的工作中，还腾出时间，从他的宝库中，找到《今天》创刊号，用手机拍下《回答》照片，发给我，让我感动不已。

我希望将来能有机会，到四川大学去朝圣——参观他的"刘福春中国新诗文献馆"，查找我正在进行的有关"老生代"研究的史料。

六

《诗探索》作为享誉诗界的新诗理论刊物，40年来，不管诗坛是激流翻滚，还是乱云飞渡，始终以它清醒的理性，独立的观察，和明确的方向，对当代诗歌产生积极而深远的影响。在新诗史上，《诗探索》是创刊时间最长、篇幅最大、作者最多、影响最持久的新诗理论刊物。

仿佛是天意，让《诗探索》这一群人相遇，并为了一个共同的目标——为中国新诗做出贡献，而结合在一起，形成一个特殊的群体。除了共同的信念和默默的奉献，他们在各自擅长的领域里，又都是一流的行家，他们凝聚所产生的巨大合力，把《诗探索》办成了第一流的全国性诗歌理论刊物。虽然这个刊物，在很长一段时间内，要靠自筹经费办刊，却能坚持了40年，应该说这是一个奇迹。或者说，是他们创造了一个奇迹！

《诗探索》还有两个特点，一是始终没有"学报化"。1990年代以后，由于学术环境的改变，很多文艺理论刊物纷纷转向，以学报的规范作为编辑目标，变成类似的学报。把那种以海外自然科学论文为标准的模式，标举为诗歌理论和批评的文体，其实就是窒息诗歌的活力。谢冕和吴思敬虽然都是资深的教授，但他们主编的《诗探索》没有"学报化"，始终坚持中国诗文评的传统。这样做并不容易，因为写稿的多是学院中人（包括各种研究机构），都必须按照新规定的学院论文标准写作，其成果才能得到认可。

二是，《诗探索》为学院之外研究新诗理论和批评的作者，提供发表的园地。如今，重名不重实，已经成为整个社会的通病。新诗研究也逐渐成了学院和研究机构的专利；那些身处学院之外的爱诗和懂诗的学人，所写的文章已经很难发表，甚至是无处发表。而《诗探索》的用稿标准，是以质量取舍，不管你是名牌教授，还是"在野"的无名小卒。在《诗探索》中，可以看到学院之外，各种行业、各种身份的学人文章，有的甚至是小学里的保安。总之，《诗探索》为学院之外的作者敞开了一条路，也体现了学术是社会公器的理念。

《诗探索》积极扶持和培养诗歌写作和理论研究新人，我就是其中的一位受益者。或者说，我是《诗探索》培养和扶持的一个作者。从2005年到2019年，这15年间，我在《诗探索》和后来的"理论卷"和"作品卷"上，共发表拙作17篇。平均每年一篇多，可见《诗探索》对我的扶持力度之大。

从第一次与《诗探索》创刊号相遇，从读者到作者，40年来我与《诗探索》不离不弃，相伴到老——有一束奇异的光，照到了我，照亮了我！

2020年6月于厦门海沧湾

作者单位：福建省宁德市高级中学

我与《诗探索》

西 渡

我和《诗探索》的关系几乎和我写诗的时间一样长。我先是《诗探索》的读者,后来成为它的作者,再后来有幸成为其关注和评论的对象。从 1998 年起,我还经常参加《诗探索》的会议和其他学术活动。从这多重的身份,不难见出我与《诗探索》的渊源之深。实际上,到现在为止,还没有第二家刊物与我有这样深切的关系。无论作为读者,还是作为作者和批评的对象,我都从《诗探索》和各位编辑先生处受益匪浅。尤其是我作为一个诗歌评论者的成长,与《诗探索》,特别是吴思敬老师的鼓励、奖掖和扶持分不开。可以说,没有《诗探索》和吴老师的约稿和催促,我多半不会走上诗歌评论和学术研究这条路,更不会有我年过半百之后的转行,大概率就终老于剪刀糨糊之间了。这是我要特别感谢《诗探索》和吴思敬老师的。

我 1985 年上大学,开始尝试写诗,差不多同时就开始读《诗探索》。那时在北大图书馆的开架阅览室,还可以看到 1984 年、1985 年出版的几期《诗探索》。之前的各期也可以在过刊阅览室找到。大学期间,我大致把《诗探索》的各期刊物都找来看过,读得最认真的是评论、介绍当代青年诗人和外国现代诗的文章。1986—1993 年,《诗探索》停刊,再到期刊阅览室,总觉得少了什么。我 1989 年毕业上班,经济上稍宽裕,经常逛旧书店,偶尔见到《诗探索》旧刊,都会毫不犹豫地买下。几年前我已经收齐了《诗探索》从创刊到最新一期的全套刊物。当然,后来很多期都是首师大诗歌研究中心赠送的,不用我一点点费劲收集了。

　　作为读者,《诗探索》不同时期的很多文章都对我产生过影响。在我刚刚尝试诗歌写作的 1980 年代尤其如此。1980 年《诗探索》创刊号上就发表了两组非常重要的文章。一组是谢冕老师的雄文《在新的崛起面前》及相关讨论文章,在"新诗发展问题探讨"的标题下推出。还有一组是题为《请听我们的声音——青年诗人笔谈》,收入顾城、舒婷、江河、徐敬亚、王小妮、梁小斌、张学梦、高伐林等八位青年诗人的论诗随笔。谢冕老师的文章在当时具有振聋发聩的作用,八位青年诗人的文章则把读者带到了诗歌创造的现场。当然,1980 年,我才 13 岁,我读到这些文章已经是五六年之后了。但是,那个现场的空气似乎还在,或者说它们的余音还在,还能渗透到一个年轻人的心魂中。1981 年第 1 期有两篇文章给我留下过较深的印象,一篇是杨炼的《从临摹到创造——与友人谈诗》,另一篇是张英伦的《法国象征主义诗歌概观》。张文比较系统地介绍了法国象征主义从波德莱尔到瓦雷里的发展历程。这篇文章大概也是 1949 年以后向国内读者介绍法国象征主义的头一篇,起到了开风气之先的作用。1980 年代《诗探索》各期中,我仔细读过的文章包括泰戈尔《现代诗歌》、艾略特《观点》、卞之琳《今日新诗面临的艺术问题》《新诗和西方诗》、孙玉石《新诗流派发展的历史启示》、废名《谈卞之琳的诗》、赵毅衡《诗歌语言研究中的几个基本概念》、庞德《回顾》等。这些文章对我扩展眼界,养成个人的诗歌趣味和诗歌意识有过程度不等的作用。

　　1996 年出版的总第 22 辑的《诗探索》做了一个"关于戈麦"的专辑,发表了三篇文章,即我的《拯救的诗歌与诗歌的拯救——戈麦论》、桑克的《第二次来临》、陈朝阳的《怀念戈麦》。这是我第一次在《诗探索》发文章,"戈麦论"一文也是我最早用心的评论文章。这个专辑的责任编辑是陈旭光兄。我那时跟旭光兄不熟,稿子或是经臧棣转的,具体情形却想不起来了。到了下一年,《山花》第 6 期上刊载了我的一篇《凝聚的火焰——90 年代校园诗歌透视》。这篇文章可能给吴思敬老师留下了一点印象。不久,吴老师在云南一个会上碰到我的同学杜丽,便通过杜丽向我约稿。此后,我在《诗探索》的文章差不多都是通过吴老师编发的。我统计了一下,连上述"戈麦论"一文,我在《诗探索》先后发了 11 篇文章。其余 10 篇的篇名和发表期数如下：

1.《思考与解释》刊于 1998 年第 1 辑

2.《历史意识与 90 年代诗歌写作》刊于 1998 年第 2 辑

3.《倾听 90 年代》（署名梁雨）刊于 1998 年第 4 辑

4.《对几个问题的思考》刊于 1999 年第 2 辑

5.《诗歌的校园》刊于 1999 年第 3 辑

6.《析臧棣〈新建议〉》刊于 2000 年第 3—4 辑

7.《字思维、传统与现代性》刊于 2003 年第 1—2 辑

8.《诗歌对我们有不朽的爱——答〈南方都市报〉记者问》刊于 2005 年第 1 辑

9.《"她的脸多么荣耀，和火焰有共同的王冠……"——池凌云试论》，刊于 2010 年"理论卷"第 4 辑

10.《多余的柔情——论从容的诗》刊于"理论卷"2018 年第 4 辑

《思考与解释》发在"诗人谈诗"栏目，是我极少几篇涉及自己写作情况的文章。内容包括"我关于现代诗的基本看法""对几首诗的解释""我对自己的认识"三个部分。《历史意识与 90 年代诗歌写作》是向"后新诗潮研讨会"（《诗探索》编辑部与北京作家协会、中国当代文学研究会、清华大学中文系联合召开）提交的会议论文。麦芒听了我在会上的发言，下来就质问我："你跟我说说，诗为什么一定要有历史意识？"这篇文章概括了当时诗坛的若干写作倾向，其实对很多问题，包括"历史意识"的概念本身，当时我自己也没有形成确定的意见。会上仓促发表，心中不免忐忑。面对麦芒的质问，我竟无言以对。然而文章在《诗探索》刊出以后，"历史意识"这样一个提法却引起不少议论。如今时过境迁，我那些看法的浅陋和粗疏之处也日渐暴露，反证了诗坛对这些问题的思考逐渐深入，我反而释然了。我的另一篇文章《倾听 90 年代》，是对洪子诚老师主编的《90 年代中国诗歌》丛书（文化艺术出版社 1998 年版）的书评，因为其中也涉及我自己的一本诗集，加之我已有"历史意识"一文，就换了一个笔名"梁雨"。那阵子我曾用这个名字在朋友主办的报纸上写过若干小短评，以后再没启用过。《对几个问题的思考》是对于坚之前提出的几个

诗学命题的反驳，写在 1999 年盘峰会议之后。《字思维、传统与现代性》是关于画家，也是《诗探索》的赞助者石虎先生提出的"字思维"理论的讨论。《诗探索》编辑部关于这个题目开过两次研讨会，我参加了第二次研讨会。此文也即我向这次会议提交的论文。石虎先生提倡"神觉"，以为"字象在天人之间。天人寓于一笔，一笔即见心性，即见文心"。我在文章中认为，"神觉""字思维"是一种原始的整体思维、象征思维，其胜场启示了中国古典诗歌，但现代诗歌须另开生路，吸收逻辑的、分析的方法入诗，不可在整体思维一棵树上吊死。其余《诗歌的校园》《析臧棣〈新建议〉》《"她的脸多么荣耀，和火焰有共同的王冠……"——池凌云试论》《多余的柔情——论从容的诗》几篇是我给《诗探索》的投稿。

还有两篇文章虽然没有发在《诗探索》上，但其实也跟《诗探索》和吴思敬老师有很大关系。一篇是《林庚新诗格律理论批评》，刊于《文学前沿》第 3 辑（首都师范大学出版社 2000 年 12 月），还有一篇是《翻译·创作·民族性》，刊于《文学前沿》第 5 辑（首都师范大学出版社 2002 年 6 月）。2000 年是林庚先生九十华诞。4 月 15 日北京大学中文系和首都师范大学中国诗歌研究中心在首都师范大学国际文化交流中心举办了"林庚先生新诗创作与新诗理论研讨会"。我的文章就是为这次会议准备的。头一年秋天，吴思敬老师通知了我会议信息，我就开始准备论文。我之前虽然写过一些诗歌评论文章，但写学术论文，这一篇是头一遭，花了我好几个月时间。这个文章没有发在《诗探索》，是因为这年的第 3、4 合辑上已有我《析臧棣〈新建议〉》一文。陈超后来见到我，说林庚研讨会众多论文中，只有我这篇是真在讨论学术。2014 年我投考解志熙先生的博士，解老师也因看过此文，留有印象，才慨允我这个老童生入门。从这一点，我也得感谢吴思敬老师给了我练习写作学术论文的机会。《翻译·创作·民族性》是给首师大诗歌研究中心、荷兰莱顿大学、美国加州大学戴维斯分校召开的"中国新诗理论国际学术研讨会"（2001 年 12 月 15—17 日，香山）提交的论文。这是我到那时为止写得最长的一篇文章（2.5 万字），花了约半年时间。这篇文章给了我写作长文的经验。算上这两篇，我的文章中与《诗探索》有关的就有 13 篇，合起来足以成一小书。

《诗探索》也是最早关注我的诗歌写作并给予评论的刊物。1998年第2辑发表了周瓒的文章《诗歌介入日常经验的一个范例——读西渡〈在硬卧车厢里〉》，这是见诸正规刊物的第一篇关于我诗作的评论。2001年第1—2辑发表的汪剑钊对我第一本诗论集《守望与倾听》的书评《守望者的倾听》，则是对我的评论的第一篇评论。《诗探索》2005年第1辑"结识一位诗人"的一组文章是关于我的写作的第一个评论专辑。专辑发表了敬文东《时间与时间带来的》、周瓒《反向进化的自我之歌》两篇评论和我的访谈《诗歌对我们有不朽的爱——西渡访谈》。《诗探索·理论卷》2010年第2辑发表了颜炼军《解开或创造"惊讶"——西渡诗论集〈灵魂的未来〉阅读札记》。

由上可见，我作为一个写作者、评论者和学术从业者的很多第一次，都和《诗探索》有关。某种程度上，《诗探索》也改变了我生活的轨迹。在我年轻时候的人生规划中，写诗、做诗人是第一要务，其中并没有评论的位置，更没想过从事学术工作。1991年秋天戈麦去世。他在当时完全是无名的诗人，一共才发过十来首诗。为了向读者介绍戈麦，我不得不在毫无训练的情形下，拿起评论的笔。1997年臧棣把《山花》的约稿转交于我，发表以后，意外得到吴思敬老师谬赏。此后，吴老师一再给我提供参加会议、发表论文机会。我长期在一家与文学、学术毫无关系的出版社谋生，与学术界毫无联系。只因《诗探索》和吴老师的不断催促、鞭策下写了一点跟学术有点关系的文章，20年后，竟然转变了身份，变成了一个以学术谋生的人。《诗探索》和吴思敬老师实际上成了我命运转变的媒人。这是我一生的幸运。

2020年3月4日

作者单位：清华大学人文学院

《诗探索》与我

陈 卫

《诗探索》是出现在我童年生活中的一份刊物,常常和父亲陈良运正在写着的稿子,堆放在书桌上。父亲不在书房时,我偶尔到他的书桌边看看,翻翻新到的刊物、报纸。记得家里常订的刊物有《艺术世界》《新观察》《文汇月刊》《人民文学》《小说月报》《小说选刊》《星火》《文学报》,还有父亲自己主办的家乡文学刊物《乡风》。跟诗有关的刊物,《诗刊》《星星》一直有,爸爸的名字也会在这两份刊物出现。我对小说和报告文学的兴趣更大些。那时伤痕、反思、寻根文学正兴,几乎每个重要作品都及时跟读。诗歌,分行的文字,似懂非懂,没有小人书好看,也没有故事情节、人物对话,"啊啊啊",太多了。《诗探索》,不常见,但是看见时,记得爸爸特别高兴地说,这是他那些在北京的朋友们创办的,他们曾一起读诗,也参与诗刊社的诗歌评奖活动等等——这就是我记忆中的"诗和远方"了。那时记住刊物上出现的两个名字:谢冕、杨匡汉,后来还有吕进、吴思敬等等。

《诗探索》刊物名,很是吸引我。1980年代,是提倡改革开放的年代,号召抓"白猫黑猫""摸着石头过河",我们知道,这就是探索。它意味着变化、创新,不墨守成规、有所突破,把我们带向更美好的生活。这样的探索,我喜欢。只是,诗,到底要探索什么?在"诗是什么"都弄不清的情况下,不知。

还有,谁是诗人?诗人是干什么的?那时无人给一个孩子专门普及这类文艺知识。我们的语文教育,只让我们知道,李白是诗人,杜甫、苏东坡也是。这些古代诗人，寥若晨星，离我无比遥远。近处，爸爸，被朋友们称作诗人，来家里做客的大人们，常常这样称呼他。有时在清晨，能听见他激情四溢的声音，穿过不厚的白墙，有节奏地用家乡话——萍乡话，朗诵一些文绉绉的句子，比如，他说，"我开掘白色的页岩"，幸福的事，不是一日三餐，而是"什么时候让我做一个被后人开掘的，幸福的梦"（《我开掘白色的页岩》）——这就是诗。书，不是书，是"白色的页岩"；读书、写书，是"开掘白色的页岩"；自己的作品被别人读了，为"被后人开掘"。那时，我最直接的感受是，爸爸在朗诵这些稀奇古怪的比喻时，像换了一个人，不是伏案著书的沉静的爸爸，更像是一个燃烧的热血青年。

也有一些从诗歌刊物和文章中走出来的诗人，他们来过家里，或是我看到他们的来信，都放在爸爸的书桌上。比如诗人公刘先生，就是写《阿诗玛》的公刘先生，长胡须，南昌人，家在安徽，来过家里，见过。流沙河的信，读过。他们都是命运坎坷的诗人。听爸爸对妈妈讲他们的经历，特别流沙河与川剧演员何洁的故事，小时听了，非常感动，好似孟姜女新编。还记得，有一次，爸爸对妈妈说：准备一下，我要上北京，参加诗集评选。哦。接着看见妈妈下班后，为爸爸织毛袜，袜底还要多织一层厚底，做棉衣、棉裤，买围巾、买鸭舌帽。他要会见的，就是他说的办《诗探索》的这些朋友吧。

后来，舒婷、北岛、顾城以及"新诗潮"、"朦胧诗"、"非非"等等名词不时看到。并非来自书本，而是在生活中。有时听爸爸和朋友谈起，比如说，顾城把诗歌投稿到他编的刊物，他把妻子砍了。《非非》是四川的一个民间诗刊，诗人们为办刊，卖血筹集出版经费等，这类带着血腥的消息，听上去有些骇人。还有什么更比生命、健康重要呢？舒婷，在1980年代，跟现在的偶像、明星一样，家喻户晓。记得在1980年代后期，有一次，家里来了一位客人，陈仲义先生，爸爸说，他是舒婷的丈夫。就在他离开之时，爸爸回头指着坐在客厅的我，对他说："这也是舒婷的读者！"陈仲义先生，脸瘦削，转身望着我，认真地说了一句：舒婷过时了。没想到多年后，我在武大读书，再后来，到福建工作，在一些诗歌会议上，常遇到陈仲义先生，他认出了我，直接叫我"家门"，我们像多年老朋友一样，讨论诗歌问题，探讨比如诗歌张力、诗歌接受的观念和特征。有时,我会为他的一些行为感动,并且认为,大概没有谁更比他如此深情地热爱现代诗歌了。他很多重要论文都发表在《诗探索》上。

再如,"新诗潮",当它还是一个新名词时,首次,应该是从北京大学五四文学社社长的老木口中听到。他跟我是校友,我们都是萍乡二中的学生,他高我几个年级。我读小学,他读高中。他那时不叫老木,叫刘卫国,文科班班长,他是我妈妈的学生,1978年高中毕业。考上北大,在当年的萍乡城,属于一个重要事件。刘卫国每次从北大回萍乡,一定要看望我的父母,跟父亲谈诗。甚至有一次,他脸上眼镜没了,从外边来到我家,爸爸从抽屉掏出一副旧眼镜,他马上戴上,坐下就谈诗。其中一年回乡,跟时任萍乡文联主席的父亲,谈他正在编选《新诗潮诗选》,我那时很小,没当什么大事,以为就是班级黑板报那样吧。后来直到自己从事诗歌研究,才知,不仅《新诗潮诗选》,父亲的这些诗人朋友,与中国当代诗坛的发展,还是很有关联的。"朦胧诗"一度成为《诗探索》的重要内容,或者说,《诗探索》因"朦胧诗"而创刊。那是一种求实创新、探索前行的精神。即使今天重读谢冕老师在创刊号上发表的发刊词《我们需要探索》,仍然如警钟在耳畔,当当响:"在探索中前进,在前进中探索。探索之无止境,正与前进相同。这是已为生活发展的历史,也是新诗发展的历史所昭示了的。要是有一天,我们的诗人和诗评家竟然停止了探索,诗,也就停滞不前了。"

有一段时间,没看到《诗探索》,听说停刊了,在我高中到大学期间,1986年到1993年。现在回头看这一段时间,是中国文学思潮非常丰富的时期,诗歌处在朦胧诗之后的转型时刻。当时文学界流行一个词,"失语",因为面对反叛强烈的探索之作,评论者们有点不知所措,困惑"诗歌往何处去",读者慢慢对诗歌失去了兴趣,转向小说、散文、报告文学,这时,电影、电视剧也兴起了。《诗探索》,空白8年,错过了什么?

我个人对《诗探索》的有意识的关注,是在《诗探索》复刊之后,我读诗歌方向的研究生了。硕士毕业论文中的一部分,就发表在1997年的《诗探索》上。

回头想想,1990年代末的大陆,写诗人不少,可是公开发表诗歌和诗歌论文的刊物并不多,因此,那时出现一个少有的现象:民间有大量的诗歌刊物出版，为诗歌发展自制平台，而且比国家刊物的诗歌风格更多种多样，有的甚至被人称为怪异。无论如何，从某种程度上说，诗人们想让诗歌成为突破传统政治、思想、道德、伦理方面的一个武器，求新求异，也正如《诗探索》编辑们所说的，在前进中探索。突破传统范式，激活新鲜生命，也许有些超越底线，不符合伦理规范，但不可否认，这时的诗歌，充满鸡血式的活力。如何把诗歌当作事业做下去，如何让诗歌继续成为中国文学闪亮的一部分，谢冕、吴思敬老师和他们的朋友们，为此努力，后来断断续续听朋友们说过《诗探索》停刊和复刊的原因。经费、出版，是一个最大的问题。老师们都有自己的工作岗位，教书、育人。为了办《诗探索》，他们需要策划主题，了解诗歌发展现状，向重要的学者们约稿，之后联系出版社、校对、出版、发行、邮寄等，偶尔有热心人出资，还要发稿费。一堆大小事务，都是由老师和他们的弟子或是志愿者们赞助或帮助。去年我第一次见到徐丽松老师，早知她是工作人员，但不知她是另一个志愿者刘福春老师的太太。她写文章，也兼职会计出纳。听了我的自我介绍，她为了核对，从随身包里取出一本记账簿，多年来的作者、稿费、篇目、联系方式等，密密麻麻写着呢。

我个人受益《诗探索》很多。这是我和同行们的芳草地。它的园丁，给我帮助和指点最多的，是吴思敬老师。他是父亲的朋友。我一度有放弃做诗歌研究的打算，特别是在 2008 年父亲去世之后。不得不说，是吴老师对我的关心，支撑起我对诗歌的关心。虽然他一见我总是说，不应该叫他老师，而是叔叔。从情感上，我把吴老师当作亲人，可是内心，我视他为令人尊敬的老师。1995年，我们第一次见面，正值我硕士研究生毕业，准备去武汉大学读博士学位的前夕，因为硕士毕业论文写的是现代女性诗歌，那时研究界比较荒凉，很少人做这方面研究，我懵懵懂懂地参加了吴老师作为中国当代文学会主办方举办的第一届女性文学会议。那是我，第一次，独自参加一个全国性的学术大会。那次会议让我记住了吴老师，印象中好像他一个人早上挨着房间敲门，招呼大家准时去会场，会后送大家去参观世界公园，还搞了一次朗诵会。会议中我最年轻，女性研究者都有人生阅历，特别女权，我当时一看害怕，决定终生不做女权主义研究。吴老师谦和，像慈祥的长辈，照顾到每一个参会者。这是令我一直敬佩他，称他做老师的原因。

新世纪伊始，我旅居美国，游离诗坛。《诗探索》远离了视线。

父亲去世后，出于对他一生学术的感念，听了父亲学生查清华师兄建议，整理一下父亲与当代诗歌的关系，于是，我和姐姐陈茜合写了一篇《陈良运与中国当代诗歌》。写完，那时的我，对学术界有些陌生了，不知投什么刊物合适。这时的中国刊物，不是没有，而是跟学术体制挂上钩了。严格地进行等级区分，核心刊物有 A、B、C 类，为认定标准。也就是说，文章发表在学校不认定的刊物上，就不能算学术成果，不能用来评职称，不能证明学术水准。我想，既然文章为纪念父亲学术，要不，给父亲的原籍江西省投过去吧。那边有一学术刊物，托朋友传递。稿子还没看，传稿子的朋友回转的第一句话就是，刊物说要收赞助费才予以考虑。再问我的学校学报，主编说，要有耐心，目前还在发前两年的存稿。不久，刚好学校在武夷山办诗会，也是我离开学术界多年后，第一次参加学术会议。遇到的学术前辈，又是吴思敬老师。他告诉我，《诗探索》还在办，可以把稿子给他。他也告诉我，《诗探索》不是 ABC 刊物。我当时有点纳闷，诗界这么有名的一个刊物，编辑都是诗界重要的教授，怎么不会比一般的省级学术刊物或学报更说明它的学术水准呢？事实真是这样，诗界人人皆知的权威性诗歌理论刊物，在知网中，无影无踪（注：近年知网可以查阅）。原因何在？

会议结束后，我把稿子给了吴老师。我倒不在乎什么级别，现在发表论文仍然不在乎什么级别。我觉得所谓 A 类，如果只为要评博导的人发表论文而设，那我就不做博导，做个本分的教书育人的老师就满足了。《诗探索》是父亲信赖的刊物，发在这里，可以告慰他的在天之灵，我也满足了。我想起刚从美国归来时，父亲见我不肯写与诗相关的任何东西，他的眼神是无比落寞的。那时，他唯一的坚持，就是要我每周把他订的《文艺报》带走。他知道我不看任何文艺信息了。

稿子很快发出来，2009 年第 2 辑。接到刊物才知《诗探索》改成季刊，每期分"理论卷"和"作品卷"。吴思敬老师负责"理论卷"，林莽老师负责"作品卷"。又有十多年过去，现在想起这篇论文，对我个人而言，真是值得纪念的一件事情。我再次回到诗歌研究中来，这篇论文，可以说是我后来工作的一个引子。

父亲走了，他的朋友们健在，而且他们一直竭力在为中国当代诗歌工作着。我不仅需要了解父亲为当代中国诗歌做过什么，也应该了解他们这一代，1980年代涌现出来的学者们，为中国诗歌做过一些什么，经过他们努力，中国当代诗歌到底又发生了怎样的转变？于是，我开始研读这批学者们的著作，写读书笔记。除了了解他们的研究内容，对中国诗坛所起到的影响，另外就是，寻找我自己的研究起点。在大量阅读过程中，发现：这一批1980年代的青壮年学者，他们大胆地借用传统诗学和西方诗学观念，自圆其说，试图描述中国当代诗歌与古典、现代和西方诗歌的关联，由此形成当代诗学观。而这时的中国诗歌写作，处在一个转折期，诗人们富有活力，但他们不一定得到主流诗坛的认可。我以为最可贵的是，这批学者，并不是具体指导诗人们写了什么诗，而是像一股洪流，帮助他们把诗歌推到大众前面，因此，我们才有了对八九十年代的诗歌印象，明白什么是诗歌，什么是诗歌的多种表达，多种风格。1980年代中期以后，诗歌出现了多元景象，也许现在评价这些诗歌在诗歌史上的成就，还为时过早，但这是客观现象。这批学者主编了不少大型的出版项目，如谢冕主编了《中国女性诗歌文库》《中国新诗总系》《中国新诗总论》，吴思敬主编了《中国诗歌通史·当代卷》《20世纪中国新诗理论史》等。这些诗选，这些诗论，与《诗探索》的编辑、作者的探索，没有关系吗？

我对于这批学者诗学研究的学习，完成的多数成果刊发在《诗探索》上。这些年多篇诗歌论文，也投给了值得信赖的吴思敬老师。我认为ABC刊对我不那么重要，而这个刊物，是一块充满生机的芳草地。当写完关于古远清老师、谢冕老师的诗学研究时，有其他刊物可发，我征求他们意见，他们不约而同地表示：请给《诗探索》。

只要翻开《诗探索》，便可知道，它已成为中国当代诗歌研究的重要平台，集中了各个时期的重要诗歌论题，将来的诗歌史写作，肯定要到上面去找资料。运营核心吴思敬老师，甘当谢冕老师的助手，他们出点子，又一起实施诗歌计划，每年设计不同主题的会议，我以为他们是在用行动书写当代诗歌研究史。他们的学生、他们学术同行朋友及其学生，都参与到其中。每年秋季北京大学诗歌研究院和首都师范大学中国诗歌研究中心会有一次香山会议，中国当代文学研究会还举办过"21世纪中国现代诗研讨会""两岸四地当代诗学论坛"等系列会议。我参加过廊坊、湛江、青岛、武夷山等地的学术会议，有时讨论热点的问题，有时是重大的会议，如百年新诗的纪念活动。在这些会议上，我由此也结识了不少才华横溢的同行，如沈奇、罗振亚、张桃州、孙晓娅、孟泽、张立群、霍俊明、王士强、张大为、龙扬志、易彬、卢桢、刘波等，有时也会遇到校友李润霞、方长安、荣光启等。我们有时一起讨论一些共同话题，有时各抒己见，或者拿某个朋友开心，开怀大笑。因为我们都是《诗探索》的作者。

记得古远清老师，想给北大的诗歌研究者命名一个学派，我表示过反对。如果以刊物命名，那《诗探索》能涵盖众多大学诗歌专业方向的研究生。后来我的学生，也进入了这支队伍。一定要分学派吗？《诗探索》主张多风格包容，不停地探索，我赞同。一个专业方向，一个发表专业成果的平台，一群人，志同道合，多么重要。虽然在写这篇稿子前，编辑部来信说，能不能专门讨论一下《诗探索》的一些栏目？我说，我更想写的是《诗探索》对我的影响。谢谢吴老师和《诗探索》的各位编辑和同人们，因为诗歌，我们互相支持，探索前行。

2020年6月6日于福州

作者单位：福建师范大学文学院

我的早晨，我的大学
——《诗探索》八记

胡　亮

一

　　《诗探索》最早被我见到，乃是总第 21 辑（1996），中国社会科学出版社出版。从末页的售书章来看，得自蓬溪县新华书店。按照当年习惯，我在扉页写下了购入日期。是的，"1996 年 7 月 21 日"。很少有人听说过蓬溪县，更少有人听说过庭英乡。然而，只有这样一块僻壤，才有这样一口古井：它浇灌了我的肉体，并牵萦着我的灵魂。这口不算太深的古井，古井四围的槐树和酸枣树，还有庭英乡中心小学，初级中学，蓬溪县中等师范学校：这就是我所受过的全部教育。我后来回到庭英乡中心小学，当了两年语文老师，居然也就艳遇了这个刊物。

　　那时候的我，肉体动荡，内心迷惘，既没有土豆，也没有星空。还要等到当年 9 月，才能去往遥远的成都，脱产进修于四川省教育学院（一所袖珍版的成人高校）。我急切地翻开了这期《诗探索》；同时呢，想象着四川省教育学院的高户。后者并不能让我过于分神；是的，此时此刻，我读到了天外来客般的王家新先生和程光炜先生，读到了洪子诚、吴晓东、李怡、陈旭光、谢冕、鹿国治、南野、邵燕祥、韩子勇、李振声和郑敏，当然也读到了簇新的臧棣和几乎更加簇新的钟鸣。这是文字的脱缰，这是思想的撒野，这是奇异派的赶集。这个刊物让一个乡村少年傻了眼,出了神,开了窍,忽而对四川省教育学院及其教授充满了天真的期待。

即便是今天再次重读,这期《诗探索》,仍然足以令人流出热泪或鼻血(两者都是童年和激动的副产品)。比如,"人们可以'被代表'吗?在今天显然不能,但他们有意无意仍在使用一种'覆盖性话语',而这只能导致对个人的简化和取消。"又如,"在艺术的领域,我想没有对所有人的真理,而只有对个别人的真理,宣称占有了普遍、绝对真理,那只能是一种虚妄。"就在这些文字的下面,我曾划过一道波浪线,现在仍然愿意再次划出一道波浪线。这样看起来,在较长一个时期,我都低估了这个刊物对于发育灵魂的意义。

前文摘引的两小段文字,都出自这期《诗探索》的卷首文:王家新先生的《夜莺在它自己的时代》。是在1997年,最迟1998年,我在成都购得了他的同名随笔集。这部随笔集,列入了东方出版中心的《诗人随想文丛》。这套随笔集,作者除了王家新,还有于坚、西川、王小妮、陈东东、钟鸣、徐敬亚、翟永明和海男——很快,他们大都成为我的明星。正是这些活力四射的读物(钟鸣的到手稍晚,但是来势凶猛),让我忽而察觉,当代诗和当代诗学或已出现令人窃喜的可能,汉语或望在课本和教育以外求得弥足珍贵的转机。

二

1980年12月,在北京,谢冕先生创办了《诗探索》[1]。前一年,亦即1979年4月,也是在北京,陈翰伯、陈原和范用等三位先生创办了《读书》。就在《读书》的卷首文,李洪林先生——经范用先生小改——已提出,"读书无禁

---

[1]《诗探索》发刊词《我们需要探索》(执笔谢冕,署名本刊编辑部)认为,"诗歌之有专门的理论批评的刊物,在我国,似乎还是第一次"。其实1976年,在中国台湾,痖弦和梅新就创办了《诗学》,早于《诗探索》。到了1992年,在中国台湾,尹玲、白灵、向明、李瑞腾、渡也、游唤、苏绍连和萧萧创办了《台湾诗学》;2005年,在北京,谢冕、孙玉石、洪子诚又创办了《新诗评论》,均晚于《诗探索》。

区"[1]；而在《诗探索》的发刊词，谢冕先生亦提出，"艺术的探索不存在禁区"。时代已经莅临，氛围已经浓郁，这两个刊物同气相求，争先恐后，都冲着文化的交流和思想的解放。

就在此前一两年，我只有两三岁，忽而患了急性肾炎。母亲不知从何处觅得一张偏方，也就是杜仲树的皮，还有猪的腰子，挽救了可怜的小生命。这个脆弱如兔的小生命，大病初愈，对诗与北京毫不知情；而谢冕先生及其同侪，正勤力搭建和捍卫着美学的最高尊严。

也许还应该提及这样一个事件：1947 年，上海，曹辛之先生创办过《诗创造》。"创造"也罢，"探索"也罢，都是新诗的天职。而且，恰是这个曹辛之，既为《诗创造》，又为《诗探索》设计了封面。这两个刊物在名称上的呼应，以及在封面上的关联，就像一个隐喻，预言了谢冕先生即将三申的一个重要观点：1980 年代文学，不过是二次启蒙，不过是在严峻的中断以后，再次捡起五四新文学留下来的接力棒。

《诗探索》的主编，自谢冕先生以降，还有杨匡汉先生，尤其是吴思敬先生。这就意味着，北京大学，中国社科院，首都师范大学，都已经参与这个刊物的联办。余生也晚，读书未广，行路未远，不识韩荆州，不拜万户侯，不知错过了多少风流。然则，最近十余年，居然有缘而有幸，先后拜识谢冕等三位先生。2008 年 3 月，应邀参加罗江诗歌节，得以拜识吴思敬先生。2009 年 10 月，应邀参加洛夫国际诗歌节，在衡阳，得以拜识谢冕先生，重见吴思敬先生。2012 年 11 月，应邀参加沈奇诗集《天生丽质》研讨会，在西安，得以拜识杨匡汉先生，重见谢冕和吴思敬两位先生。此后，在绵阳、深圳、北京或银川，我又多次重见谢冕或吴思敬先生。若要问我对这两位先生的观感？前者如同夏日朗照，后者如同春风轻拂。

---

[1] 参读《〈读书无禁区〉及以后》，沈昌文：《也无风雨也无晴》，海豚出版社 2014 年版，第 122—128 页。

三

洛夫国际诗歌节闭幕后，次日凌晨，会务组——或者说命运——做出了这样的安排：来自香港的黎活仁先生及其弟子，吴思敬先生，还有我，定由同一辆面包车送往长沙。从衡阳，到长沙，全程四小时。黎活仁先生及其弟子，早有心照，不留口碑；倒是吴思敬先生，心口相得，言笑自若。当时的氛围显得有点儿吊诡：黎活仁先生及其弟子，似乎被谁没收了嘴巴，只在曦色中保全了几对好奇的大耳朵；而吴思敬先生，跌坐孤岛，点化顽石——对，这块顽石就是我，这块顽石还剩有一点儿嘴巴。

吴思敬先生讲了一个故事，提了一个问题，让我至今记忆如新。讲的故事，关乎某位诗人归国看望老父。据云前后遭遇，奇妙地交错着关照与反关照，主流与非主流，诗与政治，乃至个人与庞然大物。说着说着，先生忽而有点伤感。几年后，我印证般地读到这位诗人的相关自述："我在自己的故乡成了异乡人。"[1] 提的问题，关乎哪些青年批评家值得重视。这位深耕新诗数十年的前辈批评家，怎么会向眼前的毛头小伙子，恳切地提出此种恍若至简的问题呢？记得当时，我回避了吴思敬先生的所有高足，斗胆推荐了几位外省青年批评家（比如昆明的王凌云）。从这个故事，到这个问题，我再次领略到了眼看快要失传的春风：自谢冕先生而吴思敬先生，不仅通过《诗探索》，总是亲密地关注着青年，关注着青年的"生气"和"敏感"。

临到长沙，就要惜别，吴思敬先生忽然向我约稿，"也许可用于《中国诗歌研究动态》"。对，不是《诗探索》，而是《中国诗歌研究动态》。

四

我最早呈交给吴思敬先生的小文，就是《左边是哪一边》。2008年11月，

---

[1]《序》，北岛：《城门开》，生活·读书·新知三联书店2010年版，第1页。

柏桦先生那部传说中的奇书《左边》在成都全文发表；次年4月，在南京正式出版。接受了柏桦的提醒，当然，也听从了内心的指令，我不由自主地自置于某种"气团"，很快就读完了这部奇书并写出了这篇小文："《左边》不惟是一个诗人的心灵史和表达史，更是一代诗人的心灵史和表达史，是当代中国最接近《人·岁月·生活》的苦行与幻美之书。"吴思敬先生收稿后，忽然改变了决定：对，用于《诗探索》，而非《中国诗歌研究动态》。这个新决定，不是没前提：他降低了对于学理性的要求，姑息了我的个性化文字，迁就了我的随笔式风格。

这篇小文很快就发表于《诗探索·理论卷》2010年第1辑——从初次渴饮这个刊物，到如今交上作业，不觉已是十四个春秋。此后，吴思敬先生不吝页码，陆续发表了多篇拙文（必须老实承认，有的并不成熟）。由读者而作者，我与这个刊物缘分日深。从某种意义上讲，这个刊物见证并呈现了我对一个时代的补习。这个时代，就是热烈而光荣的1980年代。

我亟欲在这里重提《诗人之死》，此文耗时一年，得字三万，次第论及海子、骆一禾、方向、戈麦、顾城、麦可、马骅、余地和马雁，可以视为1980年代的挽歌，先是发表于《诗探索·理论卷》2012年第3辑，后又发表于《今天》2013年第3辑。吴思敬先生相告，在有关会议上，谢冕先生曾两次谬赞此文。到了2014年与2015年之交，我以此文为代序，编选出版了《永生的诗人：从海子到马雁》。这部孤冷之书的《后记》，写得甚是沉痛，这里且引来两小段："青年诗人自戕，在这个方面，则显得尤为痛楚而高迈。此间种种悲剧，或为个人之悲剧，或为时代之悲剧，或为语言之悲剧，都见证了必将为后世深究和推重的种种幽微。""拙文绝无猎奇与猎艳之心，本意是提前深究和推重那种种幽微，写来却自有难处，自有苦衷，不免时时存有欲言又止欲说还休之尴尬，恳请各位君子体谅，并相信有心人自会在隐忍或断裂之处读出历史。"[1]

---

[1] 胡亮编著：《永生的诗人：从海子到马雁》，北岳文艺出版社2015年版，第181页。

五

只要提及柏桦,就会说到张枣。2010 年 3 月 8 日,张枣以肺癌不治而逝世,享年仅 48 岁。同年 4 月 12 日,我草成了短文《挽张枣》。我对张枣,当日迄于今日,认知都甚为肤浅。吴思敬先生勉励后学,却称此文兼有"深度""感情"和"文采"。经我们往来通邮,商定在《诗探索·理论卷》2011 年第 3 辑推出"纪念张枣小辑",除了拙文,还发表了张光昕的长文《茨娃密码》。张光昕可谓少年高手,既有极高的天赋,又有极细的敏感,还有极新的句法,这次提交的长文,算得上是细读的典范,——几年后,我又读到了江弱水的长文《言说的芬芳》,也是解读张枣的十四行诗组《跟茨维塔伊娃的对话》。两篇长文,一时瑜亮,这是闲话不提。

此后,在吴思敬先生指导下,由我提出选题并组织稿件,陆续在《诗探索》推出了若干个小辑。《诗探索·理论卷》2013 年第 1 辑,推出了"孙静轩研究小辑",发表了我与林贤治的文章。林文《孙静轩后期诗歌片论》,标题为我所加,节选自他的专著《中国新诗五十年》。为何选用这篇旧文?因为此文提及了孙静轩的长诗《告别二十世纪》。这部遗著命运多舛,流落无踪,迄今未见天日。孙静轩的意义,既在其诗,亦在其人。对这个问题,欧阳江河先生说得最是有趣:1970 年代末,1980 年代初,蜀中青年诗人因为拜访孙静轩才得以相互认识[1]。孙静轩遽尔游仙,身后寂寞,这个小辑虽然用心良苦,却也未能唤起更加广泛的重视。

《诗探索·理论卷》2014 年第 4 辑,推出了"陆忆敏研究小辑",发表了胡桑、我与陆忆敏的文章。陆忆敏女士的前期作品颇有名篇,论者甚蕃,成果亦多,我就建议胡桑先生重点讨论其后期作品,——尽管在我看来,前与后,已是诗分唐宋,不可同日而语焉。同年,《今天》冬季号也复制推出了这个小辑,

---

[1] 参读《欧阳江河:八十年代像场天花》,新京报编:《追寻八十年代》,中信出版社 2006 年版,第 68 页。

与《诗探索》相比，增发了陆忆敏后期作品二十八首。到 2015 年，我汇校出版了《出梅入夏》，迄今乃是陆忆敏唯一之诗集，附收了柏桦、崔卫平、钟鸣、李振声、余夏云、胡桑等六家专论。这些工作和动作，让这位隐逸女诗人复现于诗界。钟鸣先生激赏陆忆敏，尤其是《墨马》，当年曾力推于民刊《象罔》。当他看到《出梅入夏》，不免喜形于色，公开留言不吝赞美："陆忆敏乃白话文诗以来最杰出的女诗人之一，窃以为可与五四时期徐芳、当代翟永明并为现当代汉语新诗三女杰。徐芳当年诗出，曾让胡适先生自叹不如，大陆鲜有介绍研究；翟永明据蜀而得大巧若拙，居当代名气之魁，但研究水平均与作品不能对等；陆忆敏发江南江东之气，袭吴越之清风，飘逸高妙，惊若天人。而且数十首完成后绝尘封笔，宛若武侠隐士。三人叹为观止，乃吾诗辈之骄傲。"

六

从 2017 年到 2018 年，我接踵出版了几部小书：《琉璃脆》《虚掩》《窥豹录》。有关方面乘机举办了一个研讨会，这个研讨会不是因为我，而是因为与会嘉宾（比如柏桦）而呈现出某种较为罕见的重要性。是的，他们谈及了若干个火烧眉睫的话题：去西方中心主义，去白话原教旨主义，汉语自觉，批评文体学，片断与跨文体，感性批评，小评传写作，开放式（召唤式）结构，细读，问题意识，南方性与蜀学传统，野蛮生长，还有古典诗学的现代转型。

吴思敬先生因故未能参加这个研讨会，但发来贺信，并委托沈奇先生当众宣读。他也很关注着这个研讨会的成果，会同孙晓娅博士，先后在《中国诗歌研究动态》总第 21 辑和《诗探索·理论卷》2019 年第 2 辑分别推出了"胡亮诗学研究小辑"，发表了沈奇、茱萸、庞惊涛、丁瑞根、杨碧薇、蒋蓝、刘朝谦等七家专论，《窥豹录》的序跋，以及小文先生整理的《胡亮诗学研讨会纪要》。

如此逾分的礼遇，让我深感羞愧；而与会嘉宾的良言，又让我备受鼓舞。比如，杨碧薇博士回忆说，"六七年前，我还蛰居于海南岛。一天，我读到了《诗人之死》，并记住了胡亮这个名字。就像捡到了什么意外的宝贝，我马上把这篇文章推荐给身边的几位朋友，不出我所料，大家都对其赞不绝口。甚至有那么一段时间，我们陷入《诗人之死》的气氛里，每次聚会，热闹之余总免不了涌起些伤情。这或可从侧面证明：《诗人之死》的言说具有某种宗教般的魔力，而胡亮正是那位老练沉稳的巫师"。

杨碧薇当年读到《诗人之死》，并非经由《诗探索》；但是，我毫不怀疑，《诗探索》一定帮助这篇长文找到过像她这样的高级知音。

七

吴思敬先生还曾多次邀请我参加学术研讨会，最近两次，都关乎《中国新诗总论》。这部六卷本巨著，由谢冕先生担任总主编，姜涛、吴晓东、吴思敬、王光明、张桃洲和赵振江等六位先生担任分主编。2019 年 5 月，在银川，举行了首发式；同年 10 月，在北京，举办了研讨会。我出席了首发式，却缺席了研讨会。

我缺席了研讨会，仍然慎重地提交了论文：《半首诗，半部诗学——〈中国新诗总论〉读札》。这篇论文，无知者无畏，从多个角度挑剔《中国新诗总论》，不意反而得到谢冕和吴思敬两位先生的认可。这就是谢冕先生，这就是吴思敬先生，这就是念兹在兹的《诗探索》：除了亲密地关注着青年，还能宽容异己观点，甚至渴欲促成"两刃相割"的美学胜景。

从某种意义上讲，《诗探索》的小传统，恰好来自北京大学的大传统。我手上存有《诗探索》总第 11 辑（1984），发表过刘士杰先生采写的《冯至谈当前诗歌创作》。冯至先生又坦率，又激动，又偏执，"说什么'崛起'"，不点名地批评了谢冕先生及其同侪对于青年的热情奖掖。1983 年，徐敬亚发表《崛起的诗群》；1981 年，孙绍振发表《新的美学原则在崛起》；1980 年，谢冕发表《在新的崛起面前》。谢冕先生正是"崛起论"的领衔人物，而又能光风霁月如此——他亲手发表了《冯至谈当前诗歌创作》，并且还是作为当期《诗探索》的卷首文。恰如我们所熟知：冯至先生曾经，而谢冕先生则始终，任教于海纳而鲸吞的北京大学。

所以，恰是缘于对《诗探索》襟抱的信任，而非出于自恋，我才在得到如下消息的时候丝毫没有感到意外：吴思敬先生决定在《诗探索》开设专栏，发表《中国新诗总论》研讨会的成果，并将重点推出《半首诗，半部诗学——〈中国新诗总论〉读札》。

八

如果说《读书》是"以书为中心的思想评论刊物"，我倾向于认为，《诗探索》是"以诗为中心的思想评论刊物"。这两个杂志，都是所谓"小杂志"（Little Magazine）[1]。何谓小杂志？我的理解，可能小异于《读书》老掌柜沈昌文先生：小杂志，不仅意味着开本小，页码少，学科偏，话题冷，同时意味着她只能心心相印地服务于"无限的少数人"。

我长期蛰居僻壤，读书只到中等师范学校，没有受过全日制普通高等教育。既非学士，遑论硕博。那又有什么关系？我攻读过大自然，选修过《诗探索》：她既是我的早晨，诗歌的早晨；也是我的大学，思想的大学。

2020 年 1 月 29 日

作者单位：四川遂宁市文化广电和新闻出版局

---

[1] 参读《一份常常引起争议的刊物》《一部分人的刊物》，沈昌文：《八十溯往》，海豚出版社 2011 年版，第 95—102 页。

我与《诗探索》

王　永

在这个特殊的春节之前，就收到了吴思敬老师发来的邮件，主题是"《诗探索》创刊40周年纪念约稿"。信中写到了《诗探索》编委会的最新会议以及具体的纪念活动的组织，其中有云："你是著名诗歌评论家，也是《诗探索》的老朋友，……欢迎你撰写关于《诗探索》的回忆文章或研究性论文。"此信要言不烦，条理清晰而又情意真切，这是蔼然敦厚的吴老师一贯的文风。对于我来说，约稿自然责无旁贷。一来，吴老师是我的受业恩师，师命不可违；二来，我虽然不是"著名诗歌批评家"，但"《诗探索》的老朋友"倒是约略可以算得上的，或者说是《诗探索》的"资深作者"——我查了一下，自从2000年在《诗探索》上发表第一篇文章，迄今的20年间，我在《诗探索》发表了十几篇文章。可以说，我多受惠于此刊。

仔细想来，我与《诗探索》这个刊物真是颇有渊源呢，大有可记忆之事。这要追溯到20多年前的上世纪末。那时，我在河北师范大学跟从陈超先生读研究生。受被学生们称作"温柔的狮子"的陈超先生影响，自然也就喜欢诗歌。在课上，听陈老师讲"现代诗学"；课下，常追着陈老师问一些诗歌相关的问题，让老师推荐一些书目。陈超老师在课上给我们推荐过诸如周国平的《诗人哲学家》、燕卜逊的《朦胧的七种类型》等书籍。此外，他还专门给我推荐了《诗探索》这本诗歌理论刊物（记得他说，他也给我们中文系资料室购买了这份刊物）。大概是随后的一次课下课后，陈老师叫住我，把这本刊物的订阅方式给了我。那是一张字条（那时没有手机，也没有 Email），抄在半张蓝色方格的信纸上，字迹潇洒劲健——

　　王永，好。将《诗探索》的订阅方式抄给你——
　　2000年《诗探索》由天津社会科学出版社出版，第1—2辑合刊30万字，定价18元，于第二季度出版。第3—4辑合刊30万字，定价18元，于第四季度出版。全年定价36元（邮资在内）。
　　凡订阅者请汇款到：
　　地址：北京市西三环北路105号《诗探索》财会室
　　邮政编码：100037
　　本刊尚有1996年至1999年《诗探索》少量存书，1996—1998年，年定价22元；1999年，年定价30元。邮购办法同上。
陈超（1999）12.8

（这张纸笺我保留至今。纸笺犹在，而斯人已逝！睹字思人，心情瞬间沉重。）之后，我便订阅了《诗探索》，也邮购了《诗探索》的存书。至今仍然记得收到《诗探索》时如获至宝的兴奋和喜悦，那时的《诗探索》还是中国社会科学出版社出版的，每年4期，32开本，装帧精致且活泼，记得封面好像都是用的石虎先生的画，刊名"诗探索"三个字，为著名书法家潘受所题，厚重而不失灵动，与封面下方的中国社会科学出版社几个字（我判断当是郭沫若的手笔）相协调。当然，更欣悦的还是读到很多名家的文章，虽然有些似懂非懂的。还记得，陈老师跟我说某一期（经查，是1994年出版的总第16期）同时刊发了他的两篇文章（《王家新诗二首赏析》《坚冰下的溪流——谈"白洋淀诗群"》），为了避嫌，有一篇（《坚冰下的溪流——谈"白洋淀诗群"》）用陈老师儿子的名字"陈默"（后来，为了孩子的健康，陈老师听了别人的建议把孩子的名字改成"陈扬"）。

　　1999年，诗坛上所谓的"知识分子写作"与"民间写作"的诗歌论争正风起云涌。这一年4月,《诗探索》编辑部与北京作家协会、中国社会科学院文学研究所当代室、《北京文学》杂志社在北京平谷盘峰宾馆联合举办的"世纪之交中国诗歌创作态势与理论建设研讨会",也即坊间所谓"盘峰论剑"。我在当年的《诗探索》等刊物上读到了诸如谢有顺的《诗歌与什么有关》、沈奇的《秋后算账》、王家新的《知识分子写作,或曰"献给无限的少数人"》、于坚的《真相》等文章,也想写点东西,并得到了陈超老师的鼓励。后来写成了一篇文章《穿越大地到天空的仰望——关于世纪末纷争的思考》。对于这篇文章,陈老师整体上给予了肯定,同时也指出该文有嫌过于中和,年轻人写文章可以带些锋芒。该文陈老师推荐给了石家庄的一份诗歌刊物《诗神》,发表在1999年的第8期上。(《诗神》在当时是全国都很有影响的诗歌刊物,但2000年,该刊突然放弃这个经营了15年之久的品牌,改版更名为《诗选刊》。) 这篇文章也就是我文学评论的处女作了。后来,此文又非常荣幸地被转载在同年《诗刊》的第11期上。

此后,看了《诗探索》上的诗歌文本细读的文章,加之上了陈超老师现代诗学的课,而陈超老师的《中国探索诗鉴赏辞典》更是枕边书,就尝试着写细读的文章。记得大概是在《山花》或者哪份刊物看到了陈超老师的一组诗,其中有一首是《毕肖普》,我觉得这首诗所涉及的问题与当时比较热门的话题90年代诗歌有关,就决定细读这首诗。其间,利用学校门口的 IC 电话亭与陈老师电话交流过一次,最终完成了一篇细读文章,取名为《"毕肖普"的启示》。陈老师说这篇解读算是"适度阐释",不像有的细读文章沦于艾柯所说的"过度阐释",不仅无助于读者对于诗歌的理解,反而比读原诗还费劲。这篇文章寄给了《诗探索》,发表在《诗探索》2000年第3—4辑。后来,在阅览室我碰到陈老师,他手里正拿着这期刊物。他微笑着对我说,王永,谢谢你给我写评论啊。我唯报之以憨憨的一笑。也是因为这篇文章,我获得了2000年河北师大研究生"孝廉奖学金",记忆中是1400元奖金,这在当时,对于我来说不啻于一笔巨款。

后来,我还给《诗探索》投过一篇稿子,并收到了作为编辑的刘福春先生的回信,方劲工整的字写在"中国社会科学院文学研究所"信纸上——

王永同志：

　　给《诗探索》的稿子已收到，并编过交主编，能否刊用还不能定。希望能继续支持这个刊物。

　　祝

　　好！

刘福春
2001.8.21

　　虽然最终这篇稿子没有刊用，但得到了刘福春先生的一纸墨宝，也是幸运的。当然，这封信我也一直保留着。印象中这是我收到的唯一的报刊编辑部手写复信，很多的稿子投出去就如同泥牛投海了。《诗探索》编辑的认真负责，对于作者的尊重，由此也可窥一斑。

　　由于投稿和订阅《诗探索》，自然对于"北京市西三环北路105号"这个地址并不陌生。因缘际会，5年之后，我从工作的石家庄陆军指挥学院（现为国防大学联合作战学院）考上了首都师范大学的博士，拜于吴思敬先生门下，有3年的时间也是使用的这个地址。在读博期间，得以亲闻謦欬，对于吴思敬老师，对于他所主编的《诗探索》也就有了更多的了解。

　　吴老师，蔼然长者，品高而洞达，既是"经师"，更是"人师"。他在中国当代诗歌理论的研究中，最早开拓了"心理诗学"的领地。在诗歌面前，吴思敬先生永远有一颗年轻的心。他屡屡提及，诗歌与青春相连，与梦想相连，"作为一名诗评人，我要永葆一颗童心，只有这样才能够与中青年诗人心灵相通，才能够在与他们的对话过程中，碰撞出更精彩的火花，从而让彼此对诗歌的理解和认识，进一步地升华，这也是我在不断学习和进步的过程。"由于吴思敬的"童心"，他才绝无高高在上的架子和做派，能够与诗人们心灵相通，平等对话。即便是年青的，甚或初涉诗坛的诗人在吴思敬面前也没有丝毫的隔膜和"代沟"之感。与一些早已"功成名就"的评论家不同，他始终关注着诗歌的场域，从未离开诗歌的现场。在诗坛上，他就是一个诗歌的守望者的形象，对于年青的诗人，他更是"引渡者"。

这里，我还想指出的是，吴老师是卓越的诗歌活动和诗歌会议的组织者——这里，我避开了"诗歌活动家"这个称号，因为它被一些人刻板化、污名化，常与炒作、博名逐利之类相联系。我认同诗人安琪的见解，真正的诗歌活动家理应受人敬佩，因为他们是有公益心而无自私心的人，他们把自己读书写作的时间用于服务诗人和诗坛。其实，诗歌活动或诗歌会议，可以看出组织者的学术视野和对于诗歌新现象新问题的敏感、对于诗坛动态的整体性把握和判断。比如，吴思敬先生曾主导的对于"新诗有无传统"问题的大讨论，对于"底层写作"的关注与研究等，都形成了诗学批评的热点。同时，诗歌活动和诗歌会议，也是颇考验组织者的号召力和组织协调能力——这对有学术意义的活动或会议能否成功也是极其重要的。我曾在跟吴老师读博期间，多次作为会务人员，参与中国诗歌研究中心、《诗探索》组织的会议，也体验到办会的辛苦和不容易。记得在给一次会议做总结陈词时，洪子诚先生在感谢了办会人员的辛苦之后，说，应该在中国诗歌研究中心办一个诗歌会务的博士点，吴思敬老师是最称职的博导。一旁的谢冕先生也笑着点头附和。当然，这是睿智的洪子诚老师特有的幽默，从这个善意的玩笑也可以看出大家对于吴老师辛勤付出的敬意。

在吴老师的策划或主导之下，《诗探索》组织了很多的诗歌活动和会议，我查了一下我在《诗探索》上发表的文章，就有我在读博期间写的两篇会议综述，一篇是邵燕祥诗歌创作研讨会的，一篇是首届"诗探索奖"的。在我阅读的印象之中，《诗探索》举办的有影响的诗歌会议和活动，除了文章前面提到的"盘峰论剑"，还有"字思维"与中国现代诗学的研讨、当代女性诗歌写作的研讨、对"白洋淀诗歌群落"的寻访活动等。值得一提的是，《诗探索》创刊之始就组织的首届"青春诗会"八诗人（张学梦、高伐林、徐敬亚、顾城、王小妮、梁小斌、舒婷、江河）的座谈会，让青年诗人们发出自己的声音。这些会议与活动，推动了诗歌评论者们对于当代诗歌与诗人的研究，也让诗歌爱好者们更清楚地了解了诗坛动态。

《诗探索》是我国首个专门的诗歌理论批评的刊物，在我印象中，应该也是 20 世纪唯一的一份全国性的诗歌理论刊物。这份刊物诞生于 1980 年，"南宁诗会"之后。这次会议上爆发的关于"新诗潮"的论争直接催生了这份理论刊物。《诗探索》感应了时代的召唤，自觉地站在了这一决定中国新诗命运的大论战的前列，勇敢承担了为新诗的思想艺术解放提供理论支持的使命。刊物取名"探索"（据杨匡汉先生的记述，这个名字来自老诗人雁翼的灵感），意在推进随着"朦胧诗"出现而兴起的探索之风。"高举艺术探索的旗帜，站在引领诗歌变革潮流的前沿，这就是《诗探索》的出版初衷。"（谢冕《〈诗探索〉改版弁言》）在谢冕先生执笔的发刊词《我们需要探索》中，更是强调了"探索"的意义："诗人在用诗探索人生和人的心灵。我们，则探索诗，探索诗人从事这一精神生产所达到的和未曾达到的思想与艺术的境界。探索的精神，就是思想解放的精神。"艾青也肯定了这个刊名以及其所蕴含的探索精神，在创刊号《答〈诗探索〉编者问》中，他说，"希望在刊物上大家都来探索，你探索你的，我探索我的。百家争鸣在一个'争'字。要发展论争。"的确，1980年代是个诗歌非常有活力的年代，冲荡着不落窠臼积极进取的探索精神。陈超老师在1989年出版的第一部现代诗文本细读的专著（也是巨著，共辑入对我国现、当代129位诗人的403首探索性诗作的解读）——应该也是全国第一部——就取名为"中国探索诗鉴赏辞典"，他也着意诠释了"探索"这个词，"无论是作为动名词还是作为动词，从来都涵括着双重意味。'探索'是深刻的追求，同时也意味着可能出现的失误或失败；'探索'是先锋或前卫的近义语，同时也带有某种冥冥中的冒险性。"

　　《诗探索》的创办有感于当时的两点事实：诗歌评论园地的狭小和诗歌批评队伍的贫弱。因此《诗探索》创刊之初就自觉地承担起团结诗评力量，建设青年诗评论家队伍的责任。回顾40年的发展历史，应该说，《诗探索》成功践行了自己的初心，可资印证的就是，几乎所有有影响的当代诗人和诗评家都在《诗探索》发表过文章。而且，很多文章，有着不同的立场和观点，但都并行不悖地出现在这份刊物上，这也体现了刊物的争鸣性和探索性。正像吴思敬老师在《〈诗探索〉的办刊宗旨与历史沿革》一文中说，"在当今的中国，写诗是寂寞的事业，从事诗歌评论更是加倍寂寞的事业。《诗探索》为寂寞中坚执的诗人和评论家提供了一片净土，为诗坛的守望者营造了一个温馨的家园。"

《诗探索》走过了整整40年的历程——这几乎和我的岁数相仿，而最初我在《诗探索》上发表文章还是毛头小子，如今已越不惑之年。《诗探索》发展到今天殊为不易，正因此也颇值得纪念。刊物一直没有刊号，而不得以采用了辑刊的策略。据谢冕先生所言，刊物的经济来源主要来自民间的资助，它的所有编辑都是志愿的、业余的和无偿的（附带提上一笔，我的同门连敏师姐一直为《诗探索》做目录的英文翻译，士强师弟近年来也为《诗探索》约稿、编稿，做了不少细致的工作）。其间，经历了主办单位的变动，主编和编委的变化（有的编委，如刘士杰先生已然辞世），并数易出版社，在1986—1993年因为资金问题还被迫"放假"。2005年起，《诗探索》为推进诗歌理论批评的深度和广度，更具体而深入地介入诗歌创作的实际，进一步改版，每年增加了两期"作品卷"。同时，"诗探索奖"的设立，"诗探索丛书"的出版等举措，扩大了刊物的影响力，增强了品牌效应。但是近年来，新媒体与数字刊物对于纸刊构成了强劲的冲击，加之，刊物的等级化之风大盛，学术评价的唯C刊、核心是瞻，作为"双非"刊物（非核心、非C刊）的《诗探索》该如何吸引作者，该如何进一步发展，恐怕仍然需要"探索"下去。

作者单位：燕山大学文法学院

面向新诗的分歧路口
——为《诗探索》创刊 40 周年作

陈太胜

一

创刊于 1980 年的《诗探索》，至今已历 40 年。这确实是很有纪念意义的事。我在《诗探索》上发表文章，始自新千年以后。我一想起《诗探索》，便会想起首都师范大学主办的历次"香山会议"（常与北京大学联合主办），还有这些会议的主要组织者吴思敬先生。

我第一次在《诗探索》上发表文章，也与我第一次参加的由首都师范大学主办的一次"香山会议"有关。这次会议由首都师范大学中国诗歌研究中心、荷兰莱顿大学亚洲学院、美国加州大学戴维斯分校东亚系联合主办，会议名称为"中国新诗理论国际研讨会"，于 2001 年 12 月 15 日至 17 日，在位于香山公园内由著名的设计师贝聿铭设计的香山饭店内召开。我那时已经在北京师范大学任教数年，刚获得博士学位不久。参加这次会议还有些偶然。实际上，受邀参加会议的，是我的博士论文指导老师王一川先生。可能，是刚收到会议邀请信的王老师，被我碰上了，他自己无法与会，又想起我这些年做新诗研究，就把信递给了我，问我有没有兴趣参加。于是，我根据会议的讨论主题，专门为会议撰写了一篇论文，经王老师介绍，代替王老师参加了这次会议。也因这次会议，我认识了诗歌研究的诸多前辈和朋友。我在会议上做了发言，后经会议组织者吴思敬老师约稿，发表在次年的《诗探索》上。此后，我这个就学科归属来说，属于文艺理论，而不是现当代文学的大学老师，除了自己的工作单位主办的会议之外，基本不怎么参加本专业的会议，却频繁出入于由首都师范大学和北京大学组织的各类新诗会议。这些与新诗有关的会议，除香山外，还在北大附近的达园宾馆、福建武夷山、江苏扬州、宁夏银川、湖南长沙等地举办过。每次参加会议，我的态度至少是认真的，都会在收到会议邀请信后，开始构思并撰写一篇新的论文，并在截止日期前老老实实地发给会务组人员。当中有些文章，也有可能发表于其他杂志，但有不少发表于《诗探索》上。

统计了一下，自2002年开始，我在《诗探索》上共发表过7篇文章（其中一篇的第一作者是孟泽教授），且其中有两篇文章都被放在刊首第一篇。数量不算多，却也不少。这些文章也在很大程度上反映了我这些年在与新诗相关的批评上的兴趣。《形式与语言：梁宗岱的新诗理论》[《诗探索》2005年第1辑（理论卷）]讨论的话题，是我博士论文研究的主题的延续。而《从声音的角度看新诗》(《诗探索·理论卷》2017年第3辑）则是我最近出版的一部专著中讨论的主题。特别值得一提的是，在发表的7篇文章中，有3篇跟已故的诗人彭燕郊有关。2007年5月26日，在湘潭大学举办了名为"《彭燕郊文集》出版座谈暨创作研讨会"的会议，记得会议主办方除当代文学研究会、湖南文艺出版社外，就有首都师范大学诗歌研究中心。我因撰写有关梁宗岱的博士论文的关系，此前就认识了彭燕郊先生。后因受邀与会而系统读了彭先生的诗，并因此有很高的评价，才决定参会，并在会上做了题为"幻视的能力：彭燕郊的早期诗作"的发言。发言在会上反响还不错。会后，吴思敬先生问我，能不能把这篇文章给《诗探索》，并特意强调，《诗探索》并不是什么C刊，如要给别家，也没有关系。发言文章经修改后，发表在了次年《诗探索》第1辑的专辑"彭燕郊创作研讨会论文选辑"上。之后，彭先生不幸于次年逝世（时我正在英国访学）。回国后，我于2009年3月，特邀请孟泽教授到北师大举办了一次别开生面的小型研讨班，在会上，孟泽和我分别做了演讲，学生读了彭先生的诗，最后是提问和讨论。整个发言稿作了录音，经学生整理出来后，长达四万字之多。参加活动的学生反响很好，整理出来后，孟泽和我也觉得还有可取之处，孟泽便将它交给了吴先生。没想到，吴先生不嫌其长，居然将它以"诗歌讲坛"的专栏形式，全文发表在了次年的《诗探索·理论卷》第2辑上。这篇文章占了38个页码，在全刊两百多页中占了近五分之一的篇幅。到了2018年彭先生逝世十周年之际，孟泽兄又筹划了"纪念诗人彭燕郊逝世十周年"专栏纪念文章，《诗探索·理论卷》第3辑又慷慨提供了版面，这其中，就包括我的长文《不合时宜的歌者》。

二

创办于1980年的《诗探索》，在创刊号上发表了署名为"本刊编辑部"的《我们需要探索》的发刊词。这个发刊词，据杨匡汉先生为《诗探索》30周年纪念写的文章称，由主编谢冕老师执笔。依照这个发刊词的说法，创办刊物的想法，源于1980年在广西南宁召开的全国当代诗歌讨论会。创办的动机是"有感于诗歌评论园地的狭小；有感于诗歌批评队伍的贫弱。"发刊词坚定地宣称："唯有探索，方能前进。在探索中前进，在前进中探索。探索之无止境，正与前进相同。这是已为生活发展的历史，也是新诗发展的历史所昭示了的。"这也很好地解释了这份新诗理论刊物之所以命名为"诗探索"的用意。这一用意，在今天看来似乎平淡无奇，但放在1980年，其实是需要勇气的。而且，在具体的办刊过程中，确实也需要冲破思想和现实上的诸多束缚，甚至是禁区。发刊词中的这些话，今天读来还相当振奋人心，像："探索的精神，就是一种思想解放的精神。""艺术的探索不存在禁区。应当允许各种各样的、多种道路的探索。……一切艺术都贵乎创新。应当鼓励人们勇于探索，让人们在探索的过程中辨真识伪、推陈出新、标新立异。"《诗探索》是自有新诗以来的第一份专事"理论批评"的刊物，其创办之初的目标是"学术性、理论性与知识性并重的刊物"。其办刊的主张，发刊词用"三个短语"来概括，即"自由争论、多样化、独创性"。可以说，《诗探索》办刊以来，很好地践行了这些办刊目标和主张。

谢冕先生在2005年的《〈诗探索〉改版弁言》中说："《诗探索》诞生于中

国改革开放的新时期,它伴随着中国新诗走过了从封闭到开展、从凝滞到行进、从单一到多元的、激烈的、有时甚至是狂暴的、让人惊心动魄的全过程。记得当年,'文革'动乱收场,改革之风起于青萍之末,诗歌敏感于文艺春天的来临,也自沉寂与禁锢中醒来。《诗探索》出版之初,正值'朦胧诗'崛起之时。自此时开始,围绕着新诗潮的意义,价值及其美学特性,展开了旷日持久的激烈论战。这是自20世纪初叶新诗诞生以来,事关中国诗歌兴衰存亡的、范围极为广泛的、意义极为深远的一次重大论争。《诗探索》感应了时代的召唤,自觉地站在了这一决定中国新诗命运的大论战的前列,勇敢承担了为新诗的思想艺术解放提供理论支持的使命。"这一段话,确实很好地概括了《诗探索》在其创办之初的历史功能和使命。《诗探索》创刊号在开篇发表了艾青的《答〈诗探索〉编者问》,那时艾青的观点,保守且老套。我的理解是,让他出场说几句,是一种"操作",以示这个刊物的出场,艾青也是支持的。紧接的便是谢冕先生的《在新的崛起面前》,这篇著名的文章原载《光明日报》1980年5月7日,这是重新刊发。为了体现"自由争论"和"多样化"的办刊主张,还同时刊发了丁慨然的《"新的崛起"及其他——与谢冕同志商榷》(文末注明作者"系北京市青年工人",他是刊物副主编丁力的儿子),单占生的《新诗的道路越走越窄了吗?》两篇争论文章。确实,刊物在其最初,便以积极的姿态介入"朦胧诗"的相关论争中,并在事实上为新诗潮,即"朦胧诗"提供了理论与批评支持。这当中,也包括吴思敬老师于次年第2辑发表的《时代的进步与现代诗》一文。

《诗探索》自1980年创办以来,除1986至1993年停刊外,一直出版至今。其间,《诗探索》对新诗的批评与理论建设的贡献,可谓在中国当代占据着唯一的没有其他刊物可以替代的重要地位。这个刊物几乎对中国新诗自诞生以来的任何重要诗人、流派都做了专文或专题的研究。于新诗史上的各种问题无不涉及。同时,它也具有鲜明的当代性,几乎总是在有意无意间介入了新诗发展过程中的所有方面。自1995年开始,《诗探索》开风气之先,开始讨论"后朦胧诗""第三代诗""女性诗歌"等问题。同年第4辑(总第20辑)中,陈旭光、陈仲义、汪剑钊、罗振亚等学者,对"后朦胧诗"和"第三代诗"这两个话题进行了集中且有深度的讨论。1999 年，刊物中出现了大量文章，讨论或记述世纪末那场著名的"知识分子"与"民间"的争论。自刊物创办以来，诗人及其作品的评论就在每一期的刊物中占有相当大的分量。数量众多的现当代诗人都在刊物上被评论，且很大一部分是以专栏研究的形式进行的。《诗探索》自创刊以来，就非常重视外国诗歌理论和诗人的介绍和评论，也包括对外国诗歌理论与动态的介绍。像创办初期刊发的袁可嘉《从艾略特到威廉斯——略谈战后美国新诗学》(1982 年第 4 期)，与康定斯基的《论词的精神性》(刘小枫译注，1984 年 11 月，总第 11 期)，在当时都是难得一见的既有新意，又有深度的文章。

谢冕老师曾在《诗探索》30 周年座谈会上说："30 年间，作为一份严肃的刊物，一直没有申请到国家批准的刊号，没有固定资金，没有办公室，没有专职的编辑，从主编到具体的工作人员全都是义工，这种局面一直延续到今天，延续到目前。"就刊物的经营条件来说，这个刊物能够延续至今，确实不容易。这与这份刊物对中国新诗的贡献，可能恰恰成反比。这本身也是我们这个时代具有反讽意义的事。吴思敬老师在《诗探索》出版 30 周年座谈会上说："从长远来看，《诗探索》作为一份专门的诗歌理论研究刊物，肯定对未来的诗歌研究者、文学史研究者有重要的参考价值。"这话确实是朴素地道出了《诗探索》的贡献，和它必定会具有的历史价值。

新诗在自其诞生、发展了近 20 年之后，批评家梁宗岱曾在 1935 年 11 月 8 日的《大公报》"诗特刊"专栏刊文，名叫《新诗的十字路口》。在文中，他肯定新诗的成绩，称"我们底新诗，在这短短的期间，已经和传说中的流萤般认不出它腐草般的前身了。"当然，他更多的是忧虑，对新诗处于十字路口的忧虑，他说："我们似乎走到了一个分歧的路口。新诗的造就和前途将先决于我们底选择和去就。"在这样的十字路口，梁宗岱本人的答案可能不尽理想，他之后走向了用白话填词，主张新诗的格律化。这与几乎与他同时的另几个批评家，包括叶公超、李健吾，走的是很不同的不那么现代的道路。在我看来，在梁宗岱所认定的新诗的分歧路口，叶公超和李健吾的批评主张，走的是为当时的"前线诗人"戴望舒、卞之琳、何其芳的写作鼓吹并作解释的正确道路。

从这个例子中，也可看出新诗建设中理论与批评的重要性。

　　《诗探索》在创办之初，就站在新诗发展的一个分歧路口上，显然，《诗探索》在谢冕老师的带领下，做出了自己可贵的选择，并为中国新诗的发展做出了重要的贡献。中国新诗，自1990年代，尤其是新千年以来，可能又走到了这样一个与1980年代更不同的分歧路口，这甚至不是仅有两条路可以选择的"十字路口"，而是有很多条道路可以选择的"分歧路口"。在很大程度上，"个人写作"也是在这个意义上才真正确立了自己的价值。而诗学建设，在这样一个特定的语境里，在多大程度上是与我们的写作实际相应的，怕是一个值得怀疑的问题。在这方面，《诗探索》一直在"探索"，之后，包括像北京大学创办的《新诗评论》也加入了"探索"的重要行列。我们对光荣的《诗探索》还有新的期待，并希望它在新诗的"分歧"路口继续探索下去。

三

　　对《诗探索》这样一个由"义工"（谢冕语）支持的刊物来说。"义工"在其中的作用自然是最重要的。刊物自创办到暂时休刊的1985年，主编是谢冕先生，副主编是丁力和杨匡汉，1994复刊至今（后分"理论卷"与"作品卷"，这里指"理论卷"），主编是谢冕、杨匡汉和吴思敬。显然，这个刊物的创办与存在，与这些老先生的贡献是分不开的。记得在参加北京大学和首都师范大学联合主办的各种会议时，我们几个年轻人好几次都谈到，这些老先生对新诗的执着和热情，真是让人敬佩。每次会议，有时持续数天，可是，几位老先生，这当中包括谢冕、吴思敬和洪子诚三位，自始而终坐在会议室第一排，听所有与会者的发言。尤其难能可贵的是，这些老先生，有时候还会在你发言后，与你讨论相关的话题。谢冕先生出现的场合，每每前呼后拥，令人望而生畏。连单独打个招呼都不容易，更别提说上几句话了。这些年在会议间歇，见面的机会不少，每次有机会，我总是会由衷地问好，但说话的机会并不多。记得几年前在香山的一个会上，与谢冕先生偶遇于卫生间之外，我照例说"谢老师您好！"以为他也并不记得我是谁。不料，谢先生开口说，你是陈太胜吧，北师大的。弄得我受宠若惊。连声说是，谢先生还说，你的发言不错。我便只好说，哪里哪里，您过奖了。洪子诚先生治学严谨，我一直敬佩有加。有一次在外地开会，老先生专门对我说：太胜你讲得好，有些问题有些人一开会就讲，反复讲，没道理。老先生这是在鼓励年轻人"造反"。我心里佩服。我知道，他心里想的是学术。老先生们这种对学术讨论的执着与热忱，让身处其中的我，会有一种从事与新诗相关讨论的自豪和尊严感。这种平常的东西，在今天中国的大学与相关的学术讨论场合，令人遗憾的是，经常处于缺乏当中。

我在《诗探索》发表的文章，除了一篇书评外，都与吴思敬先生有关。与吴先生接触不多，但每次都令我如沐春风。还记得那次从湖南参加了"《彭燕郊文集》出版座谈暨创作研讨会"后返京，恰巧与吴先生一个车厢，至饭点了，我主动说，一起去附近的餐车吃饭。我们一起去了，吃了顿便餐。一心想着要为长辈埋单的我，最后几乎不由分说地败下阵来，被吴先生"义正词严"地抢走了这一权利。弄得我相当惭愧。这些年在《诗探索》上发表的文章，及参加的各类新诗会议，都与吴先生的扶持与赏识有关。吴先生总是以热忱、温厚的态度对待和奖掖我这样的晚辈。这使我常怀感恩之心。

作者单位：北京师范大学文学院

《诗探索》研究

梦境探索者

杨柏青

一群对诗歌艺术抱有纯真情感的知名学者、诗人，带领一大批或久负盛名或实力雄厚或崭露头角的同路人，在一片贫瘠却亦丰饶的土地上耕耘，他们的汗水和呐喊化作了文字，化作了写给缪斯的情书。这就是《诗探索》，一本曾因为经济拮据被迫停刊达数年之久的诗学理论刊物。

1995年6月上旬的一个下午，记者在白广路首都师大培训部的一间小房子里，找到正在伏案的著名诗评家、该刊主编之一的吴思敬教授时，天空下起了阵雨。吴思敬满脸的汗水在雨水溅起的微风中渐渐干涸，他的语调也渐渐有了生气："办《诗探索》，就是为了探索。咱们全国目前就这么一份诗歌理论、批评、研究的综合性刊物，我和编辑部的同人们有责任把它办下去，并且办好。"

记者接过复刊后的三期《诗探索》，趁着有人找吴思敬谈工作的当儿，迅速地翻阅了起来。

记者注意到，这份以辑刊形式出版的杂志，每一期都是一份厚重的诗学理论专集。对现实诗坛的关注、众多诗家集体智慧的碰撞，加上权威的编辑队伍，使得这份体积不大、装帧朴素的小刊物如此富有分量和保存价值。

复刊号上刊发的艾青、郑敏、蓝棣之、牛汉等人的较高品位的言论，给了新《诗探索》以坚实的定位。第二期刊发的辛笛、张同吾、纪弦、唐湜等人的诗学感受，更使《诗探索》锦上添花。对诗、诗人的研究，对诗学理论的探讨以及对诗坛态势的剖析与对诗歌热点的追踪，构成了这本刊物的主旋律。第三期，更是群星荟萃，异彩纷呈。老诗人苏金伞的《诗人应有赤子之心》，表达了一位革命诗人的心迹；著名学者孙玉石教授的《20世纪中国新诗：1917—1937》对中国新诗的滥觞到发展期的历程进行了独到的归纳和总结；王宁教授的《中国当代诗歌中的后现代性》，对当代诗歌中的"后现代"问题进行了较为深刻的探究；其他如吴开晋、罗洛、严力等人的文章，也是字字铿锵，颇有见地。这一期质量上乘的理论汇集，成了《诗探索》走向健壮成长的发端。

《诗探索》编辑、诗人林莽告诉记者，《诗探索》编辑部的同人，大都是在文学界有一定名气的诗人、评论家，他们都是义务劳动者。办这么一份刊物，真是既不为名也不为利。去年8月份，为使复刊号能按期付梓，吴思敬同诗评家、编辑刘福春三去河北三河，坐的是长途公共汽车。一个夏天他们都是在汗水中泡过来的。

当记者问起是什么力量支撑他们这么玩命时，吴思敬几乎一字一顿："中华民族是一个泱泱的诗歌大国，五千年的文化积淀，造就了中国诗歌的丰厚与坚实。诗歌是人类语言的精华。因此，探索诗，从某种意义上讲，就是探索人类的一种美好的梦境，探索人类心灵的远景。"

"在商潮滚滚的今日，你们这群梦境的探索者，也是梦境的缔造者。你们对艺术的执着，对精神价值的不懈追求，有着难以否定的象征意义。"披着阵雨过后依稀的小雨，记者脑海里一路上都在翻涌着同吴思敬告别时的几句语无伦次的话。

原载《人民日报》1995年6月24日第七版

作者单位：人民日报社（记者）

《诗探索》：寂寞中的坚执

程光炜

1994年，在知识分子的传统阵地日感吃紧的时候，沉寂了数年之久的《诗探索》辑刊，悄然在北京问世了。

《诗探索》诞生于1980年代初，是我国唯一的诗歌理论刊物，曾以其纯正的学术品位和理论的前卫性、探索性，深为诗歌界和学术界所瞩目。那么今天呢？读了1994年已出版的《诗探索》，我深感它在保留了前期某些特点的同时，又有了新的变化：对历史的沉思代替了前卫者的激进，对诗歌现象的冷静剖析代替了情感式的鼓动，对诗歌本体的专注代替了对诗歌外在因素的扫描……这种端正庄重的学院派办刊风格，固然是编辑部同人诸君学术风格的写照，同时亦与1994年知识界的大态势暗暗相合。目前的文坛平静中透露着内心生活的庄重，文化交叠促使每个文人去把握自身。这种大气候自然会在《诗探索》的新刊中有所感应。

翻开《诗探索》，一个个富有学术气息的栏目，一篇篇新见迭出的文章，一个个富有魅力的作者名字，令人目不暇接。

艾青先生近年由于身体欠佳，我们已极少读到他的新作了。《诗探索》总第13辑（1994）头条发表了他的短文《诗人要自信》。在文中他就诗人面对经济大潮该如何把握自己而发出了忠告。艾青毕竟是艾青，即使年迈多病，其思想的锋芒不减，其对后来者的拳拳之心更是可叹可感！此外苏金伞、辛笛、纪弦、牛汉、郑敏、唐湜这些诗坛前辈的文章，同样展示了一种过来人的洒脱，一种对诗坛新人的期许，一种对诗的深刻而独特的理解，一种对诗歌未来的展望。除去这些深孚众望的老诗人外，《诗探索》的撰稿人尚有风头正健的中青年诗人和评论家，比起前期的作者队伍，其中教授、研究员、博士硕士研究生的成分明显增多了，显示了我国诗歌评论队伍的后继有人，也显示了诗歌理论与批评中的日渐浓厚的学院派色彩。

"诗学研究"是《诗探索》的重头栏目。先后有杨匡汉、赵毅衡、李震、崔卫平及美籍华人批评家奚密教授的文章刊出。杨匡汉、赵毅衡文偏重提示诗歌写作的"背景"，强调这一过程中内心的深度。李震、崔卫平文针对笼罩诗坛的某个重要现象而发，最后落脚于写作愿望与写作效果事实上的深刻悖论之上。奚密教授之文拥有"西方"和"中国当代"双重文化背景，这样一种"置入"，既体现出诗人之死的精神重量，又提供给人们相当理性的研究眼光。研究食指、顾城、海子的具有回忆性质的专栏，也特别引人注目。作者大多为诗人生前友好，手中既掌握有丰富鲜见的资料，且能给诗人历史地位以一种比较公允的评价，如林莽的《并未被埋葬的诗人——食指》、唐晓渡的《顾城之死》、苇岸的《怀念海子》等文。历史钩沉的意义不只在钩沉本身，它对前人是一种绵长的安顿，对继起者则是精神的遗存，是历史不再、却又不失"影响的焦虑"的种种思维范型。这是否也潜含着刊物编辑者们一份诚恳深刻的用心？

"诗人研究"是《诗探索》的又一重头栏目。其研究对象既有何其芳、卞之琳、李瑛、痖弦、洛夫这些在现当代诗歌史上有重要影响的大家，又有西川、王家新等新时期的后起之秀。把诗人放到特定的历史环境中去，用1990年代的诗学眼光对之进行重新观照，是这一专栏所发诗人论的共同追求。无论就总结这些诗人的创作经验，还是就这些诗人在未来诗歌史上的定位，这些文章都是极有意义的。

"当代诗歌群落"栏也颇为别致，在任何诗刊诗报或学术刊物中均未曾见过。此栏不标"当代诗歌流派"而称"当代诗歌群落"，大约是因为流派是艺术观与风格相近的作家自觉、不自觉地结集在一起形成的文学派别，有其特定的内涵与相对的稳定性；而群落的概念则宽泛得多，是对一时一地诗歌群体活动的称谓。群落有可能发展成流派，也可能喧嚣一时但最终自生自灭。对于新时期以来青年诗人中旗帜林立、自封流派的现象，编者没有随意地奉送流派的冠冕加以迎合，而是选择若干既有创作实绩，又有理论突破的群体加以实事求是的述评，并称之为"群落"，这里亦足见编者的慎重与苦心。

当前，经济大潮带来的消费文化无孔不入，真正的人文精神似乎将浸入一个漫漫长夜，一个"守夜人"的时代正在到来。在黑格尔的时代，德国知识分子也是在长久的压抑后转向内心世界的探索的。《诗探索》存在的意义即在于此。躁动的白昼结束之后，才意味着在寂寞中坚执的守夜人写作的开始。

原载《山花》1995 年第 7 期

作者单位：中国人民大学

纯正的、科学的、敬业的
——评复刊后的《诗探索》

沈 奇

一

新诗80年（至20世纪末），强在作品，弱在理论，成为一个一直没有得到很好解决的大问题。

在中国新文学（艺术）的宏大进程中，新诗占有首当其冲、独领风骚的特殊地位。以"五四"为起点的所有新文化迸发中，唯有新诗持续激荡，一浪高过一浪，并最终拥有辉煌的成就——这是一次创世性的、造山运动般的、高海拔的崛起，一次从语言到形式到内容的全新的出发，是百年中国文化中唯一持续高耸的山系，其身影的投射，已远远超过了诗本身。这其中，发轫于1970年代末，横贯整个1980年代而后深入突进于1990年代的中国现代主义新诗潮，则又成为新诗80年之最为重要和具有特殊价值的一大板块，无论是其规模空前的创作实践，还是其多向度、多层面触及和引发的新诗诗学问题，都已成为历史的壮举，具有世界性的影响，有待于理论与批评的全面认知和确立。

应该看到，当代中国现代主义新诗潮之所以能经由艰难的奋争和突围，形成今天这样一个大江长河般的、自立自强自在的宏深进程，是与新诗潮之批评与理论的同步崛起分不开的。这其中，于1980年秋末创刊的《诗探索》杂志（由中国当代文学研究会主办，谢冕任主编），作为当时唯一一份新诗理论与批评刊物，以其鲜明的立场和先锋性的探索态势，以及与现代主义新诗创作的密切配合和协同作战，成为整个新时期诗歌最浓重的历史投影和最深切的理论集结，产生了极为重要的影响。遗憾的是，在经历了五年半的独立支撑之后，终因经济原因，于1985年夏天被迫停刊。

特别值得提出的是，这次停刊的时间落点正值新时期诗潮向后新时期诗潮、亦即由"朦胧诗"向第三代诗歌的转型时期。由此引发的新诗理论与批评也开始由先前的意识形态话语向包括现代主义乃至后现代主义在内的诗学本体话语的转型——实际上，无论就朦胧诗后新诗创作所触及的一系列诗学问题而言，还是就第三代代表诗人们和更年轻的批评家们所深入的理论境域而言，都是此前的新时期诗潮所不能相比的。而恰恰在这一最迫切需要像《诗探索》这样的理论与批评重镇的时期，"中心"空缺了——转型后的先锋诗歌理论与批评，成为各自为政、仅凭民间和内部交流的形式发生和发展着，成为一种多元独语状态，一种离散的繁荣和缺乏高层面交流的深入。进入1990年代后，诗坛已越来越感到这一空缺的遗憾；通过高层面的梳理和整合以鼓促新的迸发，越来越成为一种迫切的呼求——可谓恰逢其时，《诗探索》终于在停刊8年之后重新复刊，成为临近世纪之交的中国诗坛一件令人振奋的大事。

二

复刊后的《诗探索》应该做什么？怎样做？是否契合了现时空下先锋诗歌以及整个1990年代大陆诗坛对它的期许呢？

有必要先谈一下进入后新时期后，我们的现代汉诗从创作到理论与批评的现状——

1980年代中期亦即《诗探索》停刊之后，整个现代汉诗已由"突围状态"转为"自在状态"，由职业与业余混杂状态转为以职业选手为主导的成熟期。由此一转型，为现代汉诗的理论与批评提出了两个向度：其一是向后梳理的向度，其二是向前导引的向度。

"突围"之后，我们留下了一个十分混乱的"战场"而未经清理便扬长远去。诸如历史不明、流派不清、命名以误传误、认同约定俗成以及乱编选集等,从而形成后来一系列的理论尴尬和被动直至悲性循环。给昨天的历史一个科学的说法,给明天的历史一个清醒的开启,正本清源、重建权威,是摆在1990年代之现代汉诗理论与批评界面前一个不可再推移的课题。所谓不可不为,势在必为。

经由"突围"而自在之后,亦即在争得了个人话语权力且渐次进入"职业性"创作之后,我们又面临着批评的缺席和理论的空乏。即或在日趋稀薄的批评话语和理论文本中,也存在不少明显的缺失和偏差。从诗歌批评看:或因势利导多,缺少对诗学本体的切入;或大而无当,缺少技艺性的审视;或趋流赶潮,缺乏细研文本和本真批评;或与现场脱离,失去批评的现实意义,等等。从诗歌理论看:或概念混乱(命名、分期、流派价值等);或语义紊杂、话语黏滞(不明确、不清晰、流质状、絮凝状,缺乏控制和梳理等);或唯西方为坐标,缺乏本土性研究;或困于权威的缺席,缺乏严肃性与科学性(尤以对文本把握的粗浅和例证研究的随意化为害);等等。

找到位置又失去位置而后须重新确立自己的位置——这便是作为1990年代现代汉诗理论与批评之代表的、应运而复刊后的《诗探索》所面临的首要命题。令人欣慰的是,仅从复刊一年中所出版的4辑《诗探索》来看,它的主持者们(由中国当代文学研究会、北京大学中国新诗研究中心、首都师范大学新诗研究室三家主办,谢冕、杨匡汉、吴思敬任主编)显然已重新找准了位置,以纯正的立场、科学的态度、敬业的精神,初步实现了1990年代现代汉诗对其理论与批评态势的呼求,实现了作为当代中国大陆诗坛唯一理论与批评刊物之科学性、权威性、历史性、本土性和现场性的目标要求,成为一次更新、更辉煌的崛起!

三

对历史的科学梳理、对现场的密切关注、对诗学本体的多向度深入,是复刊后的《诗探索》编辑思想的重心所在。

在对新诗历史的梳理方面，《诗探索》设置了"当代诗歌群落""诗人研究""历史的沉思"三个主要栏目，从新诗1917年发端至1990年代当下，从大陆诗坛到台湾地区及海外华文诗界，纵向贯通，横向整合，其编辑视点和组稿质量均颇见眼力。

诗歌就其写作意义而言，本质上是纯属个人的行为。但作为一个时代的诗歌运动发展，却离不开诗歌团体的激活与推动作用。新时期以来，除对朦胧诗派诗人群体有过一个大致清晰的研究以外，其余则基本流于散落无定，而现实和历史都已不允许再作此状。无论就已出版的部分当代诗歌史论著，还是就海内外一些有关此方面和理论研究来看，其因原始资料的欠缺、例证的不准确、历史事实的失真而导致的误识、误析、误论，已成流弊而急待正本清源。为此，新刊《诗探索》以"当代诗歌群落"专栏，从1—4辑（总第13辑到总第16辑），依次组织介绍了《他们》、"非非"、《一行》三个在朦胧诗后最为重要且至今影响日盛的诗歌群体和作为朦胧诗缘起与出发的"白洋淀"诗歌群落。其中，《他们》主创者韩东的《〈他们〉略说》（总第13辑，1994年）、"非非"主创者周伦佑的《异端之美的呈现——"非非"七年忆事》（总第14辑，1994年）、《一行》主创者严力的《"一行"：无方向的方向》（总第15辑，1994年）三篇极具史料价值的文章，使海内外研究者对这三大群体的创始及流变有了一个基本明晰的认知。与之配合发表的贺奕的《"诗到语言为止"一辨》（总第13辑，1994年），则从理论的角度，澄清了韩东当年一句表述未及完备的诗学主张，在第三代诗歌进程中所起的开启作用及后来因误读而致的负面效应，以及对《他们》的一些理论误解。王潮的《变构语言的努力——"非非"语言意识浅析》（总第14辑，1994年）一文，则从语言的向度，就"非非"语言意识的"两条思想线索"和"三个发展阶段"做了较深入的探讨。李震的《文化裂缝中生长的诗歌》（总第15辑，1994年），则对《一行》跨国、跨区域性的、各种文化土壤和诗歌板块相切共生的、被作者称为"在国际诗坛上罕见的文化裂缝中生长"的诗歌现象，进行了独到的透析。六篇介绍"白洋淀"诗歌群落的文章（总第16辑，1994年），则从包括当事人在内的不同侧面，评介了该群体当年聚合及后来流变对两代诗歌的影响，其对原始资料的挖掘与理论解析的深度，都是前所未有的。通过上述文章的集约性发表，编者试图初步确定以上重要诗歌群体对当代中国诗坛的意义，以此拓展当代诗歌史和诗学研究的领域，我认为，这是《诗探索》复刊以来，最为引人注目而卓有成效的一大举措。既是历史的，又是现场的，既填补了空白，又开启了新的研究空间。

"诗人研究"也是这方面的重要栏目。经由对包括台湾地区诗人在内的著名诗人之经典性的重读，梳理出新的诗学命题，且给予历史性的再定位，有着承前启后的研究价值。已发表 5 篇文章，论及何其芳、卞之琳、李瑛、痖弦、洛夫 5 位诗人。其中叶维廉《在记忆离散的文化空间里歌唱——论痖弦记忆塑像的艺术》（总第 13 辑，1994 年）一文，通过对痖弦诗歌中文化记忆塑像的艺术特质到深层剖析，提出了当代中国诗人如何以诗性记忆和书写在心理上开辟一个文化的空间，以此"来构成一个能维系生存意义的属于想象和心理的'文化中国'"的新见解，是一篇有独到之理论深度的解读文章。

"历史的沉思"专栏，则由著名学者、新诗评论家孙玉石教授和谢冕教授分期执笔。已发表孙玉石两篇（总第 15 辑、总第 16 辑，1994 年），对 1917 年至 1949 年的新诗发展史，做了新的回顾、反思与总结，其睿智的思考和深沉的历史反思，给当前的诗歌发展以深刻的启迪而有益于未来之进程。

在对新诗现场的密切关注方面，《诗探索》设置了"诗坛态势剖析""结识一位诗人"两个主要栏目，前者注重对当下诗坛走向的宏观述评，已发表 4 篇文章涉及当前诗歌发展的方方面面，有相当及时的导引作用。后者则着力于对目前比较活跃且具影响的青年诗人从创作态势和作品特性的评介和研究，以求对整体的诗歌创作有所启悟。本年度集中介绍了西川和王家新两位在进入 1990 年代后为海内外所注目的青年诗人，包括诗人自己的文章和评论家的理论阐释与作品赏析，其中刘纳的《西川诗存在的意义》（总第 14 辑，1994 年）和臧棣的《王家新：承受中的汉语》（总第 16 辑，1994 年）两篇评论，分别就两位青年诗人特具的诗歌品质及其影响，做了较深入的评析。如此不惜版面，及时推介和研究在现场中有代表性的诗人，对推动当下诗坛尤其是青年诗坛的纯正发展，无疑是十分重要且具开创性的栏目运作。设想若能持续将这样的一批诗人集中推出，其现实和历史的影响都将是不可估量的。

作为中国大陆目前唯一的诗歌理论刊物，对当代诗学本体的全方位关注，自然是《诗探索》最着力之处。由此设置的几个主要栏目"诗学研究""诗人谈诗""诗歌理论动态"及其专题性的"当代诗歌文化价值取向""语言：一种新诗学维度""当代诗歌中的'后现代'问题"以及辅助性栏目"外国诗论译丛""外国诗论述评"等，皆陆续刊出一批颇有分量而各具特色的文章。其中杨匡汉《形上的驰骋——关于诗性接受的答记》（总第13辑，1994年）从诗歌阅读的角度深入探讨并提出了诗性接受之三种运作方式的观点、新颖而独到。赵毅衡《文本离场批评进场——当代诗学的"逆向传达"》（总第13辑，1994年）以维特根斯坦式的编码方式，对当代诗学的嬗变进行了科学的、精警的阐释。其他如李震的长文《神话写作与反神话写作》（总第14辑，1994年）、崔卫平的《个人化与私人化》（总第14辑，1994年）、一平的《在中国现时文化状况中诗的意义》（总第14辑，1994年）、陈旭光的《论当代诗学理论建设的"语言论转向"》（总第14辑，1994年）以及有关诗歌"后现代"问题的三篇论文，都是对当前诗歌理论方面诸敏感的，带有本体性命题的精辟发言，从而形成了进入1990年代后，中国当代诗学的一次集约式展示，无论对当下的诗歌创作还是对现代汉诗理论建设都深具影响和推动作用。

需要特别指出的是：刊发于新刊第1辑（总第13辑，1994年）的著名学者、诗人、诗论家郑敏教授的《我们的新诗遇到了什么问题》和著名学者、诗论家谢冕教授的《从诗体革命到诗学革命》两篇宏文，是《诗探索》复刊来推出的极为重要的理论文章，对当前和今后一段时期内，中国现代诗的理论批评和现代诗学建设，都具有不可忽视的指导意义。

郑敏教授的长论，从对当前先锋诗歌的发问，推至对近15年来新诗第二次革新的检视以及对整个新诗近80年进程的反思，从精神向度和语言向度两个方面，探讨了许多带根本性的重大问题：传统与革新、真我与假我、勤于感受与懒于思维，一味求变的负面效应和为主义所累等，并最终提出了"21世纪的中国诗人们应当更多倾注于耕耘那久已荒芜的自己的文化心灵"的历史性命题。其中许多论点，确有振聋发聩的开启性作用，在海内外汉语诗学界，引起了强烈的反响，乃至对不无虚妄浮躁的青年诗歌界，也产生了极大的震动和思考。

谢冕教授的文章，则系在经由10余年波滚浪翻的新诗潮之强力推进后，面对新的历史进程，以代言人的身份，提出由诗体革命向诗学革命转向并由此进入中国现代诗学建设的历史命题："作为中国新诗运动自诗体革命到诗学革命的接力者，我们如今面对着庄严的历史性使命：即结束那些无谓的论争，集中力量于诗的理论批评与现代诗学的建设。一种前瞻的而不是退守的；系统的而不是零碎的；紧密结合于中国现代诗的创作实践的而不是对于外来理论生涩拼凑的诗学视野的展开，是我们所期待的。"——可以说，谢冕教授的这篇文章是带有纲领性的，是在中国新诗自身的历史与传统已基本形成，而全力投入对现代诗学理论体系与学科的建设已成目前中国诗坛最为迫切的任务时，一个即时而科学的应答和开启。

四

艰难困苦，玉汝于成。历经70余年曲折而辉煌的中国新诗，业已逼近一个特殊的时空点：80年历史的回顾与总结，世纪之交的前瞻与再出发，海峡两岸及世界范围现代汉诗板块的对接与整合及其大中国诗歌概念的提出等，最终都将那一份深沉而凝重的期许投射于中国现代诗学建设这一跨世纪工程上来。令人欣慰的是，我们在复刊一年来的《诗探索》上，看到了这份期许的生根、发芽和初呈的前程，谢冕先生所提出的那种诗学视野，也正在这块应运而复生的土地上得以全面地展开。

而毕竟，我们只有一个《诗探索》，而在世纪的薄暮中，作为我们精神空间和语言空间的最后的拓荒者：现代新诗，也只有这样一个孤独而坚定的守望神——一切才刚刚开始，我们期待着她以更纯正的立场、更科学的态度、更高扬的敬业精神，为这场更为艰难的"诗革命"做大的贡献，最终给步入新世纪的中国新诗，一个整体的、无限光明的诗学投影。

原载《诗潮》1995年第11—12期

作者单位：西安财经学院

关于《诗探索》
——《当代先锋诗歌研究》节选

姜玉琴

《诗探索》作为一本纯诗歌理论研究的刊物，没有什么耀眼光环，连它的编辑出版都不时要遭受经费断绝的困扰，但就是这样一本没有什么官方力量作支撑，甚至不在体制之内的刊物——它至今没有刊号，只能出辑刊，竟然也坚持了 30 余年，而且还要继续地坚持下去。尤其令人感慨的是，它的存在不仅是个时间的概念，更是一个坚实的精神存在。在这 30 余年间，它通过办刊物、举办诗歌研讨会、诗歌朗诵会以及出版诗集、丛书、设立诗歌奖项等多种方式，对当代诗歌的发展进行了全方位的介入与重塑。从某种意义上可以说，如果想了解当代新诗的发展状况，就不得不先潜下心来研究一番《诗探索》。

一、一本知识分子自由主义立场的同人刊物

自"五四"以来，中国新文学中就形成了一种传统，即知识分子通过创办刊物、出版书籍的形式，直接参与到新文学的倡导与建设中来。创刊于 1980 年的《诗探索》就继承、发扬了这种传统，使之没有断裂与消失，这可能是《诗探索》作为一本刊物在当今时代所具有的最大意义之所在。

（一）平淡中的激流：朝着思想艺术的方向探索

《诗探索》创刊于1980年。这个时间对自"五四"以来就跌宕起伏的中国新文学而言，就是不同寻常的：它标志着一个时代过去了，新的时代登场了。换句话说，《诗探索》作为一本刊物出现在1980年代的第一年，不是偶然的，而是那个时代气氛与时代要求所致。正如《诗探索》创刊时期的主编谢冕在回忆往事时所说："《诗探索》之所以急匆匆地要赶在80年代的第一年问世，是要为那个梦想和激情的年代作证，为中国文学艺术的拨乱反正作证，为中国新诗的再生和崛起作证。"[1]一连串喷涌而出的三个"作证"，意味着与中国文学艺术复兴同时起航的《诗探索》，将在诗歌领域肩负起复兴、再造中国新诗的重任。

也许把"复兴""再造"这类的词与《诗探索》这样一本还在行进中的刊物匹配在一起，会觉得有些小题大做——这类的大词、庄严的词是需要拉开一定的距离来审视的。的确如此，许多事情的优劣好坏都是有待于时间来做裁决的，可这丝毫也不意味着凡是与时间同步而来的事情都是无法判断其价值的。相反，优秀就是优秀，只不过这份"优秀"容易被"贵远贱今"的同时代人所忽略而已，就像不少的艺术大家在活着的时候并没有赢得声名，可这并不能说明他们在活着的时候就不优秀——他们从来都是这般优秀的，只是这份优秀超出了同时代人的理解与承受的能力。在我看来，《诗探索》就是这样一份与我们同步走来的优秀刊物：它看上去中规中矩、平淡无奇，从不让一些惊骇世俗的大话、昏话出现在刊物上，但这种"平淡"不是不作为的"平淡"，而是一种境界，一种可以容纳百川胸怀的体现。要证明《诗探索》不平淡，或者说它是大智若愚，用看似平淡的外表掩饰了内在的激流，丝毫也不烦琐。只要看一下当代有那么多的诗歌刊物，有哪一本刊物能像《诗探索》那样始终与当代诗歌的发展进程紧密地扭结在一起：诗坛这些年来所发生的一切大事件，如"朦胧诗"的大辩论，"第三代"诗歌的全方位突起，有关女性诗歌的辨析与讨论

---

[1] 谢冕：《为梦想和激情的时代作证——纪念〈诗探索〉创刊30周年》，《诗探索·理论卷》2011年第2辑。

以及"知识分子写作"与"民间写作"的论争等,都能一一在《诗探索》上找到相对应的痕迹。重要的是,这种"痕迹"不是浮光掠影式的,而是以当事者的姿态深深地镶入其中,并成为了事件的构成部分。

一本"平淡"的刊物,怎么可能参与并引领时代的诗歌潮流,而且这一领就是30余年,始终没有给人以过时之感。

对一本文学理论杂志而言,自身能够拥有30余年的历史也是值得欣慰的,新文学史上的那些著名的文学刊物似乎就没有一本是超过30年的。然而,对置身于当代的《诗探索》来说,它最主要的价值还并不是体现在时间的长度上——在当代众多的文学刊物与理论刊物中,比它资格更为久远的不在少数,如创刊于1957年的《诗刊》,距今都已经有50多年的历史了。能把《诗探索》从当代众多的刊物中区别开来,使之成为与众不同的"这一个"的,主要还不是体现在办刊的历史上,而更在于它那独特的,甚至从某种意义上说,并不属于当代思想形态的办刊立场和编辑方针上:"《诗探索》的立场是坚定的,它选择了前进和自由,《诗探索》不想充当某一诗歌流派的代言人,也不谋求成为某一风格的鼓吹者。它矢志不移地为诗歌思想艺术的前进和变革而贡献热情和智慧,它始终不渝地与探索者站在一起。'这是对《诗探索》所走过的道路的回溯,也是对《诗探索》编辑方针的宣告。"[1]

这段"编者的话"虽然不长,却把《诗探索》30余年来所坚守的立场与编辑方针都归总了出来:"前进"与"自由",这是《诗探索》所一贯坚守的思想立场;不充当"某一诗歌流派的代言人"、不谋求成为"某一风格的鼓吹者",这是《诗探索》一贯所奉行的编辑方针,即该刊物的美学立场是开放、多元的,坚信"在学术面前,权威、作者和读者都是平等的;在真理面前,任何人都不可能占有空间的全部而只能占据空间的一角;在作者面前,编者可以不同意对方的观点,但必须以学术良知与雅量,保障他们发表说理的意见的权利;在发展中的诗歌面前,一时不可能有什么绝对的结论,大家都在路上,结论只

---

[1] "编者的话",《诗探索·理论卷》2011年第2辑。

能是探索、再探索。"[1]也就是说，在《诗探索》同人们的眼中，谁都不可能是绝对真理的化身，这个世界上原本就没有一个先验的真理存放在那里，人们只需踩着这个真理的脚步翩翩起舞就可以了。相反，一切的真理都是在途中的，需要人们自己去追寻和探索。

这一理念其实也体现在《诗探索》这本刊物的命名中：当年在酝酿刊物的名字时，也有人提议叫"诗歌理论研究""新诗美学""中国诗学"等。实事求是地说，与"诗探索"相比，这些名字可能显得更专业化和学术化一些，与学者办刊的身份更为吻合，但这些儒雅的命名无论如何也体现不出"大家都来探索"的那种自由自在的精神，故而最后大家一致决定叫作《诗探索》。[2]

显然，《诗探索》的同人们是把自由探索的理念置于首位的。应该说，一本刊物给自己设定一个轨道并不难，难的是如何把编辑理念切切实实地贯彻到轨道的运行中去。有不少刊物弥合不了这个缝隙，但《诗探索》从一开始就表现得异常顺畅，他们似乎根本就没有遭遇到理念与轨道不能并拢的折磨。举一个简单的例子：《诗探索》创刊时期的主编谢冕与第一副主编丁力之间的文学观念、美学观点就是针锋相对的。正如大家所知道的那样，当时诗歌界的论争焦点都集中在"朦胧诗"上。谢冕是推举"朦胧诗"的干将，丁力则是坚决反对"朦胧诗"的，他认为"朦胧诗"就是"古怪诗"。这样两个艺术观念截然对立的人，怎么可能聚集到一起来共同创办《诗探索》？

《诗探索》到底是应该按照支持"朦胧诗"的理念来运行，还是按照反对"朦胧诗"的理念来运行？这是一个比较夹缠的问题，似乎需要有一个选择才行。可对《诗探索》的同人们来说，这似乎根本就不是一个问题，把两种不同的意见同时纳入刊物中，让它们形成一种交锋不就解决了。这也是为何《诗探索》的创刊号，一方面选发了谢冕发表在《光明日报》上为"朦胧诗"摇旗呐喊的文章——《在新的崛起面前》，另一方面又配发了两篇与谢冕进行"商榷"的文章——丁力的儿子丁慨然的《"新的崛起"及其他》和单占生的《新诗

---

[1]杨匡汉：《〈诗探索〉草创期的流光疏影》，《诗探索·理论卷》2011年第2辑。
[2]杨匡汉：《〈诗探索〉草创期的流光疏影》，《诗探索·理论卷》2011年第2辑。

的道路越走越窄吗?》的原因。一个刊物用自己的"矛"来打自己的"盾",特别还是在"创刊号"上,这是需要胆识与勇气的。因为这种做法本身可能会遭到价值立场不一致的指责,尤其是这种"不一致"还是来自刊物的主编与副主编之间。可怀抱"大家都来探索"精神的《诗探索》却表现得非常坦然,他们没有觉得这种"不一致"会影响刊物的权威性,相反认为这一举措正好可以把他们的办刊理念给阐释出来:"此一举措,表明即使是主编或编委的文章,都只是代表个人在发言,刊物允许并欢迎讨论与批评。这样安排,是希望在《诗探索》上多增加一些学术自由、艺术民主的气氛。"[1]创刊时期的另一副主编杨匡汉的这番话,就把《诗探索》所追求的那种存异、不求同的编辑理念给总结了出来:任何人的文章都是可以质疑和讨论的,没有谁的观点是不容置疑的真理。显然,《诗探索》就是想在当代诗坛确立起一种在文学艺术面前,人人平等的民主性批评理念。

需要解释的是,说《诗探索》重视、强调个人的探索,并不是说《诗探索》就是一本不讲究尺度的刊物;意味着一个人想怎么探索就怎么探索,可以不受到任何的标准裁决的。不是这样的,其实这种"探索"是有条件限制的,即无论是什么样形式的"探索",都必须是要沿着"诗歌思想艺术"的方向走。这是一条无论在什么时候、什么境况下都不容置疑的准则。有关这一点可以从2005年《诗探索》的改版中看出一些端倪。2005年之前的《诗探索》只有"理论卷",尽管"理论卷"中也不时穿插有诗人的作品,但他们觉得《诗探索》还应该更深入、更直接地介入到诗人的创作与作品中去,以便与理论形成一种呼应的关系。基于这种考虑,从这一年开始,《诗探索》改成由"理论卷"配套"作品卷"的形式出版。

说实话在此之前,当代诗坛已经有不少种专门刊发诗歌的刊物,有没有《诗探索》的这一本"作品卷"似乎并不那么重要。《诗探索》的同人当然知道这一点,但他们对现行的这些刊物实在不满,决心要办出一个与"已有的和将有的诗刊"都不一样的刊物:"要是《诗探索》的'作品卷'的出现,其意义只

---

[1] 杨匡汉:《〈诗探索〉草创期的流光疏影》,《诗探索·理论卷》2011年第2辑。

是给当代中国众多的诗歌出版物再增加一个新的品种，那就是它的失败。要是如此，我们宁可就此罢手。"不想做量上的加法，而想"与众不同"，那他们的应对策略是什么？他们规定，能入选到"作品卷"中的作品，必须"在思想内涵和艺术方式上体现明显的创新精神"，"它应当让人耳目一新，必须给人以启示，并被记忆所保留"。强调艺术的创新性，这无疑是对作品自身所提出的要求。与此同时，他们还规定了编选诗歌时所必须要遵循的标准尺度。这不难理解，艺术上的创新是一个笼统的说法，对一首诗歌来说，怎么样才算得上是创新，怎么又不算是创新？他们是这样说的："《诗探索》是学人编选的出版物，从理论的、学术的、诗歌史的角度审视和进入诗人及其创作的，这就使它拥有了一个独特的、宽广的、甚至可能是久远的视野和准绳。这也就为我们所确立的'与众不同'的方针提供了一种保证。"[1]不言而喻，不管是"理论的""学术的"的角度，还是"诗歌史"的角度，指向的均是诗歌的艺术性。这也就意味着，能敲开《诗探索》大门的标准只有一个，那就是要经受住艺术性的挑剔。而且这种艺术性还是文学史意义上的艺术性，即要能经受住时间的长久考验。

可见，长久的艺术性是《诗探索》同人所最为注重的要素，是一切要素中的重中之重。如果缺少了这一点，所谓的"探索"也可能不失为一种探索，但这种"探索"并不是《诗探索》这本刊物所要求和欣赏的那种探索。

这种以艺术的尺度为尺度，即把艺术性置放于首位的思想，并不是《诗探索》同人在编稿的过程中逐步形成的一种准则，相反从"创刊号"的那期起就是这样明文规定的："诗人在用诗探索人生和人的心灵，我们，则探索诗，探索诗人从事这一精神生产所达到的和未曾达到的思想与艺术的境界。"[2]毫无疑问，令《诗探索》同人感兴趣的是，诗人在"从事这一精神生产所达到的和未曾达到的思想与艺术的境界"。也就是说，始终牵动他们心绪的并不是诗歌与外部世界的关系，而是诗歌作为一门艺术其自身所能够达到的最高艺术境界，

---

[1] 以上没有特别标示出来的引文，均参见谢冕《〈诗探索〉改版弁言》，《诗探索》2005年第1辑（理论卷）。
[2] 《我们需要探索》，《诗探索》1980年创刊号。

这是我所最为欣赏的一点。

　　诗歌当然与外部世界，包括现实、政治等有关联。而且，有时还是很深刻的关联，这是无须饶舌的。但我们以往所面对的学术语境是，我们的诗歌创作和研究多半都是沿着诗歌的外部世界开采的，即强调的都是诗歌对现实、对人生所发挥的作用，而对诗歌自身的美学问题——诗歌为何成为诗歌的问题给严重地忽略了。这种偏颇的风气所带来的直接后果是，造就了一大批离开了社会、离开了政治等外在因素就不会谈论诗歌的"伪诗人"和"伪学术人"。《诗探索》在这种背景之下高举艺术至上的旗帜，是有扭转创作、研究风气之功的。况且，世界很大，需要探讨的问题也很多，在有人试图引领政治和社会的同时，也需要有那么一部分人老老实实地固守住艺术这块土壤，为它松土、捉虫，以便能保证诗歌在正常的轨道上正常发展。

（二）倡导个人学术思想的自由：以"五四"文学传统为传统

　　对当代中国社会、文化语境了解的人都知道，《诗探索》所倡导的这种"探索"精神，实际也就是重"个人"自由的学术思想，与当代文学刊物，特别是理论刊物应该或者说必须要围绕着"主旋律"旋转的主旨是不那么合拍的。正像老诗人牛汉所说："新中国成立以后，很少有探索精神，近30年不断变化，以前都是规定好的，都是老一套，你只能照办。探索，你探索什么呢？首先就令人怀疑。"[1]

　　牛汉说得对，近30年来中国社会不断地发生变化。不管怎么变化，都应该承认，与过去相比，1980年代以后的中国学术界逐步赢得了一定的独立研究空间，至少不会再像"朦胧诗"时代那样，动辄就引起一场到底要走"社会主义"还是"现代主义"的伪学术讨论。[2]现在不少的刊物在不偏离于"主旋

---

[1] 牛汉语，见王夫刚整理：《坚持民间立场　恪守诗歌精神——〈诗探索〉创刊30周年座谈会纪要》，吴思敬主编：《诗探索·理论卷》2011年第2辑，第30—31页。

[2] 参见郑伯农：《在"崛起"的声浪面前——对一种文艺思潮的剖析》，《诗刊》社编选：《中国新时期争鸣诗精选》，时代文艺出版社1996年版，第546页。

律"的情况下，也开始涉足一些艺术问题的探讨，如近几年来不少刊物对叙事学方面的稿件有兴趣，这说明纯粹的叙事技巧问题已经得到一些刊物的重视，刊物的编辑者们开始具有了某种为艺术而艺术的意识。但这种意识，与《诗探索》同人一贯所秉持的那种为艺术而艺术的精神，甚至具体到编辑者的遣词造句，封面设计，乃至于流溢在字里行间的语气，都有着太多的不同。

这种"不同"是什么？其分界线在哪里？这不怎么好界定，有些东西只能意会，难以言传。或许可以尝试着这样说，当代社会的文化氛围与文学土壤是培育不出像《诗探索》这样禀赋的刊物的，它令人联想起另外的文化根源与美学传统。如果要追溯这种"根源"与"传统"的话，我想应该绕过"当代"，直接进入到"五四"新文学中去。

把《诗探索》的精神源头直接衔接到"五四"新文学的精神上去，会不会显得有些生硬与牵强？《诗探索》的同人似乎就从未这样提及与比附过，尽管他们擅长从"史"的高度来评价诗歌，却没有从"史"的角度来梳理过自我与历史的关系。况且创刊于1980年的《诗探索》，在时间概念上属于地地道道的"当代"。这两点其实都算不上是问题，《诗探索》的同人总是做得多，说得少，尤其是牵涉到对刊物的价值估衡时更是不置一词，他们遵循的是"桃李无言，下自成蹊"的古训。事实上，《诗探索》的特殊创刊时间恰恰为刊物走向"五四"提供了可能性。

谢冕在说起创办《诗探索》的最初动因时，总是不忘反复提及发生在1980年4月"南宁诗会"上的那场关于新诗潮的第一次激烈论争。[1]这不能怪中国人在回忆往事的时候，总喜欢溯本求源，而是因为这次以当代诗歌历史与经验教训为主旨的"诗会"实在是太重要了。它标志着以往的诗歌之路崩塌了，当代诗歌亟须寻找新的突围路径。这一点凡是与会者都知道，否则也就不会发生激烈的论争了。问题是，知道了旧有的那一套艺术规范不行，新的艺术规范又是什么？置身于1980年的新诗研究者们，对即将要展开的艺术世界虽然充满

---

[1] 参见谢冕：《为梦想和激情的时代作证——纪念〈诗探索〉创刊30周年》，《诗探索·理论卷》2011年第2辑。

了幻想，可对新的路到底应该怎么走却又是茫然无措的。

中华人民共和国成立之后的诗歌曾误入歧途，但在其之前的新诗已经拥有了自己的传统。《诗探索》的同人，特别是真正参与创办的同人，其自身的学术背景都是与新文学有关的，对即将展开的诗歌世界是什么样的，他们并不知道，可对那个已经逝去了的"五四"新文学却是了解并有着深深眷恋之情的。这不难理解，哪一个从事文学研究的人，内心不藏着一个灼热的"五四"梦？在这样的一种情况下，《诗探索》同人自然会有意无意地把"探索"的脚步回撤到"五四"新文学中去，即从"五四"文学中寻求精神资源和理论支撑。事实也是如此，《诗探索》从创刊开始一直到现在，所高举的艺术之旗以及把"自由"视为学术研究的一种准则等，不正是"五四"新文学中最为典型和正宗的文化诉求？

由于中国新文学的历史是与民族命运、国家前途等现实因素纠缠于一体的，因此这段文学的历史也是错综复杂的。不复杂的是，自"五四"以来在中国新文学史上就一直存在、涌动着一个为艺术而艺术的文学思潮与创作流派。如早期的"创造社"、1920年代的《新月》杂志、1930年代的《现代》杂志以及1940年代的"九叶"诗派等，都在一定程度上发扬着为艺术而艺术的传统。当然，这不是新文学的唯一传统，但却是新文学，严格说是"五四"新文学的正宗传统。这样说的理由有二："五四"新文化的口号就是"自由"和"民主"；"五四"新文学所表现出来的最典型形态是个性主义，如郭沫若的诗歌、郁达夫的小说等。"自由""民主"与"个性"，综合到一起不就形成了一种张扬个性和思想自由的创作风气？尽管"五四"新文学的这种传统到了1920年代中后期开始退居边缘，文学为社会、为人生，甚至为政治的这个传统开始步入了中心，但前一种传统，即为艺术而艺术的传统并没有彻底地断裂，它作为一条线索贯穿在新文学的精神中。

这两种传统与当代文学，特别是当代出版物的关系是难以一下子释说清楚的。不过，可以不怎么费力就能说清楚的是，《诗探索》这本刊物主要继承的是新文学史上的那条为艺术而艺术的传统，而当代的更多刊物离后一种传统更近。这个结论可能还需要一些例证来做补充。那么，就来看一下《诗探索》的办刊目的与办刊模式。

中国当代比较有影响的文学刊物、理论刊物都是运行在一定的轨迹之上的,不是某种意义上的政治轨迹——充当主流意识形态的代言人,就是以营利为目的的商业轨迹。一旦离开了这两条轨迹,似乎也就失去了存在的方向和依托。这其实也就是说,一本杂志之所以存在,就在于它是有着明确的功利目的性的。而《诗探索》从诞生的那一天起,就与流行于当代的这种办刊形态处于疏离的状态。杨匡汉在回忆草创期《诗探索》的"流光疏影"时,曾说过这样的一番话:"这个班子,是学术观点的兼容,老中青的搭配,北京与外省的协调,成员均为乐意推进当代诗歌建设的热心者。"[1]该处所说的"这个班子",是指 1980 年《诗探索》创刊时期的"编委会"。这个"编委会"共有 16 人,既有诗歌理论家,如袁可嘉、谢冕、孙绍振等,又有诗人,如公木、公刘、唐祈等的参与。这些年龄、资历不一,而且还分散于天南海北的学者、诗人,之所以能聚集到《诗探索》的这块园地上,凭靠的并不是一个什么明确的目的性。当然,如果非要把"推进当代诗歌建设"当成是一种目的的话,这可能也不失为一种目的。只不过这种目的过于庞大了,庞大到永远都不可能完成。

一个刊物把自己置身于这样的一个轨道,就相当于把自己流放到了一望无际的沙漠上,除了赶路还是赶路,希望永远在前方。其实,《诗探索》就是把自己定位在"赶路者"的坐标上的,正如谢冕在"《诗探索》创刊 30 周年座谈会"上所说:"《诗探索》一直以她的精神,这个精神就是对中国诗歌事业的敬重,她始终站在诗歌艺术的事业和实践的前沿,不仅这样,她更是一种非凡的信念。始终坚持一种立场,就是非官方的非营利的以及不带贬义的民间的和知识分子的立场"。[2]《诗探索》的同人,敬重的是"中国诗歌事业"这件事本身,而这项"事业"却是永远都看不到边界的。值得注意的是,谢冕在这次的座谈会上又重提"立场"问题,并把过去所说的"前进和自由"的立场,进一

---

[1] 杨匡汉:《〈诗探索〉草创期的流光疏影》,《诗探索·理论卷》2011 年第 2 辑。
[2] 谢冕语,见王夫刚整理:《坚持民间立场 恪守诗歌精神——〈诗探索〉创刊 30 周年座谈会纪要》,《诗探索·理论卷》2011 年第 2 辑。

步具体到"非官方的非营利的以及不带贬义的民间的和知识分子的立场"。这显然是《诗探索》在新的历史条件下的一种自我把握与告诫:"非官方的",表明《诗探索》无论在什么情况下,都不愿意成为某种机制的附庸和某种价值理念的代言人;"非营利的",意味着《诗探索》不屑于成为赚钱的工具,尽管当下的社会风气都是以经济利益为上的。

《诗探索》不但在艺术思想形态上与当代的绝大多数理论刊物格格不入,就连它的办刊模式也是别具一格的。当代的文学和理论杂志虽然不是行政级别的聚集物,但还是有严格级别限制的,如杂志的级别,主编、副主编的级别,编辑的级别,那都是有严格规定,混乱不得的。相比之下,《诗探索》简直就太不像个刊物了,在其所运行的30余年间,它没有专门的办刊经费和具体的办公地点;没有专职的工作人员,所有的主编、副主编、编辑和编委都是业余、自愿和无偿的;甚至连国家批准的刊号都没有,一直都是以辑刊的形式在运转。这实际意味着《诗探索》一直都没有取得正规杂志的资格。

《诗探索》的日常运转主要是依靠民间的一些资助,即"民间"才是《诗探索》的衣食父母。但是由于种种原因,这种来自"民间"的资助,也并不总是那么及时与顺畅的:"《诗探索》几易出版社,不到山穷水尽,我们总是挣扎着让它存活下来。"[1]这里所说的"挣扎"绝非是故作惊人之语,只要回顾一下《诗探索》这些年来所走过的道路,创刊、停刊又复刊;不同时期所出版的期数不一样,有时中间甚至还断掉了一年,如1983年;还有编辑好的稿件在南北出版社之间颠沛流离等,这一切都无不表明《诗探索》这些年来的日子过得并不容易,时常要经受无钱办刊的折磨。

不知从什么时候开始,大约是1990年代,当代的文学理论刊物似乎都一下子变得以什么CSSCI、中文核心期刊之类的东西为荣。总之,理论刊物凡是与这个"系统"那个"机制"挂上了钩,身份与地位似乎也就倍增了。但是与当代中国文学一起复苏、重建起来的《诗探索》,却依旧保持着那份超脱与淡定——不管外面的风气如何变幻,依旧沿着自己的轨迹、迈着自己的步伐前

---

[1] 谢冕:《〈诗探索〉改版弁言》,《诗探索》2005年第1辑(理论卷)。

行。一度，也算作是《诗探索》读者的我，也曾私下嘀咕：那么多平庸的刊物都纷纷给自己上了一把"保险锁"，为何当代诗歌理论最权威的刊物《诗探索》却还徘徊在外呢？《诗探索》的作者，包括绝大部分的读者都是来自高等院校和研究机构的，也就是说基本都是专业人员，而这些单位对这些人员的考核早就以刊物的"级别"为"级别"了。在没有"级别"护身的《诗探索》上发表得再多、再好，那也不算是工作量。即便勉强算，折算的分值也极低。长此以往要保住饭碗的老师们，要晋升职称的研究者们，怎么会把稿子，特别是好的稿子交给《诗探索》来发表？没有稿子和好稿子支持的《诗探索》，如何能坚持住自己历来所倡导的学院派批评风格？即便不考虑这些，就是从拉赞助的角度来说，可能也会有所方便吧。

　　正是基于这几种想法，在与主编吴思敬的一次通邮中，我问：为何不考虑申请加入 CSSCI？且还提醒说，《诗探索》是应该符合申请条件的。这个邮件吴思敬回了，但说的都是其他的事，并没有接这个话题。随后我也就忘记了。在写这篇文章的时候，我才突然又想起了这件事。坦白地说，我至今也不知晓《诗探索》不与各种"级别"挂钩的原因。不过，在对《诗探索》的翻阅与梳理过程中，我陡然明白了一个道理：《诗探索》之所以是《诗探索》，就在于它有它自己的运行轨迹，迎合媚俗不是它的本性，自由才是它的魂魄。还是邵燕祥说的对："《诗探索》是一个在1919[1]年以后的政治出版体制下基本上保持了民间学术立场的刊物，从这一点来说甚至可以说是个奇迹。……《诗探索》从一开始，就是以非官方的批评发言。"[2]的确，《诗探索》原本就是当代出版体制下的"另类"，它与外在的那些"体制""系统"无关，它只代表一种意见——一种来自知识分子从内心深处迸发出来的对艺术、知识和真理的挚爱。《诗探索》所表现出来的这种为艺术而艺术，为真理而真理的精神，就是"五四"以来所形成的知识分子自由主义传统在中国当代的继续。

---

[1] 估计这里应该是笔误或印刷错误，结合邵燕祥所说的前后语境来看，应该是1949年。

[2] 王夫刚整理：《坚持民间立场　恪守诗歌精神——〈诗探索〉创刊30周年座谈会纪要》，《诗探索·理论卷》2011年第2辑。

"五四"作为一个时代已经过去了,"五四"精神随着那个时代的消失也变得非常稀薄了,但这不意味着"五四"精神在当代的中国就彻底地绝迹了:《诗探索》这本由学人创办的杂志,其身上就流淌、延续着"五四"学人的血液,继承、发扬的是"五四"以来所形成的那种现代性学术传统。《诗探索》这本杂志的价值表现在多个方面,可最主要的是,它创办于当代,却并没有把自己的思想视野局限于当代,相反把"五四"新文学中的一些优秀精神遗产,像是学术自由、学术独立等思想移植到了当代中来,并30余年来坚持不让"自由"的这面旗帜倒下。因此说,《诗探索》是当代的一本诗歌理论杂志,但对《诗探索》的估量一定要超出"当代",因为它的精神磁场不在"当代"。

二、从1980到2012:三次大的战略部署与调整

从《诗探索》创刊的1980年到当下,无论是中国社会还是当代诗歌都发生了翻天覆地的变化,《诗探索》在这种变化中不停地调整着步履,既让自己顺应这种变化,又在顺应中引领了这种变化。从某种程度上可以说,1980年以后的中国新诗之所以是这样的,而不是那样的,《诗探索》在这其中所发挥的作用,是其他的诗歌刊物所难以比拟与取代的。根据《诗探索》在30余年间的不同办刊策略,大致可以把《诗探索》划分成三个不同的发展阶段。

(一)1980—1985:彰显知识分子立场的"民间性"

相对于主流意识形态而言,"五四"精神发展到当代,或许就应该算是"民间性"了。没有细致地考证过,但从《诗探索》与众不同的追求以及与"五四"以来新文学精神的瓜葛来看,这种比附是大致不错的。从这个意义上说,把《诗探索》定位于与"官方"相疏离的"民间学术立场"是有道理的。而且,这种定位也把《诗探索》这些年来坚持埋头走自己的路,不迎合什么、遵从什么的风格特征给概括了出来。但是应该意识到,《诗探索》所追求的这种"民间性",与当代其他民刊的"民间性"还是有所不同的。

在新时期后的文学发展中,"民间"这个词是不陌生的,经常被人们所采

用，特别是在对抗主流思想与正统观念时，"民间"更是有力的武器。不过，这个词在达到了批判、解构目的的同时，也在人们的手中变得偏狭了起来。按照字典的释说，"民间"原本主要有两层含义：一层是指"人民中间"；二层是指"非官方的"。[1]"民间"的第二层意思在使用中是没有什么歧义的，第一层意思则有些含混与暧昧。

在我们所熟知的文学语境中，一提"民间"，即"人民中间"就往往与民间文学、民间风俗之类的原始本能的东西匹配到一起，似乎"民间"对抗的是知识分子性，至少这二者是不可兼容的。前些年发生在先锋诗歌阵营中的"民间写作"与"知识分子写作"的纷争与对立，也说明对"民间"这个词的理解有些过于狭隘化了。

"民间"的立场是一种"非官方"的立场，但"非官方"不意味着就是"非知识化"，更不是以粗俗、愚昧为美、为荣。《诗探索》的同人们意识到"民间"这个词，容易掩盖掉知识分子性的一面，所以才在强调"民间"立场的同时，又有意识地追加上了"知识分子的立场"，从而形成了《诗探索》有关立场问题所固有的特定搭配："非官方的非营利的以及不带贬义的民间的和知识分子的立场"。[2]如果不了解当代先锋诗歌内部曾经有过的矛盾纷争，就不会理解为何要强调"不带贬义的民间的和知识分子的立场"？"民间""知识分子"这些原本褒义的词怎么会带有了"贬义"？

《诗探索》通过这样的句式欲表达的思想是："民间"和"知识分子"不是对立的两极，它们原本就是一个综合体。没有知识分子性的民间不是好的"民间"，没有民间性的知识分子也不是好的"知识分子"。《诗探索》把"民间"与"知识分子"穿插起来，绝非是在玩文字游戏，而是他们的一种追求。尽管把"知识分子"与"民间"并列起来，公开作为一种立场提出来是在2011年，但

---

[1] 中国社会科学院语言研究所词典编辑室编：《现代汉语词典》，商务印书馆1992年版，第790页。

[2] 谢冕语，见王夫刚整理：《坚持民间立场 恪守诗歌精神——〈诗探索〉创刊30周年座谈会纪要》，《诗探索·理论卷》2011年第2辑。

殊不知这种思想作为一条主线一直贯穿在《诗探索》的编辑、出版中。或许可以这样说，《诗探索》之所以能成为目前这样的一本刊物，而不是那样的一本刊物，就是因为有这样的一种思想作指导。也许在开始的时候，他们是无意识的，并没有过多去想"知识"与"民间"之间的瓜葛，只不过由于他们自身都是从事研究的知识分子，所以才本能地按照知识分子的一些理念去创办和编辑刊物。而恰恰是这一点——把"知识分子性"带入到"民间"的无意识举动，使《诗探索》与当代其他众多的诗歌"民刊"拉开了距离，显示出独特而永久的光彩。

如果纯粹就"民间性"论"民间性"，即狭义的"民间性"的话，《诗探索》是比不过那些由诗人们自己编辑、出版的刊物的。20世纪八九十年代的当代诗歌界有"一景"，写诗的人，尤其是从事先锋诗歌写作的诗人特别热衷于办刊物，三五个人就能聚集成一个社团、一个流派。毋庸置疑，这些由诗人们自己编写的刊物在当代诗歌的复兴、发展过程中发挥了其作用，特别是那些以彻底反叛传统而风靡一时的油印刊物，更被不少诗歌研究者作为资料和大事件记录到专著和诗歌史本中。然而站在今天的立场，不得不指出，那些由诗人们自己创办的刊物看起来似乎更为锐利和有个性，但这种锐利是一种偏颇的锐利；这种个性是破坏性大于建设性的个性。当然可以从特定历史需要的角度来为此辩护，但"辩护"过后依旧得承认：他们看待诗歌问题的角度是不全面的，如果说诗歌是一座高山峻岭的话，他们只看到了这个峻岭的一个侧面，至于整体是怎样的就无暇或者说没有兴趣过问了。换句话说，他们凭靠着诗人所特有的敏感，可以把某个诗学问题探讨得很深入，但归根结底抒发的大都是一己之见，既缺乏高屋建瓴的理论视野，也缺乏深厚的学术功底。

这就注定了他们可以为诗歌的发展道路扫清障碍和廓清道路，但却难以肩负和承担起当代诗歌理论重建的这个庞大命题。事实也是如此，据说在高峰期时这类的"民刊"有成百上千种，但几乎本本都是为自己的那个"小集团""小流派"服务的，即宣传、张扬的都是自己的美学主张，而对于那些不同于自己的思想观点，包括对传统文化都是予以排斥与攻击的。比较之下，出自学者之手的《诗探索》不管是眼界、胸怀，还是知识结构与审美主张都要丰厚、有底蕴得多了。《诗探索》的同人们深知，当代诗歌的辉煌不是凭空产生的，它必须要建立在对古今中外的诗歌遗产之上。这种求"新"但绝不弃"典"的恢宏气度，就与绝大多数的"民刊"划清了界限。正由于《诗探索》不是以个人的喜好为上，而是以开垦诗歌的真理为目的，所以在办刊的30余年间，尽管不同时期它有不同编稿的侧重点，但总体看来，它是没有什么门户之见的，总是把从事诗歌研究的学者都尽可能地团结在其周围。尤其不易的是，《诗探索》以它纯正、雍容的学术品格引领了研究风气，并赢得了研究者们的认可。如著名诗歌研究者孙玉石说："从我自己来讲，创办《诗探索》的这个群体是我最知心、最诚挚的朋友。这些年来做诗歌学术研究，我的整个研究思考的支撑点和艺术追求完全和《诗探索》群体是一致的。感谢《诗探索》这个刊物，她是我的精神家园，我的好多研究文章，都是发表在《诗探索》上。没有这样的一些园地，我想我这样的一些思考和研究成果就不可能发表，我也不愿意给别的刊物。"[1]一个诗歌理论刊物能让一个多年从事诗歌研究的学者，一步步地跟随着走，并且自己的"整个研究思考的支撑点和艺术追求"还与《诗探索》群体"是完全重合、一致的，这是非常难得的。如果《诗探索》不是出自学者，是不可能与其他学者的研究达到如此水乳相融之地步的。

《诗探索》是一本理论刊物，以探讨诗歌发展中的理论问题为主旨，但是他们深知没有诗人与文本，诗歌理论就是无本之源，难以走远的，所以在进行理论探索的同时，也把培养诗人、推介诗人作为自己的一大重任。这些年来《诗探索》不但发表了大量诗歌文本的赏析文章，也发表了大量的诗人论，甚至还专门设置了"结识一位诗人"的栏目，不但配发不止一篇的理论评介文章，还附录上诗人的诗作以及诗人的自白或访谈录等，推介的力度不可谓不大。所以说从2005年第1辑开始，《诗探索》一分为二，把诗歌作品专门独立出来，形成"作品卷"不是一时的心血来潮，正是《诗探索》一贯重视诗人创作的合乎逻辑的发展。

---

[1] 孙玉石语，见王夫刚整理：《坚持民间立场 恪守诗歌精神——〈诗探索〉创刊30周年座谈会纪要》，《诗探索·理论卷》2011年第2辑。

《诗探索》所表现出来的这种恢宏气度和兼容并包的精神并不是偶然的，事实上从《诗探索》创办的那一天起，就是把眼光投放到整个中国新诗上面去的，正如谢冕回忆说："新诗发生变革的事实和那个充满探索精神的年代，鼓舞我们创办这个旨在为新诗的革故鼎新而提供理论支持的、可能是中国诗歌史上首创的、当时也是唯一的一本纯理论的刊物。刊名'诗探索'，意在鼓励和促进当年受到政治动乱严重损害的诗歌的复兴，意在彻底摒弃和摆脱那个黑暗年代加诸诗歌的所有思想艺术的枷锁，从而探索出一条通往开放、自由、多元的诗歌新时代。"[1]创办《诗探索》的目的，并不是单纯为了彰显某几个人、某个诗派的观点，而是为构建、发展中国新诗贡献力量，其目标对准的是"通往开放、自由、多元的诗歌新时代"。无疑，这是一个庞大的文学理想与诗歌信念。说说容易，具体操办起来则是有相当大的难度的。

今天看来几乎从"零"起步的《诗探索》，其步伐迈得似乎有些匆忙，但不得不承认《诗探索》的确是怀抱着"大诗歌"梦想启航的。其主要标志是，几代诗人在这里得以碰头与相聚：老一代诗人有艾青、郭小川等；中年诗人有刘湛秋、林希等；青年诗人的数量就更多了，有张学梦、高伐林、徐敬亚、顾城、王小妮、梁小斌、舒婷、江河、杨炼、雷抒雁、杨牧等。尽管这时是1980年代的第一年，诗歌还处于摸索时期，但这些诗人之间的创作风格已经显示出不同。就以这一期最为接近的青年诗人为例，张学梦、雷抒雁的诗被后来的研究者划分到了新现实主义诗派中去；顾城、舒婷、江河、杨炼等被规划进了朦胧诗派；而杨牧等被称之为新边塞诗和边塞诗。[2]这样几种风格不一样的诗人都能在《诗探索》上得到统一，这表明起步中的《诗探索》是没有任何先入为主的偏见的，只要诗歌写得好，写得有新意，那就是关注的对象。至于流派不流派，倒不是主要的。

除了不排斥任何年龄段的诗人和任何流派的诗人之外，这一期还有三个编

---

[1] 谢冕：《为梦想和激情的时代作证——纪念〈诗探索〉创刊30周年》，《诗探索·理论卷》2011年第2辑。

[2] 以上参见吴开晋主编：《新时期诗潮论》，济南出版社1991年版，第6页、251页。

稿向度值得关注：一是给外国诗歌留下了版面篇幅，如发表了《歌德谈写诗》《别林斯基谈诗》《〈白发苍苍的老好诗人〉——惠特曼研究散记》等；二是注重对中国古典诗歌的美学遗产进行总结与梳理，发表了孙绍振的《我国古典诗歌节奏的历史发展及其它》和袁行霈的《如梦似幻的夜曲——〈春江花月夜〉赏析》；三是给中国现代诗人、现代诗歌的研究留下了位置，发表了一篇《徐志摩简论》。这种几个板块平行递进的编排方式是颇有意味的：当代的文学理论刊物，也包括"民刊"，基本都是涉猎中国文学的，一般就不涉猎外国文学了；以古典文学为研究对象的，就很少来顾及中国现当代文学了；同样，研究现当代文学的刊物，一般也不去关照古典文学与外国文学。

分工细致有分工细致的好处，可以学有专长，但不利因素也是显而易见的，那就是这种见木不见林的研究模式不利于中国文学的整体性发展。创刊于1980年的《诗探索》或许在栏目预设时并没有考虑这么多，毕竟那时的学术还处于瘫痪的状态，可《诗探索》的同人们却敏锐地意识到：中国新诗要取得长足的进展，既不能忽略了外国诗歌所取得的成就，又不能对本民族的诗歌传统置之不理。当代诗歌的最佳生长点应该是中西诗歌的交汇点。对于当初的这一选择，他们自始至终都没有放弃过，虽然其后的《诗探索》也不是每期必发古典的与西方的稿件，但作为一个传统一直保留在了刊物中。有时还会通过变换方式的方法来继续发挥融合与创新的理念，如从1996年开始，《诗探索》设置了"'字思维'与中国现代诗学"的专栏。为了突出这个栏目的重要性，还专门配发了一个约稿的"编者按"，说明本刊意从汉字的形象思维、汉语诗歌结构特质等角度来观照"中国诗学的研究"，并期待这样的一种研究能够给"中国母语文化的研究"带来一个"新的突破口"。[1]这样的思路显然是针对古典文化的，即试图完成古典文化的现代性转换。

对许多刊物而言，栏目的预设一般都是有实效性的，新话题一旦变成老话题，也就烟消云散了。但《诗探索》绝不跟风，1996年设置这个栏目时，这是个焦点话题，许多刊物都在争相谈论。10多年过去了，这个话题变得就像没

---

[1] 参见石虎：《论字思维》"编者按"，《诗探索》总第22辑（1996）。

有发生过一样，没有多少刊物愿意接着说。《诗探索》却一直都坚持着这个栏目，虽然不是期期都有，但相关的文章一直延续到 2010 年的第 4 辑。这说明了《诗探索》对待文化问题，不是在作秀和应景，而是切切实实地想做一些事情：他们知道，新诗与传统文化的关系不是一蹴而就的，是需要咬住不放，打持久战的。同样，对待外国诗歌理论的介绍也一直都没有中断过，通过中外诗歌理论比较、外国诗论译丛等多种方式来加以介绍与研究的。

这种学贯中西的视野，就决定了《诗探索》的同人们不会把眼光局限在哪几个流派、哪几个诗人身上的，相反古今中外的所有诗歌遗产都是他们所关照的对象。《诗探索》的第一发展时期，即从 1980 年到 1985 年所出版的 12 期刊物均能反映出他们的这一心理：不急于把《诗探索》定位在某个特定的价值纬度上，而是尽可能地从古今中外这个大文化视野来观照、彰显当代诗歌的意义。正像 1985 年《诗探索》"放假"之前的常务副主编杨匡汉所总结的那样："在发展中的诗歌面前，一时不可能有什么绝对的结论，大家都在路上，结论只能是探索、再探索。"[1] 这也是这一时期的《诗探索》看起来无中心化或者说多中心化的原因。

不过，无中心化或多中心化，并不意味着《诗探索》没有自己的价值取向，相反在全方位的展示中也有潜在的价值主线。如在这 12 期刊物中，诗歌的美学问题自始至终占据着比较重要的位置，特别是 1982 年以后，这方面的比重更是明显地加重了，许多文章都着重开始强调创作的个性以及主体性问题，还有的文章开始讨论诗歌的内在节奏、复叠手法以及诗歌的音乐性等比较专业的技巧问题。甚至在总第 11 辑（1984）中还发表了一篇署名松浦友久、林岗的文章《中国古典诗的春秋与夏冬——关于诗歌的时间意识》，这种从"时间"的角度切入到古典诗歌中来的研究理念与手法，在当时无疑是很超前的。与此同时，《诗探索》还开始对现代诗歌史上的一些以往没有被重视而具有较高艺术价值的重要诗派，如"九叶诗派""七月诗派"等进行介绍与梳理。特别是进入到《诗探索》的第二阶段，即 1994 年复刊后的《诗探索》其个

---

[1] 杨匡汉：《〈诗探索〉草创期的流光疏影》，《诗探索·理论卷》2011 年第 2 辑。

性化就更为明显了：在多元化的探索中开始有意识地朝着现代主义诗歌的方向倾斜。如果说在此之前的《诗探索》还是多头并举的话，那么这个时期的《诗探索》则有着明确的努力方向了。

（二）1994—2000：补现代主义"这一课"

《诗探索》从一开始的全面出击，逐步转向沿着一个主导方向前行，是符合刊物自身的发展逻辑的。这不是说这时期的《诗探索》摈弃了自由、多元化的编辑理念，而是说有了十年经验积累的诗歌，已经意识到其所欠缺的是什么。从这个意义上说，《诗探索》的这种转向正是标志着刊物开始走向深入、走向建设的象征。

《诗探索》的创办初衷就不是要四平八稳地装点风景，而是怀抱欲开风气之先的雄心壮志："《诗探索》缘起于南宁会议，正是在这次会议上爆发了关于新诗潮的论争，也正是由于这一论争萌发了创办一个理论刊物的想法。刊物取名'探索'，当然意在推进随着'朦胧诗'出现而兴起的探索之风。高举艺术探索的旗帜，站在引领诗歌变革潮流的前沿，这就是《诗探索》的出版初衷。"[1] 毫无疑问，创办《诗探索》的导火线是有关"新诗潮的论争"。1980年是中国当代思想史、文学史上非常重要的一年。就是从这一年开始，被人们所信奉、追捧的文学思想观念遭到了公开的质疑。

这种质疑的"焦点"当时主要集中在对"朦胧诗"的理解与评价上，即围绕"朦胧诗"诗歌界形成了两种根本对立的意见。这两派意见孰是孰非，在今天是一目了然的，可在当时却是看不分明的。尽管大家争得面红耳赤，可谁都不知道"朦胧诗"到底是新诗的新生还是新诗的没落，这也是《诗探索》创刊号为何把论争双方的文章都收进来的原因：在不知到底孰是孰非的情况下，统统都作为一种观点、一种意见展示出来。他们坚信真理不是掖着、藏着的，而是越辩越明的。

由此不难看出，创刊时期的《诗探索》其实和当时中国的文学艺术一样，

---

[1] 谢冕:《〈诗探索〉改版弁言》,《诗探索》2005年第1辑（理论卷）。

都是在摸着石头过河。哪一种艺术观念、表达手法代表着中国文学艺术的发展方向,还处于摸索时期。随着时间的推移以及艺术实践经验的丰富,萦绕在"朦胧诗"身上的负面东西渐渐褪去了,其价值和意义得到了彰显——它被证明就是中国当代先锋诗歌的先头军。"先锋诗"不一定就是好诗,先锋主义思潮也不一定就比其他的诗歌思潮高明多少,这当然都是我们拉开了一定距离后的省悟——一种文学意义上的省悟。但在1980年代末1990年代初期的中国,在新诗的发展一直受到种种意识形态禁锢与束缚的中国,以叛逆传统、对抗主流文化为特征的先锋主义诗歌理念,无疑具有更为独特而深远的意义。

诚如前文所说,《诗探索》从创刊开始就把自己定位在"引领诗歌变革潮流的前沿"上,即"新潮"原本就是它的追求。既然如此,已经意识到了什么是诗歌中的"新潮"的《诗探索》,其天平怎么可能不朝着这个方向倾斜?况且,现代主义诗歌在西方已经得到了充分的发展,并出现了像艾略特这样获诺贝尔奖的现代主义诗歌大师。而在中国整个新诗的发展过程中,这一环节没有得到充分地发展,甚至1940年代的"九叶诗派"之后,这一诗歌流脉就被连根从诗坛上铲掉了,以致到了1980年代连要不要接受现代主义都成为一个有争议和需要讨论的问题。这一切都决定了当代诗歌如果要发展,就必须得首先补上这一课。

1994年复刊后的《诗探索》就是从"补课"开始的,这种奋起直追的迫切之情在《诗探索》的复刊号中就已显露无遗了:这一期所发表的绝大部分文章,具体说除了艾青的《诗人要自信——对〈诗探索〉复刊的希望》和秋吉久纪夫的《艾青访问记》以及陈良运的《中国历代诗学批评形态简述》外,其他的文章,包括会议简讯、书评以及对外国作家的介绍,都是围绕着现代主义诗歌理念来展开的。如谢冕在《从诗体革命到诗学革命》一文中,强调在诗歌研究中要突出新诗"与现代思潮的亲缘关系",并主张要把"现代哲学美学意识"引入到新诗理论的建设中来。[1] 杨匡汉强调诗歌要在"形而上的驰骋"中寻求

---

[1] 参见谢冕:《从诗体革命到诗学革命》,《诗探索》总第13辑(1994)。

发展，而所谓的"形而上的驰骋"，就是指"'纯诗'的追求"。[1]赵毅衡发表在这一期上的《文本离场批评进场》一文，更是把探讨的话题延伸到了后现代主义理论中去。其他的栏目也都是如此，如在"诗坛态势剖析"栏目下所发表的四篇文章，谈论的都是与现代主义有关的话题，且所涉及的诗人都无一例外的是先锋诗人。"诗人研究"的栏目下有两篇论文，一篇是蓝棣之研究何其芳的，另一篇是台湾的叶维廉研究台湾诗人痖弦的。痖弦原本就是一位具有强烈的超现实主义色彩的诗人，叶维廉对其诗歌的分析也主要依据了这样的一条理论纬度。相比之下，何其芳的创作要复杂得多了，他不但是贯穿于现代与当代两个时期的诗人，而且两个时期的创作风格有着明显的差异。蓝棣之在承认差异性的同时，却把笔墨停留在何其芳诗歌中的现代性特质上，即有意识突出强调了他与法国象征主义的关系，与中国20世纪二三十年代以《新月》《现代》杂志为代表的现代主义诗歌之间的因缘关系。即便不读文章，就是从其题目《何其芳：倾听飘忽的心灵语言》，也能感受到作者的价值取向。

老诗人郑敏所发表的《我们的新诗遇到了什么问题》，看上去似乎是对四处横溢的先锋诗歌有所不满，但细读文章会发现，她的不满并不是针对先锋诗歌自身，而是不满于先锋诗人的"个性正在被宣传媒体专政"，呼吁"'拼贴'脱离了诗人真正的心灵挣扎和朝圣（pilgrimage）就是十分廉价的小小花招。"[2]她只是提醒先锋诗人要保持住自己的艺术个性，不要迷失在泛滥的商业大潮中。

《诗探索》在这个时期所表露出来的鲜明的价值指向，即以现代主义诗歌的立场为立场的价值偏移不是偶然的，而是《诗探索》同人在特定的历史语境下所做出的策略调整。杨匡汉曾说："1994年以后，主要是吴思敬和他的团队，坚持下来，他们做了很多比我们前面更重要的更有影响的工作。"[3]杨匡汉的这番话不是应景的。确实，第一时期的《诗探索》主要凭靠的是朝气、勇气和正气，而对所要走的线路图并没有什么很清晰的概念，可以说这一时期完成的主

---

[1] 参见杨匡汉：《形上的驰骋——关于诗性接受的笺记》，《诗探索》总第13辑（1994）。
[2] 郑敏：《我们的新诗遇到了什么问题》，《诗探索》总第13辑（1994）。
[3] 杨匡汉：《〈诗探索〉草创期的流光疏影》，《诗探索·理论卷》2011年第2辑。

要是披荆斩棘的工作。1994年以后的情况就有所不同了，新时期的诗歌经过了十多年的浴血奋战，基本轮廓已经显现了出来，应该干什么和怎么干都比较明确了。在此基础上重新起航的《诗探索》终于拥有了自己的航道，这个行道就是现代主义的诗歌航道。

赢得航道也许还不是最难的，最难的是如何在这个行道上航行，即要以什么样的思想和姿态来引导这种航行？吴思敬在《诗探索》出版30周年纪念会上曾说过这样的一番话："《诗探索》在30年的中国当代诗歌发展历程中已经起到了它应起的作用。从长远来看，《诗探索》作为一份专门的诗歌理论研究刊物，肯定对未来的诗歌研究者、文学史研究者有重要的参考价值。……我们要有一种使命意识。"[1]这番话尽管是说于2011年，但他所说的这种"使命意识"早在1994年的"复刊号"中就已体现了出来。可试举例如下：

这一期为在前一年10月份去世的朦胧诗派的代表人物之一顾城，设置了一个"关于顾城"的栏目，用了三篇文章的篇幅，对顾城的生平、性格、精神状态以及创作情况进行了回忆与追溯。特别值得注意的是，除了这三篇追忆性文章之外，《诗探索》还不惜拿出了13个版面选发了顾城以及妻子谢烨致朋友的书信。这批书信的发表，显示出《诗探索》同人具有强烈的文学史意识。他们已经意识到顾城作为一个诗人已经留下了不可磨灭的印记，有意识在为以后的顾城研究留下宝贵的第一手资料。通过这个事例可以发现，吴思敬所说的"使命意识"落实到《诗探索》的具体工作中，就是一种对诗歌、对诗人的梳理、筛选和总结的意识，即有一种强烈的文学史意识。而且这种意识从其他的栏目，如"当代诗歌群落"的栏目设置中也能感受出来——在这个栏目之下，对以韩东等为代表的"第三代"诗歌重要流派，即"他们"诗派进行了梳理与总结。

自"朦胧诗"以来，当代诗歌发展的最典型形态，就是各路人马竞相斗技，流派纷呈。十多年过去了，谁该留下谁该淘汰也基本没有太大悬念了。重

---

[1] 王夫刚整理：《坚持民间立场　恪守诗歌精神——〈诗探索〉创刊30周年座谈会纪要》，《诗探索·理论卷》2011年第2辑。

新起航后的《诗探索》的重要使命之一,就是要对已经过去了的这段诗歌历史进行梳理与总结。然而在整理的过程中他们又异常地谨慎,譬如坚持不用"当代诗歌流派",而用"当代诗歌群落"这样中性的字眼,就把《诗探索》所秉持的立场给传达了出来:这种梳理只是特定历史情景下的一种初步梳理,并不代表着定论。在随后的各期中,《诗探索》对"非非诗派""朦胧诗派""女性诗歌""莽汉诗派"以及自杀身亡的"第三代"诗人海子以及众多具有代表性的先锋诗人的梳理与总结,采取的也都是这样的一种态度与立场,即尽可能真实地把一切都作为资料呈现出来,至于能不能算是"流派"以及诗人成就的大小,还都有待于以后的研究者来勘测与定夺。

实事求是地说,新时期以后的中国诗坛主要是年轻人的天下,他们活跃的思维与这个活跃的时代有着更天然的契合力。《诗探索》的难能可贵之处是,在对这些年轻诗人进行关注的同时,也没有忽略对老诗人的关注。"复刊号"在"诗人通讯"的栏目下,发表了牛汉致郑敏和郑敏致牛汉的信。这是这一期除了艾青之外,另外两位登上《诗探索》的老诗人。这两位老诗人的联袂出场在我看来是意味深长的:《诗探索》在强调年轻化、先锋化的同时,也没有忘记对老诗人的弘扬;当代诗坛有一大批资历深厚的老诗人,推举谁和不推举谁,就有一个标准问题了。在面对这个特殊的诗人群体时,《诗探索》依旧没有改变其筛选的标准。从这个意义上说,郑敏与牛汉能获得 1990 年代的《诗探索》的青睐也是必然的。郑敏诗歌中的"现代性"由来已久,她本身就是 1940 年代"九叶诗派"中的"一叶";牛汉是 1940 年代"七月诗派"中的成员,但他的诗自 1980 年代中期始就朝着现代主义的诗歌方向突飞猛进,是诗坛所公认的愈老愈坚的"老现代派"。

显然,《诗探索》在 1990 年代所彰显的"使命意识"是与现代性的价值理念紧密联系在一起的,即一个诗人的创作中是否具有现代性的因子,是一条很重要的标准。这条标准从"复刊号"开始启用,一直贯穿到以后各期对老诗人的筛选中,即凡是能被《诗探索》所重点介绍、访谈与研究的老诗人,几乎都无一例外的是一些具有现代主义底色的诗人,如辛笛、金克木、林庚、穆旦、杜运燮、曹辛之(航约赫)等。就是从总第 21 辑(1996)起设置的"经典重读"

栏目中所"重读"的诗作,如田间的《赶车传》、郭小川的《望星空》、何其芳的《回答》等,也都不是按照原来的现实主义、浪漫主义思路进行解读的,而是着重从现代主义的"个人话语"角度来释说的。所谓的"经典重读",也就是用现代主义的理论视野来重新关照这些曾影响一时的诗作,把那些不曾发掘出来的精神,特别是"个人"精神重新开采出来。

　　《诗探索》"使命意识"的另一标志是,对那些"被遗漏"的,且具有重要现代性写作意义的诗人进行发掘与研究。文学史、诗歌史写作的终极目的,就是把那些具有代表性的优秀诗人和优秀作品给筛选出来,以供人们来观摩、学习。然而事实情况有时也不尽然,由于资料、眼界等因素的限制,一些不够出色的诗人和作品被误选了进来,而有些真正优秀的诗人和作品反而被遗漏了。《诗探索》在这方面做了一些补救的工作,如被称之为"朦胧诗"先驱,并对"朦胧诗"人的创作产生过重要影响的诗人——食指在相当长的一段时间内不被人所知,甚至就连从事"朦胧诗"研究的学者也不知道有一个叫"食指"的诗人。《诗探索》总第 14 辑(1994)上,发表了林莽的一篇长文《并未被埋葬的诗人——食指》。正是这篇文章,让人们知道了除了北岛、舒婷、顾城等之外,"朦胧诗"派还有另外一些不被人所知的重要诗人的存在。随着食指的"横空出世",与朦胧诗人创作相关联的"白洋淀诗群"等也复出了地表,这大大丰富、扩展与深化了"朦胧诗"的研究。

　　灰娃与胡宽是《诗探索》所发掘出来的另外两位独具特色的诗人。灰娃的诗多写于"文革"期间,但这位从小在革命圣地延安长大的女诗人,却因精神病的发作而写出了一系列与那个时代话语格格不入的诗作,从她所出版的诗集《山鬼故家》的命名中也能感受到那份神秘的独特性;胡宽是"七月诗派"老诗人胡征的儿子,生前酷爱诗歌,写过一百多万字有水准的诗作,但基本上都未得到过发表。因病去世后,在家人和朋友的游走募捐下,才出版了第一本诗集。这样两位长期坚持创作但并不为人所知的文坛外诗人,之所以能从幕后走到前台,完全是因为《诗探索》不断为他们发表评介文章和举办作品研讨会等。

（三）2000 年以后：在各种主义兼容中重塑新诗的辉煌

把现代主义作为构建中国当代诗歌的基点，当然是特定历史条件下的特定选择，并非是《诗探索》的永久性方针。大约从 2000 年开始，随着诗人们的先锋情节的淡化，以及经过大约 6 年时间的集中发展与建设，通过现代主义诗歌来带动起当代诗歌发展的初衷已经达到了。加之，这些年来批评界把注意力过于集中在先锋诗歌这一流脉上的弊端也日显端倪，如会导致一些诗人为先锋而先锋的浮躁心理，以及过于重视自我在文学史中的排名等功利心理，而这一切对于诗歌的长远发展是极为不利的。基于以上两方面的认识，《诗探索》的同人们意识到，先锋诗歌在当代中国作为一个思潮流派可以暂告一个段落了，并根据现状调整、规划了新的发展策略。

需要说明一点的是，说 2000 年以后的《诗探索》调整了新的发展策略，并不是说《诗探索》开始怠慢现代主义诗歌和先锋诗人了。相反，翻阅 2000 年以后的《诗探索》会发现，有关这方面的介绍与研究依旧占据着很重要的位置。

所谓的"调整"不是把现代主义诗歌和先锋诗人从《诗探索》中淡化出去，而主要是表现在"基点"的移位上。倘若说之前的《诗探索》是把现代主义诗歌作为新诗的构建基点的，即现代主义诗歌的概念大于新诗的概念，或者说现代主义诗歌就是新诗的另一种称谓，那么这时的《诗探索》则开始有意识地强调和确立"新诗"或"中国诗歌"这样的一个整体性概念了，借此来淡化、消解现代主义诗歌对新诗的决定性作用。这种转向——从现代主义诗歌转向强调"新诗"，甚至用不着做什么学理上的分析，只要看一下这时期的《诗探索》所编发的文章，以及最关键位置上是哪类的文章，其编辑诉求也就大致揣摩到了。我们以 2000 年的《诗探索》为例，看一下这种转向。

2000 年通过合辑的形式共出版了两部《诗探索》，第一部《诗探索》一开篇的三篇文章便是，《新诗与新的百年》（谢冕）、《新诗与传统关系断想》（孙玉石）、《以诗代史：20 世纪汉语诗歌叙述》（张桃洲）。不用细读文章的内容，从题目上便可以判断出，这时的研究者们所注重的是百年新诗的发展现状，探讨的是新诗的得与失，如孙玉石的这篇文章论述的就是新诗与传统的关系，而不是像以前那样论述新诗与西方现代主义诗歌的关系。这篇文章的内容也值得关注，是在为"传统"鸣不平，诚如他所写："没有真正的承继传统，就没有真正的走进现代，也就没有巨人的产生，更没有诗的再度辉煌。反思八十多年的新诗道路，我们起码得到这样的历史启示：走进现代和走进传统一样的艰辛与遥远。'传统是不可侮的'。"[1]他把"传统"抬高到与"现代"相等同的位置。从1980年代走过来的研究者都知道，"传统"在20世纪八九十年代是"现代"的对立物，人们认为正是它妨碍了中国新诗的发展，所以研究者们对它的批判是远远大于理解与同情的。进入2000年以后，学者们重新思量新诗建设与传统文化的关系，意味着把现代主义诗歌视为新诗发展杠杆的观点已经过去了，人们已进入了一个新的研究境界。

第二部《诗探索》也是如此。翻开目录，最先映入眼帘的两篇文章是，《胡适的实验和王力的诗法——对20世纪中国现代汉语诗歌写作学研究两个节点的提出与梳理》（桑克）、《大西南文化与新时期诗歌的消长》（李怡）。显然《诗探索》要彰显的依旧是"20世纪中国现代汉语诗歌"这样一个"大诗歌"概念。即便是以"大西南文化"与"新时期诗歌"为研究对象的，也不再把研究视角聚焦在先锋诗人那里了，而是把新时期以来出现在"大西南"的各类创作风格的诗人都扫描了一遍。这种研究倾向也说明了研究者们开始用"诗"的观念，而不是先锋诗歌的概念来梳理、总结新诗的发展了。有意思的是，不但研究者开始把研究的天平偏离开先锋诗歌，就是先锋诗人自己在谈论先锋诗这一话题时，也有意无意地避开"先锋"的字眼，宁可选用"关于当代中国新诗一些具体话题的对话"[2]"中国诗歌的'中国性'"[3]等这类更具有包容性的说法，而不愿再凸现其流派性了。

以上的这些变化看上去是研究者和诗人自身发生了变化，即是他们看待

---

[1] 参见孙玉石：《新诗与传统关系断想》，《诗探索》2000年第1—2辑。

[2] 参见沈浩波、侯马、李红旗：《关于当代中国新诗一些具体话题的对话》，《诗探索》2000年第3—4辑。

[3] 参见孙文波：《中国诗歌的"中国性"》，《诗探索》2002年第1—2辑。

诗歌的视角发生了改变。从这个意义上甚至可以得出这样的一个结论,是研究者、诗人主导着《诗探索》的方向。事情其实是远非如此简单的,一本理论刊物发表什么样的理论文章以及把什么样的文章编排在什么样的位置上,都是颇有讲究的。换句话说,一本理论刊物的编辑理念,包括要更换理念,一般都不是靠语言直接表白出来的,而是靠有目的地来组织相关稿件和发表相关稿件来实现的。从这个意义上说,《诗探索》在进入 2000 年的第一年集中发表了一批淡化流派意识,强调中国新诗这样整体意识的稿件,不是偶然的,而是一种有目的的舆论导向。意在向人们表明,2000 年后的《诗探索》更欢迎那些从宏观视角与古今中外文化相融合的角度来探讨新诗的稿件。明白了这一前提,也就不难理解其后各期的《诗探索》怎么会有那么多诸如《传统与革命》(叶橹)、《新诗百年:回顾与反思》(张曙光)[1]之类的诗学文章;也就不难理解《诗探索》为何要从 2005 年第 3 辑起,设置了"中国新诗史写作问题研究"的专栏。

　　如果说《诗探索》的上述编辑思想主要还是通过发表研究者的研究文章来加以体现的,即自己始终站在一个中性的立场上,一切靠文章自身来展示的话,那么《诗探索》在面对一些比较重大的具体理论问题时,则选择了直接来应对的策略。诚如前文所说,复刊后的《诗探索》曾一度张扬现代主义诗歌,这个选择即便在今天看来也没有错,诗歌走到了那一步就必须要做出那样的选择。如果非要说有错的话,那就是先锋诗歌的某些理念在一枝独秀的氛围里被无限度地夸大了,从而给先锋诗歌的创作和发展带来一些不好的影响。《诗探索》的同人意识到这一问题的存在,就开始有意识地出来纠偏。

　　纠偏首先是从新诗的语言开始的。《诗探索·理论卷》2008 年第 1 辑以最显赫的位置发表了老诗人郑敏的《中国新诗与汉语》一文。这篇文章的态度较为激烈,把批判的笔触一直延伸到"五四"时期的"我手写我口"的白话文:"'我手写我口'绝对是一个错误的口号,多少年来在五四新文化革命外衣下混淆视听而已。新诗万万不可自欺。"在此基础上又说:"白话文的语言艺术不等于日常口语","口语的魅力在戏剧小说中可以发挥其写实的能动性,但从日常

---

[1] 见《诗探索·理论卷》2005 年第 1 辑。

口语中很难找到诗歌所需要的富内敛功底、又富诗意的词语，……口语已经使白话诗的语言如涸池之鱼……"。[1] 郑敏的这番指责"口语"的话是有特殊含义的，即她虽然直指"五四"新文化革命，但批判的主要还是"当下"的写诗风气。自1980年代中期先锋诗歌滥觞以来，"口语"在许多先锋诗人那里是一件至关重要的事，正像伊沙被人问到如何看待创作中的"口语"问题时，他说："说到'口语'，我一直感到十分悲哀，一个连这样普通的两个字都不敢正视的民族竟写下了那么多的'诗'。……有些人那么反感'口语'，我想问问他们：非口语又是什么状态的语言？它是真实可靠的么？"[2] 伊沙用"口语"曾写下过几首具有个人风格的诗歌，表明在驾驭得了的情况下，"口语"其实也是可以入诗的，但这绝不意味着"口语"就是新诗唯一最合法、最正宗的语言。

然而，不少先锋诗人也像伊沙一样，把"口语"抬到了统领一切、决定一切的地位。遗憾的是，他们的"口语"又没有伊沙的精神气，这就使诗歌变成了"口水诗"。在这样的一种背景下，《诗探索》推出郑敏这篇文章的用意是显而易见的，诚如"编者的话"所说的那样："作为一位曾在美国留学多年，深受西方哲学与文化思想浸润的老诗人，她针对诗坛现状发出的呼唤，值得我们深思。"[3] 显然，《诗探索》通过这篇文章想表达的真实用意是：新诗不要一味沉迷于"口语"之中，口语之外还有另外的一种艺术性的语言。这项工作到了2011年，又有了新的进展，即《诗探索》专门开辟了"口语诗研究"专栏，试图"对'口语诗'写作做一些正本清源的工作，弄清楚什么是真正的口语诗，什么是口语写作……以期引起大家的关注和讨论。"[4]

纠偏的第二举措是，针对"第三代""新生代"等诗歌命名，《诗探索》尝试把台湾诗歌界的"中生代"之命名，移植到大陆诗坛中来，并从2008年第一辑起设置了"中生代研究"栏目。

---

[1] 参见郑敏：《中国新诗与汉语》，《诗探索·理论卷》2008年第1辑。
[2] 伊沙：《伊沙：我整明白了吗？》，《诗探索》1998年第3辑。
[3] "编者的话"，见《诗探索·理论卷》2008年第1辑。
[4] "编者的话"，见《诗探索·理论卷》2011年第4辑。

《诗探索》对"中生代"这个命名萌生出兴趣,也是一件颇为无奈的事。迸发于1970年代末1980年代初的先锋主义诗歌运动,原本是一场涉及众多人数的文学大事件。或者说起步于这个时间,在其后一直都没有中断创作的诗人有许许多多。然而,若干年过去了,这场轰轰烈烈的诗歌运动似乎演变成了某几个人、某几个诗派的专场。乃至于事到如今,一提起这段诗歌的历史,就剩下了"朦胧诗""第三代"诗歌旗帜下的几位诗人了。而更多的诗人,包括创作成就并不逊色,甚至更优秀的诗人都被目前所流行的"命名"给排除在外了。这对广大诗人是不公平的,同时对新诗史也是不负责任的。为了弥补这个缺陷,《诗探索》把希望寄托于"中生代"这个更具有包容性和涵盖力的命名,以期把那些与"第三代"诗人同时起步,但被"第三代"光环所掩盖、遮蔽的诗人,确切说是"中年诗人"一个亮相的机会。这正如他们自己所说,研讨"中生代",其"目的在于引起诗歌界和学术界对中年写作的关注"。[1]这里所谓的"中年写作"是一个年龄概念,即凡是处于这个年龄段的诗人都是被重点研究的对象,而非只有特定的那几个诗人才具有重点被研究的"特权"。

对到底何谓"中生代",研究界尽管还处于探讨之中,但对《诗探索》而言,肯把有争议的"中生代"命名引入到刊物中来,就表明了他们一个公正、公平的立场——在诗歌艺术面前,人人平等。从这个意义上说,与其说是要"中生代"来取代"新生代""第三代",不如说是对"新生代""第三代"的一个丰富与补充。

《诗探索》纠偏的第三个举措是,对新诗中的其他流派,如浪漫主义进行了深度的关注。对此,他们是分两步走的,先是在2011年10月举办了"新诗与浪漫主义"学术研讨会,接下来又在《诗探索》上开辟了"新诗与浪漫主义研讨会论文选辑"专栏,发表了四篇相关的文章。

迈出2000年第一个十年门槛的《诗探索》所做出的这一举措,在我看来是具有象征意蕴的,绝不是纯粹文学意义上的一次价值重估那么简单的事。事实上,《诗探索》对为何要这么做的动机是有所交代的:"20世纪80年代中期

---

[1]"编者的话",《诗探索·理论卷》2008年第1辑。

以后，随着'朦胧诗'和'第三代诗'的兴起，当代诗歌写作表现了向现代主义倾斜，反省、离弃浪漫主义的诗学取向；新诗史的研究也出现了以现代主义来重新确立评价标准，重构诗歌史秩序的偏移。这在给诗歌发展提供新的可能性的同时，也不可避免地出现了某些偏差。为了进一步辨识当前诗歌批评、诗歌史研究和诗歌写作面临的问题，有必要从新诗现状、写作实践和理论诸方面来检讨梳理一下新诗与浪漫主义的关系。"[1]看上去《诗探索》是在检讨"当代诗歌写作"和"新诗史的研究"，但其实也是在检讨自己，因为不管是"当代诗歌写作"还是"新诗史的研究"都与《诗探索》有着紧密的关系。

从彰显新诗与现代主义的关系过渡到强调新诗与浪漫主义的关系，或者说从对浪漫主义的轻视到对浪漫主义的正视，《诗探索》用了整整32年的时间。这绝不是什么风水轮流转，而是一步步地摸索出来的。对诗歌的理解，真正意义上的理解，是需要走过一个完整的周期的，就像不经过四季，怎么能理解季节？只有从这个意义上，我们才能理解谢冕在《诗探索》创刊30周年座谈会上所说一番话的意思："《诗探索》不想充当某一诗歌流派的代言人，也不谋求成为某一种风格的鼓吹者，它矢志不移地为诗歌思想艺术的前进和变革而贡献热情和智慧，它始终不渝地与探索者站在一起。"[2]这段话也被同期的《诗探索》摘录到了"编者的话"中，这意味着其实这也是《诗探索》的座右铭：不是说以前的《诗探索》走了弯路，而是说经过之前那些风风雨雨洗礼后的《诗探索》成熟，有底气了，终于带领诗歌迈进了重新融合与创造的时期了。所以说，《诗探索》在进入2012年的时候，而不是其他的时候，把浪漫主义郑重其事地引入到刊物中来是有其特殊含义的。

翻看、整理这些年来出版的《诗探索》，会在心里暗暗赞叹它的不易。这种"不易"主要还不是表现在外部条件上，尽管《诗探索》这些年来的外部条件也确实不易，但更艰难的还是在于它的编辑思路上。《诗探索》几乎是从

---

[1] "编者的话"，《诗探索·理论卷》2012年第1辑。

[2] 谢冕：《为梦想和激情的时代作证——纪念〈诗探索〉创刊30周年》，《诗探索·理论卷》2011年第2辑，第4页。

"零"起步的，没有什么经验可以借鉴，硬是凭靠着对诗歌的挚爱，为当代诗歌开拓出了一条生机勃勃的道路。尤其令人感慨万千的是，进入1990年代以后，绝大多数的国人，包括知识分子们都不再有激情与梦想了，但是《诗探索》的同人却依旧在坚守着那份梦想：《诗探索》履行创刊时的郑重承诺，坚持它对诗歌事业的敬畏和忠诚，始终站在为维护和广大中国诗歌的伟大传统、为了诗歌的发展进步而锐意探索和革新的前沿。"[1]这番在2011年发出的誓言，宛若是在上映堂吉诃德大战风车的故事，令人不忍观看。

往昔不再，《诗探索》同人身上仍然洋溢着"五四人"所特有的那种"路漫漫其修远兮，吾将上下而求索"的精神。刊物犹如人，也是有品格的，《诗探索》就像是一位坚定而执着的夜行者，在探索的路上义无反顾地走着。

三、与《诗探索》同步而来的批评家

新时期以来，在先锋诗歌领域中活跃着一大批批评家。他们跟踪诗人的创作，引领时代的风潮，为当代先锋诗歌的发展与壮大做出了重要的贡献。吴思敬就是其中的一个，多年来他以其所特有的稳健步伐走在先锋诗歌的前沿。

先锋诗歌批评领域是一个可以充分展示批评者性格的战场，不少批评家在此都是以激进、极端取胜的。就所持姿态与批评风格而言，吴思敬无疑不是当代先锋批评中最激进的一个，相反他经常表现的似乎不那么"先锋"。我认为，评价一个理论家先锋不先锋，不能光看他说了什么，还要看他做了什么，特别是长期以来做了些什么。吴思敬自1994年以来一直主编着《诗探索》，诚如前面的章节中所说，这一时期的《诗探索》是当代先锋诗歌的最大舆论宣传阵地，发生在先锋诗坛上所有重大事件几乎都能在《诗探索》上得到及时地反映。从这个角度来说，吴思敬对当代先锋诗坛所做出的贡献是其他先锋批评家所难以做到的，这也是本书把吴思敬作为先锋理论家个案分析的原因。

---

[1] 谢冕：《为梦想和激情的时代作证——纪念〈诗探索〉创刊30周年》，《诗探索·理论卷》2011年第2辑，第4页。

(一) 以"人"为准则：主体性意识的确立

吴思敬从事诗歌研究之始，正是中国文学、研究界走出废墟、重建家园的高蹈时期。奋发向上、勇往直追的时代氛围，加之有"文革"前受过正规、系统高等教育作背景，所以，他从一开始便不满足于零打碎敲式的研究，而是试图建立起一套不同于以往的诗学理论体系。而且，"建构"的雄心在其第一本诗学专著《诗歌基本原理》(1987)中就显示了出来。

《诗歌基本原理》是一部在体系上有着较为周密考虑的诗歌专著。该书的体例构成分为"本体论""创作论""鉴赏论""诗人论"四部分，即把诗歌文体以及创作、欣赏等问题都一网打尽了。作为一部教科书而言，交代清楚了概念、范畴就算完成了任务，可作为一部学术著作似乎留有了局部深化的余地。如若说《诗歌基本原理》一书彰显了其研究中的一些特色，如内容上的开阔和方法上的创新等，那么，同时也流露出他的研究面临一个何去何从的问题，即是以探讨诗歌的基本原理，也就是所谓的"本体论"为主，还是把重心移到"创作论"和"鉴赏论"方面，抑或是继续沿着《诗歌基本原理》的框架滑行呢？

纵览此后所出版的另外两本专著《诗歌鉴赏心理》(1987)和《心理诗学》(1996)[1]发现，他此后的研究主要是建立在"人"，也就是诗歌的接受者(读者)和诗人(诗歌的创造者)基础上的。以前者，形成了他的鉴赏论；以后者，形成了他的创作论。虽然鉴赏论和创作论的主体对象不同，但其共同之处都是把"人"的精神世界和心理轨迹作为理解、破译和研究诗歌的媒介。诚如他在《诗歌鉴赏心理》中对其写作目的的说明："想对读者鉴赏诗歌中的微妙心理变化做一粗略描述。"[2]同样，《心理诗学》描述的是诗人在创作时的微妙心理轨迹。由于两部专著研究的都是人的心理变化，而且其研究理念和方法也基本一致，作者也曾说《心理诗学》原本是包括"诗歌鉴赏"内容的，但考虑到

---

[1] 该书的主要内容写于1987年和1988年，全书完稿于1988年春天。

[2] 吴思敬：《诗歌鉴赏心理》，辽宁人民出版社1987年版，第2页。

把《诗歌鉴赏心理》合并进来，会给该书的出版带来巨大压力，故而作罢。[1]这表明两本专著是可以合并成一本书来读的。因此，本节只探讨《心理诗学》中的内容。

顾名思义，《心理诗学》是以诗歌的主体，即诗人的心灵、情感为爬梳对象的。这就意味着难度的存在，即单纯从诗歌到诗歌，从文本到文本是不能揭示和规范创造者的心理结构和运演流程的。为了解决这个难题，吴思敬借助了心理学方面的知识和成果。自然，用心理学的方法来研究文学艺术并不是吴思敬的首创。朱光潜先生在1930年代就做过嫁接的试验。出版于1936年的《文艺心理学》便是一部"从心理学观点研究出来的'美学'"[2]专著。在该书中，他运用了心理学方面的一些知识探讨了美学上的诸如"美感""联想""灵感""天才"等问题。也许吴思敬对心理学的情有独钟是受到他的一些影响，毕竟朱先生是中国文艺理论界的大家。但是他们二者又有所不同，这种不同并不纯粹是指研究领域、对象的不同，主要是指研究目的的不同。具体说，朱先生运用心理学主要是想解决美感经验问题，譬如他在讲艺术的创造时也提到了"潜意识"，但这里的"潜意识"是和"联想"联系在一起的，正如他说："潜意识的活动大半仍依联想作用"。[3]显然，重心集中在"潜意识"是通过何种渠道实现的，而与此相关的人的主体性意义并没有特别突出地得以彰显。这也是在其诗歌专著《诗论》中，用了那么多的篇幅来谈诗歌的情趣、意象，诗歌的节奏、音韵和声律等问题，而对诗歌的创作者则只是简单带过的原因。

吴思敬运用心理学的目的并不在于揭示审美上的技术问题，而是要探究诗歌创造者的心灵奥妙，并在此基础上建立起一套丰富而科学的创作论。总之，吴思敬在研究方法的取舍上可能或多或少地借鉴、发挥了前辈先生的一些理念，但是其研究思路却是与中国1980年代奋进的时代主潮是相一致的。

1980年代是一个高扬着"主体性"旗帜的时代。刘再复的《文学研究应

---

[1] 参见吴思敬：《心理诗学》，首都师范大学出版社1996年版，第361页。
[2] "作者自白"，见朱光潜：《朱光潜美学文集》第一卷，上海文艺出版社1982年版，第3页。
[3] 朱光潜：《文艺心理学》，《朱光潜美学文集》第一卷，上海文艺出版社1982年版，第204页。

以人为思维中心》和《论文学的主体性》的发表，在文学、研究界掀起了寻找"人"的热潮。刘再复的倡议是："我们可以构筑一个以人为思维中心的文学理论与文学史研究系统，也就是说，我们的文学研究应当把人作为主人公来思考，或者说，把人的主体性作为中心来思考。"[1]"人"应该是文学理论、文学史研究中的主体。吴思敬无疑是这股思潮的积极回应者。从写于1985年的《用心理学的方法追踪诗的精灵》一文中，不难窥见他对"主体性"的思考。他说："诗歌这一最古老的文学形式，在其悠久的历史发展中形成了独特的掌握世界的方式，其核心就是主体性原则"。[2]在以往，人们尽管也承认诗歌是最为表达自我的一种文体，但却很少有人直接把诗歌的创作原则总结成"主体性原则"。因为，这和文学是对社会生活反映的理论是相违背的。所以说，文章中体现出的这种以"人"为上的认知视角，标志着作者主体意识的觉醒。

　　本来，诗歌的研究方法是可以，而且也应该是多种多样的，既可用主观的视角，又可用客观的视角，还可以就纯粹的诗歌文本谈论诗歌上的事。艾布拉姆斯在《镜与灯》中认为，任何一种像样的理论都离不开"世界""作品""艺术家""欣赏者"这四个要素。而且，批评家在四个要素中可以任意选择一个"作为界定、划分和剖析艺术作品的主要范畴，生发出借以评判作品价值的主要标准。"[3]艾布拉姆斯的说法很精确、到位，西方的文学理论虽然丰富多彩、各有所长，但基本上都是在此基础上演化出来的。然而，在中国相当长的一段时间内，批评家是没有这样多元化选择的。在"反映论"至尊和独尊的历史语境下，文学理论，也包括抒情类的诗歌理论只能沿着外部世界，而且是狭义的外部世界——很多时候其实是指外在的人事纠纷、斗争来运行的。在这个框架中，外部世界不但决定着诗歌的创作，还决定着诗歌的价值。而作为主体的人，则处于从属和被统治的地位。

---

［1］刘再复：《论文学主体性》，《文学评论》1985年第6期。

［2］吴思敬：《用心理学的方法追踪诗的精灵》，《诗刊》1985年11月号。

［3］M.H.艾布拉姆斯：《镜与灯——浪漫主义文论及批评传统》，郦稚牛等译，北京大学出版社1989年版，第6页。

当明白了这一前提后，就不难理解了原本并不高深的"主体论"理论，为何会在1980年代的中国卷起千层浪；也不难理解吴思敬那个以"人"的精神为价值准则的"创作论"所包蕴的深刻内涵——对"人"的推崇，正是源于对"人"的迷失、缺席的审判。从这个意义上说，诗歌由社会性、阶级性转向主体性，绝不仅仅是词语顺序的调换和取代，而是思维领域中的一场革命。

（二）以"新"为宗旨：架构与突破

吴思敬是一位勇于在思想和研究方法上创新的理论家。而且，《心理诗学》的主要目的是想建立起一套不同于以往的"创作论"体系。用他的话说："落脚点在新的诗学体系的建设上"。[1]如前文所说，这个诗学体系之所以"新"，就在于"主体论"原则的确立。那么，这部以"主体论"为指导思想的专著，在哪些方面有所突破。

首先，诗歌创作的观念得到了扩展和丰富。由于《心理诗学》探讨的是创作者的心理，所以作者的创作动机便是一个至关重要的问题。与以往的创作论不同，吴思敬没有简单地从外部世界（客观）或内心情感（主观）出发，而是把创作视为一种复杂的"内部动力系统"，他把这个系统称之为"内驱力"。根据"内驱力"性质的不同，他又把"内驱力"分成了"原始内驱力"和"继发内驱力"两种。[2]这两种"力"的区别是什么呢？前者是与生俱来的，反映了人吃、喝、拉、撒、睡的本能需求；后者是与社会性欲求联系在一起的，即作为一个社会人对自我原始本性的制约和克服。作者认为，正是这样的两种力量构成了一个人的创作动力。

在这两大动力中，"原始驱动力"无疑是指人的原始欲求。在没有理性，即"继发内驱力"的制约下，原始欲求往往会导向"丑"和"恶"，所以一般很少有人探讨这种负面价值给诗歌创作所带来的影响。吴思敬把这种因素郑重指

---

[1]吴思敬：《心理诗学》，首都师范大学出版社1996年版，第361页。
[2]参见吴思敬《心理诗学》，首都师范大学出版社1996年版，第3页。

出来，并说"原始内驱力则是一种深层的生命动力"，[1]其目的何在？其实，他是把批判的锋芒指向了诗歌中的单向度创作心理，即对以往颂歌式或批判式的诗歌观念进行了颠覆。创作原本是一种复杂的精神活动，一首好的诗歌应处处流露着诗人情感搏斗的痕迹，而不是回避内心的真实欲求，进行廉价式的表态。地狱虽然是可怕的，但砍掉地狱的天堂也不是完整的天堂。与此相一致，他的这个"内部动力系统"还为内涵复杂、多义的诗歌提供了存在的依据。人们经常认为那些晦涩、看不懂的诗歌不是诗歌。其实未必都是如此，从作者所分析、揭示的创作心理来看，创作时的心理复杂度决定了诗歌内涵的复杂性。

其次，从心理学的角度，把人的"无意识"作为一个重要范畴引进到了诗歌这一文体中。特别需要注意的是，这个"无意识"并不是单纯作为与"意识"相反的一种思维方法出现的，而更是作为一种思维观念，即用该观念把诗歌的创作心理过程、创作心态和诗人的个性特质等串联成一个内在统一的整体。或者干脆说，他的诗歌创作论主要是建立在"无意识"层面上的，诚如他说："从诗歌创作方面看，借助于心理学，可以把探寻的触角伸到为一般人所忽视的细部，诸如心理场与物理场、意识与潜意识、理念与直觉、内部言语与外部言语，以及动机的萌生、心境的调整、感觉的捕捉、信息的编码、情绪的记忆、一定机缘下的顿悟、表象的运动与改组、思维的发散与集中，等等，在此基础上可建立诗歌的创作论。"[2]这是对以往研究的一种超越。在各种文体中，诗歌是最为精灵古怪、不可捉摸的了。在中国古代的文论中，人们虽认可"诗缘情"的说法，但对情感到底是怎样演化成诗歌的过程则还无人系统地分析过。在西方的古老传统中，诗歌创作更是与神赐、迷狂等超验语境联系在一起的。中西方的情形表明，在人们长期以来的意识中，诗歌，特别是诗歌的创作过程是难以用语言、概念等诠释清楚的。这或许也是在中外众多的诗歌理论书籍中，有不少是研究思想意蕴的、形式的以及想象、灵感、节奏、声韵等，但却

---

[1] 吴思敬：《心理诗学》，首都师范大学出版社1996年版，第9页。
[2] 吴思敬：《用心理学的方法追踪诗的精灵》，见《诗学沉思录》，辽宁人民出版社、辽海出版社2001年版，第195页。

很少有人专门来研究诗歌的生成过程以及内在精神运演机制的原因。

把诗歌创作神秘化、不可知化，有益的一面是保持了诗歌文体的高贵性；弊端是难以真正接近、渗透到诗歌内部之中。换句话说，诗歌作为一种艺术的载体，如果我们连其诞生的契机和过程都没有一个相对合理的把握，建立在其之上的其他理论又能有多少说服力？也许，从某种程度上说，研究上的困境可能主要源于研究者忽略了，抑或说没有给诗歌产品的另一重要加工场所——"无意识"予以足够的重视。换句话说，正是由于吴思敬把作者的"无意识"层作为搭建创作论的基点，所以才使得他能够把其他诗歌理论家很少或系统探讨的问题探讨得那么出其不意，如有关诗歌内容的酝酿和生成，本是一个可以意会、但很难言传的问题，但吴思敬却从"潜意识""潜思维""梦""灵感""我向思维""表象思维""抽象思维"等方面谈得头头是道、条分缕析。

最后，在研究方法上有所突破。尽管朱光潜先生曾说过，神秘的创造想象，也可以像"一切自然现象一样"，用"科学方法去研究"，[1]但实际上迄今为止并没有人真正运用过自然科学上的方法来研究"创造想象"，更没有人用来研究诗人的创作过程。《心理诗学》在这方面做出了用最科学的方法来讲解、规范最不科学的内容的试验。如果说"心理学"的方法为他认识、开采"主体"打开了天窗，那么自然科学上的方法则为他提供了体系架构上的便利。

从《心理诗学》的编排体例上不难看出，这部书的整个框架结构都是根据对信息管理的自然科学方法来设置的，这除了指在内容安排上符合于科学化的流程管理外，还指在语言的运用上，如章节的题目分别是"内驱力""心理场""信息的内化""信息的再生""信息的外化"等。如果单纯从上述题目着眼，是无论如何也不能与诗歌创作论联系在一起的。另外，书中对概念、范畴的说明与界定也尽可能地使用了自然科学的表达方式。如"信息"一词是典型的科技词汇，可作者不但将之引进到创作的心理过程中来，还用它来说明什么是诗，"从系统科学的观点来看，诗不外是一种信息，诗的创作过程也正是诗

---

[1] 朱光潜：《文艺心理学》，见《朱光潜美学文集》第一卷，上海文艺出版社1982年版，第19页。

人同外部世界交流信息的过程。"[1]用这样一种直截了当的话语方式来界定诗歌和诗歌创作,可能对我们固有的诗歌观念会提出挑战,但毕竟是用最为简洁、不会出现歧义的语言,道明了什么是诗的问题。这个定义中的关键词,无疑是"信息"。事实上,作者在论述诗歌的创造过程时,也的确是紧密围绕"信息"一词来进行的:撷取外部客观世界的"信息"——诗人的感受器对"信息"进行存储、加工与内化——用语言把加工后的"新信息"变成可为读者接受的"信息"。[2]把复杂的诗歌创作过程分成这样的三个阶段,还是颇有说服力的。

把自然科学的研究方法引进到诗歌研究中,能够起到一些出其不意的效果。吴思敬另外一篇研究"诗体"的文章,也从另一方面证明了该研究方法的有效性。"诗体",即诗歌的"体裁"或"种类"一直是诗歌研究中的弱项和难点,人们常常在谈到诗歌的思想性时可以洋洋洒洒,可一旦具体到对技术性要求更高的形式问题时,则有不知该如何说起之窘迫。这实际还是缺乏方法的缘故。吴思敬则从"系统的概念"角度切入"诗体"中,他说:"由于诗体是诗歌系统的子系统,每种诗体均具有诗歌系统的基本特征,但又具有子系统的独特之处,因此,一方面对各个子系统的深入研究可以进一步检查与验证诗歌的基本理论,另一方面对各个子系统特征的描述与开掘又会进一步充实与丰富诗歌的基本理论。"[3]他的高明之处,在于先不正面去给"诗体"分类,而是先确定它和"诗歌"的关系。也就是说,他把整个诗歌看成是一个大系统,而"诗体"则是这个大系统中的一个子系统。这样一来,二者的关系就一目了然了。建立在此基础上的"诗体"也就易于解释了。但是也无须讳言,自然科学的研究方法在诗歌中也不可多用、滥用,否则有可能容易造成审美上的疲倦。

应该说,这套以创造者的深层心理为基础的创作论,对自身并没有创作经验的吴思敬来说难度是很大的。因为,他必须要让自己像诗人一样沉浸到诗歌中,用自己的心灵去感知、捕捉那些神秘的感受。然而,令人惊讶的是,他不

---

[1] 吴思敬:《心理诗学》,首都师范大学出版社1996年版,第95页。
[2] 参见吴思敬《心理诗学》,首都师范大学出版社1996年版,第255页。
[3] 吴思敬:《诗体略论》,见《诗学沉思录》,辽宁人民出版社、辽海出版社2001年版,第47页。

但能在这个王国中游刃有余地畅游,而且对诗歌的理解程度甚至超出了很多诗人。如对诗歌深层意蕴的理解一直是众说纷纭的,古云曰:"诗无达诂"。可是他却说:"对诗歌深层意蕴的理解,有些近乎对音乐的理解。"[1]不是一位真正的懂诗人,是难以举出这么确切的类比的。此外,他所论述的都是一些专业性极强,并有着严密内在逻辑性的问题,但是他写来却毫不费力,用诗一样的语言,外加许多个小故事、小典故,从而使一个个专业化的术语和机制变得极为生动、有趣,处处流溢着创造的快乐。

(三)立足于美学立场:坚持、追踪与辨析

对新时期以来的批评家而言,"立场"无疑是一个重中之重的关键词。但当超越了"支持"还是"反对"这样的"表态式"批评层面后,光有"立场"就显得远远不够了。在批评这个大操场上,最初比拼的可能是勇气、才华,但到后来比的就是学识、修养以及韧性、毅力了。

与现代诗歌有着较为稳定的形态相比,处于动态中的当代诗歌不时会有"雾里看花"和"只缘身在此山中"的困惑,这使不少的批评家患上了"失语症"。显然,"失语"主要源于判断准则的迷失,即在瞬息万变、眼花缭乱的各种诗歌现象面前,失去了对之把握的能力或兴趣。然而吴思敬似乎是一个例外,从投身于批评工作的那天起,他就以高昂的热忱和准确的判断与飞速发展的诗歌大潮保持着同一步伐。

诗歌是年轻人的事业,这句话似乎并没有太多的人提出异议。但是并不年轻的吴思敬至今仍对诗歌保持着高度的清醒与敏感。这可能除了对诗歌拥有一份挚爱之外,还与他对诗歌本质的认识与坚守相关。1981年,在诗歌到底应该以什么为标准的大讨论时,他曾说过这样的一番话:"诗歌批评,包括新诗讨论,不能简单地做政治结论,而应严格地在美学范围内进行。……应该按照

---

[1] 吴思敬:《深层意蕴的探求》,见《诗学沉思录》,辽宁人民出版社、辽海出版社2001年版,第155页。

诗歌艺术的特殊规律进行美学的批评。"[1]不要用政治标准套取诗歌,应把其视为一个独立而纯粹的审美对象,即以美学的标准为评判诗歌的最高标准。这大概是他对其批评标准的最早袒露。

无须讳言,美学式批评在当时并非是他所独有的武器,相反,美学批评是新时期后曾最为活跃的一种批评,不少批评、理论家都曾运用过。可是,能真正地成功运用并坚持下来的并不多。相当一部分人最初选择美学立场主要是出于对政治化批评一统天下的反拨,所以当批评环境一旦有所宽松、自由后,所谓的美学立场也就很快变得没有立场了。加之,又不断有西方的各种新潮理论飘然而至。而且,看上去它们似乎又都比美学批评新潮而时髦,这就使不少批评家的底气受到了打击。吴思敬的不同之处在于,从一开始美学批评对他而言,就不是一个解构或单纯解构"政治"的一个话语策略,而是其存身立命的场所,即他的一切批评话语和准则都是由此演化而来的。这一点从他对朦胧诗的态度中也能反映出来:在两种思想激烈交锋、孰胜孰败尚不明朗的情况下,他敢于旗帜鲜明地站在"朦胧诗"的阵营中,其动机可能并不像想象的那么复杂,实际主要还是源于对其美学品格的认可。诚如他的立论,"'朦胧'作为一种艺术风格,说来也算是源远流长了。这不能简单地归结为某些诗人的'嗜痂成癖'。因为,平心而论,'朦胧'也是一种美"[2]。可见,从这些被人们称之为看不懂的"朦胧诗"中,他发现了朦胧的美感,而这些美感又与中国的古典诗歌传统紧密相连。除了为"朦胧诗"的合法生存权助威、呐喊外,他还为身处逆境的顾城写下了国内的第一篇评论文章《他寻找纯净的心灵美——谈顾城的诗》。

用"寻找纯净的心灵美"来指认顾城的诗歌,在当时也许是无心之举,但现在看来却并非是偶然的灵机一动,实际是与其对朦胧诗的美学品质,即美的把握是一脉相承的,具有内在的必然逻辑性。这说明他在从事批评之初始就有

---

[1] 吴思敬:《诗歌的批评标准》,见《诗学沉思录》,辽宁人民出版社、辽海出版社2001年版,第222页。

[2] 吴思敬:《说"朦胧"》,见《诗学沉思录》,辽宁人民出版社、辽海出版社2001年版,第218页。

其未必自觉但却坚定的美学追求。故而，在随后而来的各种知识轰炸中，他没有乱了方寸，而是始终以美学批评为根本，兼顾吸收其他最新的理论成果。这就使他的批评在其稳固的态势中又呈现出包容、开放性的特征。

作为一位在"朦胧诗"浪潮中被人所开始熟知的批评家，他的批评并没有止步于"朦胧诗"。相反，"朦胧诗"潮只是让他不凡的批评眼光和审美趣味浮出了地表，随之而来的"新生代"诗歌浪潮才使他的批评能量得到了充分的发挥与释放。如果说主要是意识形态的不同，乃至对立导致了"朦胧诗"的论争，那么对"新生代"的毁誉则主要是基于美学认识上的分歧。因为，"新生代"的突起是以打倒"朦胧诗"为代价的，这就使不少的批评家陷入了两难的境地。支持"朦胧诗"的人，显然无法对其叛逆精神教父的行为产生好感；原本就反对"朦胧诗"的人，更不会跟在思想、艺术上走得更远，与西方后现代主义理论遥相呼应的"新生代"建立起感情。吴思敬无疑是力挺"朦胧诗"的人之一，但他并没有为此而怀疑、否定"新生代"诗歌的价值，而是以一颗理解之心观察、追踪"新生代"诗歌的创作状况以及新潮评论界对其所做出的反应。

或许"新生代"对"朦胧诗"的替接、取代过于迅捷了，致使批评界，包括新潮批评界在相当长的一段时间内无法找到相应的话语理论对其规范。吴思敬在其《1980—1992：新潮诗论鸟瞰》一文中，对新潮批评家们"未能给予及时且有说服力的理论阐释"做了检讨，但进而还是肯定了"新潮诗论"的意义："我还是要说，新潮诗论是对传统美学原则和扭曲的新诗理论的一次认真冲击"。[1]在其论述语境中，"新潮诗论"对应的是被意识形态化了的传统美学和被扭曲了的新诗理论，这也就是说，他之所以要倡导、肯定"新潮诗论"主要还是出于美学还原和创新性的考虑。同样，对"新生代"这个创作群体，他也给予了强有力的舆论支持。具有代表性的是，他借"新生代"崛起的10周年之际，发表了一篇颇有总结性意蕴的文章《"新生代"诗人：印象与思考》。

---

[1] 吴思敬：《1980—1992：新潮诗论鸟瞰》，参见《诗学沉思录》，辽宁人民出版社、辽海出版社2001年版，229页。

在文中，他不但介绍了"新生代"诗人的生成、活动具有地域性特点，如按诗人聚集的规模大小划分成了"北京""江浙"和"四川"这样的三大板块，而且还对其中有影响的代表性诗人以及"他们""非非"等著名的民间社团做了详细的介绍，并对"他们"中的标志性人物之一韩东给予了特殊的评价，"韩东在朦胧诗人之后提出了一种全新的观照世界的方式，尽管有偏颇之处，但也由此开创了一个新的诗歌时代。"[1]一般说来，像开创"一个新的诗歌时代"这样的评价是不随意用到一个诗人，特别是当代诗人身上的。可见，他对以韩东为代表的"新生代"诗歌另辟诗歌天空的做法是极为赞赏的。

所谓的"新"是相对于"旧"而言的。也就是说，韩东所开创的这个"新的诗歌时代"是以"朦胧诗"所创造出来的"旧"英雄世界为参照的。这从吴思敬对韩东诗歌艺术风格的总结中也不难体悟出来："让诗的歌咏对象由英雄回归到平民。与此相联系，他还扬弃了朦胧诗人惯用的意象组合方式，走出了象征的森林，而代之以经过提纯的口语写作。"[2]审美情调上的英雄主义，艺术上的象征手法，这正是"朦胧诗"最为独特之处。他肯定韩东的创作是在否定"朦胧诗"，进而也是否定自我吗？

在他的美学观念中似乎没有这样一个非此即彼的概念，而是相互兼容、补充的整体：朦胧、象征是一种美，提纯后的直白"口语"也是一种美；歌咏"英雄"是一种美，回归"平民"也是一种美；"朦胧诗"中迸发出来的人道主义是一种美，"新生代"中的解构主义也是一种美。两种看似完全不同，甚至针锋相对的判断标准，归根结底都是出于同一个标准，即对"美"，也就是艺术本质的理解。换句话说，"美"在吴思敬的审美观念中并不是一个先验、静止的理念，而是一个不停往前涌动的发展流程，正如他说："每个时代有每个时代的精神追求，每个时代有每个时代追求的美和发现的美。"[3]"美"之内涵、

---

[1] 吴思敬：《"新生代"诗人：印象与思考》，《诗学沉思录》，辽宁人民出版社、辽海出版社2001年版，第243页。

[2] 吴思敬：《"新生代"诗人：印象与思考》，《诗学沉思录》，辽宁人民出版社、辽海出版社2001年版，第244页。

[3] 魏克：《诗人与他们的生活——吴思敬教授访谈录》，《诗歌报月刊》1998年第7期。

美之形式是随着时代的发展而发展的，他的这一思想从对后起诗人伊沙的态度中也能体现出来。

伊沙比1980年代出道的"新生代"诗人，在时间上大概晚了十年。与其"前辈"相比，他的创作也算是"异数"的。因此，曾博得嘘声一片，即使是同一阵营内的先锋诗人对其创作也是毁誉参半的。然而，就是面对这样一位矛盾旋涡中的诗人，他仍然能从动态的流程中发现意义，称其创作是对"新生代诗人中流行的诗歌观念予以反拨、并通过自己独辟蹊径的创作实践构成一种'伊沙现象'"，并进一步总结说："诗歌的潮流就这样后浪推前浪地滚滚向前。"[1] 吴思敬在审美上之所以高于一般意义上的评论家，就在于他对诗歌抱有这种"前浪"推"后浪"的意识。而且，正是这种意识使他的研究一直呈现出动态性的发展态势。

批评的立场决定了学术上的价值取向。在新、旧两种势力激烈碰撞、交锋的历史语境中登上诗坛，并坚持美学标准至上的吴思敬必然会选择以青年人为主体的新潮诗歌为其研究的依托。事实也确实如此，纵观他自新时期以来所发表的论文，会发现其研究轴心始终是围绕着年轻一代的新潮诗歌运转的：朦胧诗——"新生代"诗歌——90年代诗歌——转型期的诗歌，等等。吴思敬可能不是"新生代"诗人的最早阐释者，但无疑却是对"新生代"诗歌做出最大贡献的一个。

新时期以来的诗坛一直带有强烈的意识形态色彩，吴思敬在其所发表的文章中曾指出过："自新时期以来，中国诗歌的版图便断裂成两块。……公开出版的诗歌报刊……民间诗歌报刊"[2]。毋庸讳言，在两大版图中，后一版图无论在经费投入还是舆论声势上都远远不能与前者同日而语。可新时期以来的这段诗歌历史和现实告诉我们，对诗歌史真正能产生影响的却是那些来自民间的创作，即新潮诗歌的创作。如果不带有任何偏见来反观这段诗歌历程。

---

[1] 吴思敬：《"新生代"诗人：印象与思考》，《诗学沉思录》，辽宁人民出版社、辽海出版社2001年版，第248页。

[2] 吴思敬：《世纪初的中国诗坛》，《文艺争鸣》2005年第6期。

这个现象值得深思，到底是什么力量让本该"边缘"的成为主流，甚至上升成了正宗。仅凭新潮诗人自身的力量和几本印刷量甚少的民间刊物，他们断然不可能在诗坛上掀起一场又一场的美学"哗变"，显然是由大量诗歌研究者的评介文章和理论阐释的"共谋"结果。在这场"保卫"战中，由吴思敬执行主编的《诗探索》无疑起到了任何一个刊物难以取代的作用——多年来为"新生代"诗人，包括"朦胧"诗人提供了大量的版面，甚至从某种意义上说，《诗探索》就是一本不是新潮诗论的新潮诗论的理论刊物。更为重要的是，他以该刊为阵地，多次组织和主持诗歌理论研讨会，邀请的多是活跃在诗坛上新潮批评家，有些就是"新生代"诗人兼理论家本人，这些舆论导向无疑对新潮诗歌的发展、壮大起到了不可估量的作用。

关注、重视青年诗人的创作，倡导现代诗和新潮诗论，这是贯穿于吴思敬研究中的一个突出特征。但这并不表明他是以"年龄"和"流派"来取舍、评价诗人的。相反，对于没有流派、宣言，但在美学上却有突破、被他誉为"向晚愈明"的老诗人，如牛汉、彭燕郊、郑敏、邵燕祥、苏金伞等也都及时进行了介绍和研究。特别是"七月派"老诗人牛汉的创作实绩更是引起了他的关注：《诗探索》曾用"专栏"的形式发表研究牛汉的理论文章；他本人编选了《牛汉诗歌研究论集》，并在《湖南社会科学》上发表了《牛汉：新诗史研究的重要课题》的论文。在后一篇文章中，他预言："新的世纪里，牛汉将会引起越来越多的学者的注意，牛汉研究将是新诗史研究的一个重要课题。"[1]牛汉在吴思敬的研究框架中，并不是作为一个普通写作者存在的，而是作为新诗史上的一个重要研究对象出现的。由此不难理解，面对渐渐高龄的老诗人，他为何屡屡流露出欲抢救资料的焦虑。这表明吴思敬除了有一个坚定的美学立场外，还有着史学家的眼光。

这种眼光不但体现在对诗人的辨析、认识上，而且还贯穿在对不同诗歌现象的理解与阐释方面。随着"世纪之交"的来临，不少先锋诗人或许受到了当下某些诗歌史写作模式的刺激和影响，纷纷忙着编辑、出版所谓的"经典"选

---

[1] 吴思敬：《牛汉：新诗史研究的重要课题》，《湖南社会科学》2005年第5期。

集。自我总结、自我定位的风气盛行一时,为此 2000 年在先锋诗坛的内部还发生了一场"民间写作"与"知识分子写作"的论争。如前所述,吴思敬一直是先锋诗人的有力支持和阐释者,可在这场来自内部的"名誉"之争中,他始终保持着"中立"的态度,并由此引申出其后来的观点:"新诗的经典还在生成之中","一切尚在路上"。[1] 此处指的虽是广义的新诗,但实际主要还是针对先锋诗人的"经典焦虑"而言的。这看上去与他平素对先锋诗人、诗作的高度评价有所区别。其实不然,吴思敬在战略上肯定先锋诗歌的意义,并不意味着他认为先锋诗歌首首都好。一首诗歌能否上升为"经典"无疑需要若干条件,但一个最为基本的条件则是需要漫长的时间来挑选与考验。只有 30 多年的历史,迄今为止还处于展开中的先锋诗歌怎敢自命"经典"呢?

吴思敬在研究中所呈现出来的冷静与睿智,主要源于他有着较为深厚的理论基础。一般说来,从事纯理论研究的学者更习惯作一些学理上的推演和论证,对当下的文学思潮以及作家、作品等基本采取疏离的策略。他的本职专业和所从事的教学工作都属于纯理论研究的文艺学,可他并没有把自己封闭在象牙塔中,而是投身到同步展开的诗歌浪潮中,并以深厚的理论功底来认识、解决当下的问题。他的理论优势一旦与具体的实践问题相结合,就显示出不同于常人的特质:在看待和研究问题时,一般不是从现象到现象,从个案到个案,而是常常能从新诗的历史或文学史的高度来观察、整合创作中所出现的问题,即具有强烈的历史整合意识。

1990 年代后,随着社会意识形态的转型和诗人们先锋情结的淡化,吴思敬意识到新时期以来的先锋诗歌运动已暂告一段落,进入到"整合"的阶段。"整合"概念本身具有两方面的意义——除了对"现在"进行清理、总结外,还要与"过去""历史"相构合。与此相一致,他的"整合"工作也是兵分两路的:一部分是对自"五四"以来的 20 世纪新诗理论,特别是现代诗歌理论进行了架构与梳理。迄今为止,新诗已有百年的历史了,但是由于这百年的历史行程走得异常艰辛与复杂,所以在一定程度上影响了学者们对这段诗歌历史的

---

[1] 吴思敬:《一切尚在路上》,《江汉论坛》2006 年第 9 期。

认知与评价，甚至连新诗的合法身份都遭到了质疑，如以郑敏先生为代表的部分学者就以新诗尚未形成古诗那样已成定型的形式和审美规范为例，说明新诗并没有形成自己的传统。吴思敬不同意这种过于低估新诗的说法，为了证明新诗传统的存在，进入2000年后，他加大了这方面的研究力度。

首先，他探讨了20世纪新诗理论传统的来源和构成。所谓传统并不是空穴来风，而是有其自身承传的。由于新诗诞生于中西文化的交融、冲撞之中，所以"民族化""世界性"必然是新诗理论中不可缺少的元素。吴思敬从新诗理论发生期的这一重要特征着眼，指出新诗理论是由两种不同的文化流脉，即民族诗学与外来诗学所共同构成的。换句话说，新诗理论传统中除了有民族诗学自身的演变外，还有外来诗学在中国的变异。明白了这一前提，就不难理解新诗理论为何从诞生伊始，就经受着无尽无休的困惑与责难的考验。[1]

其次，他探讨了20世纪新诗理论的形态问题。与前一个问题相比，后一问题的难度无疑要大得多。因为"形态"本身就是一个抽象的词语，既有看得见的，又有看不见的。再者，中国20世纪的新诗理论跌宕起伏、内容复杂，要把其整个过程条分缕析地呈现出来不是一件容易的事。然而，他不拘泥于流程中的烦琐细节，而是从几个不同历史性转机中所表现出的"共性"入手，把百年的新诗理论形态概括成三个基本点："对诗歌现代化的呼唤""诗体解放与诗体变革""自由与格律的消长"。[2] 用三个关键词架构起20世纪新诗理论的支架看起来似乎略显空疏，但实际这种三点一线似的追踪、还原方式，与20世纪新诗理论的发展是颇为契合的。因为，上述的三个问题并不是偶然出现的，而是贯穿着新诗理论发展的始终。比如，新诗在"五四"前后的崛起可能有着多重的原因，但最为深层的精神动因则是对西方现代思想的呼唤。新诗发展中的另一重大转折时期是1970年代末期的"朦胧诗"。正如新时期诗歌史所揭示的那样，"朦胧诗"的崛起同样是源于对西方现代思想的呼唤。此后的"新生代"诗歌、1990年代的诗歌等，都没有离开"西方"的价值参照系。由此可

---

[1] 以上参见吴思敬：《20世纪新诗理论的发展途径》，《淮北煤师院学报》2002年第3期。

[2] 参见吴思敬：《二十世纪新诗理论的几个焦点问题》，《文学评论》2002年第6期。

见,他把 20 世纪新诗理论的首个形态总结成"对诗歌现代化的呼唤",还是切中了要害的。再如,"自由与格律的消长",不但在 20 世纪二三十年代就是新诗发展中的一个焦点问题,即便在今天新诗到底应该"自由"还是"格律",也仍处于莫衷一是之中。

最后,他探讨了 20 世纪新诗理论所呈现出来的创作模本。自"五四"以来,新诗就在"我"与"社会"之间奔来走去。由此也导致了两套不同的价值评判准则的存在。吴思敬抛开简单的道德评判,从写作者的创作心灵出发,把新诗理论所呈现出来的真实发展趋势用"一是面向社会,一是面向自我;一是强调为人生,一是强调为艺术;一是集体性的民族性格的展示,一是个人化的人格展示"[1]这样两种既相互对立又相互补充的创作模本勾勒了出来,充分揭示了新诗理论的矛盾统一性。

与现代新诗史上已出现的经典诗人、经典诗作相比,对这段诗学理论的研究还没有什么权威的认定,但是他在这方面的研究显然是自成体系的。除了对已有传统进行"整理"之外,他的另一大工作重心是对 1990 年代后的先锋诗歌,以及先锋诗歌的一个分支"女性诗歌"所出现的"转型"进行跟踪式研究。在 1990 年代之前,诗人们以远离俗事生活、凡人凡事为荣,但此后诗人们似乎来了一个集体调头,纷纷走向了其反面。吴思敬把这种创作倾向总结为:在写作姿态上,面向底层;[2]在审美情调上,追求平民化倾向。[3]本来诗歌的好坏与是否抒发真情有关,而与关照哪个阶层、哪种趣味并没有必然的联系,但是由于先锋诗歌在其之前曾步入过高蹈云端式的误区,所以其创作调整才显得尤为可贵。但是,吴思敬没有为此而忽视了诗坛的复杂性,他在《中国新诗:世纪初的观察》一文中,把弥漫在初诗坛中的两种不同的精神追求和创作倾向,概括成"消解深度与重建新诗的良知并存""灵性书写与低俗欲望的宣

---

[1] 吴思敬:《20 世纪新诗思潮述评》,《江苏行政学院学报》2005 年第 3 期。

[2] 吴思敬:《面向底层:世纪初诗歌的一种走向》,《南方文坛》2006 年第 5 期。

[3] 吴思敬:《转型期的中国社会与当代诗歌主潮》,《江苏行政学院学报》2001 年第 2 期。

泄并存""宏大叙事与日常经验写作并存"[1]。在对诗坛进行总结、分析之同时，他还在不断探索、扩大新的研究视角，如从"城市"的角度查看当代诗歌的演进历程；从网络诗歌的兴起，透视诗歌写作发生的变化等，都是极有价值的思考。

在新时期以来的诗歌批评队伍中，吴思敬的批评工作显得异常独特。作为一直在关照、研究先锋诗歌的理论家，他从不为了标新立异而滥用没有经过规范化的新名词，而且也不随意标榜自己的主张。在其批评的过程中，他历来不持极端的态度，只是娓娓道来，以理服人，可就在这平和、稳妥之下却激荡着明确、坚定的倾向性。

原载《当代先锋诗歌研究》，姜玉琴著，复旦大学出版社2013年版

作者单位：上海外国语大学文学研究院

---

[1] 吴思敬：《中国新诗：世纪初的观察》，《文学评论》2005年第5期。

谢冕与《诗探索》
——兼论《诗探索》的学术品格

蔡丹阳

  谢冕的诗歌研究，始于1950年代《新诗发展概况》的撰写，那是次不够成熟但至关重要的学术动作，而正式的诗歌研究开始于文学艺术复兴的1980年代，也就是在新诗潮"崛起"之时，《诗探索》也是在这个时期启航。从编委会的揭晓和创刊号的亮相，《诗探索》就不停地接受挑战，困难不断的学术环境，此起彼伏的刊物竞争，资金缺乏的困窘及出版社的频繁更换，它艰难却坚毅地走过40年。虽然中间"放假"了几年，但也不断汲取养分，再出发时更笃定、自信地立于诗歌之林。谢冕先生，可以说是《诗探索》40年的见证者。

"新崛起"的探索与挑战

  把《诗探索》的办刊当成文学行动，谢冕就是这个行动重要的成员之一。在"南宁会议"上，"新诗潮"诗歌现象成为讨论热点，张炯、谢冕、杨匡汉等批评家在会议之余萌生了创办诗歌理论刊物的想法，并在商讨、协调中付诸实践。这样，中国第一家诗歌理论刊物就在新诗变革与灿烂多元的1980年代伊始诞生了。谢冕曾在纪念《诗探索》30周年的文章中这样阐释刊名的含义，"意在鼓励和促进当年受到政治动乱严重损害的诗歌的复兴，意在彻底摈弃和摆脱那个黑暗年代加诸诗歌的所有思想艺术的枷锁，从而探索出一条通往开放、自由、多元的诗歌新时代。"[1]这似乎和谢冕1980年代的诗歌批评方向一致,也正是这样,才会有为新诗潮诗人群体辩护的名文,以及他的后续诗歌评论中普遍存在的宏观整体的历史意识与自由独立的批评立场。

当一批新潮诗人重掘了发自内心富有生命意识与人文主义的诗句,以决绝的反叛精神来对抗单一的集体声音和以"颂歌"为主的诗歌生态,谢冕等人以敏锐的眼光和多年诗歌创作、阅读的经验,识别了这群年青诗人的创作心理与诗歌观念,也认可这种审美倾向、抒情方式是新诗未来的发展道路。一类改变诗歌秩序的新鲜作品出现,必然引起论争,何况是在所有的艺术形式有待重建与探索的时期。于是《在新的崛起面前》一文便来得及时,原载于1980年5月7日《光明日报》,也成为首期《诗探索》的重要作品,与此文相邻的文章是丁慨然的《"新的崛起"及其他——与谢冕同志商榷》和单占生的《新诗的道路越走越窄吗?》,正好又给读者形成了一种论点的对立冲击,并且我们知道,文学批评一出现,就意味着它也将面临批评或否定。可见《诗探索》及作者的宽容气度,以及对诗歌批评的前沿性、民主性、专业性品质。当张炯询问谢冕意见的时候,他豪爽地同意。与自己观点相左的文章,只要言之有理,谢冕都乐意接受,并且鼓励诗坛合理论争和多元的观照视角,这是谢冕作为一名批评家开阔的胸襟,也是《诗探索》鼓励多声合奏的学术品格。

谢冕基于宽容谨慎的态度和敏锐精准的学术眼光,认为年青诗人是在更广泛的道路上探索,并且这是五四以来的自由、充满创造精神的又一次繁荣。丁慨然并不认可谢冕对新诗现状的理解,他认为少数青年作者的部分作品是对西方现代派诗歌不良倾向的生硬模仿,认为这是"沉渣的泛起",是"古怪诗"。在谢冕眼中,保守派批评家沉不住气想对此加以"引导",而丁慨然则解释为帮助青年诗人纠正不良倾向,并对谢冕关于"五四"新诗的阐释进行反驳。而单占生质疑谢冕"新诗60年来走着越来越狭窄的道路"观点,并评析了1930年代文艺大众化、1940年代民族形式和1950年代新诗向民歌学习的讨论,他

---

[1] 谢冕:《为梦想和激情的时代作证——纪念〈诗探索〉创刊30周年》,《诗探索·理论卷》2011年第2辑。

认为这几次讨论都符合历史发展的必然规律，并且本就是为了纠正"过多接受外来影响的新诗"的偏向，算不上排外倾向。两方立足点和价值观念不同，却也正好表现了朦胧诗论争时期重要对立方的代表观点。1980年代初，正处于对朦胧诗思想内容和艺术风格讨论的热潮，但又逐渐变为批评家之间的争鸣，支持者用"新诗潮"和"新崛起"为其呐喊，反对者用"古怪诗"甚至"古怪批评家"来抗议，许多的文章用与批评家"商榷"为题，来表达自己的观点。新时期的诗歌批评存在着诗学观念的分歧和碰撞，在命名、论争、阐释中形成众声喧哗的批评局面。《诗探索》自然关注诗坛热点，且谢冕又是为"朦胧诗"辩护的名将，于是安排了这样两篇文章，记录新诗潮的讨论。

同一期《诗探索》中，还有《新诗要进一步民族化》《探索新诗发展问题的意见综述》《从寻找自己开始——舒婷和她的诗》等评论文章，在重构诗歌批评话语和文学秩序的时期，《诗探索》紧密关注当代新诗的前沿问题与发展道路，其中就有很多1980年代研究界的热点词。值得一提的《请听听我们的声音——青年诗人笔谈》一文，是张学梦、高伐林、徐敬亚、顾城等诗人的自述小辑，他们是朦胧诗运动的当事者，却在论争中几乎失语，这些笔谈更像是一个自释的天地，又是他们渴望拥有独特位置的宣言。正如舒婷所说"创作和评论是同盟军，现在诗歌创作的先头部队已闯进禁区，正需要炮火支援。《诗探索》的出现，令人鼓舞。还说明了评论界隔岸观火的现象不复存在了。"[1]《诗探索》不只关注诗歌理论与批评，也重视诗人自身的态度，同时诗人也渴望（起码认可）评论界为诗歌创作发声，这对于1980年代诗坛来说是至关重要的。某种程度上说，《诗探索》的办刊是个极好的开端。

谢氏批评与《诗探索》栏目设置

一个与诗歌运动同步而生的刊物，自然在办刊之初备受诗坛同人和读者朋友的关注，但如何打造属于《诗探索》的特色牌，使刊物长久、活跃、经典，

---

[1] 参见《请听听我们的声音——青年诗人笔谈》，《诗探索》1980年第1期。

最直观的就是期刊的栏目设置。这关系到论文种类的多样，内容深度广度，及学术资源、成果的展示，对诗人及批评家的推举等。几十年间栏目设置也随诗潮的更迭与稿件类型的变化不断调整，整理谢冕一人在期刊中发表的文章便可回顾一些经典的栏目。

谢冕在《诗探索》发表过的论文有"作品评析""诗人研究""回望新诗发展"等方面的内容。1994年，"诗歌精品点评"栏目发表了苏金伞诗作《埋葬了的爱情》，在诗人原作及"作者注"之后是谢冕的评点短文，他解读了本诗的意蕴、诗情、语言等特质，并强调诗人的附注是"一段不可忽视的奇文字"，甚至其意义胜过诗歌正文，又联系陆游的《沈园》二章里相似的感情，即在暮年回忆青春年代的遗憾。整篇诗评如散文般富有诗意，文采飞扬，这种"批评与艺术"的结合既带有深厚的人文关怀，又拥有奇妙的美学感觉。之后，谢冕发表了关于于炼《三套车》（"新作点评"栏目）的读后感，关注他奇警的巧思和艺术聚敛，这个栏目明显为了推荐优秀的诗歌作品。1996年，谢冕重读了田间的《赶车传》、郭小川的《望星空》和何其芳的《回答》，皆来自"经典重读"这个栏目，在重读具有学术价值的旧作过程中，试图对作品进行客观的评价以及审美意蕴的重新挖掘。恰巧这三次重读，都是由北京大学中国语言文学研究所举行的"批评家周末"中的优秀文章，这个活动由谢冕、洪子诚主持，有一位主讲人，其他批评者也进行阐述。谢冕必然也是每次发言的重要角色，于是有以上几篇文章的出现。半个世纪后的作品重读，谢冕依然关注"诗歌与时代"的关系。文章中评价了田间的诗中"赶车"的象征意义与叙事诗的创作手法，以及作品中令人颇为遗憾的理念化倾向。郭小川是谢冕多次在文章中提到的诗人，他谈论诗歌在黑暗时期所被批的"虚无"正是诗人的价值所在，而对于当时诗歌的"个体性"不被允许的状况，他感到遗憾但表示理解；而对于诗歌《回答》，谢冕则对何其芳因内心脆弱形成的复杂诗情进行评述。《诗探索》采用"批评家周末"的活动内容，让这些经典作品以系列诗评的形式得以重读，众批评家同话一位诗人，共品一首佳作，形成研究专辑。如《望星空》的赏析，除了谢冕，同时收录了刘圣宇、洪子诚、李汉荣、高秀芹、旻乐和慎锡赞的评论[1]，有的从宏观历史语境出发，有的立足微观的文本解析，不同的理论观点、侧重角度、语言风格，呈现多元立体的批评视角，更增加了学术深度。《诗探索》中常有这样的批评聚焦，不仅围绕着经典作品展开，还有一些著名的诗人如林庚、穆旦、王家新等，也拥有一定篇幅的研究专辑。

《诗探索》选录了许多座谈会、研讨会上的经典论文，谢冕常作为有名望的批评家前往，许多发言就此被收录，其中包括唐湜、屠岸、沈泽宜、北岛、林莽、叶玉琳，形成独具个人特色的"诗人研究"。在评价诗人之前，谢冕总会回忆与他们的交往，联系经历再解读诗情。除此之外，他还在"中生代诗人研究"专栏发表《田禾的村庄》，在"女性诗歌研究"专栏发表《未名湖之梦——读荒林》。一些诗坛研究热点逐渐出现在期刊的栏目设置中，其中"中生代诗人"的相关研究就备受关注，它延伸到代际划分的考量，"正确地认识不同世代间的裂缝与差异，是对文学史做出客观描述的基础，抹杀和夸大这种差别都是不妥当的。"[2]"中生代"的提法不断受到学界的关注，以断代的时间概念做研究，引入诗坛能展现很多新的成果。《诗探索》就围绕过其命名或创作方式展开研究，也具体关注中生代的个体诗人，如刘立云、黄梵、大解、李南、安琪、柏桦、从容等，在这些诗人的研究专辑中，编辑会特别在几篇评论文章后安排作者本人的自述。《诗探索》这种尊重作者心声的优秀品质，从创刊以来便一直延续。这既是读者窥探诗人本心的窗口，又是作者身在诗坛的自我定位，而批评家与诗人关于文本多声合唱的差异呈现又更具意义。

谢冕还有一类评论文章在《诗探索》中出现，那就是对新诗发展的回溯与总结，如《20世纪中国新诗：1949—1978》讨论主流意识的推进使"文革"时期的诗歌发生癌变；《20世纪中国新诗：1978—1989》展现以《今天》为代表

---

[1]《诗探索》总第23辑（1996）刊登了"批评家周末"的主讲人刘圣宇的《文本的裂隙与诗人的矛盾》，还有谢冕的《重读〈望星空〉》、洪子诚的《个人"本质化"的过程》、李汉荣的《被改写的星空》、高秀芹的《〈望星空〉：文本断裂的意义》、旻乐的《膨胀的星空》、慎锡赞的《评〈望星空〉》。

[2] 吴思敬：《当下诗歌的代际划分与"中生代"命名》，《自由的精灵与沉重的翅膀》，安徽教育出版社2011年版，第165页。

的"新诗潮"凝聚着对于当代社会灾难的严峻反思和批评精神,这两篇文章后来都收录到《谢冕论诗歌》(江西高校出版社 2002 年版)中。1990 年代谢冕对当代诗坛的运动规律更有精准的认识,回顾"新诗潮"的评论文章也比"新崛起"时期更为成熟饱满,不只停留于合理性的辩护,论述更为深刻全面,但依旧不变的诗歌观念是他一向推崇的诗歌与时代的关系,以及"五四"精神的自由、包容、民主。体现他世纪眼光的是三篇讨论"百年新诗"的文章,分别是《新诗与新诗百年》《回望百年——论中国新诗的历史经验》("中国新诗一百年"专栏)《一百年来一件大事》("中国新诗百年纪念大会学术论坛"发言)。"从诗界革命到新诗革命,从革命新诗到诗的一体化时代,再从新诗潮到后新诗潮,中国诗史上这个告别旧诗创造新诗的实验,已经经历了一百年。"[1]他剖析每个时代都有杰出诗人,而他们又有那时代的明显局限。在历史的回顾中,他努力探讨"诗用"与"诗美"的矛盾,记录诗歌理论家关于新诗艺术探求的足迹。在新世纪伊始,他也呼吁不仅要享受与承受前辈创造的新诗成果,还要继续让"百年奇花"盛放。谢冕在文章中尽情挥洒理想主义的诗意与激情,对百年新诗进行历史反思与诗性阐释,是一种具民族忧患意识的社会历史批评。

除了谢冕在《诗探索》发表的论文类型,我们还可以察觉到刊物形式的调整和栏目的重置。从 2005 年第 1 辑开始,《诗探索》分为"理论卷"和"作品卷",让诗人的创作园地与批评家的理论平台并行,为接续作品与理论密切联系的文学信念,为在新世纪推进诗歌和诗人的经典化,也希望能打造与众不同的诗歌选刊,呈现具有独特探索精神和学术气质的作品展示平台,与此同步创造了许多新鲜栏目。从"新诗发展问题探索""新探索""新诗品"等,到后来更为明确别致的分类,如"探索与发现"又分支为"专题论诗""作品与诗话""槛内谈诗","选读与欣赏"又分为"文本内外""佳作点评"等。另外还有一些特色的栏目如"新诗集视点""新视图文志""姿态与尺度""结识一位诗人""诗论家研究""外国诗论译丛及外国诗人研究"等,全面精微地对刊登内容进行分类,也为撰稿人提供研究的线索和方向。

---

[1] 谢冕:《新诗与新的百年》,《诗探索》2000 年第 1—2 辑。

"诗探索"的笃行者

作为主编，谢冕见证了《诗探索》的成立与运行，主编这样重要的角色奠定了刊物编辑及作者的主要价值观，那就是自由、民主。谢冕是当代新诗评论界最具领袖气质的批评家，独特的感受力、敏锐的判断力，又具有领导风范和个人魅力，他的存在几乎是诗歌刊物的铭牌。在《诗探索》一些特殊的日子，如2005年改版、2010年30周年纪念，谢冕总要挥洒笔墨，或简易明了地介绍改版规划，或回首展望刊物的历史与未来，无论是诗歌评选感言，还是诗学论坛开幕式的发言，他都热情地表达对新诗经典化的愿望与期待，掷地有声具有分量。《诗探索》另一位笃行者吴思敬老师，几十年如一日地为刊物操劳，为学术问题亲自约稿，带领团队前进，他和包括他在内的编辑团队无疑比任何人更牵挂刊物的命运，关注刊物的发展。《诗探索》在收集有价值的论文与作品之余，还有重要的诗歌动作，如编选诗歌选本《中国年度诗歌》《一首诗的诞生》等，主办年度"华文青年诗人奖""中国春泥诗歌奖"等奖项的评选，来鼓励与推介优秀诗人作品，这些都离不开编委会的努力。除了《诗探索》，谢冕还与孙玉石、洪子诚一同担任《新诗评论》的主编，这个诗歌刊物相对年轻，但同样聚焦于当代诗歌热点、诗人研究、理论挖掘、文本解析等方面的研究，以延续北大新诗传统为目标，也很快成为诗界具有说服力的理论刊物。不管谢冕、吴思敬或洪子诚等评论家，他们不仅在各自的批评领域颇有建树，还组织或参与了各种诗歌活动，诗歌刊物便是他们最重要的坚持和最有效的成果。他们这一代诗歌理论家不求回报，甘于为诗歌研究事业奉献自己的心血，这是后来学者努力看齐的标杆，"探索"的力量就该传承。在快速发展的时代，坚守严肃、纯正、高水准高要求的学术品格，兼个体的聚集与整体的运行，才能有刊物平台的长久屹立。

而作为批评家的谢冕，除主编外，也是刊物的撰稿人，是诗歌作品颇具分量的阅读者与阐释者，是另外一种重要的身份。刊物要有编辑团队的坚持，还需要写作者的好文章，这是衡量刊物学术分量的重要指标。《诗探索》的作者群，从前期的老中青诗人、诗歌评论家到后来的文学教授和研究生等，诗歌评论队伍逐渐壮大,他们为新诗发展提供理论支撑,为诗歌创作的合理性做出呼应。诗歌研究也逐渐学院化,更多的年轻学者成为诗歌作品的阅读者,他们调动知识储备,更新批评观念与方法,开拓新的批评格局,为《诗探索》倾注生机活力,挖掘更多解释的可能性。

从《诗探索》的坚守可以展现当代诗歌理论批评的发展过程。姜玉琴在《当代先锋诗歌研究》中分析《诗探索》的策略调整,1980—1985年是"彰显知识分子立场的'民间性'",1994—2000年是"补现代文学'这一课'",而2000年以后是"在各种主义兼容中重塑新诗的辉煌"[1]。这样的调整是紧跟批评前沿的结果,更是各方来稿的大体趋向。如今诗歌越来越多,却也不断边缘化,有人也会慨叹诗歌研究如何作为。而《诗探索》正在做的,不正是帮读者遴选出优质的诗歌作品,构建诗歌美学,阐释诗歌观念,鉴赏诗性语言,不断寻求诗歌批评的权威性,并将诗歌探索当成一次次未知的冒险。

《诗探索》依然在探索,不管是1980年代相对宽松的社会文化语境中诞生,还是面临资金短缺被迫停刊的窘迫,或是面对新世纪诗坛状况的复杂与混乱,以及越发严谨、全面、多样的选稿标准的挑战。在信息发达的今天,如何更好地运用网络社交平台增添刊物的影响力,又怎样保持纸质期刊的发行与阅读的有效性,这些都是学术刊物的新课题。《诗探索》依旧坚守探索性、前沿性的学术品格,在相当长的时间保持纯正深厚的学术品质,明晰严肃的办刊风格,鼓励宽容的心胸态度,推进诗歌理论的探讨与反响,留下珍贵的史料,成为诗歌界最为人称赞的诗歌理论刊物。至于谢冕教授,读者从来不担心他的诗歌"探索"会停歇,虽退休多年却依然心系诗坛,"一辈子只做一件事",那就是研究新诗。他总活跃在诗歌活动和学术论坛中,依旧是眼光独到敏锐,行文恢宏大气,还有那颗滚烫的诗心,更是他永葆青春的写照。

作者单位:福建师范大学文学院

---

[1] 参见姜玉琴:《当代先锋诗歌研究》,复旦大学出版社2013年版,第191—211页。

《诗探索》与中国新诗理论的品格

张大为

作为一份品位纯正的诗歌理论刊物,《诗探索》今年迎来它的四十华诞。《诗探索》与当代诗歌的发展态势及中国学术出版物的生存、出版状况一道载沉载浮,坚持了40年,如谢冕先生所说,"这样一个严肃的、高雅的、致力于诗歌理论批评的出版物,在如此艰苦的处境下竟然生长和坚持了这么长的时间,这在今日中国可算是一个奇迹了"[1]。《诗探索》本身在成就了一个传奇的同时,也清晰地折射了这两方面的时代历史变迁的大量信息,《诗探索》本身,已经足以成为当代诗歌理论批评领域的一个研究课题。总结《诗探索》40年来的成长历程、诗歌观念谱系及其所维系的学术胜景的演进,对于认识与理解当代诗歌发展的历史与现状,具有直接的现实意义。

一

《诗探索》作为新时期以来最早出现的专业性诗歌理论刊物,在很长时间内是全国唯一的一份诗歌理论刊物,对于当代诗歌写作及诗歌理论与批评的贡献不可估量。

《诗探索》诞生于新时期初期,与"朦胧诗"的崛起相伴相生,除了中间

---

[1] 谢冕:《〈诗探索〉改版弁言》,《诗探索》2005年第1辑(理论卷)。

一段时间的停顿之外，整体上跨越了当代诗歌 40 年的发展历程。它代表的是中国新时期以来以先锋诗歌、现代诗歌为主体，同时兼容主流诗歌及其他诗歌走向的学院派诗歌理论研究与诗歌批评的基本阵容。在这 40 年间，"它坚定而鲜明的理论立场，已作为可贵的一页被保留在世纪记忆之中"[1]。从《诗探索》本身的创办理念来说，鲜明的"理论"定位，从一开始就不只是刊物自身主题、主旨与风格的问题，同时也不仅仅是对于学理或学科意义上的"理论"形态的重视，而是代表了办刊者穿透历史的深远眼光与宏大视野。比较广义的"理论"，当然可以包含"批评"，事实上，在很多情况下，人们也就是在这样一种比较宽泛与随意的概念上来理解"理论"的，于是"理论"也就在这样的宽泛与随意当中，以各种理由、从各个方向上逐渐淡化、消失了。但《诗探索》的这种定位，应该从一开始就是严肃的、认真的、严格的，并且也一直贯穿始终：这不仅仅是因为如果只是着眼于提供一个一般性的诗歌批评阵地的话，即使是在新时期初期也还有各种替代性的选择（比如大量的文艺报刊可以利用）；更主要的是，《诗探索》最初做出的这种刊物性质与功能抉择，代表了刊物背后的学术群体与学术理念本身的自我理解与自我定位。反过来，也由此代表了这一群体对诗歌问题领域本身的认知模式与介入方式、实践路径、价值立场，这是他们在当代诗歌与当代文学研究领域发挥作用的基本前提。而从今天的情况来看，这是一种具有更加深远意义的文化实践姿态与立场——这一点下面再讲。

因此，如果从更大的视野来看，《诗探索》其实不只是一个刊物：在它背后和通过它所联系着的以谢冕、杨匡汉、吴思敬、林莽等中国新诗理论与批评领域的旗帜性人物，以及各种研究机构、会议、奖项、出版物等，代表了当代诗歌的一方文化景观与文化山脉。在这其中，如果要为这个研究方阵与研究格局寻找一个象征符号，《诗探索》可能是为数不多的、最合适的选项之一。这个研究阵容和研究格局，在新时期以来的中国当代诗歌史的各个关键历史阶段，起到了重要的疏瀹创通、正本清源、保驾护航的作用，在当代诗歌研究乃

---

[1] 谢冕：《〈诗探索〉改版弁言》，《诗探索》2005 年第 1 辑（理论卷）。

至整个当代文学研究当中，都是中坚性力量。这个阵容在今天不仅并没有终结，而且正在通过高校与研究机构所培养的一代代的学术新生力量，不断地传递、扩大与延续。它不仅决定性地影响了当代诗歌研究乃至当代文学研究的整体面貌，同时也对于诗歌写作领域本身的基本态势与历史走向，发挥着、并继续发挥着巨大的推挽、促进作用。

二

《诗探索》坚持纯正的诗学理论品质，具有深远的理论与实践意义，在今天尤其显得难能可贵。

《诗探索》从办刊伊始，就保持着对于当代诗歌领域现场的、近距离的，但又是客观的、学理性观照的纯正学术品格。这几十年来，诗歌领域的各种重要问题、思潮、争论、走向，都在《诗探索》当中留下了历史性的印迹，反过来，《诗探索》也有效地促进、介入、引领了此类有意义的诗学动向。有一些话题，更超越了诗歌领域甚至文学范畴，引起了文化艺术界的广泛兴趣与参与热情，比如当年《诗探索》展开的关于"字思维"问题的深入讨论，"不仅加深了对汉字文化内涵的认识，而且涉及对母语文化独特性的思考，涉及古老的中国文化与现代文化的衔接，这对于中国的现代诗学建设是有深远意义的。"[1]这样的探讨在今天看来，尤其体现了办刊者的深宏、长远与超前的理论眼光，给人们留下了深刻的印象。《诗探索》诸如此类的深度的、穿透性的理论视野所昭示的是，随着人们对于中西诗歌与各自文化传统的理解程度的不断深入，从一个更大尺度与更开阔的视野来看，第一，新诗本身的诗学理论对于西方的模拟、移植与借用程度，或许比之通常的估计要更严重一些；第二，唯其如此，这种模拟、移植与借用，在此恰恰是不恰当的、错位性的。但这不是由于在学理的层面上，在诗歌修辞、诗歌技艺与艺术性层面上的借鉴的不可能，真正不

---

[1] 吴思敬：《"字思维"说与现代诗学建设》，见吴思敬：《走向哲学的诗》，学苑出版社2002年版，第136页。

可能的，是那种诗人心性和面对世界、面对生活、面对自己的文化与文明传统的态度，不可能模仿和复制：在这个层面上加以模仿与复制，表面上看像是一种"深度学习"，但实际只能代表一种比之技艺与艺术上的模拟更加肤浅的姿态，同时也更加难以鉴别与祛除。

但恰恰同样在这一点上，诗歌写作问题、诗歌理论批评问题，不再只是诗歌"本身"的问题，它们都内在地具有、并延展出一种更加渊深、更为内源性的"理论"要求与"理论"姿态：理论不只是书本上的概念思辨与某个学科领域，这种"理论"的要求和姿态，根本上代表的是诗歌与人在这个世界上存在，面对这个世界时的严肃、全面、复杂的态度，以及生活的深度模式。近期有著名学者陈晓明教授提出当代文学批评领域"理论的退潮"问题[1]。在放任理论、学理问题上的惰性的前提下，肯定不会产生真正的理论与理论态度，而西方诗学观念尤其是所谓现代、后现代诗学观念的简单模拟、平移与泛滥，将会占据诗歌理论研究与批评话语的核心——这几乎是具有物理学意义上的必然性的运行法则与客观规律。同时，这进一步反过来会在不同程度上主导诗人的创作实践。而如果人们还认识不到自己的心灵与生活被西方话语与价值系统的篡改与侵占程度，问题将变得更加严重。这个问题当然不是直到今天才发生与被提及，但时至今日，当我们再来看这一问题时，情形与之前的认知或许有些许的不同。在这种情况下，回顾《诗探索》坚持以"理论"立刊的历史，其代表的就不再仅仅是一种刊物定位与风格，同时也是一种面对世界、面对诗歌现场的立场与姿态，甚至是出自世界观、价值观层面的抉择。这样的风骨，在今天的学术知识领域很难觅得其踪迹，而与此融汇化合为一体的学理品质，在今天尤其值得坚持与弘扬。

---

[1] 颜桂堤：《推动新时代中国文学批评的理论建构——第三届"当代文艺批评论坛"综述》，《中国文学批评》2020年第1期。

三

　　《诗探索》坚持诗歌批评与诗歌研究的主体性，对于当代端正、严肃的诗歌批评与研究风气，起到的是标杆与灯塔的作用。

　　在几十年的时间当中，《诗探索》的诗学理念、办刊理念与编辑理念，基本保持了一致与统一。如果没有对于当代诗歌的问题性的深刻认知与坚定信念，以及对于这份理论刊物办刊宗旨本身的通透思忖，这是不可能做到的；即使勉强做到了，也只能是故步自封，没有实际的意义。随着中国经济社会的发展，出版政策的改观，出版物的品类与出版途径的拓展，以及各种新媒介的诞生，在产生了一些起点很高的类似刊物的同时，人们对于一份理论刊物的期待值、关注度、关注点，这期间肯定也在变化。但在这个过程当中，《诗探索》仍然保持了它鲜明的风格与既有定位，或正由于上述那一切，《诗探索》在这个过程当中才更加显示出它的独特性。新世纪以后，《诗探索》最大的变化可能就是"作品卷"的创办。对于如何办好"作品卷"，谢冕先生等各位刊物主编，一开始就有着整体的、成熟的考虑："不仅要和已有的和将有的诗刊予以区别，而且还必须体现他人不可替代的独特作用和价值"[1]。因此，2005年以后"作品卷"的创办，应该看作《诗探索》长期以来系列办刊理念与学术原则的完善与拓展。

　　或许同样也正因此，"作品卷"本身不仅办出了自己的风格与个性，也在更高的层次与广度上，完成了原初的刊物理念与宗旨。就今天的刊物种类与数量而言，《诗探索》即使加上"作品卷"，其刊发的批评文字也不能算是很多。但无论是就诗人的选择去取，还是就批评文字本身的质量而言，大多数都是有着整体性的考虑，并且也是能够经得起推敲的。更主要的是，《诗探索》的"理论卷"与"作品卷"，都贯穿始终地坚持了独立于诗人圈子与诗人批评之"内循环"与"近距离"阐释的主体性姿态：正是后者结构性地勘破了诗人圈子与

---

[1] 谢冕：《〈诗探索〉改版弁言》，《诗探索》2005年第1辑（理论卷）。

诗人批评自我阐释的神话。就此而言，这种批评距离，这种外展性、外拓性的阐释姿态，超越于所有具体的理论形态、理论建构与理论文字之上，实际上是《诗探索》之最根本性的"理论"姿态与"理论"立场的呈现。这样的姿态与立场有时显得清晰，有时显得不那么明显，而需要用心体认才能发现，但却始终是认真的、严肃的、一以贯之的。正因此，后来的"作品卷"才可以看作是此方面的观念与立场、"姿态与尺度"的拓宽与延展。

四

关于《诗探索》今后办刊方向的建议：

1.作为一个明确的以理论定位的刊物，如何面对"理论退潮"的问题。如上文所说的理论退潮的问题，在诗歌理论与批评领域也有类似的倾向存在，看来这似乎不是一个局部和个别的问题。随着时代的发展与学术环境的变化，与老一辈学者不同，今天从事新诗研究的中青年学者，对于比较系统、纯粹的诗学理论感兴趣的可能不是太多。今天的年轻学者，基本上都受过比较系统的学术训练，再对理论不感兴趣的人，知识结构上也不是太大问题，所以问题不在此。大家之所以都愿意结合着诗歌史或者具体现象与文本来做研究，这其中的原因，首先大概是先期认同了"后学"的预设立场，觉得理论都是宏大叙事，离现实问题比较远，理论没用；其次是觉得当理论与现实不一致时，第一位的应该以"现实"为准、由"现实"来校准理论，而不管这个"现实"是什么样的"现实"。当这样的倾向或"价值取向"不再只是个体志趣，而成为一种比较普遍的趋势时，恐怕就有些问题了。

实际上，理论问题从来不仅仅是知识结构与个人兴趣问题。这个理论退潮的过程，其实起始于90年代诗歌所谓的"历史化"过程，理论的退潮，根本上是源自诗歌或者文学的理想与现实、应然与实然之间的认知界限与认同落差的消失。在这种情况下，人们逐渐全面地接受与认同了"现状"与"实然"状态，"存在即合理"的"现实性"洪水，涌满了人们的理论视野与认知地平线，而理想性、合理性、应然性，却从整体上退出了人们的考量范畴——这才是带来理论退潮的根本原因。在这种情况下，在鸡毛蒜皮的小问题上找点瑕疵、纰漏来"批评"一下，做点"批评"文章，这从根本上不是质疑而是论证与强化了上述那种可疑的认同。这肯定不是产生理论的问题情境与文化历史条件，而这种情形下的诗歌批评，本质上也只是"帮闲"与"敲边鼓"的作用。在这里人们能够感受到的，应该是一种失重的、悬浮的、滑动的无力状态。但唯其如此，《诗探索》的自我定位与学术坚持，才显得格外珍贵。在这种情况下，《诗探索》在今天应该如何接续乃至光大 40 年来坚持的诗学理论传统，如何重新打开现实性与合理性之间的理论与批评空间[1]，是值得认真考量与慎重研判的。

2. 如何调理"大传统"与"小传统"的关系，在一个更加深广的层面上，开展古今中西诗学理论的融会贯通与综合创新问题。这一问题需要面对的，不仅仅是当今时代从诗歌"文体"出发造成的知识结构与学科结构的限制，同时还要面对一个世纪以来包括诗人与理论家在内的文化价值体认与传统认同问题。"五四"以来，我们面对传统的态度是"批判继承"。但事实上，在缺乏真正的文化自信与中正的文化价值立场的前提下，往往是光"批判"而没有怎么"继承"，或者把"批判"本身当成"继承"。因为"批判继承"在实际操作当中，往往是拿一个既定的、现行的、当下的标准和框子，去简单地衡量、去取传统的东西：这时人们看到的"传统"，只是"当下"的佐证与论据，是"当下"的复制与延伸，除此之外的部分，则都被当作"糟粕"抛弃了。学习传统的前提，首先承认"当下"是一个不断开放、展开的过程，因此"当下"是有不足的，"当下"是不充分、不完满的，既然已经认定"当下圆满"的结论，还需要传统干什么？还需要学习他者的经验干什么？那种将现代性标准激进地加以绝对化的、貌似"现代"的偏执，是在所谓"现代"的标准与尺度内部自说自话的循环论证，恰恰是一种片面性与极端性的体现。而只有超越了这一切的宽博与平和心态，才会看到"现代"本身的局限性，才会真正对传统感兴趣，也才能真正看到、并学习到中国和西方的伟大传统。

西方所谓的"后现代主义"之后，不会再有什么有新意的诗学理论，或者

---

[1] [美]理查德·沃林：《文化批评的观念》，张国清译，商务印书馆 2000 年版，第 2 页。

说越是新潮的越没有价值,这不是出自偶然的而是结构性的原因,因为这个传统——这个西方所谓的现代性传统的一切可能性,至此已经全部耗尽。就中国新诗而言,依据人们通常的见解,将中国诗歌"大传统"与"小传统"的关系,表述为无论是连贯、接续关系,还是断裂、并置关系,其实都还是比较表面化的:在这样的情形下,决定这种关系的,无非是语言形态(文言与白话)、诗歌形式(格律与自由)、文体类型(韵文与散文)等这些外在的与形式化的因素。未来的诗学理论创新,需要在更大幅员、更深度逻辑上,摆脱"中—西""古—今"这种长期以来形成的认知格局、价值坐标与叙事框架所框定的"大传统"与"小传统"关系,从更内在与更复杂的关联性层面,来重新审理与界定两个"传统"的关系,从更深层次、其实恰恰也是从更高维度上,寻求新的视野融合与价值会通的理论基点与工作平台。这实际上是诗学理论发展的新的契机与新的起点。如同在40年前伴随着"朦胧诗"的崛起所发挥的中流砥柱作用一样,面向新世纪的《诗探索》,在这个过程当中,应该继续发挥自己的先锋与引领作用。

作者单位:天津社会科学院文学研究所

论《诗探索》对中国当代诗歌批评秩序的建构

罗小凤

《诗探索》作为中国第一个诗歌理论刊物,以其顽强的毅力延续至今已逾40年历史。在这40年中,《诗探索》在办刊物的同时还举办诗歌研讨会、诗歌朗诵会,设立诗歌奖项,出版诗集、丛书,与其他刊物举办"联展"等多种方式全面介入了中国当代诗歌的发展进程,见证和参与了中国当代诗歌批评秩序的建构。笔者认为,《诗探索》对中国当代诗歌批评秩序的建构主要体现在四个关键词上:"探索""作证""自由""坚执"。正是这四个关键词,让《诗探索》以其独特的姿态、鲜明的个性和坚定的步伐勇往直前,树立起诗歌批评与研究阵地上的一个标杆,具有不容置疑的诗学价值与历史意义。

一、探索

正如谢冕所回忆的:"刊名'诗探索',意在鼓励和促进当年受到政治动乱严重损害的诗歌的复兴,意在彻底摈弃和摆脱那个黑暗年代加诸诗歌的所有思想艺术的枷锁,从而探索出一条通往开放、自由、多元的诗歌新时代。"[1]由此可见,"探索"是《诗探索》最为重要的关键词,是其从创刊到现在一直在

---

[1] 谢冕:《为梦想和激情的时代作证——纪念〈诗探索〉创刊30周年》,《诗探索·理论卷》2011年第2辑。

坚持的一种精神风向和刊物主旨。《诗探索》创刊于1980年，正是历史发生重大转变的时期，亦正是新诗发生变革与转折的时代。那个时代充满探索精神，因而，以"探索"作为一本诗歌理论刊物的名称，既是顺应历史与时代发展趋向，亦与新诗自身发展状况相契合，由此，"探索"不仅成为《诗探索》的刊名，更成为其精神指向与行动诉求。

那么，"探索"的具体内涵与要求何在？《诗探索》创刊号的发刊词《我们需要探索》是谢冕以"本刊编辑部"的名字撰写的，他在发刊词中宣告："我们需要探索，不仅过去，不仅现在，而且更着眼于将来。我们愿意生活更加美好，我们才需要探索；我们愿意诗更加美好，我们才需要探索。墨守成规永不会有创造。诗人在用诗探索人生和人的心灵。我们，则探索诗，探索诗人从事这一精神生产所达到的和未曾达到的思想与艺术的境界。探索的精神，就是一种思想解放的精神。"[1]可见，刊物的名称"诗探索"的主旨在于鼓励"思想解放"，在于促进曾因政治原因而遭受重创的诗歌之复兴，因此，《诗探索》是在新时期时代精神感召下的一种精神自觉的产物，其同人将"探索"作为刊物的核心理念，暗含了开辟一个自由、多元的诗歌新时代之雄心壮志。这是《诗探索》同人对刊物的一个自我定位。《诗探索》的创办缘起于1980年的南宁诗会，在这次会议上，关于新诗潮的论争颇为激烈，让谢冕等萌生了创办一个诗歌理论刊物的想法。酝酿刊物名称之初曾有人提议取"诗歌理论研究""新诗美学""中国诗学"等名称，这些名称虽然颇显专业化和学术化，但编者们更倾向于"探索"精神的凸显，因而采用了"诗探索"之名，将"探索"作为一个核心主旨提上议事日程，其初衷在于推进以"朦胧诗"为代表的诗歌探索，而后一直成为《诗探索》的核心主旨。具体而言，《诗探索》的"探索"是一种"在路上"的探索，是一种具有问题意识和引领意识的探索。

首先，这种"探索"是一种"在路上"的探索。正如杨匡汉所指出的："在发展中的诗歌面前，一时不可能有什么绝对性的结论，大家都在路上，结论只能是探索、再探索。'探索'也是不断反思、上下求索、获取新知的庄严的

---

[1] 谢冕：《我们需要探索》，《诗探索》1980年第1期。

时代命题。"[1]确实,"探索"意味着对未知领域的探寻与思索,而未知领域不可能存在绝对性的结论,因而探索者处于未抵达终点的"在路上"状态。这种"在路上"的探索是对诗歌创作与发展中所遭遇的系列问题的探索与思考,所彰显的其实是一种问题意识。《诗探索》便将办刊宗旨定于"着重研究当代诗歌发展中的新情况和新问题,从诗歌美学上进行理论与实践相结合的探索"[2],凸显了刊物对"问题"的关注与重视。《诗探索》刊登的文章大都在讨论一些诗歌问题,如在先锋诗歌发展势头迅猛之时,《诗探索》意识到先锋诗歌存在被无限度"夸大"的嫌疑,针对这一问题,《诗探索》刊登了相关探讨,如郑敏的文章《中国新诗与汉语》从语言角度进行的探讨,所思考的是中国诗歌该不该用口语创作的问题,其批判矛头在于口语诗用口语进行写作导致的系列问题,郑敏的探讨溯源至晚清时期"我手写我口"的白话文写作和"五四"时期"作诗如作文"的白话文运动,她认为"我手写我口"是一个彻底错误的口号,"多少年来在五四新文化革命外衣下混淆视听而已。新诗万万不可自欺。"她还指出白话文在戏剧小说和在诗歌中使用的区别,她指出:"从日常口语中很难找到诗歌所需要的富内敛功底又富诗意的词语,已经使白话诗的语言如涸池之鱼。"[3]显然,郑敏所思考与探索的是现代汉诗在语言方面如何使用口语的问题。这一问题的探索在《诗探索》上一直延续,2011年《诗探索》开辟"口语诗歌研究"专栏,是对现代汉诗是否该用口语创作的问题进行专门探讨。《诗探索》一直在思考与探索现代汉诗所存在的问题,其所设置的专栏都是以问题为导向对问题进行探讨的专题,如"中国新诗史写作问题研究""关于新诗传统问题""'字思维'与中国现代诗学"等栏目,均是对诗歌发展中所存在的问题进行的细致探讨与思考,体现了鲜明的问题意识。

其次,《诗探索》的探索具有引领意识。所谓"探索",就是要对未知领域进行探寻与求索,找出新的东西。《诗探索》的出版初衷是"高举艺术探索的

---

[1] 杨匡汉:《〈诗探索〉草创期的流光疏影》,《诗探索·理论卷》2011年第2辑。
[2] 庄叔炎编:《中国诗之最》,中国民主法制出版社2016年版,第713页。
[3] 郑敏:《中国新诗与汉语》,《诗探索·理论卷》2008年第1辑。

旗帜,站在引领诗歌变革潮流的前沿"[1],这是《诗探索》从创刊之始便对自己的一个定位。正如姜玉琴指出的:"'新潮'原本就是它的追求。既然如此,已经意识到了什么是诗歌中的'新潮'的《诗探索》,其天平怎么可能不朝着这个方向倾斜?"[2]由此可见《诗探索》的"探索"主要聚焦于"新潮"亦即诗歌发展中新出现的潮流。吴思敬在《诗探索》出版 30 周年纪念会上曾指出:"《诗探索》在 30 年的中国当代诗歌发展历程中已经起到了它应起的作用。从长远来看,《诗探索》作为一份专门的诗歌理论研究刊物,肯定对未来的诗歌研究者、文学史研究者有重要的参考价值。——我们要有一种使命意识。"[3]这种"使命意识"便是一种引领意识,是对刊物的自我定位和对"领航"使命的一种自我期待,这种引领意识体现在《诗探索》的每一辑所组织并刊登的文章里。正由于此,《诗探索》所设置的专栏、专题都是引领诗歌界关注与探讨诗歌领域发生的一些新现象与热点问题,如复刊后的 1994 年第一辑《诗探索》发表了诗人艾青专门为《诗探索》撰写的文章《诗人要自信——对〈诗探索〉复刊的希望》、谢冕的《从诗体革命到诗学革命》、郑敏的《我们的新诗遇到了什么问题》等重要文章。艾青关于"诗人要自信"的呼吁显然具有导向和引领作用,而谢冕的文章对"诗体革命"与"诗学革命"的思考,和郑敏对新诗所遭遇的问题的疑问与思考,无疑是复刊后对诗歌界问题的一个新的思考,对诗歌研究与诗歌发展都具有一定的导向作用。

  《诗探索》具有引领意识的一个颇为典型的体现是对被遗漏的诗人进行发掘与打捞,诗歌界存在一些或由于政治原因被大众和文学史忽略,或由于坚持写诗却不会宣传、炒作自己而一直默默无闻的诗人,《诗探索》不问出身不论卑贱地发掘这些诗人,如《诗探索》总第 14 辑(1994)发表了林莽的《并未被埋葬的诗人——食指》一文,将食指这位被冷落的朦胧诗人发掘出来,食指曾

---

[1] 谢冕:《〈诗探索〉改版弁言》,《诗探索》2005 年第 1 辑(理论卷)。
[2] 姜玉琴:《当代先锋诗歌研究》,复旦大学出版社 2013 年版,第 199 页。
[3] 王夫刚整理:《坚持民间立场 恪守诗歌精神——〈诗探索〉创刊 30 周年座谈会纪要》,《诗探索·理论卷》2011 年第 2 辑。

因《相信未来》《这是四点零八分的北京》等诗被广为传抄而流行于"白洋淀",但"朦胧诗"崛起后食指却被长期冷落在"朦胧诗"群体之外。林莽的文章不仅将食指发掘出来,与"朦胧诗"群体相关的"白洋淀诗群"亦浮出历史地表,与之相关的研究亦一度成为学术热点,显然与《诗探索》所刊登文章的引领导向不无关系。《诗探索》还发掘了灰娃、胡宽等坚持创作却不为世人所知的诗人。这种"发掘"对于诗歌研究无疑具有一定的导向与引领作用。

二、作证:历史现场的介入

谢冕认为《诗探索》之所以急匆匆赶在1980年代的第一年问世,宗旨之一在于"要为那个梦想和激情的年代作证,为中国文学艺术的拨乱反正作证,为中国新诗的再生和崛起作证。"[1] 这一宗旨充分体现了《诗探索》强烈的"作证"意识,亦意味着《诗探索》所肩负的复兴与重塑中国新诗和中国诗歌批评秩序的使命。

《诗探索》的作证意识首先体现在刊物的史料意识上。王瑶曾指出:"要尊重历史事实,就必须对史料进行严格的鉴别。"[2] 而《诗探索》要实现其三大"作证",就必须对诗歌史料进行严格的爬梳、钩沉与鉴别。《诗探索》颇为注重史料的考订与审核。复刊后的《诗探索》总第13辑(1994)组稿时正逢"朦胧诗"代表诗人之一顾城杀妻与自杀后不久,因而该辑《诗探索》设置了"关于顾城"的专栏,发表了顾城、谢烨的生前密友文昕、姜娜的长篇追忆性文章《最后的顾城》《顾城谢烨寻求静川》和唐晓渡的《顾城之死》,还以13个版面刊登了顾城、谢烨在其生命最后阶段的九封书信。这些文章和书信都是在《诗探索》独家发表,关涉顾城生平、性格、精神状态与创作情况及顾城杀妻与自杀的原因与过程,都属于第一手材料,无疑具有极为重要的史料价值。这些史

---

[1] 谢冕:《为梦想和激情的时代作证——纪念〈诗探索〉创刊30周年》,《诗探索·理论卷》2011年第2辑。
[2] 王瑶:《关于中国现代文学研究工作的随想》,《中国现代文学研究丛刊》1980年第4期。

料都是对诗人存在与诗歌发展历史的一种见证。《诗探索》一直对研究史料的文章颇为青睐，刊登过大量此类文章，甚至设置专题，如《诗探索·理论卷》2019 年第 1 辑刊登的《新诗之难如是说——由朱光潜致青年诗人的一封信说开去》是对朱光潜写给青年诗人的一封信的细致挖掘；2011 年第 1 辑刊载的《自行车轨迹》是对《自行车》这个民间诗歌刊物的创办及其诗人群体"自行车"进行溯源，呈现了许多不为人知的史料细节；1999 年第 3 辑刊登赵立生的《我与〈诗号角〉》从创办者赵立生的视角呈现了《诗号角》这份创刊于 1948 年的诗刊的第一手史料。

《诗探索》的作证意识还体现在其对诗坛上新现象、新流派、新思潮与新倾向的关注。创刊号对"朦胧诗论争"的刊登，便是对朦胧诗崛起与中国新诗复兴的一个见证。诗坛上新出现的任何现象、流派与思潮，以及一些重要的研讨会、活动，《诗探索》都会给予关注并设计专题刊登，如"新锐女诗人二十家"评选活动结束后，《诗探索》在 2019 年第 1 辑"作品卷"的开篇位置对这二十家女诗人的作品以专题"《新锐女诗人二十家评选》作品展示"进行展出，并配发了林莽作为编者的话和谈雅丽作为编者的"编后记"；"中国新诗百年纪念大会"结束后，《诗探索》2019 年第 1 辑"理论卷"设置"中国新诗百年纪念大会学术论坛"专题，选发谢冕、赵敏俐、吕进、晓雪、叶橹、洪子诚的发言论文。21 世纪以来，新媒体与诗歌的发展关系成为学界研究热点，《诗探索》2017 年第 1 辑对此进行了专题性探讨，设置"新媒体视野下的诗歌生态"栏目，选取罗振亚、孙晓娅、刘波、金石开四人的文章进行探讨，是对诗歌前沿态势的关注与探寻。《诗探索》对诗歌群体亦进行关注，如一直设置有"中生代诗人研究"专栏对"中生代诗人"给予长期关注，持续性地推出简政珍、张执浩、谷禾、杜涯、马新朝、潇潇、胡弦等一批中生代诗人；《诗探索》还设置"姿态与尺度"栏目对当下比较活跃的诗人进行关注。而且，《诗探索》不仅对诗人进行关注与研究，还对诗论家进行研究，专设"诗论家研究"栏目，同时还对新诗研究成果进行研究，开设了"新诗理论著作述评"的专栏，显示出《诗探索》对新诗发展全方位的"作证"。

此外，《诗探索》的作证意识体现在其见证年轻诗人的成长上。《诗探索》

并不以名声大小地位高低区分诗人的诗歌成就，而是善于发掘与扶持年轻诗人，见证年轻诗人的成长。首都师范大学设立了驻校诗人制度，每年从华文青年诗人奖的获奖诗人中选一位作为驻校诗人。迄今驻校诗人已有江非、路也、李小洛、李轻松、徐俊国、邰筐、王夫刚、阿毛、杨方、宋小杰、冯娜、慕白、灯灯、王单单、张二棍、祝立根等16位，《诗探索》对每届诗人都做过"创作研讨会论文选辑"，即从这些诗人的"创作研讨会"论文中选出一些论文进行刊登，并配发对该诗人的访谈，对诗人无疑是一种大力推介和见证。如对徐俊国，刊物专门设置了"徐俊国诗歌创作研讨会论文选辑"，刊登了王巨川的《穿越日常与崇高的性灵之音》、陆春彪的《诗和人保持同一种干净——有感于徐俊国和他的诗》、薛梅的《暖意无限：生灵·生活·生存——与徐俊国诗集〈鹅塘村纪事〉有关的三个词》、冯雷的《"我的灵魂是蓄满墨水的瓶子"——论徐俊国的诗》、路也的《诗人徐俊国的"动物学"》，其他驻校诗人都享受过此待遇，呈现出《诗探索》对年轻诗人的关注与扶持。《诗探索》还有一个专栏"结识一位诗人"亦常推出一些中青年诗人，如离离、王东东、聂权、张巧慧、北野、方石英、寒烟、西娃等，体现了对中青年诗人成长的见证。《诗探索》还设置了很多奖项，如"诗探索·中国诗歌发现奖""诗探索·中国红高粱诗歌奖""诗探索·春泥诗歌奖"，都在于发掘新的、有潜力的优秀诗人，这些奖项评选后，《诗探索》设置专题展示获奖诗人的作品及相关的评论或研究文章。此外，《诗探索》还为每一届华文青年诗人奖设置了专辑，刊登"获奖诗人及获奖理由""获奖诗人作品集"。这些举动，都是《诗探索》为见证诗人成长所做的努力。

《诗探索》以鲜明的作证意识介入诗歌发生与发展的历史现场，不仅掌握了不少诗人、诗歌或诗歌事件的第一手史料，还见证了诗人的成长历程，无疑深入了诗歌发展的历史现场，为建构中国诗歌批评秩序奠定了坚实的史料基础。

三、自由

《诗探索》的探索一直遵循自由民主、平等和个性化的宗旨，"自由"成为

《诗探索》所追求的一种氛围与风格,谢冕曾指出:"《诗探索》的主张,可以简单地概括为三个短语:自由争论、多样化、独创性。"[1]这三个短语其实是"自由"的具体内涵。

首先,《诗探索》的"自由"体现在自由争论、争鸣上。谢冕曾在创刊宣言中强调"自由争论"的重要性:"为了贯彻自由争论,来稿凡是说理的和有见解的、而文风又是好的,均将予以发表。我们鼓励说理的批评,更鼓励说理的反批评,我们希望经常保持一种不同意见自由论战的热烈局面"[2],在他看来,百家争鸣在一个"争"字,要发展就要争论。艾青亦认为要"让大家吵","没有吵就发展不了诗歌",他希望大家"都来探索,你探索你的,我探索我的"[3]。《诗探索》一直践行艾青对"自由争论"的期望,一直保持意见自由论战的热烈局面和艺术自由民主的空气,并将这种自由视为正常的秩序。《诗探索》的创刊便缘起于关于朦胧诗的论争,当时诗歌界面对"朦胧诗"存在明显分歧,支持者认为"朦胧诗"代表新的美学原则在崛起,是新诗的新生,而否定者则认为"朦胧诗"过于晦涩朦胧,完全看不懂,是"令人气闷的朦胧",是新诗的没落,两派观点针锋相对相持不下,《诗探索》虽然为"朦胧诗"力挺派中坚力量谢冕所发起创办,但他与编委们并不存在任何偏心,而是公允客观地将两派观点刊登展示出来,让之形成交锋争鸣,不仅发表了谢冕原刊于《光明日报》的文章《在新的崛起面前》,同时还发表了与谢冕"商榷"的两篇文章,一为单占生的《新诗的道路越走越窄吗?》,一为丁慨然的《"新的崛起"及其他》,谢冕的文章是为"朦胧诗"摇旗呐喊的代表性文章,而单占生与丁慨然的文章是质疑与否定"朦胧诗"的,两派观点形成交锋争鸣,体现了《诗探索》从一创刊就注重自由争论的学术风气和氛围。正如编者所坦承的:"这样安排,是希望在《诗探索》上多增加一些学术自由、艺术民主的气氛。"[4]确实,《诗探索》的

---

[1] 谢冕:《我们需要探索》,《诗探索》1980年第1期。

[2] 谢冕:《我们需要探索》,《诗探索》1980年第1期。

[3] 艾青:《答〈诗探索〉编者问》,《诗探索》1980年第1期。

[4] "编者的话",《诗探索》1980年第1期。

自由争论正好彰显了探索的自由、民主、开放等特点。

其次,《诗探索》的自由体现在多样化上。自由论争的发生主要源于观点不同,因此《诗探索》对于不同观点兼容并包,让文章多元化、多样化,持不同诗歌观念的人不仅可以同时在同一辑甚至同一个栏目发表文章,刊物的主编与副主编之间的观点亦针锋相对,如主编谢冕与副主编丁力,一为力挺"朦胧诗"的主要代表,一则为朦胧诗的反对者,两位持不同诗歌观念的人却共同执掌同一家刊物,彰显了《诗探索》的多样化、多元化追求,他们一贯奉行的编辑方针是不充当"某一诗歌流派的代言人",不谋求成为"某一风格的鼓吹者",由此体现出《诗探索》对多样化、多元化的开放氛围的追求,他们曾明确宣告:"《诗探索》不支持单一的和单向的艺术格局,它深知,艺术世界从来都是复杂的、多向的、甚至是混杂的,只有后者,才是常态,反之,则是异态。以多元求共存,以竞争求发展。"[1]可见《诗探索》在立场和态度上对多元化、多样性的肯定与强调。《诗探索》的刊载内容亦是多样化的,主要涵盖了新诗问题讨论、新诗发展问题探讨、新诗品、新诗评点、古典诗词新探、诗人谈诗、外国诗歌推介等栏目,多元多维地呈现了新诗发展面貌。

此外,《诗探索》的自由还体现在独创性上。谢冕指出:"诗人的失去个性,长期成了公开的危险,引起了人们的警觉。而评论家的没有个性,情况则更为严重"[2],因此,《诗探索》主张稿件探讨问题必须具有独创性。《诗探索》在其"理论卷"之外新增"作品卷"时曾思考一个问题:"我们面临的难题是,作为以探索为宗旨的、而且是由学术机构主持的连续出版物登载的作品,如何与一般的诗刊或诗选刊有所区别?因此,'与众不同'就是非常必要的,这是前提。"[3]事实上,无论是刊发在"理论卷"上的理论文章还是"作品卷"上的诗歌作品,《诗探索》都强调"与众不同"的独创性。注重自由和探索便是《诗探

---

[1] 谢冕:《为梦想和激情的时代作证——纪念〈诗探索〉创刊 30 周年》,《诗探索·理论卷》2011 年第 2 辑。

[2] 谢冕:《我们需要探索》,《诗探索》1980 年第 1 期。

[3] 谢冕:《〈诗探索〉改版弁言》,《诗探索》2005 年第 2 辑(作品卷)。

索》的"与众不同",如前所述,《诗探索》不愿充当某一诗歌流派的代言人,亦不谋求成为某一风格的鼓吹者,"它矢志不移地为诗歌思想艺术的前进和变革而贡献热情和智慧,它始终不渝地与探索者站在一起。"[1]其所标举的正是《诗探索》"与众不同"的追求与立场。正因如此,《诗探索》上所刊载的理论文章虽然都是由以学院派学者组成的编委编选,具有理论性、学术性,但《诗探索》与其他理论刊物不同,并未让论文变为当下流行的"学院派八股文"般枯燥无味,而是形式与风格多样,多感性与理性交织的自由探索类文章,如1998年第1辑所载小海文章《诗到语言为止吗?》、1999年第1辑所载沈奇文章《秋后算账——1998,中国诗坛备忘录》、2018年第2辑所刊庄晓明的《新诗所需要的形式就在那儿》、2018年第4辑所载朱子庆文章《〈无效的新诗传统〉及其他》等,风格都与一般中规中矩的学术论文不同,甚至轻松活泼,却切实而非隔靴搔痒地探讨了诗歌发展中的一些重要问题,显得"与众不同";与此同时,"作品卷"上的诗歌作品选取那些"另类"甚至"新""奇""怪"但并非浅薄"最新"的优秀诗歌,亦追求"与众不同",正如编者所决心的,要办出一个与"已有的和将有的诗刊"都不一样的刊物,并表示:"要是《诗探索》的'作品卷'的出现,其意义只是给当代中国众多的诗歌出版物再增加一个新的品种,那就是它的失败。要是如此,我们宁可就此罢手。"[2]显然,编者为"作品卷"定下了明确的目标和要求,是《诗探索》追求"与众不同"的具体体现。

《诗探索》对自由的追求,被学者姜玉琴追溯到精神源头在于"五四"新文学的精神传统,她指出,虽然《诗探索》创刊于1980年代,属于"当代",但《诗探索》创刊于百废待兴的新时期,而此前1949年后的诗歌遭到严重破坏,因此《诗探索》的同人"有意无意地把'探索'的脚步回撤到'五四'新文学中去,即从'五四'文学中寻求精神资源和理论支撑",在她看来,《诗探索》

---

[1] 谢冕:《为梦想和激情的时代作证——纪念〈诗探索〉创刊30周年》,《诗探索·理论卷》2011年第2辑。

[2] 谢冕:《〈诗探索〉改版弁言》,《诗探索》2005年第1辑(理论卷)。

从创刊开始便将"自由"视为学术研究的一种准则"正是'五四'新文学中最为典型和正宗的文化诉求",《诗探索》这本由学人创办的杂志,其身上就流淌、延续着'五四'学人的血液,继承、发扬的是'五四'以来所形成的那种现代性学术传统"[1]。确实,"五四"新文学所标举的"自由""民主""个性"都在《诗探索》中延续并得到发扬,40年来,《诗探索》从未让"自由"缺席。

四、坚执

无论是从时间长度还是学术立场、姿态上看,《诗探索》都显示出一种"与众不同"的坚执。正是这种坚执,让《诗探索》延续下来,并在诗歌批评与研究领域成为一面旗帜。

首先是在时间上的坚执。40年的风雨兼程,无论多么困难,《诗探索》都一直在坚持,虽然曾有过短暂的停办,但后来又复刊并延续至今。40年中,《诗探索》一直没有固定的办刊经费和出版资金,没有正式的刊号而以辑刊形式出版,没有独立的办公场所和专职的正式编辑,完全靠义工延续40年,无疑是出版领域的一个"奇迹"。"奇迹"的背后所体现的是一种"坚执"。40年来,《诗探索》四处化缘,其出版常依靠不同来源的民间资助,在不同的出版机构出版,其间的辛苦不难想象,正如谢冕所言:"《诗探索》几易出版社,不到山穷水尽,我们总是挣扎着让它存活下来。"[2]这种"挣扎"无疑需要格外的勇气与坚执。1985年,由于原资助机构无法再提供出版经费,《诗探索》只能因"无米之炊"而中断八年,但编委们从未放弃,一直在寻找新的经费来源以图早日复刊,终于在1994年实现复刊梦想,让《诗探索》的"探索"得以延续。这种"坚执"来源于《诗探索》的探索精神和编委们对诗歌的热爱与执着。

其次是学术立场的坚执。《诗探索》一直不媚俗,坚持自己的学术良知。《诗探索》作为一本诗歌理论刊物,所秉持的学术姿态是"为艺术而艺术",正如

---

[1] 姜玉琴:《当代先锋诗歌研究》,复旦大学出版社2013年版,第199页。
[2] 谢冕:《〈诗探索〉改版弁言》,《诗探索》2005年第1辑(理论卷)。

谢冕在创刊号中所言："诗人在用诗探索人生和人的心灵，我们则探索诗，探索诗人从事这一精神生产所达到的和未曾达到的思想与艺术的境界。"[1]这是一种纯学术姿态，不媚俗，不随流，只探索诗歌精神生产所达到的和未达到的思想与艺术的境界。众所周知，1980年代末1990年代初是经济大潮席卷中国各行各业的时代，刊物都面临经济转轨自负盈亏的形势，不少学术刊物以收取版面费维持刊物运转，或争相入选中文核心期刊或CSSCI来源期刊以便于获取更多赞助，然而《诗探索》却坚持自己的立场，谢冕在"《诗探索》创刊30周年座谈会"上曾强调："《诗探索》始终坚持一种立场，就是非官方的非营利的以及不带贬义的民间的和知识分子的立场。"[2]《诗探索》依靠这种"民间的和知识分子的立场"，保持其学术良知，坚持其学术立场。

《诗探索》在栏目设置上不像其他刊物注重时效性而喜欢跟风，而常选取一些诗歌界一直未得到解决的话题继续探讨，如关于新诗与传统的问题，《诗探索》反复探讨，2018年第4辑的开篇栏目"关于新诗传统问题"，刊载了向卫国的《新诗：现代中国的'一个语言身体'——对百年新诗成就的一种认识》和朱子庆的《〈无效的新诗传统〉及其他》两篇文章，是站在新诗百年的历史坐标系中重谈新诗传统的问题。有关新诗有无传统的问题曾在新世纪初成为诗学讨论的热点话题，2000年4月郑敏与吴思敬关于此话题进行过一个对话，《粤海风》2001年第1期曾以《新诗究竟有没有传统》为题刊登对话内容，引发诗歌界的热烈讨论，但这个问题在学界并未得到解决和达成共识，因而编者在新诗百年之际重新拎出来供讨论，以重新引起学者关注，所体现的是《诗探索》决不盲目跟风，而坚定地坚持自己"为艺术而艺术""为诗歌而诗歌"的纯粹学术立场。关于新诗与古典诗学的关系亦是一个老话题，但学界对此一直未形成共识，因而《诗探索》并不嫌其"旧"，而是一直追踪这个论题，如《诗探索》1982年第4期曾发表刘岚山的《传统》、总第21辑（1996）发表李怡的《传统：

---

[1] 谢冕：《我们需要探索》，《诗探索》1980年第1期。
[2] 王夫刚整理：《坚持民间立场　恪守诗歌精神——〈诗探索〉创刊30周年座谈会纪要》，《诗探索·理论卷》2011年第2辑。

误读中的生长》、2006 年第 1 辑发表李怡的《论中国新诗的"传统"》、2019 年第 3 期发表陈卫、陈茜的《论诗歌传统的现代转化》等文章对此话题进行探讨，而 2018 年第 2 辑还以"新诗与中国古代诗学"为专题，刊登师力斌的《杜甫与新诗的现代性》、谭坤的《从新诗到杂诗：周作人对古典诗歌的扬弃》、杨景龙的《横移中的纵承——纪弦与中国古典诗学》、郑鹏的《中国诗歌古今传承演变暨抒情与叙事关系学术研讨会综述》等探讨新诗与古典诗学关系的四篇论文集中对此话题进行探讨，呈现出对新诗与传统之关系探讨的关注与重视。

此外，《诗探索》一直将理论与创作并重，形成一种学术姿态上的坚执。《诗探索》的每一辑扉页上都特别标明："发现和推出诗歌写作和理论研究的新人，培养创作和研究兼备的复合型诗歌人才"，显示出《诗探索》一贯坚持的姿态是理论与创作并重。《诗探索》是中国第一家诗歌理论刊物，亦是目前历史最长、影响最大的诗歌理论刊物，于 2005 年改为"理论卷"和"作品卷"。《诗探索》于 2005 年前虽然一直只有"理论卷"，但它并非不关注诗人及其作品，作为诗歌理论刊物，其研究对象锁定在诗人及其作品，一直试图建立理论与创作之间的桥梁，因而在刊物中不仅发表大量探讨诗歌发展中所遇到的理论问题，还设置专栏专题以多种形式介绍诗人及其作品，如发表一些对诗歌作品进行解读、赏析的文章，或发表诗人论，《诗探索》曾设置一个名为"结识一位诗人"的专栏，栏目中发表有关诗人诗作的评介文章，并配发诗人的诗作和诗人的访谈或创作谈等，与其他理论研究的论文形成辉映相得益彰。未改版前的《诗探索》在理论方面的重要栏目有"诗学研究"，在此栏目发表文章的作者有谢冕、杨匡汉、赵毅衡、奚密、王光明、程光炜、李震等著名学者，就中国诗歌发展的系列问题进行探讨，影响颇大。而偏于创作研究的栏目则有"诗人研究"，其研究范畴不仅涵盖卞之琳、何其芳、李瑛、痖弦、洛夫、西川、王家新等著名诗人，还覆盖一些有潜质的年轻诗人。这两个影响颇大的栏目呈现出《诗探索》对诗歌理论与创作的并重意识。《诗探索》于 2005 年改版为"理论卷"和"作品卷"后，理论与创作并重的态度更为明显，"作品卷"直接推介诗人的创作及其作品，对诗人创作的重视与推介力度更大。而且，从《诗探索》的编委会构成看，《诗探索》亦是将理论力量与创作力量并举，凸显其对理论与创作的并重。1980年《诗探索》创刊时期的"编委会"共16人，既有袁可嘉、谢冕、孙绍振等著名诗歌理论家，又有公木、公刘、唐祈等著名诗人，"编委"阵容所体现的是理论与创作并重的一种姿态，正是这种阵容，保证了《诗探索》长期以来坚持理论与创作两条腿走路的独特姿态。

《诗探索》秉持"探索"的目的和"坚执"的姿态一直为诗歌的发展"作证"，并一直在追求源自"五四"时期的"自由"精神，由此形成了《诗探索》"与众不同"的诗歌批评与研究姿态和具有标杆意义的诗歌批评秩序，对诗歌创作、批评与研究都具有毋庸置疑的价值与意义。

（本文系作者主持的2019年度国家社会科学基金项目"新世纪诗歌对古典诗传统的再发现研究"（19BZW122）的阶段性成果。）

作者单位：扬州大学文学院

坚持学术立场，探索现代诗学
——纪念《诗探索》创刊40周年

吕周聚

我于1985年考入山东师范大学师从冯中一先生攻读新诗研究方向硕士研究生，冯先生给我们开列了一批阅读书目，要求我们做读书札记，并进行定期检查，这些书目中就包括《诗探索》。从那时开始，《诗探索》就成为我经常浏览的刊物，我也经历了从刊物读者到刊物作者的变化，在《诗探索》上发表了《异端的诗学——周伦佑的诗歌理论解读》（2004年秋冬卷）、《宏观把握与辩证剖析》（2015年第2辑）等文章。我出版的四本关于诗歌研究的著作，《诗探索》分别刊发了罗振亚、徐伟的《贴近先锋精神的深刻内省——评吕周聚〈中国当代先锋诗歌研究〉》（2003年第1—2辑）、邵波的《诗体的狂欢——评吕周聚等著〈中国现代诗歌文体多维透视〉》（2010年第5辑）、曹金合的《用生命拥抱缪斯——评吕周聚的〈中国现代新诗审美范式的历史转型〉》（2015年第5辑）、卢桢的《"云端诗学"的整合之作——评吕周聚的〈网络诗歌散点透视〉》（2017年第1辑）等书评。在我的诗歌研究道路上，我从《诗探索》中受益匪浅，得到了编辑部的大力帮助，同时也见证了《诗探索》40年的发展历程。

在中国当代新诗发展史上，《诗探索》是唯一的专门的新诗理论刊物。它在改革开放的序幕下登上历史舞台，《诗探索》的命名与改革开放的时代精神是相一致的。它是一本民间刊物，没有申请到国家批准的刊号，多年来只能用辑刊的方式出版发行；没有固定的资金，没有办公场所，也没有专职的编辑人员，从主编到具体的编务人员都是义务工作，但他们有明确的办刊方向。它提倡大胆探索，"《诗探索》坚持新诗创造性地为人民服务、为社会主义服务。为了探索新诗继续繁荣发展的道路，我们将通过积极而及时的诗歌评论以总结推广诗人创作的经验；我们将开展诗歌基本规律的探讨以促进诗歌理论的建设；我们将加强对于诗歌史的研究以增进诗歌发展的知识；我们也将鼓励更多的人向诗歌美学的广度和深度进军。"[1] 1994年《诗探索》复刊时吴思敬发文阐明刊物的办刊宗旨："作为全国性的诗歌理论刊物，《诗探索》坚持文学为人民服务、为社会主义服务的方向，坚持'百花齐放、百家争鸣'的方针，以世纪之交的大文化环境为背景，针对我国新诗创作与理论中的问题，进行建设性的讨论、批评与研究，以推动我国诗歌创作的发展，促进有中国特色的诗学体系的建立。"[2] 由此可见，在40年的办刊道路上，《诗探索》的办刊宗旨是一贯的——坚持探索创新精神，倡导百家争鸣，既回顾新诗发展的历史、总结新诗的发展规律，又关注新诗的当下发展、回应新诗发展的时代要求，引导新诗理论的研究，为中国新时期以来的新诗发展做出了重要的贡献。

一

到1980年代，中国新诗已走过了60多年的历程，既取得了一定成绩，也存在着诸多问题。这些问题大多与新诗理论密切相关，多年来没有得到妥善的解决。而要解决这些诗歌理论问题，亟须一批从事诗歌批评与诗歌理论研究的学术队伍。《诗探索》编辑部充分认识到了这一问题，明确提出要解决诗歌评论园地的狭小和诗歌批评队伍的贫弱这两个现实的问题，"我们将通过积极而及时的诗歌评论以总结推广诗人创作的经验；我们将开展诗歌基本规律的探讨以促进诗歌理论的建设；我们将加强对于诗歌史的研究以增进诗歌发展的知

---

[1] 本刊编辑部：《我们需要探索》，《诗探索》1980年第1期。
[2] 吴思敬：《〈诗探索〉的办刊宗旨与历史沿革（代前言）》，《诗探索》总第13辑（1994）。

识；我们也将鼓励更多的人向诗歌美学的广度和深度进军。"[1]他们有意识地组织一些探讨诗歌理论问题的栏目，发表关于新诗理论探讨的文章，涉及诗歌美学、诗歌文体、诗歌语言、诗歌技巧等诸多方面，力图通过探讨新诗的内部规律来建构现代诗学。

在经历了十年动乱之后，诗歌园地也迎来了拨乱反正的大好时机。以北岛、顾城、舒婷等为代表的朦胧诗人的出现，在文坛上引发了一场论争，论争的焦点便是关于新诗的审美原则问题。《诗探索》在创刊号上转发了谢冕的《在新的崛起面前》（原文刊载于《光明日报》1980年5月7日），同期发表了一组青年诗人笔谈《请听听我们的声音》，也发表了丁慨然的《"新的崛起"及其他——与谢冕同志商榷》和单占生的《新诗的道路越走越窄吗？》两篇文章，有意识地引导两种不同的诗学观念、审美观念之间的碰撞论争，成为当年关于朦胧诗论争的主要阵地。《诗探索》刊发的关于朦胧诗论争的稿子很少探讨诗歌的外部问题，而是着重探讨诗歌的美学问题。此后刊物又陆续发表了鹿国治的《目前新诗的美学突破》（1981年第3期）、林希的《诗歌美学的研究课题》（1982年第1期）、徐敬亚的《诗，升起了新的美——评近年来诗歌艺术中出现的一些新手法》（1982年第2期）、黄子平的《道路，扇形地展开——略论近年来青年诗作的美学特点》（1982年第4期）、李黎的《新时期诗歌的主要审美特征》（总第10辑，1984年）、钟文的《诗歌的美学语言》（总第12辑，1985年）等文章，从各个不同角度对诗歌美学展开深入讨论，解决了新诗应该如何审美、什么样的新诗是美的、应该如何评价朦胧诗等理论问题，解放了诗学界的思想，为当时乃至后来的新诗创作辨明了方向。

自胡适提倡新诗革命开始，新诗与自由就发生了关联。在许多人看来，新诗就是自由诗，自由诗就是想怎么写就怎么写，从而导致新诗无定型、新诗散文化倾向越来越严重。新诗与散文之间有无区别？新诗作为一种文体是否有自己的文体形式？这些问题多年来一直困扰着许多人，没有得到很好的解决，成为新诗理论中一个亟待解决的问题，这也成为《诗探索》着重关注的一个诗学

---

[1] 本刊编辑部：《我们需要探索》，《诗探索》1980年第1期。

领域。刊物设立"新诗发展问题论坛",先后发表了多篇关于新诗文体形式探讨的文章。1981年第1期发表了臧云远的《关于新诗的艺术形式》,文章既回应了20世纪三四十年代诗坛对新诗的艺术形式的探索,又涉及新时期新诗艺术形式的建构问题,对新诗语言、文体、押韵等问题进行了深入的探讨。同期发表了唐湜的《诗的自由化与格律化运动》,主张诗是语言的艺术,诗的律动就是语言的音乐,文章梳理了中国、欧洲古代诗歌语言格律的发展演变,探讨新诗发展中出现的自由化与格律化的道路,"在中国,诗的发展就是通过这种自由化与格律化的相互渗透、相互转化,甚至相互交错的辩证道路走过来的。"作者通过自己的创作探索得出结论:"诗从自由化到格律化是个运动、发展的过程。"[1] 1981年第2期发表了陈敬容的《学诗点滴》一文,认为诗的音乐性——韵律和节奏——是诗与其他文学品种的区别,对于究竟是运用自由体还是格律体这一问题,她通过自己的创作体会总结出经验:"即凡属较为广阔、较为新鲜活泼的内容,格律体往往不易容纳;而凡属较为深沉或细致的思想感情,自由体有时也不易表达。因而我主观地认为,最好以每首诗所要表达的内容,作为选取形式的标准。"[2] 她认为自由体(及半自由体)新诗不但不允许杂乱无章,反而在许多方面具有较高的难度。1982年第2期发表了陈良运的《关于新诗形式问题的思考》,文章回顾了新诗诞生以来尤其是新中国成立以来关于新诗形式问题的讨论,通过对民歌体的思考,预测新诗形式的发展——以自由体为主流,半格律体竞相发展,是中国新诗形式发展的方向。此外,丁芒的《从新诗散文化到建立新诗体》(1982年第4期)、范一直的《论诗的内在节奏》(总第11期,1984年)、方兢的《汉语诗歌的节奏型理论》(总第11期,1984年)、盛子潮的《复叠手法和诗歌音乐美》(总第11期,1984年)、龙清涛的《诗歌节奏与音乐节奏——新诗节奏理论谈》(2006年第1辑)、张桃洲的《重提新诗的格律问题》(2001年第3—4辑)、王珂的《论20世纪汉语诗歌文体建设难的三大原因》(2001年第3—4辑)和《论新诗应该有常体》(2004年

---

[1] 唐湜:《诗的自由化与格律化运动》,《诗探索》1981年第1期。
[2] 陈敬容:《学诗点滴》,《诗探索》1981年第2期。

春夏卷）等文章，也从不同角度切入讨论新诗文体的内在规律，阐明了新诗文体应有的基本特征，对新诗的文体建设进行了深入的探索。

十四行诗是西方的格律诗，它在五四时期被翻译介绍到中国，后来孙大雨、冯至等人也开始创作十四行诗，十四行诗遂成为中国新诗的一个独特文体。十四行诗传入中国后就面临着中国化的问题，其押韵、节奏等都发生了一定变化。《诗探索》1998年第4辑发表了一组探讨十四行诗的文章，屠岸的《关于十四行诗的通信》、许霆的《十四行体移植中国的文化分析》、朱徽《中英十四行诗》等对十四行诗的创作、发展及中国化等问题进行了分析讨论，引导读者更好地理解这一独特的诗歌文体形式。

诗歌是语言的艺术，新诗是运用白话进行创作的，白话是日常生活语言，那么新诗的语言是否就等同于日常生活语言？新诗的语言与散文语言之间是否有所区别？这是自新诗诞生以来就存在的一个诗学问题，多年来并没有得到妥善的解决。这一问题自然也成为《诗探索》关注的重要诗学理论问题。《诗探索》刊发了一系列关于诗歌语言探讨的论文，1981年第4期发表了赵毅衡的《诗歌语言研究中的几个基本概念》，从中西方文论的角度讨论意象、语象、比喻、象征等语言修辞问题。1982年第1期发表的叶维廉的《语言的策略与历史的关联》探讨我们在应用白话作为诗的语言时应该怎样把文言的好处化入白话里，对诗歌语言的凝练、因语造境等进行了具体的分析。此外，吕进的《论新诗语言的精炼美》（1982年第4期）、南帆的《诗歌语言的"意思"与"情感"》（总第11期，1984年）、丘振中的《现代汉语诗歌中的语言问题》（总第19辑，1995年）、王泽龙的《现代汉语虚词与现代汉语诗歌》（"理论卷"2014年第1辑）、王昌忠的《论新诗写作的语类运用和语象采集特色》（"理论卷"2014年第1辑）、王泽龙和倪贝贝的《现代汉语人称代词与中国现代诗歌》（"理论卷"2015年第4辑）、李翠瑛的《流动的语词——从"感叹修辞"到诗歌语言之创新与变化》（"理论卷"2015年第4辑）等皆从不同角度切入探讨新诗的语言问题，涉及新诗语言的诸多方面，揭示出新诗语言的基本特征。

新诗发展已有百年的历史，在这一百年的历史进程中，新诗是如何发展变化的？有哪些历史规律？从历史的角度梳理新诗的发展演变，成为《诗探索》

关注的另一个学术问题。《诗探索》在这方面集中发表了一组文章，系统地梳理新诗发展的历史，孙玉石的《20世纪中国新诗：1917—1937》（总第15辑，1994年）、《20世纪中国新诗：1937—1949》（总第16辑，1994年）梳理了中国现代新诗发展的历史，谢冕的《20世纪中国新诗：1949—1978》（总第17辑，1995年）、《20世纪中国新诗：1978—1989》（总第18辑，1995年）则梳理了当代新诗发展的历史，这二者合起来就是一部完整的中国新诗发展史。此外，辛笛、王圣思的《关于新诗的发展、诗的回归及其他》（总第22辑，1996年）、王光明的《20世纪中国诗歌的三个发展阶段》（2005年第3辑）和《回望百年中国诗歌》（总第22辑，1996年）、张曙光的《新诗百年：回顾与反思》（2005年第1辑）、谢冕的《回望百年——论中国新诗的历史经验》（2005年第3辑）等也都通过考察中国新诗发展的历史来分析新诗发展过程中出现的新问题，总结新诗发展的经验和规律。20世纪末，学术界提出了"重写文学史"的话题，为回应这一话题，《诗探索》发表了一些关于诗歌史写作的文章，如子诚的《"重写诗歌史"？》（总第21辑，1996年）、沈奇的《我们需要怎样的新诗史——关于中国新诗史写作的几点思考》（2005年第3辑）等文章从不同角度回顾反思新诗史写作的问题，对如何写作新诗发展史提出了自己的看法。

《诗探索》编辑部的主要人员都是高等院校和科研机构的教授、研究员，在《诗探索》发表文章的作者也大多是高校和科研机构的研究人员，他们具有高远的学术眼光，能够敏锐地抓住新诗发展中所出现的各种学术问题，并对这些问题进行了具体深入的探讨，既解决了新诗发展中所存在的某些问题，又保持了刊物的学术性，为推动新诗的持续发展奠定了理论基础。

二

1978年12月党的十一届三中全会的胜利召开，标志着中国进入了改革开放的新时代。在文艺界，解放思想、拨乱反正成为重要任务。随着改革开放的深入，文艺界渐渐结束了一花独放的局面，开始进入百花齐放、百家争鸣的新时期。1980年4月，在广西南宁举办的"当代诗歌研讨会"上发生了关于新诗潮的第一次激烈论争，这次会议成为创办《诗探索》的最初动因。在会议期间，张炯、谢冕、雁翼、白航、杨匡汉等提议创办一个关于诗歌理论的刊物，并取名《诗探索》。经过协商讨论，他们明确了刊物的宗旨："《诗探索》的主张，可以简单地概括为三个短语：自由争论、多样化、独创性。自由争论是艺术民主的前提，在学术面前，权威和普通读者是一律平等的。真理总是越辩越明，而且只有用无拘无束的自由争论，才有可能达到多样化并鼓励独创性。我们将在《诗探索》上体现各种不同观点的交锋，我们将欢迎并发表对本刊文章以及本刊以外的文章、包括本刊编委的著述在内的讨论、批评。"[1]鼓励说理的批评与反批评，认为这才是文艺批评应该有的正常秩序。创刊号发表了艾青的《答〈诗探索〉编者问》，艾青认为诗歌发展各派有各派的理论，他主张让大家吵，没有吵就发展不了诗歌，要让大家大胆探索，"百家争鸣在一个'争'字。要发展论争。"[2]在纪念《诗探索》创刊30周年时，谢冕重提刊物的办刊方针，声称"《诗探索》不支持单一的和单向的艺术格局，它深知，艺术世界从来都是复杂的、多向的、甚至是混杂的，只有后者，才是常态，反之，则是异态。以多元求共存，以竞争求发展。"[3]他们不想充当某一诗歌流派的代言人，也不谋求成为某一风格的鼓吹者。由此可见，提倡自由争论、艺术民主是《诗探索》一贯的办刊宗旨，他们不仅在理论上提倡，而且在办刊过程中将之付诸实践。

《诗探索》着重刊发针对同一诗歌现象、诗学问题的各种不同观点的文章，甚至有意识地组织关于诗学问题的论争，引导大家关注当代诗歌发展中所出现的新问题、新现象，回应当代诗歌发展的要求，与诗歌发展同步。

"文革"结束之后，北岛、顾城、舒婷等人的诗歌开始登上文坛，并引发了一场关于朦胧诗的论争。《诗探索》第1期转发谢冕的文章《在新的崛起面前》，同时还刊发了两篇反对谢冕观点的文章——丁慨然的《"新的崛起"及其

---

[1] 本刊编辑部：《我们需要探索》，《诗探索》1980年第1期。
[2] 艾青：《答〈诗探索〉编者问》，《诗探索》1980年第1期。
[3] 谢冕：《为梦想和激情的时代作证——纪念〈诗探索〉创刊30周年》，《诗探索·理论卷》2011年第2辑。

他——与谢冕同志商榷》和单占生的《新诗的道路越走越窄吗？》，《诗探索》一创刊便加入了关于朦胧诗的论争，成为朦胧诗论争的主要阵地。此后，围绕这一话题，《诗探索》陆续发表了一批文章：1981年第3期刊发了一组文章——李元洛的《是什么"新的美学原则"？——与孙绍振同志商榷》，江枫的《沿着为社会主义、为人民的道路前进——为孙绍振一辩兼与程代熙商榷》，傅子玖、黄后楼的《莫将腐朽当神奇——评〈新的美学原则在崛起〉》，舒平的《崛起的艺术规律问题浅议——〈诗刊〉问题讨论读后漫记》——这些文章围绕孙绍振的《新的美学原则在崛起》（《诗刊》1981年第3期）展开讨论，形成了两种对立的观点。今天来看，《诗探索》上发表的关于朦胧诗论争的文章基本上是围绕学术问题展开，较少上纲上线的现象，这体现出编辑部的基本出发点。此后，刊物上陆续发表了一系列关于诗歌美学研究的文章，可以视作是关于朦胧诗论争的延续。

1986年，《诗歌报》《深圳青年报》联合推出了"1986中国现代诗群体大展"，这标志着第三代诗人正式登上文坛。他们喊着"PASS 北岛""打倒朦胧诗"等口号，以反叛者的姿态出现在读者面前，在文坛上引发了一场论争。《诗探索》从1986休刊，到1994年复刊，正好缺席了关于第三代诗论争最激烈的一段时间。由于第三代诗潮持续的时间比较长，并且持续不断地提出一些新的诗学问题，改变了新时期以来诗歌发展的格局，引发批评界的关注与争议，因此《诗探索》在1994年复刊后第1期便刊发了关于第三代诗潮的文章，郑敏的《我们的新诗遇到了什么问题》、何锐的《世纪末的文学格局与新诗创作》、张颐武的《断裂中的成长："中华性"的导求——"后新时期"诗歌的前途》、程光炜的《新诗发展态势剖析》等对世纪末新诗发展进行了回顾与总结，也提出了不同的看法。

20世纪末，中国诗坛出现了繁荣发展的局面，诗人们形成了自己的诗歌观念，出现了各种不同的诗歌流派。1999年4月16—18日《诗探索》编辑部与北京作家协会、中国社会科学院文学研究所当代室、《北京文学》杂志社在北京平谷盘峰宾馆联合举办"世纪之交：中国诗歌创作态势与理论建设研讨会"，引发了关于知识分子写作与民间写作问题的论争。《诗探索》1999年第2

辑发表了王家新的《知识分子写作，或曰"献给无限的少数人"》，针对于坚等人对知识分子写作的批判进行了反驳。1999年第3辑发表了一组针对知识分子写作论争的文章，包括于坚的《真相——关于"知识分子写作"和新潮诗歌批评》、张曙光的《90年代诗歌及我的诗学立场》、姜涛的《可疑的反思及反思话语的可能性》；1999年第4辑又集中发表了一组文章，包括臧棣的《当代诗歌中的知识分子写作》、王家新的《从一场蒙蒙细雨开始》、孙文波的《论争中的思考》、杨克的《并非回应——关于〈1998年新诗年鉴〉的多余的话》、沈浩波《后口语写作在当下的可能性》等，给论争的双方提供辩论的平台，让论争的双方阐明自己的观点。孙基林的《世纪末诗学论争在继续——99中国龙脉诗会综述》(1999年第4辑)对中国龙脉诗会进行了综述，呈现出世纪末诗坛各种不同诗学观点的交锋；沈奇的《中国诗歌：世纪末论争与反思》(2000年第1—2辑)对世纪末的诗歌论争进行了回顾与反思。

《诗探索》参与主导的这几次论争，都触及诗歌观念、审美观念、主体意识等复杂的诗学理论问题，在文坛上产生了广泛的影响，对推动当代诗歌创作发展产生了积极的作用。除了这几次主要的论争之外，《诗探索》在发表其他文章时也坚持艺术民主的原则，允许不同学术观点的存在，提倡各种不同学术观点的论争，为新诗的繁荣发展做出了积极贡献。

三

《诗探索》是中国新时期改革开放的产物，不断探索创新，是刊物的创刊宗旨。他们声称，"唯有探索，方能前进。在探索中前进，在前进中探索。探索之无止境，正与前进相同。""我们需要探索，不仅过去，不仅现在，而且更着眼于将来。我们愿意生活更加美好，我们才需要探索；我们愿意诗更加美好，我们才需要探索。墨守成规永不会有创造。诗人在用诗探索人生和人的心灵。我们，则探索诗，探索诗人从事这一精神生产所达到的和未曾达到的思想与艺术的境界。探索的精神，就是一种思想解放的精神。"[1]对过去与现实的不满，成为新诗探索的动力。不断探索、不断前进的精神，是思想解放的精神，也是改革开放的时代精神，"刊名'诗探索'，意在鼓励和促进当年受到政治动乱严重损害的诗歌的复兴，意在彻底摈弃和摆脱那个黑暗年代加诸诗歌的所有思想艺术的枷锁，从而探索出一条通往开放、自由、多元的诗歌新时代。"[2]《诗探索》在办刊过程中坚持探索创新的精神，并将其创刊宗旨落实到具体的实践之中。

当代诗歌发展与时代同步，新时期以来，新诗创作出现了繁荣发展的局面，新的诗歌现象、新的诗歌问题如同雨后春笋一般出现在文坛上。如何看待新诗发展中所出现的新现象？如何解决新诗发展中所出现的新问题？这都成为《诗探索》所关注的对象。《诗探索》紧跟时代的步伐，对诗歌发展中涌现出来的新生事物进行理论探讨，"我们追求诗之与时代、生活在思想艺术上的合理的适应，我们只有这个目的。"[3]诗歌艺术探索没有禁区，应该允许各种不同的诗歌道路、诗歌观念的探索，"我们生活在现代，我们是作为现代的中国人，在写现代的中国诗。我们认为新诗要有时代感，我们同样认为诗的理论批评也要有时代感。我们站在当代生活的现实土地之上，我们深深地感到了时代赋予的庄严使命。"[4]

改革开放之后，中国新诗与外国诗歌之间的关系日渐密切，当代诗坛上出现了以朦胧诗、第三代诗歌为代表的先锋诗歌，这些诗歌接受了西方现代主义诗歌的影响，呈现出新的诗学观念、思想观念和审美观念，这必然与传统的诗学观念、思想观念和审美观念产生矛盾冲突。《诗探索》围绕先锋、现代、后现代等诗歌现象发表文章，对这些新生事物进行学理分析。

朦胧诗刚出现在文坛时，许多人对朦胧诗不理解，看不懂，引发了关于朦

---

[1] 本刊编辑部：《我们需要探索》，《诗探索》1980年第1期。

[2] 谢冕：《为梦想和激情的时代作证——纪念〈诗探索〉创刊30周年》，《诗探索·理论卷》2011年第2辑。

[3] 本刊编辑部：《我们需要探索》，《诗探索》1980年第1期。

[4] 本刊编辑部：《我们需要探索》，《诗探索》1980年第1期。

胧诗的论争。尽管《诗探索》提倡自由论争，但编辑部同人并不掩饰自己的观点，他们旗帜鲜明地赞同朦胧诗人的诗学主张，发表文章为朦胧诗进行辩护。除了创刊号转发谢冕的《在新的崛起面前》之外，1981年第2期发表了吴思敬的《时代的进步与现代诗——为诗歌现代化辩护》一文，分析了朦胧诗与古典诗歌、西方现代派诗歌之间的关系，认为朦胧诗是诗歌百花园中的一丛，主张百花齐放。1982年第3期发表了以本刊评论员名义发表的《新诗与时代的关系》一文，强调新诗发展与时代发展之间的同步关系。

继朦胧诗之后登上文坛的第三代诗带来了更加复杂的诗学问题，评论界对第三代诗的命名各有不同，对其评价也莫衷一是。1998年3月20—22日《诗探索》编辑部与北京作家协会、中国当代文学研究会、清华大学中文系在北京北苑宾馆举办"后新诗潮研讨会"，对"后新诗潮"展开学术讨论。1998年第2辑发表了陈旭光的《先锋的使命与意义——为"后新诗潮"一辩》一文。此外，王宁的《中国当代诗歌中的后现代性》(总第15辑，1994年)，刘春的《第三代诗歌与后现代主义是何关系？》(总第15辑，1994年)，吴开晋的《当代诗中禅道精神与现代主义之结合》(总第15辑，1994年)，林庚的《新诗断想：移植和土壤》(总第17辑，1995年)，孙基林的《非非主义与西方语言哲学》(1997年第4辑)和《"第三代"诗学的思想形态》(1998年第3辑)，章亚昕的《呼之欲出的"第三代后"诗学》(2000年第1—2辑)，罗振亚的《近二十年先锋诗歌的历史流程与艺术取向》(2005年第1辑)，陈超的《贫乏中的自我再剥夺——先锋"流行诗"的反文化、反道德问题》(2005年第3辑)，沈奇的《从"先锋"到"常态"——先锋诗歌二十年之反思与前瞻》(2006年第3辑)，毛靖宇的《当代先锋诗歌的"语言论转向"》("理论卷"2009年第3辑)，杨勇的《中国后现代主义诗歌的底线》("理论卷"2013年第3辑)等皆从不同角度对先锋诗歌进行剖析，涉及先锋、现代、后现代等复杂的理论问题，揭示出先锋诗歌的多重诗学特征。

进入21世纪之后，诗歌创作出现了一些新的变化，这也引起了评论界的关注。沈奇的《新世纪诗歌面面观》("作品卷"2007年第2辑)对新世纪诗歌进行具体分析，概括出新世纪诗歌的多重特点。2010年5月7日至9日，诗探索·天问中国新诗会所在河北白洋淀举办"白洋淀之春——新世纪主题诗会",就"新世纪十年中国新诗的状态"等问题展开讨论。《诗探索·理论卷》2011年第4辑发表一组讨论口语诗的文章,包括伊沙的《我说"口语诗"》、徐江的《论"现代诗"与"口语"》、陈亮的《"丑的字句"与"口语诗"》等,他们结合自己的创作实践,大力提倡"口语诗"。2012年"理论卷"第2辑发表了一组讨论口语诗的文章,包括王学东的《"口语"与中国新诗的"诗本身"》、刘波的《口语诗如何成为可能——关于口语诗命题的思考》,从学理的层面探讨新口语诗的创作问题。

1994年,韩东提出了"诗到语言为止"的主张,尽管他没有对这一主张做详细的阐明,但却在文坛引起了很大关注。诗歌的本质是什么?语言究竟是诗歌的工具还是诗歌的归宿?这些问题得到了学术界的关注,并对诗歌语言问题展开了深入的探讨。1994年《诗探索》复刊号上发表贺奕的《"诗到语言为止"一辨》一文,对韩东的"诗到语言为止"进行了辨析,认为"诗到语言为止"仅仅给出了一个使纯粹的诗歌得以脱颖而出的最后阈限,"将诗歌与语言直接等同起来,这正是绝大多数人对这一表述的莫大误解。语言不是诗歌的始发站和大本营,语言只是诗歌的目标和归宿。"[1]总第14辑(1994)上发表了陈旭光的《论当代诗学理论建设的"语言论转向"》和叶世祥的《语言:诗学的皈依及危机之源》,明确地提出当代诗学理论建设中的"语言论转向"问题,并对这一问题进行深入探讨。1995年总第18辑上发表了一组关于诗歌语言问题的文章,包括马大康的《诗:语言的共和国》、陈兴伟的《论诗歌的语言空间》、南野的《诗歌语言两种向度的探讨》、张目的《板块与套盒:现代主义诗歌的语言范型》和魏慧的《论第三代诗歌的语言策略》;总第19辑(1995)又发表了一组讨论诗歌语言的文章,包括丘振中的《现代汉语诗歌中的语言问题》、胡兴的《诗:作为重新命名的语言》、赵英华的《语言之链的精神舞蹈》、崔卫平的《在诗歌中灵魂用什么语言说话》;1996年总第21辑发表了郑敏的《20世纪围绕语言之争:结构与解构》,1998年第1辑发表了于坚的《诗歌之舌的硬

---

[1] 贺奕:《"诗到语言为止"一辨》,《诗探索》总第13辑(1994)。

与软——关于当代诗歌的两类语言向度》和小海的《诗到语言为止吗？》等文章，这些文章从不同角度对诗歌的语言进行了深入的探讨，展现出 20 世纪末诗人和评论家的语言自觉。

《诗探索》总第 22 辑（1996）转载了石虎的《论字思维》，并加了一个"编者按"：著名画家石虎先生的《论字思维》一文，涉及了汉字的结构与汉语诗歌的语言特质的关系，第一次将"字"的问题提升到一种诗学的价值高度。该文提出的汉字是汉语诗歌诗意本源的思想，"亚文字图式"的构成法则，以及"中国人的字信仰"问题、"汉字有道"问题、"汉字的两象思维"问题等，不仅为中国诗学的研究提供了一个新的视角，而且对于思考中国母语文化的独特性等更为广泛的问题亦不无启示。当然由于这是一个全新的问题，石虎先生的观点尚有待于进一步的论证、充实、驳难、修正。为此，本刊决定开辟专栏，对这一问题进行深入的探讨，以期引起更多的人对这一问题的关注，并希望由此对汉诗的研究进而对中国母语文化的研究形成一个新的突破口。欢迎读者来信、来稿[1]。在同一辑上还发表了余仰仲的《隔世的妙语——与石虎先生商榷》和李震的《"字思维说"的诗学意义——兼与余仰仲先生商榷》。1996 年总第 23 辑接着发表了石虎的《字象篇》，同一期上还发表了申小龙的《汉字人文性反思》、胡子的《母语，人类对世界的原始命名——汉语诗性本质采微》、郑敏的《一场关系到 21 世纪中华文化发展的讨论：如何评价汉语及汉字的价值》、洪迪的《汉字与诗》等文章，对石虎的观点进行了回应。1996 年 11 月 8 日至 10 日，《诗探索》编辑部在北京国防大学同心宾馆举办"字思维"与中国现代诗学研讨会，就"字思维"学说、汉语诗歌结构特质、母语写作及"字思维"与中国现代诗学的关系等问题展开学术讨论，1997 年第 1 辑发表郑敏的《余波粼粼："字思维"与中国现代诗学研讨会的追思》一文，对这次学术研讨会进行了回应；1997 年第 1 辑发表了一组讨论字思维的文章，包括滕守尧的《"创生"与中国诗学》、徐德江的《"字思维"对语言学发展具有突破性意义》；1997 年第 2 辑又发表一组讨论字思维的文章，包括王岳川的《汉字文化与汉语思

---

[1]"编者按"，《诗探索》总第 21 辑（1996）。

维——兼论"字思维"理论》、章燕的《汉文与诗歌的现代性》、洪迪的《字思维与诗美创造》、邱正伦的《语言：指向纯粹》等；1997年第3辑发表了一组关于字思维的文章，包括高秀芹的《"字思维"与现代诗歌语境》、黄河的《汉字：传统与现代——"字思维"说的商榷》、严力的《母语和语言的感受》等；1998年第1辑发表了石虎的《神觉篇》和范一直的《谈诗歌中的语词拆解》；1998年第4辑发表了一组讨论字思维的文章，包括梁小斌的《汉字解构辨》、魏家川的《从"字思维"看"玩"的诗性维面》、王一川的《汉语形象及其基本地位》等；2002年8月4—7日，《诗探索》编辑部在北京举办第二次关于"字思维"的研讨会，来自海内外的诗人、评论家、书法家、画家、语言学家等近40人参加会议，就"字思维"命题的内涵、汉字与母语文化特征、汉语与中国现代诗学、汉语文化的传承等问题进行探讨，2002年第3—4辑又发表一组关于字思维的文章，包括沈奇的《可能与局限——关于"字思维"与现代汉诗的几点断想》、高玉的《汉字·汉语·汉文化》、吕家乡的《汉诗是用汉字写出的艺术品》、魏家川的《字思维·冷媒介·读写文化》、孟泽的《当此关口回到未来——"字思维"与中国现代诗学第二次研讨会综述》；2003年第1—2辑发表了一组关于字思维的论文，包括孟泽的《论汉字所表征的思维方式及其"诗性智慧"——兼论汉语的现代转型》、洪迪的《字思维是基于字象的诗性思维》、西渡的《字思维传统与现代性》等；此外，邹建军的《意象与汉语的诗性特质——我看石虎"字思维"说》（1997年第4辑）、章亚昕的《"字思维"与汉诗学》（1998年第2辑）、吕家乡的《字思维·旧诗·新诗》（1999年第1辑）、段从学的《形而上学的"字思维"及其讨论》（1999年第1辑）、高玉的《"字思维"语言学辩论》（2000年第3—4辑）、郑敏的《中国新诗与汉语》（2008年第1辑）等文章也都从不同角度切入讨论字思维问题。从《诗探索》编辑部先后举办的两次学术研究会和刊物上集中发表的大量论文中，既可以看出编辑部对"字思维"这一诗学问题的足够重视，也可以看出学术界对这一问题的深入探讨，探讨过程中既有肯定支持的观点，也有质疑反驳的观点，这些争论推进了对汉语诗歌本质的思考与认识。

《诗探索》已走过了40年的历程，40年间发表了许多富有新意的文章，由于篇幅所限，笔者无法对所有的文章进行一一评述，只能选择自己在阅读中印象较深刻的部分作为此文的内容，难免挂一漏万，不能呈现出《诗探索》的全部面貌。站在今天，回望40年前他们所发布的办刊宗旨，不难发现他们具有强烈的历史使命感和责任感，自觉地将探索创新、自由论争、学术研究作为自己的主要任务，作为一本民间刊物能够有这种历史使命感已难能可贵，更重要的是他们能将自己的办刊宗旨加以具体实施，并始终如一地坚持了下来，对于总结新诗发展的历史规律、探索新诗内部的艺术规律、推动新诗的持续发展，做出了重要的贡献。此外，《诗探索》还主办了许多学术研讨会，就诗歌创作和发展过程中出现的问题进行学术研讨，在学术界和诗歌界产生了广泛影响。作为一本民间刊物，其发展过程经历了不少挫折，但它能够生存发展40年，这本身就是改革开放的结果，也是当代新诗发展史上的一个奇迹。我们希望这个奇迹能够继续延续下去，希望《诗探索》越办越好，为中国新诗乃至世界诗歌的发展做出应有的贡献。

作者单位：青岛大学文学院

作为新诗理论史形象的诗探索

卢 桢

1980年岁末,《诗探索》创刊,其发刊词《我们需要探索》中写道:"我们需要探索,不仅过去,不仅现在,而且更着眼于将来。我们愿意生活更加美好,我们才需要探索,我们愿意诗更加美好,我们才需要探索。墨守成规永不会有创造。"[1]这段话仿若宣言一般,将一本诗歌理论刊物的追求简明直率地抛出,其背后隐含着那个时代的理论工作者与缪斯精神的契合,以及时代文学话语对诗歌提出的新要求,诗歌的探索应和了思想解放的风气,它亟待视角的转换与理论的争鸣,以此作为推动自身前进的动力。值得注意的是,紧随《我们需要探索》这篇文章之后的是《歌德谈话录》的文字摘抄,言及诗歌的核心在于生活,而诗人要用艺术的方式将生活熔铸成一个优美的、生气灌注的整体。这不禁让我们联想到《今天》创刊号中的发刊词《致读者》,以及程建立翻译德国作家亨利希·标尔的《谈废墟文学》。如同诗人们发出的"今天,只有今天"的呐喊,聚合在《诗探索》周围的青年人也有着如此急迫的感受,正如谢冕先生所言:"《诗探索》之所以急匆匆地要赶在1980年代的第一年问世,是要为那个梦想和激情的年代作证,为中国文学艺术的拨乱反正作证,为中国新诗的

---

[1] 本刊编辑部:《我们需要探索》,《诗探索》1980年第1期。

再生和崛起作证。"[1] 在那个急切地借助诗歌表达情感、诉说心声的年代,《诗探索》与《今天》建立起一种遥相呼应的对应联系,证明了那一代写作者对文学变革与思想解放的迫切要求。他们不断为文学的未来性寻找合适的言说渠道,并在德国文学那里寻觅到可供借鉴的参照物,借此抒发对理想文学向度的企慕。

也正是从创刊开始,《诗探索》便保持了对诗学话语现场和时代现实语境的密切关注。1980年代之初,新诗承担了表达民众社会情绪的主要职责,并在"奏响向四个现代化进军的号角""唱出人民强烈的心声""大胆揭露现实生活中的矛盾"[2]等向度上不断得到确证与强化。另一方面,一些具有反思精神和前瞻性眼光的写作者和评论家都不约而同地意识到一些问题,即当人们不断呼唤诗歌的"重建"时,"重建"的标准又从何而生,是"五四"新文学萌生的价值向度,还是从古典文学传统中汲取要素,抑或修复中国诗歌与外国文学交流的渠道?而诗歌的"反映现实"与"自我表现"之间、诗歌的社会性与文学性之间如何实现平衡?新诗的创新点和突破口又在何方?这些纷繁芜杂的问题交错丛生,某种程度上激发诸多诗人和评论家参与其中,展开富含理论深度与思维密度的讨论。可以说,《诗探索》杂志的诞生,既是理论工作者对诗歌"重建"的自觉担当,也可视为对彼时理论现场的积极回应,而"自由争论、多样化、独创性"[3]的艺术民主观念和诗学主张,奠定了刊物自身的理论品格。虽然经历了中途的休刊,但它一以贯之的内在精神和学理脉络从未中断。时至今日,它已经形成了专属其身的新诗理论史形象,确立起稳定的刊物立场,并汇聚出几条鲜明的精神走向。

---

[1] 谢冕:《为梦想和激情的时代作证——纪念〈诗探索〉创刊30周年》,《诗探索·理论卷》2011年第2辑。

[2] 见有关1980年4月在南宁召开的"全国当代诗歌讨论会"情况的报道,《中国文学研究年鉴(1981)》,中国社会科学出版社1982年版,第256页。

[3] 本刊编辑部:《我们需要探索》,《诗探索》1980年第1期。

一、对艺术民主的重视

在 1978 年到 1980 年代初期的文化语境中，"艺术民主"是一个高频度出现的词语，它与文艺部门的领导作风、对文艺作品的评价标准、对"双百方针"的认识以及艺术风格的多样化等问题紧密联系，归根结底是要唤醒人们尊重艺术自身的运作规律，允许人们在不违背精神文明指向的前提下，对文艺作品进行多角度的评说，摆脱以往那种将作品与政治形态话语过分捆绑的状态，赋予文艺作品以新的阐释渠道，从而推动人们的思想，建构活跃的文学生态。就新诗领域而言，诗歌领域的"艺术民主"思潮直接表现在对文化专制的自觉抵抗，《诗探索》出版之初，正值新诗潮崛起之时，诗人和评论家大都富有深刻的自我言说意识和使命担当精神，希望基于自我的艺术体验，触发宏观维度上对文化艺术本体的价值诉求，以实现思想解放的目标。因此，《诗探索》正是在这样一种艺术论争的大环境中诞生的，并以其立场鲜明的办刊理念，主动站在艺术论争的前列，践行和推动了艺术民主在诗歌领域的实现。

相对于小说、散文、报告文学等文体，诗歌更偏重于个体经验的自我言说，其技巧呈现方式也各臻其态，这种殊异于其他文体的美学特质，以及诗歌在彼时话语现场中引领潮流的前沿地位，要求无论是写作者还是接受者，都必须保持一种对"自由"的认同态度，即诗意可以通过多种途径得以表达，而诗美也可以借助多种认知视角得以被发现乃至激活。诗无达诂，任何一种解诗的努力，只要是在学理的范畴内操作，都是值得尊重的。如刊物发刊词所倡导的："我们鼓励说理的批评，更鼓励说理的反批评，我们希望经常保持一种不同意见自由论战的热烈局面。我们想让大家都习惯于生活在这样一种艺术自由民主的空气中，从而确认这是一种正常的秩序。本刊声明：为了贯彻自由争论，来稿凡是说理的和有见解的、而文风又是好的，均将予以发表。"[1] 这段话显示出《诗探索》的编者为构筑多元共生的交流场域所付出的努力，也折射出

---

[1] 本刊编辑部：《我们需要探索》，《诗探索》1980 年第 1 期。

他们以论争推动"理论史"前进的学术视野。"自由"既是新诗的写作旨向，也是新诗评论的内在气质，在自由言说、学术思辨的平台内部，最先引领《诗探索》艺术民主风潮的当数"朦胧诗论争"。从"创刊号"开始，《诗探索》在两年内先后刊登多组围绕新的诗潮"崛起"问题的讨论文章。如再次刊发的谢冕先生的《在新的崛起面前》，以及丁慨然的《"新的崛起"及其他——与谢冕同志商榷》、单占生的《新诗的道路越走越窄吗？》、李元洛的《是什么"新的美学原则"？——与孙绍振同志商榷》、江枫的《沿着为社会主义、为人民的道路前进——为孙绍振一辩兼与程代熙商榷》、傅子玖和黄后楼的《莫将腐朽当神奇——评〈新的美学原则在崛起〉》、鹿国治的《目前新诗的美学突破》等。颇有意味的是，丁慨然和单占生的文章都对谢冕先生的"崛起"论提出了自己的疑问，这种有意为之的安排，正印证了刊物的一种立场，即编者的文章仅仅代表他自己，乃是一种声音，而学术自由和艺术民主的氛围，才是刊物追求的目标。

筹划兴办刊物之初，杨匡汉先生曾去拜访艾青先生，通报了创办《诗探索》杂志的设想，艾青先生的意见质朴而中肯，他说要"让大家吵"，因为"没有吵就发展不了诗歌"，并"希望在刊物上大家都来探索，你探索你的，我探索我的。百家争鸣在一个'争'字。要发展论争。"[1]让不同的声音在一个学术的平台各自奏响，形成持续的彼此交错或音色合鸣，既是艾青先生的期望，也是《诗探索》切实践行的民间立场。这里提到的民间立场，并非今天言及的那种狭义的"民间"概念，而是建构在与诗歌一元论保持疏离的基础上，对诗歌之"诗"相关问题的开放式吸纳态度和主动的理论引导意识。刊物在编选那些富有争鸣性的文章，以形成期刊内部的话语"交锋"生态时，已渗透出它自身的办刊原则，即所有争鸣的焦点必须围绕在"诗"以及与其相关的艺术理论周围，一切问题都应该在"诗"的范畴内讨论和解决，而非"诗"之外的因素。就美学"崛起"的新诗发展问题讨论来说，不同学者的文章内部虽然持有立场的抵牾，甚至是激烈的对抗，但这种交锋都是沿着美学角度展开的，或是对

---

[1] 艾青：《答〈诗探索〉编者问》，《诗探索》1980 年第 1 期。

"新"的现代美学之轮廓进行了勾勒，或是对诗人的"表现自我"与"表现历史"的关系做出了判断，或是将诗歌的发展与人性的复归联结一身，归根结底都是对"诗"之肌理的探寻，是对诗歌真实性与艺术性的双重呼唤。

当关于美学原则的思辨已经充分展开时，刊物将话题进一步往前引领，向美学原则讨论引发的关于艺术真实、表现人性等重要向度持续掘进，从话题中抽取问题并进行文章的组构，特别是围绕自我表现与时代精神的问题，又形成了针对性更强的讨论。如陈志铭的《自我表现与时代精神》、中岳的《诗人的"自我表现"与"人的价值标准"》等论文，都基于孙绍振先生的文章展开探析，关于新诗潮的艺术论争在《诗探索》提供的民间场域中得以充分展开。民间立场是一种交流立场，强调原创性的声音，更鼓励质疑的声音，同时它也是一种青春立场，注重对青年人的发现，给青年提供说话的机会和展示的舞台。在早期的《诗探索》中，便有纪川、许洁的《请允许我们说话》这样的文章，以"青年人"的口吻争取表达的权力，诉说他们对朦胧诗的惊喜与支持。而《请听听我们的声音——青年诗人笔谈》中收入的青春之音，又从创作者特别是青年诗人的角度为诗坛贡献出另一种声响。无论是顾城对"有着无穷无尽的形态和活力"的新的"自我"的钟爱，还是王小妮将写好"自我"归结为写好"人"之个性的判断，抑或江河对诗人"独特的位置"的追寻，都从摆脱异化、实现自由的立场出发，异口同声地表达出青年诗人对于"自我表现"这个问题的立场与见解。[1]这些呼声既与同代的评论家构成对话，也与一些老诗人的观念形成交锋，不同意识的叠合与碰撞，形成层次鲜明的对话体系，从艺术民主的外在行为层面步入艺术民主的理论层面。可见，从对"崛起论"的讨论开始，《诗探索》便围绕新诗发展问题展开了一系列的跟踪，并形成了自我的论说逻辑，即在学理的范畴内，有意穿插各种观点，让其形成有意义的对话，使人们感受到不同的学术立场，而刊物自身在完成"组织"的工作后，则尽量退到话语现场之外，避免对话题做出"盖棺论定"式的论说。

在1980年代，《诗探索》刊物中带有持续效应的争鸣以关于美学原则"崛

---

[1] 见张学梦等:《请听听我们的声音——青年诗人笔谈》，《诗探索》1980年第1期。

起"问题的讨论为中心,而复刊之后,《诗探索》中影响较大的诗学争鸣主要体现在它对诗歌口语化问题和与"盘峰论争"相关文章的刊载上。既有于坚等对口语化诗歌"边缘"而"先锋"地位的自我确认,也有小海等对"诗到语言为止"的质疑;既有民间一方的伊沙的《有话要说》、于坚的《真相——关于"知识分子写作"和新潮诗歌批评》,也有王家新的《知识分子写作,或曰"献给无数的少数人"》和臧棣的《当代诗歌中的知识分子写作》等与之对峙。《诗探索》对这些"交锋"类文章的组织往往更注重论争双方在艺术上的分歧和写作路径的分野,强调用理论批驳理论,对那些虽出自名家之手,却带有攻讦与揭短意味的文章则弃之不用。同时,刊物一向避免自身的"强势"声音对艺术民主的干扰或压制,它所强调的民间立场和争鸣氛围并不以拆解为目标,而是希望在对话性的场域中,保证思想的多样化呈现,让理论和理论产生实实在在的撞击,力争让这种交锋在新诗之"新"(实验性的精神品格)与新诗之"诗"(艺术的现代特质)的双重向度上推动当代诗歌的发展。

二、对重点命题的引领

除了朦胧诗潮、"口语化"问题、"民间写作"与"知识分子"写作等几组影响新时期以来诗学发展的重要论争外,《诗探索》还为一些涉及新诗本体的理论问题提供了大规模的讨论空间,从而形成了持续聚集的话语效应。吴思敬先生曾特意撰文探讨过20世纪新诗理论的几个焦点问题,主要包含了对诗歌现代化的呼唤、诗体解放与诗体变革、自由与格律的消长等。[1]这些焦点问题构成百年新诗的理论主流,并推进新诗理论在探索与争鸣中向前生长。体现在《诗探索》中,从创办之初,刊物就力求借助其理论专刊的体量,加强对诗歌史的研究力度,并总结推广前人创作的经验,围绕诗体问题和新诗基本规律展开探讨,打通现代诗论、古典诗论和西方理论之间的经验脉络。由此可见,刊物最初的理论方向与吴思敬先生总结的焦点问题之间达成了深度的契合。

---

[1] 吴思敬:《二十世纪新诗理论的几个焦点问题》,《文学评论》2002年第6期。

纵观《诗探索》休刊前后的发展历程，从 1980 年到 1985 年，关于新诗发展道路的讨论成为刊物关注的重点。新诗潮、现实主义、自我表现等一系列关键词为刊物与彼时的诗学现场之间建构起交流感极强的话语联系，特别是它对朦胧诗及朦胧诗后先锋诗歌重要诗学命题的有意识引领，使《诗探索》成为新时期诗歌自我形象建构的重要元素。进入 1990 年代，复刊后的《诗探索》在坚守诗歌本体研究的基础上，还对一些新问题进行了观照，具有代表性的如当代诗歌中的"后现代主义"讨论、女性主义诗人研究与女性诗学探问、"80 后"诗歌研究、文学经典重读以及现代诗刊研究等。对新问题的敏锐发现与及时总结，不仅为当前诗歌的姿态实现了赋形，而且对其发展前景做出富有建设性了的探问；而对老问题和经典文本（如田间的《赶车传》和郭小川的《望星空》）的再解读，一方面积极呼应了学界关于现代文学经典文本的"重读"或"重写"吁求，另一方面也可以通过今人的审美意识和阅读观念，赋予文本以新的活力与生机，使之产生耐人寻味的新品味，延续其意义的生命力。综合而观，在刊物 40 年的发展历程中，编辑们力求从多元角度探求新诗理论的阐释渠道，同时将理论史上具有连贯性的诗学命题纳入整合的视野，使刊物形成具有连贯性的、融合内在对话关系的系列命题。就本人的学习感受而言，这些命题主要聚焦在三个向度上：

一是对新诗发展道路问题的探索，主要体现在新诗的转型、新诗的形式、新诗理论如何在"现实"与"艺术"之间构筑平衡、新世纪诗歌的前途、新诗百年的经验总结等。一些具有代表性的理论文章如公木的《新诗歌的发展道路——现代化、民族化、大众化、多样化》、郑敏《我们的新诗遇到了什么问题？》、谢冕的《从诗体革命到诗学革命》、王光明的《20 世纪中国诗歌的三个发展阶段》、钱理群的《论现代新诗与现代旧体诗的关系》等，均从新诗发展的宏观角度出发，对百年新诗当中诸多"变"与"不变"，以及一系列纷繁缠绕的"问题与主义"背后的诗学因子进行了条分缕析的论述，并对新诗"向何处去"的前景做出了富有建设性的科学预测。

二是对"字思维"问题的长期讨论。《诗探索》曾引领了关于新叙事主义诗歌、日常主义诗歌、女性主义诗歌、新观念写作等一系列带有"新"字话题的集中研究，其中持续时间最长的是从 1996 年到 2004 年期间展开的"'字思维'与中国现代诗学"的讨论。1996 年 2 月，《文论报》发表了画家石虎的文章《论字思维》以及他与诗人杨炼、唐晓渡的对话录《当此关口：关非仅仅关于诗的对话》，正式提出"字思维"的概念，认为"汉字有道，以道生象，象生音义，象象并置，万物寓于其间"，汉字内含了汉语文化最根本的魅力、属性和思维本质，是汉语诗歌的诗意本源。[1] 同年，《诗探索》开辟"'字思维'与中国现代诗学"专栏，广泛探析两者之间的内在联系，形成数十篇文章。论者或是从汉字蕴含的文化积淀出发，为中国诗歌寻找根性传统，将汉字的神性和诗歌的诗性联结一体；或是从汉字的表达逻辑、感悟方式、想象模式中沉淀出有益于当下诗歌建设的因子，为新诗在汉语之光的普照下寻求出路；也有的学者并不完全认同"字思维"与新诗存在的联系，指出这种观念自身与当下文学语境和文化生态的疏离与隔膜。总之，"字思维"的讨论为中国新诗提供了一次反思自身的机会，也为诗歌评论者们探析汉语诗性的内在构成、汉语诗歌的脉络传统、新诗的中国性经验与世界文学的关系等问题提供了平台。

三是对"中生代"诗人的研究。学界关于"中生代"诗人的话题始于 2005 年左右，所谓"中生代"，主要以 1960 年代出生的诗人为主，除了享有共同的社会转型的精神背景外，这些诗人在创作向度和理论主张上并未像前代诗人群落那般鲜明统一。吴思敬先生曾在《当下诗歌的代际划分与"中生代"命名》一文中调整了中生代的范围，从诗歌史发展的角度和"海峡两岸"的横向视野观照这一群体，试图为之寻求诗学共性。[2] 从 2008 年在《诗探索》上持续开展至今的"中生代诗人研究"栏目，正是在吴思敬老师对"中生代"概念的实体化理解和宏观诗学诠释基础上有序展开的。其中不乏像张立群《"中生代"：命名的可能及其写作》、王巨川的《非诗时代的诗歌困境与生长空间——兼论中生代诗人的命名现象及创作特征》、罗小凤的《代际命名视野下"80 后"与中生代诗人的比较》这类立于宏观视角的文章，而更多的则是对一位位诗人的

---

[1] 石虎：《论字思维》，《诗探索》总第 22 辑（1996）。
[2] 吴思敬：《当下诗歌的代际划分与"中生代"命名》，《文学评论》2007 年第 4 期。

定向研究和深度揭示,特别是他们各自的历史意识与写作观念的联络、思想的智性与个性的表现方式、介入时代的诗学模式等问题,成为诸多批评家观照的焦点。一系列言之有物的诗人论文章,确保了此类研究的视野与深度,使"中生代"诗歌有了越发深厚坚实的理论根基。

三、对新诗历史的发掘

如果说一部诗歌刊物以自由争鸣为内在精神,那么保证其活力的要素则是对诗歌现场的紧密贴合,并不断根据文化语境的变化,适当调整它所引领的理论方向,对一些新问题做出及时的回应。特别是进入21世纪以来,《诗探索》突出跟进了三类新问题:一是对新世纪诗学与文化语境的关注,特别是诗歌与互联网文化、新媒体时代、消费时代的话语联系。二是拓展了新诗接受与传播的理论视野,增强了中国诗歌与世界文学"关系研究"的文章篇幅,如新诗人自身的翻译实践、新诗的海外传播、西方批评家视野中的中国新诗等问题,都被广泛纳入刊物的视野。海外视点和诗学理论成为一面镜子,便于我们从中反观自身,在比较的视野中开辟言说诗歌的新路。三是史料意识的增强,一定程度上使《诗探索》的理论形象从诗潮研究和本体研究向新诗历史发掘这一向度倾斜,这正契合了学界对中国新诗史料学越发重视的现况,如程光炜指出的:"1994年后,由鼓吹'新诗潮'逐步转入'抢救''发掘'被遗忘的重要诗歌现象和诗人,是《诗探索》一个醒目的转型。"[1] 从2010年开始,《诗探索》的此类转型更为明显,一批曾经被既有的文学史忽视,或者论述不够深入,却在中国新诗发展中具有显著影响的诗人或群落(如汪静之、孙大雨、吴兴华、王亚平、沈泽宜、鲁煤、黎敏子、玲君等)引起史料研究者的重视。对这些诗人的创作与评论进行重新梳理和呈现,有助于引发我们对更为细微的诗歌史内部肌理的透视,这不仅拓展了对个体诗人的言说规模,还意味着一些被忽略或遗忘

---

[1] 程光炜:《一个被"发掘"的诗人——〈诗探索〉和〈沉沦的圣殿〉"再叙述"中的食指》,《中国新诗一百年国际研讨会论文集》,2005年8月。

的诗学经验的再次发现，新诗史的内部空间也正是在这种不断"发现"的过程中走向了多维立体之境。

对新诗史料的越发重视，体现出《诗探索》在诗学思路上的价值判断，映射出编者的学术主体性形象，也使刊物自身的叙述结构产生一定变化。刘福春先生曾指出进一步开掘和整理新诗史料的重要性，他将版本校勘和史料发现、现有资料考证、对当事人头脑中史实和潜文本的收集视为这一领域的三类学术增长点[1]，而《诗探索》对新诗史料栏目的引导与组织，基本契合了刘福春先生言及的方向。如刘继业的《从三篇诗论佚文看梁宗岱的"抗战诗歌否定论"——兼论新诗诗论研究的史料发掘》、绡红的《〈游击歌〉的两个版本》等文章，正是在佚文整理与版本考证的基础上，重新拓展、组构新诗人的诗歌观念；李方的《挚友心语——穆旦致杜运燮书信六封钩沉》、易彬、乔红的《〈南开高中学生〉与穆旦的成长》、段从学的《穆旦与〈布谷副刊〉》均从现有的资料出发，考证穆旦书信以及他与文学刊物的关系，从而廓清穆旦诗歌观念发展中的几个重要节点。再如《诗探索》自复刊后便为经典诗人如顾城、食指、海子等开设专栏，有意纳入与诗人同时代的论者或是亲朋的文章，对一些被我们简化理解的史实进行了重新诠释，这种努力使得一系列新诗史上的隐藏要素浮出地表，逐渐汇入文学史叙述的主流。需要特别指出的是，史料钩沉并不是单纯对某位"被遗忘者"的学术打捞，更重要的在于沿着这位在场者的视线，重新审视他生存的那个时代，借助对个体的厚重阐释，全息扫描他背后的文学现场和文化语境。正如谢冕和孙绍振先生的《在历史和诗神的祭坛上》一文中所表露的，他们认为沈泽宜的重要性恰恰在于他"不是单独一个人，他的生命卷入历史的旋涡，承载着一代人生命的沉浮。当然还有悲壮的、凄美的磨砺"[2]。从个体的影像中，我们可以窥见心灵的历史与历史中的心灵彼此缠绕、互动的联络，使过往的记忆变得既遥远又切近，也使抽象的文学史叙述变得鲜活可感。可以说，史料栏目的开设以及越来越多相关研究文章的汇入，使《诗探

---

[1] 刘福春：《20世纪新诗史料工作述评》，《中国现代文学研究丛刊》2002年第3期。
[2] 谢冕、孙绍振：《在历史和诗神的祭坛上》，《诗探索·理论卷》2009年第2辑。

索》以积极的姿态参与了中国现当代文学史料学的话语建构，夯实了新诗研究的理论基础。

　　总之，对艺术民主的重视、对民间立场的坚守、对重点命题的引领、对新诗历史的发掘，聚合成《诗探索》的精神属性和诗学品格。新诗无论发展到哪个阶段，都不会达到绝对的、永恒的完美，未完成性恰是它的特质，也是激发一代又一代缪斯的追随者们探索的动因。探是行为、是立场；索是目标、是执念。在诗歌之光的烛照下，"探"与"索"的光影始终相伴而生，融合成一股稳定持久的精神合力。最后，我们不妨将目光重新锁定至《诗探索》的发刊词——《我们需要探索》，从40年前发出的声音依然在今天的诗歌殿堂里回响："在探索中前进，在前进中探索。探索之无止境，正与前进相同。这是已为生活发展的历史，也是新诗发展的历史所昭示了的。要是有一天，我们的诗人和诗评家竟然停止了探索，诗，也就停滞不前了。"如吴思敬先生所说，这段话道出《诗探索》同人的共同信念。[1]以诗为本，以争鸣创新为驱动力，保持理论的锐气和对诗歌的敏感度，《诗探索》在新诗理论史中已构建起独标一格的专属形象，其理念和精神仍在向未来的理论天空不断延伸。

　　作者单位：南开大学文学院

---

[1]见吴思敬：《〈诗探索〉的办刊宗旨与历史沿革》，《诗探索》总第13辑（1994）。

《诗探索》与"新时期"以来的诗歌研究

冯 雷

同诞生于 1950 年代初的《人民文学》《文艺报》《诗刊》相比,《诗探索》40 年的办刊时间并不算长;在"一体化"的文学体制内,《诗探索》的"级别"和重要性也远不是最为突出的。然而如果要遴选一份最能反映"新时期"以来中国诗歌研究整体面貌的刊物的话,那么《诗探索》无疑是最值得认真考虑的选项之一。自创刊之初,《诗探索》便积极倡导和维护"艺术民主";40 年来,《诗探索》始终坚持学术品格,始终保持对当代诗歌的追踪,促成许多重要诗作的"经典化";在长期的活动过程中,《诗探索》坚持扶助新人,力避理论分析与创作实践脱节,为当代"诗学共同体"的建立做出了重要贡献。

一、对于"艺术民主"的积极倡导与维护

《诗探索》创刊于 1980 年,直接的缘起是同年在南宁召开的全国当代诗歌讨论会。"新时期"的到来凸显了"诗歌评论园地的狭小"和"诗歌批评队伍的贫弱"。为了"通过自己的实践,在诗歌战线上,为维护艺术民主,为促进实现'百花齐放,百家争鸣'而努力奋斗"[1]会后由中国当代文学研究会创办了《诗探索》。《诗探索》的诞生同"新时期"共享了同一套政治话语,不仅仅在

---

[1]《我们需要探索》,《诗探索》1980 年第 1 期,第 4 页。

时间上，在刊物的立意、定位这些内在属性上，《诗探索》都是"新时期"社会转型的产物。

《诗探索》创刊号在"发刊词"之后特别刊登了对艾青的采访，总共提了六个问题，在回答第一个问题"对创办《诗探索》有什么希望"时，艾青特别强调"各派理论的论争，什么时候都会存在的。我的意见是：让大家吵。没有吵就发展不了诗歌。"[1]"归来"之后，在诗人当中艾青可能是最早提倡"说真话"的，1979年末他在多个场合反复强调强调政治民主保证下的"创作民主"和"艺术民主"[2]。《诗探索》在发刊词中也一再谈到"艺术民主"问题："为维护艺术民主"，"自由争论是艺术民主的前提"[3]。"艺术民主"事实上成为《诗探索》的办刊原则之一。最能体现这一原则的，莫过于刊物当时对"朦胧诗"的关注和扶持。

20世纪七八十年代之交正值"朦胧诗"引起巨大争议之际，《诗探索》从第1期开始，连续几期刊登了关于"朦胧诗"的讨论文章。在创刊号上，《诗探索》设置了"新诗发展问题探讨"的专栏，栏目首先转载了谢冕产生广泛影响的《在新的崛起面前》，然后发表了一组与谢冕意见不完全相同的文章，附议者有之，商榷者有之，最后是顾城、梁小斌、舒婷等为代表的青年诗人的笔谈和对雷抒雁、舒婷的文学特写。值得注意的是，专栏文章的看法并不统一，比如署名丁慨然的《"新的崛起"及其他》就明确表示不同意谢冕的"崛起论"，而单占生的《新诗的道路越走越窄吗？》则对谢冕关于新诗"道路越来越窄"的判断表示质疑。显然《诗探索》的编者文章之间彼此构成交锋、对话，无意于"一边倒"式的重复表态。1981年，孙绍振的《新的美学原则在崛起》在《诗刊》当年第3期发表，《诗探索》也在这一年的第3期上发表了一组与之相

---

[1] 艾青：《答〈诗探索〉编者问》，《诗探索》1980年第1期，第7页。

[2] 参见艾青：《新诗应该受到检验》，《艾青全集》（第三卷），花山文艺出版社1991年版，第412页；艾青：《在汽笛的长鸣声中》，《艾青全集》（第三卷），第397页；艾青：《我对新诗的要求》，《艾青全集》（第三卷），第413页；艾青：《在粉碎"四人帮"后召开的第一次全国诗人座谈会上的讲话》，《艾青全集》（第五卷），第572页等。

[3] 《我们需要探索》，《诗探索》1980年第1期，第4、5页。

关文章，拥护者有之，反对者也有之，有的今天看起来不免有特殊语境下"上纲上线"的瑕疵，但是这些文章正兑现了艾青"让大家吵"、充分发扬"艺术民主"的办刊期待。在"朦胧诗"以及"三个崛起"的论争过程中，《诗探索》扮演了重要而积极的角色，以洪子诚为代表的一些文学史家在其史论著作中也明确记载并肯定了《诗探索》在当时的活动与贡献[1]。而更值得重视的还在于《诗探索》对"新时期"以来诗歌评论风气的确立与维护。

从"新时期"到1990年代再到"新世纪"，虽然社会语境发生了显著变化，虽然《诗探索》期间还经历了较长时间的停刊，但是复刊后的《诗探索》仍然保持了发扬"艺术民主"作风。在新千年即将到来之际，也正是"南宁会议"和"朦胧诗"首次发表20年之际，《诗探索》联合北京作协等联合召开"世纪之交：中国诗歌创作态势与理论建设研讨会"，会议爆发了"明显甚至尖锐的分歧"[2]。围绕所谓"知识分子写作"与"民间口语写作"之间的争论，从1999年第2期开始，《诗探索》接连几年差不多每期都会刊物一组不同立场的文章。应当说这既是办刊是技巧，也体现了《诗探索》一贯的原则。

二、对诗歌"经典化"的推动与深化

在30多年的时间里，《诗探索》一直是全国唯一的诗歌研究理论刊物，文章的覆盖范围是相当广阔的，在长期的办刊过程中，《诗探索》推进、深化了对许多经典议题的研究。

在创刊之初，《诗探索》的注意力主要集中在对诗歌现场的观察和追踪上，1990年代复刊之后除了保持"诗坛态势剖析"之外，刊物陆续发表了一批关于现代主义诗潮的文章。在复刊的1994年，《诗探索》发表了专论何其芳、卞之

---

[1] 参见洪子诚：《中国当代新诗史》（修订版），北京大学出版社2005年版，第177页。洪子诚：《中国当代文学史》，北京大学出版社1999年版，第295页。

[2] 张清华：《一次真正的诗歌对话与交锋——"世纪之交：中国诗歌创作态势与理论建设研讨会"述要》，《诗探索》1999年第2辑，第71页。

琳、痖弦的文章。1995—2003年间，相继围绕林庚、金克木、梁宗岱、纪弦、罗门、孙大雨、冯至、邹荻帆、李金发、杜运燮、郑敏、牛汉、唐湜、陈敬容、辛笛、彭燕郊、昌耀、卞之琳、曾卓、袁可嘉、洛夫、杜运燮、梁秉钧、罗洛、叶维廉等组织了专题文章。2002年《诗探索》组织召开了李瑛诗歌创作研讨会，此后陆续召开了关于牛汉、辛笛、唐湜、郑敏、蔡其矫、绿原、穆旦、彭燕郊、袁可嘉、叶维廉等的专题研讨会。《诗探索》的这些工作直接体现了1990年代来以来诗歌研究兴趣朝着"现代主义"的转向，为"现代"时段的诗歌研究提供了一批"经典化"的研究对象。

在"当代"时段，《诗探索》则有力地推动了对食指和"白洋淀诗歌群落"的"打捞"。1994年5月《诗探索》在总第14辑组织了"关于食指"的专栏，发表了林莽的评论和食指本人的回忆性文章。总第16辑（1994）的"白洋淀诗歌群落"专栏里，宋海泉在文章中也专门讨论了食指，肯定了食指了作为"文革诗歌第一人"的历史地位[1]。1998年第1辑的"食指研究"专栏发表了林莽和李宪瑜讨论食指的文章以及建中（即林莽）的《食指生平年表》，为食指研究提供了不可或缺的资料。此外，1998年作家出版社出版了《诗探索金库·食指卷》，由林莽为之作序。在2006年第4辑，《诗探索》（作品卷）发表了由林莽、翟寒乐重新编订的食指生平年表，并且配发了23张食指不同时期的照片。在食指浮出历史地表的过程中，《诗探索》和林莽功不可没。从整理作品到勘定年表再到专题讨论，这一系列工作以学术化的方式非常完整、清晰地"挖掘"了食指。

与发掘食指同步，1994年5月，《诗探索》编辑部发起了"白洋淀诗歌群落寻访"活动，并在寻访讨论会上达成较为广泛的共识，明确了"白洋淀诗歌群落"的提法[2]，确定了"白洋淀诗歌群落"的活动时间[3]。在当年总第16辑

---

[1] 参见宋海泉:《白洋淀诗歌琐忆》,《诗探索》总第16辑（1994），第122页。

[2] 2014年中华文学史料学学会和北京师范大学国际写作中心在编印相关资料集时沿用了"白洋淀诗歌群落"这一名称，命名为《白洋淀诗歌群落研究资料》。

[3] 林莽:《主持人的话》,《诗探索》总第16辑（1994），第119页。

上,"当代诗歌群落"由林莽主持,发表了宋海泉等六位历史当事人的回忆文章,在 2008 年第 2 辑,《诗探索·理论卷》还又重开"白洋淀诗歌群落研究"专栏。1995 年《诗探索》在总第 20 辑组织了"关于林莽"的专栏;2018 年,《诗探索》召开了"林莽诗歌创作研讨会",再度深化了关于"白洋淀诗歌群落"的研究。这些工作为后续研究积累了重要的史料,在一定程度上影响了文学史的叙述[1]。

"朦胧诗"是当代诗歌绕不过去的重要议题,如前所述《诗探索》从创刊伊始便积极组织、参与了相关讨论,第 1 期上就发表了以《请听听我们的声音》为题的"青年诗人笔谈",其中的作者包括顾城、舒婷、江河以及王小妮、梁小斌等"朦胧诗"代表诗人。1994 年《诗探索》复刊,在第 1 辑即总第 13 辑便开设"关于顾城"专栏,对几个月前的"顾城之死"做出学术反应。此后的几年间,《诗探索》也时常发表关于北岛、芒克、王小妮等的文章。其实在 30 多年的时间当中,不光人们对"朦胧诗"的认识、评价在发生变化,"朦胧诗"代表诗人本身的创作、心态也在发生变化,2008 年、2016 年《诗探索》分别刊登了梁小斌和北岛诗歌创作研讨会的论文,与其说再度激活了对"朦胧诗"的研究,倒不如说提醒人们"朦胧诗"甚至于"经典化"其实都远不是一个完成时,而是一个进行时。

三、对青年诗人的扶助

从一开始,《诗探索》就非常关注并支持"当下"的诗歌批评。在 1980 年代的办刊过程中,"新探索"是《诗探索》的常设栏目,一首诗配一篇评论,每期少则两首,多则五首,也就是说尽管定位于诗歌理论刊物,但是《诗探索》事实上也向诗坛推荐了一批优秀的诗歌作品,而且因为为数不多,并且还配有"一对一"的评论,故此也更加显得难得。这些诗人以当时较受关注的青年诗

---

[1] 程光炜著《中国当代诗歌史》在讨论食指和"白洋淀诗群"时,引述资料来源最多的就是《诗探索》。

人为主，例如杨炼、舒婷、北岛、江河、韩东，也包括已成名的牛汉、白桦、昌耀等，还有一些名字今天看起来则似乎比较陌生，可见《诗探索》并不唯名家是举。评论者当中不乏像刘再复、楼肇明、吴思敬、刘士杰、樊发稼、雷业洪这样的著名学者。这种邀请研究人员点评作品的方式，实际上促进了诗人与研究人员之间的交流。

1990年代中期复刊之后，《诗探索》在栏目设置上做出了不少调整，从1995年开始，设置了常设栏目"姿态与尺度"，主要发表关于当前较为活跃的青年诗人的专论文章。还有一个重要的栏目"结识一位诗人"，主要集中针对一位诗人的创作进行讨论，1995年推出的是于坚，1999年围绕翟永明，足可见讨论对象很有分量，专栏下的文章每次两到四篇不等，类似于小型的诗歌研讨会，因为是专题讨论，文章显然来自约稿。"结识一位诗人"看起来更像是1980年代"新探索"栏目的升级改良版——"新探索"针对的是一首作品，而"结识一位诗人"针对的则是一位诗人，显然更加全面、丰富。对于名满天下的于坚和翟永明来说，所谓"结识"似乎并不大贴切。进入21世纪，"结识一位诗人"成为常设栏目，所推出有待"结识"的诗人大多处于有成绩、有潜力、待完成的状态，诸如沈苇、北野、杨晓民、谢湘南、牛庆国、蓝蓝、桑克、西渡、路也、阳飏、马永波、森子、潘伟、雷平阳、姜涛、卢卫平、柳宣宗、江非等等。诚如《诗探索》的编者所言，"囿于学院的环境，容易养成的与创作实践一定程度的脱节"[1]。学院体制下培养的理论研究思维有时不免过于强调理论品格，过分看重经典作家，而对创作一线瞩目不足，对文学现场的新动向反应滞后，无法及时提炼出新话题，而像"新探索""结识一位诗人""姿态与尺度"这样的栏目可以说正是针对这样的弊病而对症下药。《诗探索》在长期的办刊过程中，多次组织具有理论品格的专题栏目，比如"女性诗歌研究""中生代诗人研究"等等，这些话题都是直击诗歌现场、从长期跟踪式的阅读中生成、提炼出来的。《诗探索》的这些工作有助于纠正诗歌研究中脱离文本的"理论空转"，而切近创作实际。

---

[1] 谢冕：《〈诗探索〉改版弁言》，《诗探索》2005年第2辑（作品卷），第2页。

2005年起，《诗探索》又进一步改版，在原有基础上拆分出"理论卷"和"作品卷"。关于"作品卷"，《诗探索》的定位是"不发表平庸的作品。它不炫奇，更不浅薄地'追新'，却始终支持勇敢而大胆的创新。它有极大的包容性，包容有价值的、有创意的、'正统'的和'另类'的，也包括新、奇、怪在内的一切佳作。"[1] 从而具体操作来看，"作品卷"以发表诗歌作品为主，有时也会安排一些专题诗歌评论，看起来更像是1980年代"新探索"栏目的放大。而且，"作品卷"上的诗人绝大多数人都是青年诗人，比起发表诗作，自己的作品能够得到认真的阅读和评论显然更加难得。这其实也提醒人们注意《诗探索》一直非常注重扶持新人。从2007年起，《诗探索》配合首都师范大学的"驻校诗人"诗歌创作研讨会，以专栏的形式发表了一大批专题论文，不仅培养了青年诗人，也培养了许多诗歌研究者和读者[2]。

结语：合铸而成的"诗学共同体"

与不少诗歌刊物不同，《诗探索》既非官刊，也非民刊，《诗探索》的经济来源主要来自民间资助；刊物的编者也非专职，而是以不同的单位的研究人员、诗人为主，主要有中国社科院、北京大学、首都师范大学以及诸多高校，基本涵盖了诗歌领域最具实力和影响力的学府、机构。40年来，《诗探索》始终保持了较高的学术质量和学术声誉，同这些来自不同单位的学术水准、影响力密不可分，同编者之间的通力合作密不可分。从这个意义上来说，《诗探索》并不是归属某一个单位的学术品牌。而换言之，《诗探索》促成了诗歌领域最具实力和影响力的单位之间的合作。

40年来，《诗探索》的作者群是非常庞大的，新时期以来，几乎所有从事诗歌研究的学者都曾在《诗探索》上发表过文章，不少知名学者虽然主要精力

---

[1] 谢冕：《〈诗探索〉改版弁言》，《诗探索》2005年第2辑（作品卷），第3—4页。
[2] 参见冯雷：《从"驻校诗人"制度看当代诗歌人才的培养》，《中国现代文学研究丛刊》2015年第4期。

不在诗歌研究方面但也曾在《诗探索》上亮过相。这些作者当中有的是师生关系，有些作者发表文章时尚在攻读研究生学位。因此说《诗探索》将几代学者整合在一起薪火相传，也毫不为过。《诗探索》见证了一大批诗歌研究者的成长历程。

《诗探索》还促进了诗歌创作、阅读、研究之间的结合。1996年《诗探索》曾开设"经典重读"栏目，文章主要来自北大中文系的"批评家周末"活动，这既可以视为是刊物与高校之间的合作，也可以视作是阅读与研究的结合。此外，如前所述，《诗探索》从一开始便非常注重对诗歌作品的推荐和批评，尤其是改版后的"作品卷"更加大了对诗歌创作的推广力度，包括"结识一位诗人""姿态与尺度"等栏目，实际上促进了评论、研究与创作之间的互动。

正因为以上几个方面，《诗探索》不仅仅是"新时期"以来中国诗歌最为坚定、良善的同行者之一，而且还整合力量共同铸就了当代"诗学共同体"，功莫大焉。

［本文为2018年度教育部人文社会科学研究项目（青年基金项目）"北京现代文学遗迹研究"（18YJC751013）、2019年度北京市教委社科计划一般项目"北京现代文学遗迹研究"（SM201910009001）的阶段成果。］

作者单位：北方工业大学中文系

充满活力的探索

——1980、1994、1999年《诗探索》剪影

李文钢

创刊于 1980 年的《诗探索》,迄今已走过 40 载春秋。在创刊号上,《诗探索》的编者曾这样宣告:"《诗探索》的主张,可以简单地概括为三个短语:自由争论、多样化、独创性。"[1]自由争论、百家争鸣的氛围,是《诗探索》创刊伊始就着意营造的,"问渠那得清如许,为有源头活水来",这一良好的学术氛围的创造和维护,也让它至今仍持续保持着探索的活力。今天,我们回眸那些关键时间节点上的刊物剪影,更能发现这本刊物独特的魅力和其独特的诗学贡献。

一、宽容的气度

任何一本刊物的创办,背后可能都有他试图要超越或者纠正的对象。回首 1980 年的诗歌刊物,我们可以发现,《诗刊》和《星星》诗刊等虽然每期也都有评论文章发表,但它们的主体部分无疑仍是诗歌作品,留给诗歌评论的空间终究有限。其他文学刊物,乃至一些报刊,不时也有一些诗歌评论发表,却散落各处,很难产生集中的影响。在这样的背景下,《诗探索》作为新中国第一

---

[1] 本刊编辑部:《我们需要探索》,《诗探索》1980 年第 1 期,第 5 页。

本专门发表诗歌评论的刊物的诞生，就具有了独特的意义。

这本刊物的创办，首先代表了编者对诗歌评论的作用的认识高度。诗歌常被人们视为语言艺术中的冠冕，诗歌评论在各种不同文体评论中的地位便尤显突出。然而，在很多人眼里，诗歌评论不过被看作是诗的解说和附庸，因此似乎也就没有了脱离诗而独立存在的必要。这种偏见，源于没有醒悟到诗歌评论相对于诗的独立性和能动性，更没有意识到诗歌评论对一个时代的精神生活所应负有的重大责任。诗歌评论的作用，就如同勃兰兑斯富有激情的阐释那样：可以"披荆斩棘，开辟新路"[1]。为诗歌评论开辟一方独立的园地，也就是在为世界守护一束点燃的思想火种。即便是那些没有阅读新诗习惯的读者，也完全有可能通过阅读《诗探索》的评论而被催生出诗的种子。

1980年4月7—22日，"全国当代诗歌讨论会"在广西南宁召开，"大家各抒己见，自由讨论，气氛热烈"[2]。会上围绕着"朦胧诗"的激烈交锋，不能不使人"有感于诗歌评论园地的狭小；有感于诗歌评论队伍的贫弱"[3]，这也成为《诗探索》创办的最初诱因，谢冕回忆说：

1980年4月，在南宁会议上发生了关于新诗潮的第一次激烈论争。那次交锋成了创办《诗探索》的最初动因。在会议结束返京的列车上，我们酝酿了这个刊物的诞生。……

新诗发生变革的事实和那个充满探索精神的年代，鼓舞我们创办这个旨在为新诗的革故鼎新而提供理论支持的、可能是中国诗歌史上首创的、当时也是唯一的一本纯理论的刊物。刊名"诗探索"，意在鼓励和促进当年受到政治动乱严重损害的诗歌的复兴，意在彻底摈弃和摆脱那个黑暗年代加诸诗歌的所有思想艺术的枷锁，从而探索出一条通往开放、自由、多元的诗歌新时代。……

---

[1][丹麦]勃兰兑斯：《十九世纪文学主流》第五分册《法国的浪漫派》，李宗杰译，人民文学出版社1988年版，第383页。

[2]《全国当代诗歌讨论会提出让诗歌鼓舞人们创造幸福美好的未来》，《人民日报》1980年5月1日。

[3] 本刊编辑部：《我们需要探索》，《诗探索》1980年第1期，第3—4页。

《诗探索》不支持单一的和单向的艺术格局，它深知，艺术世界从来都是复杂的、多向的，甚至是混杂的，只有后者，才是常态，反之，则是异态。以多元求共存，以竞争求发展。《诗探索》的立场是坚定的，它选择了前进和自由，《诗探索》不想充当某一诗歌流派的代言人，也不谋求成为某一种风格的鼓吹者。它矢志不移地为诗歌思想艺术的前进和变革而贡献热情和智慧，它始终不渝地与探索者站在一起。[1]

　　正如洪子诚先生曾经指出的那样，在1950—1970年代："文学杂志和出版，都由国家所控制、管理，实施监督。在这个时期，难以能从同一，或不同的刊物中，看到竞争的、矛盾的信息和观点的表达。"[2]1970年代末，随着政治的开明、思想的解放，自由论争的空间也逐渐得到了拓展。在1979年10月召开的"第四次全国文代会"上，邓小平在大会"祝词"中更明确提出："在艺术创作上提倡不同形式和风格的自由发展，在艺术理论上提倡不同观点和学派的自由讨论"。[3]1980年4月的"南宁诗会"上，围绕着"朦胧诗"问题展开的辩论，正是文学界长期存在的权力控制逐步瓦解的典型体现。在这样的时代大背景下，《诗探索》对"开放、自由、多元"的诗歌理论道路的探索成为可能。

　　《星星》诗刊1980年第10期，在一篇题为《诗歌评论刊物〈诗探索〉将出刊》的诗讯中这样介绍道：

　　　　由中国当代文学研究会主办的《诗探索》(季刊)，将于今年十月创刊。
　　　　《诗探索》的编辑方针是，坚持为人民服务、为社会主义服务的方向，认

---

[1] 谢冕：《为梦想和激情的时代作证——纪念〈诗探索〉创刊三十周年》，《诗探索·理论卷》2011年第2辑，第4—5页。

[2] 洪子诚：《问题与方法——中国当代文学史研究讲稿》，生活·读书·新知三联书店2002年版，第208页。

[3] 《邓小平同志代表中共中央和国务院在中国文学艺术工作者第四次代表大会上的祝词（一九七九年十月三十日）》，见中国文学艺术界联合会编：《中国文学艺术工作者第四次代表大会文集》，四川人民出版社1980年版，第4—5页。

真贯彻百家争鸣的方针，立足于当代，研究新时期诗歌发展中的新情况、新问题，从诗歌美学上进行理论与实践相结合的探索，鼓励与推动诗歌界各种学派的自由争论，提倡有创见的诗评论，扶持诗坛的新人新作。

刊物还适当评介外国诗歌和总结我国古典诗歌、民歌及新诗的传统，以资借鉴。

《诗探索》提倡文责自负，鼓励批评与反批评。《诗探索》经过编委的酝酿与民主推选，通过谢冕任《诗探索》主编，丁力、杨匡汉任副主编。

《诗探索》的编委为：公木、公刘、沙鸥、唐祈、易征、丁力、尹一之、晓雪、闻山、雁翼、张炯、宋垒、孙绍振、杨匡汉、谢冕、袁可嘉等。[1]

在这则诗讯中，同样将"鼓励与推动诗歌界各种学派的自由争论""鼓励批评与反批评"作为《诗探索》办刊特色中的亮点进行了介绍。而这一点，其实是说起来容易做起来极难的事。与那些有着鲜明立场和统一倾向的"同人刊物"相比，它要求编辑者更需具备宽容的气度和博大的襟怀，不仅要能够超越自身立场和视角的局限，还要兼有过人的长远眼光和博采众长的智慧。

而《诗探索》的气度，首先便体现在创刊时其编委名单的构成上。16名编委，仅在对待"朦胧诗"的态度上，就已经出现了较大分歧。其中，明确表态支持朦胧诗的有谢冕、孙绍振等人，而明确对朦胧诗提出质疑的，也有丁力、闻山等人。在创刊号上，《诗探索》在转发了主编谢冕发表于当年5月8日《光明日报》的《在新的崛起面前》一文的同时，也刊发了副主编丁力的儿子、"北京市青年工人"丁慨然的《"新的崛起"及其他——与谢冕同志商榷》、单占生

---

[1] 辛民：《诗歌评论刊物〈诗探索〉将出刊》，《星星》诗刊1980年第10期，第27页。

的《新诗的道路越走越窄吗？》这两篇质疑"朦胧诗"和谢冕观点的文章。[1]丁力在他后来发表的《古怪诗论质疑》一文中，更是直接对谢冕提出了"不同看法"[2]。谢冕作为主编，在处理此事的过程中表现出了极为难能可贵的大度和高风亮节，他放弃了利用刊物为自己的思想进行辩护和宣传的特权，而将自己的声音和反对者的声音并置于同一空间，准备接受未来时间的考验，既展现出了他的自信和对歧见者的尊重，也为《诗探索》此后40年间始终保持着的宽容本色打下了牢固的基础。

就像谢冕在《新的崛起面前》最后一节中写到的那样：

接受挑战吧，新诗。也许它被一些"怪"东西扰乱了平静，但一潭死水并不是发展，有风，有浪，有骚动，才是运动的正常规律。当前的诗歌形势是非常合理的。鉴于历史的教训，适当容忍和宽宏，我以为是有利于新诗的发展的。[3]

容忍和宽宏的气度，让《诗探索》尽可能保持了历史现场的多面性和含混性，而不是企图用一己之趣味来对歧见进行过滤和打压，正是这样的气度铸就了《诗探索》"有容乃大"的格局。及至1999年，爆发了"民间写作"与"知识分子写作"的激烈论争之际，我们也就不难理解，为什么"坚定地站在学院的立场"的谢冕，仍然会"尊重民间"，强调"学院与民间也应加强沟通"[4]，并在

---

[1] 邵燕祥回忆他在《诗刊》编辑部工作期间组织"朦胧诗"论争的稿件时，曾这样回忆说："为了使不同意见畅所欲言，要力避一边倒，每一期基本上要做到正反两面旗鼓相当。就按这个原则组稿的……我们后来发表的时候也是不同意见你三篇我三篇，效果不错。像是个学术'争鸣'的样子。"（见《青年诗人在这里后来居上》，2008年7月20日《南方都市报·阅读周刊》）如果参照邵燕祥在《诗刊》力争做到正反两面"旗鼓相当"的组稿原则，我们可以发现，《诗探索》首期上发表的两篇质疑主编谢冕观点的文章，显然已经有点"一边倒"的意思了。一个主编竟能容忍质疑自己的文章在自己编辑的刊物上从数量上占了上风，更可见其宽容。

[2] 丁力：《古怪诗论质疑》，《诗刊》1980年第12期，第6—8页。

[3] 谢冕：《在新的崛起面前》，《诗探索》1980年第1期，第14页。

[4] 谢冕：《花落无声：谢冕自述》，河南文艺出版社2016年版，第256页。

《诗探索》同时给予"民间"派和"知识分子"派以大量版面刊发他们的观点。

1985年7月，《诗探索》因经费问题停刊。1994年1月，复刊后的《诗探索》改由谢冕、杨匡汉、吴思敬联合主编。据杨匡汉回忆："尽管谢冕和我挂了主编头衔，但主要编务、大量实际工作，是由另一位主编吴思敬教授及其团队承担的，他的勤勉，他的全身心付出的敬业精神，已令誉于诗界。"[1]承担1994年以后的《诗探索》的主要编务的吴思敬先生，与谢冕先生有着相似的宽厚性格，他们的人格魅力，令《诗探索》宽容的风度得以保持和延续，堪称诗坛佳话。

二、理性的风度

《诗探索》的宽容，既可以视为一种品格和气度，也可以看作一种理性的智慧和风度。说《诗探索》具备理性的风度，这便首先意味着它懂得自己并不可能永远站在"真理"一方，而能做到时时反省自己，这其实是最大的智慧。《诗探索》没有政治背景，也没有特定的立场或狭隘的倾向，编者始终奉行着"鼓励更多的人向诗歌美学的广度和深度进军"[2]的初心，尽可能地为更多的探索提供舞台，这是非常难得的品质。借此，《诗探索》摈弃了学术观点的排座、站队，得以专注于对当代诗学发展道路上的具体问题的思考，并凭借其自身魅力广泛吸纳了众多学者的智慧，形成了海纳百川的格局。

就像洪子诚曾经指出的那样："在文学史研究中，总会发生一部分'事实'被不断发掘，同时另一部分'事实'被不断掩埋的情形。历史的'事实'，是处在一个不断彰显、遮蔽、变易的运动之中。"[3]一本兼具宽容的气度和理性的风度的学术刊物，则可以将众多不同面貌的"事实"保存在一起，保持历史现场

---

[1] 杨匡汉：《〈诗探索〉草创期的流光疏影》，《诗探索·理论卷》2011年第2辑，第12页。
[2] 本刊编辑部：《我们需要探索》，《诗探索》1980年第1期，第3页。
[3] 洪子诚：《问题与方法——中国当代文学史研究讲稿》，生活·读书·新知三联书店2002年版，第34页。

的复杂性和多面性,成为值得当代文学研究者反复挖掘的富矿。

1991年,前文提及的"朦胧诗论争"中的主角之一——丁力,曾这样说道:"10年论战归乡土。被谢冕等崛起论者捆在一起的破碎的朦胧派,已到了朦胧派的破碎的境地了,历史已划出了这条轨迹。人们把我作为谢冕的论敌,以为我是反对朦胧诗的,我的老友中也有这种误会。这次我要讲一讲反对古怪诗的问题,我只反对古怪诗,不一概反对朦胧诗,我还赞成云中月、雾里花,美人头上披轻纱的朦胧艺术美。我只反对流沙河指出的一团糨糊似的朦胧,即萎靡晦涩的古怪诗,我至今仍认为晦涩是诗的也是文学的癌症。"[1]此时的"朦胧诗"早已走下神坛,人们的探讨似乎更有可能平心静气。再回首之际,我们也有可能会发现,丁力对"朦胧诗"和"古怪诗"的区分,或许不无道理。而美国学者陈小眉也已指出,无论是拥护"朦胧诗"的还是反对"朦胧诗"的,其实都有着相似的盲区:"不论是朦胧诗的倡导者还是批评者,他们对这些诗歌的定义,都是建立在对西方现代诗歌不甚了解的基础上的……朦胧诗争论的双方都'误读'了西方现代主义"[2]。其实早在《诗探索》1980年的创刊号上,作为朦胧诗风的重要反对者之一,诗人艾青就在这一期的篇首访谈中这样说道:"中国人,有些年轻人中间,学外国看不懂的诗。看不懂怎么学?学外国的看不懂。这个倾向,我以为是应该排斥的。"[3]"看不懂怎么学"的诘问,在今天仍不能不引起我们的反思。

出于同样的理性,在《诗探索》1994年的复刊号上,又同时容纳了谢冕和郑敏两位学者其实完全对立的观点。谢冕在当期发表的《从诗体革命到诗学革命》一文中提出:

> 新诗美学建构只能在现代性的涵盖下,以能够传达现代人的审美需要以

---

[1] 丁慨然:《银杏树老挺且直——记父亲丁力人生的最后五年》,《诗探索》总第16辑(1994),第80页。

[2] [美]陈小眉:《被"误读"的西方现代主义——论朦胧诗运动》,见张柠、董外平编:《思想的时差——海外学者论中国当代文学》,北京大学出版社2013年版,第163页。

[3] 艾青:《答〈诗探索〉编辑问》,《诗探索》1980年第1期,第7页。

及融有一种现代审美内涵的思维方式、艺术方式和价值判断等。告别古典，走向现代，是这一诗学运作的基本思想。中国诗史更为艰难的一页是现代诗学的提出和建立。这是新诗运动向着深层的发展的标志。唯有完成现代诗学对于古典诗学的战胜，中国新诗才能完全独立地站在几千年诗史中而不会被历史淘汰。[1]

而郑敏在《我们的新诗遇到了什么问题？》一文中则指出：

我们必须寻找自己的光源，它就在诗人的自我矿藏和他的文化传统，他的母语诗作宝库中。[2]

21世纪中国新诗的创作应当在不断地对几千年诗歌的回顾与前瞻中进行。这就是文化、艺术、文学的延续、发展与交流。否则我们所能拿到的只是自我埋葬后的荒凉与贫乏。[3]

谢冕强调对"古典诗学"的战胜，郑敏则强调了对"几千年诗学传统"的接续，他们的观点虽然没有直接交锋，其实却是针锋相对。而在同一期刊物上，张颐武的观点，则未尝不可看作是对谢冕和郑敏的观点的中和：

我想，对"现代性"的超越会带来新的"中华性"的崛起。所谓"中华性"指的是对古典性／现代性的二元对立的全面超越，也是从时间性的文化和诗歌表述转向空间性的努力。它不是像传统／现代一样属于对时间的探究，而是在全球文化的多元共生，众声喧哗中寻找汉语文化的特性的尝试，它是植根于当代文化中我们自身的母语与空间的探究。[4]

---

[1] 谢冕：《从诗体革命到诗学革命》，《诗探索》总第13辑（1994），第11页。
[2] 郑敏：《我们的新诗遇到了什么问题？》，《诗探索》总第13辑（1994），第24页。
[3] 郑敏：《我们的新诗遇到了什么问题？》，《诗探索》总第13辑（1994），第26页。
[4] 张颐武：《断裂中的生长："中华性"的寻求——"后新时期"诗歌的前途》，《诗探索》总第13辑（1994），第43页。

各种不同的观点同时并存于同一期刊物之上，恰好组成了如巴赫金所言的"复调"场景："这里恰是众多的地位平等的意识连同它们各自的世界，结合在某个统一的事件之中，而互相间不发生融合。"[1]正是这样一个以理性为基础的差异空间的营建，取代了同一性的压制，为进一步深入的探索提供了可能。《诗探索》所丢弃的，是刊物主编的特权，收获的则是多样化的思考。保持差异又没有激化矛盾的状态，而不是一味地寻求乃至于谋求共识，应该是一本充满活力的刊物的最佳状态，《诗探索》已经达成了这一理想。

　　《诗探索》的理性，使它总是能站在最清醒的位置，既不会将刊物变为唯我独尊的"一言堂"，也不会轻易被论者的观点所同化。或许，刊物的编者并非没有自己的价值判断，而是为了一个"百花齐放"的格局这一更大的价值而暂时搁置了自己的价值，"听听、看看、想想，不要急于'采取行动'"[2]。我们今天再回过头看，很可能会发现：当时探讨的一些诗学问题，答案已经显露在同一期刊物上各抒己见的争鸣中。这既可谓之弗洛伊德的"无意识，"也可以看作德里达所说的"踪迹"的"浑然"，却都是《诗探索》始终保持着理性的风度所达成的效果。

　　大约是依据着相似的理性原则，1994年复刊后的第1期《诗探索》(总第13辑)，在组织关于"顾城之死"的稿件时，也体现了"各抒己见"的理性精神。文昕的《最后的顾城》一文，明显偏袒于顾城，而不乏对谢烨谴责之意："在将顾城推给咪咪(即英儿——引注)，而咪逃走之后，她(指谢烨——引注)希望顾城去死！她对顾城进行关于死的心理导向，但令她遗憾的是顾城不想自杀了！"[3]；"他(指顾城——引注)不可能在短短的半年多的时间里连续地接受来自两个他心爱的女性的这种情感的摧残……他不仅被他爱的女人们抛弃，也最终被他自己所抛弃……顾城，我怎么能不为你痛哭！为你悲惨的

---

[1] [苏]巴赫金：《陀思妥耶夫斯基诗学问题》，见《巴赫金全集》(第五卷)，白春仁等译，河北教育出版社，1998年版，第4页。

[2] 谢冕：《在新的崛起面前》，《诗探索》1980年第1期，第13页。

[3] 文昕：《最后的顾城》，《诗探索》总第13辑(1994)，第125页。

命运痛哭？！"[1]相对于只将痛哭献给顾城的文昕，姜娜的《顾城谢烨寻求静川》一文，同时对顾城和谢烨表示了同情，她认为："我毫不怀疑他们的道德品质（因为我爱他们两个人），他们的一切都是他们很自我的使然。他们走向静川。"[2]唐晓渡的《顾城之死》一文，则在人生哲学的维度上提出："顾城对天国的需要远远超出了天国对他的需要。我相信这一深刻矛盾是导致他最终疯狂的重要原因"[3]；"米兰·昆德拉在他的小说中曾多次谈到并致力探讨所谓'存在的不能承受之轻'。他笔下主人公的死亡大多与此有关。在我看来，这种'轻'也是驱使顾城最终走向毁灭的主要压力。"[4]

作为这一期《诗探索》的主编，吴思敬先生对顾城之死也有着自己的看法："上述说法虽也提供了观照顾城之死的某些角度，但若断言其中某点便是造成顾城之死的直接原因，尚缺乏足够的说服力……对顾城之死仅仅停留在感情层面上去叹惋或怒斥，是远远不够的。我们需要的是对顾城其人其作的全面的考察与理性的审视。"[5]他在《〈英儿〉与顾城之死》一文中，分别从"天国花园理想的破灭""偏执的心理固着""诗歌创作的枯竭感""轻生死的观念和对'死亡美'的推崇"等多个角度阐述了自己对"顾城之死"的认识。既有自己的观点，又尊重其他人的观点，吴思敬先生在1994年《诗探索》的复刊号上编发关于"顾城之死"的文章时，无疑也表现出了最可贵的理性精神。或许正是因为他最清楚：哪怕是立场最坚定的判断，仍不过是由自己的视角出发的一种猜测。

毋庸讳言，正是因为《诗探索》的宽容，《诗探索》的稿件有时在质量上并不在同一层次上，但这种"远近高低各不同"的胜景，却值得珍视。或许就像赵毅衡在《诗探索》1994年复刊号上所言："可以设想一盆水端平，如长白

---

[1] 文昕：《最后的顾城》，《诗探索》总第 13 辑（1994），第 126 页。

[2] 姜娜：《顾城谢烨寻求静川》，《诗探索》总第 13 辑（1994），第 130 页。

[3] 唐晓渡：《顾城之死》，《诗探索》总第 13 辑（1994），第 146 页。

[4] 唐晓渡：《顾城之死》，《诗探索》总第 13 辑（1994），第 155 页。

[5] 吴思敬：《〈英儿〉与顾城之死》，《文艺争鸣》1994 年第 1 期，第 35 页。

山天池。边际周全，即无运动；有缺口才形成瀑流、江河。"[1] "远近高低各不同"，更加真实地保存和反映了当代诗坛的评论生态，也凸显了《诗探索》的理性风度。

艾青在《诗探索》1994年复刊号上的《诗人要自信——对〈诗探索〉复刊的希望》一文中这样说道：

> 诗歌要发展，要繁荣，离不开争论、探索。《诗探索》的名字起得不错。写诗就是要不断创新，不断探索。老重复过去，谁爱读呢？
>
> 探索免不了争论。争论就要吵。但不要为吵而吵，更不要不讲道理的吵。既然是探索，就允许有不同的学派，不同的观点，平心静气地讨论嘛。不要动不动就扣"方向"性的帽子。不要自封正确，而把不同意见的人说成"歧路"。我过去就诗歌问题发表过意见，一再声明是百家中的一家。[2]

而在1994年复刊号上的征订广告中，《诗探索》的编者也再次重申了这一点：

> 《诗探索》贯彻双百方针，强调学术观点的多样化和独特性，是诗人、学者探索与争鸣的讲坛。[3]

杨匡汉在2011年回顾《诗探索》的创办过程时，又发表了类似的感慨：

> 办这样的刊物，个人最重要的感受是：在学术面前，权威、作者和读者都是平等的；在真理面前，编者可以不统一对方的观点，但必须以学术良知与雅量，保障他们发表说理的意见的权利；在发展中的诗歌面前，一时不可能有什

---

[1] 赵毅衡：《文本离场批评进场——当代诗学的逆向传达》，《诗探索》总第13辑（1994），第43页。
[2] 艾青：《诗人要自信——对〈诗探索〉复刊的希望》，《诗探索》总第13辑（1994），第1—2页。
[3]《欢迎订阅〈诗探索〉》，《诗探索》总第13辑（1994），第186页。

么绝对性的结论，大家都在路上，结论只能是探索、再探索。"探索"也是不断反思、上下求索、获取新知的庄严的时代命题。[1]

上述三段话，反复表现出了《诗探索》的宽容气度和理性风度。《诗探索》正是凭借着这一品格，在不断地探索中赢得了人们的尊重，在时间之树上结出了诗学理论的丰硕果实。

三、先锋的高度

回眸《诗探索》创办40年来所走过的道路，我们可以发现它始终站在新诗理论探索的前沿，保持着先锋的敏锐和高度的挺拔身姿。其先锋性尤其突出表现在这样两个方面：其一，通过不断地回应新诗创作中的热点问题，紧密追踪新诗创作实践来启发深刻的思考；其二，通过不断地提出新的议题，着力引导讨论者从空泛的感性议论转向实在而具体的诗学问题探讨。无论是回应问题还是提出问题，《诗探索》始终致力于促进生成新的认识。

在1980年12月出版的《诗探索》创刊号上，"新诗发展问题探讨"专栏曾发表了王光明先生的综述文章《探索新诗发展问题的意见综述》，分别从新诗的散文化问题、新诗的发展道路问题、诗歌中的"自我"形象问题、如何评价朦胧诗的问题等四个方面，对当年的新诗理论热点话题进行了总结和概述，并提出了自己的见解，至今仍能对我们有所启发。由此开端，《诗探索》常年开设了"诗歌理论动态""诗坛态势剖析"等专栏，始终保持着关注新诗发展中遇到的问题的传统，使其成为探讨新诗理论问题的前沿阵地。1994年第1期《诗探索》发表的程光炜的文章《新诗发展态势剖析》即是这一传统的延续。在这篇文章中，程光炜异常敏锐地指出："诗歌的发展必然会向两个层次上分化，即'沙龙诗人'和'大众读者'"[2]，在这样的大背景下，"写作不再是宣言

---

[1] 杨匡汉：《〈诗探索〉草创期的流光疏影》，《诗探索·理论卷》2011年第2辑，第12页。
[2] 程光炜：《新诗发展态势剖析》，《诗探索》总第13辑（1994），第45页。

的对垒和骂战声的高低，而实际上变成了人格、阅读和修养上的有力较量，诗人的真正品质，只有在这里才最大限度地显示出来。"[1]作者自己似乎也没有意识到，他在这篇对新诗发展动态的观察中，已经预言了5年后他所说的"沙龙诗人"即"知识分子写作"和"民间写作"的分野。这绝非是因为作者有着超乎常人的神秘能力，而是源于他对当代诗坛创作情况的深刻洞察，而这也正是《诗探索》所追求的一种品格。

对于新诗发展进程中的那些"卡脖子"的关键问题，《诗探索》常能及时组织稿件展开讨论，启发人们对问题的思考。1980年第1期上关于朦胧诗问题的讨论、关于新诗民族化等问题的讨论是如此，1994年第1辑复刊号（总第13辑）上，关于"诗到语言为止"的讨论也同样如此。

"诗到语言为止"，是韩东1988年提出的命题[2]，自发表后就引起了持续不断的争议，影响很大，误解也很多。很多读者脱离了具体语境来看这个口号，难免会产生这样浮表的认识："事实上诗到语言，只不过刚刚开始。诗歌仅仅是经过语言，可是并不停留下来，在那里定居，诗歌的前程还很远。诗到语言仅仅只是刚刚接触到诗歌的皮毛。如果在这里停下来，真是太可惜了，不说是残废的诗歌，起码是短视的诗歌，没有前途，无异于自暴自弃。"[3]自1985年停刊后沉寂了8年的《诗探索》，在1994年的复刊号上首先抓住这一命题来予以讨论，恐怕并非偶然。在这期刊物上，韩东在《〈他们〉略说》一文中首先对这一口号进行了澄清："回到诗歌本身是《他们》的一致倾向。'形式主义'和'诗到语言为止'是这一主张的不同提法。"[4]这说明，"诗到语言为止"这一口号的用意，其实无非是想要摒弃诗歌以外的因素对诗的破坏，只是在表述上不太周严，难免众议纷纭。如果人们能早点读到韩东的这篇文章，将"诗到语言为止"替换为"回到诗歌本身"，恐怕也就不会引起那么多的纷争了。

---

[1] 程光炜：《新诗发展态势剖析》，《诗探索》总第13辑（1994），第46页。
[2] 韩东：《自传与诗见》，《诗歌报》第92期，1988年7月6日，第3版。
[3] 刘歌：《刘歌网络文学作品——先锋的幻想》，国际文化出版公司，2004年，第18页。
[4] 韩东：《〈他们〉略说》，《诗探索》总第13辑（1994），第162页。

在同一期刊物上，紧接着韩东的文章，贺奕在《"诗到语言为止"一辨》一文中也这样强调到：

是，诗人的写作是在尘世中进行的，即使关门闭户他也不可能做到六根清净。各种各样无形的力量推动、左右、吞噬着他。书本和经验，文化和常识，习惯和心情，灵感和偏头痛。这一切都将对他的诗歌产生决定性的影响。然而，它们又都不足以作为诗歌品质高下优劣的评判。说得彻底一点，它们正是必须在诗歌中加以不断摒弃的东西。

"诗到语言为止"强调的正是这一不断摒弃的过程。它是对于诗歌纯正本质的维护。即使当诗人感到做一个考古学家或文化学家心有余而力不足，只好权且诉诸诗作来表达他对于所谓历史、文化的见识时，那他也必须明白，这种表达必须完全服从于诗歌独特的语言方式。[1]

贺奕的文章，是对韩东观点的有效补充，进一步澄清了"诗到语言为止"的"纯正"含义。读过了这两篇文章，关于这一口号的争议其实也就完全可以画上休止符了。

类似的例子不胜枚举。如《诗探索》总第13辑（1994）发表的耿占春的《群岛上的谈话》一文，针对着诗坛上"有些诗除了花样翻新什么也不是"的现象，提出了这样的忠告："也许在种种文体的试验与洗礼之中，抒情传统会显示出新的活力。在'用语词写诗'成为诗人的自觉之后，'用生命写作'也不会真的陈旧过时。"[2]他对"抒情传统"和"用生命写作"的强调，不仅切中时弊，也正好应和了王德威的呼吁："我们吝于或怯于'抒情'，殊不知情与志、情与辞的复杂结合，正是文学之所以为文学的关键。"[3]这些为解决当年的诗学问题

---

[1] 贺奕：《"诗到语言为止"一辨》，《诗探索》总第13辑（1994），第165页。

[2] 耿占春：《群岛上的谈话》，《诗探索》总第13辑（1994），第36页。

[3] 王德威：《"有情"的历史——抒情传统与中国文学现代性》，见陈国球、王德威编：《抒情之现代性："抒情传统"论述与中国文学研究》，生活·读书·新知三联书店2014年版，第813页。

而发表的言论,直到今天仍能给人以有益的提醒。

再如,在《诗探索》1999年第1辑上,发表了孙绍振的文章《关于所谓"脱离人民"的理论基础》,他针对着"不少发言者批评当前的新诗'脱离人民'"的现象而指出:

> 人民的名义是崇高的、神圣的。但是许多野蛮的、令人齿冷的惨剧都是在这样崇高、神圣的名义下进行的。
>
> 人民是由个体的人组合成的,因而是与每一个体不言而喻地联系在一起的。但是,在我们传统的诗歌理论中,人民是一个抽象的集体概念,它是与人民的每一个成员毫不相干的。人民这个核心概念所从属的,不是每一个具体的个人,而是种种抽象的政治规定。此外,还有一个可以说是中国的特殊国情的理论。在政治上知识分子是人民的一部分,在艺术里知识分子却处于一种人民与反人民之间的暧昧状态。在政治上人民是伟大历史的创造者,而在艺术作品里,知识分子却不是处在这个伟大历史的创造者的统一体里。若是要表现知识分子的思想情感,而不是处在某种被讽刺、被改造的地位,就可能被称之为脱离人民的。如果你要坚持,那你就可能从脱离人民变成反人民的。
>
> 作为人民的具体成员,不管是工人农民还是知识分子(特别是知识分子),是不能代表人民的,代表人民的只能是当时的政策……人民这个抽象的概念剥夺了诗人对自己的感觉、知觉、意志、情绪、想象、判断的权力和信念。个人等于零,一切都取决于那个弹性很大的人民的集体的概念;其实也就是不断变幻的政治的、政策的和宣传的需要。[1]

实际上,类似的指责直到今天仍旧存在着,孙绍振对所谓"脱离人民"的理论基础的分析,对我们今天怎样写诗仍有启发。那些昔日的思想光芒,仍在灼烧我们今天的眼睛。那些昔日里曾站在诗歌理论前沿的先锋论点,在今日看

---

[1] 孙绍振:《关于所谓"脱离人民"的理论基础——根据在张家港诗会上的发言重写》,《诗探索》1999年第1辑,第14—15页。

来仍旧保持着先锋性。

除了紧密贴合创作实际,不断回应诗坛热点话题,《诗探索》还经常能够主动设置议题,引导诗歌研究界的思考。这方面最典型的案例,莫过于《诗探索》自1996年总第22辑开始组织的关于"字思维"的大讨论。这一期《诗探索》,在转发了画家石虎在1996年2月1日《文论报》发表的《论字思维》一文的同时,还同时配发了这样的"编者按":

著名画家石虎先生的《论字思维》一文,涉及了汉字的结构与汉语诗歌的语言特质的关系,第一次将"字"的问题提升到一种诗学的价值高度。该文提出的汉字是汉语诗歌诗意本源的思想,"亚文字图式"的构成法则,以及"中国人的字信仰"问题、"汉字有道"问题、"汉字的两象思维"问题等等,不仅为中国诗学的研究提供了一个新的视角,而且对于思考中国母语文化的独特性等更为广泛的问题亦不无启示。当然由于这是一个全新的问题,石虎先生的观点尚有待于进一步的论证、充实、驳难、修正。为此,本刊决定开辟专栏,对这一问题进行深入的探讨,以期引起更多的人对这一问题的关注,并希望由此对汉诗的研究进而对中国母语文化的研究形成一个新的突破口。欢迎读者来信、来稿。[1]

自这一期《诗探索》始,先后有余仰仲、李震、梁小斌、申小龙、胡子、郑敏、洪迪、晨声、滕守尧、徐德江、郑敏、高秀芹、王岳川、章燕、洪迪、黄河、邹建军、章亚昕、王一川、魏家川、吕家乡、段从学、高玉、沈奇、孟泽、西渡等数十人在《"字思维"与中国现代诗学》这一专栏中发表文章,展开了近十年的持续讨论。就像《诗探索》的编者所期待的那样,参与讨论的观点中,既有对"字思维"的"论证"和"充实",也不乏"驳难"和"修正"的声音。

《诗探索》1999年第1辑上,吕家乡和段从学两位学者的观点,便属于"驳

---

[1] "编者按",《诗探索》总第22辑(1996),第8页。

难"和"修正"之列。吕家乡在《字思维·旧诗·新诗》一文中犀利地指出:"诗思维和字思维既有联系又有区别。诗思维也是不断发展演变的。总的趋势是字思维和诗思维的差距越来越大"[1];"写诗和造字在性质上毕竟是不可混同的两种创造。"[2] 段从学在《形而上学的"字思维"及其讨论》一文中也同样尖锐地指出:"这种以汉字的象形性为基础建立起来的形而上学诗观,不仅留存着将诗性等同于形象性'形象思维说'的残余,更重要的是它以维护同一性为目标,不仅压抑和忽视了中国文化的内部差异性,而且将诗意本源归结在某种已在的现成之物中,从而使诗歌写作失去了生成新书写的开放性"[3];"'字思维'说的形而上学本性,不仅无法开启诗意本源,使汉诗的书写从表达已在之物的工具性地位中解脱出来,反而具有压制写作,压制诗意生成的独断性。"[4]

《诗探索》开启了"'字思维'与中国现代诗学"的大讨论,在讨论的过程中,又不断地自己给自己"唱反调",用对"字思维"的"驳难"来丰富了这场大讨论,更可见其先锋性背后的宽容和理性。正是因为这次大讨论的广泛、深入,才让人们对这一命题有了更清醒的认识,就像这次讨论的组织者之一吴思敬先生总结的那样:"围绕'字思维'的讨论,不仅加深了对汉字文化内涵的认识,而且涉及对母语文化独特性的思考,涉及古老的中国文化与现代文化的衔接,这对于中国的现代诗学建设是有深远意义的。"[5]

除了"字思维与中国现代诗学"的大讨论,《诗探索》还曾经组织过"中国新诗史写作问题研究""诗歌语言研究""女性诗歌写作研究"等均产生了深远影响的大讨论。哲学家维特根斯坦说:"一个不参与讨论的哲学家就像一个从来不进入拳击场的拳击手"[6],我们也可以仿照这个句子说:"一个不参与讨论

---

[1] 吕家乡:《字思维·旧诗·新诗》,《诗探索》1999年第1辑,第111页。

[2] 吕家乡:《字思维·旧诗·新诗》,《诗探索》1999年第1辑,第119页。

[3] 段从学:《形而上学的"字思维"及其讨论》,《诗探索》1999年第1辑,第132页。

[4] 段从学:《形而上学的"字思维"及其讨论》,《诗探索》1999年第1辑,第133页。

[5] 吴思敬:《"字思维"说与现代诗学建设》,《廊坊师范学院学报》2002年第2期,第1页。

[6] Rhees, R., ed., *Recollections of Wittgenstein*, Oxford, 1984, 117. 转引自[美]帕拉·尤格拉:《智慧天使:西蒙娜·薇依传》,余东译,漓江出版社2019年版,第10页。

的诗评家就像一个从来不进拳击场的拳击手"，必将因对当代诗学现场的隔膜而走向"失语"状态。《诗探索》通过设置命题组织诗学大讨论的方式，在各抒己见的过程中锻炼了诗评家队伍，也有效地促进了诗评家对当代诗学的建构，从而让我们对当代诗学有了更多期待。

宽容的气度、理性的风度和先锋的高度，从三个不同的维度上支撑起了《诗探索》，使它成为飘扬在当代诗坛上空的一面始终引人注目的旗帜。在1980年《诗探索》创刊号上的封二和封三，曾分别发表了美术作品《伯乐》和《飞天》，在今天看来，这两幅美术作品其实仍不无象征意义。《伯乐》正代表着《诗探索》发现和扶持评论人才的伯乐精神，而《飞天》，则是《诗探索》一直勇于探索的标志。就如同吴思敬在《诗探索》创刊30周年座谈会上所说的那样："从当前来看，《诗探索》在30年的中国当代诗歌发展历程中已经起到了它应起的作用。从长远来看，《诗探索》作为一份专门的诗歌理论研究刊物，肯定对未来的诗歌研究者、文学史研究者有重要的参考价值。"[1]随着时间的流逝，《诗探索》对于中国诗歌研究的参考价值必将会日益凸显出来，因为它兼具宽容的气度、理性的风度和先锋的高度，始终是充满活力的探索，始终是一处值得反复挖掘的宝藏。

作者单位：河北科技师范学院文法学院

---

[1] 王夫刚整理：《坚持民间立场　恪守诗歌精神——〈诗探索〉创刊30周年座谈会纪要》，《诗探索·理论卷》2011年第2辑，第26—27页。

《诗探索》与"朦胧诗"叙事

霍俊明

探索的精神永存
——《诗探索》发刊词

《诗探索》创刊于 1980 年 12 月,至今已 40 年,其间因为经费原因经历过八年半之久(1985 年 7 月—1994 年 1 月)的停刊[1]以及七次更换出版社的艰难时刻[2]。这印证了一份诗学刊物极其艰难的生存境遇、经济压力以及复杂多变的文化生态[3]。

作为第一份全国性的以诗歌理论与批评为办刊方向的刊物,《诗探索》已然通过一系列谱系话语塑型出了诗学史的档案编年,"为当代诗歌史留下了一

---

[1] 当时没有停刊启事,按谢冕的说法是"《诗探索》放假"。
[2] 创刊时为四川人民出版社,此后更换为中国社会科学出版社、首都师范大学出版社、天津社会科学院出版社、时代文艺出版社、漓江出版社、九州出版社、作家出版社。
[3] 1982 年第 1 期标注印数为 25500,第二期印数为 25400,第三期印数为 22000,第 4 期印数为 22000。1984 年 7 月出版总第 10 期的时候印数已经大幅缩减为 15000 册。1984 年 11 月出刊总第 11 期的时候印数已经急剧下降到了 9800 册,到了 1985 年 7 月的总第 12 期印数更是跌落到 5700 册。1994 年复刊后《诗探索》更是面临着发行压力和经济压力,不得不在各地成立代销站。《诗探索》总第 22 辑(1996)在显著位置标注"四川矛盾实业有限公司资助""画家石虎先生资助",这代表了纯"诗学"刊物维持运营的窘迫与尴尬境地。

座活生生的诗歌博物馆"[1]。《诗探索》并非"学院化"或"知识分子化"的圈子刊物，而是如其发刊词所标明的一样，一直秉承了"自由争论、多样化、独创性"的主张，坚持了独立、开放、探索和争鸣的方向，"探索之无止境，正与前进相同。这是已为生活发展的历史，也是新诗发展的历史所昭示了的。要是有一天，我们的诗人和诗评家竟然停止了探索，诗，也就停滞不前了。"[2]《诗探索》创刊30周年之际谢冕再次强调"30年来，它以非凡的坚定和毅力，始终坚持学术的、公益的、非营利的、同时也是非官方而不含贬义的'知识分子'的和'民间'的立场。"[3]

1980年前后的诗学争论形成的诗歌生态和文化场域使得《诗探索》从创办伊始就对重要的诗学问题和诗歌现象予以了格外关注。如果从创刊背景、直接动因以及专题史的角度考量，这40年间最值得我们重读和关注的正是《诗探索》与"朦胧诗"话语谱系及诗歌史叙事所发生的互动、共生关系。40年间，"朦胧诗"的发生、边界、谱系、"前史"构造（包括"地下诗歌"、食指以及白洋淀诗群）以及诗人定位都发生了巨大变化，这自然影响到了相应的研究、选本文化以及诗歌史叙事。

1980年：新的时代课题或精神词源

公刘在1979年3月14日这天完成了一篇关于青年诗人顾城的文章《新的课题——从顾城同志的几首诗谈起》。此后逐渐扩大、加深甚至产生重大分歧的"古怪诗""朦胧诗""新诗潮"的论争构成了新的时代课题。

1980年成为《诗探索》的起点、诗学原点和精神词源，而关键词就是"探索"。这一聚焦于"探索"的办刊宗旨和方向实则是与那一时期的"思想解

---

[1] 程光炜:《吴思敬先生印象》,《南方文坛》2013年第4期。
[2]《我们需要探索》,《诗探索》1980年第1期。
[3] 谢冕:《为梦想和激情的时代作证——纪念〈诗探索〉创刊30周年》,《诗探索·理论卷》2011年第2辑。

放""拨乱反正"和"社会主义现代化"深入互动的结果[1]。"探索"确实是20世纪七八十年代之交的时代主题——比如于1979年1月8日创办的民刊《探索》。但是极其难得的是在40年的创刊过程中《诗探索》一直将"探索"作为宗旨和标准，而"探索"就必须对时代和诗学的禁区予以突破。

《诗探索》之所以"选择"在1980年创刊，是有着深层的文化背景和动因的，尤其是与"朦胧诗"的论争直接相关。1980年4月7日至22日"全国当代诗歌讨论会"（史称"南宁诗会"）在广西南宁、桂林召开，谢冕、孙绍振、洪子诚、刘登翰等"朦胧诗"支持派（当时被反对方指认为是"古怪诗"理论家）对"传统派"集体发难，将论争予以扩散并辐射到全国。孙绍振在后来提到自己的激烈发言是因为会议组织者张炯让他"放一炮"[2]。尽管时为吉林大学中文系学生的徐敬亚并未参会，但是其论文《复苏的缪斯——1976至1979中国诗坛三年回顾》在会上被传阅、讨论。

"南宁会议"直接推动了《诗探索》的创刊，"《诗探索》是'南宁诗会'的副产品和'可持续发展'的学术平台。"[3]《诗探索》于1980年7月召开筹备会并成立编委会[4]，12月宣布创刊[5]。谢冕强调《诗探索》之所以急匆匆地要赶在1980年代的第一年问世，"是要为那个梦想和激情的年代作证，为中国文学艺术的拨乱反正作证，为中国新诗的再生和崛起作证。《诗探索》和'朦胧诗'理所当然地成为中国新的文艺复兴时代的报春燕。"[6]这一起点和文化环境决定了

---

[1] 1978年12月18—22日，十一届三中全会召开。没过多久，1979年1月诗刊社召集了全国诗歌创作座谈会。

[2] 王尧：《"三个崛起"前后——新时期文学口述史之二》，《文艺争鸣》2009年第6期。

[3] 杨匡汉：《〈诗探索〉草创期的流光疏影》，《诗探索·理论卷》2011年第2辑。

[4] 雷业洪、楼肇明、王光明、刘士杰等参与协助编辑工作和组稿工作，吴思敬从总第11辑开始负责具体的编辑工作（该期在版权页单独标出吴思敬为责任编辑）。

[5] 吴思敬、王士强：《诗路纪程三十年——诗评家吴思敬访谈》，《星星》（理论刊）2011年第3期。《诗探索》创刊号并未公布整个编辑部的构成，而是到1981年第1期才公布了主编（谢冕）、副主编（丁力、杨匡汉）以及由16人组成的编委会。

[6] 谢冕：《为梦想和激情的时代作证——纪念〈诗探索〉创刊30周年》，《诗探索·理论卷》2011年第2辑。

《诗探索》此后的办刊方向。

"南宁会议"一个月之后,"三个崛起"的开篇之作《在新的崛起面前》首发于1980年5月7日的《光明日报》,而往往被忽略的是这篇文章还刊发在《诗探索》的创刊号上,而谢冕正是该刊主编。从1980年的下半年开始,关于诗歌的"朦胧""不懂""晦涩""古怪""传统"以及"朦胧诗""崛起"成为激烈讨论的关键词。与此同时,诗歌理论和评论工作的重要性就被空前地凸显出来,而长期以来诗歌批评和研究队伍积贫积弱的状况以及诗歌批评专业平台长期缺乏的历史必须予以拨正和改观。

从刊物的文化机制来看,1980年开始越来越多的刊物和报纸参与到"朦胧诗"的讨论中来。1980年8月号的诗刊刊发了在当时引发巨大争议和连锁反应的《令人气闷的"朦胧"》。诗刊社在1980年9月20—27日月召开了全国诗歌理论座谈会,史称"定福庄会议"。在这次"热烈而冷静的交锋"中,北京和外地的诗歌理论工作者以及《文艺报》《星星》《海韵》《诗探索》的代表共二十人参会。《诗探索》的主编谢冕、副主编丁力、杨匡汉以及孙绍振、吴思敬等参加了此次会议。"定福庄诗会"正处于《诗探索》创刊号的紧张编稿阶段,作为编委之一的孙绍振从福建被紧急叫来编稿,当时住在北京前门附近的一个小旅馆里,所以孙绍振也参加了这个诗会。

1981年3月号的《诗刊》推出孙绍振的《新的美学原则在崛起》[1],1983年《当代文艺思潮》第1期刊发徐敬亚的《崛起的诗群——评我国诗歌的现代倾向》。通过谢冕、孙绍振和徐敬亚后来的回忆文章以及口述资料,我们发现这三篇文章的发表和引发的争议都是与此相关的三个报刊事先"谋划"好的,即文本的"异质性"已经引起关注并且要以此为"靶子"来"正本清源"。实际上,当时很多刊物以及研讨会对"古怪诗""朦胧诗"的讨论大体是出自批判目的[2]。围绕着"三个崛起"多种声音共存甚至相互龃龉,而具有现代性意味的

---

[1] 原题为《欢呼新的美学原则在崛起》,发表时《诗刊》编辑做了修改。
[2] 比如《福建文艺》1980年第2期推出的"关于新诗创作问题的讨论"就是为了批判舒婷,且会前专门油印了舒婷的诗歌小册子以供"讨论"(实则是"批判")之用。

诗论主张却并不是那一时期的"主流"声音。"朦胧诗"所引发的声势浩大且长时间持续的论争以及一些保守人物的反对也使得这一时期的诗坛充满了歧见和博弈[1]。而在此过程中，《诗探索》陆续推出关于"朦胧诗"争鸣的文章，从而维护了诗歌实践以及诗歌批评作为一种"问题"和"探索"的有效方式。那一时期围绕着"朦胧诗"的论争不可能取得广泛或深度的共识，而是在不断深化、扩散又不断予以校正的"话语场"中加深了诗歌的现代性、现代主义的讨论和探索诗的写作实践。

《诗探索》创刊号专门开辟"新诗发展问题探讨"栏目，刊发了谢冕、刘湛秋等五人的讨论文章以及王光明整理的"探索新诗发展问题的意见综述"。这也是对"南宁会议"和"定福庄会议"的进一步呼应。创刊号还在"新探索"栏目中推出杨炼的诗《铸》以及评点文章。刘登翰在评价舒婷的诗作时已经注意到了诗人的"自我形象"以及抒写方式与以往诗歌的重大区别，而"朦胧诗"以及现代性诗歌的一个重要特征正是从"寻找自我"开始的。这是"人"与"诗"的时代行动，"她的抒情主人公——诗歌中的'自我'形象的独特性不仅表现在她不是从外部行动展开描写，而是从人的内心领域进行开拓，而且还表现在她所抒写的'自我形象'，不是相当长时间以来我们新诗中流行的那种充满豪言壮语的'高、大、全'英雄，而是一个普通的，甚至明显带有某些局限的年轻人的精神典型。"[2]这一代年轻诗人的"自我形象"带有怀疑论者的色彩，尤其是北岛发在《诗刊》1979年3月号的《回答》更是宣告了"怀疑一代"的诞生，而这一"怀疑"成分又是与英雄主义和理想主义糅合在一起的。创刊号还刊发了舒婷、江河、张学梦、徐敬亚、顾城、梁小斌、王小妮、高伐林等八位青年诗人的笔谈《请听听我们的声音》。1980年8月，在《诗探索》创刊筹备期间，舒婷、梁小斌等八位首届"青春诗会"的诗人在中国社会科学院文

---

[1] 1981年，舒婷的《致橡树》和梁小斌的《雪白的墙》获得1979—1980年全国中青年诗人优秀新诗获奖作品，这显然代表了主流诗歌界对具有探索倾向的年轻诗人的有限度认可，比如这份名单就没有北岛、顾城、江河、杨炼等人。

[2] 刘登翰：《从寻找自己开始——舒婷和她的诗》，《诗探索》1980年第1期。

学所二楼会议室参加《诗探索》编辑部召集的小型座谈会,这是作为"新的崛起"的集体呼声。而那一时期具有探索特征的青年诗人显然具有特殊的作用和影响力[1],也是不同诗学立场的各种力量要"争取"的特殊群体,甚至涉及诗坛话语权的争夺,"事后有人告诉我:'《诗刊》内部有人说,好不容易把他们引导过来了,《诗探索》又把他们引导回去了。'我笑曰:'但愿这是流言。大路朝天,各走半边。难道连青年人的声音也不能听吗?'"[2]

《诗探索》创刊号确实体现了"探索"精神,"探索"的途径也是多方面的,而与"探索"相对应的则是"传统"和"保守",这也要求一份刊物要具有容纳各种"探索"以及不同声音的襟怀和开放视角。《诗探索》创刊号不仅重新刊发谢冕的《在新的崛起面前》,而且允许各种声音的争论,比如同期刊发的丁慨然、单占生与谢冕的商榷文章《"新的崛起"及其他》《新诗的道路越走越窄吗?》。即使从《诗探索》内部来看,主编、副主编以及编委之间的诗学观念就有很大差异,"谢冕、丁力在学术观点上'求异',有时为了一、两篇准备发表的文章,我只好'两头跑',以沟通'求同'"[3]。作为早期《诗探索》副主编的丁力就是"古怪诗"的反对者,比如他在《新诗的发展和古怪诗》《古怪诗论质疑》等文章中就认为这些诗是"反现实主义"的"脱离现实、脱离生活,脱离时代、脱离人民"的。

关于"古怪诗""朦胧诗""读不懂的诗""思索派""现代派""现代诗"等新诗问题的论争涉及新诗传统、新诗的艺术形式(音乐化、散文化)、民族化、大众化以及诗歌中的"自我"形象等诸多问题。在时代和诗学的双重转捩点上,各种"新老"意见的碰撞、博弈甚至交锋不仅不可避免而且有时趋于白热化。那一时期的论争更多带有社会学批评的特征。从艾青回答《诗探索》编者提问的意见中我们可以看到他已经注意到了当时的各种论争,并着重对诗歌的

---

[1] 比如1979年9月9日《今天》编辑部在紫竹院公园召集的作者、编辑、读者漫谈会,北岛、芒克、江河、史康成、黄锐、徐晓、鄂复明、刘念春、黑大春、赵振先、刘建平、甘铁生、周郿英、王捷、万之等参会,他们已然在读者和"群众"中产生了不小的影响甚至冲击波。
[2] 杨匡汉:《〈诗探索〉草创期的流光疏影》,《诗探索·理论卷》2011年第2辑。
[3] 杨匡汉:《〈诗探索〉草创期的流光疏影》,《诗探索·理论卷》2011年第2辑。

"懂"与"不懂"、诗歌的现代派、诗坛新人、探索诗美学等问题发表了看法。这些看法显然已不再是个人观点而是具有代表性甚至影响效应,这也是《诗探索》将其作为开篇的原因,"中国人,有些年轻人中间,学外国看不懂的诗。看不懂怎么学?学外国的看不懂。这个倾向,我以为是应该排斥的。"[1]艾青在这里提到的"年轻人"学习外国"看不懂的诗"显然包括了北岛、顾城等人,也是针对谢冕《在新的崛起面前》一文——"一批新诗人在崛起,他们不拘一格,大胆吸收西方现代诗歌的某些表现方式,写出了一些'古怪'的诗篇。越来越多的'背离'诗歌传统的迹象。"[2]在1981年《文汇报》组织的"朦胧诗"系列讨论中艾青又发出了否定的声音[3]。

从"探讨""争鸣"到"评论员文章"

《诗探索》的"新诗发展问题探讨"栏目对于那一时期"朦胧诗"的争鸣起到了推动作用,如此高密度地推出大量争论文章[4]也印证了这份诗学理论刊物的重要性。

《诗探索》1981年第1期尽管容纳了"新旧""左中右"的各种声音[5],但是显然强化了对北岛、舒婷等青年诗人的关注,比如"新探索"栏目分别推出了关于北岛的《回答》以及舒婷《暴风过去之后》的评点文章。这些评点文章已经涉及年轻诗人在艺术上崭新的追求——比如隐喻、象征以及曲折的暗示,但更为重要的是注意到"一代人"特异的心理活动、精神世界以及诗人的主体

---

[1] 艾青:《答〈诗探索〉编者问》,《诗探索》1980年第1期。
[2] 谢冕:《在新的崛起面前》,《光明日报》1980年5月7日,《诗探索》创刊号再次刊发此文。
[3] 艾青:《从朦胧诗谈起》,《文汇报》1981年5月12日。
[4] 创刊号推出6篇,1981推出17篇(其中3篇是"新诗的争鸣"),1982年推出19篇。从总第10期(1984年7月)开始,"新诗发展问题探讨"被替换为"新诗发展问题论坛",推出3篇,总第11期(1984年11月)推出3篇。
[5] 比如严辰的《给青年作者的新》对1940年代的象征派、现代派以及连诗人自己都不懂的诗提出了批评。

形象，而诗歌中的"话语角色"或"角色意识"一直是当时和后来关于"朦胧诗"或"新诗潮"诗歌史叙事中格外倚重和强化的部分，"它来自一代被'史无前例'的现代迷信所愚弄、欺骗、践踏、损害的心灵。偶像的崩塌，宗教彩漆的剥落，一时的无所适从，一时的迷惘昏晕，失望、悲慨、怀疑，乃至把对什么都'不相信'的戒备心理当作防身自卫的盾和进攻的矛，是一代青年在特定历史条件下的一段心灵历程的写照。《回答》的主人公是迷惘群中的早醒者，他已经从顶礼膜拜、盲从苟合、随波逐流和浑浑噩噩的状态中解放了出来"[1]。同期还刊发了杨炼的创作谈《从临摹到创造——同友人谈诗》，文中提到的友人恰是另一位朦胧诗人江河。杨炼在文中谈到了作为语言创造出来的诗歌世界的特殊性以及隐喻、象征和"变形"化的修辞，而这对应于一个诗人真切地理解生活真相的能力以及深度的精神透视能力。在1980年代语境中具有现代性特征的修辞往往被视为是"反传统、反现实、反生活"的，而《新诗的真假现实主义》(1981年第2期)则认为北岛《回答》一诗突破了对现实的模拟，而以象征等新颖的手法写出鲜有的感受正是代表了真正的现实主义。值得注意的是《诗探索》1981年第1期刊发了长达24页的《法国象征主义诗歌概观》(张英伦)。尽管作者提出法国象征主义诗歌的个人自由主义和非社会政治倾向于今"毫无意义"，但是艺术上的成功经验却值得借鉴。这实则是从现代主义诗歌"传统"和"世界视野"的角度肯定了"朦胧诗"一代人的艺术探索。赵毅衡对"意象""语象""比喻的老化与活化""象征""私立象征"的详细介绍实则在"诗学"的层面呼应了那一时期探索诗歌的真正写作动因和"现代性传统"的机制[2]。北岛则强调"诗歌面临着形式的危机，许多陈旧的表现手段已经远不够用了，隐喻、象征、通感、改变视角和透视关系、打破时空秩序等手法为我们提供了新的前景。我试图把电影蒙太奇的手法引入自己的诗中，造成意象的撞击和迅速转换，激发人们的想象力来填补大幅度跳跃留下的空白。另外，我还

---

[1] 楼肇明：《〈回答〉评点》，《诗探索》1981年第1期。
[2] 赵毅衡：《诗歌语言研究中的几个基本概念》，《诗探索》1981年第4期。

十分注重诗歌的容纳量,潜意识和瞬间感受的捕捉。"[1]

"新诗发展问题探讨""新诗发展问题论坛"作为《诗探索》的常设栏目关注新诗问题尤其是"朦胧诗"的争论,而其他的栏目"诗窗""诗人诗作研究""诗艺""诗通讯"等也尽可能地以多侧面的形式参与了那一时期的争鸣。

"诗窗"栏目多为译介文论或者关于外国诗歌的研究文章,而它们恰恰从"世界视角"给青年诗人的探索提供了合法化的理论依据和作为"西方传统"的写作事实。裘小龙选译的T. S. 艾略特的《观点》从"诗的意象""'难懂的'诗歌""听觉想象"等几个方面精准对应了当时诗学论争的核心问题,也回复到了诗歌本体的创作规律,"还有一种难懂的诗歌,那是因为著者省略了一些读者惯于读到的东西,故而,读者就莫名其妙,摸索着找那不在的东西,绞尽脑汁想要发现其实是没有的那层'意义',也是诗人本不想有的意义。"1981年第3期郑敏的《英美诗创作中的物我关系》就是从当时的诗歌论争来切入的,"最近关于新诗创作的讨论触及一个深刻的理论问题,这就是诗创作中的物我关系,或主客观关系。对于诗应当反映客观,没有人提出疑问。但对诗可不可以写'我',能不能以'我'为主要表达对象,以及诗人的'我'对他或她的创作活动有什么关系,则有争论。"

1981年第3期《诗探索》对"朦胧诗"论争的关注度空前加大,不仅"新诗发展问题探讨"集中推出六篇文章,而且杨匡汉的《歌唱的八十年代第一个春天——评一九八〇年诗歌创作》和吴嘉的《思索·尝试·前进——诗林漫步》年度诗歌综论文章都提到了青年诗人创作的新趋向。刘湛秋则在看似与新诗问题争论不太具有关联的《新诗出版发行令人忧虑》中开门见山地对青年和中年诗歌作者的不断崛起予以了肯定。卞之琳在《今日新诗面临的艺术问题》为"难懂的诗"予以了一定程度的维护,同时也指出诗歌的创新和探索不能走向另一个极端,比如废除标点而任意排列诗行的做法。针对章明的《令人气闷的"朦胧"》一文卞之琳也予以了回应,"新诗经过多年的停滞以至退化,近两年(严格说是从1978下半年或1979年初算起)也涌现了一些并非'穿了制服'的

---

[1]北岛:《百家诗论小札》,《诗探索》1981年第4期。

新诗，争取到刊物上一角的位置。于是不少有地位的诗人和批评家马上齐声非议。反对的唯一理由是'难懂'。长久以来，在国内，'难懂'二字，对于一位诗人压力很大，所以不要因为易用而随便滥用。"这一期"新诗发展问题探讨"集中围绕着孙绍振的《新的美学原则在崛起》展开争鸣。李元洛在《是什么"新的美学原则"？——与孙绍振同志商榷》[1]从"社会主义诗歌"和"马克思主义美学"的根本性问题的角度质疑了"排斥时代精神和人民情感"的"自我表现""表现自我"的诗歌实践及创作观念。其时，争论时所涉及的"自我""个人""小我"是与"人民""大众""大我"极其复杂地缠绕在一起的，甚至由此形成的观点是不相容的。此时，一些文章已经注意到了以北岛、舒婷为代表的青年诗人不只是通过象征和隐喻指向了现实和自我，而且还有一个极其重要的历史背景，即"文革"动乱十年对他们形成的整体压抑，其中被引用次数最多的是顾城的《一代人》[2]。

"新诗发展问题探讨"在延续了四期之后，在1981年第4期临时调整为"新诗的争鸣"，从"探讨"到"争鸣"证明了大规模论争的激烈程度以及引发的越来越高的社会关注度。这一期刊发了吴思敬关于江河的《让我们一起奔腾吧——献给变革者的歌》的评点。这篇文章实则是以江河为代表分析了这些年轻诗人在表现内心世界方面的探索精神和写法的意义，是一篇态度鲜明而又言说有据的支持"朦胧诗"的学理文章。这一期的"百家诗论小札"出现了北岛和江河的声音。尤其是北岛对诗歌作为独特的人性、正义和正直世界的强调以

---

[1] 该文误认为孙绍振这篇文章发表于《诗刊》4月号。1981年3月号《诗刊》推出孙绍振的《新的美学原则在崛起》是"有意为之"，即将之作为讨论的靶的使用——同期刊发了程代熙的批评文章《评〈新的美学原则在崛起〉》，"编辑部认为，当前正强调文学要为人民服务、为社会主义服务，以及坚持马克思主义美学原则方向时，这篇文章，却提出了一些值得讨论的问题"（"编者按"）。孙绍振曾托关系试图将此文从《诗刊》撤回，因为他已经知道了刊发此文的目的以及可能引发的后果。

[2]《目前新诗的美学突破》（鹿国治）则以北岛、舒婷、顾城、江河和杨炼、梁小斌为例提出"人""人道主义""人性""自我""内心世界"以及"人的异化"等重要问题，并意识到这些诗歌作为现代性美学的突破。

及对传统和固化的诗歌形式进行突破的意识都具有"诗学宣言"的意味,北岛还提及诗歌的民族化并非是简单的戳记而是复杂的民族精神的挖掘和塑造。

总第10期(1984年7月)用"新诗发展问题论坛"替换"新诗发展问题探讨"。这一期"新诗发展问题论坛"刊发4篇文章,而"新时期诗歌研究"刊发了3篇,这7篇文章基本上都是围绕"朦胧诗"问题展开的。此时,对"朦胧诗"问题的关注已经不再局限于"大方向"的整体讨论框架,而是开始聚焦诗人的个体研究,比如吴思敬《追求诗的力度——江河和他的诗》以及王光明、唐晓渡合写的《舒婷诗的抒情艺术》。吴思敬的这篇文章揭示了江河诗歌的重要特质,比如"男子汉的诗""英雄气质""理性""自我和人民的混合""抒情主体的多义性""史诗性追求"。尤其是南斯拉夫的舒蒂奇·德拉加娜在《我这样看中国当代诗歌》的短论中重点肯定了舒婷和顾城的诗,因为这些诗歌代表了"人"的声音,因为他们与外国人眼中的惯常意义上的"当代诗歌"不同,"和外国诗人相比,中国诗人笔下的形象是高大的、负责的,因为这不是一个诗人,而往往是一个伟大的革命家在说话。因此我们必须先放弃一般的艺术分析方法,才能深入中国当代诗歌的境界。"

这一时期的诗歌讨论持续成为热点,成为时代紧迫的命题。今天已经成为常识的诗学问题在当时却处于胶着的境地。《诗探索》刊发的那些支持"古怪诗""朦胧诗"的文章在当时是冒着不小的风险的。"朦胧诗"的"自我表现""思想的迷惘"以及"现代修辞技巧"在当时流行的社会学解读和实用主义、功利主义的批评中是不为主流语调所接受的,而被认为与时代的发展是格格不入的。

《诗探索》1982年第3期开篇推出"本刊评论员"文章《加强时代内容的时代性》。这与《诗探索》一贯的话语风格与办刊宗旨不太一致,其背后是宣传部门以及各种复杂的文化因素参与的结果,"《诗探索》创办以后,也每期送贺敬之同志,他专门约见过张炯(仲呈祥陪并记录),对刊物提出了与时代同步、与人民同心的要求。张炯随后执笔写了《加强诗歌内容的时代性》的专论,以'本刊评论员'的名义于第八期上发表。"[1]这篇"评论员文章"的"出

---

[1] 杨匡汉:《〈诗探索〉草创期的流光疏影》,《诗探索·理论卷》2011年第2辑。

炉"正是相关领导约谈然后进行整改的结果[1]。

"评论员文章"属于"匿名文本",这样的文本往往是在重要的时间节点出现,可以借助各种名义来代表"权威"和"大多数意见",其目的更多是"拨乱反正"。《加强时代内容的时代性》提到的"灰暗""低沉""片面""狭小"显然是指向了"朦胧诗"。一份理论刊物的创办和发展在那一时期是受到了各方面的压力和约束的,而要继续进行诗学"探索"就不只是"勇气"这样简单了。

食指的"发现"与"朦胧诗"前史

随着史料的发掘、累积以及认识的深入,"朦胧诗"的边界和研究发生位移,渐渐产生了"朦胧诗"的"前史"构造,"前朦胧诗"的诗歌史叙事逐渐呈现出来。1994年,陈超对"朦胧诗"的时间边界提出了一个极其重要的看法,"随着历史时针沉重的扫过,有一些问题得以水落石出。现在,我们知道,对中国当代诗歌探索的历史而言,更需要提醒人们记住的年代,是1960年代末——比1980年要早十余年。"[2]

尤其通过《诗探索》组织的"整理""发掘""发现"和"打捞"等历史考古学工作,食指作为"朦胧诗"的"先驱"和"小小的传统"的历史叙事架构不断被强化。

《诗探索》1994年总第14辑推出食指关于两首代表作《四点零八分的北京》《鱼儿三部曲》的创作谈,显然当事人的说法更具有历史的现场感和文学史的可信度:"1968年底,上山下乡的高潮兴起。在去山西插队的火车上(火车四点零八分开),我开始写这首诗。当时去山西的人和送行的人都很多。再有,火车开动前'咣当'一下,我的心也跟着一颤,然后就看到车窗外的手臂

---

[1] 整个过程如下:1983年1月22日《诗探索》编辑部召开编委会扩大会议,对创刊以来的编辑工作以及存在的问题进行检查并形成《关于〈诗探索〉刊物检查的报告》;1983年3月,《诗探索》1982年第3期出版时刊发了这篇由张炯执笔的"评论员文章"。《诗探索》1982年第4期的版权页却标明出版时间为1982年9月,有误,应为1983年9月。

[2] 陈超(陈默):《坚冰下的溪流——谈"白洋淀诗群"》,《诗探索》总第16辑(1994)。

一片,一切都明白了,'这是我的最后的北京'(因为户口也跟着落在山西)。"[1] 食指的自述以及林莽撰写的《并未被埋葬的诗人——食指》一起揭开了"食指研究热"的序幕。不仅林莽提到的《相信未来》《这是四点零八分的北京》《命运》《疯狗》《热爱生命》《海洋三部曲》《鱼儿三部曲》在后来成为"经典"文本,而且这篇文章对食指进行了较早的诗歌史定位,"食指的作品处处回响着那个时代的声音,他曾是一代人的代言人。正因为如此,在现当代诗歌史上他的历史地位是不容忽视的。在那个没有诗歌的年代,他写出了影响一代诗人的诗歌作品,称食指为新诗潮诗歌第一人是恰如其分的。"食指作为"新诗潮诗歌第一人"的定位甚至影响到了此后"文革诗歌""地下诗歌""知青写作""潜在写作"" '朦胧诗'前史"的相关研究、诗歌选本文化以及诗歌史叙事。加之当时食指作为精神分裂病人在北京第三社会福利院(位于昌平)已达四年之久,这一特殊的"精神病人"作为时代受害者的形象得以树立和凸显,"在这种环境中他依然以坚忍不拔的毅力生存着,写作着。"[2]

《诗探索》对食指的"发掘"分为1994年、1998年、2006年和2015年等四个时间节点,其对食指作为"新诗潮"的"源头""传统"的文学史定位起到了不可替代的作用。

1998年成为名副其实的"食指年"[3]。

继1994年总第14辑推出"关于食指"小辑之后,《诗探索》1998年第1辑又推出"食指研究",刊发《食指论》(林莽)、《食指:朦胧诗人的"一个小小的传统"》(李宪瑜)、《食指生平年表》(林莽整理,刊发时使用了笔名"建中")。尤其是收录的24张照片、手迹进一步推动了食指在"新诗潮"以及"地

---

[1] 食指:《〈四点零八分的北京〉和〈鱼儿三部曲〉写作点滴》,《诗探索》总第14辑(1994)。
[2] 林莽:《并未被埋葬的诗人——食指》,《诗探索》总第14辑(1994)。
[3] 1998年2月,郝海彦主编的《中国知青诗抄》收入包括《相信未来》《这是四点零八分的北京》在内的食指诗作6首且排在首位,谢冕和林莽分别为该诗选作序《记忆是永恒的财富》《以青春作证》。1998年6月,林莽和刘福春编选的《诗探索金库·食指卷》由作家出版社出版。此外,9月的"一代诗魂、朦胧诗先驱——诗歌朗诵会"暨签名售书和11月的"相信未来,热爱生命——诗歌朗诵演唱会"(《诗探索》编辑部均为主办方)都推动了食指的新诗史地位。

下写作"中为一代人立言的"先驱者""启蒙者"的角色。值得提及的是1997年11月21日食指49岁生日当天，林莽、苇岸、徐晓、田晓青、王立雄、李恒久、姜诗元、魏革等到福利院看望食指。没过多久，即1998年元旦，在1968年曾和食指一同插队山西杏花村的知青一行12人到昌平的北京第三福利院看望食指，照片中的食指穿着病服。杏花村、"文革"、知青和食指恰好构成了一条清晰的历史线索。1998年第1辑《诗探索》还单独刊发了一个书讯《〈诗探索诗歌金库·食指卷〉即将出版》[1]："本书拟于上半年出版。书中选入诗人食指代表作81首、历年创作一览、生平照片24幅、手迹及本期发表的食指论、食指（郭路生）生平年表。是一本集资料和作品为一体的作品集。本书装帧、印刷精美。订购可与编辑部林莽联系。地址与186页相同。"《诗探索》1998年第2辑又再次刊发了这一书讯。

林莽的《食指论》在此前《并未被埋葬的诗人——食指》的基础上进一步强化了食指作为"天才诗人""先驱""启蒙""传统""划时代""开创""新诗潮第一人"的文学史地位，"新诗潮的重要成员们都曾宣称，食指是开辟一代诗风的先驱者。那是比1978年要早十个年头的'文化大革命'运动初期，这位当代中国文学史上不可或缺的天才诗人，已写出了数十首具有历史价值的光辉诗篇。他以独特的风格填补了那个特殊年代诗歌的空白，以人的自由意志与独立精神再现了艺术的尊严与光荣。而他的后继者们正是在这种人格力量的启示下，开创了中国诗歌艺术的新篇章"[2]。食指已经被提升到文学史和诗歌"传统"的高度，比如"1970年代以来为新诗歌运动趴在地下的第一人"（多多《1972—1978被埋葬的中国诗人》）、"文革新诗歌第一人"（杨健《"文化大革命"中的地下文学》）、"新诗潮诗歌第一人"（林莽《未被埋葬的诗人——食指》）。多多还说过一句话，"郭路生是我们一个小小的传统"。这一说法后来被广泛援引，比如崔卫平的《郭路生》以及李宪瑜的《食指：朦胧诗人的"一个小小的传统"》。《诗探索金库·食指卷》的出版旨向正是"诗歌史叙事"，"《诗探索》

---

[1] 正式出版时书名为《诗探索金库·食指卷》。
[2] 林莽：《食指论》，《诗探索》1998年第1辑。

编辑部选编的系列丛书，以个人卷和汇编卷的形式推出新诗史上的重要诗人和作品"（见该书封底）。1998年第4辑《诗探索》开篇推出钱理群在《诗探索金库·食指卷》发行座谈会上的发言《"跨越了精神死亡的峡谷"的自由歌唱》。钱理群很少谈论当代新诗，而这次的"破例"显然是出于食指极其特殊的现代知识分子精神史的重大意义，而这篇文章也正是从政治文化视角指出了食指作为"民主写作"的重要价值，"幸亏有了食指（和他的伙伴），否则中国的诗人真要愧对自己的时代了。"[1]

此前基本都是北岛、舒婷、顾城、江河、杨炼的"朦胧五诗人"谱系[2]，1993年10月出版的《在黎明的铜镜中·朦胧诗卷》尽管收入了食指的诗作10首，但是在"朦胧诗"的认定中仍然处于边缘的位置，"北京大学五四文学社编出了第一本'朦胧诗人'作品合集《新诗潮诗选》，将新时期以来的'朦胧诗'的主要诗人以及第三代诗人基本囊括其中。但这本选集对郭路生还缺乏应有的了解，书中只选了他的一首诗。"[3] 随着不断"发现""打捞""发掘"，食指的文学史地位有了很大调整。尤其1994年和1998年《诗探索》对食指的"发掘"起到了历史化的效果。食指的"出现"也使得当代新诗史的秩序、选本构成以及文学史定位和叙述重心都发生了变化[4]。尤其是1998年之后，相关的文

---

[1] 时隔不久，2000年人民文学出版社出版《食指的诗》（"蓝星诗库"），这进一步奠定了食指的文学史地位，正如该书的推荐语所认定的，"食指，原名郭路生，1948年生于山东，60年代开始诗歌写作。早期作品广泛传诵于插队知青和都市青年中。80年代后逐渐引起诗界重视。90年代后其创作成就和诗歌史地位得到公认。已出版《食指 黑大春现代抒情诗合集》《诗探索金库·食指卷》等"。较之《诗探索金库·食指卷》和《食指的诗》，出版于1988年的《相信未来》（漓江出版社）和1993年的《食指 黑大春现代抒情诗合集》（成都科技大学出版社）显然并未引起足够大的反响。

[2] 1985年1月老木编选的《新诗潮诗集》中只选了食指的一首诗《愤怒》，而北岛、舒婷、江河、芒克、顾城、杨炼、多多、梁小斌都是作为"第一梯队"的"重要诗人"予以收入。较之食指极其可怜的1首，北岛则高达48首且占据了整整55个页码（舒婷入选37首）。

[3] 林莽、翟寒乐：《食指生平创作年表》，《诗探索》2006年第4辑（作品卷）。

[4] 霍俊明：《变动中的当代新诗史叙述——以〈中国当代新诗史〉初版与修订版为例》，《诗探索》2006年第1辑（理论卷）。

学史研究、回忆录、访谈以及诗歌选本都不断强化了食指在"地下沙龙""白洋淀诗群""朦胧诗"这一当代先锋诗歌史上的"前驱者"形象[1]。谢冕就将新诗巨变的准备阶段提至"文革"时期的"地下阅读"和非主流诗歌,尤其对食指的创作沟通了传统与现代、历史与未来及其"桥梁"式的历史意义予以了重点描述和深入评析,"食指是这类诗的作者之一,也是其中最突出最有代表性的一位。他的诗在'文革'标语口号泛滥中悄悄地在上山下乡的知青群中传抄。他属于热情投入'文革'的那一代人,但却是这一代中最早表达出对于这一革命运动失望情绪的先行者。"[2]在谢冕看来,食指的文学史意义显然是与"朦胧诗"和"新诗潮"密切联系在一起的。这已不是谢冕的个人观感,而是渐渐成为从那一时期延续、扩散甚至固定化下了的"文学史常识"。"朦胧诗"和"新诗潮"在以往都是围绕"三个崛起"以及1980年代的"思想解放"背景来予以描述或争鸣的,而此时以谢冕为代表的研究者已将"新诗潮"文学史的叙事重心转移至食指、北岛、芒克、多多等人及"白洋淀诗群"和"今天"的传统上,"几乎与1978年底的那个决定开放政策的会议召开的同一个时刻,北京的一个民间的刊物《今天》终于宣告出版"。

与此同时,作为"朦胧诗""前史"的"食指现象"也引发了一些争议,《食指生平年表》的作者显然意识到了'发掘'对于一个诗人如何走进'公共空间'的重要性。作者更懂得,将一个诗人的个人'苦难'列为年表的'重

---

[1] 比如《中国当代先锋文学思潮论》(张清华,1997)、《旁观者》(钟鸣,1998)、《中国知青诗潮》(郝海彦编,1998)、《沉沦的圣殿——中国20世纪70年代地下诗歌遗照》(廖亦武编,1999)、《持灯的使者》(刘禾编选,2001)、《中国知青文学史》(杨健,2002)、《瞧!这些人》(芒克,2003)、《打开诗的漂流瓶——现代诗研究论集》(陈超,2003)、《朦胧诗新编》(洪子诚、程光炜编,2004,此时的食指已经排在了前三的位置)、《半生为人》(徐晓,2005)、《我们这一代》(肖全,2006)、《左边:毛泽东时代的抒情诗人》(柏桦,2009)、《被放逐的诗神》(李润霞编选,2006,食指排在这本诗选的第一位)、《中国先锋诗歌论》(陈超,2007)以及《往事与〈今天〉》(芒克,2018)等等。此外,还有《黑暗深处的火光——前朦胧诗论札》(张清华,1997)、《文革中的地下诗歌》(汪剑钊,1999)、《中国新诗发展的一个重要环节——"白洋淀诗群"研究》(李宪瑜,1999)、《黑夜深处的火光:六七十年代地下诗歌的启蒙主题》(张清华,2000)。

[2] 谢冕:《20世纪中国新诗:1978—1989》,《诗探索》1995年第2辑。

点',容易刺激起大众文化背景中读者的'好奇心'和'窥私癖'"[1]。甚至程光炜对自己撰写的《中国当代诗歌史》过于突出食指的做法予以了反思,"在这本2003年由中国人民大学出版社出版的'诗歌史'中,笔者曾给食指以朦胧诗运动的'先行者'的显赫篇幅,并把他指认为1970年代以来新诗潮'唯一'的精神'传统'和'源流'。今天看,这样的'结论'未免有些唐突和冒险。"[2]

尤其是在特殊的历史文化背景下"地下诗歌"的系年问题极其重要。食指、芒克和北岛这种"先知先觉"地近乎"超时代"的写作行为给包括唐晓渡等年青一代读者带来的不只是神秘、震撼和敬畏,还有相形之下的"好奇""自我审视"乃至"自我怀疑","我觉得1973年就写出《天空》那种诗的人真是不可思议:它的冷峻,它的激愤,它深沉的慨叹和成熟的忧思,尤其是它空谷足音般的独白语气。我诧异于多年的'正统'教育和集体的主流话语在其中居然没有留下多少可供辨认的痕迹(哪怕是从反面),这在当时怎么可能?莫非这个人真是先知先觉不成?"[3]在唐晓渡看来芒克写出"超前的诗"并非有作假的嫌疑,而是出自一个诗人的独特才能。1992年前后,谢冕曾同唐晓渡就芒克和多多的早年写作交换过意见,而唐晓渡对作品"系年"的好奇以及认知、解读,在1995年开始的"重写诗歌史"[4]的驱动下被一些学者予以了强化和反转。文学史及其叙述中最基础的就是材料,材料的变动必然引起相应的文学史话语的调整。而一些文本的"写作年代"显然在政治文化显豁的时代具有非同一般的历史价值。这些相关作品的"系年"问题至今仍然成为围绕着"地下写作""今天"诗群以及"朦胧诗人"绕不开的核心话题和疑问重重的所在。这印证了重要的不是作品"发表"的年代而是"写作"的年代。洪子诚

---

[1] 程光炜:《一个被"发掘"的诗人——〈诗探索〉和〈沉沦的圣殿〉"再叙述"中的食指》,《中国新诗一百年国际学术研讨会论文集》,2005年8月,第410页。
[2] 程光炜:《一个被"发掘"的诗人——〈诗探索〉和〈沉沦的圣殿〉"再叙述"中的食指》,《中国新诗一百年国际学术研讨会论文集》,2005年8月,第417页。
[3] 唐晓渡:《芒克:一个人和他的诗》,《诗探索》总第18辑(1995)。
[4] 北京大学发起重读重要诗歌本文的"批评家周末"活动,《诗探索》在1996年第1辑开设"经典重读"栏目。

则对"地下"诗歌的系年、挖掘以及食指的文学史定位等问题持极其谨慎的态度,"'地下'诗歌作品只是到了'文革'结束之后,才陆续发表(在'正式'出版物上,或在诗人自办的诗报、诗刊上)。因为这种特殊情况,当时是个活动和作品的'真实'面貌,在历史研究中始终是个问题。"[1]

《诗探索》于2006年第4辑(作品卷)在"新诗图文志"推出《食指生平创作年表》(林莽、翟寒乐整理),刊发了食指的24张不同时期的照片。《诗探索·理论卷》2015年第4辑又推出了"孙绍振诗学思想研究"专辑,它们刚好互相支撑地呈现了"朦胧诗"的创作以及研究的成果。这给食指以及"朦胧诗"的新诗史定位予以了一个近乎"历史档案"式的总结和展示。

白洋淀诗群:"我们没有预料到这是一个摇篮"

经由《诗探索》1994年组织的"白洋淀诗群"寻访活动以及相关文章的推出,"白洋淀诗群"的文学史效应迅速扩大并趋于认知和评价的稳定结构,而多多等当事人当初也没有预料到白洋淀会成为"朦胧诗"的一个摇篮……

"朦胧诗"的命名与很多文学概念一样,都是来自戏剧化的历史误解,而"朦胧诗"的说法也在后来遭遇到了包括当事人在内的越来越多的抵制,比如芒克从来都不承认"朦胧诗"这个概念也从来不认为自己是"朦胧诗人",因为"朦胧诗"的发生、诗学观念以及主要成员构成都更为清晰地指向了白洋淀诗群、《今天》杂志以及"今天诗群"。《诗探索》总第16辑(1994)刊发了荷兰汉学家柯雷的《瘸子跑马拉松》,从"世界视角"考察了中国当代诗歌,尤其强调了1978年至1984年间的"朦胧诗"以及食指、黄翔的重要性,"他们的诗作给我个人留下了深刻印象,但必须强调这点:考虑到他们创作的时代和时代精神才如此"。

作为历史化和谱系化的诗歌现象,"朦胧诗"和《今天》继续向历史深处追根溯源,以"地下写作"、诗歌沙龙以及以白洋淀诗群为代表的青年诗人群体

---

[1] 洪子诚、刘登翰:《中国当代新诗史》修订版,北京大学出版社2005年版,第110—111页。

则与"朦胧诗"发生了历史效应,甚至食指被指认为是"朦胧诗人"的一员而入选了重要的诗歌选本,并成为诗歌史叙事中的重要组成部分。对于诗歌史的关注也正是《诗探索》从创办之初就予以了强调的,即"我们将加强对于诗歌史的研究以增进诗歌发展的知识"[1]。

《诗探索》总第 15 辑(1994)刊发了一则"简讯",编辑部在 1994 年 5 月 6 日至 9 日组织了"白洋淀诗歌群落"的寻访活动,牛汉、吴思敬、芒克、林莽、宋海泉、甘铁生、史保嘉、陈超、白青、刘福春、张洪波、仲维光、谷地、程玮东等参加了此次活动。此次寻访活动显然是出于对一段被忽视而又非常重要的史实的清理。"'文化大革命'中后期,以白洋淀为中心聚集了一批诗歌创作者,他们大多是下乡到此地的知识青年,其创作以手抄形式流传。这些诗歌创作活动,对后来'新诗潮'的形成有着直接的影响和奠基作用。这一特殊的文学现象,近几年来越来越受到国内外新诗研究者的重视。"[2]而早在 1988 年,作为白洋淀诗群重要成员的多多就这一特殊的写作群体给出了历史性的评价:"芒克是个自然诗人,我们十六岁同乘一辆马车来到白洋淀。白洋淀是个藏龙卧虎之地,历来有强悍人性之称,我在那里度过六年,岳重三年,芒克七年,我们没有预料到这是一个摇篮。当时白洋淀还有不少写诗的人,如宋海泉、方含。以后北岛、江河、甘铁生等许多诗人也都前往那里游历。"[3]

《诗探索》总第 16 辑(1994)"当代诗歌群落"以超大篇幅刊发了关于白洋淀诗群的六篇文章。这些文章涉及食指(郭路生)、北岛(赵振开)、江河(余友泽)、芒克(姜世伟)、多多(栗士征)、根子(岳重)、方含(孙康)、林莽(张建中)、史保嘉、潘青萍(乔伊)、戎雪兰、陶雒诵等,显然这份名单的文学史意义是不容低估的。林莽撰写的"主持人的话"则对"白洋淀诗群"的概念、时间定位、形成缘起、诗歌特征和研究意义进行了总体性概括。此后,这

---

[1]《诗探索》创刊号的发刊词。

[2] 刘福春:《"白洋淀诗歌群落"寻访活动》,《诗探索》总第 15 辑(1994)。

[3] 多多:《1972—1978 被埋葬的中国诗人》,《开拓》1988 年第 3 期。此文在 1991 年刊发于《今天》时更名为《1970—1978 北京的地下诗坛》。

些文章成为"参考书"级的权威资料,成为此后被反复援引的"历史话语"。洪子诚则认为这种由"当事人"提供文学史证据的做法在新诗史上并不多见。"白洋淀诗群"的寻访活动和历史梳理是成功的,影响也是深远的,"这些文章如今都已成为各种文学史教材频繁引用的经典文献,1990年代末期以来的新诗史和当代文学史也都将'白洋淀诗群'作为重要的内容加以论述,这从一个侧面反映出《诗探索》的史家眼光和独特的贡献。"[1]

《诗探索》组织的"白洋淀诗群"的寻访、研究以及新诗史的定位并不是孤立发生的,而是处于文学史场域之中,彼此关联且相互影响。早在1986年贝岭就写出了《作为运动的中国新诗潮》,此后又有多多的《1972—1978被埋葬的中国诗人》。尤其是1993年杨健的《"文化大革命"中的地下文学》[2]作为专史研究的重要成果产生了重大影响,该书对"新诗歌第一人"的食指、地下沙龙以及"白洋淀诗派"予以了较为详细的论述和文学史定位。在2013年再版时杨健已经不再使用"白洋淀诗派"的提法而是改为"白洋淀诗群"——刊载了北岛、芒克、多多以及白洋淀的照片,并且将"白洋淀诗群"视为"黄金时期"(1972—1974)的"产床"。

《诗探索》组织的"白洋淀诗群"寻访活动以及研究成果产生了极其强大的后续效应,打破了以往新诗史惯性叙述的重心,甚至改写了诗歌史,从而直接启动了文学史叙事的新的话语模式,即食指、"白洋淀诗群"、《今天》诗派以及"朦胧诗"构成了越来越清晰的历史脉络,比如张清华在《中国当代先锋文学思潮论》的"启蒙主义文学思潮:第一阶段"就提到《诗探索》组织的"白洋淀诗群"的寻访活动并援引了陈超、宋海泉、齐简、白青等人的相关观点。张清华还专门提及北岛、江河等人的作品和影响要晚于"白洋淀诗群",

---

[1] 吴思敬、王士强:《诗路纪程三十年——诗评家吴思敬访谈》,《星星》理论刊2011年第3期。
[2] 杨健:《文化大革命中的地下文学》,朝华出版社1993年版。当时是作为"首次披露'文革'地下文学内幕、真实记录鲜为人知的珍贵史实以及填补我国当代文学史的断档"的"长篇纪实报告"出版的。该书在2013年3月改名为《1966—1976的地下文学》,由中共党史出版社修订再版。

而他们加入"白洋淀诗群"的时间也略晚[1]。直言之,"食指(包括黄翔)—白洋淀诗群—朦胧诗群"的当代新诗史谱系和序列已经成型,"'白洋淀诗群'不但继承和发展了食指等前驱的诗风,使具有现代主义艺术倾向的诗歌在一代青年人中产生了更为广泛的影响,而且它们本身当中就成长出了后来朦胧诗群体中的多数骨干,如芒克、多多、北岛、江河等。"[2]尤其是1994年之后,相关的文学史研究、回忆录、访谈以及诗歌选本都不断强化了食指在"地下沙龙""白洋淀诗群""朦胧诗"这一当代先锋诗歌史上的"前驱者"形象[3]。谢冕在论述"新诗潮"时也不再是以往固化的北岛、舒婷、顾城、江河和杨炼的"五人模式",而是拓展到了食指、芒克、多多、严力、林莽等[4]。显然,这与《诗探索》所挖掘的"白洋淀诗群"有内在关联,比如《20世纪中国新诗:1978—1989》涉及的14个注释中有5个引自《诗探索》总第16辑(1994)。以至在2005年,北京大学召开的第六届未名诗歌节"三十风雨话朦胧"大型论坛活动中,包括谢冕、芒克、舒婷、林莽、田晓青、徐晓、刘福春等在内的与会诗人、史料学家以及评论家将"朦胧诗"的发生史定位在1975年[5]。

《诗探索·理论卷》在2008年第2辑又再次推出"白洋淀诗群"的研究专

---

[1] 张清华:《中国当代先锋文学思潮论》,江苏文艺出版社1997年版,第42页。
[2] 张清华:《中国当代先锋文学思潮论》,江苏文艺出版社1997年版,第41—42页。
[3] 比如《中国当代先锋文学思潮论》(张清华,1997)、《旁观者》(钟鸣,1998)、《中国知青诗潮》(郝海彦编,1998)、《沉沦的圣殿——中国20世纪70年代地下诗歌遗照》(廖亦武编,1999)、《持灯的使者》(刘禾编选,2001)、《中国知青文学史》(杨健,2002)、《瞧!这些人》(芒克,2003)、《打开诗的漂流瓶——现代诗研究论集》(陈超,2003)、《朦胧诗新编》(洪子诚、程光炜编,2004,此时的食指已经排在了前三的位置)、《半生为人》(徐晓,2005)、《我们这一代》(肖全,2006)、《左边:毛泽东时代的抒情诗人》(柏桦,2009)、《被放逐的诗神》(李润霞编选,2006,食指排在这本诗选的第一位)、《中国先锋诗歌论》(陈超,2007)以及《往事与〈今天〉》(芒克,2018)等等。此外,还有《黑暗深处的火光——前朦胧诗论札》(张清华,1997)、《文革中的地下诗歌》(汪剑钊,1999)、《中国新诗发展的一个重要环节——"白洋淀诗群"研究》(李宪瑜,1999)、《黑夜深处的火光:六七十年代地下诗歌的启蒙主题》(张清华,2000)。
[4] 谢冕:《20世纪中国新诗:1978—1989》,《诗探索》总第18辑(1995)。
[5] 刘景荣:《三十年风雨话"朦胧"》,《诗探索》2005年第3辑(理论卷)。

辑，此时的研究已经转到了深度的文化阐释上，并具有视野扩大化的趋向，比如对白洋淀诗群的女诗人、湿地文化的关注[1]。

时间差、文化事件与叙述重心的位移

谢冕在评价老木编选的《新诗潮诗集》中提到了"朦胧诗"论争时的一个重要的时代背景："这一论战的一般形态表现为不同诗歌观念的深刻冲突，在某些时期也产生过变异。最严重的一次产生在 1983 年秋季至 1984 年春季的那场不是政治运动的政治运动中，艺术上的分歧被试图解释为政治性的。"[2]"朦胧诗"论争前后持续了五年时间，最终因为谢冕提到的那场政治运动的干涉而导致正常诗学论争的结束，而徐敬亚的检讨文章《时刻牢记社会主义的文艺方向——关于"崛起的诗群"的自我批评》[3]也标志着这一旷日持久的关于时代"新的课题"的大规模论争宣告结束。

因为《诗探索》改为"丛刊"形式的不定期出版，延迟期使得一些文章的写作时间和发表时间之间出现了过大的距离，而其"时效性"就会打上折扣。比如吴思敬《追求诗的力度——江河和他的诗》一文写于 1982 年 8 月，而发表时已经过去了近两年时间，这一间隔中批评家的观感、认知以及整个诗学批评现场和生态都已经发生了不小的变化。

1985 年 7 月总第 12 期《诗探索》出刊后即停刊，一直到 1994 年才复刊。《诗探索》在复刊之际却赶上了"朦胧诗"的一个极其重大的文化事件。

1993 年 10 月 8 日，远在新西兰激流岛的顾城在自杀前重伤妻子谢烨并致死……

从 1980 年代初开始，吴思敬就与顾城有着交往。1986 年，顾城此时尚在

---

[1] 参见该期杨桦的《白洋淀的回忆》、霍俊明的《隐匿的光辉：白洋淀诗群女诗人论》、路也的《白洋淀诗群的湿地背景》。

[2] 谢冕：《新诗潮的检阅——〈新诗潮诗集〉序》，老木编选：《新诗潮诗集》，内部交流，北京大学五四文学社未名湖丛书编委会。

[3]《人民日报》1984 年 3 月 5 日。

北京，在一封给朋友的信中提到了吴思敬[1]。而吴思敬早在1983年就写出了深入、系统研究顾城的文章《他寻找"纯净的心灵美"——读顾城的诗》。1986年，顾城诗集《黑眼睛》由人民文学出版社出版。在赠送给吴思敬的那本扉页上顾城写下："人·类也敬请吴思敬老师指正。"

1993年的10月9日奥克兰警方向新闻界发布消息：中国著名诗人37岁的顾城于星期五（10月8日）吊死在奥克兰附近希基岛的一棵树上，其妻谢烨头部遭斧砍，急救无效死亡。据警方重案组调查，怀疑顾城用斧击毙妻子后吊颈自缢……消息传到国内的时候，吴思敬正在八大处的原北京军区招待所开会。当时顾城的好友文昕也在场，登时痛哭不止。

顾城的突然辞世以及"杀妻事件"使得"诗人之死""诗人形象"作为文化事件被推到风口浪尖，甚至此间也存在着大量的误解、偏见，所以需要及时还原和澄清。为此，吴思敬决定《诗探索》组织一个专辑。这就是《诗探索》1994年复刊后的第1辑（总第13辑）推出的"关于顾城"，刊发顾城、谢烨的书信以及《最后的顾城》（文昕）、《顾城谢烨寻求静川》（姜娜）、《顾城之死》（唐晓渡）。这一辑还刊发了一则诗讯《伦敦大学举办顾城、谢烨纪念展览》。

遗憾的是，因为停刊《诗探索》错过了1980年代中后期至1990年代初期关于"朦胧诗""第三代诗歌""实验诗"以及"后新诗潮"的重要现象及讨论[2]。因为停刊的时间差，《诗探索》只能在复刊之后予以"补课"或"后续式的描述"。《诗探索》复刊之际，学界谈论最多的已不再是"新时期""朦胧

---

[1] "巫猛：你好，《春台》四本收到，谢谢！等稿费收到我一并交吴思敬两本。多快，86年了，不宁不令，人都不在了。寄上一些近作及评论。我正在设想一种半隐居生活，平淡、洁净。祝长在诗中！顾城。"

[2] 比如1985年11月春风文艺出版社出版的阎月君、高岩、梁云、顾芳联合编选的《朦胧诗选》，1986年12月作家出版社推出的影响巨大的北岛、舒婷、顾城、江河、杨炼的《五人诗选》，1987年春风文艺出版社出版的唐晓渡、王家新编选的《中国当代实验诗选》，1992年7月唐晓渡编选了《灯芯绒幸福的舞蹈——后朦胧诗选粹》，1993年10月北师大出版社则整体性推出《磁场与魔方——新潮诗论卷》《在黎明的铜镜中——朦胧诗卷》《以梦为马——新生代诗选》《苹果上的豹——女性诗卷》《与死亡对称——长诗、组诗卷》等。

诗""新诗潮",而是"'朦胧诗'后""后新诗潮""后新时期"以及"世纪末文化"[1]。

随着"第三代"诗歌运动轰轰烈烈的展开,"朦胧诗"已不再是诗坛的"中心",而只是成为整体场域中的一个环节而已,比如《中国现代主义诗群大观1986—1988》中尽管"朦胧诗派"被放在了首位,但是其重要性和影响力显然已经被其他 60 多个诗歌流派和社团给瓜分和撕裂了。尤其从 1990 年代中期开始,"朦胧诗""新诗潮"往往是作为"第三代诗歌"或"新生代诗歌""后新诗潮"的发生背景来予以提及的,越来越多的研究者将目光聚集在更为年轻也更为复杂的另一代诗人身上,所以谢冕指认"新生代"或"第三代"给中国诗坛制造了前所未有的"混乱","这一场'美丽的混乱',是自有新诗历史以来最散漫,也最放纵的一次充满游戏精神的诗性智慧的大展示。"[2]

"朦胧诗"与"第三代诗歌"之间的差异越来越成为文学史"知识","较之朦胧诗人集团意识、历史使命感和普度众生的愿望,后新诗潮的理论代表则更加强调个体生命的价值"[3],"如果说'朦胧诗'和'第三代诗'同样经历了某种隐蔽的、'地下'(即在公共视野之外)的'个人化'阶段的话,那么前者是被时代拘囿的,后者则是被时代解散的。被解散的个人乃是更纯粹、更彻底的个人。"[4]不久之后,陈超在编选《以梦为马——新生代诗卷》时强调:"1985 年之后,新生代诗人成为诗坛新锐。作为诗歌发展持续性岩层的新断面,他们体现出自己的质素(以及摆脱'朦胧诗'影响的努力)。随着红色选本文化的崩溃,和翻译界'日日新'的速度,这些更年轻的诗人,亲睹了一个相对主义、

---

[1] 比如 1993 年 9 月 18 日由北京大学中国新诗研究中心与《诗探索》编辑部在北京举办的"'93 中国现代史学讨论会"就聚焦于"朦胧诗"之后的诗坛现状和前景,而谢冕则提出了著名的"美丽的混乱"一说。

[2] 谢冕:《20 世纪中国新诗:1978—1989》,《诗探索》总第 18 辑(1995)。

[3] 吴思敬:《编选者序》,《磁场与魔方——新潮诗卷》,北京师范大学出版社 1993 年版,第 6 页。

[4] 唐晓渡:《编选者序》,《灯芯绒幸福的舞蹈——后朦胧诗选粹》,北京师范大学出版社 1992 年版,第 4—5 页。

怀疑主义的文化景观。"[1]

从1990年代中期开始,《诗探索》关于"第三代诗"的讨论次数和篇幅明显多于"朦胧诗"[2],尤其是1980年代末期以来的社会文化转型使得"第三代诗"和"朦胧诗"之间的"断裂"越来越深。陈旭光为了给"后新诗潮"辩护就将"朦胧诗"的权威发言人之一孙绍振拿过来予以批评,显然"朦胧诗"和"后新诗潮"是两种近乎不相容的美学话语,"我大感不解的是:孙绍振先生当年曾极为难能可贵'先锋'地理解了'朦胧诗'与带着巨大的惯性力而依然盛行的主流诗歌的重要区别","然而,为什么今天就不能再跨出一步从而理解'后新诗潮'与已获得正统地位成为主流诗歌的'朦胧诗'的不同,理解后者对前者的类似的'不驯服的姿态'呢?"[3]陈旭光的这一反问是具有代表性的,因为即使是当年支持"朦胧诗"的谢冕、孙绍振、刘登翰和洪子诚等"老一代"批评家内部也出现了矛盾和分化的声音。"北京大学的洪子诚教授首先提出了一个很有意思的问题。他说,《诗刊》1997年第1期选载了谢冕先生的《有些诗正离我们远去》,由于谢冕的文章很久以来不在《诗刊》上出现,这次选载说明了什么问题?紧接着福建社科院的刘登翰先生发表评论。他说,当年(1980年)在南宁诗会上,谢冕和孙绍振对于别人'看不懂'的'朦胧诗'摇旗呐喊。历史已经过去,事实证明'朦胧诗'不因某些人'看不懂'而失去价值。而今,谢冕和孙绍振对现在的新诗表示'看不懂',是否也会重蹈历史的覆辙?"[4]历史确实有着"循环"现象,当年"朦胧诗"论争的焦点正是"自我"

---

[1] 陈超:《编选者序》,《以梦为马——新生代诗卷》,北京师范大学出版社1993年版,第2页。
[2] 比如总第13辑(1994)的"他们",总第14辑(1994)的西川,总第15辑(1994)的海子,总第16辑(1994)的王家新,总第22辑(1996)的"莽汉",总第18辑(1995)的于坚研究小辑,总第20辑(1995)陈仲义、陈旭光、罗振亚和汪剑钊关于"第三代"诗歌的研究文章,总第17辑和总第19辑(1995)推出的12篇"女性诗歌研究",总第21辑(1996)"第三代诗歌研究",总第23辑(1996)的韩东,1998年第2辑"后新诗潮"研究(6篇),1998年第3辑"后新诗潮"研究(3篇)。
[3] 陈旭光:《先锋的使命与意义——为"后新诗潮"一辩》,《诗探索》1998年第2辑。
[4] 邰积意:《"后新诗潮"的论争及其理论问题》,《诗探索》1998年第3辑。

与"人民",而到了"后新诗潮"时期又再次出现了这一话题。而富有戏剧性的则是当年站在"朦胧诗""表现自我"一方的孙绍振被更为年轻的学者们指责为是反"后新诗潮"的代表[1]。

余论

尽管诗歌史的叙述重心已经发生了位移,但是在"后新诗潮""第三代诗歌""女性诗歌"以及"90年代诗歌"的讨论中,《诗探索》仍然对"朦胧诗"历史谱系的诗人、群体以及现象予以了重点关注[2]。

尤其是《诗探索》推出的"食指""北岛""芒克""根子""杨炼""梁小斌""林莽""田晓青"等"朦胧诗人"专辑把文学史叙事重新拉回到了当年的历史现场。在这些文章中我们感受到了强烈的时间焦虑以及"朦胧诗"一代人"今不如昔"的慨叹,对往昔的怀念以及对一个逝去的诗歌年代的追忆又都是在盛

---

[1] 孙绍振在《后新诗潮的反思》一文批评了1990年代以来先锋诗歌图解西方文化哲学而形成的新的概念化倾向,"但是,我并没有说他们脱离人民,脱离群众,我所批评的是,他们脱离了自我,活生生的个体,活生生的自我。他们的毛病是虚假,是在做出一种与真实的自我不同的样子,目的是为了生吞活剥地图解某种西方文化学说,而不是脱离了抽象的人民"。

[2] 总第19辑(1995)推出"关于芒克"的专辑(刊发《芒克印象》(林莽)、《芒克创作简历》(林莽整理)以及长达21页的《芒克:一个人和他的诗》(唐晓渡),总第20辑(1995)推出"关于林莽"的专辑(《寻求寂静中的火焰》(林莽)《林莽的方式》(陈超)以及《林莽创作简历》(刘福春)),1997年第2辑的"关于王小妮",1997年第4辑关于陈仲义的《中国朦胧诗人论》和《诗的哗变》的评介文章以及伍方斐的《顾城后期诗与诗学心理分析》,1998年第1辑"食指研究",1998年第4辑"关于田晓青",1999年第2辑柯雷的文章《多多的早期诗歌》(谷力译),2003年第1—2辑"关于杨炼",2003年第3—4辑"关于北岛",2004年春夏卷阿多尼斯和杨炼的对话"诗歌将拯救我们",2005年第1辑(理论卷)"关于根子",2005年第3辑(理论卷)《三十风雨话"朦胧"》(刘景荣),2008年第2辑(理论卷)"梁小斌"专辑,2010年第4辑(理论卷)《〈今天〉的创办与诗歌型构》(张志国),2013年第1辑(理论卷)《试论顾城的〈滴的里滴〉》(岛由子),2013年第3辑(理论卷)《在茫茫黑夜中闪烁的生命灵光——哑默"文革"时期的地下诗歌创作及其精神》(苏文健)和《问道》(哑默),2016年第1辑(理论卷)《八十年代,被诗浸泡的青春——徐敬亚访谈录》(姜红伟)。

极一时、喧嚣一时的"新生代"诗歌大潮的裹挟和推搡之下生发出来的——

  1987年的某一天，我到久未见面的芒克那儿小坐。那些年正值中国新潮诗歌如火如荼的翻涌之际，诗社林立，流派纷呈，似乎诗歌到底是什么也早已被一片喧嚣所淹没了。此时芒克正关起门来撰写他的长诗《没有时间的时间》。一向爽朗、热情的芒克以沉静的心境说：真想再回到白洋淀那些冷清而忧伤的日子里去，真想一个人静静地坐一会儿。这真挚的生命的渴求使我们眼中都浸满了泪水。[1]

  随着"朦胧诗""今天"认知视野的拓边和认识的深入，相应的诗歌史叙事重心也发生位移[2]，尚德兰（法国）、柯雷（荷兰）、米娜（英国）、岛由子（日本）等汉学家的加入以及国际诗人阿多尼斯的参与使得"漂泊主题""海外写作"等话题被强调。柯雷对多多早期诗歌（1972—1982）的研究以及对朦胧诗的译介显然代表了"国际视野"，即更多强化了政治性、中国性与那一时期中国诗人的特殊关系，"现在我称一首诗多少有点是'政治的'，是依赖于那首诗表现现实世界，尤其是'文革'中的社会政治现实的突出性而言；我称一首诗多少有点是'中国的'，依据的是它的读者需要以当代中国的知识作为阅读前提。"[3]

  《诗探索·理论卷》2016年第3辑推出"北岛诗歌创作研讨会论文选辑"[4]

---

[1] 林莽：《芒克印象》，《诗探索》总第19辑（1995）。
[2] 伍方斐从创作的深层心理、幻觉模式、原始经验、神秘主义、自然诗学、原型意象、"明亮的疯癫状态"、心理危机以及自我治疗等心理分析的角度切入顾城后期的诗歌（参见《顾城后期诗与诗学心理分析》，《诗探索》1997年第4辑）。
[3] 柯雷：《多多的早期诗歌》，谷力译，《诗探索》1999年第2辑。
[4] 收录了谢冕的《这是等待上升的黎明——读北岛》、钟文的《北岛的文本意义》、法国尚德兰的《北岛诗歌的节奏语法》、苗雨时的《航行在现代诗潮中的"红帆船"——论北岛作为一个纯粹诗人》、刘波的《为当代诗歌建立启蒙的传统——北岛论》、陈卫的《北岛诗歌的文学史写作问题及意象讨论》等6篇论文。

具有强烈的文化象征意义,如此超大篇幅地对"朦胧诗人"的专题研究在晚近的《诗探索》办刊过程中非常少见。由此可见,这仍然是当代诗歌经典化的一个重要环节,而不再是"诗学争鸣"意义上的讨论,"相对于北岛诗歌创作的成就与影响,这是一个迟来的研讨会;时间拉开了距离,却也可以让诗人与学者对北岛做出较为客观的文学史评价。"[1]

尤其是 21 世纪以来,在不断通过口述史、访谈、历史寻访和文化批评所搭建的"重读 80 年代""重返 80 年代"的历史景观中,"80 年代"甚至带有了"思想解放"和"黄金时代"的时间神话色彩,而其中的一层重要光环仍然离不开"朦胧诗"。围绕着 40 年间《诗探索》与"朦胧诗"的历史叙事——包括因为停刊而出现的八年半空白期,我们看到中国当代诗歌理论与批评正是在不断地论争、纠正、反拨和创造中向前发展的,而诗学和社会学的博弈从来都没有停止过。随着文化场域和文学史叙述的调整和变化,"朦胧诗"的挖掘、边界、定位以及诗歌史叙事发生了很大变化。在"朦胧诗"与"第三代诗歌""新生代诗歌"以及"90 年代诗歌"的比较与评估中,不仅"朦胧诗"越来越成为"保守""传统""正统""主流""过时"的代名词,而且"第三代诗歌""新生代诗歌"也受到了越来越多的不信任和反拨的声音。

作者单位:中国作家协会诗刊社

---

[1] "编者的话",《诗探索·理论卷》2016 年第 3 辑。

元问题探究与现代诗学的深化

—— 重审《诗探索》有关"字思维与中国现代诗学"的讨论

张德明

"字思维"理论的提出，源自石虎先生的《论字思维》一文。该文最初发表在1996年2月1日《文论报》上，后由《诗探索》总第23辑（1996）转发，《诗探索》还以此文为基础，在该刊上开辟了"字思维与中国现代诗学"的专栏，约请诗论家和诗人对"字思维"所涉及的诗学问题展开深入的讨论，从1996年至今，探讨"字思维"与中国现代诗学关系的论文大概有40篇左右，大部分论文都刊登在《诗探索》上。此外，《诗探索》编辑部还先后于1996年11月和2002年8月在北京召开了两次以"字思维与中国现代诗学"为主题的学术研讨会，同时将相关的研究成果结集出版[1]。

由《诗探索》主导的"字思维与中国现代诗学"的讨论，在诗学界产生的影响是持久和深远的，其理论意义也相当突出，其中一个重要的原因，就在于"字思维"观念内含着与中国文学和文化密切相关的理论素质和话语潜力，按照吴思敬先生的话说，就是："字思维"对中国当代诗学乃至中国当代文化的发展有着重要的理论上的贡献，石虎第一次把汉字提到了诗学的高度，是一

---

[1] 谢冕、吴思敬主编：《字思维与中国现代诗学》，天津社会科学院出版社2002年版。收录了参与"字思维与中国现代诗学"探讨的28篇论文。

次重大的理论突破[1]。重审有关"字思维与中国现代诗学"的讨论,我还发现,诗歌创作与诗歌研究中的"字思维"问题,其实应视为一种现代诗学元问题,其中携带的现代汉诗与古典诗歌传统的继承、现代汉诗的诗意创生、现代汉诗的阅读与阐释等等命题,都是直接关涉现代汉诗发生与发展的核心命题,借助对"字思维"的深入探讨,我们就可能从一个特定的角度,捕获到上述几种命题的某些答案。一句话,学界通过"字思维"这一元问题的探究,使得与现代汉诗有关的诗学命题得到了较为切实的讨论和落实,中国现代诗学也由此得到了一次有效的提升与深化。

"字思维"与古典诗歌传统的继承

现代汉诗诞生已逾百年。一百多年来,诗人和诗论家们一直围绕着一个话题在冥思苦索,争论不休,这就是现代汉诗与古典诗歌的关系问题,换句话说,就是现代汉诗如何更有效地继承古典诗歌传统的问题。理性地看,百年来人们对现代汉诗如何继承古典传统的探究与追思,多数都是无效的,甚至是意义不大的。究其原因,是因为不少论者都将古典诗歌传统视为一种宏大的、整体性的东西,人们只是在大而化之的层面上做浮泛的工作,没有在具体的、细微的地方加以深究。石虎先生提出的"字思维"理论,是从一个很具体和实在的层面上,揭示了古典诗歌传统的艺术精髓,对我们认识古典诗歌的生成路径、艺术优长等来说,都具有不可忽视的意义和作用,也为现代汉诗承继古典诗歌传统提供了切实可行的具体路向。

现代汉诗的出现,是中国诗歌主动学习西方、有意开辟新的美学天地的结果,属于一种"移洋开新"(沈奇语)的产物。但学习西方并不意味着要彻底抛弃传统,事实上,古典诗歌传统作为新诗生存与发展的"影响的焦虑",其影响力是始终存在的,不是诗人们想抛却就能抛却掉的。不止于此,每当现代汉诗遇到困窘与纠结时,古典诗歌传统就会作为一种极为重要的营养与资源,

---

[1] 吴思敬语,见高秀芹《"字思维"与中国现代诗学研讨会综述》,《诗探索》1997年第1辑。

及时来对新诗提供补给与支援，帮其解救困局，让其重获生机。当现代汉诗在1990年代遭遇到"丰富而贫乏"[1]的尴尬处境时，石虎"字思维"理论的提出以及"字思维与中国现代诗学"的讨论可谓适逢其时，它引导当代诗人再次把关注目光投向古典诗歌传统，为当代诗歌走出美学贫乏的泥淖、迈向美学富足的境界而提供了有益的启示和行之有效的方案。

字思维与作为中华民族母语的汉语密切相关。我们知道，语言是一个民族进行交流和沟通的重要媒介与通道，更是民族思维和思想的主要载体，正如美国语言学家沃尔夫所指出的："语言研究显示，一个人思维的形式受制于他没有意识到的固定的模式规律，这些模式就是他自己语言的复杂的系统。"[2]在有关"字思维"的讨论中，诗人郑敏指出："是一个民族的语言形成该民族的'心灵的书写'，这是一种无形无限的语言'踪迹'的运动，影响着产生着民族的精神文明、文化和历史。"[3]这强调了民族语言与民族文化和历史的水乳关系。中国人使用的汉语是以汉字为基础而建构起来的语言体系，中国古代的历史和文化是与汉字息息相关的，"中国人的生命与汉字母体血肉相连。五千年的中华，典经历历，日月昭昭。汉字，是中国人省律行止的式道；是中国人明神祈灵的法符；是中国人承命天地的图腾。中国人生生死死、世世代代都必须不断面对自己的文字。"[4]属于中国古代文化重要组成部分的古代文学（尤其是占主体地位的古典诗歌），更是深烙着古代汉语思维特别是字思维的印痕。寻索古典诗歌所具有的精神特质，是离不开对字思维的深入探究的。可以说，古典诗歌的许多精妙之处，许多艺术的奥秘，都可以从字思维中找到线索和答案。

汉语的字思维里充满了形象性、直观性和跳跃性，这种思维在逻辑演绎

---

[1] 谢冕的观点，参见谢冕：《丰富而贫乏的年代——关于当前诗歌的随想》，《文学评论》1998年第1期。

[2] [美]沃尔夫：《论语言、思维和现实——沃尔夫文集》，高一虹等译，湖南教育出版社2001年版，第255—256页。

[3] 郑敏：《一场关系到21世纪中国文化发展的讨论：如何评价汉语及汉字的价值》，《诗探索》总第24辑（1996）。

[4] 石虎：《论字思维》，《诗探索》总第22辑（1996）。

的层面上可能存在着明显的不足，但在诗性智慧的凸显上却有着无以替代的优势。高秀芹认为："汉字确实与诗更接近，在某种程度上可以这样说，汉字适合诗而不适合思维，它的趋向、含蓄、暗示直通非分析、非抽象、非概念的直觉思维，所以，中国古代诗歌一直非常发达，而分析哲学、逻辑、科学一直没有发展起来。以汉字为书写符号的汉语系统直接促进了中国古典诗歌的发展繁荣。"[1]这是很有见地的。富有诗性智慧的汉语字思维，既成为中国人与生俱来的思维宿命，又给国人尤其是诗人们带来了宝贵的艺术滋养，塑造并成就了他们富于创造性的思维能力，正如吴思敬先生所说："诗人们在汉字中长大，在汉字中生活，汉字不仅滋养着一代代诗人的心灵世界，而且影响和制约着诗人的诗性思维。"[2]

汉语的语法特点与西语存在着很大差异，西语中的词语意义受制于整个句子的语法构造，而汉语的词语意义则一般不需要考虑句子的语法属性。德国语言学家洪堡特曾指出："汉语不是根据语法范畴来确定词与词的联系，其语法并非基于词的分类；在汉语里，思想联系是以另一种方式来表达的。其他语言的语法都由两部分构成，一是词源部分（指形态），另一是句法部分，而汉语的语法部分只有句法部分。在其他语言里，为理解一句话，我们必须从分析词的语法属性开始，根据语法属性把词构造成句子。在汉语里则没有可能这样做。我们必须直接利用词典，句子的构造完全取决于词义、词序和词语意义。"[3]汉语的这种语法特性，决定了其构成句子的每个词语在意义表达上的较大独立性，这也进一步增强了汉语字思维的功能和特性。具体到古典诗歌，我们必须指出，古诗创作中经常出现的"推敲""炼字"情状，正是这种强调字思维、凸显词语意义独立性的汉语特性的直观反映。郑敏先生认为，中国古典诗歌存在着"简而不竭""曲而不妄"等等表达特长，这是新诗特别需要向古诗学

---

[1] 高秀芹：《"字思维"与现代诗歌语境》，《诗探索》1997年第3辑。

[2] 吴思敬：《字思维与中国现代诗学·序二》，谢冕、吴思敬主编：《字思维与中国现代诗学》，天津社会科学院出版社2002年版。

[3] 洪堡特：《论汉语的语法结构》，《洪堡特语言哲学文集》，姚一平译注，湖南教育出版社2001年版，第105—106页。

习的地方。论述古诗"简而不竭"的优点时,郑敏分析道:"'简'是我们努力的起点,但'简'又必须给读者一种不枯竭的感觉。意枯力竭的'简'自然达不到艺术效果。如何简而不'竭'呢?这就有字内与字外两种路子。字内就是要使字的内涵饱满,用庞德的话说,每个字都是充好电的。这是讲字的强度,但作为汉语文化,字的内涵不尽有强度,还有深度。如果字能一口井那么深,那么在诗中它的不穷竭就是当然的了。同时内涵又有外展的广度,一个字它所触发的联想就是它的外延的广度。这在古典诗中诗常见的……"[1]由此可见,古典诗歌"简而不竭"的表达优长,是与古代诗人较为发达的"字思维"能力分不开的。从这个角度上说,现代汉诗对古典诗歌传统的继承,首先就应体现在对这种"字思维"意识和能力的继承上。

"字思维"与现代汉诗创作

正像一些诗论家所明确意识到的,"字思维"理论的探讨,对于推助现代汉诗的创作来说,是不乏积极意义的。李震指出:"石虎先生所道出的这种以汉字构成方式为代表的'字思维'已经深深地塑造了国人的无意识,并成为汉语文化的本源性的思维和创造特性,尤其在诗意创造中,'字思维'永远会发挥它无与伦比的优势。"[2]这告诉我们,无论是在古典诗歌的创作还是现代汉诗的创作中,"字思维"都扮演着极为重要的角色,起着极大的作用。沈奇则以"汲古润今"一词来概括"字思维"意识对于当代诗歌创作所具有的启发意义:"汲古是为了润今,特质之润,技艺之润,本体还是今而非古。因此我认为,有关'字思维与中国现代诗学'的讨论,还是要落在汲古润今这个点上,在技艺的层面而非本体的层面谈问题,以防伤筋动骨。"[3]强化"字思维"意识对于

---

[1] 郑敏:《试论汉诗的某些传统艺术特点——新诗能向古典诗歌学些什么?》,《郑敏文集·文论卷(中)》,北京师范大学出版社2012年版,第507—508页。
[2] 李震:《"字思维说"的诗学意义——兼与余仰仲先生商榷》,《诗探索》总第22辑(1996)。
[3] 沈奇:《可能与局限———关于"字思维"与现代汉诗的几点断想》,《诗探索》2002年第3—4辑。

增强现代汉诗的民族美学特质和提升现代汉诗的创作技艺具有显在的作用，沈奇的这一观点是站得住脚的。

　　汉语是所有中国人使用的母语，中国文学和文化的许多闪光之处、许多思想精髓，都存储在汉语的语言符码之中，存储在每个方块汉字之中。石虎提出的"字思维"理论，对于当代诗人的重要启示之一，就在于它警示人们，中国诗人只有不断强化自己的母语意识，才能通过对汉字最为精深的领悟，达到对诗歌精神和诗性智慧的更确切理解和把握。很大程度上，中国诗人的母语意识，就是汉字意义，就是字思维意识，汉字作为一种独特的语言文字，有着非同凡响的个性特征："每个汉字是宇宙灵界的范畴图式概念。汉字以小寓大，以字寓道，是宇宙的内在本质之本元形式。每一个汉字的内涵，远远不是字典所能容纳的。因此，汉字不听命于语法，它甚至可自由并置成辞。一个字甚至可大于一篇文章。所以汉字的单字不仅仅构成语言，单字也支配语言，甚至支配思想。"[1]因此，对每一个汉字的尊重和重视，就是对汉语的尊重和重视，也是对中国文化和文学的尊重和重视。中国人鲜明母语意识的形成，就是基于这种尊重和重视的。而现代诗人在母语意识上的淡薄，很大程度上就体现在对中国文字的情感淡薄上，"中国新诗诗人的心中实际上没有中国文字，诗人们丧失了对于中国字的依恋之感。他们从来没有景仰过字。字和我们的生命究竟有什么联系，诗人们也说不出一个所以然。""字思维"的提出，则为新诗创作重新找回母语意识提供了契机，"这个论说第一次将'字'的问题提升到一种诗学价值观的高度，它使中国当代诗歌的反思行为有了一个较为明晰的凝视对象，亦使新诗重建母语写作意识有了确凿的可能。"[2]

　　进一步分析，我们可以发现，"字思维"理论里深藏着与现代汉诗创作密切相关的词汇学、意象学等诸多诗学玄秘。在词汇学层面，字思维为现代汉诗的语言选择和语词组合提供了具体可行的方案，使现代汉诗在形成自己的表意词典、开辟自身的美学境界上大有作为："现代汉诗可以凭借诗与字的同

---

[1] 石虎：《论字思维》，《诗探索》总第 22 辑（1996）。
[2] 梁小斌：《论我手写我口》，《诗探索》总第 22 辑（1996）。

构,化六书入诗法;又可探实字词分合之间的奥妙,精心练字选词,致力于意新语妙,开拓出诗美创造鱼跃鸟飞的阔海高天。"[1]不仅于此,字思维还以词汇建构为基础,延伸到现代汉诗的结构组织和篇章构造上,"汉语的字思维运作于中国现代诗美创造,不仅关系到造字、组词、炼字等方面,而且贯穿于诗的造句、建行、分节、谋篇全过程。汉字有音、形、义,汉诗也有音、形、义,由字的音形义到诗的音形义,又由诗的音形义到字的音形义,两者多次反复的双向运动,促发着诗美创造的灵感,蕴含着诗美创造的玄妙天机。"[2]在意象学层面,汉语诗歌的意象与西方诗歌的意象从来就不是同一个概念,由于汉字本身具有字象和物象的两重性,因此汉语字思维一定意义上就是意象思维,汉语诗歌因此也就形成了一种意象诗歌。邹建军认为:"意象,这神秘的精灵,它产生于何处?我认为,它内在的产生于中国古典诗人独特的意象思维方式,外在地产生于神秘的、具有高度创造与组合功能的东方汉字。"他还进一步指出:"意象的产生时诗人内在之意与客观外在之象互相发现、互相拥抱而产生的新的生命体,不论其内在之意如何复杂和变化,意象最终都表现为一个具体、鲜活、可感知的物象。汉字是一种象形体系的文字,即每个汉字都是具体的、可视的物象,或者说一个具体的汉字一映入我们的眼帘,就可以唤出一个物体来,并引起许多有关联想。"[3]可以说,对字思维的突出和强调,有助于现代汉诗在意象构建上获得新的发展与拓进。

此外,"字思维"理论的探讨,也促使当代诗坛深入反思现代汉诗在语言打磨和锤炼上存在着的粗糙有余、精当不够的缺陷,进而做出有效的改进。我们知道,古代诗人在字词的锤炼上是花尽心血的,正所谓"吟安一个字,捻断数茎须""为人性僻耽佳句,语不惊人死不休"。诗人洪迪指出:"古人讲究炼字,有'诗眼'、'响字'、'一字师'之说。汉字的特点是几乎字字独立,作诗

---

[1] 洪迪:《汉字与诗》,《诗探索》总第24辑(1996)。
[2] 洪迪:《字思维与诗美创造》,《诗探索》1997年第2辑。
[3] 邹建军:《意象与汉语的诗性特质——我看石虎的"字意象"说》,《诗探索》1997年第4辑。

时字字推敲,方能语新意妙,圆美流转如弹丸。"[1]对于古诗创作中的炼字炼句特点,这段话是概括得很到位的。现代诗人中自然也有精心于语言磨砺的,如闻一多、臧克家等,"同闻一多一样,臧克家也抱着'语不惊人死不休'的精神写诗。在中国新诗史上,这两位诗人最有资格做写诗朋友炼字、炼句的楷模。"[2]但总体而言,现代汉诗在语词使用上的精选挑选、不断锤炼等方面却做得远远不够,大多数诗歌只注意意义表达的出奇制胜、一气呵成,很少在炼字炼句上费尽心血、下足功夫,这造成了现代汉诗精品不多、粗制滥造之作泛滥的残酷现实。因此,"字思维与中国现代诗歌"的专题探讨,通过对字思维意识的突出和强调,归纳出古典诗歌精心于字句雕琢的创作特征,这对于引导现代诗人注重语言的锤炼、极力创造出更多更好的诗歌精品和力作来说,无疑是意义非凡的。

"字思维"与现代汉诗的阅读和阐释

洪堡特曾经指出:"语言特性的差异在精神活动和思维、感知的方式中表现得最为明显。这类差异对主观性的影响是无可辩驳的。每一种语言的特性在诗歌里面最能显示出来,因为在诗歌里,既成材料不会给精神带上任何羁绊,或只起微小的束缚作用。"[3]以此类推,汉语的特性可以在汉语诗歌中清晰地找见,换句话说,在汉语诗歌里,无论古典诗歌还是现代诗歌,都或隐或显地体现着"字思维"意识。"字思维"理论提醒我们,"在阅读汉字作品时始终关注汉字本身,关注汉字与作品意义之间的深层关系。"[4]在我看来,从"字思维"的诗学视角出发,是有望在现代汉诗的阅读与阐释中开辟出新的天地的。

"诗歌语言不是理性的驯服工具,是从心灵中流淌出来的,从心底迸发出

---

[1]洪迪:《汉字与诗》,《诗探索》总第24辑(1996)。

[2]常文昌:《臧克家对新诗艺术的贡献》,《写作》1994年第10期。

[3]洪堡特:《论语言的民族特性》,《洪堡特语言哲学文集》,姚一平译注,湖南教育出版社2001年版,第77页。

[4]高玉:《"字思维"语言学辩论》,《诗探索》2000年第3—4辑。

来的，不受意识直接控制与指挥的语言文字，是意识与无意识交流碰撞而产生的语言精华。"[1]对于沉迷于诗意表达世界的汉语诗人来说，其所拥有的字思维意识，既是一种有意识，也是一种无意识，更准确地说，是有意识和无意识相互交织、彼此渗透的一种共生物，因此，当我们阅读和理解是诗人们用艺术的文字所构建起来的诗歌文本时，从字思维角度着手，立足于语言层面的挖掘与探究，是可以有效打开一首诗的诗意世界和美学空间的。试以李少君《眺望》一诗为例来说明。全诗为：

眺望，可以是码头
白帆消失的长江尽头
久久伫立的船头身影
长风浩荡一路送行

眺望，可以是车站
列车通往的远方
窗口挥舞的一方纱巾
以及一双深不见底的泪眼

眺望，可以是山顶
一行大雁指引的方向
一缕炊烟升起的地方
一段家书描述的故乡

眺望，当然也可以是眺望本身
流水能流多远，眺望就可以有多远
思念能保持多久，眺望就会有多久

---

[1] 章燕:《汉文与诗歌的现代性》,《诗探索》1997年第2辑。

历史一样地眺望，在宜宾
这是眺望的源头，这里的眺望
长江一样长，长江一样远
长江一样悠久……

在汉语中，"眺""望"都是指凝眸、注视等视觉行为，但二者是有一定差异的，《孔子家语·辨乐》中曰："高望而远眺。"也就是说，"眺"意为往远处看，"望"意为"往高处看"。李少君的这首诗中，就鲜明体现着诗人的字思维意识，诗歌既写了远眺的情形，"白帆消失的长江尽头""列车通往的远方"，又写了望高处的情形，"一行大雁指引的方向""一缕炊烟升起的地方"，多个镜头的拼接，将诗人"眺望"的视觉行动全方位显现出来。更为重要的是，无论是往远处看，还是往高处看，中国人的视觉行动里常常会满渗着情感，内心深处也涓涓流淌着无限的思念与祝福，这也就决定了中国文学是"有情的文学"（王德威），中国文人的字思维里往往都携带着饱满的情感，《眺望》一诗内在蕴蓄的浓郁情绪也基于此。可以说，汉语字思维在李少君的这首诗中体现得非常明显，而从字思维的角度出发，就可以有效发掘出其中的深意来。

汉语的每个词语都有着相对独立的意义能量，正如洪堡特所言："在一个汉语的句子里，每个词似乎都要求人们对其斟酌一番，考虑到它可能会有的种种关系，然后才能继续看下面的词。"[1]洪堡特的这段话，也从某个侧面强调了汉语字思维的重要性，同时也暗示着在阅读和阐释文学作品时字思维意识所扮演的角色。而诸多独立的汉字组合在一起，一首诗由此形成意义的混响，从而使"'字思维'的并置美学原则充满'阐释的空间'"[2]。以顾城《一代人》为例，诗中的"黑""夜""（黑）眼睛""寻""找""光""明"都渗透着诗人的字思维意

---

[1] 洪堡特：《论语法形式的性质和汉语的特性》，《洪堡特语言哲学文集》，姚小平译注，湖南教育出版社2001年版，第150—151页。

[2] 王岳川：《汉字文化与汉语思想——兼论"字思维"理论》，《诗探索》1997年第2辑。

识，同时又具有较大的阐释可能性。以"字思维"为理论视角，能揭示出该诗某个特定的意义层面的内涵。

总而言之，由《诗探索》主导的有关"字思维与中国现代诗学"的讨论，是 20 世纪末到 20 世纪初现代汉语诗学中的一次非常重要的理论探讨，其所聚焦的"字思维"问题可以视为中国诗学的元问题，通过深入探讨，我们在现代汉诗如何继承古典诗歌传统、如何更好地创作出精品佳作、如何引导读者准确地阅读与阐释等方面，都获得了新的认识，中国现代诗学也因此得到了显在的发展与深化。

作者单位：岭南师范学院文学与传媒学院

诗探索与彭燕郊
——基于40年历程的考察

易 彬

在1980年12月出版的《诗探索》创刊号上，谢冕执笔、署名"本刊编辑部"的发刊词《我们需要探索》明确提出："《诗探索》的主张，可以简单地概括为三个短语：自由争论、多样化、独创性。自由争论是艺术民主的前提，在学术面前，权威和普通读者是一律平等的。真理总是越辩越明，而且只有用无拘无束的自由争论，才有可能达到多样化并鼓励独创性。"可以不夸张地说，正是在这样一种"探索"精神的指引之下，这样一本"第一次"出现的、关于诗歌的"专门的理论批评的刊物"[1]走过40年的历程，依然保持着独特的活力。

回顾一份创刊40年的刊物自然有很多角度，其中，这份刊物和作者之间的关系无疑是值得深入探讨的。刊物既有相对明确的主张，那么，也会有固定的作者群体——我对于这方面的现象其实也还没有来得及展开仔细考察，但因为近年来对彭燕郊的相关文献多有关注，发现"彭燕郊与《诗探索》"足以构成一个话题。知网搜索显示，《诗探索》所载文章之中，共约有50篇出现了"彭燕郊"的字眼，其中，彭燕郊本人文字为6篇（组），初看之下并不多，与《诗

---

[1] 本文对《诗探索》所载论文多有引述，为避烦琐，凡明确提到刊物期号的，未一一注明。

刊》[1]、《黄河文学》[2]、《芙蓉》[3]等刊物所载彭燕郊作品量相比，有一定的差距，但该刊——也只有该刊多次组织"彭燕郊专辑"，并刊发了数篇主题讨论文章，这些文章对于彭燕郊及其诗歌多有精到的阐发，又往往出现在一些重要的时间节点，所以，就一个刊物和彭燕郊的关联度而言，《诗探索》可能是最为紧密的。换言之，在彭燕郊的接受与传播过程之中，《诗探索》扮演了不可替代的重要角色，而其中的诸多线索，又与刊物的"探索"风格正相吻合。

一、最初的、松散的关联

从较早时期的情况来看，彭燕郊与《诗探索》的关联无疑是非常松散的，其名字最初出现在孙玉石1982年初讨论诗合集《白色花》的文章中[4]。"七月诗人"是彭燕郊比较显赫的诗人身份，也是较长一段时间之内，学界讨论彭燕郊的主要视角所在。随后——也是在1982年，在季红真讨论"归来诗歌"的文章中，彭燕郊作于1979年夏天的《家》中的诗句被引述和点评："他们失去得太多了，学会了泰然地嘲谑命运的不公，一个诗人用这样的诗句给一个在动荡中失掉家的朋友"——所称诗句即：

小小的蜗牛的家变成了碎片
……

---

[1] 彭燕郊在《诗刊》累计发表约有15次，大多数是诗歌，也有评论与访谈文字；相关文字也有多篇。同时，值得注意的是，因为《诗刊》的影响力所在，见刊于《诗刊》的彭燕郊诗歌曾被选入不少选本，这对其诗名的扩散无疑也有助益。
[2] 主要是因为罗飞的缘故，从1994年到2005年，罗飞负责的《黄河文学》共发表彭燕郊诗文和相关评论文章共计30余篇（组）。
[3]《芙蓉》为湖南本土的大型文学双月刊，彭燕郊虽然迟至1987年才首次在该刊发表作品，但先后发表十余次，包括《混沌初开》《生生：五位一体》(后改名为《生生：多位一体》)等重要作品均首发于此，《混沌初开》获"《芙蓉》诗歌奖（1991—1992）一等奖"。
[4] 孙玉石:《不曾凋谢的鲜花——读〈白色花〉随想》,《诗探索》1982年第1期。

>人们常说,家是一种负担
>现在该感到轻快了吧
>谁知道呢?可能,习惯于轻快
>并不比习惯于沉重容易……

季红真注意到了彭燕郊诗歌的别致视角。文章后面的段落则还引述了《钢琴弹奏》中的诗句:

>呵,活着,劳动着,战斗着,
>爱着而且被人所爱,是多么幸福呵

在季红真看来,"多么坚强的灵魂,经过了几十年的磨难仍能对生活保持纯爱之心,一个老诗人竟像孩子一样大叫"——"这是复活者的狂欢,归来的诗人们能爱得如此热烈:执着,不能不说是他们最大的收获。"[1]

也许并非是巧合,这两种讨论正显示了1980年代初期彭燕郊进入诗歌评论界的两种主要视角,其一即是"七月诗派"。1981年6月,绿原、牛汉所编选的"七月派"二十位同人诗合集《白色花》出版,其中彭燕郊各时期诗作7首,这对彭燕郊的文学史地位应会有所助益。但也正如孙玉石的评论所显示,"彭燕郊"的名字及其作品只是被简单提及,类似情形在其他一些"七月诗派"的整体性研究之中也是多有出现,这应该可说是彭燕郊在"七月派"之中的地位比较边缘化的表征,即并未被视为"七月派"最具代表性的诗人。其二则是"归来诗人"的身份,季红真的讨论既谈到了彭燕郊的"嘲谑"或"幽默"笔法,也窥见了其"对生活保持纯爱之心",这种大而化之的论述虽不够细腻、缺乏足够的辨识度,但还是把住了彭燕郊当时诗歌的一些重要特点。

《诗探索》当时所载文章中,讨论1940年诗选《黎明的呼唤》[2]和评述"近

---

[1] 季红真:《归来:失去的与得到的》,《诗探索》1982年第4期。
[2] 汪习麟:《历史的脚印——〈黎明的呼唤〉读后》,《诗探索》总第11辑(1984)。

年来诗歌艺术中出现的一些新手法"[1]的文章中，都出现了彭燕郊的名字，但相关论述都比较简略，显示出彭燕郊已进入评论者的视野，但并未被作为主要诗人来看待。

《诗探索》出到总第 11 辑（1984）的时候，首次刊登了彭燕郊的作品，不是诗歌[2]，而是关于《萧三诗选》的一则评论，论文对"革命老战士"萧三的诗歌进行了全面评述，其中多是正面肯定。[3] 有意味的是，彭燕郊日后在谈及萧三和他的诗歌时，又多有反思性的说法。[4] 比照彭燕郊在新时期初期的一些文字和更晚期的谈辞，类似的反差也并非孤例，其间关涉到时代语境和个人观念的演变，可待进一步的辩诘。

而日后，杨匡汉在《〈诗探索〉草创期的流光疏影》一文中[5]列出了最初 12 期的作者，认为"这一可观的队列，汇集了 1980 年代前期活跃于诗歌理论批评前沿的专家，他们的理论贡献，他们的学术性与知识性并重的真诚探索，不该被诗歌界所忘却"。一连串的"大家都来探索"的名单中，也提到了彭燕郊。

二、世纪之交，更多的关联

彭燕郊与《诗探索》的更多联系，是世纪之交的时刻。有一些零散的讨论，如孙玉石、谢冕关于新诗历史的勾描，伍明春关于"归来诗人"的研究，均提到了彭燕郊。[6] 吕进则基于彭燕郊在重庆时期的写作情况，将彭燕郊纳入

---

[1] 徐敬亚：《诗，升起了新的美——评近年来诗歌艺术中出现的一些新手法》，《诗探索》1982 年第 2 期。

[2] 至 2005 年 5 月，《诗探索》2005 年第 1 辑改版为"理论卷"与"作品卷"，延续至今。

[3] 彭燕郊：《读"萧三诗选"》，《诗探索》总第 11 辑（1984）。

[4] 参见彭燕郊口述、易彬整理：《我不能不探索：晚年彭燕郊谈话录》，漓江出版社 2014 年版，第 137—138 页。

[5] 刊《诗探索·理论卷》2011 年第 2 辑。

[6] 孙玉石：《20 世纪中国新诗：1937—1949》，《诗探索》总第 16 辑（1994）；谢冕：《20 世纪中国新诗：1949—1978》，《诗探索》总第 17 辑（1995）；伍明春：《边缘的作为——论"归来诗人"的诗艺探索》，《诗探索》2001 年第 1—2 辑。

"20世纪重庆新诗"的视野。[1]这可说是一个较少被关注的讨论点。不过总的来看，跟本文之前的一些讨论相类似，彭燕郊进入了研究视野，但基本上仅是被简略提到。

值得注意的是，1999年第4辑再次刊载了彭燕郊的评论文章，题为《思想者的诗》，是对于汤锋诗集《亲如未来》的评论。晚年彭燕郊为不少非著名诗人写过评论，汤锋为其中之一。诸种因素之中，与评论对象的"契合"无疑是至关重要的。彭燕郊所讨论的汤锋诗歌的主旨有二，一是"思考"，"现代诗人是以思考为第一选择的，思考成为第一冲动，正如抒情成为浪漫主义诗人的第一冲动，现代诗人在思考中获得理性的升华，从而获得自我灵魂约束的能力。"二是"新"，"汤锋的诗是新的，新到使你惊喜，使你好像发现一条通向新的世界的新的道路而永难忘怀。"了解彭燕郊诗歌的读者，不难从中读出熟悉的味道。日后，陈太胜在评介彭燕郊时，即引述他的类似观点，如"现代诗歌不同于浪漫主义及此前所有诗歌之处，是用思考代替了抒情的主体地位"[2]，认为写"思考的诗"或者"以思考代替抒情"是彭燕郊"1980年代后的散文诗的总体特色"，而这一写法"大大地拓宽了现代诗表现现代生活丰富的可能性"。[3]

一年之后，《诗探索》2000年第3—4辑第一次推出了"彭燕郊研究"专辑，有彭燕郊的《诉说自己》，并有三篇评论文，即赵树勤、王福湘的《生命的悲歌、战歌与欢歌——彭燕郊的创作道路》、石天河的《险峰独步的彭燕郊》和龚旭东的《他创造了"新的颤栗"——略谈彭燕郊的散文诗》。

《诉说自己》的主题即是"探索和创新"，全文基本上是历史回顾的视角——彭燕郊忆及冯雪峰、胡风、聂绀弩等文化前辈的教导，也重申了1942

---

[1] 吕进：《20世纪重庆新诗的发展轮廓——〈20世纪重庆新诗发展史〉导言》，《诗探索》2003年第3—4辑。

[2] 彭燕郊：《再会吧，浪漫主义》，《彭燕郊诗文集·评论卷》，湖南文艺出版社2006年版，第7页。

[3] 陈太胜先是在《诗与音乐——彭燕郊晚期诗作读解之一》（《文化与诗学》2012年第1期）中曾表达了类似观点，随后又在《彭燕郊的散文诗写作和现代诗的一种可能》（《长沙理工大学学报》2014年第6期）一文中有更明确的申述。

年就明确谈到的观点："写诗最大的苦恼是语言的苦恼"。[1]对于"友人颜教授"[2]所谓"写每一首诗都是在探索"的观点，他表示认同，也谈到"探索可一点也不能大意，危险在于很容易弄成技术性的，为探索而探索，没有内在要求的探索。""艺术、文学的本性是新，是以新的丰富已经有的，'旧'的能够存在，因为本来也新，所以有永恒的生命。因此，作为后来者也必须是新的，这是规律，不允许重复，重复是亵渎，是犯罪。""创新要冒风险，成功的系数很低很低。""创新最大的阻力是不被理解，不被接受。""最突出的是看得懂看不懂的问题。""在我们这里，看不懂的问题最闹得凶的是现代主义。"如何将家乡的方言、民间语言运用于作品之中，也是一件令人苦恼的事情。文章在结尾写道：从事文学艺术创造的，要"甘于默默无闻，不要操之过急，更不要妄想以任何文学艺术创造以外的手段去求名图利"，这看起来是对于更年青一代写作者的劝诫，何尝不是彭燕郊一生形象的写照呢！

　　三篇评论文的作者，赵树勤是彭燕郊在湘潭大学的学生，龚旭东可算是晚年彭燕郊最为亲近的朋友，在彭燕郊作品评介、整理方面做了很多工作[3]，两篇评论之中多有知人论世之语。石天河自认是与彭燕郊"十载神交，缘悭一面"[4]，其所谓"险峰独步的彭燕郊"，基于对彭燕郊一生创作历程的回顾，最后落脚于长诗《混沌初开》，"这部长诗，无论就其精神内涵的深邃或其艺术语

---

[1]《文化杂志》1942年第1卷第5期刊载了署名"集体讨论"的《文学创作上的言语运用问题》，其中，彭燕郊在发言中谈道："写诗的时候，感到的最大的痛苦就是语言的痛苦。"

[2] 当是指湖南师范大学中文系颜雄教授（1937—2004），两人一直多有交道，有谈话录《彭燕郊访谈录——诗之思》，刊载于《诗刊》2003年3月号上半月刊；后又以《诗之苦旅——与彭燕郊先生对谈》为题，刊载于《湘潭大学学报》2004年第5期。

[3] 评介文章之外，赵树勤所选编的《坚贞的诗路历程：彭燕郊评介文集》（花城出版社，2007年）为第一本彭燕郊研究资料集；龚旭东编选了《怀念集》（2009年，见后述），并与张晓风整理辑注了《梅志彭燕郊来往书信全编》（海燕出版社，2012年）。

[4]《石天河致木斧（2008年10月12日）》，李临雅、余启瑜选编：《再论木斧》，四川文艺出版社2017年版，第139页。按：目前关于两人的交往材料还不是很详细，没法确断两人是否见过面，但两人交往时间不止"十载"，1980年代中期即开始书信往来，彭燕郊给他数种著作，石天河曾多次撰文评论其作品。

言的新异来说，都达到了中国当代诗歌的第一高度。这险峰独步的彭燕郊，应该是我们当代诗坛的骄傲。"其言辞或有夸饰之处，但对于"险峰独步"这一品质的激赏，无疑抓住了彭燕郊写作的关键词，与彭燕郊本人念兹在兹的"探索与创新"的观念正相应和。

此后，《诗探索》2005年第2期，也可算是一次小小的专辑，"探索与发现"栏目集合了三位诗人的"暮年之作"，即卞之琳的《午夜听夜车环行》、彭燕郊的《湖滨之夜》和辛笛的《寒冷遮不断春的路》，并配有沈奇的《入常——读卞之琳、彭燕郊、辛笛三位名家晚年诗作有感》和周晓风的《赏析〈面对暮年的三首短诗〉》。中国作家绝少有堪称完美的"暮年之作"或晚年写作，这原本是一个非常有意味的话题——就所选择的三位诗人而言，卞之琳、辛笛的诗名无疑更高，但就总体而言，无论是写作精神还是实际的诗歌文本，两位的晚年写作实难恭维。但刊物所选择的诗歌文本似不够妥帖，两篇评论又均是蜻蜓点水，观点未及展开，因此，其实际效果看起来比较平淡。

三、连续三次专辑

《诗探索》对于彭燕郊的更多关注出现在2008年。彭燕郊于这一年3月31日逝世。这一年6月出版的《诗探索·理论卷》第1辑有"彭燕郊创作研讨会论文选辑"，包括四篇论文，即陈太胜的《幻视的能力：彭燕郊的早期诗作》、霍俊明的《尖利冰川下的河流：灵魂和诗神的默默叩问者——彭燕郊论（1949—1979）》、李红云的《接续〈野草〉传统而独树一帜——试论彭燕郊的散文诗〈混沌初开〉》和本人的《关于"彭燕郊访谈"的几点想法——兼谈〈彭燕郊诗文集〉的出版》。所称"创作研讨会"，为2007年5月26日在湘潭大学举行的"《彭燕郊诗文集》出版暨创作研讨会"，由中国当代文学研究会、湖南省作家协会、湘潭大学文学与新闻学院、首都师范大学中国诗歌研究中心和湖南文艺出版社共同主办。

《彭燕郊诗文集》为湖南文艺出版社2006年12月出版，分三卷四册，诗歌卷分上下册，散文诗、评论各一卷，这是多卷本彭燕郊作品集首次出版，也是彭燕郊晚年写作中最为重要的事件,历时数年乃成。不少作家到了晚年之际,会对自己的写作进行全面的梳理、审订,包括篇目的汰选、文本的修订等等。诗人之中,卞之琳是非常典型的一例。[1]彭燕郊大致也可以归入此一序列。彭燕郊的写作庞杂,总量较大,四卷本的容量有限,有大量作品被遗落在外。而且,此前所出版的作品集也不算多,仅就诗歌而言,新时期以来仅有两种,即1984年版《彭燕郊诗选》和1997年版《当代湖南作家作品选·彭燕郊卷》,要么年代已久,要么印量偏少、发行有限[2],一般读者很难比较完整地读到彭燕郊的诗歌。因此,就实际效果而言,这套《彭燕郊诗文集》对于当时彭燕郊的传播起到了不小的作用,陈太胜即坦陈因为阅读这套诗文集,"彭先生在我心目中的形象似乎完全变了——变成了我们这个时代杰出的诗人。"(后文还将叙及)。稍后,2009年5月,由教育部人文社会科学重点研究基地南京大学中国现代文学研究中心主办的第一届"中国当代文学学院奖"评选活动,授予《彭燕郊诗文集》以"特别奖"。这即是突出的反响所在。当然,写作者自是有修改自己的写作的权利,但从历史的维度来看,对于经过修订的文本,研究者还是宜保持审慎的态度。[3]

上述会议的主办方,包括彭燕郊所在作家协会、当年工作的单位、作品集的出版方,这些都是湖南本土的因素,还有另一种因素,主要是跟会议的重要召集人吴思敬先生有关,吴思敬时任中国当代文学研究会副会长、首都师范大学中国诗歌研究中心副主任、文学院教授,也是《诗探索·理论卷》主编,因

---

[1]《卞之琳译文集》《卞之琳文集》(安徽教育出版社2000年版、2002年版),均经过了卞之琳本人的仔细审订。

[2]彭燕郊曾笑称《当代湖南作家作品选·彭燕郊卷》"是一项文化工程,只在开会的时候送送人,读者在市场上根本就买不到",见彭燕郊口述、易彬整理:《我不能不探索:晚年彭燕郊谈话录》,漓江出版社2014年版,第195页。

[3]严格说来,《彭燕郊诗文集》不宜作为历史文本来看待,在讨论彭燕郊更早时期的写作时,不宜作为底本来讨论,否则会出现"版本互串"或"阐释混乱"的情形,但一些研究与文学史著并未注意这一点,如严家炎主编的《二十世纪中国文学史》(高等教育出版社2010年版)在关于彭燕郊的讨论之中,即是使用这套诗文集。

此，会议的举办、论文选辑的刊出，均可说在相当程度上显示了《诗探索》对于彭燕郊的看重。实际上，吴思敬本人稍后还发表了长篇评论《风前大树：彭燕郊诗歌论》[1]，对彭燕郊的人生历程与诗歌艺术予以了充分的肯定。

《诗探索·理论卷》所刊载的四篇论文，从早期诗作、中期诗歌、散文诗以及彭燕郊访谈四个不同角度展开。陈太胜提出了一个非常有意味、但至今仍未被充分讨论的话题，即彭燕郊早年诗歌的认识。在他看来，彭燕郊有一种"从现实中获得某种超越于现实之上的'幻视'的能力"：

就我对彭燕郊早期诗歌的阅读而言，他的诗非常明显地体现出与文学史所强加给"七月派"的那种单一的战斗的现实主义的总体风格的不相吻合。他早期诗作中的很大一部分，都可被列入新诗史上最好的作品之列。

彭燕郊具有一种惊人的把现实变成想象的诗的能力，与那种夸张的强制性的语言暴力完全不同，这是节制的更为有力的声音，在此，诗确证了自己在人类文明中独特的作用和力量，它不仅仅是一种知识，一种呼吁，同时是娱乐人的带有甜美声调的音乐。

之前也谈到，彭燕郊的诗歌往往被放置在"七月诗派"的整体视角中予以讨论，这对彭燕郊的诗名有一定的提升，同时，也会形成一定的遮蔽，妨碍对于其作品的细致研读，陈太胜的研究用以对照的即"七月派"的整体风格，论文通过对于彭燕郊早期诗歌文本的细致阅读，把住了彭燕郊独特的艺术风格，从而揭示了新的认识可能性。

其他的三篇，霍俊明所谈论的是1949—1979年间的彭燕郊，在当时是一个较少被涉及的话题。而其论断也是铿锵有力："彭燕郊，这个时代的黑色大海上孤独而倔强的漂泊者和涉险者，最终以闪耀着光芒的诗歌漂流瓶铭记了一个时代，一个时代多舛的命运和永不曾放弃追问和省思的灵魂。"李红云将彭燕郊的长篇散文诗《混沌初开》的写作上溯到"野草"传统，并论述了其"独

---

[1] 刊载于《文学评论》2008年第5期。

树一帜"的创制。至于我的论文所称"访谈",即我从2005年开始进行的彭燕郊系列访谈,后定名为《我不能不探索——彭燕郊晚年谈话录》。因访谈而搜集到较多的材料,对于文学史的一些既定叙述略有不同看法,同时,基于历史主义的眼光,对《彭燕郊诗文集》的编撰也提出了些许意见。

随后的两个专辑,均明确带有纪念性质,先是《诗探索·作品卷》2008年第1辑的"作品与诗话"栏目,刊载了《彭燕郊诗六首》以及悼念文章两篇,即远人的《悼念彭燕郊老师》和聂茂的《在春天,一个老人悄悄地走了》。随后,《诗探索·作品卷》2009年第1辑的"作品与诗话"栏目又刊载了孟泽的《彭燕郊的世故与天真》、兰馨的《献》以及《彭燕郊先生遗作三首》。

"诗六首"为六首不同时期的诗作,即《路毙》《夜闻雁过》《影子》《湖滨之夜》《西照的阳光斜斜地》《清朗》。远人和聂茂都是湖南本土的诗人,也是彭燕郊撰文评介过的诗人[1],两篇纪念文均是真挚可感。孟泽早年就读于湘潭大学,自认是自"90年代的某一天"开始,成为彭家的"座上客","获得随时'登堂入室'的资格",其所谓"彭燕郊的世故与天真",实在是道出了彭燕郊身上最为珍贵的品性:

对于他来说,"世故"意味着一种如何清醒、如何自律的隐忍和妥协,而劫波渡尽后的从容淡定,其实又暗含了怎样惊心动魄的倔强、固执和波涛汹涌。

孟泽的文章有一个副题,"《〈彭燕郊诗文集〉出版座谈暨创作研讨会论文集》编后记",所称"论文集"指的是他和时任湘潭大学文学院院长季水河教授主编的《默默者存:彭燕郊创作研讨会实录暨论文选》,湘潭大学出版社2009年1月版,收入会议资料、11位嘉宾发言、近30人的发言实录及评论文章19

---

[1] 分别见彭燕郊:《宁静、真诚与感动——读远人组诗〈保存的记忆〉》,刊载于《诗歌月刊》2006年第2期;《宁静明朗与真挚吟唱——聂茂诗集〈因为爱你而光荣〉序》,《湘潭大学社会科学学报》1997年第3期。

篇。[1]"默默者存"典出《汉书·杨雄传》，也可见于彭燕郊的同时代人牛汉的评介——牛汉认为"默默者存"是"民族的传统"："近五十年来，有沈从文、丰子恺、晚年的孙犁、上海的施蛰存和湖南的彭燕郊，等等，他们'默默者存'，清苦，自在。"[2]

所载彭燕郊"遗作三首"为《历史的存量》《立体交叉》《叠水》。孟泽在按语的最后写道："李振声先生在惊悉彭燕郊老师逝世的噩耗后曾说，彭燕郊'没能来得及用尽他的全部心血不世出的才情和跟真正的心灵肉体上的大悲欢缠绕在一起的思想'。陈太胜先生、张业松先生说，彭燕郊是一个被严重低估的诗人！"这番言辞，无疑是试图引起更多的关注。彭燕郊的夫人张兰欣在《献》(署名兰馨)之中，简略交代了彭燕郊写作修改的情形，称这是"这个一辈子和'诗'捆绑在一起的诗人的最后心声"，"他仰望虚空中的历史，企望那神秘的指北针坚定地指向光明善良。"这类形象化的说法，也有助于理解彭燕郊的写作历程。

四、"十周年"的纪念以及多篇讨论

《诗探索·理论卷》2010年第2辑有孟泽与陈太胜合作的长文《彭燕郊的诗与诗学》，此文的形式非常别致，是陈太胜主持的研讨班的实录，根据他的说明，"这种研讨班是学术研讨的一种方式，先有孟泽教授的一个演讲，然后有我选择的彭燕郊先生的几首诗的朗诵，之后我再从一个特定的角度，阐释彭先生的诗歌。最后，我希望能有大家参与的现场讨论。所以我说这是一个新的形式，希望在座各位也有一个新的不一样的参与的态度。"所以，此文既有孟泽的长篇演讲，有陈太胜的阐释，也有年轻学子们的参与讨论，构成了一种非

---

[1] 随该书同时印制的还有龚旭东所编《怀念集》，共收入4类资料，即"彭燕郊先生告别仪式资料""媒体报道选""怀念文章选"，及附录3种(挽联、挽词选；送花篮、花圈，发唁电名单选；收集、整理彭燕郊遗著、书信函)。

[2] 牛汉口述，何启治、李晋西编撰：《我仍在苦苦跋涉》，北京：生活·读书·新知三联书店2008年版，第246页。

常活跃的氛围。比如，不止一位同学提到，作为更年青一代的读者该如何更好地阅读、进入彭燕郊的诗歌。如缺乏乡土生活经验，诗中的细节"会不会就成了他们无法承担的累赘"？或者，与诗人缺乏接触和了解，无法知人论世，"会不会对他们的诗歌存在一种误读？"以此来看，好的诗歌（也不仅仅是彭燕郊的诗歌）该如何传阅下去，不能不说是一个重要的问题。对此，陈太胜的回答是：随着时间的流逝，细节不会成为负担，"就像博物馆里面的文物一样，越细致越完整，可能越让你觉得复活了这样一种生活。"

2018年，《诗探索·理论卷》第3辑再次向彭燕郊这位"'默默者存'的重要诗人"表达了"深切缅怀和崇高敬意"，推出"纪念诗人彭燕郊逝世十周年"专辑，包括陈太胜的《不合时宜的歌者》、孟泽的《"工夫即本体"——彭燕郊的诗学思想与立场》、我的《"算是尽了自己的微力了"——再说彭燕郊与陈实》以及周实的《怀念彭燕郊》、欧阳白的《我们要继承彭燕郊先生什么？》、刘涵之的《诗学与诗歌的互歧》。后三者为笔谈类文字——本年3月31日为彭燕郊逝世十周年纪念日，我在学校主持召开了一个小型的座谈会，以省内的学者为主，也包括专程从广东、海南赶来的彭燕郊家属和学生，共计40余人，笔谈文字主要就是当时的发言记录。

前三者都是专门撰写的长篇讨论。陈太胜比较详细地描述了因为梁宗岱研究而开始与彭燕郊交往的情况，其中也有对于彭燕郊的散文诗的高度评价：

> 作为一个长期被忽视，至今其写作成就没有得到应有和公正评价的诗人，彭先生的散文诗写作也遭受到了相类似的命运，还只为少数人所看重。事实上，依我个人的判断，彭先生是中国现代继鲁迅之后在散文诗这一文类的写作上做出最重要贡献的作家。还没有得到充分重视和研究的彭先生的散文诗写作，恰恰体现出了其写作的丰富性与实验性，或者说是先锋性。

对照《诗探索》先前所载陈太胜关于彭燕郊早年诗歌的评论——也可以包

括此前已经提到的两篇论文[1]，可以了解陈太胜何以称彭燕郊为"杰出的诗人"的内在理路。此种评价远在一般的言论之上，还有待学界更细致的研读和体察。

孟泽的文字是他先前给《彭燕郊诗文集·评论卷》所作的序言，其中对彭燕郊的"诗学思想与立场"做出了深入的辨析，包括关于"浪漫主义"，关于"现代现实主义"、"理论还原与生命还原"、"超越恩怨，但不超越是非"以及关于"散文诗，关于"技进于道"等等议题。在孟泽看来，"在某种意义上，理论和思想常常是困境的产物，在一种唯独不缺少聪明和世故的文化中，这种困境很容易被超越，包括被所谓'智慧'所化解，而彭燕郊的困境以及由此而来的理论，正是他虔诚地而不是'聪明'和'世故'地面对诗与美的结果。而且，对于彭燕郊来说，理论的澄清并不意味着终点，而是起点。也许，不仅对于诗与诗学，对于一切人文的艺术的创造而言，得失、新旧、通变乃至正误，都是相对的，（内心的）态度才是根本。在我们的时代，这一点尤其重要。"所谓"虔诚"，出自《彭燕郊诗文集·评论卷》所收录的《虔诚地走近诗》。将"（内心的）态度"和"时代"并置，既包含了对于时代的看法，也显示了对于写作态度的看重。

至于我的那篇关于"彭燕郊与陈实"的文字，跟这些年整理彭燕郊书信的工作相关。当时正在为整理完成的《彭燕郊陈耀球往来书信集》寻求出版机会，所见彭、陈二人书信共 660 封，约 36 万字。[2] 彭燕郊与翻译家陈实的通信量也可说是非常之大，单单是彭燕郊的去信就超过了 30 万字。本文一方面是试图展现彭燕郊文献的整理实绩（附录了 1984—1986 年间的彭信 5 封），另一方面，陈实为翻译家，彭、陈二人书信的主要议题就是翻译出版事业，如题所示（语出 1986 年 4 月 25 日彭燕郊的去信），旨在再次申述彭燕郊在新时期以来的文化建设中的身份与抉择，即"借助译介活动来推动当代文艺发展的自

---

[1] 前三篇论文均收入陈太胜的《声音、翻译和新旧之争：中国新诗的现代性之路》，湖南人民出版社 2016 年版。

[2] 目前，该书信集已出版，见易彬、陈以敏整理注释：《彭燕郊陈耀球往来书信集》，百花洲文艺出版社 2020 年版。

觉意识"。

除了彭燕郊逝世十周年的纪念专辑之外,当时或稍后,邱景华在《诗探索》连续发表了两篇跟彭燕郊相关的研究论文,先是《诗探索·作品卷》2018年第1辑所载《比较中细读:〈小泽征尔指挥〉》,其中包含了"艾青、彭燕郊、蔡其矫同题诗比较"的版块;随后,《诗探索·理论卷》2019年第3辑又有《彭燕郊〈混沌初开〉细读》。前者以蔡其矫的《小泽征尔指挥》为参照,认为彭燕郊的《小泽征尔》"最精彩的,就是这些超现实的想象和超现实的意象和场景,把交响乐雄壮而美妙,但不可捉摸的世界,表现得如此具象而清晰",但也存在"恣意展开,少节制,过于冗长,缺少自由诗应有的格律和形式"的缺点。后者开篇第一句"《混沌初开》是神品",充分道出了作者对于这首长诗的激赏。全文基本上都是文本细读的方式,揭示了这首长篇散文诗的内涵,认为"它对散文诗艺术功能的重大拓展和更新","是划时代的、里程碑式的贡献,其深远的影响,现在还难以预见。"

差不多同一时候,叶橹在接受访谈时,也对彭燕郊的《混沌初开》给予了很高的评价——也包括对于其文学史地位的预判,其观点,与邱景华的讨论有相似之处:

彭燕郊的《混沌初开》展示一个特殊的文本。或许可以称它为"散文体长诗"。任何一个仔细地品读了此文本并且真正能够入乎其内地体察其深厚蕴涵的人,无论他对"语言"的认同程度如何,但在"气质"的感受和敏悟上,我想都只能是真正意义上的诗的体验。诗人的那种"精骛八极""思接千载""视通万里"的思绪和灵视,已经超出了一般人所理解的联想和想象的范畴。《混沌初开》目前虽受冷遇,但我对它的历史地位存有信心。

与此同时,他指出:"彭燕郊,他的《混沌初开》很了不得,但如果他一帆风顺的话，是出不了这样的大作品的。"[1]将《混沌初开》置于诗人的命运之下，无疑也是一重别有意味的视角。

小结

总的来说，纵观《诗探索》40年发展历程，前20年与彭燕郊的关联比较松散，但到了世纪之交的时刻，先是刊载了一篇很能展现彭燕郊诗学思想的评论文，又推出彭燕郊研究专辑，后又陆续推出三次（也可以说是四次）专辑，足可说是近二十年最不遗余力地推介彭燕郊的刊物。这虽然也是基于某些特定的时间节点，但其中汇集了龚旭东、孟泽、陈太胜等等目前最好的彭燕郊研究者，我也有幸加入其中，对彭燕郊诗艺的探索、内在精神世界以及文献整理的状况，均有着很好的揭示，大大地推高了彭燕郊研究的水准。而对于这样一位风格卓特的诗人的持续关注，对于探索理念的一再呈现，对于艰涩的文本（如《混沌初开》）的反复剖析，这些行为本身也充分彰显了《诗探索》所追求的"自由争论、多样化、独创性"主张。

2018年，陈太胜关于彭燕郊的研究以"不合时宜的歌者"名之，这源自他本人的一首题为《致一个逝者——给彭燕郊》的诗。其结尾写道：

记住，这个世界上
有这么多好看的书和电影，
这么多好听的音乐，
是多么美好的事。
要勇敢地活着，
要适度，要节制，

---

[1] 庄晓明、李青松、叶橹：《诗歌与生命的解读者——叶橹先生访谈》，《诗探索·理论卷》2018年第4辑。按：叶橹谈到了洛夫主编的《百年华语诗坛十二家》（台海出版社2003年版），其中收入了《混沌初开》。

拒绝浪漫主义，
不过分悲伤或欢乐，
不过分憎恨或热爱。
语言也一样。

"多么美好的事"应是在勾描彭燕郊那宽阔的阅读视野、丰富的艺术生活，而"语言也一样"，与前述彭燕郊所谓"写诗最大的苦恼是语言的苦恼"也正相应和。以更宽广的眼光视之，到目前为止，彭燕郊并未获得足够的诗名和稳定的文学史地位。而在学术评价愈加体制化的背景之下，《诗探索》似可说是已处于某种边缘性的位置，两者之间倒是有着某种微妙的对应关系。但即如不同论者都提到过的那个词，"默默者存"，我还是相信《诗探索》迈过40年的门槛，仍将继续散发它的光亮，而研读彭燕郊的诗，在此一时代，虽或有"不合时宜"之处，但终归会是一件"美好的事"。

2020年7月1日—5日初作；7月10日改定

作者单位：长沙理工大学文法学院

坚守的寂寞与荣光

——阅读《诗探索》"新诗著作述评"栏目随想

罗振亚

不知从何时起,书评在学术界开始被视为小道。其实,这是一直必须破除的思想迷信。必须承认,优秀的书评是沟通书籍与作者、读者、出版机构之间的"桥梁",对外是一项有益于社会的严肃工作,对内则存在着测试书评作者学风健康与否的尊严问题;优秀的书评人必须具备深厚的文化修养、知识经验与公正之心,善于平衡情感与理性的关系。中国现代文学史上,很多作家就都身兼书评家的角色,鲁迅、郭沫若、李健吾、卞之琳、李广田、梁宗岱等,都曾留下过精彩的书评文字。可是,近些年来商品经济大潮的冲击,令许多学术刊物和办刊者越来越"实惠"。它(他)们认同一些人的"偏见",以为书评算不上严格意义上的"文章",发表出来不但难以产生反馈,被摘编、转载的机会少之又少,阅读者非常有限;而且还可能会下拉刊物的影响因子,降低刊物的社会声誉,所以纷纷减少书评数量,或基本不发书评,有的甚至彻底取消了书评栏目,这种非正常的状态已经持续很长一段时间了。尤其是《读书》《博览群书》《中国图书评论》等不少纯粹的书评类刊物,也陆续改变传统的"招式"和"打法",尽量挤压个体书籍的单篇评论的比重,在宏观、热点、问题、现象等维度苦心策划,做"电影学术类图书""童书出版""游戏研究""海外民俗志"等诸多方面的年度盘点或专题综述,种种"挣扎"和"突围"背后,均隐含着无奈的苦衷。

正是在"书评"业整体萧条的背景下，我开始注意 1980 年创刊、已有 40 年历史的刊物《诗探索》，它的"理论卷"从总第 13 辑（1994）复刊起，就开设"诗歌理论著作评介"栏目，发表沈泽宜先生评介吴晓的诗学专著《诗美与传达》一文，尔后，刊物一直"坚守"这个栏目，将推荐、评价新诗理论著作逐渐演化为刊物的一个"传统"。仅以最近五年（2015—2019）的刊物为例进行抽样：2015 年，"新诗理论著作述评"栏目发表书评 6 篇；2016 年，"新诗理论著作述评"栏目发表书评 1 篇；2017 年，"新诗理论著作述评"栏目发表书评 9 篇；2018 年，"新诗理论著作述评"栏目发表书评 3 篇；2019 年，"新诗理论著作述评"栏目发表书评 5 篇。《诗探索》杂志每年 4 辑，5 年共 20 辑，"新诗理论著作述评"栏目计发表书评 24 篇，虽然不是每期都有书评，可是平均每年的书评接近 5 篇，每辑超过 1 篇。也就是说，不管外界反应是肯定还是冷淡，无论自身经营是顺畅抑或亏损，它都初衷不改，始终把"新诗理论著作述评"作为基本固定的栏目，书评数量"居高不下"，踏踏实实，个性与特色更是日益鲜明突出。这份"坚守"的寂寞与荣光，让人钦敬的同时，也催人生出许多不吐不快的感慨。

经过数年探索的蓄势，《诗探索》的"诗歌理论著作评介"栏目已具品牌效应，成了诗歌圈内外的人们了解中国新诗和新诗研究状况的一扇"窗口"、一张"导游图"。从表面看去，栏目里一篇篇的书评好像都散乱地分布着，但仔细品味即会发现，它们合起来却是新诗理论批评史初步连缀的雏形。比如，它的研讨对象从《现代汉诗的发生：晚清至五四》（荣光启）、侧重现代的《中国新诗审美范式的历史转型》（吕周聚）、《诗歌年代——20 世纪 80 年代大学生诗歌运动访谈录》（姜红伟），到《1990 年代新潮诗研究》（罗振亚）、《新世纪诗歌研究》（宋宝伟）、《二十世纪台湾新诗史》（张双英），在长度上大体覆盖了新诗发展的不同时段和区域；聚焦的问题和现象丰富繁多，包括《新诗与汉语智慧》（姜耕玉）、《中国新诗自由体音律论》（许霆）、《当代诗学的观念空间》（张大为）、《先锋诗歌与地方性知识》（霍俊明）、《网络诗歌散点透视》（吕周聚）、《消费时代的诗意与自由》（王士强）、《21 世纪中国诗歌现象研究》（罗麒）；被研讨的批评家个案均是新诗批评史上的优秀代表，有陈良运、叶维廉、陈仲义、陈超、沈奇、陈太胜等一长串诗评家；而书评的撰写者则有孙玉石、古远清、郑政恒、吕周聚、庄伟杰、雷平阳、吴投文、王永、邱志武、刘波、李文钢、卢桢、王士强等，老中青、海内外组构的队伍煞是壮观……从诗歌批评理论历史的纵向梳理，到诗歌境遇和问题的精细解剖，从诗论家个体的定点扫描，到诗评者们的积极参与，视域开阔，细节丰满，凡是诗歌理论批评涉及的领域和问题，一应俱全，彼此间互为应和，大观与微景多元、横向的全貌凸显，使新理论批评的考察规避了凌空蹈虚的路线，质感而立体地落到了实处，内里蛰伏着相对清晰的逻辑线索，便于读者"游览"。"诗歌理论著作评介"可谓从形到质地折射、还原了中国新诗特别是中国新诗批评的主体流脉、筋骨和形象，甚至在一定程度上可以说，它所勘探、观察过的道路就是新诗历史、新诗批评历史走过的道路。

理想的书评不是那种一概表扬式的唱赞歌，或停浮于评价之书内容的逡巡与描述，跟随在书作者后面做诠释性的阐述，而应该成为书评人和书作者以及书写对象之间的三元"对话"、一种多边思想的碰撞和延伸，甚至站在书作者以及作为书写对象的创作前面，评判得失，指点迷津，将书评演绎为某种文学创作或批评规律的深层发现。《诗探索》的"诗歌理论著作评介"栏目获得了这一功能，它在对评论的书本身和书所研讨的对象方面的反馈是及时而有力的。如 21 世纪诗歌至今仍然处于"尘埃未定"的状态，以之为审视对象，自然需要冷静甚至尖锐的提点，所以宋宝伟在其《新世纪诗歌研究》一书中，以一章的篇幅，从"轻"与"重""多"与"少""常"与"变"三对矛盾出发，严厉批评了新世纪诗歌的缺失，指认其诗魂变轻了，诗歌精神放逐了，非诗化事件变多了，诗歌变得功利主义了，有分量的诗歌批评变少了，诗歌的常态写作和非常态写作错位失衡了。而对宋宝伟这种坚守批判的良知评是论非、撇开顾忌持论公允的态度，邱志武在《诗探索·理论卷》2017 年第 2 辑上发表的书评《当下诗歌批评中的整体性与历史化视角——评宋宝伟著〈新世纪诗歌研究〉》中，则高度认可；并进而由作者否定赵丽华的《一只蚂蚁》，赞赏其"锋芒犀利，直击要害，不能任诗坛放任自流，不能任诗意自我放逐，体现出一个研究者对诗歌命运的'焦灼'和不安，凝聚着他对诗歌担当与使命的殷殷期待"，自然而然地亮出了自己的批评观和忧患的艺术立场。再如，针对台湾新诗史难于产生的情境，资深诗评家古远清在《诗探索·理论卷》2016年第3辑著文《"诗史不孕症"终于有了治愈的希望：评台湾张双英的〈二十世纪台湾新诗史〉》，禁不住地为张双英的《二十世纪台湾新诗史》问世的突破鼓与呼，肯定其所体现出的开放性、包容性和鉴赏性原则，但同时也指出一些费解之处，"对罗门的论述花了十八页篇幅，而余光中只占十页，洛夫则不足五页，在论述比例上出现了严重的畸形现象"，"把西化的叶维廉放在'乡土诗'中论述，又把并非弱势的杜十三列为'弱势族群诗歌'中的一员，这便混淆了诗歌文体与题材内容的差异性"。书评作者就张双英的一本著作，引出了关于诗歌史撰写中诗人个案如何取舍、如何达成篇幅和轻重的对应，以及如何分类、如何处理文体和题材关系等一系列重要的理论命题，立足所评之书又能有所超越，成为现象之外、之上问题的阐发，提高了学理思维的层次，其逆耳的"忠言"对书作者和读者都不无启发。

　　从上述分析不难看出，《诗探索》的"诗歌理论著作评介"栏目早已形成了严肃的学术性与理论的探索性相结合的个性特色，其表现在许多方面。

　　首先书评对象的选择具有专业眼光。如今诗歌理论与批评研究相对于现代时段至新时期以前，整体趋向是稳步上升，每年相关著述的出版保守估计也在一百部以上，面对诸多著作全面推介不可能，更没必要，而如何客观、公平地选择那些代表性的"文本"进行评介，显然是一种考验，更是一门学问。在这方面，确实如书评家萧乾先生所说，《诗探索》的"诗歌理论著作评介"栏目真的称得上一把"文化的筛子"（萧乾语），对公开出版的诗歌理论方面的著述优中选优，那些粗制滥造或拼凑肤浅的"赝品"自然被过滤掉了。从许霆的《中国新诗自由体音律论》、陈仲义的《蛙泳教练在前妻的面前似醉非醉》、吕周聚的《网络诗歌散点透视》、霍俊明的《转世的桃花：陈超评传》、《沈奇诗学论集》等"入评"的著作看，均称得上是近几年诗歌理论批评著作中的佼佼者。由此，《诗探索》的"诗歌理论著作评介"栏目披沙拣金的"淘洗"之功夫与功力也可见一斑。

　　其次栏目的书评十分注重学术含量。书评撰稿者确切说是栏目编选者深知，书评绝非媚俗的商业广告，它的功能就在于要把一本书的价值"货真价实"地传递给读者，为书店、资料室包括读者做选择、购买的导引；所以刊发的每一篇书评都追求一种纯正严肃的品格，没有"捧哏"批评，更不搞"红包"批评，指优点不遗余力，挑毛病也毫不含糊，好则说好，坏则说坏，实事求是。如《诗探索·理论卷》2015年第4辑刊发的孙玉石先生评价荣光启《现代汉诗的发生：晚清至五四》的文章《"诗界革命"与新诗发生期研究的突破性思考》，就详尽地评述荣著"自辟新路……是文学历史变革问题进行严肃思考和深入探讨的有特色的理论专著"，"理论视野的开阔和吸收新知的敏锐，为此书诗学之历史与理论性结合的研究，带来了言说的新颖和思考的深度"。而曹金合在《诗探索·理论卷》2015年第3辑发表的《用生命拥抱缪斯——评吕周聚的〈中国新诗审美范式的历史转型〉》一文中，盛赞该著各方面的贡献同时，也毫不避讳地提出第四章第四节"有意味的诗歌形式"，改为"诗歌的形式主义美学"更为恰切。遍览几年的书评，可以毫不夸张地说，找不到那种千八百字的"表扬稿"或"广告词"，而多是从学理层面或探讨问题，或理论阐发，或个案评价的能够落到实处的"文章"，这种严谨和纯正，和那些一本书还没读完就匆匆下笔的离题万里或欺骗吹捧的书评风气完全不可同日而语。

《诗探索》的"诗歌理论著作评介"栏目数年的坚守，虽然寂寞，却也荣光，给未来的奠基和启示是无限的，其价值早已为业内人士所公认；当然，仍有再完善的空间。如今栏目呈现出来的状态尚不无随意的痕迹，如若再强化策划的目的性，增加一些围绕重要、热点论著展开的专题性书评或系列性批评，影响力可能更大；风格亦可以在稳健的基础上求多元与活泼，一本正经甚或学术气十足的学理性固然重要，但也应该注意可读性和读者的接受，启用随笔式或对话式批评方法即可增加活气，以和姚黄魏紫、喧腾热闹的诗坛相对应；另外，也可以再设法提升其对当下诗坛的介入和干预程度。

作者单位：南开大学文学院

一个栏目、一群诗人与一个时代

——《诗探索》"中生代诗人研究"栏目探析

刘 波 周昕旸

"中生代"诗人这一名称最早产生于台湾诗坛和诗歌研究界，涵盖了1950—1969年间出生的诗人，他们上承"前行代"诗歌的禅意与哀愁，下启"新生代"诗歌的对抗性与创新性，其诗学造诣也达到了一定高度。大陆使用的"中生代"诗人概念由最初的"中间代"发展而来，但这一概念并非对台湾"中生代"定义的简单复制，而是将范围限定在1960年代中后期出生的诗人和部分1960年代前期出生的诗人。这批被划归于"第三代"和"70后"诗人之间的"中生代"诗人，与台湾的"中生代"诗人一样，都是现代汉语诗坛的中坚力量。对"中生代"的重新定义使这一概念的定位更加明晰。《诗探索》严格据此开辟的"中生代诗人研究"栏目，不仅为当下诗歌的代际划分提供了可靠依据，也忠实地记录了"中生代"诗人的创作实践与理论思考。

"中生代"诗人极具个性的创作需要理性客观的评价，对他们进行个案研究就是亟待完成的任务。在1990年代特殊的文化语境中，这些诗人虽有一定的创作实绩，但不属于任何具体流派，多数也游离于诗歌运动之外。因此，对被划归"中生代"阵营的诗人进行系统梳理是很有必要的。近年来，关于"中生代"诗人研究的论著相继涌现，《诗探索》也以创办"中生代诗人研究"栏目的形式积极参与对"中生代"诗人的挖掘，系统地整理了部分诗人的创作风格流变轨迹，为后期对这些诗人进行个案研究提供了翔实的文本材料。

2007年3月,"两岸中生代诗学高层论坛暨简政珍作品研讨会"在北师大珠海分校召开。2008年,《诗探索》设置"中生代命名与写作"栏目,借由对此次会议的总结,引申出对"中生代"命名和"中生代"诗歌艺术的关注。在对比两岸诗人创作的过程中,大陆"中生代"诗人群体重新进入读者和批评家的视野。会议围绕简政珍的作品产生的大量学术理论成果,也催生出对"中生代"诗人进行个案分析的栏目设置思路。《诗探索·理论卷》2008年第2辑刊发了三篇关于简政珍诗歌艺术的评论文章,成为"中生代诗人研究"栏目的先声。自此,《诗探索》以对当代诗歌进行代际划分和推动个体诗人经典化为初衷,以记录"中生代"诗人的创作文本和诗艺个性为目的开辟的"中生代诗人研究"栏目已具雏形。

截至2019年初,"中生代诗人研究"栏目已刊发21期,系统介绍了21位在诗歌创作方面颇有建树的"中生代"诗人。在对诗歌文本和诗歌理论的编选与探索中,《诗探索》力图让隐身于时代浪潮中的"中生代"诗人走到聚光灯下,唤起读者对他们的关注,从而在探索"中生代"诗歌美学的过程中,充分发掘这些诗人的艺术个性。

一、栏目设置与刊物办刊方向的契合

"中生代"诗人的创作所体现出的独一无二的艺术个性和价值追求,是诗人自觉构建的精神伦理和写作逻辑的外化,他们的作品也因此焕发出绚丽的光彩。值得注意的是,这些诗歌有着大致相似的美学和价值取向,这与这批年龄相仿的诗人相似的时代背景和人生经历有关——作为1960年代出生的诗人,他们不仅是时代变迁的亲历者,也是诗歌审美变化的见证者。他们的作品体现着植根于诗歌写作大环境的文化力量,这些汲取了时代能量的诗作在20世纪诗歌生态的建构中发挥了重要作用,亟须得到系统归纳。

"中生代诗人研究"栏目正是《诗探索》试图解决这一问题的尝试,此栏目对"中生代"诗人的理性探究,将这批未纳入固定流派的诗人从被隐匿和被忽视的状态中释放出来,让他们以"中生代"诗人的矩阵重回诗坛。对这些诗人的重新认识不仅在宏观上充实了诗歌史的完整性,也使这些始终坚持探索的诗人们获得了更多关注,以激励他们继续进行深度创造。从这一角度来讲,"中生代诗人研究"栏目无疑为"显示1990年代正在形成的、健康的诗歌生态"[1]做出了重要贡献。

——这正是《诗探索》办刊宗旨的现实体现。1980年,《诗探索》创刊号刊登《我们需要探索》一文,直接点明了刊物的办刊宗旨:"在探索中前进,在前进中探索。探索之无止境,正与前进相同。这是已为生活发展的历史,也是新诗发展的历史所昭示了的。要是有一天,我们的诗人和诗评家竟然停止了探索,诗,也就停滞不前了。"[2]自1980年创刊以来,《诗探索》已走过了40个年头。正如事物有自身不同的前行与发展轨迹一样,40年来,《诗探索》不只踏过平顺的坦途,也曾经历过八年停刊的困境,但她始终初心不改,坚持以"探索"为核心的办刊宗旨。1994年重新出版的第1辑《诗探索》(总第13辑)刊登了吴思敬先生的《〈诗探索〉的办刊宗旨与历史沿革》,吴先生在文中重申了《诗探索》的办刊宗旨,再次强调了"在探索中前进,在前进中探索"[3]的命题。

《诗探索》始终坚持的"探索"精神,本质上是刊物用以匡正自身发展方向的规范。《诗探索》以探索为己任,以刊物为载体,积极探索各种诗歌现象,对与诗歌相关的重要事件、社团、流派、会议、学术争鸣等予以及时关注。"中生代诗人研究"栏目由对"两岸中生代诗学高层论坛暨简政珍作品研讨会"的持续关注发展而来,以探索"中生代"诗人的创作成就、个性风格和"中生代"诗歌的历史价值与发展前景为方向,这一栏目定位使其成为研究"中生代"诗人和诗歌的重要舞台。

"探索"精神同样贯穿于《诗探索》杂志的栏目设置。自创刊以来,《诗探索》对"中生代"诗人的推介已有零星篇目,对他们的介绍散见于对其诗歌创作的推荐和艺术风格的理性分析之中。2008年,"中生代诗人研究"正式成为

---

[1]周晓风:《90年代的诗歌生态》,《诗探索》1999年第1辑。
[2]编辑部:《我们需要探索》,《诗探索》1980年第1期。
[3]吴思敬:《〈诗探索〉的办刊宗旨与历史沿革》,《诗探索》总第13辑(1994)。

《诗探索》的固定栏目，这一栏目为"中生代"诗人诗作留下了足够的篇幅，使"中生代"诗歌在新世纪之交诗歌史中的地位更加明晰。回首《诗探索》推介"中生代"诗歌的历程——由早期的零星介绍到后来的专题形式，这一循序渐进的过程正是杂志在办刊方向和栏目设置中始终保持专业、严谨态度的体现。

"中生代诗人研究"栏目自2008年成型伊始，即以较为成熟的栏目设置出现在读者面前，这一栏目每期推荐一位"中生代"诗人，栏目由三至五篇作品组成，立足于体制生态、时代环境、读者期待等角度对其艺术个性或某篇作品进行系统分析，力求全面、立体地呈现其整体创作成就。当然，"中生代诗人研究"栏目对当代诗歌研究的价值远不止于此。自2009年起，这一栏目始终坚持为当代诗人提供发声的空间，让他们从幕后走到前台，摆脱被探索者的身份，立于创作者这个主体角色袒露诗歌创作的过程与困境。这些诗人的"独白"多是以写作方向、美学立场为出发点所做的自述，也有以问答形式表情达意的访谈体，既包含诗人们对自己诗歌创作的阶段性总结和对个人创作灵感的直观谈论，也不乏对当下诗歌生态的理性分析和对"中生代"诗人写作前景的切实展望。诗人们通过对可能影响诗歌生态的显性或隐性因素的准确捕捉，尝试性地勾画了诗歌写作的潜在可能，并提出一些建设性意见。他们的问题意识与审美立场也蕴含在对诗歌本质所做的知性探索中，为文本增添了丰富的色彩。

《诗探索》对"中生代"诗歌的"探索"方式不止于此，除去对个体诗人持续的关注和评判，对"中生代"诗歌的探索也由相关学术会议出发，以诗歌研究专辑的形式出现。《诗探索·理论卷》2013年第4辑设置"中生代诗人研究"专栏，将"中生代"诗歌作为一类有借鉴性的诗学现象进行拓展研究。借由对"中生代"命名历程的反思，探索当代诗坛为"命名而命名"的"命名焦虑"。[1]在讨论"中生代"诗人创作风格的过程中，试图探索"整个群体的生存现实、

---

[1] 王学东：《当代诗学"命名"的操作、意义及反思——以"中生代"为例》，《诗探索·理论卷》2013年第4辑。

时代变迁以及诗学建构的历史在场图景"[1]。另外，针对"中生代"这一新型代际划分的产物，诗歌断代的话题被重新提出，通过比较以"'80后'和中生代诗人"[2]为代表的，依据不同断代方式划分出的诗人群体，如何对诗歌进行有效断代的命题再次进入大众读者的视野，引起了激烈的讨论。

《诗探索》杂志始终坚持以不同方式推介"中生代"诗歌，"中生代诗人研究"栏目对"中生代"诗人持之以恒的关注和因时而变的栏目设置，不仅为读者提供了深度认识"中生代"诗歌的契机，也促进了"中生代"诗歌的良性发展，为今后的研究提供了范例。

二、"中生代"诗人整体创作成就分析

由"中生代诗人研究"栏目选择并加以推介的这些诗人，可以说都是"中生代"阵营的典型代表。他们的作品带有浓厚的"中生代"痕迹，有着"中生代"诗人的丰富个性。这些诗人多数自青少年时期开始诗歌创作，至今仍活跃于诗坛，有的仍是当下诗歌创作的中坚力量；有的则从事其他职业，但将诗歌创作作为自己的兴趣爱好，始终坚持探索。有的自青年时期已斩获无数诗歌奖项，但选择在漫长的岁月中不断沉潜于文学与生活，始终保持低调的生活状态。

海德格尔在《林中路》中直述：凡艺术都是让存在者本身之真理到达而发生；一切艺术本质上都是诗。[3] 从这种意义上来说，诗歌正是由诗人建筑于真理与艺术之间的幽径，而"中生代诗人研究"栏目则可以被看作《诗探索》搭建的一座使普通读者得以通往艺术本质的桥梁。真理可能寄生于诗歌之中，由诗人自澄明和遮蔽之间寻得，诗人在构建诗歌的核心意蕴以及引申出文本的社

---

[1] 王巨川、黄伶：《非诗时代的诗歌困境与生长空间——兼论中生代诗人的命名现象及创作特征》，《诗探索·理论卷》2013年第4辑。
[2] 罗小凤：《代际命名视野下"80后"与中生代诗人的比较》，《诗探索·理论卷》2013年第4辑。
[3] [德]马丁·海德格尔：《林中路》，孙周兴译，上海译文出版社2005年版，第51页。

会价值和美学意义方面起着重要作用。因此，栏目所推介的诗人，都为使读者直观感受当下的诗歌氛围并获得最佳审美体验做出了大胆尝试。栏目对这些诗人的介绍于诗歌本身和读者皆有重要意义，迥异的生活经历和对诗歌堡垒的坚守，成就了这批不舍创作的"中生代"诗人，他们各具个性的写作风格和意蕴丰厚的作品正是"中生代"诗歌艺术价值的源头。因此，栏目系统梳理并深入这批"中生代"诗人的创作心理，一方面能推动研究者探索1990年代的诗歌发展境况：诗歌研究之所以被看作一个有难度的课题，与诗歌文本的非系统性和理论研究不成熟的现状不无关系；另一方面还可以发挥期刊作为时代记录者的历史功能，在翔实记述"中生代"诗人作为诗坛颠覆性力量的同时，试图为这批诗人进行价值定位。

奥地利诗人里尔克在《安魂曲》中写下："因为生活和伟大的作品之间，总存在某种古老的敌意。"[1]他指出了文学创作与客观现实之间难以调和的矛盾，这一矛盾对诗歌的文学地位和读者的期待视野产生了不可忽视的影响。作为有责任感的刊物，《诗探索》自觉承担了在诗歌与现实生活之间寻求平衡的任务。面对诗歌日益边缘化的现状，刊物对"中生代"诗歌的推介再次唤起了公众对诗歌的关注，也激发了读者对"中生代"诗歌的重新理解。

除去为读者和研究者们搭建沟通诗歌与现实的桥梁，"中生代诗人研究"栏目的社会价值也体现在对女性诗人的关注中。自1990年代以来，女性写作一直是文学研究的热点，活跃于1980年代的舒婷、伊蕾、王小妮等诗人，以明确的女性视角为诗歌注入了别样的风情，"中生代"诗人群体中同样不乏个性明晰的女性诗人。截至2019年，《诗探索》已陆续推介了7位优秀的女诗人。她们有的获得过诸多诗歌奖项，有的作品被收录各类诗歌选本，有的则参与了诗歌史及相关教材的编写工作。但无一例外的是，无论面对怎样的生存境况，她们都未曾停止写作。她们的诗歌为读者提供了认知世界的新角度，也以女性特有的艺术敏感为"中生代"诗歌增添了丰富的内涵。"中生代诗人研究"栏目

---

[1] [奥]赖纳·马利亚·里尔克：《里尔克诗全集》第1卷，《生前正式出版诗集》第3册，陈宁译，商务印书馆2016年版，第793页。

关注她们，让读者得以拨开迷雾，直接与她们对话，获得了重新解读她们诗作的路径；这一为诗人搭建的独白空间，也为女性写作的研究者提供了直观了解诗人创作心理的可能。

诗歌是对物的普遍本质的再现。[1]作为一面镜子，诗歌本身不仅反映着真实可见的物质现实，更映射着社会文化的历史变迁。栏目对"中生代"诗歌的系统总结，不仅反映着当下诗学的倾向，也能唤起读者和研究者对文化与现实的重新思索。

对"中生代"诗人的关注是《诗探索》推崇的诗歌美学的现实体现。纵观"中生代"诗人的创作风格流变，不难发现他们具有相似的创作轨迹：诗歌最初由真实可感的生活出发，后转向对自身生命本质深刻的反省引发的哲思，最终归于宏观历史视角下对生活的历史化表达。创作风格的流变一方面来源于诗人阅历的积淀，而1980年代以来诗歌逐渐边缘化的问题也是导致这一现象的成因，"中生代"诗歌的美学价值正是植根于此。诗人们始终保持高度警觉，以求能够及时地对时代做出反应，其诗歌也因此含有高度的时代敏感性和浓厚的现实参与感，既摒弃了将文学与现实完全割裂的游戏性，也将文学与传媒、消费等因素区分开来，维持了文学本身的独立性。由此可见，"中生代"诗歌的美学价值在于对诗歌"美"的重新定义，它始终关注时代现实，不断在文学独立性和学科交叉性之间寻求平衡。而栏目的任务则是拨开朦胧诗的意象迷雾和"第三代"诗的感性芜杂，在对"中生代"诗人和具体文本的分析中，力图使这种新颖的美学实践进入研究者的视野。这正与《诗探索》所秉持的美学立场相吻合：在无休止的"探索"中不断超越过去，发现更多可能，并将这些语言和哲思之美传达给更多读者，为其提供新的审美空间，在潜移默化中引导大众读者由被动接受转向主动开放。

---

[1] [德]马丁·海德格尔:《林中路》，孙周兴译，上海译文出版社2005年版，第19页。

黄梵是"中生代诗人研究"栏目介绍的第一位大陆"中生代"诗人，[1]工科出身的黄梵以诗歌中理性的平衡在海峡两岸广受关注，其作品被译为多种语言。在黄梵眼中，现代诗绝非他人口中不可捉摸的文体，既有稳定的潜在规则，也有值得追寻的"正道"。他认为是"诗把'我'从词典和事物本身中解放出来"[2]。此种诗学态度对诗人的语言建构和意象阐释有潜在的作用，也让他的写作在严谨的象征和诚实的抒情中生成了独特的艺术风格。黄梵"从技艺的紧张与精确到中年的感怀与放松"[3]的创作风格变化轨迹，引起了不少"中生代"诗人的共鸣。他自1983年开始写作，笔耕不辍，至今仍有诗作陆续出版。《诗探索》选择黄梵作为栏目推荐的第一位"中生代"大陆诗人，除去对其文学造诣的肯定，也是对其极具代表性的写作态度的推崇。

　　"中生代诗人研究"栏目于2014年推介的诗人从容，被称为"现代女性心灵禅诗"的首创者。从容自1980年代开始创作以来，一直游离于诗坛之外，但她始终没有停止对女性诗歌探索的脚步。从容力图将宗教情怀和哲思想象纳入诗歌创作的技巧之中。在悲悯的基调里，她的诗歌多数指向对万物和自我的知性思考，也不乏纯粹的抒情气息。从容的诗学理念与"中生代"诗歌平和宁静、富有哲理的气质相符，既有女性心灵禅诗的开创性价值，又为"中生代"诗歌注入了神圣与深沉之意。栏目推介她为"中生代"诗人的代表之一，正是出于对各式各样的"中生代"诗歌的全面关照，也起到了引导读者多元化理解诗歌的现实作用。

三、栏目的前瞻性、开放性与"中生代"诗人的写作前景

　　"中生代诗人研究"栏目从未将斩获某些奖项或达到某种名气作为选择诗

---

[1] 敬文东:《"已有无数的桥，可供我节节败退……"——读黄梵札记》,《诗探索·理论卷》2009年第1辑。柏桦:《黄梵诗歌赏析》,《诗探索·理论卷》2009年第1辑。黄梵:《诗与事》,《诗探索·理论卷》2009年第1辑。

[2] 黄梵:《诗与事》,《诗探索·理论卷》2009年第1辑。

[3] 柏桦:《黄梵诗歌赏析》,《诗探索·理论卷》2009年第1辑。

人的标准，而是确立了一种更为科学、灵活的评判标准。在栏目推介的诗人中，有成名成家的作者，也有尚在创作之路上攀登的诗人，栏目的前瞻性正体现在对诗人的选择过程中。栏目推介的诗人都具有"中生代"的明确身份，这不仅指他们都带有出生于1960年代这个特殊的年龄印记，更是指他们创作风格中的共性。"中生代"诗歌在价值立场、精神伦理、话语尺度等方面都表现出清晰的特征：既有坚定的写作立场，又不时流露出对诗歌潜在困境的担忧。这一方面与诗歌所处的大环境有关，另一方面则来自诗人独立的价值选择。因此，栏目首先将诗人的典型性纳入考虑范围，倾向于选择最能代表"中生代"共性的诗人。目前被推介的21位"中生代"诗人，他们的创作风格和写作态度可以说是"中生代"诗歌整体风貌的典型代表。同时，这些诗人都有可以体现自身风格的成熟诗作问世。栏目的另一重前瞻性体现在对这些珍贵诗作的及时挖掘和深入探索，以及对诗人典型性价值的把握。此外，这些诗人虽已有自己的独特风格，但他们的创作前景还存在诸多可能性，探索诗艺的脚步从未停止，所以，刊物对被推介诗人的选择还需要有一定的预测性，不仅是对诗人创作潜能的预测，也是对诗人未来创作道路的预测。

"中生代诗人研究"栏目也有很强的开放性。在取得已有成就的基础上，栏目与始终坚持创作的"中生代"诗人携手并进，力求对有个性和创造力的诗人进行逐一推介，诗人们孜孜不倦的创作也使栏目具有可持续性，而这样的积累无疑也是对诗人诗作经典化的推动。哈罗德·布鲁姆曾提出要"以'审美价值'为核心重建经典的历史，并把'崇高'的审美特征当作经典作家和作品的根本标志"。[1]"中生代"诗群自身有其清晰的美学定位，这一诗歌群体一直试图在时代现实与伟大作品之间求得某种平衡，这种创作追求最终指向了美学流变中的现实选择。在特定的文化环境中，诗人们倾向于将艰难的美学选择转嫁到对诗歌与道义关系的处理中，由此产生的诗作自然架构于"崇高"的道德指向。在这一审美向度里评判"中生代"诗歌，也可验证它们是否具备了经典化的基本条件。

---

[1] [美]哈罗德·布鲁姆：《西方正典》"译者前言"，江宁康译，译林出版社2005年版，第4页。

布鲁姆在《西方正典》里重新定义了"经典"：作品能够赢得经典地位的原创性标志是某种陌生化，这种特性要么不可能完全被我们同化，要么有可能成为一种特定的习性而使我们熟视无睹。[1]"中生代"诗歌营造出的游离于现实与文学之间的疏离感，为读者带来了耳目一新的阅读体验。这种诗歌技艺一方面植根于真实生活情境，另一方面在理性或禅意间寻求出路，它正是陌生化手法的现实体现。栏目对"中生代"诗歌的挖掘让这些诗作的审美价值更为清晰地展露，这进一步为"中生代"诗歌的经典化提供了支持。

另外，"中生代诗人研究"栏目推出的诗人处于不同的人生阶段，他们一边在人生的道路上疾驰，一边将生活付诸笔端。有的已经形成了自己的独特风格，但很多诗人的写作还处于变化之中。因此，他们的写作仍然具有很大的空间，栏目可以继续跟踪关注他们，为他们的创作留下时代印记。在真实记录诗人创作痕迹的同时，进一步探索影响诗人风格流变的内因和外因，并探明这些因素变化在诗人创作空间中的直接反映，借此可以更加清晰地窥见这些文学现象背后隐含的精神困境，并进一步捕捉影响诗歌生态的显性或隐性因素。

小结

随着现代传媒技术的不断发展，诗歌的传播与接受就此有了新的途径和气象。但诗歌刊物作为记录者，在与时俱进的同时始终坚守自己探索的职责，对诗歌发表与传播起着关键作用，同时对诗歌的创作与接受也会产生很大影响。《诗探索》杂志以"探索"为办刊宗旨，始终在前进中探索，在探索中前进，也是杂志始终保持生机与活力的前提。作为一个诗歌刊物的常设栏目，"中生代诗人研究"栏目有着精确的定位，即推介具有典型性的"中生代"诗人的诗歌观和创作观，并对他们的代表性作品进行深入剖析。周密的设置思路使得这一栏目不仅有助于个体诗人的经典化——"中生代"诗人将成熟的美学立场投射于诗歌文本中，使得部分反映时代价值取向的诗作已具备经典化的可能；而且

---

[1] [美]哈罗德·布鲁姆：《西方正典》"序言与开篇"，江宁康译，译林出版社2005年版，第3页。

也让"中生代"诗群获得了自己的诗歌史定位——"中生代"诗人是横跨两个世纪的重要诗人群体,至今仍有新作不断产生,是诗歌史不可缺失的部分。

在对经典栏目的坚守中,《诗探索》杂志的持续性不仅体现在对栏目内容的不断丰富和对结构的不断调整中,还表现在对相关学术活动及时准确的关注与反馈。另外,这种持续性还体现在对"中生代"诗人的持续关注上,栏目不是单一地对诗人某一阶段的创作风格或某篇代表作进行分析,而是试图对诗人的创作历程进行整体把握,从而对诗人的创作前景进行理性分析和大胆预测。这种持续性正是"中生代诗人研究"栏目生命力的源泉,它不仅指向历史与当下,更指向未来,这也是刊物经典化的形式之一种。

作者单位:三峡大学文学与传媒学院

一位温柔又不断反抗的诗人
——《诗探索》与张枣形象

刘婷越　荣光启

一

《诗探索》创办于1980年，至今已有40年的历史，它是中国新诗史上第一本诗歌理论和诗歌写作的研究性刊物。读者从《诗探索》中可以看到新时期以来诗歌发展的大致脉络和流向，了解优秀的诗人和前沿的诗歌理论。《诗探索》上刊发的与诗人张枣相关的文字，也呈现出诗人张枣的某种形象。

张枣并不是一个多产的诗人，相较于他人来说出版诗集也比较迟。张枣早在1980年代初凭借《镜中》一诗一举成名，而他的第一本诗集《春秋来信》则出版于将近十几年之后的1998年。也正是在1998年，张枣的名字第一次在《诗探索》中出现。梁雨的《倾听90年代》一文，着眼于90年代诗歌所出现的新变化，以洪子诚先生主编的《90年代中国诗歌》丛书为标志，提纲挈领式地介绍了张曙光、孙文波、臧棣、西渡、张枣和黄灿然六位诗人及其诗集所分别代表的诗歌新气象。文中评价张枣："他可能是唯一能够不断给当代汉语诗歌输入新东西的移居欧美的诗人。"[1]同时张枣还有着对汉语的高度敏感和运用汉语的高超技巧，他能够在诗歌中使用文言辞藻而不使诗受损，这也是张枣诗歌

---

[1]梁雨：《倾听90年代》，《诗探索》1998年第4辑。

最突出的特色,作者甚至认为张枣是新诗史上唯一一位成功将新诗与传统完美并置的诗人。[1]这篇文章充分肯定了张枣的诗歌才华。

令人惋惜的是,张枣于 2010 年 3 月 8 日因肺癌逝世。死亡强行夺走了一个仍在写作的优秀诗人,一切都还未来得及。《诗探索》这本关于诗歌的刊物也还未有一文专门发表张枣自己的诗歌或者诗歌评论,仅在匆匆对这位旅外诗人表示充分赞赏和期待之后便迎来了他的死亡。张枣去世之后,《诗探索·作品卷》2010 年第 2 辑刊登了李笠的悼诗《悼张枣》,李笠的这首诗完全抓住了张枣生命中最重要的几个关键词:时代的压抑、漂泊、怀念祖国、虚无、焦虑和无可奈何等等。

浮云坠成雨滴,是否意味着漂泊学会了宽恕?

你出国比我早,回国也是
两个动作,二十个春秋
匪夷所思,如突然冒出稻田的银行大楼
时间,确切地说,时代
玩弄着我们这代中国人,青春的压抑,器官……

于是你抽身离去。你的死,无非是一声
用旧的哀叹:死亡
是遍布的地雷,看谁踩的最有福分!

我们见面不多。几乎都与诗歌有关:"特朗斯特罗姆
是我崇拜的诗人。他最值得借鉴之处
是意象的精准,中国诗人
缺的就是这个"

---

[1] 梁雨:《倾听 90 年代》,《诗探索》1998 年第 4 辑。

你抽着万宝路说。我暗自钦佩。这是第一次
我听一个中国人这样说
而我发现：你那湘江般温润婉转的诗句
似乎也受到这位硬朗枯瘦的北欧诗人的影响

"天气中似乎有谁在演算一道数学题
你焦灼
……你走动，似乎森林不在森林中
松鼠如一个急迫的越洋电话劈开林径。听着：出事了……"

是的，出事了。那是02年冬，上海衡山路的一个酒吧
我们谈论中国男人
和西方女人的婚姻
"注定失败！"
你说，好像有过三次亲身体验
而那时，我刚刚和一个瑞典女人结婚
我反驳，尽管我理解你的观点：一只封建社会的
蛤蟆，再猛，也迟早被优雅的天鹅唾弃

我惊讶于你狂吸猛抽，也惊讶于
我，一个不吸烟的人，一晚上竟抽了半包
在一个人情制控的体制里
香烟是和谐（麻醉？）痛苦的最温柔的妓女。你

猛吸着，好像只有这样
才能够变成庄子，或虚无。你吸着
焦灼，夜晚的中国，吸着你
对德国两个儿子的思恋——烟，是唯一的祖国

> 09年4月。黄珂的家。最后一次见面
> 你脸阴沉，堆着无可奈何
> 说话时，像某个犹太人面对哭墙
> （你不知道香烟已烧毁了你的肺）
> "这里是文化沙漠！除了
> 灯红酒绿，还是灯红酒绿。但天天洗脚又有什么意思啊？！"[1]

张枣用过度吸烟来麻醉那无法摆脱的痛苦，也为他最终的死亡埋下了最大的隐患。在笔者看来这首诗是《诗探索》有关张枣的资料中最为情感充沛的，不仅让读者感受到作者对逝者的惋惜和怀念，更暴露出张枣始终的焦虑和痛苦。诗人与作品从来都是沉重的焦虑与压抑凝聚而成为轻盈的温柔，是张枣那高远飘逸的诗性化解了焦虑和冲突带来的沉重压迫感。同时还刊登了张枣早期的十首诗歌，包含了张枣早期最出名的《镜中》《何人斯》《深秋的故事》《那使人忧伤的是什么？》和《灯芯绒幸福的舞蹈》等几首诗。[2]从这些诗中可以看出张枣一贯的写作风格：唯美、细腻、抽象与具体的并置，对历史、传统的活用，不断变换的人称等等，他的诗歌中总是带着一种缓慢稳重的气氛，可以让人细细体会到诗的温柔和美感。诗作与悼诗同时第一次在刊物中出现，诗人之死在此时或许可以让诗作更为鲜活生动，这也算是不幸中的幸事。

2010年第3辑"作品卷"又刊登了张枣的学生颜炼军的一篇文章，介绍了《张枣的诗》这一本诗集的出版始末。在《张枣的诗》出版之前张枣仅有一本出版诗集《春秋来信》，而且收集的作品少，出版数量也极少，张枣本人也是从父亲那里"偷"来了一本。张枣许多诗未标明时间，而且秉持着精益求精的态度丢弃了许多诗作，还有许多诗散落在民刊、国外刊物中，张枣的亲戚友人为了搜集张枣的诗翻看了手边所有的资料书信等等。[3]从张枣第一本诗集《春秋

---

[1] 李笠:《悼张枣》，《诗探索·作品卷》2010年第2辑。
[2] 张枣:《张枣早期诗歌十首》，《诗探索·作品卷》2010年第2辑。
[3] 颜炼军:《"尘埃不会消逝"——〈张枣的诗〉出版始末》，《诗探索·作品卷》2010年第3辑。

来信》到这一本比较完整的《张枣的诗》的出版，读者直至此时才可以较为便捷而且完整地阅读到张枣的诗，这对于逝者和读者都是极大的安慰。张枣的诗作不多并不是因为创作之少，而是因为不停地推翻或修改旧作，可以看出张枣对待诗的认真态度，诗是作为张枣生命和生活中的主要部分而存在的。

二

在张枣逝世1周年之际，《诗探索》特辟《纪念张枣》专题以纪念这位才华横溢而英年早逝的诗人，收入了张光昕的《茨娃密码——张枣诗歌的微观分析》和胡亮的《挽张枣——兼及一种美学和一个时代》两篇文章。前者是以张枣的组诗《跟茨维塔伊娃的对话》为切入点来分析张枣其人其诗的特点，这个切入点找得十分精准，一下子便将张枣和古典传统与西方文化、诗人和时代与政治全部圈入其中，而这些正是张枣人生中和他的诗歌里最重要也"折磨"他最深最久的东西。原诗开头是在异国他乡的中国小贩向女诗人茨维塔伊娃兜售代表着古典意境的"绣花荷包"，二人围绕"绣花荷包"酝酿着言辞，又被古典意境所包围（"绣花荷包"上的"喜"字洋溢着的完美想象），三者之间刚好构成一个封闭的"圆"。然而"半个之差"的出现导致了"坏韵"，打破了"圆"的和谐。[1] "圆"不断被"坏韵"破坏又不断形成一个新的"圆"。由此引申出诗人与时代之间也一直存在着"半个之差"，"坏韵"（坏运）始终伴随着诗人，而且有一股更为强大的幽暗力量推动"坏韵"在诗歌中传递，也推动诗人在现实中不停地朝向远方，张枣为这个强大的神秘力量取了一个好听的名字"万古愁"。[2] 诗中借诗人茨维塔伊娃坎坷的命运来揭示词与物的不和谐，诗人与时代、政治之间的偏差，诗和诗人失去了原有的身份。然而"生活的踉跄正是诗歌的踉跄"（张枣《跟茨维塔伊娃的对话》），诗歌的本质是行动，在诗中茨维塔伊娃代张枣"归国返乡"，危机得到了解除。面对词与物之间的不和谐、时

---

[1] 张光昕：《茨娃密码——张枣诗歌的微观分析》，《诗探索·理论卷》2011年第3辑。

[2] 张光昕：《茨娃密码——张枣诗歌的微观分析》，《诗探索·理论卷》2011年第3辑。

代与政治对人的异化，张枣能够十分清醒地意识到自己周围的变化，所以不论在现实生活中还是在写诗时他总是十分痛苦和焦虑。但是张枣不会放弃抗争，他在诗歌中极力消解命名对词的外在负重，重新获得词与物的统一，刻意地与时代保持距离甚至采取反抗态度，也许正是这种知其不可为而为之的反抗反而加剧了他的苦闷。最终，"和茨维塔伊娃一样，他们这些'兀然空荡'的灵魂只能回归'万古愁'，一种'世界的轻盈'，一种无边的幽暗力量。"[1]也许只有在那里诗人才会获得真正的诗之乐。

后一篇文章则从大处着眼分析张枣诗歌整体的美学风格，阐释了张枣诗歌中最主要的特色之一。张枣一边试图接近中国诗歌的伟大传统，在传统中创造新诗学，这预示着"不再仅仅是中国品质，而是'中国身份'。"[2]同时张枣又为了摆脱汉语的禁锢和狭隘而远走异国他乡，他是一个属于行动派的诗人。在承受异域语言压力和脱离母语环境的危机之中，张枣竭力汲取新的语言与诗的活力，再加上国内友人的支持，张枣终于成为能够自由地用汉语写作的诗人，在历史语言、个人经验和异域文化之间达到了完美的平衡。

在2013年第1辑"理论卷"当中，宋尚诗写了一篇题为《一个自己感觉的世界——读张枣的几首诗》的关于张枣诗歌的评论，对张枣诗歌特色进行了多方面的探讨。在这篇文章当中首先借诗歌《那使人忧伤的是什么？》指出个人与世界、时代之间的隔阂，在面对量化世界时的人的失语和无力感。同时张枣给出了自己的解决方案：在宏大话语间躲藏，避开政治和本土意识形态，构建属于自己的世界。张枣选择在枯坐中自我疗愈，当诗人失去了先知、思想家等身份的时候，"那使人忧伤的"到底"是什么？"作者认为："'枯坐'的提出，似乎也提示了'那使人忧伤的是什么'的答案：面对时代的失语。"[3]然而"枯坐"动作的静与"枯想"内容的动形成了巨大的张力，"随便去个地方，去偷一个惊叹号"（张枣《枯坐》）。作者说："但是这就是诗人的解决办法，去'偷

---

[1] 张光昕:《茨娃密码——张枣诗歌的微观分析》，《诗探索·理论卷》2011年第3辑。
[2] 胡亮:《挽张枣——兼及一种美学和一个时代》，《诗探索·理论卷》2011年第3辑。
[3] 宋尚诗:《一个自己感觉的世界——读张枣的几首诗》，《诗探索·理论卷》2013年第1辑。

一个惊叹号',一种搅乱庸常生活的干脆手段,熬过危机。"[1]然后文章在分析《题辞》这首诗时还指出了当下世界面对真实时的慌乱,张枣在诗中去掉了强加于词的外在负累,重新赋予词与物的统一,紧接着又指出真实的出现只是一瞬,最终只能面对词对物的超越。张枣在诗歌中经常使用不断变换的人称代词,这种在"你、我、他"之间无焦点的不断游离造成了迷离、暧昧和阐释的多义性,"他"也不再是外部关系中的"他"者,而是主体内部的他者,也就是造成了"我"的不确定性。[2]这或许是诗人张枣面对世界的一种独有的方式。作者还指出了张枣的元诗写作主张,《那使人忧伤的是什么?》和《题辞》中提到的"书"标志着这两首诗歌属于元诗写作范畴,这是关于"书"(话语、精神等)的诗,讨论的是诗本身的郁积,指向写者自身。

三

张枣始终坚持传统的重要性,他曾经说过:"传统从来就不会流传到某人手中。如何进入传统,是对每个人的考验。总之,任何方式的进入和接近传统,都会使我们变得成熟,正派和大度。只有这样,我们的语言才能代表周围每个人的环境、纠葛、表情和饮食起居。"[3]传统仍旧需要今人的创造,所以张枣一直在试图接近那个伟大的传统。张枣是一个对语言高度敏感的人,认为母语给诗人的只有空白,今天个人写作的危机来自母语的危机,诗人必须越过空白去寻找母语,寻找母语的母语。[4]在张枣看来,诗人必定将改变母语,而为了寻找母语,为汉语注入新鲜的血液,张枣远赴异国他乡,在德国艰难地用汉语进行写作。张枣写诗时背负着沉重的使命,自觉地承担起发明传统和母语的重任,因而他的诗歌中有着数量足

---

[1] 宋尚诗:《一个自己感觉的世界——读张枣的几首诗》,《诗探索·理论卷》2013年第1辑。
[2] 宋尚诗:《一个自己感觉的世界——读张枣的几首诗》,《诗探索·理论卷》2013年第1辑。
[3] 张枣:《一则诗观》,颜炼军编:《张枣随笔集》,东方出版中心2018年版,第193页。
[4] 张枣:《诗人与母语》,颜炼军编:《张枣随笔集》,东方出版中心2018年版,第50页。

够多的文言词汇，营造唯美古典的诗歌意境，也有表达现代化和外来的词汇。这些词和物在张枣的诗歌中并行不悖，反而构成了诗歌的独特风格，张枣和他的诗能够完美地将历史传统、个人经验和异域文化结合在一起。

张枣曾在其随笔《诗人与母语》中提到："使我们和那些馈赠给我们的物的最初关系只是简单而又纯粹的词化关系。换言之，词即物，即人，即神，即词本身。这便是存在本身的原本状态。"[1]而在信息与科技越来越发达的今天，词与物之间的关系发生了断裂，词脱离并且架空了物在滥用特权，世界成为符号化的产物。诗在被外力的裹挟下失去了表达真实的效用，充分暴露了在客观世界面前的消极性。在日渐符号化的世界中，人与现实之间的矛盾也日益增大。诗人在这种情况下应该如何从事写作？张枣始终把现实看得很低，避谈意识形态和政治，也刻意对抗所谓的诗歌正统和逃离典范，甚至选择了出国，现在也已去世，可是始终无法摆脱现实问题对他的困扰。张枣明白诗人无法改变世界，只能改变自己，可是正如宿命一般，他找不到解脱的办法。

以上是对《诗探索》中关于张枣及其诗歌作品的内容的一个大致介绍和总结，文章数量不多，但是也展示出了其基本风貌和独特风格。仔细观察前文所介绍的内容，可以看出很多对"矛盾"而"对立"的词语：抽象与具体、传统与现代、西方与东方、词与物、人与时代、诗歌与社会等等，而张枣和他的诗歌就跻身于这些冲突的内容当中。开篇就提及了张枣诗歌中凸显着唯美细腻的特色，他的诗完美地融合了古典文言和现代词汇，他可以让矛盾冲突在诗歌中温柔地化解消失，让诗歌时间解决激烈的问题，他是一个具有温柔的力量的诗人。也许对于局部的个人和现实来说有太多不满和抱怨，但是对于无边的时间和永恒的存在来说一切因为太渺小而无从抱怨，所以张枣用他宏大的温柔理解和包容了这些冲突。然而正如前文所提到的那样，张枣面临着在没有母语的异域使用母语写作的困难，他始终困扰于自己与时代之间的"半个之差"，张枣的隔阂感焦虑感一直伴随着他，可是他学会了消解痛苦，用一种属于他的大温柔覆盖在了挣扎与痛苦之上。可是消解冲突和覆盖痛苦并不代表妥协，张枣一

---

[1] 张枣：《诗人与母语》，颜炼军编：《张枣随笔集》，东方出版中心2018年版，第47页。

直在试图抵抗当今时代的虚浮与喧嚣,躲避社会意识和典范的影响。在面对世界时他生发出了无力和失语的忧伤,然而他的诗歌就是他的行动,用"一个惊叹号"(张枣《枯坐》)去扰乱庸常的世界,用尽自己的力量去获得一种"珍贵的抵达"(张枣《在夜莺婉转的英格兰一个德国间谍的爱与死》)。张枣和他的诗都在用行动去抵抗外物的影响,不停地寻找真实的欢愉、接近理想的世界,直到最终的回归死亡,所以说张枣是一位温柔而又在不停反抗的诗人。

四

《诗探索》是一本专业性的诗歌和诗歌研究期刊,对于张枣及其诗歌的关注更多的是放在文本之上,因而不可避免地避开了情感色彩较明显的评论文章,主要是对展现出来的较为客观的文本和事实进行分析和阐释。这些专业批评抓住了张枣诗歌传统与现代、东方审美与西方文化并置的特色,看到张枣作为一个诗人对待诗歌的严肃认真,在与时代和世界的矛盾之中保有一颗专注写诗的赤诚之心,也能发现张枣诗歌中的元诗写作方向和复杂的人称代词变化的细节。然而以上的内容并不能完全概括张枣,张枣和他的诗歌还有另外的风貌需要读者去探索和领略。

首先是张枣曾任编辑的《今天》杂志,在张枣去世之后,当年即推出《张枣纪念专辑》,该特辑中的作者都是张枣的友人或学生,与张枣有着密切的交往和交流,他们的文字不单是对张枣诗歌的挖掘和赏析,更是在追忆一个诗人和友人,其中饱含着对张枣的无限怀念之情,从他们的文章中读者可以看见一个隐匿在诗歌背后的更为日常的张枣。该特辑的主要内容是钟鸣、柏桦、陈冬冬、北岛、傅维、宋琳和颜炼军七人的悼念文章,和柏桦、朱朱、蓝蓝、南方、于坚、傅维和王东东七人的悼诗。《张枣纪念专辑》让读者可以了解到在国内时期张枣与诗人朋友的交往,比如他为了和朋友见面探讨一首诗可以坐几天几夜路程的火车,这是热爱诗歌和享受朋友交往的张枣,至此才可以理解张枣出国最担心的是失去朋友。在异国他乡寂寞孤苦的诗人被迫"枯坐"感受虚无,担忧在没有朋友没有母语的环境中无法使用汉语写作。钟鸣在文章中说出了张枣面临的社会形态、现实、传统、语言和他者与个人情感之间的复杂关系，张枣的诗中有意地逃避典范和对抗正统，认真写自己的诗……这些友人的怀念文章还原出了一个有着喜怒哀乐的张枣，感受到他的焦虑和态度分娩出的诗歌的厚重，让诗行之间拥有了更丰富的内容。

这些友人对张枣诗歌的赏析和评价同样具有极高的价值，因为他们在与张枣的交往中知道张枣的诗所表达的内容，甚至见证和参与了诗歌形成的过程。柏桦在文章中就提到是他坚持让张枣在《镜中》留下了"皇帝"这个突兀的猛词，而不必去关心其中深意。张枣在与柏桦的通信中批评现实功利性太强的俗人俗事，要学会把痛苦和焦虑当作家常便饭。张枣本人就是如此，柏桦眼中的张枣很少有世俗生活的痛苦，他的痛苦是形而上的，他那温柔而飘逸的诗性遮盖了不安的情绪。张枣写诗总是会预定一个听者，他在寻找一个知音，寻找另一个我。他曾直言有许多诗就是写给柏桦等人的，或许这些诗留给柏桦等人来解读最为合适。陈冬冬在文中坦言，张枣对写诗永远充满了焦虑，他担心的不是自己无法写诗，而是担心自己写出来的东西无法满足自己。张枣经常对写出来的诗不满意，不停地舍弃之前的作品，这也是张枣存诗不多而且收集诗歌困难的主要原因。正如钟鸣所说，张枣的诗中永远有一种警觉，不仅警觉所言之物，而且对语言本身也保持着高度的警觉。[1]

《当代作家评论》1999年刊出了钟鸣评论张枣诗歌的文章《笼子里的鸟儿和外面的俄耳甫斯》。钟鸣认为张枣写作讲究"微妙"，也就是让想法在时间里温柔消逝，不是心灵的自然治愈，而是针对写作，让语言所及之物内在化。张枣的温柔不仅仅是个人修养，而是作为一种可以从个人延伸到人类生存的意识和知解力，是诗人凝聚言语又消失于言语的纯语气，可以称之为音势，它像呼吸一样先语言而存在于诗人的气质和一切知觉当中。[2]而这正决定了他书写和运用语言的习惯，成就了张枣诗歌的风格和特色。所以说风格是宿命式的。该刊在张枣去世1周年之际刊登了宋琳的《精灵的名字——论张枣》，这篇文章

---

[1] 钟鸣:《笼子里的鸟儿和外面的俄耳甫斯》,《当代作家评论》1999年第3期。

[2] 钟鸣:《笼子里的鸟儿和外面的俄耳甫斯》,《当代作家评论》1999年第3期。

原载于《今天》杂志纪念张枣的特辑之中，这篇文章提及了张枣及其诗歌中的几乎所有的关键词。张枣十分看重传统与母语，将母语看作是自己栖居的家，并且执着地在母语中确认自己的诗人身份。张枣倡导元诗写作，诗是关于诗本身的，诗的过程可以是显露诗歌写作过程、诗人的写作焦虑和方法论反思和辩解的过程。元诗写作同时是对超级倾听者的呼唤，这个倾听者的存在甚至是诗人写作的唯一理由。言说之难即存在之难，张枣一直在努力写出一种将个人漂泊与时代精神中的流亡氛围结合起来的不同于简单的政治抗议和自我疗愈的存在之诗。张枣将诗人与诗进行了同构，是诗歌帮助他度过了种种危急时刻。张枣从不避谈"死"，他在《德国士兵雪曼斯基的死刑》中写道："我死掉了死／真的，死是什么？／死就像别的人死了一样"，在《哀歌》中又说"死，是一件真事情"。张枣对于死亡的思考不是让人悲观失望，而是要向死而生，"死亡教导我们慈祥、幸福、美丽和永恒。"[1]

《名作欣赏》2011 年第 15 期中刊载了臧棣的文章《可能的诗学：得意于万古愁——谈〈万古愁丛书〉的诗歌动机》，《万古愁丛书》是臧棣写作的一首纪念张枣的诗。臧棣在文章中说道："经过李白的巧妙的癫狂，'万古愁'一下在文学主题上变得异常清晰。万古愁，是汉语诗永远的背景。人生最大的分寸就是'人生得意须尽欢'。"[2]张枣想写出的就是对得起古诗的汉语诗。张枣偏爱一种温柔的对话，面对无边的荒诞的存在我们无从抱怨，因而诗歌必须是一种温柔。对于张枣本人来说也是一样，他少有世俗的痛苦，即使有这种情绪也很快会被一种张枣式的高远飘逸的诗性所覆盖。而这种温柔还有更为深奥的一面，必须去设想万古愁。臧棣认为："这涉及诗歌在经验上能臻及多少圆满。没有万古愁，生命的愉悦如何可能？没有识破万古愁，生存中的欢乐又如何获得真实？"[3]臧棣在诗中提到了能够彰显张枣诗观的"圆"，这里的"圆"即可

---

[1] 宋琳：《精灵的名字——论张枣》，《当代作家评论》2011 年第 1 期。

[2] 臧棣：《可能的诗学：得意于万古愁——谈〈万古愁丛书〉的诗歌动机》，《名作欣赏》2011 年第 15 期。

[3] 臧棣：《可能的诗学：得意于万古愁——谈〈万古愁丛书〉的诗歌动机》，《名作欣赏》2011 年第 15 期。

以解释为死亡的另一称谓。或许张枣的死亡就是回归万古愁，回归一种无边的幽暗力量，在那里张枣真正获得了诗之乐。

在分析《诗探索》之外，又选择性地增添了其他的期刊中关于张枣的一些内容，主要是为了丰富和完善张枣的诗人形象、诗歌理论和特色，将更多的面展现出来。在《今天》杂志中读者可以看到张枣与诗人友人兴奋地探讨诗歌和诗歌理论的情形，在日常生活中又有着很深的焦虑与思考，这里展现出了一个冰冷文字之外的情感丰富的诗人。《当代作家评论》和《名作欣赏》也都是十分重要的文学刊物，其中关于张枣及其诗歌的文章评论也很多，在这里选取的主要原则是展现《诗探索》中未涉及的或者展现不太充分的层面。钟鸣提出了张枣正是靠着自己独有的呼吸、音势来组织诗歌语言；宋琳在文章中提到张枣写作中对倾听者、知音的呼唤，从不避"死亡"之谶；臧棣的诗和文章又详细诠释了万古愁的幽暗力量对张枣的吸引；等等。希望这些补充内容可以帮助读者更全面地认识诗人张枣和张枣的诗。

五

诗人张枣已逝，谁都未曾料想诗人之死引来了如此大的轰动，但愿这场盛大的纪念带来的是精神的震颤、对生命意义的追寻和对诗歌本身的更多关注。本文以期刊《诗探索》中有关张枣及其诗歌的文章和诗歌为主要内容，分析并总结了张枣在其中的诗人形象和诗歌所展现出的特色，又结合其他的期刊文章和张枣本人的随笔等做了相应的补充对照，期望能展现给读者一个尽可能多面的诗人张枣之形象。但是限于文章篇幅，对张枣诗作与诗学的感受也只是浅尝辄止，像对待所有已逝的杰出诗人一样，一切还需读者与诗友，去认真发掘诗人历史、细细品味诗人留下的文字。

作者单位：武汉大学文学院

远方的风:《诗探索》"外国诗论译丛"述评

郑政恒

一、前记

《诗探索》是当今中国新诗研究的重镇,地位超然,关于《诗探索》创刊开始30年的历程,刘福春的〈《诗探索》纪事〉[1]已有记录,在此不必由笔者来做宏观鸟瞰了。

笔者在2002年左右开始接触《诗探索》,印象最深刻的是特辑"梁秉钧研究"(2002年第3—4辑),专题中有王光明的《梁秉钧:与城市对话》、周蕾的《一种食事的伦理观》(叶新康译)和梁秉钧的《诗·食物·城市》。

在《诗探索》2020年第3—4辑"外国诗论译丛"专栏中,蒋登科节译了布莱恩·霍尔顿(Brian Holton,霍布恩)的《杨炼诗集译事》,也就是杨炼诗集(Where the Sea Stands Still,1999)的附录文章。

霍布恩与杨炼合作无间,二人随后在香港出版了《幸福鬼魂手记》(*Notes of a Blissful Ghost*,2002),而当年还是大学生的我,还写了《〈幸福鬼魂手记〉——记"杨炼英译诗集发布会暨朗诵会"》,刊于《诗潮》第5期。

蒋登科在译文前说对霍布恩"知之不多",而香港诗人对霍布恩并不陌生,因为霍布恩在2000年至2009年在香港理工大学中文与双语学系任教。

---

[1] 刘福春:《〈诗探索〉纪事》,《诗探索·理论卷》2011年第2辑,第13—25页。

我一直是《诗探索》的读者，实在感谢编辑部老师赠阅分享，甚至选用稿件。对于《诗探索》的印象之一，是刊物编者重视诗人或专题研究，但也为全卷压阵的"外国诗论译丛"所吸引。

"外国诗论译丛"并非《诗探索》草创时就有的栏目。早期的《诗探索》曾有"诗窗"栏目，如《诗探索》总第11辑（1984）的"诗窗"一栏，就有刘小枫译注康定斯基（Wassily Kandinsky）《论词的精神性》，以及松浦友久的论文《中国古典诗的春秋与夏冬——关于诗歌的时间意识》（林岗译）。

就我手头所见，《诗探索》的"外国诗论译丛"栏目，始于1994年第1辑（总第13辑），其中有叶廷芳译里尔克（Rainer Maria Rilke）的《艺术手记》，全文仅两页，据叶廷芳所指，手记是里尔克"早期关于诗歌的体验和主张；文字不多，但可以说是现代朦胧诗的纲领性宣言"[1]。如今看来，这段话将现代朦胧诗与里尔克的诗论手记挂钩，恐怕有张冠李戴之嫌，但也可见译者关心中国朦胧诗的内涵与发展。

自1990年代中叶以来，"外国诗论译丛"栏目就刊登了多位诗人和学者的文章。按文章的类别来看，20世纪的外国诗论，比古典至19世纪的诗论，数量上明显更多。例如《飘忽的灵魂——拜伦书信选译》[2]这类浪漫主义诗论，为数就自然相当少了。

整体而言，"外国诗论译丛"栏目的成绩可观，其中有序跋、访谈、对话、评论、论文以及座谈会纪录等等，内容多样，文章与文章之间大概没有连贯关系，但由于文章数量不少，通盘来看也见规模。在此将《诗探索》"外国诗论译丛"专栏中一些重要文章的内容，作简单的介绍和评述。

---

[1] 里尔克著，叶廷芳译：《艺术手记》，《诗探索》总第13辑（1994），第176页。

[2] 拜伦（George Gordon Byron）著，易晓明译：《飘忽的灵魂——拜伦书信选译》，《诗探索》2000年第3—4辑，第331—337页。

二、意象、节奏与能量的探索：庞德、威廉斯、奥尔森的路线

《诗探索》的"外国诗论译丛"栏目中，20世纪自庞德以降的美国诗论，自成一鲜明的脉络。

费诺罗萨（Ernest Fenollosa）著、庞德（Ezra Pound）编、赵毅衡译的经典诗论文章《作为诗歌手段的中国文字》（*The Chinese Written Character as a Medium for Poetry*），就是20世纪初意象派（Imagism）诗人庞德的诗歌理论资源之一。

诗人庞德在文前的按语中指出："摆在我们面前的不是一篇语文学的讨论，而是有关一切美学的根本问题的研究。费诺罗萨在探索我们所未知的艺术时，遇到了未知的动因和西方所未认识到的原则，他终于看到近年来已在'新的'西方绘画和诗歌中取得成果的思想方法。他是个先驱者，虽然他自己没意识到这点，别人也不知道。"[1]

费诺罗萨在文章中建立了一种诗的审美标准，他指出："我们表现事物关系越是具体，越是生动，诗就越出色。我们在诗中需要成千上万个活动的词，每个字尽其所能显示动力和生命力。我们不可能只靠总结，靠堆砌句子来展示自然的财富。诗的思维靠的是暗示，靠将最多限度的意义放进一个短语。这个短语从内部受孕，充电，发光。在中文里，每个字都积累这种能量。"[2]

虽然庞德对于汉字，有不少误解和误读，但他研读了费诺罗萨的遗稿后，发现了"表意文字法"（Ideogrammic method），透过这种方法，庞德在诗作中以具体的意象（甚至直截了当运用汉字），表达抽象的诗歌内容。

追本溯源，作为意象派核心人物的庞德，主张直接处理的手法和具体化追求，与费诺罗萨的《作为诗歌手段的中国文字》一文的观点有呼应之处，先驱

---

[1] 厄内斯特·费诺罗萨著，庞德编，赵毅衡译：《作为诗歌手段的中国文字》，《诗探索》总第15辑（1994），第151页。

[2] 厄内斯特·费诺罗萨著，庞德编，赵毅衡译：《作为诗歌手段的中国文字》，《诗探索》总第15辑（1994），第167—168页。

者费诺罗萨的文章，对庞德诗学主张的启发良多，正如叶维廉在《庞德与潇湘八景》一书中指出，《作为诗歌手段的中国文字》"一文有关中国文字结构的讨论与分析，尤其是会意字的分析，加深了他利用两个象形元素的并置，放射出来多重互玩意味的蒙太奇（montage）效果，成为庞德后来在他诗中高度发挥并大力推展，大大影响了后来美国诗人的重要美学题旨与策略。"[1]

重要的是，庞德将理论付之于写作实践，1915 年庞德出版了《国泰集》（*Cathay*），他依据费诺罗萨的笔记，富于创意地翻译了十五首中国古典诗歌。庞德也用多年时间创作了巨作《诗章》（*The Cantos*），其中部分《诗章》向中国古代经典取材，甚至置入中国文字为诗歌手段。

美国诗人罗森堡（Jerome Rothenberg）的《庞德、叶维廉和在美国的中国诗》[2]一文，就以讨论庞德为主，也略及于汉语诗人兼学者叶维廉的中西诗学研究。在罗森堡眼中，以翻译为诗创作，不单是对古代文化做出评论，也对当下时代产生出意义。

如今看来，《国泰集》正是对当时美国诗歌的发展产生出意义。诗人兼翻译家王红公（Kenneth Rexroth）在一场"中国诗歌与美国想象"座谈会中，说中国诗歌"作为一种特别的自由体，它的出现的时刻又刚好是诗歌在朝着客观主义、意象主义甚至格特鲁德·斯泰因（Gertrude Stein）和皮埃尔·勒韦迪（Pierre Reverdy）的立体派诗歌方向发展之时。"[3] 换言之，中国诗歌翻译成为自由诗，抵达美国正好合时，美国诗人借此摆脱 19 世纪的浪漫主义和维多利亚时期诗风。

庞德与美国诗人威廉·卡洛斯·威廉斯（William Carlos Williams）是同代人，也是朋友，二人开创了美国诗的新体系。

威廉斯的《反风气论——对艺术家所做的研究》（*Against the Weather : A*

---

[1] 叶维廉：《庞德与潇湘八景》，台湾大学出版中心 2008 年版，第 18 页。

[2] 罗森堡著，蒋洪新译：《庞德、叶维廉和在美国的中国诗》，《诗探索》2003 年第 1—2 辑，第 320—326 页。此文的译笔有待改善，可参看另一个版本，见罗森博格著，吴咏彤译：《中国诗歌在美国：艾兹拉·庞德与叶维廉》，《声韵诗刊》2018 年 7 月总第 42 期，第 38—43 页。

[3] 吴永安译：《中国诗歌与美国想象》，《诗探索·理论卷》2013 年第 2 辑，第 6—7 页。

Study of the Artist，1939）一文，不单经由郑敏审编，更有郑敏的导言，她指出"威廉斯是一位拥有后现代艺术观和知识论的理想主义诗人……他的卓见对于陷于后现代消极氛围中的当今诗人们不能不是一股令人恢复呼吸的清风吧。"[1] 从郑敏对威廉斯的定位，可知她对世界以至中国的后现代潮流，不无忧戚。

一般而言，威廉斯是艾略特的反对者，尤其是对于知识分子的学院风格，包括经常使用外语以及欧洲古典文学典故。威廉斯从欧洲与英国的诗歌传统中脱离而出，植根于美国本土。

在《反风气论》的结尾，威廉斯谈到惠特曼（Walt Whitman），威廉斯看到惠特曼无拘无束的创造，突破了千篇一律的诗歌形式，威廉斯说："问题不是把那些结构和过去的形式强加给我们，它们自然有权反对我们，更重要的是发现。"[2] 威廉斯要以创作来发现，再经过研究，以创造和找到结构。

威廉斯在1954年的文章《谈韵律》(*On Measure Statement for Cid Corman*)，相对于《反风气论》，可以说是一脉相承，两文对于惠特曼都有肯定，但对他的影响不约而同有所警惕。在《谈韵律》中，威廉斯理解韵律已打破了，诗已无韵律可言，惠特曼带来的自由诗打破传统的束缚，但也走入毫无约束的歧路与疯狂，威廉斯的药方是"寻找新的规律""开创新的模式"，即是一种与时代契合的韵律，威廉斯要发现新的韵律，当然不是要走回头路，而是为诗歌与生活寻找规范。[3]

祖柯夫斯基（Louis Zukofsky）得到庞德的提携，与威廉斯同属客观主义（Objectivist）诗派的代表人物。然而，客观主义只是短暂的流派，随后各人各有自己的探索。

祖柯夫斯基的《诗歌声明》(*A Statement For Poetry*，1950）是相当技术性

---

[1] 郑敏：《威廉·卡洛斯·威廉斯与〈反风气论〉》，《诗探索》总第14辑（1994），第152页，另见《文化·语言·诗学：郑敏文论选》，福建人民出版社2017年版，第91页。

[2] 威廉·卡洛斯·威廉斯著，李玉所译，郑敏审编：《反风气论——对艺术家所做的研究》，《诗探索》总第14辑（1994），第172页。

[3] 威廉·卡洛斯·威廉斯著，章燕、姚丹译：《谈韵律》，《诗探索·理论卷》2015年第2辑，第207—208页。

的诗论文章,祖柯夫斯基将诗的构成分解为意象、声音、概念的相互作用三项,他尤其重视声音和节奏,他说"诗歌的说服力在于其控制的能量和表现技巧。"而且,"每一字词的声音都是有分量的"[1]。这一点多少呼应了费诺罗萨的文章和意象派的主张,而能量就是20世纪中,美国诗论的关键词汇。

在上述的文章中,祖柯夫斯基与威廉斯都思考诗的声音层面,威廉斯所用的术语字词是结构、韵律、规律,而祖柯夫斯基所用的字词是意象、声音、节奏,他们都吸纳意象派的诗歌美学,并尝试了解自由诗的限制,出发寻找诗的规范和规律。

威廉斯对20世纪中叶(即1950年代左右)的美国诗坛带来莫大影响,除了垮掉的一代(Beat generation)[2]和纽约诗派(New York School),当然还有黑山诗派(Black Mountain school)。

黑山诗人又称投射主义诗人(Projectivist poets),他们以北卡罗来纳州的黑山学院(Black Mountain College)为大本营。代表诗人有奥尔森(Charles Olson)、邓肯(Robert Duncan)、克里利(Robert Creeley)和莱维托夫(Denise Levertov)等等,黑山诗派的重要理论家是奥尔森,他的文章《投射诗》(*Projective Verse*,1950)是核心的理论文献。

《投射诗》一文中,奥尔森反对传统的封闭诗,他主张开放的诗和现场创作(composition by field,field composition),奥尔森相信诗的动力学(kinetics),诗是能量,从诗人透过诗歌本身,一直传递到读者。至于投射诗的原则,即是"形式只是内容的延伸。"(Form is never more than an extengsion

---

[1] 祖柯夫斯基著,章燕译,屠岸校:《诗歌声明》,《诗探索》2004年春夏卷,第343页。

[2] 拉斯金(Jonah Raskin)著,李嘉娜译:《〈嚎叫〉创作前后及伟大诗人的诞生》,《诗探索·理论卷》2011年第3辑,第183、200页。关于金斯堡,另参拉斯金著,李嘉娜译:《〈嚎叫〉审判过程及其美国智慧的彰显》,《诗探索·理论卷》2011年第4辑,第194—206页、李彩云译:《金斯堡关于英诗节奏现代化进程的谈话》,《诗探索·理论卷》2013年第3辑,第190—207页、金斯堡著,翁委译:《"爱"为诗者之魂》,《诗探索·理论卷》2013年第4辑,第202—208页。

of content.)[1]而创作的过程，就是"制定怎样的规则以塑造出由诗的形式来实现的能量"。奥尔森归结为一句话："一种感知力必须立即且直接引向另一种感知力。"(One perception must immediately and directly lead to a further perception.)[2]

奥尔森再由开放诗的元素解说，其中包括音节(syllable)和诗行(line)，音节是心灵和耳朵的结合，由头脑通往耳朵；诗行来自诗人写作时刻的呼吸，是由心灵通往呼吸。奥尔森笔下的呼吸，比韵律有更大的包容空间，也更具有言说的动力。

奥尔森对于诗歌传统的反叛，比威廉斯来得更彻底与义无反顾。奥尔森沿着意象派的主张信条，重视节奏的新序列(否定拍子机的特定节奏序列)，奥尔森脱离封闭诗的抱残守缺及内向自足，而迈向投射诗和开放诗所重视的能量传递，以及感知力的直接引向。奥尔森主张的投射诗和开放诗是外向的、现场的。

奥尔森发表《投射诗》一文后，又写了《人类宇宙》(*Human Universe*，1951)，继续保持他对动力学的关注，他从哲学形而上学的角度谈论到形式与内容的不分离，以及节奏的把握，"艺术的目的不是描述而是付之行动。"[3]奥尔森在《投射诗》中外向的诗学，在此提升为针对生命自身的哲学学说。

从《作为诗歌手段的中国文字》《反风气论》《谈韵律》《投射诗》等文章，读者多少看到庞德的探索与广泛影响，意象派的主张如直接处理手法、不使用无助于表达的词，以及节奏的新序列，都启发了继起的威廉斯和奥尔森的艺术倾向，也令20世纪的美国诗歌与诗论，具有更强的本土个性色彩，甚至自成一个诗的传统体系和创作路线。[4]

---

[1] 奥尔森著，韩晓龙、章燕译：《投射诗》，《诗探索·理论卷》2017年第2辑，第192页。译者仅译出《投射诗》的第一部分。

[2] 奥尔森著，韩晓龙、章燕译：《投射诗》，《诗探索·理论卷》2017年第2辑，第193页。

[3] 奥尔森著，孟亮译，黄宗英审校：《人类宇宙》，《诗探索》2005年第3辑（理论卷），第246页。

[4] 关于庞德的威廉斯的诗歌创作路线，见张子清：《二十世纪美国诗歌史》，吉林教育出版社1995年版，第73—79页。

三、外国诗论译丛的一些观察

《诗探索》的"外国诗论译丛"栏目，以上述威廉斯和奥尔森等人的美国诗论中译，最见特色和参考价值。由于栏目的内容多样，当然不只是刊发美国诗论中译，以下是三点简单的观察。

首先，除了诗人论诗，《诗探索》的"外国诗论译丛"栏目也刊发诗歌学者的诗论，其中有两篇布鲁克斯（Cleanth Brooks）的诗论，都取材自新批评的经典之作《精致的瓮：诗歌结构研究》（*The Well Wrought Urn : Studies in the Structure of Poetry*，1947）。

作为新批评的代表人物，布鲁克斯以晦涩（ambiguity）和悖论（paradox）等概念扬名学界，布鲁克斯重视"细读"（close reading）。《诗探索》曾刊出的《诗歌传达什么？》（*What Does Poetry Communicate？*）和《丁尼生诗中哀泣者的动机》（*The Motivation of Tennyson's Weeper*），分别选自《精致的瓮》第四章和第九章。

《诗歌传达什么？》分析17世纪英国诗人赫里克（Robert Herrick）的名诗《科琳娜赴五朔节庆典》（*Corinna's Going A Maying*），说明"诗人勘探语言的潜能"，甚至"重造语言"（remaking language），诗歌传达的就是诗歌本身，诗言诗所言（the poem says what the poem says），所以读者只要将诗当作诗来阅读（reading poetry as poetry）。[1] 至于《丁尼生诗中哀泣者的动机》[2]，布鲁克斯也是用细读分析，探讨丁尼生《眼泪，无用的眼泪》（*Tears, Idle Tears*）一诗，而布鲁克斯重视的诗学概念，如晦涩和悖论，都是布鲁克斯的分析工具。

除了布鲁克斯的诗论，《诗探索》的"外国诗论译丛"栏目也刊发著名学

---

[1] 克林思·布鲁克斯著，王永译：《诗歌传达什么？》，《诗探索·理论卷》2007年第1辑，第215—216页。

[2] 克林思·布鲁克斯著，王永译：《丁尼生诗中哀泣者的动机》，《诗探索·理论卷》2009年第2辑，第198—205页。

者如文德勒（Helen Vendler）的文章。[1] 另外，关注当代汉诗的荷兰莱顿大学（Leiden University）学者柯雷（Maghiel van Crevel），也有两篇论西川的文章见于《诗探索》。[2]

第二，"外国诗论译丛"栏目也有不少英国诗论的中译，叶芝（William Butler Yeats）的《〈牛津现代诗选（1892—1935）〉·序（1936年）》（W. B. Yeats' Introduction to *Oxford Book of Modern Verse*, 1936），剖析了二次大战前的英国现代诗歌，笔者已另外撰文《诗与战争》讨论，在此就不作讨论。

至于阿米蒂基（Simon Armitage）和克洛福德（Robert Crawford）合著的《民主的声音》，是《1945年以来不列颠与爱尔兰诗歌》（*The Penguin Book of Poetry from Britain and Ireland since 1945*, 1998）的序文，《民主的声音》探讨二次大战以后英国诗坛的转变。

二次大战后的英国现代诗歌，随着叶芝去世，艾略特（T.S. Eliot）转写戏剧，民主的声音来到，所谓民主的声音，是指拒绝权威的声音，其中拉金（Philip Larkin）和休斯（Ted Hughes）[3] 的诗作易被接受，邓恩（Douglas Dunn）、希尼（Seamus Heaney）[4] 和哈里逊（Tony Harrison）不避粗俗，而诗歌的传播通过印刷、电台、电视台、电子媒体传播到大众，"所有声音都明确意识到它们存

---

[1] 海伦·文德勒著，马永波译：《家园化、家园性与异在世界：伊丽莎白·毕肖普》，《诗探索》2001年第1—2辑，第382—394页。海伦·文德勒著，马永波译：《内在的流亡者——西默斯·希尼》，《诗探索·理论卷》2010年第1辑，第196—204页。

[2] 柯雷著，穆青译：《西川的〈致敬〉：社会变革之中的中国先锋诗歌》，《诗探索》2001年第1—2辑，第341—370页。柯雷著，张晓红译：《非字面意义：西川的明确诗观》，《诗探索》2003年第3—4辑，第305—323页。

[3] 关于拉金和休斯，可参看拉金著，周双卉、章燕译：《快乐原则》，《诗探索·理论卷》2015年第4辑，第208—211页。休斯著，章燕、陈晓月译：《文字与体验》，《诗探索·理论卷》2016年第2辑，第196—202页。

[4] 关于邓恩和希尼，可参看邓恩著，李一娜、赵慧慧、章燕译：《一门难易相成的艺术》，《诗探索·理论卷》2018年第3辑，第192—196页。希尼著，马永波译：《声音的奥登》，《诗探索·理论卷》2007年第2辑，第192—196页。

在于说话者和写作者的多元化时代。"[1]不同方言、性别、文化的诗人在这个多元化时代，发出民主的声音，绝对中心的权威消解了。《民主的声音》提纲挈领地刻画出二次大战后的英国诗歌面貌，可惜《诗探索》中的译文是节译。

第三，关于诗歌的现状与展望，"外国诗论译丛"栏目中有一篇文章特别值得推荐阅读。

新形式主义（New Formalism）诗人乔亚（Dana Gioia）的《诗歌重要吗？》（*Can Poetry Matter?* 1991）是他的名篇，文章在《大西洋月刊》（*The Atlantic*）刊出后，获得国际广泛关注，乔亚便从此辞去食品公司的职务，从事全职写作。

乔亚在《诗歌重要吗？》中，展现出矛盾的境况：美国诗歌十分繁荣，就如黄金时代：新诗作、新诗集、诗选集、文学杂志、诗歌评论、朗诵会有许多，诗人可以靠教授创意写作谋生，这类创意写作项目也有很多。

可是另一方面，美国诗歌处于边缘和孤立状态，诗人没有文化地位，报纸和大众媒体忽略诗歌。诗歌愈来愈内向、小众，只有诗人才读诗。结果就是："尽管仍有伟大的诗歌问世，但诗歌已经从文学界的中心退出了。虽然诗歌仍有忠实的支持者，但却已丧失了面向普众文化、言说普众文化的自信。"[2]

乔亚对于诗歌杂志有锐利的观察：诗歌杂志的诗歌新作太多。"很少有人愿意费心去读这些杂志，甚至向这些杂志投稿的人也懒得读。"[3]而且发表的诗歌拙劣，却得到评论肯定，年轻诗人和读者因此困惑，甚至令人觉得"新诗作品都没什么分量。这种公众的怀疑代表了诗歌在当代社会的最终孤立"[4]。

乔亚引用威廉斯的诗作《日光兰，那朵绿色的花》（*Asphodel, That Greeny*

---

[1] 塞门·阿米蒂基、罗伯特·克洛福德著，章燕译：《民主的声音》，《诗探索》2004年秋冬卷，第365页。

[2] 戴那·乔亚著，刘瑞英译，章燕审校：《诗歌重要吗？》，《诗探索·理论卷》2018年第2辑，第181页。

[3] 戴那·乔亚著，刘瑞英译，章燕审校：《诗歌重要吗？》，《诗探索·理论卷》2018年第2辑，第181页。

[4] 戴那·乔亚著，刘瑞英译，章燕审校：《诗歌重要吗？》，《诗探索·理论卷》2018年第2辑，第184页。

Flower)的节选，说明诗歌的挑战与出路：

我的心振奋
　　　想带给你关于
　　　　　一些事的新闻
这些事与你相关
　　　与很多人相关。来看看
　　　　　什么是人们说的新鲜事儿。
你找不到它，除非
　　　在受人鄙视的诗中。
　　　　　很难
从诗中获得新闻
　　　而人们每天痛苦地死去
　　　　　因为缺乏
诗中所有。[1]

对于诗人，挑战就是找出与很多人相关的东西，而不仅仅是诗人自己关心的事。乔亚也提出六点重要的意见：

1. 诗人公开朗诵时，应该花一部分时间朗诵他人的作品——最好是与他们没有私交的诗人写的令他们欣赏的诗作。……

2. 艺术行政人员安排公众朗读会时，应当避免仅采用诗歌这一种标准的亚文化形式。要将诗歌与其他艺术结合起来，尤其是音乐艺术。要为已故诗人或外国诗人筹划朗诵晚会。使简短的评论讲座与诗歌表演相结合。这种结合会吸引诗歌界以外的观众，同时不会损害朗诵会的质量。

3. 诗人需要更经常、更坦率、更高效地撰写诗歌评论。诗人必须为非专业

---

[1] 戴娜·乔亚著，刘瑞英译，章燕审校：《诗歌重要吗？》，《诗探索·理论卷》2018年第2辑，第192页。

性的出版而写作，以此来重新获得更广泛的学术界的关注。他们还须避免使用当代学术批评的术语，写出公众熟知的语言风格。……职业性的谦恭有礼在文学刊物中没有生存之地。

4. 编汇诗选的诗人，甚至列出阅读书目的诗人，应该谨慎诚实，只选他们真心钦佩的作品。诗选是诗歌进入大众文化的门槛。他们不应被用作创意写作行业的"猪肉桶"。一门艺术通过展示杰作而非平庸之作来扩大观众。……

5. 诗歌教师，尤其是高中和大学的诗歌教师，应当少花时间分析作品，多花时间进行诗歌表演。诗歌需要从文学批评中解放出来。诗歌应当被熟记、背诵、表演。艺术本身的快乐必须得到重视。……

6. 最后，诗人和艺术行政人员应当利用收音机扩大诗歌的受众。……[1]

本文只是《诗探索》的"外国诗论译丛"栏目的简单评述，栏目自1994年面世后，刊出多篇诗论，费诺罗萨的《作为诗歌手段的中国文字》、威廉斯的《反风气论》、奥尔森的《投射诗》，都是经典之作，阿米蒂基和克洛福德合著的《民主的声音》，点出二次大战以后英国诗歌的转向，新批评代表人物布鲁克斯的两篇论文，尽见"细读"的目力和工夫。

在众多文章中，乔亚的《诗歌重要吗？》发聋振聩，是尤其值得阅读的一篇。乔亚针对的是20世纪八九十年代美国的诗歌界（如上引第六点意见中的收音机，大可改换为互联网及新媒体），但细心一想当今华文的诗歌界，不是面对同样的挑战吗？威廉斯诗作《日光兰，那朵绿色的花》，再一次令我们思考诗歌重要吗？当下的我们再问，诗人何为？诗评人何为？

作者单位：香港岭南大学

---

[1] 戴那·乔亚著，刘瑞英译，章燕审校：《诗歌重要吗？》，《诗探索·理论卷》2018年第2辑，第193—194页。译文略有改动。第四点的"猪肉桶"（Pork barrel）为美国政治俚语，意谓政治分赃。

坚持民间立场　恪守诗歌精神

——《诗探索》创刊30周年座谈会纪要

王夫刚整理

时间：2011年1月20日
地点：北京云龙金阁休闲会所

林莽：今天的活动是朋友们迎春的一次聚会，也是《诗探索》创刊30周年的一个座谈会。我先介绍一下来宾。牛汉先生，著名诗人。张炯先生，中国作家协会名誉副主席，中国社会科学院文学所前所长，中国当代文学研究会名誉会长。谢冕先生，北京大学中文系教授，《诗探索》编委会主任。邵燕祥先生，著名诗人。叶廷芳先生，中国社会科学院外文所研究员。孙玉石先生，北京大学教授。杨匡汉先生，中国社会科学院文学所研究员，《诗探索》编委会主任。吴思敬先生，首都师范大学教授，中国当代文学研究会副会长，《诗探索》主编。樊希安先生，三联书店总经理。刘福春先生，中国社会科学院文学所研究员。王光明先生，首都师范大学教授。此外，还有诗人、诗评家姜诗元、苏历铭、张桃洲、蓝野、王夫刚，诗探索·天问中国新诗会所办公室主任徐丽松女士，北京星昊医药公司总经理殷岚女士，九州出版社刘鸿先生。下面请吴思敬老师主持座谈。

吴思敬：刚才林老师介绍了各位来宾，我代表《诗探索》编委会向冒着严寒来参加《诗探索》创刊30周年座谈会的各位诗人、专家，表示热烈的欢迎。《诗探索》从1980年开始酝酿创办，当年12月出版第1期，整整30年了。中间停断了八年（1986—1993），从1994年复刊坚持到现在，很不容易。特别是张炯老师，谢冕老师，杨匡汉老师，都是《诗探索》的创办元老，今天也都在场；牛汉老师、邵燕祥老师，近来很少出席文学活动，今天也来了。这个座谈会范围虽小，但意义很大。从当前来看，《诗探索》在30年的中国当代诗歌发展历程中已经起到了它应起的作用。从长远来看，《诗探索》作为一份专门的诗歌理论研究刊物，肯定对未来的诗歌研究者、文学史研究者有重要的参考价值。《诗刊》现在已经成了一些博士论文的选题对象，连敏博士就把《诗刊》（1957—1964）做成一本博士论文，现在已经由河南人民出版社正式出版了。类似的工作还会有人继续做下去。我们要有一种使命意识。这次座谈会，一方面是回顾《诗探索》走过的道路，请各位来宾，特别是张炯老师、谢冕老师、杨匡汉老师几位创刊元老谈一下创刊的情况，以及对刊物的想法、要求，对《诗探索》这30年做一个总结。另一方面是对《诗探索》的期望，《诗探索》前30年走过来了，那么以后的《诗探索》该怎么办？希望各位提出宝贵意见，以使《诗探索》办得更好。

谢冕：1980年4月，南宁诗歌会议发生了关于诗歌新诗潮的第一次很激烈的交锋。那次交锋是创办《诗探索》的最初的诱因。那次回京的列车上就酝酿了《诗探索》的诞生。1980年底《诗探索》正式创刊出版。《诗探索》急匆匆地要赶在1980年代的第一年问世，在那个梦想和充满探索精神的年代，要为这个年代作证，为中国新诗的诞生和崛起作证。那个激情的年代鼓舞了我们创办《诗探索》这样一份纯粹的诗歌理论刊物。编辑出版这种纯诗歌理论刊物，可能是中国诗歌史上第一次。30年间，作为一份严肃的刊物，一直没有申请到国家批准的刊号，没有固定资金，没有办公室，没有专职的编辑，从主编到具体的工作人员全都是义工，这种局面一直延续到今天，延续到目前。《诗探索》一直以她的精神，这个精神就是对中国诗歌事业的敬重，她始终站在诗歌艺术的事业和实践的前沿，不仅是这样，她更是一种非凡的坚定的信念。始终坚持一种立场，就是非官方的非营利的以及不带贬义的民间的和知识分子的立场，为中国的诗歌事业默默地努力地工作着。今天的聚会是由"诗探索·天问中国新诗会所"几位热心的朋友倡导并支持召开的。今天到会的人不算多，但都是《诗探索》最忠实最可靠最热情的朋友和支持者。牛汉先生和邵燕祥先生不容易到会的，他们也来了，给了我们非常大的鼓舞。我借这个机会，对到场的和不在场的 30 年来一直支持《诗探索》的朋友表示谢意。没有他们的支持，我们就不会走到今天。

张炯：《诗探索》30 年了，今天开这么个座谈会，实在也是值得开，值得祝贺。我记得我 1998 年到瑞典访问，到了一个大学，那里办了一个关于美学领域的刊物。他说我这刊物是世界独一无二的，我当时说，我们中国也有个刊物，就叫《诗探索》，好像世界上也没有一个专门研究诗歌的刊物。《诗探索》的创办是个创举。在没有资金支持、非常艰难的情况下，完全靠义工办了 30 年，确实是个奇迹。创办期间有很多艰苦，今天回想起来，很多同志是值得让我们怀念的。谈到办《诗探索》的动因，南宁诗会开了之后，在南宁公园，有几个同志很热烈地提出创意，要搞一个诗歌理论的刊物，有雁翼，有白航等。回北京后，记得第一次编委会，是在崇文门社科院宾馆的地下室开的，大家推举谢冕、丁力和杨匡汉他们三个人来准备这个刊物。定了以后呢，找什么地方出啊？不知道听了谁的介绍，我和谢冕同志到了成都，找到了巴金先生的侄子李致，李致当时是四川人民出版社的社长，谈到办《诗探索》的想法，得到了他的支持。但他那里需要有一个人代表诗探索方面最后对红、签字。后来我们找到成都大学的钟文，他愿意来做最后的编辑工作和对红。当时编辑部对诗歌有不同意见，如丁力同志和谢冕同志在南宁诗会上，关于朦胧诗就有不同的看法，丁力说这是"古怪诗"，谢冕则主张要宽容一些。虽然学术见解不同、意见不同，但意见归意见，友谊归友谊，怎么样把《诗探索》办好才是最重要的，这是《诗探索》创办以来很好的传统。后来丁力同志生病住在通县，当时我们三个人还去看望了他，谈得挺好的。《诗探索》在四川出了一年，后转入中国社会科学出版社，但没有刊号，后来我去找国家新闻出版总署的署长于友先，他说你们这个情况很特殊，经过研究，可以给一个特殊的待遇，《诗探索》可以用书的形式出版，我们也不再深究。《诗探索》就这样生存下来，到现在坚持那么多年很不容易，在国外也很有影响。后来林莽和几位新的同志加入进来，《诗探索》更有生气，更有起色。我衷心祝贺《诗探索》成长壮大，希望《诗探索》办得越来越好。

吴思敬：张炯老师是《诗探索》创刊的有力推动者，也是1994年复刊的重要策划者。《诗探索》复刊后，在首都师范大学出版社出了一年后，转入中国社会科学出版社，便是由张炯老师亲自带着我去找中国社会科学出版社的社长谈下来的。《诗探索》是由中国当代文学研究会创办的，复刊以后，中国当代文学研究会一直也是主办单位之一。张老师虽然没有直接去做《诗探索》的具体编辑工作，但是他作为中国当代文学研究会的会长，对《诗探索》各个时期的出版都起了很重要的作用，我们非常感谢他。

杨匡汉：这几年，搞现代文学的博士生做博士论文，什么《语丝》啊，《新月》啊，《万象》啊等刊物，印了那么一年几年的刊物，就能写出那么厚的一本博士论文来，《诗探索》30年，创办那么难，写一本硕士论文总可以吧。最早是长春会议，1979年8月10号到21号，成立了中国当代文学研究会。成立以后，开始开展一些学术活动，想做一些事情，就有了办刊物这样一些意向。到1980年4月7号到21号，半个月，从南宁到桂林，开会。4月11号在南宁公园议论这份刊物名字叫什么。雁翼说叫《诗探索》，大家一致叫好，就这么定下了。夏天在北京的中国社科院宾馆地下室开编委会的时候，整个编委会的班子是张炯负责，当时我心里一闪念，观念不一样，挺难办的。经过实践来看，张炯的建议还是比较明智的，兼容并包，观念可以不一样，问题是怎样把刊物办好。丁力和谢冕学术观点势不两立，但是还好，丁力是一个好人，可以讲通的。比如第1期，我建议发一篇孙绍振的文章，他说孙绍振的文章不行，我说你先看看再说，那篇文章是《中国古典诗歌的节奏问题》。他说，这个可以发。第一期要把谢冕的文章重发一次，我对谢冕说，我手头有两篇反对你的文章，说得还有些道理，谢冕说欢迎，可以发。从而确定了我们编辑部的一个思想，主编也好，副主编也好，编委也好，文章只代表个人的学术主张，不代表本刊立场。本刊立场是鼓励学术争鸣，鼓励多元化和独创性。中间还发生了一个事情：那年夏天《诗刊》组织第一届青春诗会，有那么十几个青年诗人，我们就把他们请到《诗探索》，他们很高兴，发表意见，整理后发了，题目是《请倾听我们的声音》。听说《诗刊》有人说："我们好不容易把他们引导过来，《诗探索》又把他们引导回去了。"《诗刊》是以创作为主，《诗探索》是以理论为主，我们非常认真地读《诗刊》，但我们有自己的学术立场，我们是互补的关系。头一、二期，作者一串名单，基本上把当时活跃在诗坛搞理论搞批评的人都收了进来。1985年没办法，出版社向我们要钱，我们找不到钱，谢冕就说放假，我说不用放假，休假。一直休到1994年，又活过来了，张炯起了非常关键的作用。《诗探索》转了多少圈，四川人民出版社、中国社会科学出版社、首都师范大学出版社、天津社会科学院出版社、时代文艺出版社，转了五六个地方，现在是九州出版社。1994年以后，主要是吴思敬和他的团队，坚持下来，他们做了很多比我们前面更重要的更有影响的工作。所以我希望《诗探索》可持续性发展，现在随着社会各界对我们的关怀关注，《诗探索》肯定能办得越来越好。

邵燕祥：30年是个大事，当然，到50年更要大庆。30年不容易，对我们七八十岁的人，30年前就是三十几岁到四十几岁，对于今天30岁的人来说就是从无到有。只有对比才能见出时间的相对性。30年相当于什么呢，差两年就是四个八年（全面）抗战，从文化、政治、社会背景来说，就是从1919年五四运动到1949年的中华人民共和国成立时间。《人民日报》从1948年创刊到现在60多年了，《人民文学》从1949年创刊到现在也60年了。《诗刊》1957年创刊，也是50多年了。但是，请注意《诗探索》是一个在1919年以后的政治出版体制下基本上保持了民间学术立场的刊物，从这一点来说甚至可以说是个奇迹。我记得上次在北大开会的时候我曾经说要建立我们学院式的诗歌理论批评，《诗探索》从一开始，就是以非官方的批评发言。30年，已经进入历史，这个历史还在继续，因为《诗探索》还在出。已经过去30年，如果没有大事记，现在要开始做。做的时候，除了找文字以外，还要走访一些作者、读者，因为《诗探索》除表现在版面上的以外，还组织了不少活动，这些活动从很重要的侧面反映了长长的时段里中国诗歌的理念分歧和争论建设。现在《诗探索》的早期同人也到了写回忆录的年纪了，像谢冕，他的回忆录其中一章就可以写《诗探索》，是没有人可以代替的。现在写才有可能写得更真实，不再顾虑某人会有什么反应了，会招致什么物议了，等等。匡汉刚才说《诗刊》个别领导对当时谢冕为首的诗歌界的崛起力量及其理论代表们在各种场合公然表示不满，这也是事实。我听过不止一次，但我没有记在小本上的习惯，所以今天不能提供某人某时某地曾经说过什么。毕竟在诗歌界,《诗探索》客观存在这样一种不一样的声音。我希望《诗探索》的大事记能很好地整理出来。

牛汉：1982年的诗歌会议，我和燕祥一起参加，他当时是《诗刊》的副主编。当时我联系的年轻诗人很多，包括北岛、顾城、多多等。1976年以前就认识北岛了，北岛带着蔡其矫来看我，我们交谈得很深。那时全国体制方面是不平静的时候，我对《诗探索》这个名字十分欣赏，认为不但有现实意义而且有永恒的价值。诗就是要探索，不但诗要探索，别的方面要探索，大的方面要探索，小的方面也要探索。（邵燕祥插言：这里面有两个问题，一个是，无论是对于《诗探索》也好，对于谢冕在南宁诗歌会发言也好，实际上是被当时持有党文化传统观点的人看成是诗歌界又要搞一个中心，是一种挑战，而在他们看来中心就是万物皆备于我了。那时没有学术多元化的考虑，而是把这些直接上升到政治问题。二呢，"探索"两个字进入新时期以后才开始使用，而这个词汇也受到了刚才说到的这些思想僵化者的抵制，甚至怀疑，《诗探索》这个名字也面临一种考验。1949年以后，很少有探索精神，近30年不断变化，以前都是规定好的，都是老一套，你只能照办。探索，你探索什么呢？首先就让人怀疑。当时，我和北岛、蔡其矫都交流过，《诗探索》这个名字，上面肯定反对。《诗探索》经受了各种各样的考验。今天这个聚会，我感情上特别激动。每个人都有变化，每个人都在残酷的、严酷的历史现实中思考问题。做人要有坚定的信念、理想。《诗探索》这个刊物不能停，要继续办下去。）

孙玉石：从我自己来讲，创办《诗探索》的这个群体是我最知心、最诚挚的朋友。这些年做诗歌学术研究，我的整个研究思考的支撑点和艺术追求完全和《诗探索》群体是一致的。感谢《诗探索》这个刊物，她是我的精神家园，我的好多研究文章，都是发在《诗探索》上。没有这样的一些园地，我想我这样一些思考和研究成果就不可能发表，我也不愿意给别的刊物。跟创办者不一样，我有感恩的心情。我们刚才回顾了《诗探索》的创办过程，她走过的艰辛道路，以及她所做出的贡献，除了这些以外，我们是不是还应当有所思考？这也不是我个人所想，而是谢冕去年6月在"两岸四地第三届诗学论坛"上发言的一个题目，他说"奇迹没有发生"，也就是说，辉煌的新诗的时代还没有到来，这也说出了我的心声。我想我们不满意新诗的创作，但是我们从理论上有什么反思呢？现在的理论是否过分超越了创作？理论术语花样翻新，但是沉潜下来，思考一些问题，提出一些经久性理论的则很少。我们对理论的美好期望有些落空。而且理论界对当代诗歌的期待也太高了些，对某些年轻诗人也太宠了一些。如果说奇迹没有到来，除了是对创作的一种不满或渴望以外，是否理论界也应对自身进行一些反思，更应该严厉一点，尺度高一点，更经久性一点。

刘鸿：很高兴今天来到这里，见到各位老师。和《诗探索》合作一晃也好几年了。我在九州出版社做编辑，做了一个文化公司，当时就想支持谢老师、吴老师把《诗探索》接过来，办起来。刚开始做可能还是不成熟，慢慢地做到现在还是得到了一定的认可，通过我们不断地提高质量，社里也更加认可了，发行也逐渐好了。品质的提高，首先是各位老师编得好，学术水准高。希望《诗探索》办得更有学术品味，成为诗歌爱好者和研究者的圣地。

叶廷芳：几十年来，我一直从事外国文学研究，所以我希望在国内有一种学术思潮，不是重复西方，而是创新。所谓发扬传统，很多是在发扬形式、风格上，而不是思想上的，这样就束缚了我们的探索精神、创作精神。创作不是寻找源头，而是探求未知。所以我反对"越是民族的越是世界的"这种提法。当然民族的东西有时是会成为世界的，但我们仅仅满足于民族的，不断重复，教条主义，我们就不可能发展。任何创作都应该没有外在或内在的约束。《诗探索》当初确实顶了很大的压力，30年不容易，《诗探索》的精神应该继续发扬。

吴思敬：今天是二十四节气中的大寒，天很冷，但各位精彩的发言让人温暖，还有几位先生做了准备，未来得及发言，我代表《诗探索》编委会向大家表示衷心的感谢！我们一定牢记各位对《诗探索》的勉励，继续坚持民间立场，恪守诗歌精神，让《诗探索》既成为诗人、学者和诗歌爱好者的良师益友，又成为在这个浮躁的时代里的一块纯净的精神领地。

（根据录音整理，未经发言者审阅）

原载《诗探索·理论卷》2011年第2辑

后　记

吴思敬

结束这本《〈诗探索〉之路》的编辑工作的时候，我不禁感慨万端。这是在新冠疫情笼罩下编出的一本书，它的征稿与编辑过程，正与这场特大的灾难相伴。

当2019年12月28日《诗探索》编委会决定编辑这本书的时候，新冠病毒就已经在向武汉人民发起偷袭了。春节期间，我和家人去埃及度假，1月21日出国的时候，北京似乎还一切正常。等到2月1日夜间回到北京的时候，北京也被疫情波及了。回来后我即被隔离在首都师范大学的家属区，哪儿也不能去了。此时正值冬春之交，新冠疫情遍及神州大地，病毒肆虐，人人自危。我尤为惦念武汉的朋友，分别给古远清、王泽龙、荣光启发了电子邮件。很快陆续接到了他们的回复，古远清还是用他的电报体，在邮件主题词栏上打了两个字："平安！"只这两个字，我心里的石头便落了地。古远清还不只满足于"平安"，稍后他给我的长一些的邮件里，还说他在疫情期间干了一件大事："我趁新型冠状病毒疫情肆虐之际，'躲进小楼成一统'，甘当宅男，和另一位帮我植字的宅女也就是'老秘'一起奋战，在自我隔离的春节闲出了成果，'宅'出了花儿，终于将从旧金山来，从悉尼来，从首尔来，从东京来，从曼谷来，从香港来，从台湾来，从北京来，从上海来的尺牍厚厚一大册像鲜花一样插在我早已满坑满谷的书房前。"原来他在疫情期间，在老伴的协助下，编出了《当代作家书简》。这本书信集，是他多年来想做而未做成，在疫情到来被迫"宅"

家的过程中,却完成了。可以想象,他用幽默而亲切的笔法写出的《一群"大孩子"办的文学评论杂志——贺〈诗探索〉创刊40周年》,其实也正是在疫情期间,他孤独地待在书房里与老朋友们的隔空对话。王泽龙不只在邮件中回答:"我与家人均安,疫情依然严峻",而且在《我与〈诗探索〉的学术情缘》中写道:"今年2月6号,思敬老师一家刚从埃及旅行回京,因新型冠状病毒武汉封城,思敬老师给我邮件,'武汉是疫情最严重的城市,非常担心你和家人是否平安,目前生活状态如何,便中作一回复。念念!'他们一家回到北京后,也在校区家里封闭,他却担忧着我这位后学,我收到思敬老师的问候,真是感动不已。师友们在灾难之际的互相牵挂、问候成了我们共同度过灾难的一份精神力量。"而我收到他在武汉疫情最严重时候所写的这篇文章,所说的这些话,收获的则是更深的友情和感动。荣光启是首都师范大学毕业的博士,在武汉大学任教,他回信说,在武汉封城之前回广西南宁岳母家过春节,"现在已经第十五天了,都还平安,感谢上帝。现在的麻烦是不能回到武汉,孩子上学,我们教学,都要在网络上进行,非常麻烦。希望疫情早日解除,让一家老小得释放。"实际上,他是挤在岳母家的小房间里,在手边没有藏书、缺乏资料的情况下,为我们写出《一位温柔又不断反抗的诗人——〈诗探索〉与张枣形象》一文的,其耗费的时间与精力可想而知。其实不只是疫情期间的武汉朋友,全国各地的朋友也无不经受了疫情的煎熬与考验。这里我特别要提一下陈旭光,他在北京大学读研的时候就成了《诗探索》的编辑,现在是《诗探索》的编委。今年春节,他去德国度假、探亲,他的夫人在德国教汉语,说好过完春节就一起回国。不想新冠疫情一来,航线断绝,旭光被迫滞留德国半年之久。他已久不写诗,但疫情与孤独感激发了他的诗情与家国之思,写出了几首很动人的诗,在网上流传。他为本书所写的《忆往昔,〈诗探索〉温情岁月稠》,可以明显地看出他对《诗探索》的感情,他对诗探索同人的深切怀念。

可见,在新冠疫情降临的时刻,在这个蒙受特大灾难的时代,我们中国的诗人和评论家没有退却,没有沉默,而是拿起笔来,发出了风雨同舟、共克时艰的呼唤。这本《〈诗探索〉之路》的诞生,就是明证!

在编辑这本书的过程中,读着朋友们在疫情肆虐期间怀着深情写出的回忆与评述《诗探索》的文字，我的内心充满强烈的感动与浓浓的感恩。

感谢张炯、谢冕、丁力、杨匡汉、晓雪、孙绍振等前辈，以当仁不让的气魄，创办了中国文学史上第一家诗歌理论刊物《诗探索》。

感谢林莽、刘福春、刘士杰、王光明、陈旭光、张桃洲、王士强以不计报酬、甘于奉献的精神为编辑《诗探索》付出的辛勤劳动。

感谢郑敏、屠岸、孙玉石、洪子诚、骆寒超、叶橹、刘登翰、吴开晋、袁忠岳、吕家乡、古远清、苗雨时、龙彼德等老一辈学者；

感谢唐晓渡、王家新、程光炜、沈奇、陈仲义、钱文亮、江锡铨、耿建华、耿占春、吴晓东、西川、罗振亚、张清华、孙基林、蒋登科、吕周聚、李怡、王泽龙、杨志学、姜玉琴、臧棣、孟泽、刘洁岷、王珂、王学东、王巨川、赵思运、张德明、西渡、谭五昌、赖彧煌、杨四平、师力斌、敬文东、邱景华、子张等中年一代学者；

感谢姜涛、陈太胜、陈卫、张洁宇、孙晓娅、李润霞、荣光启、张大为、霍俊明、张立群、易彬、刘波、冯雷、龙扬志、王永、伍明春、李文钢、胡亮、罗小凤、卢桢、李章斌、王东东、张光昕等青年一代学者；

感谢叶维廉、罗门、向明、简政珍、孟樊、白灵、翁文娴、郑慧如、李翠瑛、陈大为、杨宗翰、傅天虹、姚风、郑政恒、余文翰等台港澳地区的学者；

感谢[日]岩佐昌暲、[日]佐佐木久春、[日]佐藤普美子、[日]岛由子、[荷]柯雷、[荷]贺麦晓、[美]奚密、[澳]西敏、[意]朱西、[韩]金龙云等外国学者；

——感谢他们对《诗探索》的无私的支持与爱护，感谢他们提供的高水准的学术论文，保障与提升了《诗探索》的学术品格。

感谢著名翻译家倪培耕、裘小龙、刘小枫、唐荫荪、叶廷芳、赵毅衡、林岗、沈睿、黄宗英、汪剑钊、傅浩、刘自立、树才、吴康茹、易晓明、马永波、李金佳、北塔、李嘉娜、章燕、倪志娟为《诗探索》介绍外国的诗歌理论，为我们打开一扇扇的诗窗。

同时，我还要向支持《〈诗探索〉创刊40周年纪念丛书》出版的首都师范大学社科处、首都师范大学文学院，向为出版这套丛书付出了辛苦劳动的学苑出版社的编辑老师表示衷心的谢意！

由于编辑时间的紧迫，致使有些朋友写的关于《诗探索》的文章来不及收入本书，谨向他们表示深深的歉意！

2020 年 9 月 2 日